위고의 기념상, 로댕 작. 로댕은 젊어서부터 위고의 시를 애송하며 존경해 왔다. 처음에는 흉상을, 다음에 시인으로서의 상징적인 군상을 시도하여 여러 가지 위고 상이 만들어졌다.

소설 「빠리의 노트르담」의 삽화. ① 제7편의 장면, 구델의 장식 병풍 그림. ② 제7편의 장면, 모란의 석판화. ③ "무뢰한들" 제목의 프랑제 그림.

1 첫 영성체를 하는 맏딸 레오뽈딘. 2 애인 쥘리에뜨 드루에의 젊은 시절. 3 빅또르 위고, 모란 그림. 4 쥘리에뜨 드루에의 석판화, 레온 노엘 그림, 1832년.

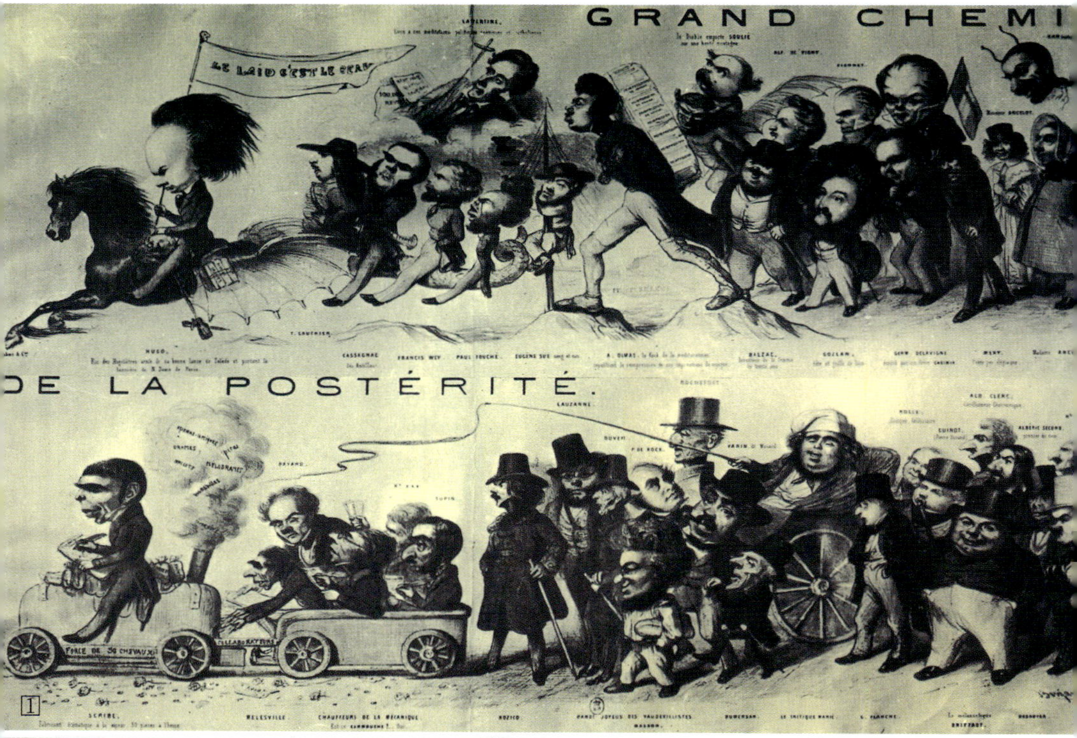

1 위고가 이끄는 새로운 낭만파 작가들이 "추함은 아름다움과 통한다"는 깃발을 들고 용감히 나아가고 있다. 뱅쟈망의 만화. 2 1834년 위고와 쥘리에뜨가 세느 에 오와즈의 메스 마을에서 여름을 지낸 집. 3 위고의 초상, 블랑제 그림.

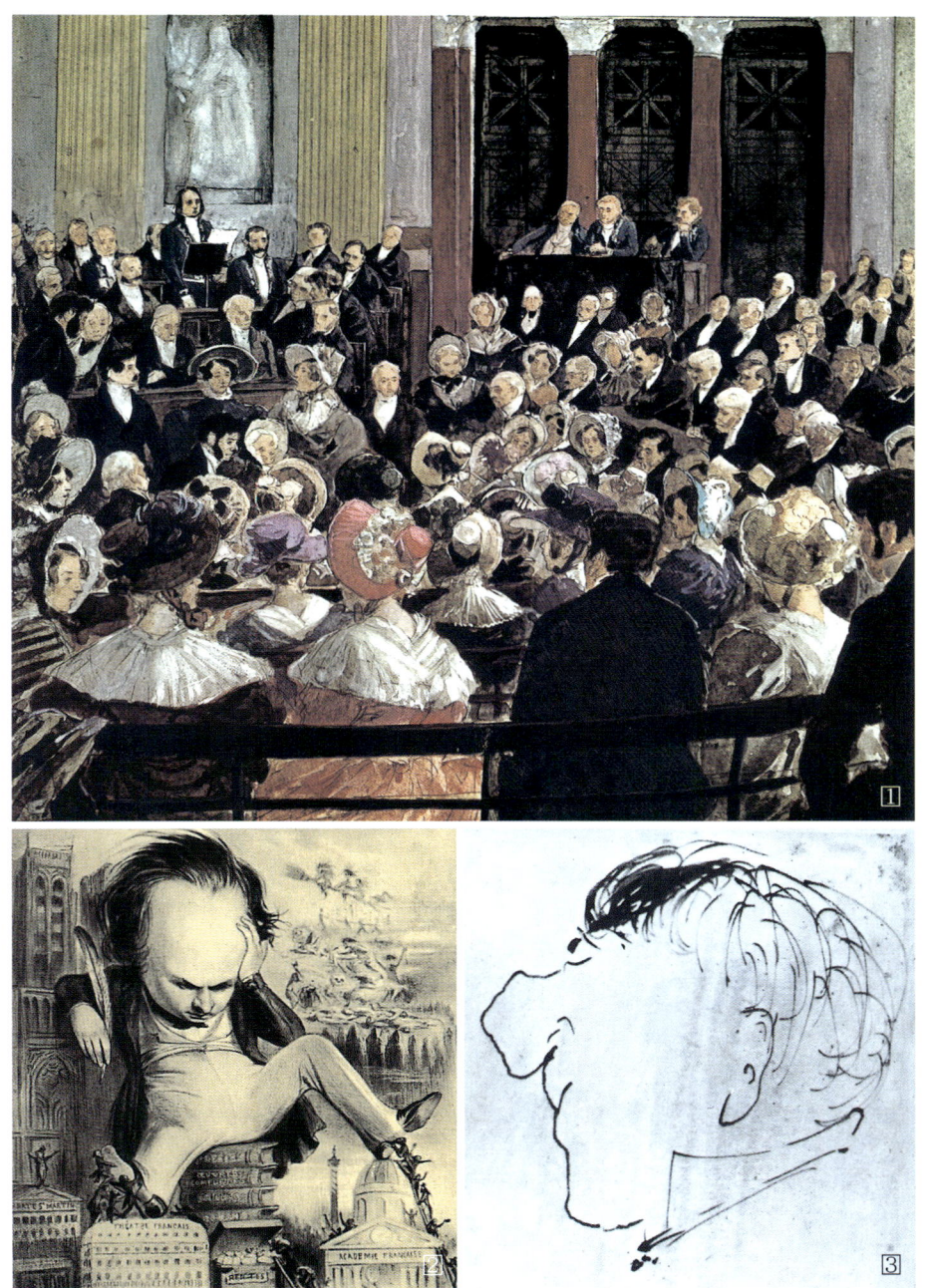

①위고의 아카데미 프랑세즈 회원 취임식. 포겔 그림. ②빠리를 지배한 위고의 발 아래 모든 것이 작게 그려져 있다. 루보 그림. ③위고가 그린 아카데미 프랑세즈 후보생.

1 게르느제 섬 오뜨빌하우스의 식당 천장 설계도. 질노르망의 방처럼 오뜨빌하우스의 다른 많은 방도 "고블랭 천으로 된 보꿰 산 큰 타피스리를 천장에까지" 장식하였다. 2 「레 미제라블」을 썼던 깃털 펜. 3 오뜨빌하우스 식당의 굴뚝 그림. 4 폐허가 된 쉘 수도원. "꼬제뜨가 물 길러 가야만 했던 곳이 바로 쉘 쪽의 샘이었다"(2부 3편 5). 5 "열 살 먹은 가브로슈". 위고의 판화 작품.

①"머릿속의 범벅". 「레 미제라블」 '머릿속의 폭풍' 장 제목을 패러디한 위고의 풍자 초상화. ②「레 미제라블」 1부 2편 11에 나타나는 돌쩌귀의 이미지가 된 장작받침쇠를 위고가 그린 것. ③위고는 이 수첩에 초안을 적어서 모아놓고 이 소설에 끌어들일 18가지 변경목록을 적어놓는다. ④위고의 삶에서 거의 반세기 동안 주역을 맡았던 쥘리에뜨 드루에. 그림의 왼쪽.

1 위고의 아버지 레오뽈 위고의 전신 초상화. 남작 앙뚜완—쟝 그로가 그림. 2 왼쪽부터 딸 아델, 빅또르 위고, 부인 아델 푸셰. 오귀스트 바끄리 작. 1853년. 3 게르느제 섬의 으뜨빌하우스 서재.

송면(宋勉)
강원도 고성군 통천면 장전에서 출생
메이지대학 문학부 불문과 졸업
와세다대학원 문학연구과 박사과정 졸업
와세다대학 문학박사 학위 취득
고려대학교·이화여자대학교·연세대학교 교수
한국불어불문학회 회장
논문 : 〈Bouvard et Pécuchet의 기원〉(1968) 등 다수
저서 : 《프랑스 문학사》《플로베르—그 문학사상과 소설미학》
《플로베르의 형이상학》《프랑스 사실주의문학론》
《소설미학》《프랑수아 비용—그 생애와 시 세계》
역서 : 《비용 시전집 유언집》《위고 레미제라블》

1956

레 미제라블 ③ 워털루 전쟁
빅또르 위고 지음/송면 옮김
1판 1쇄 발행/1973년 10월 1일
2판 1쇄 발행/2002년 8월 8일
2판 7쇄 발행/2008년 11월 1일
발행인 고정일/발행처 동서문화사
창업 1956. 12. 12. 등록 16-345(윤)
서울강남구신사동 540-22 ☎ 546-0331~6 (FAX) 545-0331
www.epascal.co.kr
총6권 각권 8,000원
잘못 만들어진 책은 바꾸어 드립니다.
＊

사업자등록번호 211-87-75330
ISBN 978-89-497-0076-2 04860
ISBN 978-89-497-0073-1(총6권)

Victor Hugo
LES MISÉRABLES

레 미제라블 3

워털루 전쟁

빅또르 위고/송면 옮김

레 미제라블 3/워털루 전쟁
차례

제3부 마리우스

주요인물

장 발장 가난과 굶주림 때문에 한 조각의 빵을 훔치다가 붙잡혀 뚤롱의 감옥으로 가게 된다. 탈옥을 거듭한 끝에 19년간의 형기를 마치고 석방되는 1815년이 이야기의 시작이다. 그뒤 그는 몽트뢰이유 쉬르 메르의 시장 마들렌느 씨가 된다. 그러나 운명은 그를 또다시 암흑의 세계로 들게 한다. 뒤에 르블랑, 윌띠므 포슐르방이라고 이름을 바꾼다. 그의 파란만장한 생애를 둘러싸고 펼쳐지는 이 이야기는 그의 죽음으로 끝난다.

샤를르 프랑스와 비앵브뉘 미리엘 디뉴의 주교(主教). 덕망있는 인물로 도형수 장 발장에게 큰 정신적 영향을 준다.

바띠스띤느 미리엘 주교의 누이동생. 노처녀.

마글르와르 미리엘 주교와 그 누이동생을 보살피는 늙은 하녀.

쁘띠 제르베 굴뚝 청소를 하며 떠도는 사브와의 소년.

루이 18세 정통 왕조파 국왕. 프랑스 대혁명으로 처형된 루이 16세의 아우. 1814년 나뽈레옹 실각 후 왕위에 오른다. 1815년 나뽈레옹의 백일 천하 뒤에 중임. 1824년 사망. 아우 샤를르 10세가 그 뒤를 이음(1830년까지). 왕정 복고 시기의 국왕.

팡띤느 몽트뢰이유 쉬르 메르 출신의 고아. 빠리에서 재봉사 노릇을 함. 남자에게 버림받고 고향에서 여공 노릇을 하다가 끝내는 매춘부가 되어 마들렌느 씨의 진료소에서 폐병으로 죽는 불행한 여인. 꼬제뜨의 어머니.

펠릭스 똘로미에스 팡띤느를 유혹했다가 버린 빠리의 불량한 대학생.

꼬제뜨 팡띤느와 똘로미에스 사이에 태어난 사생아. 고아가 되어 시골에 맡겨져 '종달새'라고 불리며 학대받는다. 장 발장에게 구원되어 빠리로 나와 그의 딸이 된다. 라느와르라고도 불리며, 뒤에 행복한 결혼을 한다.

떼나르디에 부부 몽페르메이유의 여관 주인. 둘 다 냉혹하고 욕심이 많다. 남자는 워털루 참전 중사라고 하지만 꺼림칙한 과거가 있다. 꼬제뜨를 맡아 부려먹으며 학대한다. 가족은 뒤에 빠리로 나와 비천한 생활을 하게 된다.

자베르 장 발장을 철저히 추적하는 청렴 결백하고 냉혹한 경위.

포슐르방 몽트뢰이유 쉬르 메르에서 마차에 치었을 때 마들렌느(장 발장) 씨에게 구출된다. 뒤에 수도원의 정원사가 되어 장 발장을 헌신적으로 돕는다.

샹마띠외 장 발장으로 오인되어 처형당할 뻔한 노인.

쌩쁠리스 수녀 나사로회 수녀로, 마들렌느 씨의 진료소에서 일하는 자선 간호원. 병든 팡띤느를 헌신적으로 간호하며 그의 임종을 보살피는 성스러운 동정녀. 마들렌느 씨(장 발장)를 자베르의 손에서 벗어나게 하기 위해 평생 처음이자 마지막인 거짓말을 한다.

나뽈레옹 보나빠르뜨 워털루 전투에 대한 지은이의 회상에 등장한다.

이노쌍뜨 수도원장 늘 성체조배를 하는 르 쁘띠 삑 쀠스 수도원 원장.

마리우스 뽕메르씨 나뽈레옹으로부터 남작 작위를 받은 군인과 빠리의 부르주아 딸 사이에 태어난 젊은이. 꼬제뜨의 연인이 되어, 바리케이드에서 장 발장에게 목숨을 구원받는다.

조르즈 뽕메르씨 마리우스의 아버지, 용맹 과감한 육군 대령. 나뽈레옹에게 헌신하였으며 워털루 전장에서 떼나르디에에게 구출받는 것처럼 된다. 왕정 복고 뒤 가족들과 떨어져 고독하게 살다가 죽는다.

뤼끄 에스프리 질노르망 마리우스의 외할아버지. 여자를 좋아하는 사교인으로 통했던 부르주아 노인. 완고한 왕당파.

에뽀닌느 떼나르디에 부부의 맏딸. 남몰래 마리우스를 사랑하여 그의 목숨을 구하려다가 바리케이드에서 희생되어 죽는다.

가브로슈 떼나르디에 부부의 아들. 가족들의 사랑을 받지 못한 끝에 빠리의 부랑자 무리에 섞여든다.

루이 필립 왕 오를레앙 왕조파 국왕. 1830년 7월 혁명으로 프랑스 국민의 왕이 된다(1845년의 2월 혁명까지). 7월 왕정기(王政期)의 국왕.

마뵈프 쌩 쒈뻬스 성당의 교구 재산 관리 위원으로 식물 연구가. 마리우스에게 호의를 갖고 있는 노인. 뒤에 바리케이드에서 죽는다.

떼오뒬르 질노르망 씨 조카의 아들. 맏딸인 질노르망 양에게 귀염을 받는 육군 중위.

앙졸라, 꽁브페르, 프루뻬르, 꾸르페락, 푀이, 바오렐, 레글르(보쒸에), 졸리, 그랑떼르 정치 비밀 결사 'ABC의 벗'회의 회원. 정열적인 공화주의 혁명가들. 앙졸라는 그들의 우두머리격. 마리우스를 가입시켜 1832년 6월 5일의 반란을 일으키고 샹브르리 거리의 바리케이드에서 농성하여 국민군에 저항하다가 전멸한다.

제8편 묘지는 주는대로 받아들인다

수도원에 들어가는 방법

장 발장이, 포슐르방이 말한 것처럼 '하늘에서 떨어진' 곳은 이상과 같은 건물 안이었다.

그는 뽈롱쏘 거리 모퉁이를 이루고 있는 정원의 돌담장을 넘어 들어갔던 것이다. 그가 한밤중에 들은 천사들의 찬가는 수녀들이 드린 성무일도의 새벽기도였다. 어둠 속에서 들여다본 그 넓은 방은 성당이었다. 유령이 방바닥에 드러누운 것처럼 보였던 것은 수녀가 속죄의 고행을 하는 것이었고, 그를 놀라게 한 방울 소리는 포슐르방 영감 무릎에 달려 있는 정원사 방울이었다.

꼬제뜨를 재운 장 발장과 포슐르방은, 알맞게 열이 오른 장작불을 쬐면서 한 잔의 포도주와 치즈 한 조각을 밤참으로 먹었다. 그러고는, 이 허술한 오두막집에 있는 하나뿐인 침대는 꼬제뜨가 차지하고 있었으므로, 두 사람은 저마다 한 다발의 짚 위에 드러누웠다. 잠들기 전에 장 발장은 "앞으로는 여기에 있어야 할 것 같소"라고 말했다.

이 말이 아침까지 쉴새없이 포슐르방의 머리를 어지럽혔다. 사실을 말하자면, 두 사람 다 잠을 이루지 못했다.

장 발장은 자베르가 자기의 정체를 알아내어 미행했다는 것을 느끼고 있었기 때문에, 만약 자기와 꼬제뜨가 빠리의 거리로 나가기만 하면 이젠 마지막이라는 것을 잘 알고 있었다. 자기를 향해 문득 불어온 생명의 바람에 이끌려 이 수도원으로 들어온 이상, 장 발장은 여기 머물러야겠다는 한 가지 생각밖에 없었다.

그런데 그와 같은 처지에 놓인 불행한 자에게 이 수도원은 가장 위험한 곳이면서 또한 가장 안전한 곳이기도 했다. 가장 위험하다는 것은, 남자는 아무도 들어와서는 안 되는 곳이므로 들키는 날이면 현행범이 되기 때문에 장 발장으로서는 이 수도원에서 감옥까지는 한 발짝 거리밖에 안 된다고 할 수 있다. 또한 가장 안전하다는 것은 만약 허락을 받아 여기에 살 수 있게만 된다면 아무도 찾으러 올 염려가 없기 때문이다. 불가능한 곳에서 산다는 것, 그것이야말로 바로 영원한 구원의 길이었다.

한편 포슐르방은 머리를 갸웃거리며 생각을 짜내고 있었다. 그는 이 사건이 자기로서는 도무지 알 수 없는 일이라는 것을 솔직히 인정했다. 저런 담장이 있는데 어떻게 마들렌느 씨가 여기로 들어올 수 있었을까? 저토록 깎아지른 듯한 담장을 어린아이를 안고 뛰어넘을 수는 없는 일이다. 그리고 또 저 어린아이는 대체 누구일까? 두 사람은 어디서 온 것일까?

포슐르방은 이 수도원에 들어온 뒤로 몽트뢰이유 쉬르 메르의 소문은 아무것도 들은 적이 없었고, 거기서 무슨 일이 있었는지 조금도 모르고 있었던 것이다. 마들렌느 씨의 얼굴을 보면 무엇을 묻기도 어려웠다. 그뿐 아니라 포슐르방은 이렇게 마음 속으로 생각하고 있었다.

'성자에게는 이것저것 물어보는 게 아니야.'

그의 눈에는 마들렌느 씨가 아직도 불가사의한 후광에 싸여 있는 듯 보였던 것이다. 다만 정원사는, 장 발장의 입에서 흘러나온 몇 마디 말로 미루어 다음과 같은 결론을 내릴 수 있었다.

아마도 마들렌느 씨는 이 어려운 시국으로 말미암아 파산해 버려서 돈을 빌려 쓴 사람들로부터 몰리고 있는 것이리라. 아니 어쩌면 무슨 정치상의 사건과 관련되어 몸을 피하고 있는지도 모른다.

이렇게 생각하자 포슐르방은 조금도 언짢은 마음이 들지 않았다. 이 노인은 프랑스 북부 지방 농민들에게서 흔히 볼 수 있듯이 예전부터 보나빠르뜨 파적인 생각을 가지고 있었기 때문이다. 몸을 숨기기 위해서 마들렌느 씨는 이 수도원을 피난처로 정한 것이리라. 그렇다면 그를 여기에 머물게 해달라고 원하는 것도 당연한 일이다.

그러나 포슐르방이 아무래도 이해가 가지 않는 일은——포슐르방의 생각은 끊임없이 그것으로 되돌아가 골치를 썩이고 있었다——마들렌느 씨가 이 담장 안에 들어와 있다는 사실, 더욱이 어린아이를 데리고 들어와 있다는 사실이었다. 포슐르방은 이 두 사람을 눈으로 보고 손으로 만져 보고, 이야기도 해보았지만 그래도 그것이 사실로 생각되지 않았다. 이 영문 모를 일이 지금 엄연히 포슐르방의 오두막집에서 일어나고 있는 것이다.

포슐르방은 무작정 이리저리 생각을 더듬어 보는 것이었으나, 확실한 사실은 '마들렌느 씨는 내 생명의 은인'이라는 것밖에 없었다. 그러나 이 한 가지 사실만으로도 충분했다. 그것이 그를 결심하게 만들었다. 그는 속으로 생각했다.

'이번은 내 차례야.'

그리고 또 마음 속으로 덧붙였다.

'나를 끌어내리려고 수레바퀴 밑에 기어들어온 그 다급한 순간에, 마들렌느 씨는 이것저것 다 따지지는 않았을 거야.'

이제야말로 '내가 마들렌느 씨를 구해 주리라'고 그는 결심했다. 그러나 아직도 그는 이리저리 자문자답을 하고 있었다.

'그는 나를 위해 그토록 돌보아 주었지만, 이 사람이 도둑이라 할지라도 구해 주어야 할 것인가? 역시 마찬가지다. 또 만약 살인자라 할지라도 구해 줘야 할 것인가? 역시 마찬가지다. 성인이라 할지라도 구원해 주어야 할 것인가? 그 또한 마찬가지다.'

그러나 그를 수도원 안에 머물러 있게 하는 일이란, 그야말로 어려운 문제였다! 거의 생각할 수조차도 없는 이 계획 앞에서도 포슐르방은 망설이지 않았다. 삐까르디 태생의 가련한 이 농부는, 헌신과 선의와 그리고 이번에는 갸륵한 목적을 위해서 쓰게 된 시골 늙은이의 재치라는 사다리밖에 가지지 않은 채, 수도원이라는 금제(禁制)의 난관과 성 베네딕뜨의 규칙이라는 가파른 벼랑을 기어올라 보리라고 생각했다.

포슐르방 노인은 평생을 이기주의자로 살아왔으나, 늘그막에 이르러 절름발이가 되고 기운도 없어져 더 이상 세상사에 관심이 없어지고 보니 은혜를 갚는다는 일이 즐거워졌다. 그리고 선행할 기회가 생기자 그것에 뛰어들었는데, 그것은 마치 죽음에 즈음하여 이제까지 맛보지 못한 한 잔의 포도주를 얻어 탐내며 마시는 사람과도 같았다.

여기에다 덧붙여 말할 수 있는 것은, 지난 몇 년 동안 그가 호흡해 온 수도원의 공기가 그의 성격을 순화시켜, 무엇이고 착한 행위를 하지 않고는 배길 수 없는 인간으로 만들어 버렸다는 사실이다.

이러한 이유로 그는 결심했다. '마들렌느 씨에게 몸을 바치자.'

우리는 방금 포슐르방을 '삐까르디 태생의 가련한 농부'라고 불렀다. 이 호칭은 정당한 것이긴 하지만 아직도 불충분하다. 이야기도 이쯤 진전되었으니, 포슐르방 노인이라는 인물에 대해서 조금 설명하는 것도 좋을 듯싶다. 그는 원래 농부였으나, 공증인의 서기 노릇을 한 적도 있었기 때문에 타고난 지혜에 따지기 좋아하는 버릇이 더해져, 그 소박한 성질에 사물을 꿰뚫어보는 힘이 가해졌다.

갖가지 이유로 일에 실패하여 공증인 서기에서 짐수레꾼이 되었고 일꾼으로까지 전락했다. 말을 다루기 위해 욕지거리를 퍼붓고 채찍을 휘두르는 마부처럼 보였으나, 그에게는 아직도 공증인 서기의 기질이 남아 있었다.

그는 타고난 재치가 있어, 귀에 서투른 말씨는 쓰지 않았고, 시골뜨기 치고는 드물게 말을 잘했기 때문에, 다른 농부들은 그를 보고 "제법 모자 쓴 나리 같은 말씨를 쓴다"고들 했다. 아닌게 아니라 포슐르방은 18세기의 무례하고 경박한 표현대로 '도시인도 시골뜨기도 아닌 어중이'계급——당시 성에서 일반 민가에까지 널리 유행하여 평민들이 요긴하게 써먹던 비유의 말로, 이른바 '반평민·반시민', '후추와 소금'이라고 하는 계급——에 속했다.

운명의 손에 여지없이 시달려 이젠 몸도 쇠약해진 가련하고 초라한 늙은이가 되어 버렸지만, 그래도 아직 포슐르방은 마음에 떠오르는 일을 재빨리 해치우는 사람이었다. 이것은 결코 사람을 간악하게 만들지 않는 귀한 성질이다. 그는 단점도 결점도 가지고 있었으나 표면적인 것에 지나지 않았다. 그의 얼굴을 가까이에서 자세히 살펴보면 여간 호감을 주지 않는 그러한 것이었다. 늙은 얼굴에는 심술이나 우둔함을 나타내는 보기 흉한 주름이 조금도 잡혀 있지 않았다.

날이 샐 무렵, 온갖 가지가지 생각을 다 하던 포슐르방 노인이 눈을 뜨니 마들렌느 씨는 짚단 위에 앉아서 잠들어 있는 꼬제뜨의 모습을 지켜보고 있었다. 포슐르방은 반쯤 몸을 일으키며 말했다.

"그런데 당신은 지금 여기 계시지만, 다시 들어오시려면 어떻게
    해야 될까요?"

이 말에는 이번 사태가 한 마디로 요약되어 있어, 장 발장을 문득 몽상에서 불러 깨웠다. 두 노인은 머리를 맞대고 의논했다.

"첫째로 말씀입니다, 이 방 밖으로 발을 내딛지 않도록 하셔야 합니다. 어린아이도 당신도 말씀이에요. 한 발이라도 나갔다간 끝장입니다."

포슐르방은 말했다.

"그렇겠지."

"마들렌느 씨,"

포슐르방은 말을 이었다.

"당신은 정말 마침 좋은 때 오셨습니다. 아니 이건, 마침 좋지 않을 때라는 말씀입니다만, 실은 여기 계신 높은 수녀 한 분이 중병 중이십니다. 덕분에 이쪽에 대해서는 그다지 주의를 기울이지 않을 겁니다. 그분은 이제 곧 돌아가실 모양이니까요. 40시간의 기도를 올리고 있습니다. 원내 사람들은 모두 정신이 없습니다. 누구나 그 일에 마음을 빼앗기고 있죠. 돌아가시게 된 분은 그야말로 성녀님이니까요. 하기야 여기서는 모두가 성녀지만요. 그분네들과 저의 차이는 그분네들이 '우리들의 독방'이라고 부르는 것을 저는 '나의 오두막집'이라고 부르는 것 뿐입죠. 여기서는 죽어 가는 사람이 있으면 기도를 올리고, 죽으면 또 기도를 올립니다. 오늘만은 여기 계셔도 안심입니다만, 내일 일은 저로서도 어떻다고 말씀드릴 수 없군요."

그러자 장 발장은 문득 깨닫고 대꾸했다.

"이 집은 돌담 구석에 있고, 저 허물어진 건물에 가려져 있는데다 나무 숲도 있으니까, 수도원에서 보이지 않을 테지요."

"그리고 수녀들도 여간해서는 가까이 오지 않습니다."

"그런데?"

장 발장은 반문했다. 이 '그런데'라는 강한 반문의 의미는 '여기 숨어 있어도 될 것 아니냐'는 것이었다. 포슐르방은 이 반문에 대답했다.

"계집아이들이 있어서요."

"계집아이들이라니?"

장 발장은 물었다.

이제 말한 것에 대해 설명하려고 포슐르방이 입을 열었을 때, 종소리가 한 번 울렸다. 그는 말했다.

"수녀님이 돌아가셨습니다. 저건 승천하시는 종소리입니다."

그리고 장 발장에게 들어 보라는 듯한 몸짓을 해보였다.

종이 또 한 번 울렸다.

"승천하시는 종소립니다, 마들렌느 씨. 시신을 운반해 나갈 때까지 1분마다 온종일 계속 울립니다. 아 참, 그런데, 그애들이 논단 말입니다. 놀고 있는 동안 공이라도 이리 굴러 올라치면, 금지되어 있는데도 몰려와서는 이 언저리를 마구 찾으며 뒤진단 말씀이에요. 정말 성가신 장난꾸러기들이지요, 그 천사들이란."

"누구 말이오?"

장 발장은 물었다.

"계집아이들 말입니다. 당신은 곧 발각되고 말 겁니다. 그들은 커다란 소리로 이렇게 외칠 겁니다. '어머나, 남자가 있네!' 하고. 하지만 오늘만은 염려 없습니다. 쉬는 시간이 없을 테니까요. 하루 종일 기도를 올릴 겁니다. 종소리가 들리지요? 아까 말씀드린 대로 1분에 한 번씩 말입니다. 승천하는 종소리지요."

"알았소, 포슐르방 영감. 기숙생들이 있는 거로군요."

그렇게 말하며 장 발장은 마음 속으로 생각했다.

'잘만 하면 꼬제뜨의 교육을 위해서도 안성맞춤이겠는데.'

포슐르방은 느닷없이 소리높이 외쳤다.

"그렇습죠! 여자아이들이 있답니다. 이 근처에 와서 찧고 까불어

대다가는 당신을 보고 달아나겠지요! 여기선 남자가 있다는 것은 페스트가 있는 것과 마찬가지입니다. 보시는 바와 같이, 제 다리에도 맹수나 되는 것처럼 방울이 달려 있는 형편이니까요.”

장 발장은 더욱 깊이 생각에 빠져들었다.

“이 수도원이 우리 두 사람을 구원해 줄 것이다.”

그는 중얼거렸다. 그러고는 소리를 내어 말했다.

“그렇소. 어려운 건 이대로 여기 머물러 있는 일이오.”

포슐르방은 말했다.

“아닙니다. 어려운 것은 여기서 나가는 일입니다.”

장 발장은 피가 심장에서 거꾸로 솟구쳐오르는 것을 느꼈다.

“나가다니!”

“그렇습니다, 마들렌느 씨. 다시 들어오기 위해서는 일단 밖으로 나가시지 않으면 안 됩니다.”

그리고 또 종소리가 한 번 울리는 것을 듣고 나서 포슐르방은 말을 계속했다.

“이대로 여기 계셔서 사람을 만나서는 안 됩니다. 어디서 오셨는지가 문제 될 테니까요. 저는 당신을 알고 있으니까 하늘에서 떨어져 내렸다해도 상관없지만, 수녀들로서는 문으로 들어오지 않으면 안 되거든요.”

갑자기 다른 종소리가 꽤 복잡스럽게 울려 왔다.

“으음!”

포슐르방은 말했다.

“저것은 메르 보까르들을 부르는 종소리입니다. 회의에 나가는 겁니다. 누군가가 죽었을 때에는 언제나 회의가 열립니다. 이번 수녀는 새벽녘에 돌아가셨습니다. 사람이 죽는 것은 대개 새벽녘입니다. 그건 그렇고, 당신은 들어오셨던 대로 밖으로 나가실 수는 없을까요? 아니 뭐 굳이 물어보려는 것은 아닙니다만, 어디로 들어오셨습니까?"

장 발장은 금방 얼굴이 새파래졌다. 그 무서운 거리로 다시 뛰어 내릴 생각을 하니 소름이 오싹 끼쳤던 것이다. 호랑이가 잔뜩 있는 숲 속에서 밖으로 겨우 빠져 나오자 다시 그 속으로 들어가라는 권고를 받은 것이나 마찬가지였다. 장 발장은 아직도 이 근방을 돌아다니고 있을 경관들을 머리에 떠올렸다. 망을 보고 있는 경관들, 여기저기에 서 있을 감시병들, 목줄기를 노리고 있는 무서운 손아귀, 자베르도 어쩌면 아직 네 거리 모퉁이에 버티고 서 있을지도 모른다.

"그건 할 수 없소!"

그는 말했다.

"포슐르방 영감, 나는 하늘에서 떨어진 것으로 해주었으면 좋겠구려."

"물론 저는 그렇게 믿고 있습니다. 물론 그렇게 믿고말고요."

포슐르방은 말을 이었다.

"그거야 더 말씀하실 필요도 없는 일입니다. 하느님께서 당신을 가까이에서 잘 보시고자 손을 끌어올려갔다가 다시 놓은 것이겠지요. 다만 당신을 남자 수도원에 내려 놓으시려다 그만 실수를 하신 겁니다. 자, 또 종이 울리는군요, 이번 것은 문지기에게 시청에 가라는 분부입니다. 시청에서 검시하는 의사를 보내주도록 부탁하러 가는 겁니다. 그야 사람이 죽었을 때 으레 하는 일입죠. 여기 수녀님들은 의사가 오는 것을 그다지 좋아하지 않습니다. 의사라는 건 조금도 믿음을 갖고 있지 않으니 말씀이에요. 의사는 베일을 쳐들어 보고, 때로는 다른 데까지도 들춰봅니다. 그런데 이번엔 왜 이다지 성급하게 의사에게 알리기로 한 것일까! 어떻게 된 일일까? 어린아이는 아직도 잠들어 있군요. 저애 이름은 뭡니까?"

“꼬제뜨요.”

“따님이신가요 ? 아니, 당신은 이 아이의 할아버지라고나 하면 어울리겠는데요 ? ”

“그렇소.”

“이 아이라면 밖으로 내보내기도 수월한 일인데. 안마당 쪽에는 제가 쓰는 출입문이 있습지요. 그 문을 두드리면 문지기가 열어줍니다. 저는 치롱을 짊어지고, 아이를 그 속에 넣어서 나갑니다. 포슐르방 영감이 치롱을 지고 밖으로 나간다는 것은 아주 예사로운 일이거든요. 당신이 아이에게 아무 소리 말고 가만히 있도록 말씀해 주시기만 하면 됩니다. 아이 위에는 시트를 덮겠습니다. 슈맹 베르 거리에서 과일 장수를 하는 노파 하나를 잘 알고 있는데, 뭣하면 이 아이를 그 집에 맡기기로 하십시다. 귀머거리 노파로 거기에는 조그만 침대도 하나 있습니다.

　저는 과일 장수 노파의 귀에다 대고, 이건 내 조카딸인데 내일까지 좀 맡아달라고 소리를 지르겠습니다. 그러고 나서 이 아이는 당신과 같이 다시 돌아오면 된다, 이 말입니다. 저는 당신께서 다시 들어오실 수 있도록 힘쓰겠습니다. 꼭 그렇게 해드리겠어요. 그런데 마들렌느 씨, 당신이 밖으로 나가시려면 어떻게 해야 할까요 ? ”

장 발장은 고개를 가로저었다.

“나는 사람 눈에 띄어선 안 되오. 문제는 거기에 있소, 포슐르방 영감. 꼬제뜨처럼 치롱 속에 들어가 시트 아래 숨어서 나갈 방법은 없겠소 ? ”

포슐르방은 왼손 가운데 손가락으로 귓불을 긁적거렸다. 참으로 난처하다는 표시였다.

그때 세 번째 종이 울려 왔으므로 그쪽으로 정신이 팔렸다. 포슐르방은 말했다.

"저건 검시 의사가 돌아간다는 신호입니다. 의사가 들여다보고 나서 '이 사람은 죽었어요. 됐습니다'라고 말한 거죠. 의사가 천국으로 가는 통행증에 도장을 찍으면 장의사에서 관을 들여보냅니다. 돌아가신 분이 메르라면 메르들이, 수녀라면 수녀들이 시체를 관 속에 넣습니다. 그런 뒤 제가 관에 못질을 합니다. 그것이 정원사인 제 임무의 하나입지요. 정원사는 말하자면 장의사도 되는 셈입니다. 관은 바깥 길과 통하고 있는 성당의 아랫방에 두게 됩니다만, 이 방에는 의사 외에 남자는 아무도 들어가지 못합니다. 물론 장의사의 인부나 저 같은 건 사람축에 넣지 않고서 말입니다만. 제가 관에 못을 치는 것도 바로 그 방에서입니다. 그런 뒤에 장의사 인부들이 이곳으로 관을 실러 오고, 그러고 나서 말을 채찍질하면서 가 버립니다. 그렇게 하여 천국으로 가는 것이지요. 아무것도 들어 있지 않은 상자를 가지고 들어와서, 안에 무엇을 넣어 가지고 다시 나갑니다. 그것이 장례식이라는 거지요. '데 프로폰디스_(주여 저를 부르셨나이까'라고 하는 〈죽은 자의 기도〉에 나오는 한 구절)'입니다."

수평으로 비쳐 들어오는 한 줄기 햇살이 꼬제뜨의 얼굴에 닿아 있었다. 꼬제뜨는 아련히 입술을 벌리고 있었으므로 빛을 머금은 천사처럼 보였다. 장 발장은 아까부터 꼬제뜨를 지켜보고 있었다. 그는 이제 포슐르방이 하는 말을 듣고 있지 않았다.

남이 이야기를 듣지 않는다고 해서 그것이 입을 다물어야 할 이유는 되지 않는다. 사람 좋은 정원사 영감은 끈덕지게 이야기를 계속 늘어놓았다.

"보지라르의 묘지에 구덩이를 팝니다. 사람들의 말에 의하면, 이제 곧 폐쇄된다는 이야기도 있지만요. 이 보지라르 묘지는 오래된 묘지인데, 규정에 없는 것이고 정돈도 잘 되어 있지 않아서 없애 버린다는 겁니다. 섭섭한 일입니다. 편리하긴 그만이거든요. 거기 제 친구가 한 사람 있습죠. 메스띠엔느 영감이라고 무덤 파는 인부예요. 여기 수녀님들은, 날이 어두워진 뒤에 그곳으로 옮길 수 있도록 허락받고 있습니다. 수녀들을 위해 시청의 특별한 규정이 있는 것이지요. 그런데 원 참, 어제부터 웬 사건이 이리 많이 생겨날까! 크뤼씨픽씨용 메르께서 돌아가시질 않나, 게다가 또 마들렌느 씨는……."

"매장되고 말이지."

장 발장은 음울하게 미소지으며 말했다.

포슐르방은 그 말을 비약시켰다.

"정말 그래요! 여기 들어앉아 버리시면 그야말로 매장되는 거나 같습죠."

네 번째 종소리가 울려 퍼졌다. 포슐르방은 재빨리 방울 달린 가죽 무릎덮개를 못에서 벗겨내려 자기 무릎에 씌웠다.

"이번에는 제 차례로군요. 원장님이 저를 부르고 계십니다. 어디, 가슴 아픈 꼴을 한바탕 치르고 올까요. 마들렌느 씨, 가만히 기다려 주십시오. 기발한 착상이라는 것도 있는 법이니까요. 시장하시면, 저기에 포도주와 빵과 치즈가 있습니다."

그리고 그는 "곧 갑니다! 곧 갑니다!" 하면서 오두막집에서 나갔다.

장 발장은 그가 자기의 멜론 밭을 곁눈질하면서, 절름거리는 다리로 한껏 서두르며 정원을 가로질러 가는 것을 보았다.

그런 뒤 10분도 채 되지 않아 포슐르방 노인은 방울 소리로 수녀들을 놀라 달아나게 하면서, 어느 문 하나를 가만히 두드렸다. 그러자 차분한 목소리가 "영원토록, 영원토록"이라고 대답했다. 즉 '들어오시오'라는 말이었다.

그 문은 심부름시킬 때 정원사를 불러들이는 응접실 문이었다. 응접실은 회의실과 붙어 있었다. 수도원장은 응접실의 단 하나뿐인 의자에 걸터앉아 포슐르방을 기다리고 있었다.

관은 바깥 길과 통하고 있는 성당의 아랫방에 두게 됩니다

곤경에 빠진 포슐르방

다급한 경우에 불안하면서도 근엄한 표정을 짓는 것은 어떤 성격의 사람이나 어떤 직업의 사람들에게는 흔히 있는 일이지만, 특히 사제나 수도자에게서 곧잘 찾아볼 수 있다. 포슐르방이 들어갔을 때, 그런 이중의 걱정스러운 기색이 수도원장의 얼굴에 뚜렷이 나타나 있었다. 이 아름답고 학식이 많은 블레뫼르 양, 즉 이노쌍뜨 원장은 여느 때는 무척 쾌활한 사람이었다. 정원사는 정중하게 절을 하고 응접실 입구에 가만히 서 있었다. 이노쌍트 원장은 묵주를 만지작거리고 있다가 눈을 들며 말했다.

"아아! 포방 영감이군요."

수도원에서는 그렇게 짧게 줄인 호칭을 썼다.

포슐르방은 다시 허리를 굽혔다.

"포방 영감님, 내가 당신을 불렀어요."

"그래서 이렇게 왔습니다, 원장님."

"당신에게 할 이야기가 있어요."

"실은 저도," 내심 겁을 집어먹으면서 포슐르방은 용기를 내어 말했다. "죄송스럽지만 원장님께 드릴 말씀이 있습니다."

수도원장은 그를 바라보았다.

"그래요! 내게 무슨 하실 말이라도?"

"소원이 있습니다."

"어디 말해 보시구려."

공증인의 서기 노릇을 한 적이 있는 포슐르방 노인은 침착한 농부라고나 할 그런 부류에 속하는 사람이었다. 어떤 종류의 교묘한 무지는 일종의 힘이다. 아무도 그것을 경계하지 않으므로 누구나 보기 좋게 속아 넘어가는 것이다. 수도원으로 들어온 지 그럭저럭 2년 남짓한 동안, 포슐르방은 이 수도회 안에서 그런대로 좋은 평을 받고 있었다. 그는 언제나 혼자 정원사 일을 하면서, 오직 호기심만을 만

"그래서 이렇게 왔습니다, 원장님."

족시키고 있을 뿐이었다. 베일을 늘어뜨리고 오가는 여자들과는 멀리 떨어져 있었으므로, 그가 볼 수 있는 것은 거의 그림자뿐이었다.

그러나 주의와 통찰력을 활용하여 그런 모든 유령에게 육체를 부여함으로써, 얼핏 보아 죽은 것처럼 보이는 그 여자들도 그는 되살려 놓았다. 그는 눈이 유달리 잘 보이는 귀머거리나, 귀가 날카로운 장님 같은 존재였다. 여러 가지 종소리의 의미를 알아들으려고 열심히 노력하여 그것에 성공했기 때문에, 마침내 수수께끼를 간직한 말없는 이 수도원 안에서 그가 모르는 일이란 하나도 없게 되었다. 스핑크스가 모든 비밀을 그의 귀에 속삭여 주었던 것이다. 포슐르방은 모든 것을 알고 있으면서도 모든 것을 숨기고 있었다. 그 점이 그의 교묘한 수법이었다.

수도원 내의 모든 사람이 그를 바보로 생각하고 있었다. 그것은 종교상으로는 위대한 장점이 되는 것이다. 메르 보까르들은 포슐르방을 소중하게 여겼다. 그는 불가사의할 정도로 말이 없었다. 그것이 사람들의 신뢰심을 자아냈다. 게다가 그는 규칙을 잘 지켜 과수원이나 채소밭 때문이라는 분명한 볼일 이외에는 외출하지 않았다. 그런 조심성이 그에게는 득이 되었다. 그런데다 그는 두 남자한테서 온갖 정보를 얻고 있었다. 즉 수도원에서는 응접실에서 일어나는 자질구레한 일들을 문지기한테서 모두 알아내고, 묘지에서는 무덤 파는 인부한테서 묘지의 여러 가지 색다른 일을 알아내고 있었던 것이다.

그리하여 그는 수녀들에 대한 두 가지 지식을 가지고 있었다. 하나는 그 삶에 대해서이고, 다른 하나는 그 죽음에 대해서였다. 그러나 그는 무엇 하나 나쁘게 이용하지는 않았고 수도원에서도 그를 신용했다. 늙고 절름발이이고, 아무것도 보려 하지 않는 데다 어쩐지 약간 귀도 먼 듯하니, 여러 가지로 얼마나 다행스러운 일인가! 그를 대신할 사람을 찾아내기란 그리 쉬운 일이 아닐 듯싶었다.

이 늙은이는, 자기가 신임을 받고 있다는 안도감으로, 수도원장과 면대하여, 꽤나 장황한, 그러나 깊은 의미를 지닌 시골뜨기다운 이야기를 늘어놓았다. 자기는 나이가 많다는 것, 몸이 부자유스럽다는 것, 그래서 자기 딴엔 전보다 두 갑절이나 더 힘이 드는 것 같다는 것, 하지 않으면 안 될 일이 차차 많아지기만 한다는 것, 정원이 넓다는 것, 가령 엊저녁같이 달이 밝은 밤에는 멜론 밭에 가마니를 덮어 주어야 하기 때문에 밤을 새워야 한다는 것 등등의 일을 장황하게 이야기하고 나서, 끝내는 다음과 같은 말을 꺼냈다.

자기에게는 아우가 하나 있는데——원장은 약간 놀라는 듯했다——상당히 늙었으므로——원장은 다시 몸을 움직였으나 이번에는 안심이 된다는 듯한 몸짓이었다——만약에 허락만 해준다면, 그 아우를 데려다 같이 살면서 일하는 데 도움을 받고 싶다. 그는 뛰어난 정원사이므로 수도원을 위해서는 자기보다 훨씬 도움이 될 것이다. 그러나 만약 이것이 허락되지 않는다면, 형인 자기는 너무나 기력이 쇠하여 일을 제대로 해내지 못할 것 같으니, 유감스럽지만 그만 두지 않을 수 없을 것 같다. 아우에게는 어린 딸 아이가 하나 있어 반드시 데리고 오리라고 생각되는데, 그 아이는 이 안에서 천주의 품에 안겨 자라게 될 것이고, 어쩌면 장래에는 수녀가 될지도 모른다.

그가 이야기를 마치자, 수녀원장은 묵주알을 세어 넘기던 손길을 멈추고 그에게 말했다.

"저녁때까지 튼튼한 쇠막대를 하나 얻어 올 수 있겠어요?"

"무엇에 쓰시려고요?"

"지렛대로 사용하려는 거예요."

"알겠습니다, 원장님."

포슐르방은 대답했다.

수도원장은 그 이상 아무 말 없이 일어나 옆방으로 들어갔다. 거기는 회의장으로, 아마도 메르 보까르들이 모여 있을 것이다. 포슐르방은 혼자 남게 되었다.

이노쌍뜨 원장

15분쯤 지났다. 수도원장은 돌아와서 다시 의자에 걸터앉았다.

두 사람은 서로 이야기를 주고받으면서도 저마다 무슨 일에 골몰하고 있는 듯했다. 여기 두 사람이 나눈 대화를 그대로 옮겨 보기로 하자.

"포방 영감님!"

"네, 원장님, 무슨 말씀이신지?"

"당신은 성당을 알고 있겠지요?"

"거기에는 미사와 성무 일과를 드리기 위해 앉는 저의 조그만 자리가 있습니다만."

"그리고 성가대석에도 일하러 들어간 적이 있지요?"

"두서너 번 있습니다."

"거기 있는 돌을 한 장 들어내야겠는데요."

"아니 그렇게 무거운 것을요?"

"제단 옆에 깔아 놓은 포석 말이오."

"지하실(^{지하}_{납골실})을 덮고 있는 돌 말씀입니까?"

"그래요."

"그런 경우에도 남자가 둘 있는 편이 좋을 거라고 생각합니다만."

"아쌍씨용 수녀님은 남자처럼 힘이 세신 분이니까 도와주실 거예요."

"여자 분은 아무래도 남자와 다릅니다."

"당신을 도와 줄 사람이라곤 여기엔 여자밖에 없어요. 저마다 할 수 있는 데까지 일을 하면 되는 거죠. 마비용 신부님은 성 베르나르의 서간을 417편 쓰셨는데, 메를로누스 호르스튜스는 367편밖에 쓰시지 못했다고 해서 나는 메를로누스 호르스튜스를 조금도 업신여기지는 않습니다. ”

“저 역시 그렇습니다. ”

“선행이라는 것은 자기 힘에 따라 하는 거예요. 수도원은 작업장
이 아닙니다. ”

“그러나 여자는 남자가 아닙니다. 제 아우는 힘이 아주 셉니다！”

“그리고 지렛대를 하나 준비해 와야 해요. ”

“그런 종류의 돌문에 맞는 열쇠란 지렛대밖에 없을 겁니다. ”

“돌에는 쇠고리가 달려 있어요. ”

“거기에 지렛대를 꿰면 되겠군요. ”

“돌은 회전하게 되어 있어요. ”

“그건 참 잘됐습니다, 원장님. 지하실을 열겠습니다. ”

“그리고 성가대의 메르 보까르 네 분이 입회하실 거예요. ”

“그리고 지하실 문을 열고 나서는？”

“도로 닫아야 합니다. ”

“그것 뿐입니까？”

“아니오. ”

“무엇이든지 분부해 주십시오, 원장님. ”

“포방, 우리는 당신을 신뢰하고 있어요. ”

“저는 무슨 일이든 하겠습니다. ”

“무슨 일이든 잠자코 해주겠지요？”

“네, 원장님. ”

“지하실 문이 열리면……. ”

“제가 도로 닫겠습니다. ”

“그러나 그러기 전에……. ”

“무엇입니까, 원장님？”

“안에 무엇인가 넣어야 해요. ”

잠시 침묵이 흘렀다. 수도원장은 주저하듯이 아랫입술을 조금 내

민 뒤에 다시 입을 열었다.

"포방 영감님!"

"네, 원장님, 무슨 말씀이든지."

"오늘 아침에 메르 한 분이 돌아가신 건 알고 있겠지요?"

"아니오."

"종소리를 못 들었나요?"

"마당 안쪽에서는 아무것도 들리지 않습니다."

"정말인가요?"

"저를 부르는 종소리를 겨우 알아들었을 뿐인 걸입쇼."

"그분은 새벽에 돌아가셨어요."

"게다가 또 오늘 아침에는 바람도 저 있는 쪽으로는 불지 않았습니다."

"크뤼씨픽씨용 님께서 세상을 뜨셨습니다. 천국의 복을 누리실 분이지요."

수도원장은 입을 다물고, 마음 속으로 기도를 드리듯이 한동안 입술을 움직이고 난 뒤 말을 이었다.

"3년 전 일이었는데, 크뤼씨픽씨용 님이 기도드리는 모습을 보고, 어느 장세니스트가——베뛰느라는 부인인데——가톨릭 정교도로 개종했습니다."

"아, 네. 그리고 보니 이제 비로소 승천의 종소리가 들리는 것 같군요, 원장님."

"메르들이 그분을 성당 옆 검시실로 옮겨놓았어요."

"알겠습니다."

"당신 외에 남자는 아무도 그 방으로 들어갈 수 없으며, 또 들어가서는 안 됩니다. 이 점을 잘 기억해 두도록. 고마운 일 아니에요? 검시하는 방에 남자 신분으로 들어갈 수 있다니!"

"더 자주 ('더 자주'라는 말은 속어로서) ('이젠 딱 질색'이라는 뜻임)!"

"뭐라고 했나요 ? "

"더 자주 ! "

"그게 무슨 말이오 ? "

"더 자주라는 말입니다. "

"무엇과 비교해서 더 자주란 말이오 ? "

"원장님, 무엇과 비교해서 더 자주라는 말이 아닙니다. 그냥 더 자주라는 말입니다. "

"당신 말은 못 알아 듣겠군요. 왜 무슨 일로 더 자주라는 말을 쓰는지 ? "

"원장님처럼 말하려고 그러는 것입죠, 원장님. "

"하지만 나는 더 자주란 말을 한 적이 없는데. "

"그렇게 말씀하진 않으셨습니다. 그렇지만 저는 원장님처럼 말해 보려고 그렇게 말한 것입니다요. "

이때 9시를 알리는 종이 울렸다.

"아침 9시에, 그리고 모든 시간에 제단의 성체께서 찬양받으시기를 ! "

수도원장은 기도했다.

"아멘. "

포슐르방은 말했다.

마침 알맞게 시간을 알리는 종소리가 울렸다. 그 때문에 '더 자주' 에 대한 문제가 일단락되었다. 만약 종이 울리지 않았더라면 수도원 장과 포슐르방은 엇갈리는 이 말의 미로에서 도저히 벗어나지 못했을 것이다. 포슐르방은 이마를 문질렀다.

수도원장은 기도를 올리는 모양인지 다시 입 속으로 무엇인가 중얼거리다가는 소리를 내어 말했다.

"크뤼씨픽씨용 님은 많은 사람들을 올바른 신앙으로 개종시켰습니다. 돌아가신 뒤에는 많은 기적을 나타내실 것이 틀림없어요. "

"그야 물론 나타내시고 말굽쇼!"

포슐르방은 장단을 맞추며 다시는 실수하지 않으려고 애쓰면서 대답했다.

"포방 영감님, 우리 수도원은 크뤼씨픽씨용 님에 의해 축복을 받았습니다. 하긴 베뤼르 추기경처럼 성 미사를 드리면서 은명하고, 또는 '이제 이 몸을 바치나이다' 하는 기도를 외우면서 천주님께 자기 영혼을 돌려보내는 것은 누구나가 할 수 있는 일은 아닙니다. 그러나 그만한 행복은 누리지 못했다 할지라도 크뤼씨픽씨용 님은 성스러운 임종을 하셨어요. 마지막 순간까지 의식을 잃지 않으셨지요. 우리들에게 말씀하시고, 다음으로 천사들에게 말씀하셨습니다. 그분은 우리에게 마지막 소원을 말씀하셨습니다. 만약 포방 당신도 좀 더 믿음이 두터워 그분의 독방에 들어갈 수 있었더라면, 그분은 당신의 다리를 만져 낫게 해주셨을 텐데. 그분은 미소를 짓고 계셨어요. 그래서 하느님의 품에 안겼다는 것을 우리들은 알았습니다. 그 임종은 천국을 생각케 하는 것이 깃들어 있었습니다."

포슐르방은 이것으로 조문의 말이 끝난 것으로 생각하고 "아멘"이라고 말했다.

"포방 영감님, 돌아가신 분의 소원은 이루어 드리지 않으면 안 됩니다."

수도원장은 묵주를 몇 알 넘겼다. 포슐르방은 입을 다물고 있었다. 수도원장은 말을 계속했다.

"나는 이 일을, '주님께' 봉사하고 수도 생활의 실천에 앞장서며 훌륭한 성과를 거두고 계신 수많은 천주님의 성직자들에게 의논드려 보았습니다."

"원장님, 정원 안쪽에 비해 여기서 승천의 종소리가 더 잘 들립니다요."

"게다가 그분은, 여느 죽은 사람이라고는 할 수 없는 성자 같은 분입니다."

"네, 원장님과 마찬가지로."

"그분은 지난 20년 동안 관 속에 죽 누워 계셨습니다. 우리들의 성부 피우스 7세의 특별 허락을 받으셔서."

"관을 바치신 분입지요, 황(皇)…… 보나빠르뜨에게"

포슐르방처럼 요령있는 사람이 그런 말을 하다니 엄청난 실수였다. 그러나 다행스럽게도 수도원장은 자기 생각에 골몰해 있었으므로, 그 말이 귀에 들어가지 않았다. 그녀는 말을 이었다.

"포방 영감님!"

"네, 원장님?"

"까빠도시아의 대주교 성 디오도로스는 지렁이라는 의미의 '아까루스'라는 단 한 마디만을 자기 무덤에 새겨 주기를 원해서 그대로 실현되었습니다. 그것은 그렇게 해야 할 일이었겠지요?"

"네, 원장님."

"아낄라의 대수도원장인 복자 메쏘까네는 교수대 밑에 매장해 주기를 원했는데, 이것도 실현되었습니다."

"그것도 도리입지요."

"티베르 강 하류에 있는 뽀르의 주교 성 떼렌체는 오가는 사람들이 자기 무덤에 침을 뱉도록 하려고, 자기 묘석에 부모를 살해한 자의 무덤에 붙이는 표를 새겨 줄 것을 원했는데, 그것도 실현되었습니다. 돌아가신 분들의 의사는 존중하지 않으면 안 됩니다."

"그렇게 되기를."

"프랑스 로슈 바베유에서 태어나신 베르나르 기도니스는 스페인 뚜이의 주교였습니다만, 까스띨랴 왕의 뜻을 거스르고, 그 유해는 자기 소원대로 리모즈의 도미닉파 성당으로 옮겼어요. 여기에 반대할 수 있겠습니까?"

"그야 안 될죠, 원장님."

"그런 사실은 빨랑따비 들 드 포스에 의해 증명되고 있습니다."

또다시 침묵 속에서 몇 알의 묵주를 세어 넘겼다. 수도원장은 말을 이었다.

"포방 영감님, 크뤼씨픽씨용 님은 지난 20년 동안 누워 주무셨던 관에 드신 채 매장되실 것입니다."

"지당하신 말씀입니다."

"그것은 자던 잠을 계속 자는 셈이지요."

"그렇다면 저는 그 관에다 못질을 해야 하겠군요?"

"그래요."

"장의사에서 들여온 관을 쓰지 않게 되겠군요?"

"그래요."

"저는 수도원장님의 명령이시라면 무엇이든 하겠습니다."

"메르 보까르 네 분이 당신을 도와줄 것입니다."

"관에 못질하는 것 말씀입니까? 그럴 필요는 없습니다."

"아니, 관을 내리기 위해서요."

"어디로 내리는데요?"

"지하실 속으로."

"어느 지하실 말입니까?"

"제단 아래."

"제단 아래?"

포슐르방은 펄쩍 뛰었다.

"제단 아래!"

"제단 아래."

"하지만……."

"쇠막대기를 하나 준비해 올 수 있겠지요?"

"네, 하지만……."

"돌에 달린 쇠고리를 이용하여 당신이 지렛대로 그 돌을 들어올리는 겁니다."

"하지만……."

"돌아가신 분의 의사는 존중해 드리지 않으면 안 됩니다. 성당 제단 아래 지하실에 묻혀서 결코 더럽혀진 땅 밑으로는 들어가지 않고 살아 계신 동안 기도를 드리던 곳에 죽어서도 그대로 머무르시겠다는 것이 크뤼씨픽씨용 님의 마지막 소원이었습니다. 그분이 그것을 우리에게 부탁하셨어요. 말하자면 명령하신 것이지요."

"그러나 그것은 금지되어 있는뎁쇼."

"인간에 의해서는 금지되어 있지만, 신에 의해서는 명령되어 있어요."

"만약 탄로난다면?"

"우리는 당신을 믿고 있습니다."

"그야 물론 저는 이 벽의 돌이나 마찬가지입니다만."

"회의가 열렸어요. 지금도 방금 메르 보까르들과 의논을 했는데, 깊이 토론한 결과 크뤼씨픽씨용 님은 소원대로 그 관에 넣어 제단 아래 매장하기로 결정되었습니다. 생각해 보세요, 포방 영감님. 만약 이곳에서 기적이 일어난다면 어떨지를! 우리들의 수도회로서는 더할 나위 없는 하느님의 영광이 아니겠어요! 기적은 무덤에서 나타나는 겁니다."

"그러나 원장님, 만약 위생계의 관리가……."

"성 베네딕뜨 2세는 묘소에 관한 일로 콘스탄틴 포고나튜스 황제께 항거하신 일이 있었습니다."

"그래도 경찰관이……."

"콘스탄틴 황제 때, 골 지방으로 들어온 7명의 독일 왕 중 한 분이었던 꼬노드메르는 수도사들이 신앙에 따라 매장된다는, 즉 제단 아래 묻힐 수 있는 권리를 특별히 인정해 주셨습니다."

"그렇지만 감찰관이……."

"십자가 앞에서 속세는 아무것도 아니에요. 샤르트뢰즈회의 제11
대 총회장 마르땡은 자기 수도회 사람들에게 '세상이 변천하는 동
안에도 십자가는 서 있느니라'라는 격언을 주셨습니다."

"아멘."

포슐르방은 마지막의 라틴어에 대해 이렇게 말했다. 그는 라틴어
를 들으면 언제나 그런 식으로 얼버무리는 것이었다.

오랫동안 굳이 침묵을 지켜야 했던 사람에게는, 말 상대야 누가
되든 한 사람만 있으면 그것으로 충분한 법이다. 고대의 웅변가였던
짐나스트로스는 감옥에서 나오자마자 몸속에 쌓인 양도 논법과 삼
단 논법을 해소해 보려고 우선 처음 맞닥뜨린 나무 앞에 발길을 멈
추고, 그것과 토론을 벌이면서 어떻게든 설득해 보려고 무진 애를
썼다는 이야기가 있다. 수도원장은 여느 때는 늘 굳게 침묵을 지켜
야 했으므로 말의 저수지가 흘러넘칠 지경이었기 때문에, 마치 수문
이 열린 것처럼 큰소리로 입심 좋게 지껄여 대는 것이었다.

"내 오른편에는 베네딕뜨가 계시고 왼편에는 베르나르가 계십니
다. 베르나르는 어떤 분이었는가 하면, 그분은 끌레르보의 첫 수
도원장이셨어요. 부르고뉴의 퐁따뉴는 그분이 태어나신 축복받은
고장입니다. 그분의 아버님은 떼슬랭이라는 분이고, 어머님은 말
레뜨라는 분이셨지요. 그분은 씨또에서부터 시작하여 마지막에는
끌레르보에 이르셨어요. 그분은 샬롱 쉬르 쏜느의 주교 기욤므 드
샹뽀에 의해 수도원장 서품식을 받으셨습니다.

그분은 700명의 수련 수도사를 거느리시고, 160개의 수도원을
세우셨습니다. 1140년에는 쌍쓰의 회의에서 아벨라르를 설복하
고, 삐에르 드 브뤼이와 그의 제자 앙리를 설복하고, 또 아뽀스똘
릭이라고 하는 일종의 사교도들을 설복했으며, 아르노 드 브레쓰
를 격파하고, 유대인들을 죽인 라울 수도사를 분쇄했으며, 1148

년에는 랭쓰의 회의를 주관했고, 쁘와띠예의 주교 질베르 드 라 뽀레에게 죄를 내리게 하고, 에옹 드 레뜨왈르에게도 죄를 내리게 하고, 왕과 귀족의 분쟁을 조정하고, 루이르 핀느 왕에게 교리를 설법하고, 교황 유제뉴스 3세에게 조언을 하고, 땅쁠 기사단을 관리하고, 십자군을 지도하고, 평생에 250가지 기적을 행하고 심지어는 하루에 39가지 기적을 나타내신 일도 있었습니다.

또 베네딕뜨는 어떤 분이었는가 하면, 그분은 몬테 카씨노의 대주교였으며, 신성 수도원의 기초를 다진 두 번째 성자이시고, 서방의 바질이라고도 할 만한 분입니다. 그 수도회는 40명의 교황과 200명의 추기경과, 50명의 총대주교와, 1600명의 대주교와 4600명의 주교와, 4명의 황제와, 12명의 황후와, 46명의 왕과 41명의 왕비와 3600명의 성자를 배출했으며, 1400년이 흐른 오늘날까지도 계속되고 있습니다.

한편에는 성 베르나르, 다른 한편에는 위생 담당 관리요, 또 한편에는 성 베네딕뜨, 다른 한편에는 풍기단속관! 국가니, 풍기니, 장의사니, 규정이니, 행정이니 하는 그런 것 따위를 우리가 아랑곳할 게 뭡니까? 아무리 지나가는 행인일지라도 우리가 어떤 대접을 받고 있는가를 본다면 분개할 것이 틀림없어요. 우리는 자신의 유해를 예수 그리스도에게 바칠 권리조차 갖고 있지 않습니다! 당신이 말한 위생이라느니 하는 따위는 혁명이 만들어낸 것이에요. 그리고 주님께서 경찰을 받들어 모셔야 한다는 것이 오늘날의 모습입니다. 입을 닥쳐요. 포방 영감!"

이런 질책을 받으면서 포슐르방은 마음이 불안스러워 안절부절못하고 있었다. 원장은 계속 말했다.

"수도원에 묘소를 관리할 권한이 있다는 것은 의심할 여지없는 사실이에요. 그것을 부인하는 것은 광신자나 믿음을 얻지 못한 채 헤매는 자들뿐이죠. 우리들은 무서운 혼란 시대에 살고 있습니다.

인간은 알아야 할 일을 알지 못하고, 알아서는 안 될 일을 알고 있는 판국입니다. 모두 오염되고 신앙을 잃었어요.

현대에 이르러서는 위대하신 성 베르나르와 13세기에 생존해 있던 성직자, 소위 가난한 가톨릭교도들의 베르나르라는 한 사제를 구별하지 못하는 사람들이 얼마든지 있습니다. 그런가 하면 루이 16세의 단두대를 예수 그리스도의 십자가와 비교하는 모독을 감히 행하는 자가 있습니다. 루이 16세는 한 나라의 왕에 불과했던 사람이 아닙니까. 그러므로 언제나 주님을 잊지 말아야 해요!

지금은 이미 올바른 사람도 그른 사람도 없는 판입니다. 볼떼르라는 이름은 알아도 쎄자르 드 뷔스라는 이름은 모르고들 있어요. 그러나 쎄자르 드 뷔스는 복자이고 볼떼르는 불행한 사람입니다. 전의 대주교 뻬리고르 추기경은 샤를르 드 공드랑이 베륄의 뒤를 잇고, 프랑스와 부르구앵이 공드랑의 뒤를 이어받고, 장 프랑스와 쓰노가 부르구앵의 뒤를 이었으며, 쌩뜨 마르뜨 신부가 장 프랑스와 쓰노의 뒤를 이어받았다는 사실조차 모르고 있었습니다.

꼬똥 신부의 이름이 사람들에게 알려진 것은 오라뜨와르 수도회를 창립한 세 사람 중 한 분이었기 때문이 아니라 신교도의 왕 앙리 4세에게 그 이름을 서언(맹세하는 말)의 일부로 쓰게 했기 때문이지요. 성 프랑스와 드 쌀을 상류 사교계 사람들이 좋아한 것도, 이분이 노름판에서 속임수를 잘 썼기 때문입니다. 게다가 또 사람들은 종교를 공격하고들 있습니다. 왜 그럴까요. 그것은 나쁜 사제들이 있기 때문입니다. 가쁘의 주교 싸지떼르가 앙블랑의 주교 쌀로느의 형제였으며, 둘 다 몽몰의 추종자였기 때문이에요.

그러나 그러한 것들이 무슨 소용이겠습니까? 아무리 그런 일이 있다 할지라도, 마르땡 드 뚜르가 성자였다는 것과 그분이 어떤 가난한 자에게 망토 절반을 나누어 주었다는 것은 여전한 사실 아니겠어요? 사람들은 성자를 박해합니다. 사람들은 진실에 대해서는 눈을 감고 있습니다. 암흑이 예사로운 것으로 되어 있습니다. 가장 포악한 짐승이란 눈먼 짐승을 가리키는 것이에요. 누구하나 진지하게 지옥에 대하여 생각하려고 하지 않습니다.

아아! 마음이 일그러진 민중들이여! 왕의 이름 아래라는 말은 오늘날에 이르러서는 혁명의 이름 아래라는 의미가 되어 있습니다. 사람은 이제 산 자와 죽은 자에 대한 의무를 모릅니다. 성자처럼 죽는 일은 금지되고, 무덤에 대한 일도 세속의 일이 되어 버렸어요. 생각만 해도 소름끼치는 일입니다. 교황 성 레오 2세는 2통의 친서를 써서, 한 통은 삐에르 노떼르에게, 다른 한 통은 비지고트 족의 왕에게 보냈는데, 그것은 죽은 사람에 관한 문제에서 지방관의 권력과 황제의 최고권에 대항하여 싸우고 배격하기 위해서였습니다. 또 샬롱의 주교 고띠에는 이 문제로 인해 부르고뉴 공작 오똥과 대립했어요. 옛날의 행정관은 결국 그 점에 관해서는 동의했던 것입니다.

옛날에 우리들은 세속의 일까지 발언권을 가지고 있었습니다. 씨또의 수도원장은 씨또회의 총회장인 동시에 부르고뉴 의회의 세습 평의원이었습니다. 죽은 사람에 대해서는 우리들 좋을 대로 처리하면 되는 거예요. 성 베네딕뜨는 543년 3월 21일 토요일에 이탈리아의 몬떼까시노에서 돌아가셨지만, 그 유해는 프랑스의 플뢰리 대수도원, 이른바 쌩 브느와 쉬르 르와르 대수도원에 있지 않습니까? 이런 모든 일은 이론의 여지가 없는 일이요.

나는 이단의 성가대원을 몹시 싫어하고, 기도 지상주의자를 미워하며, 그 신도들을 증오하고 있지만, 그 이상으로 내가 꺼리는 것은 누구든 내 말에 반대하고 나서는 사람들일 것입니다. 아르눌 비용과 가브리엘 뷔 쓸랭과 트리떼므와 모롤리큐스와 뤽 다슈리 수도사님들이 펴낸 책을 읽기만 하면 알게 될 거예요."

수도원장은 크게 숨을 쉬고 나서, 포슐르방 쪽으로 돌아앉으며 말했다.

"포방 영감님, 알겠습니까?"

"알겠습니다, 원장님."

"당신을 믿어도 되겠지요?"

"분부대로 따르겠습니다."

"좋아요."

"저는 이 수도원에 모든 것을 바치고 있습니다."

"알았어요. 그럼 당신은 관에 뚜껑을 덮어 주어요. 수녀들이 그것을 성당으로 옮길 겁니다. 추도 미사가 있을 겁니다. 그것이 끝나면 모두 방으로 돌아갈 것이니, 오후 11시와 12시 사이에 당신은 쇠막대를 가지고 오세요. 모든 것은 극비리에 진행될 겁니다. 성당 안에는 메르 보까르 네 분과 아쌍씨용 수녀님과 당신 외에는 아무도 없을 거예요."

"그리고 기둥 앞에서 고행하시는 수녀님이 계십니다."

"그녀는 절대로 돌아보지 않아요."

"하지만 소리는 들리겠지요."

"귀를 기울이지 않을 거예요. 그뿐 아니라, 수도원 안에는 알려지더라도 속세에는 알려지지 않을 겁니다."

다시 한동안 이야기가 중단되었다. 이윽고 수도원장은 입을 열었다.

"그 방울을 떼어 놓고 가세요. 고행하는 수녀에게 당신이 와 있다는 것을 알릴 필요는 없으니까."

"원장님!"

"뭔가요, 포방 영감님?"

"검시하는 의사 선생님은 오셨습니까?"

"오늘 4시에 오실 거예요. 검시 의사를 부르러 가는 종은 벌써 울렸습니다. 당신은 종소리를 도무지 듣지 못했군요?"

"저는 저를 부르는 종소리밖에는 주의하지 않습니다."

"그러면 됐어요, 포방 영감님."

"원장님, 지렛대가 적어도 6피트는 되어야겠습죠?"

"어디서 구할 거죠?"

"쇠창살이 있는 곳이라면 반드시 쇠막대가 있는 법입죠. 저는 마당 구석에 고철을 산더미만큼 모아놓고 있습니다."

"밤 12시 45분 전에는 와야 합니다. 잊어버리면 안 돼요."

"원장님!"

"뭔가요?"

"만약 이 다음에 또 이런 일이 있으시다면, 제 아우는 아주 힘이 셉니다. 터키인 같습죠!"

"되도록 빨리 해주세요."

"저는 그리 빨리 해내지 못할 겁니다. 몸이 부자유스러우니까요. 조수가 하나 필요하다고 말씀드리는 것도 그 때문입니다. 저는 절름발이거든요."

"절름발이인 것은 죄가 아니에요. 아니, 하느님의 자비일지도 모릅니다. 하인리히 2세는 대립 교황 그레고리와 싸워서 베네딕뜨 8세를 교황으로 복위시킨 분이지만, '성자'와 '절름발이'라는 두 가지 별명을 가지고 계셨습니다."

"두 개의 별똥(별명이라는 말을 잘못 알아들음)은 컸겠습지요."

포슐르방은 중얼거렸다. 사실 그는 약간 귀가 먹었던 것이다.

"포방 영감님, 생각해 보니 한 시간은 넉넉히 잡아야 되겠군요. 그것도 많다고는 할 수 없지만, 11시에 쇠막대를 가지고 제단으로 와주시구려. 12시에는 미사가 시작되니, 그보다 15분 전에는 다 끝내 놓아야겠소."

"수도원에 바치는 저의 정성을 보여 드리기 위해서는 무엇이고 다 하겠습니다. 분부하신 일은 이렇습죠? 먼저 제가 관에 못질을 하고 11시 정각에 성당으로 가 있습니다. 메르 보까르들도 거기에 와 계시고, 아쌍씨용 수녀님도 와 계십니다. 남자가 둘이었으면 더 좋겠습니다만, 뭐, 할 수 없습죠. 저는 지렛대를 가지고 가겠습니다. 우리들은 지하실을 열고, 관을 내려놓고 다시 닫습니다. 그것으로 아무런 흔적도 남지 않을 겁니다. 관청에서도 알 까닭이 없습지요. 원장님, 그러면 되는 것입지요?"

"아니오."

"그럼 또 뭐가 남았습니까?"

"빈 관이 그냥 있습니다."

그리하여 이야기가 잠시 중단되었다. 포슐르방은 생각에 잠겼다. 원장도 생각에 잠겨 있었다.

"포방 영감님, 관을 어떻게 하면 좋을까요?"

"그건 땅 속에 묻어야겠습죠."

"빈 채로?"

다시 또 침묵이 흘렀다. 포슐르방은 왼손으로 몹시 걱정되는 일을 털어 버리는 듯한 몸짓을 했다.

"원장님, 성당 아랫방에서 관에다 못질을 하는 겁니다. 거기엔 저밖에는 아무도 들어가지 못합니다. 그리고 제가 관에다 보를 씌웁니다."

"그건 그렇지만 장의사 인부들이 마차에 싣고 또 무덤에 파묻고 하는 동안, 관 속에 아무것도 들어 있지 않다는 것을 알아차릴 거예요."

"이것 난처하군! 제기……."

느닷없이 포슐르방은 커다란 소리를 냈다. 수도원장은 성호를 그으면서 타이르듯 정원사의 얼굴을 뚫어지게 바라보았다. '랄'이라는 끝말은 그의 목구멍에 걸려 나오지 않았다.

그는 듣기 거북스러운 그 말을 잊어버리게 하려고 허둥지둥 한 가지 방책을 얼른 꾸며 냈다.

"원장님, 관 속에는 흙을 넣어 두겠습니다. 그렇게 하면 아마도 사람 하나쯤 들어 있는 것 같지 않겠습니까?"

"과연 그렇겠군요. 흙은 사람과 같은 것이에요. 그럼 그렇게 해서 빈 관을 처리해 주겠소?"

"마음 놓으십시오."

그때까지도 불안스럽게 흐려 있던 원장의 얼굴은 다시금 홀가분한 모습을 되찾고 있었다. 원장 수녀는 상사가 부하를 물러가게 할 때와 같은 시늉을 했다. 포슐르방은 입구 쪽으로 발길을 옮겼다. 그가 막 나가려 할 때, 수도원장은 약간 소리를 높여 말했다.

"포방 영감님, 나는 당신을 만족스럽게 생각합니다. 내일 장례식 뒤에 당신 아우를 내게로 데리고 오시구려. 그리고 그 딸아이도 데리고 오도록 말하시오."

마치 오스띤 까스띨레호 수도사의 이야기처럼

절름발이의 급한 걸음걸이는 애꾸눈의 추파와도 같은 것이어서, 목적하는 지점에 얼른 도달하지 못하는 법이다. 더욱이 포슐르방은 완전히 어리둥절하고 있었다. 그는 정원 한구석에 있는 오두막집으로 돌아가는 데 이럭저럭 15분이나 걸렸다. 이제 꼬제뜨는 잠에서 깨어나 있었다. 장 발장은 그애를 불 옆에 앉혀 놓고 있었다. 포슐르방이 들어왔을 때, 장 발장은 그에게 벽에 걸린 정원사의 치롱을 가리키며 이렇게 말하고 있었다.

"잘 들어라, 꼬제뜨. 우리는 이 집에서 나가지 않으면 안 된단다. 하지만 다시 여기로 돌아와서 편히 살게 될 거야. 이 할아버지께서 저 치롱 속에 너를 넣어 짊어지고 나가실 거다. 너는 어느 아주머니 집에 맡겨지게 될 텐데 거기서 날 기다리고 있거라. 내가 곧 데리러 갈 테니까. 떼나르디에 아주머니에게 붙잡히기 싫거든

내 말을 잘 듣고 아무 말도 해서는 안 된다, 알겠니?"

꼬제뜨는 진지한 얼굴로 고개를 끄덕였다.

포슐르방이 문 여는 소리에 장 발장은 고개를 돌렸다.

"어떻게 됐소?"

"이야기는 잘되었지만, 끝까지 잘될는지 안 될는지."

포슐르방은 말했다.

"당신이 여기 들어오시도록 허가는 받았습니다. 그런데 들어오시려면 일단 여기서 나가셔야 할 텐데 그게 영 곤란한뎁쇼. 아이는 문제 없습니다만."

"이 아이는 영감이 데리고 나가 주겠지요?"

"아무 말 않고 가만히 있을까요?"

"그 점은 장담하겠소."

"하지만 마들렌느 씨, 당신은 어떻게 하지요?"

불안이 감도는 침묵이 잠시 흐른 뒤 포슐르방은 외쳤다.

"어쩝니까, 들어오신 데로 나가셔야죠!"

장 발장은 처음과 마찬가지로 다만 '그건 할 수 없소' 할 뿐이었다.

포슐르방은 장 발장에게 대답했다기보다도 오히려 혼잣말처럼 중얼거렸다.

"게다가 또 하나 걱정스러운 일이 있어. 나는 그 안에 흙을 넣어 놓는다고는 했지만, 잘 생각해 보니 시체 대신 흙을 넣더라도 진짜 같지 않을 거야. 잘 안 되겠는걸. 흙이 그속에서 버석버석 데그럭댄다면 인부들이 금방 눈치를 챌 거야. 어떻습니까, 마들렌느 씨, 아무래도 관청에서 눈치채겠습지요?"

장 발장은 그의 얼굴을 뚫어지게 쳐다보며, 헛소리를 하는 게 아닌가, 하고 생각했다.

포슐르방은 말을 이었다.

이 할아버지께서 저 치룽 속에 너를 넣고서 짊어지고 나가실 테니……

"이거 어떻게 한다지, 제기랄……. 어쩔 도리가 없단 말인가? 그런데 당신이 나가실 방법은? 내일까지는 모두 정리가 되어 있지 않으면 안 될 텐데요! 내일입니다요, 당신을 모셔 오기로 된 날, 원장님은 당신을 기다리고 계실겁니다요."

여기서 포슐르방은 장 발장에게 그렇게 결정이 된 것은 자기가 수도원을 위해 노력하는 데 대한 보수라고 설명했다. 장례식에 한몫 끼게 되는 것은 자기 임무 가운데 하나이므로, 자기가 관에 못질을 하고, 묘지에서는 무덤 파는 인부들을 거들어야 한다는 것이며, 아침에 죽은 수녀는 자기가 평생토록 잠자리로 삼고 있던 관 속에 넣어 성당 제단 아래 지하실에 묻어달라고 소원했는데, 그것은 당국의 규칙상 금지된 일이긴 하지만, 죽은 수녀는 아무도 거절할 수 없을 만큼 거룩한 수녀였으므로, 당국의 눈을 속이는 것은 안됐지만 원장과 메르 보까르들은 죽은 사람의 소원을 들어 주기로 결정하고, 자기 즉 포슐르방이 방안에서 못질을 하여, 성당 제단 아래의 돌을 들어내고 지하실에 시체를 내려놓기로 되었다는 것이며, 그리고 그 답례로 원장은 자기 아우를 정원사로, 조카딸을 기숙생으로 받아들일 것을 허락해 주었는데, 그 아우는 물론 마들렌느 씨이고 조카딸이란 꼬제뜨로서, 원장은 내일 밤 묘지에서 거짓 매장이 끝난 뒤 아우를 데리고 오라고 말했지만, 마들렌느 씨가 밖에 나가 있지 않으면 밖에서 데리고 들어올 수가 없으니, 거기에 가장 큰 어려움이 있고, 이어 또 한 가지 어려움은 빈 관을 어떻게 하느냐는 것이었다.

"그 빈 관이라는 것은 뭔가요?"

"관청에서 들여보내 주는 관입니다."

"어떤 관인데? 또 관청이란 뭐요?"

"수녀가 죽으면, 시청에서 의사가 와서 '수녀가 죽었다'고 확인되면, 관청에서 관을 보냅니다. 다음날은 그 관을 받아 묘지로 운반하기 위해 장의 마차와 무덤 파는 인부를 보냅니다. 무덤 파는 인

부가 관을 들어올릴 때 그 속에 아무것도 들어 있지 않으면 탄로
나지 않겠어요."

"거기에 뭘 넣으면 될 게 아뇨?"

"다른 시체 말씀이신가요? 그런 게 있어야지요."

"아니, 그런 것이 아니라."

"그럼 뭡니까?"

"산 사람을 넣지."

"산 사람이라니, 누구를요?"

"나 말이오."

장 발장은 말했다. 앉아 있던 포슐르방은 의자 밑에서 무슨 폭발
물이라도 터진 듯 벌떡 일어났다.

"당신을!"

"안 될 건 없잖소?"

장 발장은 겨울날의 햇빛처럼 좀처럼 볼 수 없는 미소를 지었다.

"이봐요 포슐르방, 아까 영감이 '크뤼씨픽씨용 님이 돌아가셨다'고
말했을 때 내가 이렇게 말하지 않았소? '그리고 마들렌느 씨도
매장되었다'고. 그게 바로 이 말이 아니겠소?"

"웃으며 농담할 일이 아닙니다. 잘 생각을 해얍죠."

"아니, 나도 잘 생각하고 있소. 여기서 나가야 하지요?"

"물론입니다."

"내게도 치룽과 시트를 마련해 달라고 말하지 않았소?"

"그래서요?"

"그 치룽은 전나무로 만들어져 있고, 시트는 검은 천이란 말이
오."

"아니, 흰 천입니다. 수녀는 흰 베로 싸서 묻거든요."

"그럼 흰 천으로 하지."

"당신은 정말 이상한 분입니다요. 마들렌느 씨."

교도소에서나 통할 난폭하고 분별없는 착상이라고밖에 할 수 없다는 그런 생각이, 이 주위의 안온한 것들 속에서 우러나와, 포슐르방이 말하는 이른바 '수도원의 일상 다반사'와 한데 얽혀드는 것을 보자, 이 정원사는 마치 생 드니 거리의 하수도에서 물고기를 쫓는 갈매기를 본 행인처럼 어처구니가 없어 멍해지고 말았다.

　장 발장은 이야기를 계속했다.

　"문제는 사람 눈에 띄지 않고 여기서 나가는 일인데, 그것이 한 가지 방법이거든. 그런데 우선 자세한 설명을 좀 해주시오. 매장은 어떤 식으로 하는지? 또 그 관은 어디에 있는지?"

　"그 빈 관 말씀인가요?"

　"그렇소."

　"저쪽 끝 시체실이라고 불리는 곳에 있는데 평상 위에 올려놓고 초상 때 쓰는 베로 덮어 놓습니다."

　"관의 길이는 얼마나 되오?"

　"6피트입니다."

　"그 시체실이란 어떤 곳인가요?"

　"아래층에 있는 방으로 쇠창살 달린 창문이 정원 쪽으로 나 있는데, 이 창문은 밖으로 덧문이 닫혀져 있습니다. 문이 2개 있어서 하나는 수도원으로, 또 하나는 성당으로 통하고 있습니다."

　"성당이라면?"

　"한길로 닿아 있는 이 건물 안 교회당이지요. 누구나 드나들 수 있는 성당입니다."

　"그 두 문의 열쇠는 가지고 있소?"

　"아니오. 저는 수도원으로 통하는 열쇠만 가지고 있습니다. 성당으로 통하는 문의 열쇠는 문지기가 가지고 있습지요."

　"문지기는 언제 그 문을 열던가요?"

　"무덤 파는 인부들이 관을 가지러 왔을 때 외에는 안 엽니다. 관이 나가고 나면 곧 문을 닫습니다."

"누가 관에 못질을 하나요?"

"접니다."

"그 위에 베를 덮는 건?"

"그것도 제가 합니다."

"당신 혼자서?"

"경찰의 검시 의사 말고는 아무도 시체실에 들어가지 못합니다. 벽에도 분명히 적혀 있습지요."

"오늘 밤 수도원 사람들이 다 잠든 뒤에, 나를 그 방에 넣어 줄 수 없겠소?"

"그건 안 됩니다. 하지만 시체실과 이어진 어두운 헛간에 숨겨 드릴 수는 있습니다. 거기는 제가 매장용 연장을 넣어 두는 곳인데, 제가 책임자이고 열쇠도 갖고 있으니까요."

"내일 장의 마차가 관을 실러 오는 것은 몇 시인가요?"

"오후 3시쯤입니다. 보지라르 묘지에서 해지기 조금 전에 매장하게 됩지요. 거기까지는 꽤 거리가 멀지요."

"그럼 나는 밤부터 당신의 그 연장을 두는 헛간에 숨어 있기로 하겠소. 한데, 먹을 건 어떻게 한다지? 배가 고플 텐데."

"제가 갖다 드리지요."

"2시에는 내가 들어 있는 관에 못질을 하러 올 수 있겠지?"

그러나 포슐르방은 용기가 나지 않는지 손가락 마디를 꺾으며 말했다.

"그런 짓은 못하겠습니다요."

"뭘 그러시오! 망치를 들고 널에다 못을 몇 개 박을 뿐인데."

되풀이하여 말하지만 포슐르방으로서는 지극히 놀라운 일도, 장 발장으로서는 지극히 간단한 일이었던 것이다. 장 발장은 몇 번이나 아슬아슬한 고비를 넘겨 왔다. 죄수였던 자는 누구나 빠져나갈 구멍의 크기에 따라 몸을 줄이는 방법을 터득하고 있다.

생사의 기로에서 헤매는 병자처럼, 죄수는 탈주에 대한 욕망에 사로잡히기 쉽다. 탈주란 병의 쾌유다. 병이 쾌유된다면 사람은 무슨 일이든 마다하지 않는다. 발송되는 수화물처럼 나무 상자 안에 들어가 못질이 된 채 반출되어 오랜 동안 상자 안에서 지내고, 공기가 없는 곳에서 공기를 찾아내고, 몇 시간 동안이고 호흡을 조절하며, 죽지 않을 정도로 숨을 참는, 그러한 일도 장 발장의 헤아릴 수 없는 능력 가운데 하나였던 것이다.

더욱이 산 사람을 관에 집어넣는, 죄수들이 흔히 쓰는 이 수법은 또한 황제의 수법이기도 했다. 오스띤 까스띨레호라는 수도사의 저서를 믿는다면, 샤를르 5세가 퇴위한 뒤 마지막으로 다시 한번 쁠롱브라는 부인을 만나려고 했을 때, 그녀를 자기가 있는 쌩 쥐스뜨의 수도원으로 끌어들이고 다시 내보내기 위해 이 방법을 사용했다고 한다.

포슐르방은 어느 정도 정신을 차리게 되자 소리쳤다.

"그렇지만 어떻게 숨을 쉬시지요?"

"숨이야 쉬겠지."

"그 상자 속에서! 저 같은 건 생각만 해도 숨이 막히는뎁쇼."

"송곳이 있겠지요? 입 근처에 여기저기 작은 구멍을 뚫어주시오. 그리고 윗뚜껑도 꽉 달라붙지 않도록 건성건성 못질해 주구려."

"물론이지요! 그러나 혹 기침이나 재채기라도 나오면 어떡합니까?"

"도망치는 놈이 기침이나 재채기를 할 것 같은가요?"

그렇게 말하고 나서 장 발장은 덧붙였다.

"포슐르방 영감, 결심을 해야 합니다. 여기서 붙들리느냐, 아니면 장의 마차로 빠져나가느냐 하는 것을 말이오."

누구나 고양이가 반쯤 열린 문틈에서 흔히 머뭇거리는 모습을 보는 수가 있을 것이다. 그것을 보고서 "어서 들어와!" 하지 않는 사람은 없을 것이다. 그와 마찬가지로 사람들 중에는, 눈앞에 한 사건이 입을 벌리고 있다가, 꾸물거리고 있는 사이에 운명에 의하여 그 사건의 입이 닫혀서 몸이 짓눌려 버릴 그런 위험이 다가오는데도, 결심을 못하고 망설이기만 하는 사람이 있는 법이다. 지나치게 조심스러운 사람은 고양이 같음에도 불구하고 또한 고양이 같은 태도를 지니고 있기 때문에, 대담한 사람보다 오히려 더 많은 위험에 부닥치는 수가 있다.

포슐르방은 그런 우유부단한 사람이었다. 그러나 장 발장이 태연하므로 그도 결국 그럴 마음이 되고 말았다. 그는 중얼거렸다.

"정말 달리 도리가 없는가 봅니다요."

"다만 한 가지 걱정되는 것은, 묘지에서 어떻게 하느냐, 하는 것이오."

"그 점에 대해서는 제게 좋은 생각이 있습니다."

포슐르방은 외쳤다.

"당신이 관에서 나오실 수만 있다면, 틀림없이 당신을 무덤 속에서 끌어낼 자신이 있습니다. 무덤 파는 인부는 제가 잘 아는 주정뱅이거든요. 메스띠엔느 영감이라는, 포도나무 등걸처럼 늙어 빠진 사람입죠. 이 무덤 파는 인부는 무덤 구덩이에다 죽은 자를 넣지만 저는 그놈을 제 호주머니 속에 넣는다 이 말입니다. 아시겠어요? 대강 이렇게 하는 것이지요. 도착하는 것은 어두워지기 조금 전, 묘지의 철문이 닫히기 45분 전쯤 될 겝니다. 장의 마차는 무덤 앞까지 굴러갑니다. 저도 거기까지 따라갑니다. 제 임무니까요. 저는 호주머니 안에 망치와 끌과 장도리를 넣고 가겠습니다. 장의 마차가 멈추어서면 인부들은 관을 새끼줄로 묶어 무덤 구덩이에 내려놓습니다. 사제가 기도를 드리고, 성호를 긋고, 성수를 뿌리고, 그리고는 지체없이 가 버립니다. 저와 메스띠엔느 영감만

이 뒤에 남습지요. 이 영감은 저와 친한 친구예요. 이 영감 놈은 취해 있거나 취하지 않았거나 둘 중 하나일 겁니다. 만약 취해 있지 않으면 이렇게 말해 준단 말이에요. '봉 꾸앵 네 집이 닫히기 전에 한 잔 하러 가세나.' 그러고는 데리고 가서 실컷 취하게 만듭니다. 취하게 하는 데 그다지 시간은 걸리지 않을 겁니다. 언제나 조금은 취해 있으니까요. 나는 놈을 테이블 밑에 뉘어놓고, 묘지로 돌아오기 위해 영감의 허가증을 슬쩍 빼내 가지고는 혼자 돌아옵니다. 그렇게 되면 당신은 그때부터 나만을 상대하면 되는 것이지요. 또 만약 놈이 처음부터 취해 있다면 이렇게 말해 줍니다. '빨리 가 버려, 자네 일은 내가 다 해줄 테니.' 그래서 놈이 가 버리면, 저는 당신을 무덤에서 끌어내는 겁니다."

장 발장은 그에게 손을 내밀었다. 포슐르방은 순박한 시골 사람답게 진심으로 감동하며 그 손을 움켜잡았다.

"이젠 다 되었소, 포슐르방 영감. 일은 빈틈없이 잘될 거요."

'무슨 변동이 일어나지 않는다면 말이지.' 포슐르방은 생각했다. '만약 시끄러운 일이라도 벌어지게 된다면!'

술에 취하게 하는 것만으로는 충분치 않다

이튿날 해질 무렵, 멘느 거리의 많지 않은 통행인들은 해골과 정강이뼈와 눈물 따위를 그린 구식 장의 마차가 지나가는 것을 보고 모자를 벗었다. 이 장의 마차 안에는 흰 천으로 덮인 관이 들어 있고, 그 관 위에는 크고 검은 십자가가 뉘어져 있었다. 십자가는 마치 키 큰 여자가 두 팔을 축 늘어뜨리고 죽어 있는 것처럼 보였다. 검은 장막을 둘러친 4륜 마차 한 대가 그 뒤를 따르고, 그 안에는 기다란 흰 옷을 걸친 사제와 붉은 모자를 쓴 성가대 소년 하나가 타고 있는 것이 보였다. 장의 마차 좌우에는, 소매에 검은 장식이 달린 회색 제복을 입은 무덤 파는 인부 두 사람이 걷고 있었다. 맨 뒤에는 작업복 차림의 한 절름발이 노인이 따랐다. 행렬은 보지라르 묘지를 향해 가고 있었다.

절름발이 노인의 호주머니에서는 쇠망치 손잡이와, 싸늘해 보이는 끌의 날과, 2개의 더듬이 같은 장도리 끝이 비죽이 내밀어져 있었다.

보지라르 묘지는 빠리의 수많은 묘지 중에서도 예외적인 존재였다. 거기에는, 그 근방의 노인들이 옛날 그대로 기마문, 보행문이라고 부르는 정문과 중문이 있었고, 다음과 같은 그곳 특유의 몇 가지 관습이 있었다. 쁘띠 삑쀼스의 베르나르 베네딕뜨회 수녀들은, 앞에서 말한 바와 같이 이 묘지의 한쪽 구석에 따로 저녁때 매장될 수 있도록 특별히 허락되었다. 그 옛날 이 묘지는 그 수도원의 소유지였기 때문이다. 그러므로 무덤 파는 인부들은 여름에는 저녁 무렵에, 겨울에는 밤중에 일을 해야만 했기 때문에 다른 데서는 볼 수 없는 특수한 제약을 받고 있었다.

일반적으로 빠리의 묘지 출입문은 그즈음 해가 저뭄과 동시에 닫히게 되어 있었다. 이것은 시 당국의 규정이었기 때문에 보지라르 묘지도 다른 묘지와 마찬가지로 그 규정을 따르고 있었다. 나란히 있는 기마문과 보행문은 쇠창살 달린 2개의 문이었고 그 옆으로는 건축가 베로네가 세운 작은 정자가 있었다. 묘지의 문지기는 그 정자에서 살고 있었다. 그래서 쇠창살 달린 이 두 문은 폐쇄된 병영의 둥근 지붕 너머로 해가 지면 반드시 미련없이 닫혀지는 것이었다.

만약에 몇 사람의 무덤 파는 인부가 이 시간에 늦어 묘지 안에 남아 있게 되면, 나갈 수 있는 수단은 오직 한 가지밖에 없었다. 그것은 당국의 장의계로부터 발급된 인부 허가증이었다. 우편함 같은 상자가 문지기의 덧문 안에 붙어 있는데, 인부 허가증을 그 상자 안으로 던져넣으면 문지기는 그것이 떨어지는 소리를 듣고 줄을 잡아당겼다. 그러면 보행문이 열리는 것이었다. 만약 인부 허가증을 갖고 있지 않을 경우에는, 자기 이름을 대면, 문지기는 잠자리에 들어가 자고 있을 때라도 일어나 인부의 얼굴을 확인하고 나서 열쇠로 문을 열어 주었다. 인부는 이렇게 하여 밖으로 나갈 수가 있으나, 이때는 15프랑의 벌금을 내야만 한다.

이 보지라르 묘지는 규칙에서 벗어난 여러 가지 특수한 점이 있어 행정상의 통일을 방해하고 있었다. 그리하여 1830년 이후 얼마 안 가서 폐쇄되고 말았다. 동쪽 묘지라 불리던 몽빠르나쓰 묘지가 그 뒤를 이어받았으며, 또 거의 보지라르 묘지의 소유라고도 할 수 있었던 인근의 유명한 술집까지 넘겨받았다. 이 술집 위에는 마르멜로의 열매 하나가 그려진 현판이 하나 걸려 있고, 그것과 각을 이루며 '고급 마르멜로의 집'이라는 뜻의 '봉 꾸앵의 집'이라는 간판이 세워져 있었다. 하나는 술을 마시는 사람들의 테이블 쪽으로, 다른 하나는 무덤 쪽을 향하고 있었다.

보지라르 묘지는 빛 바랜 묘지라고나 했으면 좋을 정도로 완전히 퇴락한 곳이었다. 이르는 곳마다 이끼가 끼어 있고 꽃은 자취도 없었다. 재산이 있는 사람은 보지라르 묘지에 매장되는 것을 별로 좋아하지 않았다. 가난뱅이 같은 인상이 풍겼기 때문이다. 뻬르 라셰즈 묘지가 한결 훌륭했다! 뻬르 라셰즈 묘지에 묻힌다는 것은 마호가니 가구를 갖는 것과 마찬가지로, 거기는 오히려 우아한 분위기가 감돌았던 것이다. 보지라르 묘지는 고색창연한 구역으로, 나무들이 옛날 프랑스 정원처럼 의연하게 서 있었다. 곧은 오솔길, 회양목, 측백나무, 물푸레나무, 해묵은 주목 아래의 낡은 묘석, 높이 우거진 잡초, 이 묘지의 저녁 나절은 처절한 느낌이었고, 모든 것의 윤곽이 그야말로 무시무시하게 떠올라 보이는 것이었다.

흰 천과 검은 십자가의 장의 마차가 보지라르 묘지로 통하는 가로 수길에 이르렀을 때, 해는 아직 넘어가지 않고 있었다. 마차 뒤를 따라온 절름발이 노인은 다른 사람 아닌 포슐르방 바로 그 사람이었다. 크뤼씨픽씨용 님을 제단 아래 지하실에 매장하는 일, 꼬제뜨를 밖으로 내보내는 일, 장 발장을 시체실로 데리고 들어가는 일, 그러한 일들이 모두 무사히 이루어졌던 것이다. 말이 난 김에 하는 말이지만, 크뤼씨픽씨용 님을 수도원 제단 아래에 매장했다는 것은, 우리가 볼 때 실로 아무것도 아닌 일이다. 이것은 죄도 아닌, 하나의 의무라고나 할 수 있는 과오라고 할까. 수녀들은 조금도 양심의 가책을 받지 않을 뿐더러, 차라리 자랑으로 느끼면서 그 일을 해냈던 것이다.

수도원에서 사는 사람들에게 '정부'란 교권을 간섭하는 곳에 지나지 않는다. 그것도 언제나 이론의 여지가 있는 간섭을 하였다. 수도원에서는 무엇보다도 항상 계율이 먼저이며, 법전 따위는 한낱 법전에 지나지 않을 뿐이다. 인간들이여, 멋대로 마음대로 법률을 만들어라. 그러나 그것은 어디까지나 너희들만의 것으로 간직하라. 시저에게 바치는 공물은 항상 신께 드린 공물의 나머지에 지나지 않는다. 군주도 교리 앞에서는 무력한 것이다.

포슐르방은 절뚝거리면서, 자못 만족스러운 얼굴로 장의 마차 뒤를 따라가고 있었다. 그의 두 가지 비밀, 그 중에서 하나는 수도원을 위해서 수녀들과 같이 꾀한 것이고, 또 하나는 수도원을 속이고 마들렌느 씨와 꾀한 이중 음모인데, 그것이 동시에 성공한 것이었다. 장 발장의 침착성은 주위 사람에게 옮겨질 정도로 강력하였다. 포슐르방은, 이제 성공은 의심할 나위도 없는 것이라 생각하고 있었다. 남은 일은 아무것도 아니었다.

그 2년 동안에 포슐르방은 무덤 파는 인부를, 얼굴이 동그스름한 사람 좋은 메스띠엔느 영감을 열 번도 더 취해 곯아 떨어지게 만들었던 것이다. 포슐르방 영감은 그 늙은이를 얕잡아보고 있었다. 메스띠엔느 영감을 손아귀에 넣고 마음껏 주무르며, 제멋대로 다뤘던 것이다. 메스띠엔느의 머리는 언제나 포슐르방이 씌워준 모자 그대로였던 것이다. 그래서 포슐르방은 완전히 안심하고 있었다.

　장의 행렬이 묘지로 이어지는 가로수길에 이르렀을 때, 기분이 썩 좋아진 포슐르방은 장의 마차를 향해 커다란 두 손을 마주 비비며 조그만 목소리로 중얼거렸다.

　"이건 정말 어릿광대 놀음이야!"

　갑자기 장의 마차가 멈추었다. 철문에 당도했던 것이다. 매장 허가서를 제시해야만 했다. 장의사 사람이 묘지의 문지기와 이야기를 한다. 그 대화는 보통 2,3분 가량 걸리는데, 그 동안 누군지 낯선 사나이가 마차 뒤로 와서 포슐르방과 나란히 섰다. 낯선 사나이는 노동자 차림으로 커다란 호주머니가 달린 윗도리를 걸치고 손에는 곡괭이를 들고 있었다.

　포슐르방은 이 낯선 사나이를 쏘아보았다.

　"당신은 누구요?"

　포슐르방이 물었다.

　사나이는 대답했다.

　"무덤 파는 인부요."

　만약에 포탄을 가슴 한복판에 맞고도 그냥 살아 있는 사람이 있다면, 아마도 이때의 포슐르방이 지은 얼굴 표정과 같았으리라.

　"무덤 파는 인부라고?"

　"그렇소."

　"당신이?"

　"그렇소, 내가."

　"무덤 파는 인부는 메스띠엔느 영감이 아니오?"

　"그랬었지요."

　"뭣이! 그랬었다고?"

　"영감은 죽어 버렸거든요."

　포슐르방은 무엇이거나 다 미리 궁리해 두고 있었으나 이것만은,

"당신은 누구요?" 포슐르방은 물었다.

무덤 파는 인부가 죽었으리라고는 꿈에도 생각지 않았던 것이다. 그러나 그것은 사실이었다. 무덤 파는 인부라고 해서 죽지 않는다는 법이 있는가. 남의 무덤 구덩이를 많이 팠기 때문에, 자신의 무덤 구멍도 누군가가 파게 되는 것이다.

포슐르방은 벌린 입이 다물어지지 않았다. 얼마 만에 간신히 더듬거리며 이렇게 말했다.

"이런 일이 세상에 있을 수가 있나!"

"있지요."

"하지만," 포슐르방은 힘없이 말했다. "무덤은 메스띠엔느 영감이 파는데."

"나뽈레옹 다음에는 루이 18세가 나오고, 메스띠엔느 다음에는 그리비에가 나온 거요. 여보시오, 시골 영감님. 난 그리비에라고 해요."

포슐르방은 새파랗게 질려서 그리비에를 넋잃은 듯 바라보았다. 키가 크고 여위고 창백한, 그야말로 정말 장례식에 어울리는 사나이였다. 의사가 되려다가 잘못하여 무덤 파는 인부로 떨어지고 만 것 같은 그런 풍모였다.

포슐르방은 갑자기 소리내어 웃었다.

"하하하! 참말 기괴한 일도 많지. 메스띠엔느 영감이 죽다니! 메스띠엔느 영감은 죽었지만, 땅딸보 르느와르 영감은 건재하다! 여보시오, 땅딸보 르느와르 영감이 뭔지 알겠소? 6수만 내면 마실 수 있는 포도주병이라오. 쉬렌느의 생포도주 한 병, 허이, 제기랄! 이거 침이 돌아서 살겠나. 그건 정말 빠리의 진짜 쉬렌느거든! 아아, 그가 죽다니! 메스띠엔느 영감이! 애석한 일이야, 정말 좋은 친구였는데……. 하지만 당신도 그렇겠지? 당신도 좋은 사람일 거야. 형씨, 우리 같이 가서 한잔 쭉 들이키지 않겠소, 지금?"

사나이는 대답했다.

"나는 공부를 한 사람이오. 제4학급까지 마쳤지요. 술 같은 건 마시지 않소."

장의 마차는 다시 움직이기 시작하여 묘지의 널따란 마찻길을 달렸다.

포슐르방은 자기도 모르는 사이에 걸음이 늦어지고 있었다. 그가 절뚝거리고 있는 것은, 불구의 몸이 말을 듣지 않아서라기보다 걱정이 앞서고 있었기 때문이었다.

무덤 파는 인부는 그보다 앞서 걷고 있었다. 포슐르방은 이 뜻하지 않았던 사나이, 그리비에의 모습을 새삼 훑어보았다. 그는 젊으면서도 늙어보이고, 여위었으면서도 아주 강해 보이는, 그런 부류의 사나이였다.

"여보시오, 형씨!"

포슐르방은 소리쳤다.

사나이는 뒤돌아보았다.

"나는 수도원의 무덤 파는 사람이오."

"동료란 말이로군."

사나이가 대꾸했다.

포슐르방은 무식하나 재치가 있는 사람이었다. 자기가 상대하고 있는 사람은 언변 좋은, 여간한 놈이 아니라는 것을 알아차렸다.

포슐르방은 중얼거렸다.

"그럼 메스띠엔느 영감은 죽었단 말이지……."

사나이는 대답했다.

"완전히 죽었지요. 하느님이 만기가 된 명부를 작성해 보니까, 메스띠엔느 영감의 차례였단 말이오. 메스띠엔느 영감은 죽어 버린 거요."

포슐르방은 기계적으로 되풀이했다.

"하느님이……."

"하느님이죠." 사나이는 힘주어 말했다. "철학자의 말을 빌린다면 영원한 아버지, 자꼬뱅 당의 말을 빌린다면 더없이 훌륭한 존재자가 되는 거요."

"어때, 서로 알고나 지내세."

포슐르방은 더듬거리며 말했다.

"벌써 다 알고 있소. 당신은 시골 영감이고 난 빠리 사람이고."

"같이 한잔 마시기 전에는 알고 지낸다고 할 수 없지. 잔을 비우는 자는 가슴을 털어놓는 법이거든. 나하고 같이 마시러 가세. 거절하는 게 아냐."

"일이 먼저요, 일."

'이젠 그만이로구나.'

포슐르방은 생각했다. 수녀들의 묘지로 사용되는, 구석으로 통하는 오솔길까지는 수레바퀴가 몇 번 돌아갈 정도의 거리밖에 남지 않았다.

무덤 파는 인부가 말을 이었다.

"영감님, 내게는 먹여 살려야 할 조무래기가 일곱이나 있어요. 그 놈들을 먹여야 하니까, 나는 술을 마셔서는 안 돼요!"

그리고 그리비에는, 고지식한 사나이가 격언을 외울 때와 같은 자못 만족스러운 태도로 덧붙였다.

"새끼들의 곯은 창자가 내 갈증의 적이오."

장의 마차는 측백나무 숲을 돌고, 마찻길을 벗어나 오솔길로 접어들어 황폐한 땅으로 들어서고, 덤불 속으로 뚫고 갔다. 그것은 묘지에 거의 다 왔다는 것을 나타내는 것이었다. 포슐르방의 걸음은 느려지고 있었다. 그러나 장의 마차의 전진을 늦출 수는 없었다. 다행스럽게도 땅이 무른 데다 겨울비에 젖어 있어 진흙이 수레바퀴에 달라붙는 바람에 마차는 힘들게 전진하고 있었다.

포슐르방은 다시 무덤 파는 인부 쪽으로 다가갔다.

"아르장뙤이유의 맛있는 술이 있는데."

그러자 그리비에는 대답했다.

"여보시오, 영감님. 나는 본래가 무덤 파는 인부가 될 그런 사람이 아니오. 아버지는 '육군 유년 학교' 수위였는데, 나에게 문학 공부를 시켰지요. 그러나 운수 사납게도 증권 거래소에서 손해를 입었소. 그래서 나는 문학가가 되기를 포기해야만 했던 거요. 그렇긴 하나 지금도 대서 노릇은 하고 있소."

"그럼 당신은 무덤 파는 인부가 아니구먼?"

포슐르방은 물에 빠진 자가 지푸라기라도 움켜잡는 심정으로 말했다.

"양쪽 다 하지 말란 법이 있나요. 나는 겸직하고 있는 거지요."

포슐르방은 마지막 이 말을 알아듣지 못했다.

"한잔 하러 가세."

그는 또 말했다.

여기서 한 가지 주의해 둘 일이 있다.

포슐르방은 걱정이 되어 안절부절 못하면서도, 술을 마시는 절차에서 어떤 한 가지 점에 대해서는 밝혀 두려 하지 않았다. 그것은 누가 돈을 치르느냐는 것이었다. 보통 제의는 포슐르방이 해놓고도 돈은 메스띠엔느 영감이 치렀던 것이다. 한잔 하러 가자는 이 제의는, 무덤 파는 인부가 바뀌었다는 새로운 사정으로 인해 으레 나올 수 있는 당연한 일이었으나, 늙은 정원사 포슐르방은 생각하고 있지 않는 바는 아니나, 어쨌든 이른바 '라블레의 15분간'(음식값을 치러야 하는 불쾌한 시간이란 뜻)에 대해서는 일부러 말하지 않고 있었던 것이다. 포슐르방으로서는, 아무리 걱정스럽긴 해도 스스로 나서서 돈을 치를 생각은 꿈에도 없었던 것이다.

무덤 파는 인부는 상대방을 멸시하는 듯한 웃음을 지으면서 말을 계속했다.

"먹고 살아야지요. 나는 메스띠엔느 영감의 뒤를 이은 것이오. 일단 학교만 끝마쳤어도 철학자가 될 수 있었소. 나는 육체적인 노동을 하는 외에 정신적 일도 하고 있지요. 나는 쎄브르 거리의 시장에 대서소를 가지고 있소. 영감은 '우산 시장'을 아시지요? 크르와 루즈에서 일하는 아가씨들은 모두 내게 부탁하러 옵니다. 나는 아가씨들이 병사들에게 보내는 사랑의 편지를 단숨에 휘갈겨 써주지요. 아침에는 연애 편지를 쓰고, 저녁에는 무덤을 파는 거죠. 이것이 인생 아니겠소, 영감님."

장의 마차는 앞으로 앞으로 나아가고 있었다. 포슐르방은 불안감이 절정에 달하여 주위를 흘끔흘끔 두리번거렸다. 굵은 땀방울이 그의 이마에서 굴러떨어졌다.

"그렇긴 하지만" 무덤 파는 인부는 말을 계속했다. "두 연인을 모실 순 없지. 언젠가는 펜이든 곡괭이든 둘 중 하나는 놓아 버려야겠소. 곡괭이를 잡으면 글쓰는 손이 무디어지거든요."

장의 마차는 이윽고 멈추어 섰다.

성가대 소년이 검은 천을 드리운 마차에서 내리고, 이어 사제가 내렸다. 장의 마차의 작은 앞바퀴 하나가 붕긋하게 쌓인 흙더미 위에 올라가 있고, 그 흙더미 저쪽으로 입을 벌리고 있는 무덤 구덩이가 보였다.

"이건 정말 어릿광대 놀음이야!"

포슐르방은 몹시 낙심하여 중얼거렸다.

4면의 널빤지 속에서

관 속에 들어 있는 것은 누구였던가? 독자들도 아는 바와 같이 장 발장이었다.

장 발장은 그 속에서 살 수 있도록 연구하여, 그럭저럭 숨을 쉬고 있었던 것이다.

실로 이상한 일이지만, 마음이 안정되면 나머지 일은 모두 차분히 진행되는 법이다. 장 발장이 궁리해낸 계획은 엊저녁부터 하나하나 잘 진행되고 있었다. 그 역시 포슐르방과 마찬가지로 메스띠엔느 영감에게 기대를 걸고 있었다. 좋은 결과로 끝나게 될 것을 믿어 의심치 않았다. 이 이상 더 없을 위험한 상황에서도, 이 이상 더 없을 완전한 안심이란 일찍이 없었다.

관의 4면 널빤지는 무서울 만큼 평화로운 기운을 발산하고 있었다. 마치 죽은 사람의 평온이라고나 할 만한 것이 장 발장의 안정된 마음 속으로 파고드는 것 같았다. 이 관 바닥에 드러누워 그는 죽음을 상대로 연출하는 무서운 드라마의 모든 장면을 더듬을 수 있었고 또 현재 더듬고 있었다.

포슐르방이 뚜껑을 덮고 못질한 다음 장 발장은 자기를 옮기는 것을 느끼고, 이어 수레 위에서 흔들리는 것을 느꼈다. 진동이 적어진 것으로 미루어, 그는 돌을 깐 길에서 포장된 길로 나왔다는 것, 즉 변두리 길을 벗어나 한길로 접어들었다는 것을 알았다. 둔탁한 소리가 울렸을 때는, 오스떼를리쯔 다리를 지나고 있다는 것을 알았다. 처음 잠시 마차가 멎었을 때는 묘지에 도착했다는 것을 알았고, 두 번째 멈춰 섰을 때는 '벌써 무덤 구덩이에 다 왔구나' 하고 마음 속으로 생각했다.

돌연 장 발장은 사람들의 손이 관에 닿는 것을 느끼고, 다음에는 널빤지 위를 슥슥 비벼대는 소리를 들었다. 이것은 구덩이 속으로 내리기 위해 관을 새끼로 묶는 것임을 알 수 있었다. 이어서 그는 정신이 아찔해짐을 느꼈다. 아마도 인부들이 관을 마구 다루어 머리 쪽을 발보다 먼저 내려가게 한 모양이었다. 장 발장은 자기 몸이 수평을 유지하며 움직이지 않게 되었음을 알고 간신히 정신을 가다듬었다. 그는 이미 구덩이 속에 내려놓인 것이었다. 그는 오한이 약간이는 것을 느꼈다.

싸늘하고 엄숙한 목소리가 위쪽에서 들려왔다. 뜻모를 라틴어 한 마디 한 마디를 붙들 수 있을 만큼 천천히 외우고 있었다.

"티끌 속에 잠드는 자도 머잖아 눈을 뜨게 되리라. 어떤 자는 영원한 생명 속에, 어떤 자는 바닥 모를 오욕 속에, 그리하여 언제고 눈을 들어 진실을 보리라."

소년의 목소리가 말했다.

"나는 깊은 슬픔의 심연에서."

장중한 목소리가 다시 시작했다.

"주님, 그에게 영원한 안식을 주옵소서."

소년의 목소리가 대답했다.

"영원한 빛이 그에게 비치소서."

그때 장 발장은 자기 위를 덮고 있는 널빤지를, 네댓 방울의 비가 조용히 때리는 소리를 들었다. 그것은 아마 성수였으리라.

장 발장은 생각했다.

'이제 곧 끝나겠지. 조금만 더 참자. 사제가 가 버리면 포슐르방은 메스띠엔느를 데리고 술을 마시러 가고, 나는 혼자 남게 된다. 다음에 포슐르방이 혼자 되돌아와서 나를 나가게 해준다. 한 시간 정도의 일이야.'

무거운 목소리가 다시 들려 왔다.

"편히 잠들게 하소서."

그리고 소년의 목소리가 말했다.

"아멘."

장 발장은 귀를 곤두세우고 사람 발자국 소리 같은 것이 멀어져 가는 소리를 들었다. 그는 생각했다.

'사람들이 가 버리는군. 이제 나는 혼자다.'

그러나 그때 갑자기 벼락치는 듯한 소리가 머리 위에서 났다. 그것은 처음으로 삽질한 흙이 관 위로 떨어져 내린 소리였다.

이어 두 번째로 삽질한 흙이 떨어졌다. 그가 숨을 쉬고 있던 작은 구멍 하나는 막혀 버렸다. 세 번째로 삽질한 흙이 떨어져 왔다. 이어서 네 번째 삽질한 흙이 떨어져 왔다. 이래서는 아무리 강한 사나이라 할지라도 당해낼 도리가 없다. 장 발장은 의식을 잃었다.

'까르뜨를 잃어서는 안 된다'는 말의 기원

장 발장이 들어 있는 관 위쪽에서는 다음과 같은 일이 일어나고 있었다.

장의 마차가 멀어져 가고, 사제와 성가대 소년이 다시 마차를 타고 출발했을 때, 무덤 파는 인부에게서 눈을 떼지 않고 있던 포슐르방은 이 인부가 수북이 쌓인 흙더미에 똑바로 찔러 놓았던 삽을 허리를 구부려 거머쥐는 것을 보았다.

그때 포슐르방은 마지막 결심을 했다. 그러고는 구덩이와 인부 사이를 막고 서서 팔짱을 끼고 말했다.

"그 돈은 내가 내지!"

무덤 파는 인부는 깜짝 놀라며 그를 바라보고는 대답했다.

"뭐라고요, 영감님?"

포슐르방은 되풀이했다.

"돈은 내가 내겠어!"

"무슨 소리요?"

"술값 말이야."

"술이라니?"

"아르장뙤이유 술이지."

"아르장뙤이유가 어디 있는데?"

"봉 꾸앵네 집에."

"흥, 집어치우시오!"

무덤 파는 인부는 말했다.

그리고 삽으로 듬뿍 뜬 흙을 관 위로 던져 넣었다.

관 쪽에서는 공허한 소리가 돌아왔다. 포슐르방은 몸을 가누지 못해 자기도 그만 구덩이 속으로 빠져들어갈 것만 같았다. 그는 가쁜 숨을 몰아쉬며 쉰 듯한 목소리로 허둥지둥 외쳤다.

"여봐요 형씨, '봉 꾸앵'이 닫히기 전에 어서!"

무덤 파는 인부는 삽으로 다시 흙을 떠서 던졌다. 포슐르방은 말을 이었다.

"돈은 내가 치를게!"

그렇게 말하면서 포슐르방은 무덤 파는 인부의 팔을 붙잡았다.

"내 말좀 들어봐, 형씨. 나는 수도원의 무덤 파는 사람이야. 당신을 도우러 온 것이거든. 이런 일은 나중에 밤에라도 할 수 있잖나. 어떻든 우선 한잔 하기로 하세."

그렇게 말은 하면서도, 그렇게 절망적으로 끈덕지게 매달리기는 하면서도, 포슐르방은 마음 속으로 암담한 생각을 짓씹는 것이었다.

'이놈이 비록 술을 마신다고 하더라도 내가 원하는 대로 취해 줄는지?'

무덤 파는 인부는 말했다.

"영감님, 그렇게 먹이고 싶다면 이제 싫다고는 않겠소. 마십시다, 그러나 일이 끝나야지 그 전에는 안 돼요."

그렇게 말하면서 인부는 기운차게 삽을 움직였다. 포슐르방은 그것을 만류했다.

"6수짜리 아르장뙤이유 술이란 말일세."

무덤 파는 사나이는 말했다.

"또 그 소리군. 당신은 종치는 사람 같아. 딩동딩동 언제나 같은 소리만 되풀이하니, 이제 그만 좀 해둬요."

그는 두 번째로 뜬 흙을 던졌다. 포슐르방은 이제 자기가 무슨 말을 하고 있는지조차 몰랐다.

"글쎄, 마시자면 마시러 가세" 포슐르방은 소리쳤다. "돈은 내가 낼 테니까."

"어린아이를 잠재우고 나서 갑시다."

무덤 파는 사나이는 말했다. 그는 세 번째로 흙을 떠 넣었다. 그리고는 삽을 흙더미에 찌르면서 덧붙였다.

"오늘 밤은 추울 거야. 아무것도 덮어 주지 않은 채 죽은 여자를 내버려두면 나중에 산발하고 쫓아올 거야."

그러면서 무덤 파는 인부는 흙이 담긴 삽을 들어올리느라고 몸을 구부렸다. 그러자 윗도리 호주머니가 입을 벌렸다. 포슐르방의 핏발 선 눈초리는 자연히 이 호주머니로 향하고 거기서 딱 멎었다.

태양은 아직 지평선 저쪽으로 넘어가지 않고 있어 저녁 햇살에 커다랗게 입을 벌린 호주머니 속에서 무엇인가 희끄무레한 게 보였다.

삐까르디 태생 농부의 눈이 가질 수 있는 모든 반짝임이 포슐르방의 눈동자에 집중되었다. 문득 어떤 착상이 떠올랐던 것이다.

삽질하는 데 열중하고 있는 인부 모르게, 포슐르방은 살그머니 뒤로 그 호주머니 속에 손을 넣어 희끄무레한 것을 꺼냈다.

인부는 구덩이 속에 네 번째로 삽질한 흙을 던져 넣었다.

인부가 다시 흙을 뜨려고 돌아섰을 때, 포슐르방은 자못 태연하게 그를 보며 말했다.

"그런데 이 친구야, 까르뜨는 가지고 있나?"

인부는 손을 멈추었다.

"까르뜨라니?"

"해가 저물지 않나."

"저물면 어떻소. 해님은 나이트 캡을 쓰고 어서 물러나시라지."

"묘지의 철문이 닫히는걸."

"그래서 어쩐다는 거요 ? "

"까르뜨를 가지고 있느냐, 그 말이야."

"아 ! 내 허가증 말이오 ? "

인부는 말했다. 그리고 그는 호주머니를 더듬었다.

한쪽 호주머니를 뒤지고 나더니, 그는 다른 한쪽을 다시 뒤졌다. 그리고 또 바지 호주머니에 손을 넣어 한쪽을 살펴보고 다른 한쪽을 홀렁 뒤집어보았다.

"아뿔싸 ! " 인부는 놀라 말했다. "허가증이 없네. 잊어버리고 온 모양이오 ! "

"15프랑 벌금이야."

포슐르방이 말했다.

무덤 파는 인부는 새파래졌다. 창백한 사나이가 핏기를 잃으면 새파래지는 법이다.

"허어, 이런 제기랄 ! " 그는 외쳤다. "15프랑 벌금이라니 ! "

"100수짜리 세 닢이야"

포슐르방은 말했다.

인부는 손에서 삽을 떨어뜨렸다.

이번에야말로 포슐르방이 우위에 설 차례가 온 것이다. 포슐르방은 말했다.

"뭐 그런 일로. 낙심할 건 없어. 자살까지 해가면서 무덤을 살찌울 필요는 없지. 그러나 15프랑은 어디까지나 15프랑이야. 하지만 벌금을 내지 않아도 될 방법은 있어. 당신은 신출내기지만 난 고참이거든. 이런 수 저런 수 다 터득하고 있지. 친구로서 좋은 수를 하나 가르쳐주지. 한 가지 분명한 것은, 해가 저물어가고 있다는 사실일세. 즉 해는 저 둥근 지붕에 살짝 걸려 있어. 앞으로 5분이면 묘지 문이 닫힌다 이 말이야."

"그렇소."

인부가 대답했다.

"이제부터 5분 동안에 구덩이를 다 채울 수는 없을걸. 이 구덩이는 여간 깊지 않거든. 그러니까 문이 닫히기 전에 다 해낼 수 없단 말이야."

"정말 그래요."

"그렇게 되면 15프랑 벌금이오."

"15프랑이라."

"아직 시간은 좀 있어……. 헌데 당신은 어디에 살고 있소?"

"성문 바로 옆이오. 여기서 15분 가량 걸려요. 보지라르 거리 87번지요."

"죽어라 뛰어가면 여기를 빠져나갈 만한 시간은 있어."

"그렇습니다."

"문을 나서서 곧장 집으로 달려가서 허가증을 가지고 들어오면 문지기가 문을 열어 주거든. 허가증만 있으면 뭐, 한 푼도 돈을 치를 필요가 없어. 그리고 천천히 이 시체를 파묻으면 되는 거지. 나는 시체가 도망가지 않도록 지키면서 당신을 기다려 주겠소."

"덕분에 살았구먼요, 영감님."

"어서 가보게."

포슐르방은 말했다.

무덤 파는 인부는 고마워서 어쩔 줄 몰라하며, 그의 손을 잡아 흔들고는 쏜살같이 달리기 시작했다.

인부의 모습이 숲 속으로 사라져 버린 뒤에도, 포슐르방은 그의 발소리가 들리지 않게 될 때까지 귀를 기울이고 있었다. 이윽고 구덩이를 굽어보며 낮은 목소리로 말했다.

"마들렌느 씨!"

아무 대답이 없었다.

포슐르방은 머리가 쭈뼛했다. 그는 내려간다기보다 차라리 굴러떨어지듯 구덩이 속으로 들어가, 관 머리 쪽에 대고 소리쳤다.

"여보세요, 마들렌느 씨!"

관 속에서는 여전히 대답이 없었다. 포슐르방은 숨도 쉬지 못할 정도로 겁에 질려 있었다. 그는 날카로운 끌과 망치를 집어들고 위의 널빤지를 떼어냈다. 황혼 속에 장 발장의 얼굴이 나타났으나 눈은 감은 채였고 얼굴은 창백했다.

포슐르방의 머리칼은 거꾸로 곤두섰다. 그는 멍하니 구덩이 벽에 기대어 선 채 정신이 아득하여 관 위로 쓰러질 것만 같았다. 그는 장 발장을 바라보았다. 장 발장은 핏기 잃은 얼굴로 꼼짝 않고 드러누워 있었다.

포슐르방은 한숨짓듯 낮고 조그만 목소리로 중얼거렸다.

"죽었구나!"

그러고는 몸을 일으켜, 두 주먹이 양쪽 어깨에 닿을 정도로 깊이 팔짱을 끼고는 소리쳤다.

"살려 드린다는 게 도리어 요꼴이 됐구나!"

그리하여 이 가엾은 노인은 흐느껴 울면서 혼잣말을 하기 시작했다. 혼잣말——독백——이라는 것이 연극에만 있고 자연 속에는 없다고 생각하는 것은 잘못이다. 마음에 강한 충격을 받으면 그것은 곧잘 목소리를 가진 말이 되어 나타나는 법이다.

"메스띠엔느 영감이 틀려먹었어. 죽긴 왜 죽는 거야, 하필이면 이런 때. 죽지 않아도 되잖나 말야. 마들렌느 씨를 죽인 건 그 놈이야. 아아, 마들렌느 씨! 그 분은 관 속에 들어가 계셔. 벌써 돌아가 버리셨어. 이제 모든 게 다 끝났구나. 애당초 알쏭달쏭한 일뿐이었다니까! 아아, 이게 웬일이람! 이렇게 돌아가시다니!

이분의 딸아이는 어떻게 해야 좋단 말인가? 과일 장수 노파는 뭐라고 말할까? 이런 분이 이렇게 돌아가시다니 대체 이런 일이 세상에 있어도 좋단 말인가. 내가 깔린 짐수레 밑으로 뛰어들어오

포슐르방은 이윽고 구덩이를 굽어보며 낮고 조그만 목소리로 말했다. "마들렌느 씨!"

시던 때의 일을 생각하면! 마들렌느 씨, 마들렌느 씨! 정말로 숨이 끊어져 버리셨구나. 그러게 내가 뭐랬나. 내 말은 들으려고 도 하지 않으셨으니 요런 꼴이 돼버렸지.

　세상에 이런 몹쓸 일이 또 어디 있을까! 이분은 돌아가셨어. 이런 훌륭한 분이. 하느님이 만드신 착한 분 중에서도 가장 착하신 분이. 이제 그 딸아이는? 아니다, 나는 이제 그곳으로 돌아갈 수 없어. 여기 있어야지. 이런 일을 저질러 버렸으니. 늙은이 둘이서 이런 어처구니없는 짓을 저지르다니, 세상에 이런 일이. 한데 처음에 이분은 어떻게 수도원으로 들어오셨을까? 그게 벌써 이런 일이 될 시초였어. 그런 짓을 해서는 안 되었어. 마들렌느 씨, 마들렌느 씨! 아, 마들렌느 씨, 마들렌느 시장님. 시장님! 안 들리시는가 보구나. 자, 제발 좀 살아나 주십시오!"

그렇게 말하며 포슐르방은 머리카락을 쥐어뜯었다.

멀리 나무들 사이로 날카롭게 삐걱거리는 소리가 들렸다. 묘지의 철문이 닫히는 소리였다.

포슐르방은 장 발장 위로 몸을 구부렸다. 그 순간 갑자기 그는 펄쩍 뛰어 구덩이 속에서 한껏 뒷걸음질쳤다. 장 발장이 눈을 뜨고 그를 바라보고 있는 것이 아닌가.

사람의 죽음을 보는 것은 무서운 일이지만, 되살아나는 것을 보는 것도 무서운 일이다. 포슐르방은 돌처럼 굳어졌다. 너무나 놀랍고 얼이 빠져, 자기가 대하고 있는 사람이 살아 있는지 죽어 있는지조차도 모르는 채, 자기를 바라보는 장 발장을 그냥 멍하니 바라볼 뿐이었다.

"깜박 잠들었었군."

장 발장은 말했다. 그러면서 그는 윗몸을 일으켰다.

포슐르방은 쓰러지듯 무릎을 꿇었다.

"아아, 다리아님! 이런 무서운 일이!"

"살려 드린다는 게 도리어 요꼴이 됐구나!"

그러고는 다시 일어나며 소리쳤다.

"고맙습니다, 마들렌느 씨 ! "

장 발장은 정신을 잃고 있었을 뿐이었다. 바깥 바람이 그를 소생시켜 주었던 것이다.

환희란, 공포가 조수처럼 밀려나가는 일이다. 포슐르방은 장 발장과 마찬가지로 정신을 차리기에 힘이 들었다.

"당신은 돌아가신 게 아니었군요. 아이구, 사람을 그토록 놀라게 하시다니 당신도 참 너무하셔 ! 저는 당신이 도로 살아나실 때까지 이름을 부르고 있었습지요. 당신의 눈이 감겨진 것을 보고 이젠 틀렸구나, 숨이 막히신 거야, 라고 생각했어요. 저는 당장에 미쳐 버릴 것만 같았어요. 진짜로 미치나 했어요. 비쎄트르의 정신 병원으로 보내졌을지도 모릅니다요. 글쎄 당신이 만약 돌아가셨다면 저는 어떻게 됐겠어요 ? 그리고 그 어린 것은 ! 과일 장수 노파는 뭐가 뭔지 모르게 됐을 거예요. 아이를 갖다 맡겨 놓고서 그 할아버지가 죽어 버리다니 말입죠 ! 세상에 그런 일이, 아니 정말 그런 일이 또 어디 있겠어요 ! 아아, 당신이 살아 계시다니, 뭐니뭐니해도 이거야말로 정말 고마운 일이 아니겠어요. "

"좀 춥군. "

장 발장은 말했다.

이 말이 포슐르방을 현실, 절박한 현실 쪽으로 완전히 돌려 세웠다. 두 사람은 정신을 차렸으면서도 왠지 까닭 모를 설렘에 가슴이 짓눌린 듯했다. 게다가 주위의 그 음산하고 황량스런 분위기가 머리를 혼란시키고 있었다.

"어서 여기서 나갑시다. "

포슐르방은 외쳤다. 그는 호주머니를 더듬어 준비해 두었던 병을 꺼냈다.

"자, 우선 한 모금 드십시오 ! "

포슐르방은 말했다.

바깥의 찬 공기로 인해 회복되고 있던 원기는 다시 이 술병 덕분에 훨씬 좋아졌다. 장 발장은 브랜디를 한 모금 마시자 완전히 기운을 되찾았다.

장 발장은 관에서 나와서 포슐르방을 도와 관 뚜껑을 도로 덮었다.

2, 3분 뒤 그들은 구덩이 밖으로 나와 있었다.

이제 포슐르방은 침착함을 되찾고 있었다. 그는 유유히 행동했다. 묘지문은 닫혀 있었다. 무덤 파는 인부 그리비에가 돌아올 걱정도 없었다. 그 '신출내기'는 자기 집에서 열심히 허가증을 찾고 있겠지만, 그 허가증은 포슐르방의 호주머니에 들어 있으니까 그의 집에서 찾아낼 수가 없는 것이다. 허가증이 없는 이상 묘지로 돌아올 수도 없다. 포슐르방은 삽으로, 장 발장은 곡괭이로 빈 관을 묻어 버렸다.

구덩이가 완전히 매워졌을 때 포슐르방은 장 발장에게 말했다.

"자, 가십시다. 저는 삽을 가지고 갈 테니 곡괭이를 드십시오."

어둠의 장막이 내리고 있었다.

장 발장은 움직이고 걷는 일이 얼마간은 부자유스러웠다. 관 속에서 그는 그동안 꼼짝도 하지 않고 시체처럼 죽어 있었다. 4면의 널빤지 속에서 그는 죽음의 관절 경화증에 걸려 있었던 것이다. 그러니까 그는 무덤에서 굳었던 몸을 풀지 않으면 안 되었다.

포슐르방이 말했다.

"마비되셨군요. 한심스럽게도 저마저 요렇게 절름발이니. 이렇지만 않아도 서로 발바닥을 마주 비벼 몸을 풀 수도 있을 텐데 말입니다요."

"뭘, 괜찮소!" 장 발장이 대답했다. "조금 걷노라면 차차 괜찮아지겠지."

그들은 장의 마차가 지나간 길로 해서 덤불을 빠져 나갔다. 닫힌 철문과 문지기가 사는 정자로 오자, 인부의 허가증을 손에 들고 있던 포슐르방은 그것을 상자 속에 떨어뜨렸다. 문지기가 줄을 잡아당기자 문이 열리고, 두 사람은 밖으로 나왔다.

"모두 잘 됐군요!" 포슐르방은 말했다. "정말 용케도 이런 생각을 해내셨습니다, 마들렌느 씨!"

그들은 보지라르의 성문을 아무 문제 없이 통과했다. 묘지 주변에서는 삽과 곡괭이가 저마다 훌륭한 통행증이 되는 것이다.

보지라르 거리에는 인적이 없었다.

"마들렌느 씨" 포슐르방은 집들을 쳐다보며 말했다. "당신은 저보다 눈이 잘 보이시니, 87번지를 좀 찾아보십시오."

"바로 여기요."

장 발장이 말했다.

"한길에는 아무도 없습니다."

포슐르방은 말을 이었다.

"곡괭이를 제게 주시고 잠시 기다려 주십시오."

포슐르방은 87번지 집으로 들어가 가난한 사람의 본능으로, 곧바로 다락방을 향해 올라갔다. 그리고 어둠 속에서 어느 다락방의 문을 두드렸다. 대꾸하는 목소리가 들려 왔다.

"들어오시오."

그리비에의 목소리였다. 포슐르방은 문을 밀었다.

무덤 파는 인부의 다락방은 모든 가난한 사람들의 거처가 그렇듯, 가구도 없이 지저분했다. 거기서는 짐짝 같은 나무궤짝――어쩌면 관일는지도 모른다. ――이 벽장 대용이 되고, 버터통이 물독을 대신하며, 다 해진 짚방석 하나가 침대 대용이 되고, 돌바닥이 의자나 테이블이 되기도 한다. 한쪽 구석에는, 바싹 여윈 여인과 많은 어린이들이 낡은 융단 조각 위에 한 무더기가 되어 앉아 있었다.

그는 자못 자포자기에 빠진 듯한 모습을 하고 있었다.

이 가난한 방안은 온통 뒤집어엎은 것 같은 흔적을 남기고 있었다. 마치 지진이 이 방만을 휩쓸고 지나간 듯했다. 이것저것의 뚜껑이라든가 덮개는 모두 벗겨져 있고, 누더기는 사방에 흩어지고, 주전자는 찌그러지고, 어머니는 울고, 아이들은 두드려맞은 모양이었다. 모두가 몹시 화가 나서 마구 휘저은 자취를 역력히 나타내고 있었다. 말할 것도 없이 무덤 파는 인부는 정신 없이 자기의 허가증을 찾으면서 그것이 없어진 책임을 물독에서부터 자기 마누라에 이르기까지 온 다락방 안의 모든 것에다가 덮어씌운 것이리라. 인부는 자못 자포자기에 빠진 듯한 모습을 하고 있었다.

그러나 포슐르방은 어서 이 사건을 처리해 버리려고 서두른 나머지, 자기의 성공이 이런 슬픈 일면을 수반하고 있다는 것을 깨달을 여유가 없었다.

그는 안으로 들어가자 이렇게 말했다.

"당신 곡괭이와 삽을 가지고 왔소."

그리비에는 어처구니없는 듯한 얼굴로 그를 쳐다보았다.

"어, 영감님. 당신이구려?"

"내일 아침에 묘지 문지기에게 가서 허가증을 찾게나."

그렇게 말하고서 포슐르방은 삽과 곡괭이를 방바닥에 내려놓았다.

"대체 어떻게 된 일입니까?"

그리비에는 물었다.

"어떻게 된 일인가 하면, 당신은 호주머니에서 허가증을 떨어뜨린 거야. 그것이 떨어져 있는 걸 당신이 간 뒤에 내가 찾아냈지. 시체도 묻고, 구덩이도 메우고. 당신 일은 내가 대신 다 해놓았어. 허가증은 문지기가 돌려줄 거요. 당신은 이제 15프랑을 치르지 않아도 돼. 어떤가, 신출내기?"

"정말 고맙습니다, 영감님!" 그리비에는 속은 줄도 모르고 좋아서 소리쳤다. "요 다음엔 내가 술을 사지요."

합격한 면접 시험

한 시간 뒤, 캄캄한 어둠 속을 두 사나이와 어린아이 하나가 삑뛰스 골목 62번지 쪽으로 걸어왔다. 두 사나이 가운데 나이 먹은 쪽이 문에 매달린 고리를 쳐들고 문을 두드렸다. 그들은 포슐르방과 장 발장과 꼬제뜨였다.

두 노인은 전날 저녁에 포슐르방이 꼬제뜨를 맡겨 놓았던 슈맹 베르 거리의 과일 장수 노파 집으로 가서 꼬제뜨를 데리고 왔던 것이다. 꼬제뜨는 그 24시간 동안 아무것도 모르는 채 그냥 잠자코 떨고만 있었다. 꼬제뜨는 몸이 떨려서 울 여유조차 없었다. 아무것도 먹지 않고, 잠도 자지 않았다.

사람좋은 과일 장수 노파는 꼬제뜨에게 이것저것 물어보았으나 언제나 똑같은 슬픈 눈으로 쳐다볼 뿐 아무 대답도 하지 않았다. 꼬제뜨는 이틀 동안 보고 들은 이 모든 일을 조금도 입밖에 내지 않았다. 지금 어떤 위기에 처해 있다는 것을 꼬제뜨도 알고 있었던 것이다. 그 아이는 얌전하게 있지 않으면 안 된다는 것을 마음 깊이 느끼고 있었다.

겁 먹은 어린이의 귀에 '아무 말도 해서는 안 돼!'라는 이 몇 마디 말을 기묘한 어조로 말했을 때, 이 말이 더할 나위 없이 강력한 힘을 가진다는 것을 누구나 다 겪어 보았으리라. 더욱이 어린아이만큼 비밀을 잘 지키는 사람도 없다.

다만, 침울한 이 24시간이 지나가고 다시 장 발장을 만났을 때, 꼬제뜨는 무어라 말할 수 없는 기쁨의 소리를 질렀다. 생각 깊은 사람이 소리를 들었다면, 지옥에서 놓여 나오는 사람의 절규가 아닌가 싶었을 것이다.

포슐르방은 수도원 사람이므로 입구에서 말하는 암호를 알고 있었다. 그것은 어느 문이나 열리게 할 수 있었다.

이리하여 밖으로 나갔다가 다시 들어온다는 이중의 까다로운 문제는 해결되었던 것이다.

미리 분부를 받고 있던 문지기는, 마당에서 정원으로 통하는 작은 출입문을 열어 주었다. 이 문은 지금으로부터 20년 전만 해도 아직 정문 맞은 편 마당 안쪽 벽에 정면으로 나 있는 것이 한길에서 보였다. 문지기는 이 문으로 세 사람을 들여보냈다. 그들은 출입문을 지나 전날 포슐르방이 원장의 지시를 받았던 그 특별 응접실에 당도했다.

수도원장은 묵주를 매만지며 그들을 기다리고 있었다. 베일을 늘어뜨린 메르 보까르 한 사람이 원장 곁에 서 있었다. 촛불 하나가 조심스럽게 흔들거리고 있었는데 그 희미한 불빛은 말하자면 명색뿐이었다. 수도원장은 장 발장의 모습을 대충 훑어보았다. 내리뜬 눈으로 샅샅이 살펴보면 사람을 가장 잘 알아볼 수가 있다. 그런 뒤 원장은 장 발장에게 질문을 했다.

"동생이란 당신이군요?"

"네, 원장님."

포슐르방이 대답했다.

"이름은?"

포슐르방이 대답했다.

"윌띠므 포슐르방입니다."

그에게는 사실 이미 죽었지만 윌띠므라는 이름의 친동생이 하나 있었다.

"어디 출신인가요?"

포슐르방이 대답했다.

"아미앙 근처 삐끼니입니다."

"나이는 몇 살이지요?"

포슐르방이 대답했다.

"50살입니다."

수도원장은 장 발장의 모습을 대충 훑어보았다.

"직업은?"

포슐르방이 대답했다.

"정원사입니다."

"훌륭한 크리스챤인가요?"

포슐르방이 대답했다.

"온 집안이 모두 그렇습니다."

"이 소녀는 당신 아이입니까?"

포슐르방이 대답했다.

"네, 원장님."

"당신이 아버진가요?"

포슐르방이 대답했다.

"할아버집니다."

메르 보까르는 조그만 목소리로 수도원장에게 말했다.

"대답이 명확합니다."

장 발장은 아직 한 마디도 하지 않고 있었던 것이다. 수도원장은 주의 깊게 꼬제뜨를 바라보고 나서, 조그만 목소리로 메르 보까르에게 말했다.

"추녀가 되겠군."

두 사람의 장로는 한참 동안 응접실 구석에서 지극히 낮은 목소리로 이야기를 주고받았다. 그리고 나서 수도원장은 뒤를 돌아보면서 말했다.

"포방 영감님, 방울 달린 가죽 무릎 덮개를 하나 더 준비하시오. 이제부터 2개가 필요할 테니까."

그 다음날부터는 과연 2개의 방울 소리가 정원에서 들려 왔다. 수녀들은 베일 자락을 쳐들고 몰래 내다보지 않을 수 없었다. 정원 안쪽 나무 아래에서 두 사람의 사나이, 포방과 또 한 사람이 나란히 서서 가래로 흙을 떠 일구고 있는 것이 보였다. 그야말로 일대 사건이었다.

침묵의 규칙은 깨지고, 여기저기서 서로 수군거렸다.

"정원사의 조수래."

메르 보까르들은 "포방 영감님의 동생이야"라고 덧붙여 말했다.

실제로 장 발장은, 규칙에 따라 정식으로 이 지위를 얻었던 것이다. 장 발장은 방울 달린 가죽을 무릎에 대었으니 이후 정식 고용인이 된 것이다. 그는 월띠므 포슐르방이라는 이름으로 행세했다. 허락받을 수 있었던 가장 유력한 원인은 '추녀가 되겠군' 하며 꼬제뜨를 관찰하고 나서 한 말이었다. 이 예상을 입밖에 내어 말한 수도원장은 곧 꼬제뜨가 마음에 들었고, 그래서 꼬제뜨를 급비생으로 수도원 내 기숙학교에 입학시켜 주었다.

이것은 결코 까닭 없는 일은 아니었다. 수도원에서는 거울을 사용하지 못하게 되어 있으나, 그래도 수도원에 있는 여자들은 자신의 용모를 잘 인식하고 있었다. 그러므로 자신이 아름답다고 생각하는 처녀는 여간해서는 수녀가 되려고 하지 않는다. 하느님을 섬기는 마음은 대개의 경우 용모의 아름다움과 반비례하는 것이어서, 잘생긴 처녀보다 잘생기지 못한 처녀에게 기대를 갖게 된다. 이와 같은 까닭에서 인물이 좋지 못한 소녀 쪽이 훨씬 좋다는 견해가 생겨나는 것이다.

그건 그렇고, 이 사건 덕분에 선량한 포슐르방 노인은 아주 위대한 인물이 되었다. 그는 삼중의 성공을 거두었던 것이다. 장 발장을 사지에서 구해내고 안식처를 주었으며, 무덤 파는 인부 그리비에게는 벌금을 물지 않게 해준 은인으로 생각하게 되었고, 수도원에서는 크뤼씨픽씨용 님의 관을 제단 아래에 매장함으로써 시저의 눈을 속이고 하느님을 만족케 한 공로자가 되었던 것이다.

쁘띠 삑쀠스에는 시체가 든 관이 있고, 보지라르 묘지에는 시체가 들어 있지 않은 관이 묻혔으니, 공공 질서는 그로 인해 근본부터 어지럽혀졌다는 말이 되는데도, 발각되지 않고 무사히 끝난 것이다. 수도원에서는 포슐르방에게 크게 감사했다. 포슐르방은 가장 우수한 하인이며, 가장 얻기 어려운 정원사가 되었다.

이 일이 있은 뒤, 대주교가 처음 이곳을 방문했을 때, 수도원장은 고백과 얼마간 자랑 섞인 마음으로 대주교에게 이 이야기를 했다. 그러자 대주교는 수도원을 나갈 때, 황제의 고해 신부였으며 뒷날 랭쓰의 대주교가 되고 추기경까지 되는 드 라띨 씨에게 은근히 이 이야기를 들려 주며 칭찬해마지 않았다.

포슐르방에 대한 평판은 점점 높아져 로마까지 전해졌다. 당시 교황이던 레오 12세가, 친척의 한 사람이며 자기와 마찬가지로 델라 쟁가라는 이름을 가진 빠리 주재의 교황 특파 사절에게 보낸 한 통의 편지를 작자는 본 일이 있는데, 거기 이런 귀절이 있었다.

'빠리의 한 수도원에 우수한 정원사가 있는데, 이 사람은 실로 성 인이라 할 만한 인간으로 이름은 포방이라고 한답니다.'

그러나 이와 같은 대성공도 오두막집에 사는 포슐르방에게까지는 전혀 들려 오지 않으므로, 그는 자기가 훌륭하다든가 성인이라든가 하는 사실 같은 것은 모르는 채 나무에 접목을 하고, 풀을 뽑고, 멜 론 밭에 가마니를 씌워 주고 있을 뿐이었다. 그가 자신의 명예를 전 혀 알지 못했다는 것은 마치 쇼트혼 종(種)이나 서리 종의 소가 '뿔 있는 가축 콩쿠르에서 입상한 소'라는 별명이 붙은 자신의 사진이 런던 뉴스에 게재되어 있다는 사실을 전혀 알지 못하는 것이나 같았 다.

수도원 생활

꼬제뜨는 수도원에서도 여전히 침묵을 지켰다. 꼬제뜨는 자기가 장 발장의 딸이라는 것을 천진스럽게 믿고 있었다. 게다가 아무것도 몰라서 아무 말도 할 수가 없었으며 설혹 알고 있다 하더라도 또한 무슨 말도 하지 않았을 것이다.

　이제까지 보아온 바와 같이 불행만큼 어린아이를 말이 없게 만드는 것은 없다. 꼬제뜨는 이제까지 너무나 쓰라린 고생을 해왔다. 어떤 일이든지, 즉 말하는 것, 숨쉬는 것조차도 두려워했다. 단 한마디 말 때문에 자기 위에 불행이 떨어진 일이 흔히 있었지 않은가! 장 발장의 품에 안기고부터 겨우 안심이 되기 시작했던 것이다.

　꼬제뜨는 곧 수도원 생활에 익숙해졌다. 인형 까뜨린느가 없는 것을 쓸쓸하게 여기기는 했지만 입밖에 내어 말하지는 않았다. 그래도 한 번 장 발장에게 이렇게 말한 적이 있었다.

　"아버지, 이렇게 쓸쓸하게 될 줄 알았더라면 까뜨린느를 가지고 오는 건데."

　꼬제뜨는 수도원의 기숙생이 되었으므로 그곳 학생의 제복을 입어야만 했다. 장 발장은 꼬제뜨가 벗어 놓은 옷을 돌려 받을 수가 있었다. 그것은 꼬제뜨가 떼나르디에의 싸구려 음식점에서 나올 때, 장 발장이 입혀 주었던 상복이었다. 아직 그렇게 낡지는 않았다. 장 발장은 이 옷뿐 아니라 털양말과 단화까지도, 수도원에서는 얼마든지 얻을 수 있는 갖가지 향료와 장뇌를 듬뿍 뿌려서, 어렵사리 얻은 조그만 가방 속에 간수해 두었다. 장 발장은 이 가방을 자기 침대 옆 의자 위에 놓아두고 그 열쇠를 언제나 몸에 지니고 있었다.

　어느 날 꼬제뜨가 장 발장에게 물었다.

　"아버지, 저 상자는 대체 뭔가요? 아주 좋은 냄새가 나는군요."

　포슐르방 노인은 앞에서 말한 것과 같은 자기로서는 전혀 알지 못하는 그 명예 이외에도 여러 가지로 선행에 대한 보답을 받았다. 무엇보다도 그는 그 일로 말미암아 마음이 즐거웠다. 그 다음으로는 둘이서 일을 하게 되어 훨씬 편했다. 마지막으로, 담배를 특히 좋아하는 그는 마들렌느 씨가 온 뒤로 이제까지보다 세 갑절이나 더 많이 피우게 되었을 뿐 아니라, 마들렌느 씨가 돈을 치러 준다고 생각하면 훨씬 느긋한 기분으로 담배를 피울 수가 있었던 것이다.

수녀들은 월띠므라는 이름을 쓰지 않고, 장 발장을 가리켜 '또 한 사람의 포방'이라 불렀다.

만약 그 순결한 처녀들이 자베르 같은 눈초리를 지니고 있었더라면, 정원 손질이나 그밖의 일로 밖에 나가야 할 일이 생겼을 경우에 나가는 것은, 언제나 늙고 절름발이인 형 포슐르방이지 결코 아우 쪽이 아니라는 것을 알아차렸을지도 모른다.

그러나 항상 하느님께로 눈을 돌리고 있어 사람의 움직임을 관찰할 겨를이 없었기 때문인지, 아니면 서로 동정을 살피는 데에만 정신을 빼앗기고 있었기 때문인지, 수녀들은 이 점에 대해서 조금도 주의를 기울이지 않았다. 그런데 늘 말없이 틀어박혀 있기만 하는 것은 장 발장으로서는 잘하는 일이었다. 자베르는 한 달 이상이나 그 주위를 감시하고 있었던 것이다. 장 발장에게 이 수도원은, 깊은 바다로 에워싸인 섬과 같았다. 이때부터 네 개의 장벽 안이 그의 세계가 되었다. 거기서는 마음껏 하늘을 쳐다볼 수 있었고, 꼬제뜨를 바라보며 행복스러운 마음을 맘껏 느낄 수 있었다.

장 발장에게는 자못 평온한 생활이 다시 시작된 것이었다. 그는 포슐르방 노인과 함께 정원 안쪽 초라한 오두막집에서 살고 있었다. 이 오두막집은 허물어진 건물의 벽토 같은 것을 주워다 얽은 것으로, 1845년까지도 남아 있었다.

그 집은 앞에서 본 바와 같이 방이 3개 있었으나 어느 방이나 가구 같은 것은 일절 없으며 칸막이 벽이 있을 따름이었다. 포슐르방은 그 중에서 가장 좋은 방을 마들렌느 씨에게 주겠다면서, 장 발장이 사양하는데도 억지로 떠맡겼다. 그 방 벽에는 가죽 무릎 덮개와 치룽을 걸어 두기 위한 2개의 못 외에, 장식으로 1793년 왕가의 지폐 한 장이 벽난로 위 벽면에 붙어 있었다.

여기 정확한 복사도를 제시하면 다음과 같다.

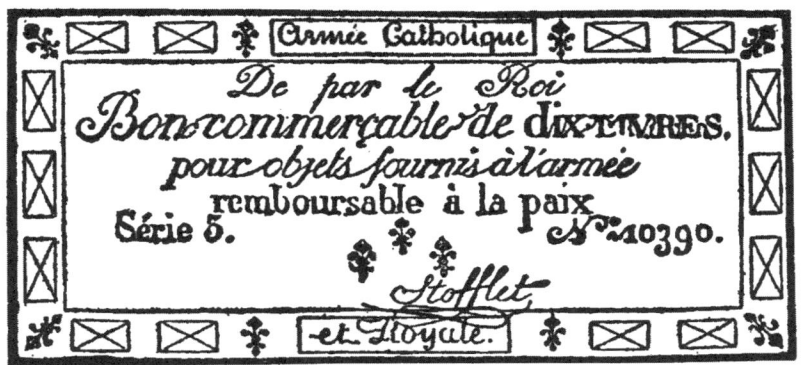

이 방데앙 당의 난(혁명 중에 일어난) 때의 지폐는, 전의 정원사가 핀으로
벽에 꽂아 놓은 것이었다. 그 사나이는 전에 슈앙 당의 당원으로서
이 수도원에서 죽고 포슐르방이 그 뒤를 이어 들어왔던 것이다.

장 발장은 정원에서 하루 종일 일을 했다. 그의 일은 정원에 대단
히 유용했다. 장 발장은 본래 가지치기 인부였으므로, 지금 다시 기
꺼운 마음으로 정원사로 돌아가 있었다. 그가 원예에 대해 온갖 요
령과 비법을 터득하고 있다는 것은 독자도 기억하고 있으리라. 장
발장은 그 경험을 이용했다. 과수원의 나무는 거의 모두가 야생목이
었으므로, 장 발장은 그것들을 접목하여 훌륭한 열매가 열리도록 했
다.

꼬제뜨는 날마다 한 시간씩 장 발장 곁에 있어도 좋다는 허락을
받았다. 수녀들은 침울했으나 장 발장은 친절했으므로, 소녀는 양쪽
을 비교해 보고 장 발장을 더욱 따르게 되었다. 정해진 시간이 되면
꼬제뜨는 오두막집으로 뛰어왔다. 그녀가 들어서면 이 헛간 같은 집
은 온통 낙원이 되는 것이었다. 장 발장의 얼굴은 기쁨으로 빛났다.
그는 꼬제뜨에게 주는 행복으로 말미암아 자신의 행복도 크게 자라
나는 것을 느꼈다.

어떤 사물이든 반사되는 빛은 엷어지는 법이다. 그러나 남에게 주

는 기쁨이란 기묘한 것이어서, 엷어지기는커녕 한층 더 밝은 빛이 되어 자기에게 되돌아오고 더욱더 아름답게 작용한다. 쉬는 시간이 되면 장 발장은 꼬제뜨가 놀거나 뛰어다니는 것을 멀리서 바라보았다. 그리고 다른 아이들의 웃음 소리 속에서 그녀의 웃음소리를 가려내는 것이었다.

이제는 꼬제뜨도 웃게 되었기 때문인지 꼬제뜨의 얼굴 모습마저 얼마간 달라졌다. 어두운 그림자는 이미 얼굴에서 사라져 버렸다. 웃음은 태양과 마찬가지로 사람의 얼굴에서 겨울을 쫓아내 버리는 것이다.

꼬제뜨는 여전히 예쁘지는 않았으나 몹시 귀여워졌다. 그 천진스럽고 다정한 목소리로 제법 그럴듯한 말을 재잘거렸다.

쉬는 시간이 끝나고 꼬제뜨가 돌아가 버리면, 장 발장은 그녀의 교실 창문을 물끄러미 바라보았다. 또 밤이 되면 그는 침대에서 일어나 꼬제뜨의 침실 창문을 넌지시 바라보는 것이었다.

그런데 하느님은 또 당신의 길을 걸어간다. 수도원은 꼬제뜨에게 이바지했듯 장 발장의 내면에 뿌려진 저 미리엘 주교의 마음을 지속시키고 완성하는 데에도 이바지했다. 확실히 덕의 일면과 교만은 이웃하고 있는 법이다. 거기에 악마가 걸어놓은 다리가 있다. 장 발장은 자기도 모르는 사이에 그 교만의 일면에, 악마가 걸쳐 놓은 다리에 꽤나 가까이 가고 있었던 터인데, 그때 하느님께서는 그를 쁘띠 삑쀼스 수도원으로 던지셨다.

장 발장은 자신을 주교하고만 비교할 동안에는, 자기의 부족함을 알고 겸손하게 살았다. 그러나 얼마 전부터 자기를 일반 사람들과 비교하기 시작하면서 교만한 마음이 싹트려 하고 있었다. 그대로 내버려두었더라면, 차차 뒷걸음질쳐서 결국은 인간을 증오하게 되었을지도 모른다. 그러나 그런 내리막길을 걷기 시작한 그를 수도원이 붙들어 세웠다.

이 오두막집은 허물어진 건물의 벽토 같은 것을 주워다 얽은 것이었다.

수도원은 그가 본 두 번째 유폐 장소였다. 청년 시절, 그에게 인생의 출발이었던 때에, 그리고 그 뒤 바로 최근에, 그는 다른 유폐 장소 하나를 보고 있었던 것이다. 그것은 무섭고도 끔찍한 장소였다. 그곳에서 이루어지는 가혹한 형벌은 재판의 부정과 법률의 죄악이라고 언제나 생각했다.

　그런데 지금 그는 감옥 다음으로 수도원을 보고 있다. 그리고 자기는 전에 감옥에 들어갔었던 자이며, 그런 자기가 지금은 수도원의 방관자임을 생각하면서, 이 두 장소를 서글픈 마음으로 비교해 보는 것이다.

　때로 장 발장은 삽자루에 몸을 의지하고 서서 끝없는 몽상의 소용돌이 속으로 서서히 빠져드는 일도 있었다.

　장 발장은 옛날 동료들을 회상했다. 그 참담함이란! 그들은 새벽녘에 일어나 밤중까지 일했으며, 잠잘 틈도 거의 없었다. 그들은 널빤지로 된 침대 위에서 잤으며, 일 년 중 가장 추울 때 외에는 불도 피우지 못하는 곳에서, 두께 2인치 정도의 매트리스를 사용하는 것밖엔 허락되지 않았다. 그들은 끔찍스러운 붉은 죄수복을 입고 있었다. 그들에게 특별히 베풀어진 의복이라고는 한여름에는 무명 바지, 한겨울에는 마차꾼들이 쓰는 털윗도리를 걸치는 것뿐이었다. 그들은 '노역'하러 갈 때 외에는 술도 마시지 못하고 고기도 먹지 못했다. 그들은 이름도 없이 한낱 숫자로 바뀌어 번호로 불리며, 눈을 내리깔고, 숨을 죽이며, 머리를 깎이고, 몽둥이로 얻어맞으며, 암담한 마음으로 살고 있었던 것이다.

　다음에 그의 상념은 눈앞에 있는 사람들에게로 옮아갔다.

　이 사람들도 역시 머리를 깎이고, 눈을 내리깔고, 목소리를 죽이고, 암담한 마음은 아닐지라도 세상의 비웃음 속에서 몽둥이로 등을 얻어맞는 일은 없으나, 계율의 채찍으로 어깨에 상처를 받으면서 살고 있다. 이 사람들의 경우에도, 인간 세상에서 부르는 이름은 사라

꼬제뜨는 천진스럽고 다정한 목소리로 제법 그럴듯한 말을 재잘거렸다.

져 버리고 엄숙한 세례명만이 있었다. 결코 고기를 먹지 않고, 절대로 술을 마시지도 않으며, 저녁때까지 아무것도 먹지 않는 일이 자주 있었다.

붉은 죄수복은 입고 있지 않았으나 여름에는 무겁고 겨울에는 가벼운 검은 모직 수도복을 내내 입은 채, 무엇 한 가지 벗거나 더 껴입거나 하지 못했다. 계절에 따라 무명옷을 입는다든지 틸 외투를 입는다든지 하는 배려조차도 없었다. 게다가 일 년에 여섯 달은, 열이 날 정도로 따가운 서지로 된 옷을 입고 고생하지 않으면 안 되었다.

수녀들은 가장 추운 한겨울에만이라도 불을 피우는 감방에서가 아니라 불기운이 전혀 없는 독방에서 살고 있었다. 잘 때도 두께 2인치의 매트리스 위에서 자는 게 아니라 짚방석 위에서 자는 것이었다. 그런데다 제대로 잠도 자지 못했다. 밤마다 하루의 노동 뒤에 지친 몸을 눕히고서 겨우 눈을 붙였다가는, 아직 몸이 녹기도 전에 눈을 뜨고 일어나서 얼어붙은 듯한 어두운 성당 돌바닥 위에 두 무릎을 꿇고 앉아 기도를 드려야 했다.

또 어떤 날은 차례차례 12시간 내내 돌바닥에 무릎을 꿇거나 얼굴을 바닥에 문지르며 팔을 열십자로 펴고 엎드리는 고행을 하지 않으면 안 되었다.

감옥에 있었던 것은 남자들이었다. 여기 수도원에 있는 것은 여자들이다.

그러면 그 남자들은 무슨 짓을 했던가? 그들은 훔치고, 폭행하고, 약탈하고, 사람을 살해하고, 사람을 죽일 계획을 세웠던 것이다. 강도며, 사기꾼이며, 독살자며, 방화자며, 살인자며, 부모를 죽인 패륜아의 집단이었다. 그리고 이 여자들은 어떤 짓을 했던가? 아무 짓도 하지 않았다.

한쪽에는 강도, 사기, 협잡, 폭행, 간음, 살인, 갖가지 신성 모

때로 그는 삽자루에 몸을 의지하고 서서 끝없는 몽상의 소용돌이 속으로 서서히 빠져드는 일도 있었다.

독, 온갖 종류의 범행이 있었다. 그러나 또 다른 한쪽에는 오직 한 가지 결백만이 있었다. 그것은 거의 신비로운 승천의 경지까지 오른 완전무결한 결백이며, 선행으로 말미암아 아직도 지상에 속해 있기는 하나 거룩함 때문에 이미 하늘에 속하고 있는 것이었다.

한편에서는 작은 소리로 죄악을 속삭이고, 다른 한편에서는 큰소리로 과실을 고백한다. 더욱이 그자들이 속삭이는 죄악은 얼마나 엄청난 범죄이며, 또 그녀들의 고해는 얼마나 가련한 과실인가!

한편에는 독기가, 다른 한편에는 그윽한 향기가 있다. 한편에는 대포 아래 외계와 격리되어 물샐틈 없는 감시를 받으면서 완만하게 환자를 좀먹어들어가는 정신의 페스트가 있고, 다른 한편에는 모든 영혼이 하나의 아궁이 안에서 타오르는 순결한 불꽃이 있다. 저기는 암흑이 있고 여기는 그늘이 있다. 그러나 이 그늘은 빛에 가득 찬 그늘이요, 광휘에 넘치는 빛이다.

두 곳 다 노예 제도를 실행하고 있다. 그러나 감옥에는 해방의 가능성이 있고 언제나 눈에 보이는 법률상의 한계가 있으며 또 탈주라는 것이 있다. 그런데 수도원의 경우는 종신이며, 모든 희망 대신 아득히 먼 미래의 끝에 이르러, 사람이 죽음이라고 부르는 저 자유의 아련한 빛이 있을 뿐이다.

감옥에서 사람은 사슬에 매여 있을 뿐이었으나 수도원에서 사람은 자기 신앙에 묶여 있었다.

감옥에서 우러나오는 것은 무엇이었던가? 무한한 저주, 원한, 증오, 자포자기의 악의, 인류 사회에 대한 분노의 절규, 하늘에 대한 조소였다. 수도원에서 우러나오는 것은 무엇이었던가? 축복과 사랑이었다. 그리고 그토록 닮았으면서도 그토록 상반되는 두 장소에서, 그토록 다른 두 종류의 사람들이 속죄라는 똑같은 행위를 하고 있는 것이다.

장 발장은 한쪽 사람들의 속죄, 즉 개인의 속죄, 자기 자신을 위한 속죄는 잘 이해하고 있었다. 그러나 다른 한쪽 사람들의 속죄, 비난할 만한 점이라곤 없는 때문지 않은 사람들의 속죄를 이해할 수가 없었으므로, 전율을 느끼며 생각하는 것이었다.

'무슨 속죄인가? 어떤 속죄인가?'

그의 마음 속에서 하나의 목소리가 이렇게 대답하였다.

"인간이 가진 고결한 마음 가운데에서도 가장 신성한 것은 남을 위한 속죄이다."

여기서는 개인의 의견을 일절 배제하기로 한다. 우리는 다만 이야기를 전하는 사람에 지나지 않는다. 우리는 다만 장 발장의 관점에서서 그가 받은 인상을 그대로 전할 따름이다.

그는 자기 희생의 숭고한 산봉우리를, 인간이 도달할 수 있는 최고의 덕의 산봉우리를 분명히 보고 있었다. 사람들의 죄를 용서해 주고, 그를 대신하여 속죄하는 그 결백을. 죄를 범한 일이 없는 영혼이 과오를 범한 영혼을 죄에서 구원하기 위해 봉사하고 고행하고 벌을 구하는 것을. 하느님에 대한 사랑 속에 잠겨 있으면서도, 그러나 언제까지나 그 존재를 추구하고 그것과 구별되어 애원하고 있는 그 인류에 대한 사랑을. 벌받은 자의 비참과 보상받은 자의 미소를 한데 지닌 부드럽고 가냘픈 그 여성들을. 그리고 자기가 감히 불평을 품은 적도 있었다는 것을 떠올리는 것이었다!

그는 곧잘 한밤중에 일어나서 결백하면서도 엄한 계율에 따라 수녀들이 부르는 감사의 노랫소리를 감동하며 들을 때가 있었다. 그리고 정당하게 벌을 받는 사람들이 하늘을 향해 고함을 지르는 것은, 오직 저주하기 위해서였다는 것을 생각하고 지난날 자기 역시 하느님께 삿대질을 했던 일을 생각하면서, 온몸의 피가 얼어붙는 것을 느꼈다.

마치 하늘의 속삭이는 계시라도 듣듯 강한 힘으로 그를 깊은 몽상에 잠기게 한 것은 다음과 같은 사실이었다. 여기 들어오기 위해서 저 높은 담장을 기어오르고, 장벽을 뛰어넘어 죽음조차도 각오하며 위험을 무릅쓰고, 그처럼 험하고 어려운 탈출을 시도하려고 했던, 예전에 다른 속죄의 장소에서 벗어나기 위해 했던 것과 똑같은 그 모든 노력을 그가 한 것은 결국 이 죄갚음의 장소로 들어오기 위해서였다는 것이다. 이것은 그의 운명의 한 상징이었던 것이 아닐까?

이 건물 역시 하나의 감옥이며, 그가 도망쳐 나온 또 다른 집과 불길할 정도로 닮았으나, 그는 그것이 같은 것이라고는 조금도 생각하지 않았다. 그는 다시금 철문과 빗장과 쇠창살을 보고 있었지만, 그것은 누구를 지키기 위해서였던가? 천사들을 지키기 위한 것이었다. 이전에는 호랑이들 주위에 둘러친 저 높은 담장이, 여기서는 양의 주위에 둘러친 것을 다시금 보는 것이었다.

여기 수도원은 속죄의 장소이면서도 형벌의 장소는 아니었다. 그러나 감옥보다 더 가혹하고, 더 침울하고, 더 무자비했다. 여기 있는 동정녀들은 죄수보다도 더한 복종을 강요당하고 있었다. 살을 에는 차디찬 바람, 그의 청년 시절을 얼어 버리게 했던 그 바람은, 철통과 자물통이 달린 황량한 무덤을 휩몰아쳐 가고 있었으나, 한결 더 모질고 한결 더 세찬 삭풍이 이 비둘기 장 안에도 불고 있었다.

그것은 무슨 까닭인가?

그러한 것을 생각할 때, 그의 내부에 있는 모든 그림자는 이 숭고한 신비 앞에 엷어져 갔다. 이러한 생각을 좇는 동안에 교만한 마음이 스러져 갔다. 그는 온갖 반성을 다 해보았다. 자기가 너무나 하찮은 존재임을 느끼며 몇 번이나 울었다. 이즈음 반년 동안 그의 생활 속에 들어온 모든 것이 그를 주교의 신성한 명령 쪽으로 이끌어 가고 있었다. 꼬제뜨는 그에게 사랑을 가르치고, 수도원은 그에게 겸양을 가르쳤다.

황혼이 깃들 무렵, 정원에 사람 그림자가 없어질 때면, 성당으로 가는 오솔길 옆 그가 처음 들어오던 날 밤 들여다보았던 그 창 앞에

얼어붙은 듯한 어두운 성당 돌바닥 위에 두 무릎을 꿇고 기도를 드려야 했다.

서, 수녀가 엎드려 속죄의 기도를 드리고 있던 그 장소를 향하여, 그가 때때로 무릎을 꿇고 있는 모습을 볼 수 있었다. 그는 과실을 속죄하는 수녀가 엎드려 기도를 드리는 그 장소를 알고 있어, 그쪽을 향해 무릎을 꿇고 기도를 드리곤 했던 것이다. 그는 하느님 앞에 직접 무릎을 꿇는 일은 도저히 할 수 없다고 생각하고 있었다.

평화로운 정원, 향기 짙은 꽃들, 천진스럽게 떠들어대는 어린아이들, 근엄하고 검소한 수녀들, 고요에 싸인 수도원. 그를 에워싸고 있는 이 모든 것이 서서히 그의 마음에 스며들고 있었다. 그리하여 그의 마음은 수도원의 정적과 꽃들의 향기와 정원의 평화와 수녀들의 단순함과 어린아이들 같은 천진난만함으로 차차 바뀌고 있었다.

그리고 또 그는 자기 일생에 당했던 두 번의 위기를 다 맞아들여준 것은 두 채의 하느님의 집이었다고 생각했다. 처음 집은 모든 문이 닫히고 인간 사회가 그를 몰아냈을 때 그를 맞이했고, 나중 집은 인간 사회가 다시금 그를 추적하기 시작하고 감옥이 다시 입을 벌린 순간에 그를 맞이했던 것이다. 처음 집이 없었더라면 그는 다시 죄악의 구렁텅이에 빠져들었을 것이고, 두 번째 집이 없었더라면 그는 다시금 형벌 속으로 떨어졌을 것이다.

그의 마음은 감사로 가득 차고, 그의 사랑은 더욱더 깊어 갔다.

이렇게 몇 해가 흘러갔다. 꼬제뜨는 차차 자라고 있었다.

제3부 마리우스

MARIUS

제1편 빠리의 미립자 연구

조그만 존재

빠리에는 어린아이들이 있고, 숲에는 새들이 있다. 그 새는 참새라고 불리고 그 어린아이는 부랑아라고 불린다. 빠리와 개구쟁이, 하나는 커다란 도가니요 다른 하나는 여명(黎明)인 이 두 개의 관념이 결합하고, 이 두 가지 불꽃이 서로 부딪칠 때 거기서 하나의 조그만 존재가 나온다. '조그만 인간'이라고 쁠로따스는 말하리라.

이 조그만 존재는 쾌활하다. 그들은 어떤 날은 식사도 못하지만 마음이 내키면 매일 밤이라도 구경거리가 있는 상점으로 간다. 몸에는 셔츠도 걸치지 않고, 발에는 구두도 신지 않은 맨발로 머리 위에는 지붕도 없다. 공중의 파리와도 같은 신세이다.

나이는 7살부터 13살까지이고, 무리를 이루어 생활하고, 거리를 방황하며 밖에서 자고, 발뒤꿈치 밑까지 늘어진 아버지의 헌 바지를 입고, 아버지에게서 받은 귀가 푹 덮이는 헌 모자를 쓰고 가장자리가 누레진 하나밖에 없는 멜빵을 달고, 뛰어 돌아다니며, 틈을 엿보아 물건을 훔치고, 시간을 허비하고, 파이프를 담뱃진으로 물들게 하고, 저주받은 인간처럼 욕지거리를 하고, 술집에 드나들고, 도둑놈들과 알고 지내며, 거리의 계집들과 친숙하게 지내고, 은어를 지껄이고, 음탕한 노래를 부르고, 그러면서 마음에는 아무런 악의도 없다.

그것은 영혼 속에 결백이라는 하나의 진주를 갖고 있기 때문이며, 진주는 진흙 속에서도 녹지 않기 때문이다. 사람이 어린아이일 동안에는, 신도 그가 결백하기를 갈망하는 것이다.

만약에 이 거대한 도시를 향하여 "저건 도대체 뭐냐?"고 묻는다면, 빠리는 "내 귀여운 아이들일세"라고 대답할 것이다.

부랑아의 몇 가지 특징

빠리의 부랑아, 그것은 조그만 거인이다. 과장하지 않고 말한다면 이 진창 속의 천사는 때로 셔츠를 입고 있을 때도 있으나 단 한 장에 지나지 않으며, 구두를 신을 때도 있으나 바닥이 다 닳아빠진 것이며, 때로는 집도 있고 거기에는 어머니가 있기 때문에 집을 사랑하는 일도 있으나, 어느 편인가 하면 거리 쪽을 더 좋아한다. 거리에는 자유가 있기 때문이다. 제멋대로 놀 수 있고 마음껏 장난도 할 수 있다.

그리고 그들의 가슴 속에는 중류계급에 대한 뿌리깊은 증오가 있다. 그들은 또 그들 나름의 독특한 비유를 지니고 있다. 죽는 것을 가리켜 '민들레 뿌리를 먹는다'고 한다.

그들은 독특한 일을 한다. 승합 마차를 불러 와서 마차의 발판을 내리고, 큰 비가 쏟아질 때면 거리 이쪽에서 저쪽으로 사람을 건네 주고는 품삯을 받는데, 이것을 그들은 '뽕 데 자르를 세운다' (사람으로 멋진 다리를 놓는다는 뜻. 빠리에 뽕 데 자르라는 다리가 있는데 그것에 비유한 것임)고 말한다. 또한 프랑스 국민에 대해 당국에서 발표한 포고를 커다란 소리로 외치며 다니고 포석 틈에 낀 먼

자유 평등 박애

지를 긁어낸다. 그들에게는 또 독특한 화폐가 있는데 그것은 길바닥에 떨어져 있는 여러 가지 쇠붙이 조각으로 만들어진 것이다. 이 이상야릇한 화폐는 '누더기'라는 이름으로 불리며, 이 조그만 부랑배 소년들 사이에서 변함없이 매우 규칙적으로 유통되고 있다.

게다가 그들은 독특한 동물을 가지고 있는데, 그것을 구석구석에서 열심히 관찰한다. 무당벌레, 진디, 모기, 아재비, 뿔이 두 개 달린 꽁지를 비틀며 사람을 놀라게 하는 검은 곤충인 '악마' 따위다. 그들은 또 옛날 이야기에나 나오는 것 같은 괴물도 가지고 있다. 그것은 배에 비늘이 있지만 도마뱀은 아니고, 등에 두툴두툴한 사마귀가 있지만 개구리도 아니고, 석회를 굽는 헌 아궁이나 물 없는 웅덩이 속에 살고 있으며, 새까맣고 털이 부숭부숭 나 있고, 끈적끈적하며, 때로는 빠르고, 때로는 느릿느릿 기어다니고, 소리는 내지 않지만 가만히 한 곳을 응시하는 모습은 한 번도 본 일이 없으리만큼 무서운 형상을 하고 있다.

그들은 그것을 도롱뇽이라고 부른다. 조그만 돌 틈에서 이 도롱뇽을 찾아내는 것은 말할 수 없는 즐거움이다. 또 다른 즐거움은 갑자기 포석을 들어올려 쥐며느리를 발견하는 일이다. 빠리의 각 지역은 각각 거기서 발견되는 어떤 재미있는 것들로 이름이 알려져 있다. 위르쉴린느 거리의 재목 하치장에는 집게벌레가 있고, 빵떼옹에는 지네가 있고, 연병장 도랑 속에는 올챙이가 있다.

빠리의 부랑아들은 딸레랑(재치 있는 웅변으로 유명한 당시의 정치가)처럼 말을 잘 한다. 딸레랑에 못지않게 냉소적이면서도 본심은 훨씬 정직하다. 그들은 뜻밖이라 여겨질 만큼 쾌활하며 그 너털웃음으로 상점의 판매원들을 어리둥절케 한다. 그 목소리의 음조는 고급 희극부터 광대극에 이르기까지 넓은 폭을 지니고 있어 유쾌하게 울려퍼진다.

장례식 행렬이 지나간다. 그 속에 의사가 끼어 있다고 하자. 그러면 "저런!" 하고 한 부랑아가 외친다. "언제부터 의사가 자기 작품을 나르기 시작했지 ? ”

또 다른 부랑아가 군중 속에 있다. 안경이며 시곗줄을 늘어뜨린 한 어엿한 사나이가 화를 내며 돌아본다. “불량한 놈, 내 여편네의 ‘허리’에 손을 댔지 (손을 댔다는 것에는 홈) ? ”
(친다는 뜻도 들어 있음)

“내가 말예요 ? 그럼 내 몸을 뒤져 보시구려 ! ”

부랑아는 유쾌하다

저녁이면 언제나 이 ‘조그만 존재’는 어떻게든 손에 넣은 약간의 돈을 가지고 건들건들 극장에 간다. 그러나 이 매혹적인 극장의 문만 일단 들어서면 그들의 모습은 일변한다.

부랑아였던 것이 빠리의 소년이 되는 것이다. 극장이라는 곳은 배를 뒤엎어 놓은 것과 같아서 배 밑바닥의 잡동사니를 넣어두는 곳이 위로 와 있다. 빠리의 소년들이 잔뜩 모여드는 곳은 배 밑바닥이다.

소년과 부랑아의 관계는 나방과 유충의 관계다. 똑같은 것들이 날개가 돋쳐가지고 날아다니는 것이다. 행복에 빛나고, 열광과 환희에 뒤끓고, 날갯짓과도 비슷한 박수를 보내면서 거기에 자리를 차지하고 있기만 하면 이 좁고, 악취가 풍기고, 어둡고, 불결하고, 비위생적이고, 끔찍스럽고, 속이 메스꺼워질 것 같은 배 밑바닥이, 빠라디 (paradis—천국, 빠라디에는 맨) 라고 불리는 데 손색없이 되는 것이다.
(꼭대기 관람석의 뜻도 있음)

한 인간에게 쓸데없는 성질을 주고 유용한 성질을 제거해 보라. 그러면 거기에 부랑아 한 명이 생겨나리라.

부랑아에게도 어느 종류의 문학적 직관이 갖추어져 있지 않으라는 법은 없다. 그들의 경향은 매우 유감스러운 이야기지만 절대 고전적인 취미는 아닐 듯싶다. 그들은 원래 학구적으로 태어나지 못한 것이다. 그 한 가지 예로 이런 것을 들 수가 있다. 이 소란스러운 소년들의 조그만 사회 속에서 마르스 양 (당시 몰리에르나 마리보의 희) 의 인기는 약간의 야유적인 맛이 가미되고 있었다. 부랑아들은 그녀를 ‘무슈
(극을 연기한 유명한 여배우)

양 (무슈는 '제1급의'라는 의미와 '부끄럼을 잘 타는'이라는 뜻이나 여기서는 물론 그 반대 의미로 쓰이고 있음) '이라고 부르고 있었다.

그들은 큰소리로 고함을 지르고, 야유하고, 조롱하고, 빈정대고, 싸우고, 거지새끼 같은 누더기와 철학자 같은 헌옷을 걸치고, 시궁창에서 낚시질을 하고, 쓰레기통에서 사냥을 하고, 오물 속에서 쾌활함을 끌어내고, 네거리에서 기발한 생각을 하고, 냉소하고, 비꼬고, 휘파람을 불고, 노래를 부르고, 갈채를 보내고, 욕지거리를 퍼붓고, '알렐루야'와 '마땅뛰를뤼레뜨'를 뒤섞어 부르고, '데 프로퐁디스'에서 '시앙'에 이르기까지 온갖 노래를 흥얼거리고, 찾지 않고도 발견하고, 모르는 것도 알고, 소매치기라도 할 만큼 용맹스럽고, 현명할 정도로 어리석고, 음란하리만큼 시적이어서 올림포스산 위에라도 쪼그리고 앉고, 똥거름 속에서 뒹굴다가 별 속에 파묻혀 나온다. 빠리의 부랑아, 그것은 작은 라블레 (16세기의 쾌활한 풍자 시인) 이다.

그들은 자기의 양복 바지에 시계를 넣는 조그만 호주머니가 달려 있지 않으면 만족하지 않는다.

부랑아는 절대로 놀라지 않으며 무서워하는 일은 더욱 없다. 미신을 노래로 만들어 비웃고, 허풍스러운 것을 오그라뜨리고, 신비를 조소하고, 유령을 향해 혀를 내밀고, 허식을 타파하며, 허세를 만화로 만들어 버린다.

그것은 그들이 산문적이기 때문이 아니다. 도리어 그들은 장대한 영상을 익살맞은 그림으로 바꾸어 놓는 것이다. 만약에 아다마스또르 (바스꼬다가마가 희망봉을 돌 때 배 앞을 막아 서 갈길을 방해했다는 희망봉을 지키는 거인) 가 그들 앞에 나타났다 할지라도 그들은 이렇게 말할 것이다.

"요런, 허스아비 도깨비야!"

부랑아는 유익할지도 모른다

빠리는 건달패로 시작되어 부랑아로 끝난다. 이 두 가지에 한해서는 다른 어떤 도시도 따라오지 못한다. 건달패들은 보는 것만으로 만족하고 주는 것을 받을 뿐이지만 부랑아는 무한한 독창성을 발휘한다. 하나는 '프뤼돔므^(1830년에 앙리 모니에가 만들어낸 만화의 인물로서 무능과 평범의 전형임)'이고, 또 하나는 '푸이용^(장난과 발명의 전형)'이다. 오직 빠리만이 이 두 가지를 그 박물지 속에 가지고 있는 것이다. 모든 왕정은 건달패 속에 있고 모든 무정부는 이 부랑아 속에 있다.

빠리 문밖 거리의 이 창백한 아이들은 사회의 현실과 인간의 사물 앞에 사려깊은 증인으로서, 곤궁 속에서 생활하고 성장하고 성숙되고 결실되어 가는 것이다. 그들은 스스로 무사태평하다고 생각하고 있지만 그러나 사실은 그렇지 않다. 그들은 유심히 지켜보면서 무엇이나 웃어 버리려고 하지만 동시에 또 다른 짓도 하려 하고 있는 것이다. 어떤 사람이든 편견이나 남용이나 파렴치나 압제나 부정이나 독재나 불법이나 광신이나 포학이라는 이름이 붙은 사람은 모두 이렇듯 멍청하게 입을 벌리고 있는 부랑아들을 조심하는 게 좋다.

이 아이는 머지않아 자라는 것이다.

이와 같은 부랑아는 대체 어떤 찰흙으로 만들어져 있을까? 아무 데나 있는 한줌 진흙으로 만들어져 있는 것이다. 한줌의 진흙과 하나의 숨결, 이것만으로 아담이 만들어지는 것이다. 신만 통과하면 그것으로 족하다. 그리고 신이 이들 부랑아 위를 통과했다.

운명은 이 작은 존재에게 작용한다.

물론 여기서 이 운명이라는 말은 다소 우연이라는 뜻으로 사용한 것이다. 보통의 흔해빠진 흙으로 반죽되어 무지하고, 무식하고, 멍청하고, 비속하고, 비천한 이 난쟁이는 장래에 이오니아 인^(현명한 부족)이 될 것인지, 아니면 보이오티아 인^(어리석은 부족)이 될 것인지? 좀 기다려 보도록 하라. '수레바퀴는 돈다^(호라티우스 《시론》에서).' 빠리의 정신은, 우연으로 어린아이를 만들어내고 운명으로 어른을 만들어내는 이 마신(魔神)은, 라틴의 도공과는 반대로 싸구려 항아리를 값비싼 고대의 항아리로 만드는 것이다.

그 경계

빠리의 부랑아는 현자의 요소를 지니고 있으므로 이 도시를 사랑하고 동시에 고독을 사랑한다. 푸스쿠스처럼 '도시를 사랑하는 사람'이며 플라쿠스처럼 '시골을 사랑하는 사람'이기도 하다.

생각에 잠기면서 배회하는 것, 다시 말해서 산책을 하는 것은 철학자에게는 바람직한 시간 소비다. 사생아적인 냄새를 풍기면서 추악한 몰골에다 기묘하기까지한 이런 성질을 모두 지닌 어떤 대도시, 그 중에서도 특히 빠리를 둘러싸고 있는 시골이라면 더욱더 그러하다. 교외를 관찰하는 것은 곧 양서류를 관찰하는 것이다. 나무들의 끝, 지붕들의 시작, 잡초의 끝, 포석의 시작, 논밭의 이랑 끝, 가게의 시작, 인습의 끝, 정열의 시작, 신들의 속삭임의 끝, 인간 소음의 시작. 여기야말로 비상한 흥미가 있는 것이다.

그러므로 그다지 사람의 마음을 끌지도 않고, 지나가는 사람들로부터 언제나 '쓸쓸하다'는 형용사로 표현되는 이러한 곳에서 몽상에 잠긴 사람들은 겉보기엔 아무런 목적도 없는 것 같은 산책을 하는 것이다.

이런 것을 쓰고 있는 지은이도 옛날에는 오랫동안 빠리의 성문 근처를 배회하는 산책자였다. 그리고 그것이 지은이에게 깊은 추억의 원천이 되어 있다.

저 키가 작은 잡초지, 저 돌멩이가 많은 오솔길, 저 석회, 저 이회토(泥灰二), 저 석고, 저 황무지와 버려진 땅의 황량한 단조로움, 저 안쪽 깊숙이 갑자기 눈에 띄는 농원의 철이른 야채, 저 벽지와 도시의 혼합된 경치, 병영의 북소리가 훈련에 위세를 더하여 간신히 전투 기분을 내고 있는 저 인기척 없는 허허 벌판의 한쪽 구석, 낮에는 쥐죽은 듯이 고요하고 밤에는 강도라도 나올 듯한 저 은둔처, 바람에 돌고 있는 모양 없는 풍차, 채석장의 채굴차 바퀴, 묘지 구석의 선술집, 햇빛이 넘치고 나비가 떼지어 날고 있는 넓은 공터를

네모지게 끊고 있는 커다란 벽의 신비스런 매력, 이러한 것들이 모두 지은이의 마음을 끌던 것들이었다.

세상 사람들은 거의 아무도 다음과 같은 색다른 장소에 대해서 알지 못한다. 글라씨에르, 시메뜨, 포탄으로 얼룩진 자국이 난 그르넬르 거리의 끔찍스런 벽, 몽빠르나스, 포쓰 오루, 마른 강변의 둑, 몽수리, 똥브 이쓰와르, 그리고 삐에르쁠라뜨 드 샹띠용.

여기에 지금은 버섯이 돋아 있을 뿐인 패쇄된 낡은 채석장이 하나 있는데, 썩은 판자로 땅바닥에 파놓은 굴을 막아 놓고 있다. 로마의 들판은 사람에게 하나의 관념을 품게 해 주는데 빠리의 교외 또한 다른 하나의 관념을 품게 해준다. 눈앞에 펼쳐진 지평선 속에서, 들이며 집이며 나무밖에 보지 못하는 것은, 그 표면에만 머물러 있기 때문이다.

모든 것의 외관은 신의 생각을 표현한 것이다. 평야가 도시와 인접해 있는 곳에는 마음에 스며드는 무어라 표현할 수 없는 우수가 깃들어 있다. 거기서는 자연과 인류가 동시에 말하고 있다. 지방적 특색이 그곳에 나타나고 있다.

빠리의 변두리라고도 할 수 있는 이 성 밖에 인접해 있는 쓸쓸한 곳을 작자처럼 산책해 본 일이 있는 사람이라면, 여기저기에서 다음과 같은 광경을 본 일이 있을 것이다. 거의 사람이라곤 올 것 같지도 않은 곳에서, 정말 뜻하지 않을 때에 빈약한 울타리 뒤나 음산한 벽 구석에서, 파리한 얼굴의 흙과 먼지투성이가 된 남루한 더벅머리 소년들이 모여서 떠들썩하게 지껄이면서 도깨비부채꽃을 머리에 꽂고서 유리구슬놀이를 하고 있는 광경을 말이다.

그들은 모두 가난한 집에서 뛰쳐나온 소년들이다. 성 밖 큰 거리에 와서야 그들은 겨우 숨을 쉴 수가 있다. 교외는 그들의 것이다. 그들은 거기서, 언제까지나 진을 치고 논다. 그들은 거기서 천진난만하게 난잡한 노래를 부른다. 그들은 거기서, 아니 좀더 자세히 말하면 거기서 살며 귀찮게 구는 사람들의 눈을 피하여, 5월이나 6월의 부드러운 햇살 속에서, 땅바닥에 판 구멍 주위에 쪼그리고 앉아서 엄지손가락으로 구슬치기를 하면서 말다툼을 하였다. 아무런 책임도 없는 방종이며 방만이며 멋대로 행복한 삶이었다.

그리고 문득 지나가는 무리들의 모습을 발견하면 무슨 일이든지 해서 먹을 것을 벌어야 할 것을 생각해 내고, 낡은 털실로 짠 긴 양말에 가득히 잡아 넣은 풍뎅이나 한 묶음의 리라꽃을 팔려고 한다. 그렇게 이 이상한 아이들과 만나는 것은 즐겁기도 하고 또 슬프기도 한 빠리 주변 운치의 하나이다.

때로는 그러한 소년들의 무리 속에 여자아이가 섞여 있는 수도 있다. 소년들의 누나나 동생일까? 아주 어린 소녀들로서 야위고 상기되고 손은 볕에 그을리고 주근깨가 눈에 띄고, 호밀 이삭이나 개양귀비꽃을 머리에 꽂고, 쾌활하며 눈은 날카롭고 발은 맨발이다. 그 중에는 보리밭 속에서 버찌를 먹고 있는 아이도 보인다. 저녁때는 그 웃음소리가 한층 드높이 들린다. 대낮의 쨍쨍 내려쬐는 햇빛을 가득히 받은 그런 아이들의 무리, 또는 황혼의 어슴푸레함 속에서 언뜻 보이는 그 무리는 몽상에 잠기는 사람의 마음을 오랫동안 사로잡아, 그 광경은 그의 꿈결에도 섞여든다.

빠리는 증심이고 교외는 그 주위이다. 이 아이들에게는 그것만이 온 세계이다. 그들은 그 밖으로는 절대로 나가려 하지 않는다. 물고기가 물에서 나갈 수 없는 것처럼, 그들에게는 성문에서 2리외만 떨어져도 이미 아무 것도 없는 것과 같다. 이브리, 장띠, 아르꾀이유, 벨르빌르, 오베르빌리에, 메닐몽땅, 슈아지 르 르와, 벨랑꾸르, 뫼동, 이씨, 보브르, 쎄브르, 쀠또, 뇌이, 젠느빌리에, 꼴륭브, 로맹빌르, 샬롱, 아스니에르, 부지발, 낭떼르, 앙기앙, 느와지 르 세끄, 노장, 구르네, 드랑시, 고네쓰, 이러한 곳에서 그들의 세계는 끝난다.

포쓰 오루

역사의 한 모습

이 책의 줄거리가 되는 사건이 있었던 당시에는, 물론 그것은 지금 현대라고 해도 과언이 아니지만, 그 무렵은 지금처럼 거리 모퉁이마다 순경이 서 있지는 않았다(지금은 친절에 대해 말할 때가 아니다). 그래서 빠리에는 부랑아들이 득시글거렸다.

통계에 따르면 1년에 평균 260명의 집없는 아이들이, 울타리 없는 땅이나, 건축중인 집이나, 다리 밑에서 순찰 순경들에게 붙잡혀 수용된 것으로 나타나 있다. 그런 소굴의 하나는 '아르꼴르 다리의 제비들(아르꼴르(이탈리아의 도시) 다리는 나뽈레옹이 몸소 위험을 무릅쓰고 진두에 서서 오스트리아 병사들을 무찌른 곳으로 유명하다)'이라고 불린 아이들을 만들어냈다고 해서 지금도 이름이 남아 있다. 어쨌든 이것은 사회의 가장 불행한 증상의 하나다. 인간의 온갖 죄악은 아이들의 부랑 생활에서 비롯되는 것이다.

그렇지만 빠리만은 예외로 해야 했다. 방금 말한 것 같은 추억도 있긴 하지만, 다른 것과 비교해 보면 빠리를 예외로 하는 것은 정당한 것이다. 다른 모든 대도시의 부랑아는 거의 타락한 인간이다. 대개 어디에서건 고립된 소년은 하나같이 세상의 부도덕에 휩쓸려들어가 무관심하게 버려지므로 결국 그 때문에 정직과 양심을 잠식당하게 된다.

그러나 빠리의 부랑아는, 여기서 강조해 두거니와 표면상으론 확실히 마멸되고 상처입고 있지만 그 내부에는 거의 아무런 상처도 없다. 프랑스 민중 혁명의 찬란한 성실성 속에 빛을 떨치는, 생각만 해도 멋있는 하나의 사실은, 바닷속에 포함된 염분과 마찬가지로 빠리의 공기 속에 포함된 관념이 만들어내는 일종의 비부패성이다. 빠리를 호흡하는 것은 곧 영혼을 보존하는 것이다.

그러나 이렇게 말해 보았댔자 가족의 풀린 끄나풀에서 떨어져 허공에 나불거리는 것처럼 보이는 아이를 만날 때마다 느끼는 비통한 심정은 하나도 사라지지 않는다. 아직도 불완전한 이 현대문명 속에서

그들은 모두 가난한 집에서 뛰쳐나온 소년들이다.

는 이들 뿔뿔이 흩어진 가족들이 암흑 속에 내던져져 자기들의 아이가 어떻게 되었는가를 전혀 알지 못하고, 핏줄을 나눈 아이를 그대로 한길에 내버리고 마는 결과가 되는 것도 그리 이상한 일은 아니다.

거기서부터 어두운 운명이 빚어지는 것이다. 이 서글픈 사실은 하나의 숙어를 만들어내어 '빠리 길바닥에 내던져진다'고 일컬어지고 있다.

말이 났으니 말이지만 이러한 어린아이 내다 버리는 것은 옛 왕정의 힘으로도 전혀 없앨 수가 없었던 것이다. 이집트나 보헤미아의 일부 하류계급은 상류계급 사람들을 위해서 일하고 권력층에게 혹사당해 왔다. 하류계급의 자식 교육에 대한 혐오는 일반적인 신조로 되어 있었다. '충분치 못한 지식'이 무슨 소용인가? 이 말이 그들의 입버릇이었다.

그런데 부랑아들이야말로 배우지 못한 아이들의 필연적인 귀결이다. 그런가 하면 왕정이 아이들을 필요로 하는 경우도 있어서, 그런 때는 거리에서 아이들을 주워 모았다.

더 오랜 옛날로 거슬러 올라가는 것은 그만두고, 루이 14세 때만하더라도, 왕은 함대를 하나 만들고 싶다는 그럴듯한 희망을 품고있었다. 생각은 좋았으나 방법이 문제였다. 바람에 의해 항해하는 범선일지라도 노나 증기를 이용하여 때에 따라서 자유롭게 배를 끌고 갈 수 없다면 함대란 존재할 수 없다. 그러나 당시의 해군은 오늘날 증기선의 역할을 돛과 노에 의한 군함이 맡고 있었다. 그러므로 군함이 필요했다.

그러나 이러한 군함은 배를 젓는 죄수에 의해 움직였으므로 죄수가 필요하게 되었다. 그래서 당시의 재상 꼴베르는 지방 장관과 최고 법원에 명령하여 될 수 있는 대로 많은 죄수를 양산하도록 했다. 사법관들은 그의 환심을 얻으려고 죄수를 만드는 데 힘을 기울였다.

제식 행렬 앞에서 모자를 쓴 채로 있는 남자가 있으면, 신교도적 태도라고 하여 당장 군함으로 보냈다. 거리에서 발견된 아이가 15살로 더욱이 집 없는 아이인 경우에는 역시 군함으로 보냈다. 이것이 루이 14세의 위대한 정치, 위대한 세기였던 것이다.

루이 14세 시절에는 부랑아가 빠리에서 사라져 버렸다. 알 수 없는 비밀 목적에 사용하기 위해서 경찰이 그들을 붙잡아 간 것이다. 왕이 붉은 피의 목욕탕에 들어간다는 기괴한 억측을 사람들은 공포에 떨면서 소곤거렸다. 바르비에는 이러한 것들을 솔직하게 기록해 두고 있다 (바르비에 저서 《루이 15세 시대의 역사적 일화적 일기》 4권, 1847~56년, 다른 판으로서 《섭정 시대 및 루이 15세 시대 연대기》 별명 《바르비에 일기》 8권, 1857년 간행). 때로는 아이들이 부족했으므로 경관은 아버지 있는 아이들까지 붙잡아가는 일이 있었다. 아버지는 필사적으로 경관에게 덤벼들었다. 그런 경우에는 최고 법원이 가운데 끼어들어 교수형에 처했다. 누구를? 경관을? 그렇지 않다. 그 아버지들을 교수형에 처했다.

인도 계급제도에나 있을 부랑아 계급

빠리의 부랑아 계급은 이른바 하나의 카스트(인도의 계급 제도로서 신분을 넷으로 나눔. 이것은 몹시 엄격히 지켜지며 하나의 카스트에서 다른 카스트로 옮기는 것은 절대 허용되지 않는다)이다. '아무나 마음대로 들어올 수 있는 게 아니다'고 해도 과언이 아니다.

이 '부랑아(gamin)'라는 말은 1834년에 비로소 활자화된 것으로 속어로부터 문학 용어 속으로 들어온 것이다. 이 말이 나타난 것은 《끌로드 괴》라는 제목의 조그마한 작품(위고의 작품으로 1834년 7월 르 뷔 드 빠리지에 발표되었음) 속에서이다. 맹렬한 악평을 불러일으켰으나 마침내 이 말은 일반적으로 통용되게 되었다.

이런 부랑아들 사이에서 존경받기 위한 요인은 실로 여러 가지다. 작자가 알고 지내는 한 부랑아는, 어떤 남자가 노트르담 성당의 탑 위에서 떨어지는 것을 보았다고 해서 대단한 존경과 감탄을 받고 있었다.

또 다른 어떤 부랑아의 경우는, 앵발리드$\binom{\text{옛 빠리의 상}}{\text{이군인 병원}}$의 둥근 지붕에 세워놓은 조각상이 우연히 뒤뜰에 놓여 있었을 때, 거기로 용케 숨어들어가 그 납을 좀 '훔쳤다'고 해서 몹시 존경을 받고 있었다.

또 어떤 자의 경우는 역마차가 뒤집히는 것을 보았대서, 또 한 사람은 한 시민의 눈을 하마터면 도려낼 뻔했었다는 병사와 '아는 사이'였대서 뽐내고 있었다.

보통 사람들이 의미도 모른 채 웃어 넘기는 빠리 부랑아들의 의미심장한 탄성은 다음과 같은 말이 잘 설명하고 있다.

"제기랄! 빌어먹을! 아직도! 아직도 6층에서 떨어지는 놈 하나 못 봤다니!"

이러한 말을 그는 독특하고도 천한 말투로 내뱉는 것이었다.

다음과 같은 대화는 그야말로 시골 사람다운 명문구이다.

"아무개 아저씨, 댁의 아주머니는 앓다가 죽었는데 어째서 의사를 부르지 않았나요?"

"하는 수 없었소, 우리 같은 가난뱅이는 남들의 폐가 되지 않도록 죽어야지요."

그러나 만약 농민들이 지니는 소극적인 조롱이 전부 이 말 속에 담겨 있다고 한다면, 빠리 교외의 소년 소녀들이 지닌 자유분방한 무신론자적 무정부주의적 모든 사고방식은 확실히 다음과 같은 말에 담겨 있다고 할 수 있을 것이다. 어떤 사형수가 호송 마차 속에서 교도사목의 말에 귀를 기울이고 있으면 빠리 거리의 아이들은 외친다.

"저놈 신부하고 얘기하고 있어. 야아, 겁쟁이 같으니!"

종교적인 것에 대해 무언가 대담한 짓을 하면 부랑아는 한층 더 돋보이는 것이다. 자유사상가라는 것이 중요한 것이다.

사형 집행을 보러 가는 것은 하나의 의무로 되어 있다. 그들은 서로 단두대를 손가락질하면서 웃어 대고 온갖 종류의 호칭으로 사형수를 부른다. '다 먹어 치운 밥', '무뚝뚝한 얼굴', '천국의 어머니', '마지막 한 입' 따위로 부르면서 하나도 빠뜨리지 않고 보려고 담을 타고 앉고, 발코니에 기어오르고, 나무에도 올라가고, 철책에 매달리고, 굴뚝에 달라붙는다. 부랑아는 타고난 지붕 잇는 일꾼이요, 타고난 뱃사람이다. 지붕도 돛대도 무섭지 않은 것이다. 그레브의 사형장보다 더 재미있는 잔치는 아무 데도 없다.

상송(대혁명 시대부터의 세습적 집행인)과 몽떼스 교도사목의 이름은 민중들에게 참으로 널리 알려져 있다. 형을 받는 사람을 격려하기 위해 모든 사람들은 고함을 지른다. 때로는 찬탄하는 일도 있다. 라스네르(당시의 유명한 살인범. 스땅달《라미엘》의 바르베르의 모델. 영화《천정》의 특별석의 사람들)에 등장)는 부랑아 시절에 악독 무도한 도트랑이 씩씩하게 죽어가는 것을 보고 장래를 예상케 하는 이런 말을 했다. "나는 놈이 부러웠어." 부랑아들 사이에 볼떼르는 알려져 있지 않지만 빠빠브완느(갓난아이 살해범)는 잘 알려져 있다.

그들은 같은 이야기 속에 정치가와 살인자를 뒤섞어 놓는다. 그들은 사형된 모든 살인자가 마지막 입고 있었던 복장에 대한 것을 이야기에 전하고 있다. 다음과 같은 것들을 그들 모두가 알고 있다. 똘르롱은 화부(火夫)의 모자를, 아브릴은 수달피 모자를, 루벨(베리 공작의 암살자)은 운두가 높고 둥근 모자를 쓰고 있었다. 들라뽀르뜨 영감은 대머리를 그대로 드러내고 있었고, 가스땡(독살의사)은 장밋빛의 매우 아름다운 얼굴이었으며, 보리는 참으로 낭만적인 턱수염을 기르고 있었고, 장 마르땡은 아직도 문제의 멜빵을 메고 있었으며, 르꾸페는 자기 어머니와 말다툼을 하고 있었다. 그것을 보고 한 부랑아는 "바구니(사형장으로 가는 마차를 뜻함)를 타고 나서 투덜거리면 뭘해!"라고 소리쳤다.

또 다른 부랑아는 드박께르가 지나가는 것을 보려고 했으나 사람들의 혼잡 속에서 자기 키가 너무 작아 볼 수가 없었기 때문에, 강변의 가로등을 보고서 그 위에 올라갔다. 그러자 보초를 서고 있던 헌병이 눈살을 찌푸렸다.

"올라가게 해 주세요, 헌병나리" 하고 그 부랑아는 말했다. 그러고선 그 헌병을 안심시키려고 이렇게 덧붙였다. "떨어지지 않을 테니까."

"네가 떨어지든말든 난 상관 없어" 하고 헌병은 대답했다.

부랑아들 사이에서는 기념할 만한 사건은 지극히 높이 평가된다. 만약 '뼛속까지' 깊은 상처를 입거나 하면 기막힌 존경을 받기에 이른다.

주먹이 세다는 것도 대단한 존경을 받을 수 있는 한 요소이다. 부랑아가 무엇보다도 즐겨 말하는 것 중 한 가지는 "난 엄청나게 세단 말야, 알겠어!" 하는 말이다. 왼손잡이도 대단한 부러움을 받았고 사팔뜨기도 존경받는 요소의 하나였다.

선왕의 멋진 말

여름이 되면 그들은 개구리로 변신한다. 그리고 저녁때 해가 질 무렵, 오스떼를리쯔 다리나 이예나 다리 앞에서, 석탄을 실은 작은 배라든가 세탁선 위에서 세느 강으로 뛰어들며 풍기 단속법과 경찰법을 위반하는 짓을 끊임없이 저지른다. 경관들도 감시하고 있다. 그 결과 매우 극단적인 사태로까지 번져, 잊을 수 없는 우정어린 한 절규를 낳게 한 일도 있었다.

그 고함소리는 1839년경 잘 알려져 있던 유명한 것으로 부랑아들끼리의 전술상의 신호였다. 호메로스의 시처럼 억양의 리듬이 정연하고, 판 아테나이아^(아테네에서 행해졌던 여
신 미네르바를 위한 축제) 때의 엘루지아 교의^(옛날 그리
스의 길교) 노래와도 같은, 무어라 표현할 수 없는 억양이어서, 마치 고대의 에보에^(바커스 신을 찬미하기
위하여 기원하는 외침)를 듣는 것 같았다.

그것은 다음과 같은 것이었다.

"어이, 친구들, 이봐! 짭새다. 개라니까! 조심해. 하수도로 도망가!"

간혹 이 모기들 중에는——그들은 스스로를 모기라 부른다——
글을 읽을 줄 아는 자도 있었고, 글씨를 쓸 줄 아는 자도 있었다.
그러나 낙서라면 어느 부랑아고 다 할 줄 안다. 무슨 이상한 방법을
동원하는지 몰라도 서로 가르쳐 주고, 공적으로 쓸모있는 온갖 재능
을 발휘한다.

1815년부터 1830년까지 $\binom{\text{루이 18세와 샤}}{\text{를르 10세 치세}}$ 는 칠면조 $\binom{\text{루이 18세}}{\text{를 가리킴}}$ 의 울음소리를
흉내내었지만, 1830년부터 1848년까지 $\binom{\text{루이 필립}}{\text{왕 치세}}$ 는 배 $\binom{\text{뜻—루이 필}}{\text{립을 가리킴}}$ 를 벽에
마구 그려 놓고 다녔다. 어느 여름날 저녁, 걸어서 돌아오던 루이
필립은, 매우 작고 어린 한 부랑아가 발돋움을 하고서 땀을 뻘뻘 흘
리며 뇌이 궁전의 철책 기둥에 커다란 배를 숯으로 그리고 있는 것
을 보았다. 왕은 앙리 4세에게서 이어받은 착한 마음으로, 부랑아를
도와 배를 다 그리고 나서는 그에게 루이 금화 하나를 주며 말했다.
"배라면 여기에도 붙어 있단다."

부랑아는 또 떠들썩한 것을 좋아한다. 격렬한 사태가 일어나면 그
들은 좋아하는 것이다.

그들은 또 사제를 미워한다. 어느 날, 위니베르씨떼 거리에서 이
러한 꼬마들 중 하나가 69번지 집의 정문을 향하여 삐에 드 네
$\binom{\text{코 끝에 한손의 엄지손가락을 대고 다른 나}}{\text{머지를 펴보여 경멸하는 뜻을 나타내는 짓}}$ 를 하고 있었다.

"왜 이 문에다 대고 그런 짓을 하느냐?"고 지나가던 남자가 물
었다.

그러자 그 소년은 대답했다.

"여기에는 사제가 살고 있거든요."

과연 거기에는 교황의 특파사절이 살고 있었다. 그러나 그들의 볼
떼르주의(반교회주의)가 어느 정도이든간에 만약 복사 $\binom{\text{미사를}}{\text{돕는 소년}}$ 가 될
수 있는 기회가 생기면 그것을 받아들이기도 한다. 그런 경우에는
정중하게 미사를 돕는다.

또 부랑아들에게는 탄탈로스 $\binom{\text{그리스 신화에 나오는 인물로, 신의 벌을 받아 지}}{\text{옥으로 떨어져 영원한 굶주림과 갈증에 시달린다}}$ 처럼 항상

갈망하면서도 언제나 그 소망을 이룰 수 없는 것이 두 가지 있다. 곧 정부를 뒤엎는 일과 자기 바지를 수선해 입는 일이다.

어엿한 부랑아라면 빠리의 경관을 모조리 잘 알고 있어서 그 중 누구라도 만나게 되면, 그 얼굴을 보고 당장에 이름을 댈 수가 있다. 그리고 구석구석까지 그 특징을 열거한다. 부랑아는 그들의 습관을 연구하고 저마다 하나하나에 대한 특별한 기록을 만들어 가지고 있다. 그들은 경관의 마음 속을 환히 들여다보고 있다. 그들은 거침없이 술술 말할 수 있으리라.

"저자는 '배반자'다. 저건 '몹시 성질이 나쁜 놈'이다. 저건 '기특한 놈'이다. 저건 '재미있는 놈'이다."(이들 배반자, 성질이 나쁜 놈, 기특한 놈, 재미있는 놈이라는 말은 부랑아들이 말하는 경우 특수한 뜻이 있다)

"저놈은 뽕뇌프 다리를 자기 것이라고 생각하는 모양이야. 사람들에게 난간 밖의 가장자리를 걷지 못하게 하거든. 그리고 저놈은 함부로 사람의 귀를 잡아당기는 버릇을 갖고 있단 말이야." 등등.

고올의 옛 얼

이러한 소년의 기질은 빠리 중앙시장 상인의 아들인 뽀끌랭(몰리에르의 본명임)에게도 있었고, 보마르셰에게도 있었다. 부랑아 기질은 고올(프랑스의 옛 이름) 정신의 한 특색이다. 그것은 마치 포도주에 알코올이 섞여 있듯이 건전한 사고방식 속에 섞여서 힘을 준다. 또한 때로는 결점이 되는 수도 있다. 호메로스를 쓸데없는 잡담가라고 한다면 볼떼르는 부랑아라고 할 수 있을 것이다. 까미유 데물랭(대혁명 때의 투사)은 빠리 문 밖의 아이였다. 기적을 경멸했던 샹삐오네(18세기의 프랑스 장군)는 빠리의 포석이 깔린 길에서 나왔다. 그는 아주 어렸을 때부터 쌩 장 드 보베 성당이며 쌩 떼띠엔느 뒤몽 성당의 회랑을 들락거렸다. 그는 쌩 즈느비에브(빠리의 수호 성녀)의 유물함에 마구 무례한 짓을 했는데, 끝내는 나뽈리에

왕은 부랑아를 도와 배를 다 그리고 나서는……

침입하여 쌩 장비에(^{나뽈리의}_{수호 성인})의 술병 (^성_{유물})에 모욕적인 명령을 내리기도 했다.

빠리의 부랑아는 정중하면서도 빈정거리기 일쑤고 건방지다. 그들은 또 잘 먹지 못해서 뱃속이 쪼르륵대도 거침없는 입심을 갖고 있으며, 재치가 있으므로 눈이 아름답다. 야훼가 보고 있다 할지라도 그들은 천국의 계단에서 앙감질을 하며 뛰어놀 것이다. 그들은 발길질에 있어서는 말할 수 없이 강하다.

그들은 모든 면에서 성장의 여지가 있다. 그들은 진창 속에서 놀고 있지만 소동이 일기만 하면 벌떡 일어선다. 산탄 앞에서도 달아나지 않을 정도로 대담하다. 그들은 장난꾸러기였다가도 영웅이 된다. 테베의 소년처럼 그들은 사자의 등도 어루만진다. 북치는 소년 바라 (^{대혁명 시대 방데의 전투에서 공화군}_{에 속하여 14세로 용감하게 죽었음})는 빠리의 부랑아였다. 마치 성서의 군마 (軍馬)가 '바!'라고 외치듯 그들은 '진격!' 하고 외치며, 순식간에 코흘리개 꼬마에서 거인이 된다.

이 흙투성이 소년은 또한 이상 속의 소년이기도 하다. 몰리에르로부터 바라에 이르기까지 그 폭의 넓이를 재어 보자.

즉 모든 것을 한 마디로 요약하면, 부랑아란 불행하기 때문에 오히려 모든 것을 웃어 넘길 수 있는 인간들이다.

빠리를 보라, 이 사람을 보라

다시 모든 것을 요약해서 말한다면 오늘날 빠리의 부랑아는 옛날 로마의 그리스 인들처럼 이마에 낡은 세계의 주름을 가진 어린 민중이다. 부랑아는 국민에게 하나의 자비스러움이요, 또한 동시에 하나의 질병이다. 고치지 않으면 안 될 질병인 것이다. 어떻게 고칠 것인가? 빛으로 고쳐야 한다.

빛은 사람을 건전하게 한다.

빛은 사람을 밝게 한다.

사회의 풍부한 광휘는 모든 과학, 문학, 예술, 교육에서 발생한다. 사람을 만들어야 한다, 사람을. 그들에게 빛을 주라, 그러면 그들이 우리에게 활력을 가져다 준다. 조만간 교육의 보편화라는 빛나는 문제가, 절대적인 진리로 거역할 수 없는 힘을 가지고 제기되리라. 그리고 그때야말로 프랑스 정신을 지켜가면서 정치하는 사람들은 다음과 같은 선택을 하지 않으면 안 될 것이다. 프랑스의 소년이냐, 빠리의 부랑아냐. 빛 속의 불꽃이냐, 어둠 속의 도깨비불이냐.

　부랑아는 빠리를 표현하고 빠리는 세계를 표현한다. 빠리는 하나의 전체이기 때문이다. 빠리는 인류의 천장이다. 이 놀라운 도시는 바로 과거와 현재의 온갖 풍습의 한 축도인 것이다. 빠리를 보면 하늘과 별자리들을 가진 모든 역사의 내막을 보는 듯하다.

　빠리에는 카피톨(로마의 주/피터 신전) 대신 시청을 가지고 있고, 파르테논(아테네의 수호/신을 모신 신전) 대신 노트르담 성당이, 아벤티누스 언덕(로마의 티베르 강 근처의 작은 산으로, 귀족에/대한 평민들의 봉기 때 평민들이 농성한 곳임) 대신 포부르 쌩 땅뜨완느가, 아시나리움 학원 대신 소르본느 대학이, 낡은 신전 대신 새로운 빵떼옹(프랑스의 위인/을 모시는 사당)이, 비아 사크라(팔라티누스 언덕에서/카피톨 언덕에 이르는/고대 로마의/개선 도로) 대신 불르바르 드 지딸리앙 대로가, 안드로니코스의 '바람신의 탑' 대신 세상 여론이 있다.

　그리고 카피톨 산 언덕에 죄인의 시체를 늘어놓던 '게모니' 대신 파리에는 비웃음이 있다. 스페인의 허풍쟁이를 뜻하는 '마호'를 파리에서는 '허영덩이'라 하고 로마의 티베르 강 건너편 사람들을 일컫는 '트랑스떼베랭'을 '성밖 사람'으로 표현하며, 인도의 짐꾼인 '허말'을 '시장의 발'이라 칭하며, 나뽈리의 거지 '라자로네'를 '도둑패'라고 비꼬고, 런던토박이인 '콕크니'를 '멋쟁이'라 부른다.

　다른 땅에 있는 것은 모두 빠리에 있다. 프랑스 18세기의 작가 뒤마르세가 그린 생선 파는 여인은 그리스의 유리피데스가 그린 향초(香草) 파는 여자와 짝이 되고, 원반던지기 선수인 베자누스는 줄타기의 명수 포리오소 속에 되살아나 있고, 밀레스의 용사 테라폰티기

누스는 척탄병 바드봉꾀르와 팔을 끼고 다닐 것이며, 골동품 상인 다마지푸스는 빠리의 고물상에 태평스레 들어앉아 있을지도 모르고, 소크라테스가 설교한 아고라(고대 그리스의 광장)는 디드로에게 가르침을 받고, 디드로가 갇힌 뱅센느의 감옥은 소크라테스를 가둘 것이다.

쿠르틸루스가 고슴도치의 불고기를 생각해 냈듯이 그리모 드 라 레니에르는 로스트비프를 생각해 냈고, 플라투스가 말한 그네는 에 뜨왈르 개선문의 경기구(輕氣球) 밑에서 볼 수 있고, 아플레이우스(BC 2세기 무렵의 라틴 작가임)가 만났다는 뾔실르의 칼을 먹는 요술쟁이는 뽕뇌프 다리 위의 군도를 삼키는 요술쟁이이고, '라모의 조카(라모는 18세기 프랑스의 유명한 작곡가임. 조카는 괴상한 방랑자인데, 〈라모의 조카〉라는 디드로의 소설 속에서 생생하게 그려지고 있음)'는 플라투스의 식객인 �뀌르뀔리용과 좋은 한 쌍을 이루고, 마찬가지로 플라투스가 쓴 술꾼 에르가지트는 에그르뾔이유의 브랜디를 위해서라면 기꺼이 깡바쎄레스의 식탁으로 갈 것이다.

로마의 네 멋쟁이인 알쎄지마르쿠스와 페드로무스와 디카볼루스와 아르지리푸스는 빠리의 양복점 꾸르띠유를 나와서 라바뛰의 역마차를 탈 것이고, 라틴의 작가 아울류스 겔리우스(BC 2세기 무렵 라틴의 작가, 비평가)가 플라투스 연극의 요리사 콩그리오 역에 감탄했듯 우리 샤를르 노디에는 뽈리쉬넬(이탈리아 희극 광대)의 광대 짓에 정신을 잃고, 마르똥이 암호랑이처럼 무서운 여자는 아니었듯이 빠르다리스까도 결코 용은 아니었고, 교활해서 다루기 힘든 광대 빵똘라부스는 빠리의 까페 앙글레에서 난봉꾼 노멘타무스를 조롱할 것이다.

아름다운 목소리를 지닌 헤르모게네스(그리스 수사학자)는 샹젤리제의 테너 가수라고도 할 수 있고, 그의 주위에서는 호라티우스의 거지 타라시우스가 보베슈(제정시대와 왕정복고 시대에 유명했던 익살 광대)식의 옷을 입고서 돈을 모으고 있다. 뛸르리 공원에는 옷의 단추를 붙잡고 못 가도록 귀찮게 구는 사나이가 있어 2000년이 지난 오늘날에도 사람들로 하여금 플라투스 극에 나오는 "누구냐, 바쁜 나의 망토를 잡아당기는 것은?"이라는 떼스쁘롱의 말을 되풀이하게 한다.

쉬렌느의 포도주는 알바의 포도주와 똑같고, 데조지에의 새빨간 테가 둘린 술잔은 발라트롱의 커다란 술잔과 대응하고, 비오는 밤의 뻬르라셰즈 묘지는 로마의 언덕에 있는 에스킬리애의 도시와 달리 기분 나쁜 빛을 발하고, 5년 계약으로 살 수 있는 빈민들의 무덤은 그리스 노예의 빈 관에 해당하는 것이다.

빠리에 없는 것이 있는지 찾아보라. 트로포니우스(델포이신전의 건축가. 그의 무덤은 신탁을 내리며 그의 신탁을 받는 자는 한 평생 침울해진다고 함)의 통 속에 있는 것은 모두 메스메르(독일의 의사로 자기설이라는 일종의 최면술 창시자. 한때 빠리에서 개업했었음)의 통 속에도 있다. 고대의 신비로운 마술사 에르가필라스는 깔리오스트로 속에 되살아났고, 쌩제르맹 백작(루이 16세 때의 육군 대신)은 바라문 승려 바사판따의 화신이고, 쌍 메다르의 묘지는 다마스크의 이슬람교 사원 우무미에 못지 않은 여러 가지 기적을 나타내고 있다.

빠리는 이솝으로서 만화 인물 메이외(몹시 심한 꼽추였으나 국민병으로서, 7월 혁명 당시의 부르주아의 전형)를 가지고 있고, 마녀 까니디아로서 트럼프 점을 치는 르노르망 양을 가지고 있다. 빠리는 델포이 신전처럼 너무나 눈부신 현실의 환영에 깜짝 놀랐다. 도도나(이 도시에는 떡갈나무숲 옆에 주피터의 신전이 있어서 신탁을 내리고 있음)의 신전에서 오래된 의자가 흔들렸듯이 빠리에서도 알맞고 고상한 세발 달린 테이블이 뒤집혔다.

로마가 창녀를 군림시켰듯 빠리는 바람난 젊은 여공을 군림시킨다. 요컨대 루이 15세가 클로디우스 황제만 못하다 할지라도 루이 15세의 애첩 뒤바리(공포 시대에 단두대의 이슬로 사라졌음) 부인은 클로디우스 황제의 첫 번째 아내인 메싸리나(음란하기로 유명하며 역시 피살됐음)보다는 훌륭하다. 빠리는 우리가 직접 보아 온 하나의 괴상한 전형 속에 그리스의 누드와 히브리의 궤양과 가스꼬뉴의 야유를 결합해 놓고 있다. 다시 말하면 디오게네스와 욥과 빠이야스(고대 나뽈리 극에 나오는 익살 광대. 줏대 없는 사람에 비유됨)를 혼합하고, 〈꽁스띠뛰씨오넬(입헌)〉지의 헌 신문을 유령에게 입혀서 열렬한 왕당파 기인 꼬드뤽니또아 뒤끌로를 만들어내고 있다.

플루타크는 '폭군은 결코 늙지 않는다'고 했지만, 로마는 도미티안 황제 아래에서와 마찬가지로 집정관 실라 아래에서도 스스로 참고 견디며 기꺼이 그 술에다가 물을 탔다. 바루스 비비스쿠스 장군의 약간 거드름을 피운 다음과 같은 찬사를 믿는다면, 티베르 강은 하나의 레테 강(지옥의 땅/각의 강)이라고도 할 수 있을 것이다. '우리는 그라코스 형제에 대하여 티베르 강을 가지고 있다. 티베르 강의 물을 마시는 것은 곧 반역을 잊는 일이다.' 빠리는 하루에 100만 리터의 물을 마시는데, 그래도 경우에 따라서는 비상 나팔을 불고 경종을 울린다.

그런 점을 제외한다면 빠리는 호인이라 할 것이다. 무엇이든 당당하게 받아들인다. 미녀 비너스의 세계에 관해서도 일체 까다롭지 않다. 그의 미인관은 호텐토트 식이다. 빠리는 웃은 뒤에는 모든 것을 용서한다. 추한 것도 빠리를 돋보이게 하고, 볼썽사나운 것도 빠리를 유쾌하게 하고, 악덕도 빠리의 기분 전환이 된다. 우스운 짓을 하면 우스꽝스러운 놈으로 통한다. 위선이라는 더없이 부끄러운 일도 빠리는 언짢아하지 않는다. 빠리는 문학에 통하고 있으므로 바질르(보마르셰의 '세빌랴의 이발사'에 나오는 위선자의 전형) 앞에서도 코를 싸쥐지 않고, 프리아쀠의 '딸꾹질'도 아랑곳하지 않은 호라티우스처럼 따르뛰프(몰리에르의 동명 희극의 주인공으로 위선자의 전형)의 기도에도 눈살을 찌푸리지 않는다.

온 세계 어떠한 얼굴이건 빠리의 프로필 속에 없는 것은 없다. 댄스 교사 마비유가 시작한 무도회는 자니쿨룸(로마 산의 하나) 언덕에서 벌어진 폴리므니 여신의 춤이라곤 할 수 없지만 부인옷을 파는 사람은 사치스럽게 차려입은 여자에게 계속 눈길이 가듯, 마치 뚜쟁이인 스타필라가 처녀 플라네시움에게 눈독을 들이고 있는 모습과 비슷하다.

투기장의 울타리는 로마의 콜로세움(로마의 웅대한 경기장. 그리스도교 순교자들이 맹수의 희생물이 된 곳)이라고는 할 수 없지만 그래도 사람들은 마치 시저가 거기서 보고 있기라도 한 것처럼 힘차게 일어나고 있다. 옛날 시리아의 술집 여주인은 몽빠르나스의 대중 요리집 사게 아주머니보다 한결 애교가 있었겠지만, 베르길리우스가 로마의 술집에 뻔질나게 드나들었듯 다비드 당제르와 발작과 셀레도 역시 빠리의 싸구려 음식점에 들어박혀 있다.

빠리는 군림한다. 천재는 그곳에서 불타오르고, 늘어뜨린 머리에 빨간 리본을 단 익살맞은 어릿광대는 거기서 이 세상의 봄을 노래한다. 유대인의 신 아도나이는 천둥과 번개를 동반하는 12개의 수레 바퀴가 달린 마차를 타고 이곳을 지나간다. 실레노스(바커스 신의 양아버지로 그리스 신화의 익살 광대)는 암탕나귀를 타고 여기로 들어온다. 그 실레노스는 카바레의 주인 랑뽀노 영감이다.

빠리는 우주, 다시 말하면 코스모스와 같은 뜻의 말이다. 빠리는 아테네요, 로마요, 시바리스(이탈리아의 옛 도시)요, 예루살렘이요, 또 빵땡(빠리 교외의 작은 도시)이다. 모든 문명이 여기에 집합되고, 모든 야만이 여기에 집약된다. 빠리는 단두대 하나만 없더라도 몹시 유감스러워질 것이다.

그레브 형장에도 다소 좋은 점은 있다. 이런 양념이 없었다면 이 영원한 제전은 어떻게 되었겠는가? 우리들의 법률은 현명하게도 그것을 예상했고, 그 덕분에 단두대의 칼날은 사육제의 마지막 날에 피를 뿌리는 것이다.

조소하며 군림하다

빠리에 한계 같은 것은 전혀 없다. 다른 어떤 도시도, 자기가 정복한 자들까지도 때로는 조롱하는 이와 같은 위력은 갖고 있지 않았다. "기뻐하라, 오오, 아테네 사람들이여!" 알렉산더는 늘 외치고 있었다. 빠리는 법률 이상의 것, 즉 유행을 만든다. 빠리는 유행 이상의 것, 즉 관례를 만든다.

빠리는 마음만 내키면 바보도 될 수 있다. 때로는 그러한 필요 이상의 짓도 하는 것이다. 그러면 온 세계는 빠리와 더불어 바보가 된다. 그런 뒤에 잠을 깨고 눈을 비비면서 말한다. "참 바보로구나, 나는!" 그리고 인류의 눈앞에서 느닷없이 웃음을 터뜨린다. 이런 도시가 있다는 것은 얼마나 놀라운가! 이상한 것은 이 위대함과 해학성이 잘 조화되어서 그 위엄이 어떠한 모방에도 흐트러지지 않고,

같은 입으로 오늘은 마지막 심판의 나팔을 부는가 하면 내일은 갈대
피리를 불 수가 있는 것이다 !

빠리에는 비상한 쾌활함이 있다. 그 쾌활함은 우레를 머금고 있
고, 그 익살은 왕의 홀(笏)을 가지고 있다. 그 폭발은 때때로 대수
롭지 않은 찌푸린 얼굴에서 일어난다. 그 폭풍, 그 역사적인 날, 그
걸작, 그 장한 일, 그 공훈, 그리고 그 엉뚱한 잘못조차도 세계의
끝까지 전달된다. 빠리의 웃음은 온 땅덩이를 흩날려 버리는 화산의
분화구다. 그 조롱은 불꽃이다. 빠리는 여러 나라 사람들에게 이상
과 동시에 기지와 냉소, 웃음거리를 억지로 둘러씌운다. 인류 문명
의 최고 기념물도 빠리의 야유를 받아들이고, 그의 장난을 영원한
것으로 만든다.

빠리는 당당한 위용을 지니고 있다. 빠리는 세계를 해방하는 훌륭
한 7월 14일을 가지고 있고, 모든 국민에게 테니스코트의 선서
(현법 제정
일의 맹세)를 하게 하고, 8월 4일 밤(1789년 이날 밤 귀족의
특권폐지가 결의되었다)에는 불과 서 시간 만
에 천 년의 봉건 제도를 허물어뜨렸다. 이런 논리에서 만장일치제는
빠리의 근본이 된다. 빠리는 모든 고귀한 형태 아래 같은 종류를 번
식시켜 간다. 빠리는 그 빛으로 각국에 독립투사를 가득 채워준다.
워싱턴을, 코스큐스코(러시아에 대해 반란을
일으킨 폴란드 장군)를, 볼리바(스페인의 지배를 물리치고 콜롬
비아 공화국을 세운 미국 장군)를,
보싸리스(그리스 독립
전쟁의 영웅)를, 리에고(스페인 장군
이며 애국자)를, 벰을, 마린(이탈리아 애국자. 오스트리아
지배에 대해 강력히 저항했음)
을, 로페츠를, 존 브라운(미국의 노예 폐지론자. 교수형에 의한 그의
죽음으로 인해 남북 전쟁이 촉발되었음)을, 그리고 가리발
디(이탈리아 애국자. 이탈리아 통일을 위해
오스트리아 및 나폴리 왕국과 투쟁했음)를.

빠리는 미래의 불이 켜지는 곳이라면 세계 어디에든 존재한다.
1779년에는 보스턴(1773년에 일어난 미국
독립전쟁에 관한 사건)에, 1820년에는 레옹 섬(1839년의 니카라과
공화국 독립에 앞서
는 사건. 레옹
공화국의 옛 도시)에, 1848년에는 뻬스트(헝가리
독립)에, 1860년에는 빨레르모
(이탈리아
의 통일)에 존재했다. 빠리는 하퍼스 페어리의 나룻배에 모여든 미국
의 노예 폐지론자들의 귀에, 또한 고찌 여관 앞 아르키의 바닷가 어
둠 속에 모인 앙코나 항의 이탈리아 애국자들 귀에, '자유'라는 강력

한 슬로건을 소곤거린다. 빠리는 각국에 독립 전쟁의 용사를 만든다. 카나리스를, 키로가(⁽스페인⁾ 장군)를, 뻬자깐느를 만들어낸다.

빠리는 지상의 위대한 것을 빛나게 한다. 바이런이 미쏠롱기에서 죽고, 마제트(페스트를 연구한 프랑스의 의사)가 바르셀로나에서 죽은 것은 빠리의 입김에 불려간 것이다. 빠리는 미라보의 발 아래서는 연단이 되고, 로베스삐에르의 발 아래서는 분화구가 된다. 빠리의 책과 연극과 예술과 과학과 문학과 철학은 인류의 지도서이다. 빠리는 빠스깔, 레니에, 꼬르네이유, 데까르뜨, 장 자끄 루소를 가지고 있고, 매 순간을 통해서 볼떼르를, 각 세기를 통해서 몰리에르를 가지고 있다.

빠리는 자기의 말을 온 세상 사람들의 입으로 떠들어 대게 하고, 그 언어가 이른바 성서의 '말씀'이 된다(태초에 말씀이 계셨느니라. 이 말씀이 하느님과 함께 계셨으니 이 말씀은 곧 하느님이시니라. 《요한복음》 제1장 1절). 빠리는 모든 사람의 정신에 진보의 관념을 조성해 준다. 빠리가 만들어내는 해방 교리는 각 세대를 위한 머리맡의 호신용 칼이 된다. 1789년 이래 온갖 민족이 온갖 영웅을 만들어내고 있는 것은 빠리의 사상가와 시인들의 영혼의 힘이다. 그러면서도 역시 부랑아 기질을 발휘하여 빠리라고 불리는 이 거대한 천재는 자기의 빛으로 세계의 모습을 변모시키면서, 테세우스(그리스의 영웅)의 신전 벽에 부지니에의 코를 그리기도 하고, 피라미드 옆에다 '도둑놈 크르드빌르' 라고 낙서하기도 한다. 빠리는 언제나 이빨을 드러내놓고 있다. 다시 말해서 고함을 지르지 않을 때는 웃고 있는 것이다.

이와 같은 곳이 빠리다. 빠리의 지붕 위로 올라오는 연기는 세계의 사상이다. 빠리를 진흙과 돌더미라고 하고 싶다면 그래도 좋다. 그러나 빠리는 무엇보다도 우선 정신적인 존재라고 해야 할 것이다. 빠리는 위대한 것 이상으로 무한대이다. 왜 그런가? 그것은 빠리가 용감하게 행동하기 때문이다.

단호하게 행동할 것. 진보는 이것에 의해서 이루어지는 것이다.

웅대한 정복은 많든 적든 모두 대담성의 대가이다. 혁명이 실현되기 위해서는 몽떼스끼외가 혁명을 예감하고, 디드로가 그것을 설명하고, 보마르셰가 선전하고, 꽁도르세가 계획하고, 아루에(볼떼르)가 준비하고 루소가 깊이 검토하는 것만으로는 아직 부족하다. 당똥이 그것을 단행하지 않으면 안 된다.

"과감하게!"라는 이 부르짖음은 이른바 성서의 '빛이 있으라 (하느님이 말씀하시기를 빛이 있으라! 하심에 빛이 있었고—《창세기》 제1장 3절)'이다. 인류가 전진하기 위해서는 용기라는 숭고한 교훈이 산꼭대기 위에 영원히 걸려 있어야만 한다. 대담무쌍한 행동이 역사를 눈부시게 해준다. 그것은 인간의 가장 위대한 빛이다. 여명의 빛은 돌아오를 때는 단호하다. 용감하게 시도하고, 도전하고, 고집하고, 노력하고, 자기에게 충실하고, 운명과 맞붙어 싸우고, 비극적인 종말을 두려워하지 않음으로써 오히려 파국을 막고, 때로는 부정한 힘에 대항하고, 때로는 승리의 도취를 경멸하고, 절대로 양보하지 않으며, 저항을 계속할 것. 이것이야말로 모든 민족들에게 필요한 본보기이며, 그들을 분발케 하는 빛이다. 이와 같은 무시무시한 빛이 프로메테우스의 횃불에서 깡브론느 장군의 도자기 파이프에까지 전달되어 가는 것이다.

민중 속에 잠재하는 미래

빠리의 민중들이란, 어른이 되어서까지도 역시 부랑아다. 이 부랑아를 그리는 것은 곧 이 도시를 그리는 일이다. 자유 분방한 참새를 통해서 이 독수리를 연구해 온 것은 그 때문이다. 빠리의 족속들을 볼 수 있는 것은 특히 그 문밖에서이다. 거기에 순수한 피가 있고, 거기에 진정한 얼굴이 있다. 거기서 이 민중들은 일하고 고생한다. 노동과 고통은 인간이 갖는 두 가지 모습이다. 거기에는 헤아릴 수 없을 만큼 숱한 이름도 없는 사람들이 있는데, 그 가운데에는 라삐의 짐 푸는 인부로부터 몽포쏭(빠리 문밖 한 구역)의 도축업자까지, 매우 색다른 타입의 사람들이 많이 모여 있다. 시세로는 도시의 '쓰레기통'이라고 외치고, 분개한 버크$^{(\text{18세기 영국}}_{\text{정치사상가})}$는 '하층민'이라고 덧붙인다. 천민들이며, 군중들이며, 평민들이다. 이러한 말들을 입에 담기는 쉽다. 그러나 그래도 좋다. 아무러면 어떻겠는가? 그들이 맨발로 걸어다닌다 한들 그게 어떻단 말인가?

그들은 유감스럽게도 글을 읽지 못한다. 그렇다고 해서 그냥 못본 체해도 좋단 말인가? 그들이 빈곤하다고 해서 그것을 욕지거리로 삼을 수 있겠는가? 빛도 이 집단을 꿰뚫을 수는 없는 것인가? 저 '빛을!' 하는 부르짖음에 다시금 귀를 기울이고 늘 그것을 잊지 말자! 빛을! 빛을! 과연 이 혼탁은 투명해질 수 없는가? 혁명이란 하나의 변모가 아니겠는가? 자, 철학자들이여. 가르쳐라, 비춰라, 불태워라, 생각하는 바를 숨김없이 털어놓아라, 큰소리로 말하라, 밝은 햇빛 아래를 기쁜 마음으로 달려라, 민중의 광장과 친하라, 좋은 소식을 알려라, 교육을 충분히 시켜라, 권리를 선언하라, '마르세예즈'를 노래하라, 정성을 다하라, 떡갈나무의 푸른 나뭇가지를 쳐내라. 그리고 사상으로 하여금 하나의 선풍을 일으키게 하라.

이 군중들은 훌륭히 승화될 수 있으리라. 때로 번뜩이며 세차게 진동하는 저 광대한 주의(主義)와 도의의 불바다를 이용할 줄 알지 않는가. 그 맨살이 드러난 발과 팔, 누더기, 무지, 비천함, 암흑, 이러한 것들은 이상을 얻기 위해 쓰여질 것이다. 민중을 통해 보라. 그러면 여러분은 진리를 깨닫게 되리라. 여러분이 발 밑에 짓밟고 용광로 속에 넣어서 녹이고 끓이는 이 하찮은 돌멩이도 머지않아 찬란한 결정체가 될 것이다. 갈릴레오나 뉴턴이 천체를 발견한 것도 실로 이 모래알의 덕택이다.

소년 가브로슈

이 소설의 제2부에서 이야기한 사건으로부터 약 9년 가량 지난 후, 땅쁠 거리와 샤또 도$^{(\text{기념 분수로 지금의}}_{\text{공화 광장에 있었음})}$ 근처에 11, 12살쯤 된 한 소년이 사람들의 눈에 띄었다. 이 소년은 입술에 나이에 어울리는 웃음을 띠고 있었지만, 동시에 더할 나위 없이 어둡고 공허한 마음을 가지고 있었다. 그런 삐뚤어진 마음만 없다면 이 소년은 지금까지 이야기해 온 부랑아의 이상형을 꽤 정확하게 갖추고 있다고 할 수 있을 것이다. 그는 기다란 어른 바지를 괴상한 모양으로 입고 있었으나, 그 옷은 아버지에게서 물려받은 것은 아니었다. 또 그는 소매가 달린 여자 윗도리를 입고 있었으나 그것은 어머니한테서 받은 것은 아니었다. 누군가 불쌍하게 여기고 그런 누더기를 입혀 주었을 것이다. 그에게는 양친이 있었다. 그렇지만 아버지는 그를 생각조차 하고 있지 않았고, 어머니 역시 조금도 사랑해 주지 않았다. 그는 모든 아이들 중에서도 가장 불쌍한 아이, 즉 부모가 있으면서도 고아처럼 자랐다.

이 소년은 거리에 있을 때가 가장 즐거웠다. 포석도 그에게는 어머니의 마음만큼 냉정하지는 않았다.

그의 부모는 그를 세상으로 차 던져버렸다. 그는 아무 거리낌없이 집을 뛰쳐나오고 말았다. 그는 수선스럽고, 안색이 창백하고, 날쌔고, 빈틈이 없고, 장난꾸러기였으며, 강한 것 같지만 허약해 보이는 소년이었다. 그는 거리를 이리저리 쏘다니고, 노래를 부르고, 길바닥에서 구슬치기를 하고, 도랑을 뒤지고, 좀도둑질도 했지만 고양이나 참새처럼 쾌활한 소년이었다. 개구쟁이라고 불리면 웃고, 불량하다고 하면 화를 냈다. 집도 없고, 먹을 것도 없고, 불도 없고, 사랑도 없었지만 자유로웠기 때문에 늘 즐거웠다. 이런 불쌍한 소년들이 어른이 되었을 때에는 대개, 사회 질서라는 맷돌에 짓눌려 버리게 마련이지만, 어린아이인 동안에는 조그맣기 때문에 그것에서 벗어날 수 있다. 아주 구멍이 작아도 어떻게든 빠져나갈 수가 있기 때문이다. 이 소년은 그처럼 내팽개쳐져 있었지만, 그래도 석 달에 한 번쯤은 "그렇지, 엄마나 한번 만나러 갔다와야겠다!"고 말하는 적이

소년 가브로슈

있었다. 그리고 그는 가로수길도, 곡마단도, 쌩 마르땡 개선문도 다 내버리고서, 강가로 나가 다리를 건너고, 성밖으로 나가서, 살뻬트리에르 구호원이 있는 곳까지 갔다. 그 다음에는 어디로 가는가? 그가 가는 곳이 바로 독자들도 이미 알고 있는 저 50-52번지라는 이중의 번지를 갖고 있는 고르보의 황폐한 집이었다.

그 무렵, 평소에 인기척이 없고 '셋방 있음'이라는 딱지가 언제나 붙어 있는 그 50-52번지의 허물어져 가는 이 집에는, 신기하게도 많은 사람들이 살고 있었다. 물론 빠리에서는 당연한 일이지만, 이 사람들은 서로 아무런 인연도 관계도 없다. 그들은 모두 빈민 계급에 속하는 사람들이었다. 이 빈민 계급은 우선 돈에 쪼들리는 최하층 시민이 점점 더 가난과 고생의 도를 더하면서 사회 밑바닥으로 떨어져 마지막에는 물질 문명이 도달하는 끝인 두 가지 존재, 다시 말해 시궁창을 뒤지는 하수도 청소부와 누더기를 모으는 넝마주이가 되는 그런 부류의 사람들이었다.

장 발장이 살던 때의 '셋집 주인' 노파는 이미 죽었고 그와 몹시 닮은 노파가 그 뒤를 잇고 있었다. 누구인가 이런 말을 한 철학자가 있다. "노파란 결코 씨가 마르는 법이 없다."

이번의 노파는 뷔르공이라는 할멈으로, 평생에 중요했던 일이라고는 삼대에 걸친 앵무새를 키웠다는 일 외에는 아무것도 없었다. 그 세 마리의 앵무새는 차례차례로 그녀의 마음을 사로잡았다.

지금 이 집에 살고 있는 사람들 가운데서도 가장 비참한 사람은 네 식구가 한 가족으로, 아버지와 어머니와 꽤 큰 두 딸이 앞서 말한 그 작은 방 하나에 함께 살고 있었다. 이 가족들은 언뜻 보기에 극도로 가난하다는 것 외에는 그다지 특이한 점은 없었다. 아버지는 방을 빌릴 때 자신의 이름을 종드레뜨라고 했다. 셋방으로 이사한 ──이사라고 해봤자 셋집 주인 할멈의 멋진 표현을 빌린다면 그야말로 알몸뚱이뿐인 이사에 지나지 않았다──얼마 뒤에 종드레뜨는 전에 있던 노파와 마찬가지로 문지기이며 계단 청소도 겸하고 있는 그 셋집 주인 노파에게 이런 말을 했다.

"할머니, 혹 어떤 사람이 찾아와, 폴란드인이나 이탈리아인이나 또는 스페인인을 찾거든 그건 바로 나인 줄 아슈."

이 일가족이 바로 저 유쾌한 맨발 소년의 가족이었다. 그가 여기에 찾아와도 눈에 띄는 것이라곤 가난과 비참뿐이었다. 그 중에서도 특히 슬픈 것은 도무지 웃는 얼굴이 없다는 것이었다. 난로도 싸늘하게 식었고, 가족들의 마음도 싸늘했다.

소년이 들어가면 가족들은 이렇게 묻는다. "어디서 오는 길이냐?"

소년은 대답한다. "거리에서."

나가려 하면 또 이렇게 묻는다. "어디 가니?"

소년은 대답한다. "거리로."

어머니는 언제나 이렇게 물었다.

"뭣 하러 왔니?"

이 아이는 마치 지하굴 속의 볕을 못본 풀처럼 그렇게 애정 없는 가운데 살고 있었다. 그러나 소년은 그것을 그다지 고통스러워하지 않았고 누구도 원망하지 않았다. 부모란 어떠해야 하는가도 잘 알지 못하고 있었다. 그러나 어머니는 누이들은 귀여워했다.

아직 말하는 것을 잊고 있었으나, 땅뺄 거리에서는 이 소년을 꼬마 가브로슈라고 불렀다. 어째서 가브로슈라고 불렀는가 하면, 아마도 그의 아버지가 종드레뜨라고 불린 것과 마찬가지일 것이리라.

원래 성씨를 밝히지 않는 것은 일부 비참한 집안의 본능인 듯하다. 종드레뜨네가 살고 있는 고르보 집의 방은 복도 맨 끝 방이었다. 그 옆의 작은 방에는, 마리우스 씨라고 불리는 가난한 한 젊은 이가 세들어 살고 있었다.

그 마리우스 씨에 대해서는 다음에 이야기하기로 하자.

제2편 대부르주아

90살에 32개의 이

부슈라 거리나 노르망디 거리, 쌩뚱즈 거리에는 질노르망 노인을 기억하고 있어 기꺼이 이야기해 주는 주민이 아직도 몇 사람인가 남아 있었다. 그들이 젊었을 때 그 노인은 이미 늙어 있었다. 과거라고 불릴 저 막연한 그림자가 어른거리는 광야에 서글픈 눈길을 돌리는 사람들에게 이 노인의 실루엣은 르 땅쁠 부근의 미궁과 같은 수많은 거리에서 아직 사라지지 않고 있었던 것이다.

루이 14세 시대에는 그 일대 거리에 프랑스 각 지방의 이름을 붙였다. 그것은 마치 오늘날 띠뽈리의 새 지구에 유럽 각 수도의 이름을 붙인 것과 마찬가지였다. 덧붙여 한 마디 한다면, 이것은 하나의 전진이며 거기에는 진보가 뚜렷이 눈에 보였다.

1831년에 이미 이 세상에 좀처럼 찾아보기 힘든 고령자였던 질노르망 씨는, 단지 장수하고 있다는 그 사실만으로도 유별나게 눈에 띄는 사람이었다. 평범한 사람이었으나 이제는 고령자 중 유일무이

LE
GRAND·BOURGEOIS

대부르주아

한 사람이라는 이유에서 신기한 사람이 되어 있었다. 그는 다소 특이한 노인으로, 너무나도 시대와 동떨어진, 18세기적인 다소 거만하고 완전무결한 부르주아 같았으나, 후작들에게 후작다운 그 무엇이 느껴지듯 옛 시민의 풍모가 아직 남아 있었다. 그는 90살이 넘었으나 꼿꼿하게 서서 걷고, 큰소리로 이야기하고, 눈도 밝고, 술도 세고, 잘 먹고, 잘 자고, 코까지 골았다. 그는 이도 32개를 고스란히 지니고 있었다. 글을 읽을 때 외에는 안경도 쓰지 않았다.

질노르망 씨는 여자도 좋아했지만 벌써 10년 전부터 여자와의 관계는 일체 끊었다고 스스로 말했다. 이제는 여자들이 자기를 좋아하지 않는다고 그는 말하고 있었으나, 거기에 덧붙여서 "너무 나이를 먹었으니까"라고는 절대로 하지 않고 "너무 가난하니까" 하는 것이었다. 또 이렇게도 말했다. "내가 재산을 털어먹지만 않았다면! 허허!"

아닌게 아니라 그에게는 1만 5천 프랑 정도의 연수입밖에는 남아 있지 않았다. 그의 꿈은 무슨 유산이라도 상속받아 첩을 거느리기 위해 10만 프랑 정도의 연금을 받는 것이었다. 그것으로 보아서도 알 수 있듯이 그는 볼떼르처럼, 한평생 금방 죽을 듯이 골골거리는 허약한 80 노인들과는 달랐다. 살짝 금이 갔기 때문에 오히려 오래가는 항아리와는 달리 이 늙은 용사는 언제나 원기왕성했다.

그는 경박하고, 성급하고, 화를 잘 냈다. 무엇이든 그것도 대개는 잘못 알고 마구 화를 내었다. 혹 누군가 그의 말에 반박이라도 하면 지팡이부터 쳐들었다. 마치 '위대한 세기(루이 18세 시 대를 가리킴)' 때처럼 사람들을 때리기까지 했다. 그에게는 50살이 넘도록 아직 미혼인 딸이 하나 있었는데 화가 났을 적에는 그 딸을 사정없이 후려치고 걸핏하면 매질을 했다. 그의 눈에는 그 늙은 딸도 8살짜리 어린애쯤으로밖에 보이지 않았던 것이다. 그는 하녀들의 따귀를 힘껏 후려갈기고 "이런 화냥년들!" 하고 말하는 것이었다. 그가 입버릇처럼 입에 올리는 욕지거리의 하나는 "신짝으로 냅다 갈겨버린다"는 거였다.

그에게는 또 기묘하게 태연스러운 점도 있었다. 날마다 한 이발사에게 수염을 깎게 했는데, 한때 미친 적이 있었던 그 이발사는 그를 싫어하고 있었다. 왜냐하면 애교 있고 아름다운 자기 아내에 대한 일로 질노르망 씨를 질투하고 있었던 것이다. 질노르망 씨는 만사에 있어 자신의 감식력에 스스로 감탄하고 있었으며, 자기는 매우 육감이 발달된 인간이라고 떠벌리고 있었다.

다음에 그의 입버릇인 말을 하나 들어본다.

"내겐 정말 굉장한 통찰력이 있어. 벼룩한테 물리면 그게 어느 여자한테서 옮은 놈인지 기가 막히게 알아맞힐 수 있단 말야."

그가 가장 잘 쓰는 말은 '다감한 남자'라는 것과 '자연'이라는 말이었다. 물론 그는 그 둘째 번 말을 현대에서 쓰는 것과 같은 넓은 의미로 쓰고 있었던 것은 아니다. 그러나 그는 난롯가에서 사소한 풍자 속에 자기나름의 방법으로 그 말을 집어넣고 있었다.

"자연은" 하고 그는 말하는 것이었다. "문명에다 무엇이든 조금씩 주기 위해 우스꽝스러운 야만의 표본까지도 부여하고 있지. 유럽은 아시아와 아프리카의 소형 표본을 갖고 있는데 이를테면, 고양이는 응접실의 호랑이, 도마뱀은 호주머니 속의 악어, 오페라 극장의 무희들은 장밋빛 토인 여자야. 그 여자들은 남자를 잡아먹지는 않지만 봉을 삼으려 하거든. 아니 차라리 마술쟁이라고 할까! 남자를 생굴로 만들어서 쪽 빨아먹어 버리거든. 카리브의 토인들은 사람을 잡아먹고 뼈밖에 남기지 않지만 그 여자들은 굴을 먹고 껍질밖에 남기지 않는단 말야. 이러한 것이 우리의 풍속인 거야. 우리들을 맹수처럼 집어삼키지는 않지만 갉아먹고, 죽이지는 않지만 할퀴지."

그 주인에 그 집
그는 마레 지구의 피유 데 깔베르 거리 6번지에 살고 있었다. 그것은 자기 소유의 집이었다. 이 집은 그후 헐려서 다시 세워지고, 번지도 아마 빠리의 여러 거리들의 번지가 바뀔 때 변경되었을 것이다.

그는 그 집 2층의 낡고 넓은 방을 쓰고 있었다. 그 방은 양쪽이 한길과 정원으로 각각 면해 있었으며, 양치는 목동들이 그려져 있는 고블랭과 보베 제품인 커다란 벽포(壁布)가 천장에까지 둘러쳐져 있었다. 천장과 벽판에 그려져 있는 그림은 안락의자에도 조그맣게 그려져 있었다. 침대 주위에는 꼬로망델 산 래커를 칠한 9폭짜리 병풍이 둘러쳐져 있었다. 창에는 기다란 커튼이 드리워져 있고 보기에도 화려하게 물결치는 커다란 주름이 여기저기 잡혀 있었다.

정원은 그 창 바로 밑에 있었다. 이 노인이 기분좋게 오르내리는 12,13층의 층층대 모서리에 있는 창에서는 특히 정원이 잘 내려다보였다. 그의 방과 잇닿은 서재 외에도 그가 몹시 소중하게 여기고 있는 내실이 하나 있었다. 그 방은 작고 아름다운 방으로 백합꽃이며 그 밖의 온갖 꽃무늬가 그려진, 연한 갈색의 호화로운 벽지가 발라져 있었다. 이 벽지는 루이 14세의 감옥에서 비본느 씨가 왕의 애인^(몽빼쓰방 부인)을 위해 죄수들에게 명하여 만들게 한 것이었다. 질노르망 씨는 그것을 100살까지 장수한 완고한 외종조모한테서 유산으로 물려받은 것이었다.

그는 아내를 두 번 맞았다. 그의 모습은 조정의 신하와 법관의 중간이라고나 할까. 평생 신하 노릇은 해본 적이 없지만 생각만 있었으면 법관쯤이야 못할 일도 없었을 것이다. 그는 쾌활했으며 마음만 내키면 여자를 귀여워해 줄 줄도 알았다. 세상에는 더없이 무뚝뚝한 남편이면서도 정부에게는 다시없이 다정한 애인이기 때문에, 아내에게는 버림받아도 정부에게는 절대로 버림받지 않는 남자가 있기 마련인데, 젊은 시절의 그가 바로 그런 사람이었다.

그는 그림도 볼 줄 알았다. 그의 방에는 조르당스^(17세기의 프랑 망 파의 화가)가 그린 누군가의 훌륭한 초상화가 있었다. 마음 내키는 대로 아무렇게나 그린 것 같은 거친 필치이면서도 세부에 이르기까지 세밀하게 그려져 있었다.

질노르망 씨의 옷차림은 루이 15세 식도 아니고 루이 16세 식도 아니었다. 그것은 집정관 정부 시대의 멋쟁이 신사복 차림이었다. 그는 그 당시까지도 자신을 젊다고 믿어 유행을 따랐던 것이다. 그의 윗도리는 가볍고 얇은 모직물로 넓은 깃과, 기다란 연미와, 큼직큼직한 쇠단추가 달려 있었다. 게다가 짧은 반바지에 죔쇠가 달린 구두를 신고 항상 양손을 바지 주머니에 찔러 넣고 있었다. 그는 늘 당당하게 이렇게 말하는 것이었다.

"프랑스 혁명은 불한당들의 집단이야."

뤼끄 에스프리

16살 때의 어느 날 밤 그는 오페라 극장에서 두 미녀로부터 동시에 추파를 받는 행운을 가졌다. 그 두 사람이란, 그즈음 무르익은 연기로 볼떼르의 찬미를 받고 있던 유명한 배우 까마르고 양과 쌀르 양이었다.

이 두 개의 불덩어리에 둘러싸인 그는 나외리라는 귀여운 소녀 무희에게로 그야말로 영웅적인 퇴각을 감행했다. 이 무희는 그와 마찬가지로 16살로, 새끼 고양이처럼 아직 이름도 알려지지 않았으나, 그는 이 아가씨에게 반해 버렸다. 그의 가슴은 그 추억으로 가득 차 있었다. 그는 곧잘 커다란 목소리로 말했다.

"정말 예뻤어, 저 롱샹에서 마지막으로 보았을 때 기마르 기마르디니 기마르디네뜨는. 머리를 얌전하게 지지고 보기 드문 터키 구슬 장신구를 달고, 갓난아기 볼과 같이 발그스름한 드레스를 입고, 폭신폭신한 머프를 손에 끼고 있었지!"

젊은 시절에 그는 냉 롱뙤르(린던 제 옷감을 흉내내어 프랑스 인들이 근동 지방으로 수출하기 위해 만든 융지)의 조끼를 입은 적이 있었는데, 그는 곧잘 그 이야기를 했다.

"나는 저 해가 뜨는 동쪽의 터키인 같은 옷을 입고 있었지."

그가 20살 때 우연히 그를 보게 된 부플레르 부인이 제법 잘생긴 남자라고 말한 적이 있었다.

그는 정계나 관계에 진출한 사람들은 어느 놈이건 비천한 속물들이라고 하며 이맛살을 찌푸리고 있었다. 그는 신문들을——그의 말에 의하면 신문이니 잡지니 하는 것을——웃음이 터지려는 것을 참으면서 읽었다.

"제기랄!" 하고 그는 곧잘 말했다. "어처구니없는 놈들이로군! 꼬르비에르! 위만! 까지미르빼리에! 이게 장관들이라니. 내 이름이 장관 질노르망 씨라고 신문에 실려 있다고 상상을 좀 해봐. 어처구니없는 넌센스지. 그런데 이 작자들도 우습기는 매일반이 아닌가 말야!"

그는 고상한 말이나 지저분한 말을 가리지 않고 무엇이든 쾌활하게 지껄였으며, 여자 앞에서도 조금도 사양하지 않았다. 그에게는 묘한 침착성이 있어 우아하게 보이기조차 하는 점잔빼는 태도로 저속하고 음란하고 추잡한 말들을 입에 올리는 것이었다. 그것은 바로 그가 살고 있던 18세기의 무람 없는 태도였다.

시에서는 완곡함이 중요시되고 있던 그 시대에도 산문에서는 노골적인 표현법이 통용되고 있었다는 것에 주목해 주기 바란다. 그의 대부는 그가 뒷날 천재가 될 것이라고 예언하고 다음과 같은 의미심장한 세례명을 그에게 지어 주었다. '뤼끄 에스프리(^{'사도 루가 성령'이라는 뜻.} 에스프리는 재기라는 뜻도 됨)' 였다.

100살까지 살고 싶은 남자

질노르망 씨는 어렸을 때 고향의 물랭 공립중학교에서 여러 번 상을 탔는데, 그가 느베르 공작이라 불렀던 니베르네 공에게서 직접 받았다. 국민의회도, 루이 16세의 처형도, 나뽈레옹도, 부르봉 왕가의 복귀도, 그 무엇도 이 상에 대한 추억을 지워 버릴 수는 없었다. 느베르 공작은 그에게는 세기의 가장 위대한 인물이었다.

"정말 훌륭한 대귀족이었어" 하고 그는 곧잘 말했다. "그 푸른 대수장 (성령기사회 훈장을
다는 폭넓은 리본) 을 찬 모습은 정말 멋있었지."

질노르망 씨의 눈으로 볼 때, 러시아의 여제 예까쩨리나 2세는 3천 루블을 주고 베스튜셰프로부터 황금 영약의 비법을 사들임으로써 폴란드 분할의 죄를 면하게 되었던 것이다. 이야기가 거기에 미치면 그는 흥분했다.

"황금 영약!"이라고 질노르망 씨는 외치는 것이었다. "베스튜셰프의 노란 액체, 라모뜨 장군의 몰약, 이것은 18세기에는 반 온스짜리 한 병에 1루이씩이나 했지. 사랑의 파국에는 그만인 영약, 비너스들에 대한 만능약, 루이 15세는 그것을 200병이나 교황에게 선사하셨어."

만약 그에게 그 황금 영약이란 염화제이철에 지나지 않는 것이라고 말하는 사람이 있었다면 그는 틀림없이 노발대발한 끝에 낙담했으리라.

질노르망 씨는 부르봉 왕가를 숭배하며 공포 속에서 1789년을 보냈다. 어떻게 하여 공포시대 때 살아남았으나, 목이 잘리지 않기 위해서는 얼마나 많은 재치와 기지를 발휘해야 했었던가를 그는 늘 이야기했다. 만약에 누구든 젊은 사람이 그의 앞에서 공화제를 찬미하기라도 하는 날이면, 그는 새파래져서 정신이 아찔해질 만큼 화를 내었다.

이따금 그는 자신의 나이가 90이라는 것에 결부시켜서 "93이라는 해 (루이 16세가 처형된
1793년에 관련시킨 말) 는 정말 다시는 보고 싶지 않아" 하는 때도 있었다. 그러나 또 어떤 때에는 자기도 100살까지 살 작정이라고 사람들에게 속마음을 드러내기도 했다.

바스끄와 니꼴레뜨

질노르망 씨는 몇 가지 이론을 가지고 있었다. 다음에 드는 것도 그 중 하나이다.

'만약에 한 남자가 다른 여자들을 정열적으로 사랑하는데 자기 자신에게는 못생기고, 완고하고, 합법적이고, 많은 권리를 갖고 있고, 법률을 방패삼고, 때로는 질투도 하는, 그다지 마음에 들지 않는 아내가 있는 경우에는 그러한 처지에서 벗어나 평화를 누릴 수 있는 방법은 오직 한 가지밖에 없다. 그것은 아내에게 돈주머니를 맡기는 일이다.

권리를 포기하고 자유의 몸이 되는 것이다. 그렇게 하면 아내는 그쪽에 정신이 팔려서, 돈 만지는 데 열중하여 손가락을 시퍼렇게 물들이고, 반타작 소작인이나 청부 소작인들을 조종하고, 소송 대리인을 부르고, 공증인을 부리고, 변호사를 바쁘게 만들고, 법률가를 찾아다니고, 소송에 몰두하고, 증서를 만들고, 계약서를 쓰게 하고, 천하를 차지한 듯 의기양양하게 사고, 팔고, 계산하고 명령하고, 약속하고 타협하고, 계약하고 계약을 해약하고, 양보하고 양도하고, 되찾고, 정리했다가 다시 혼란시키고, 재산을 모으고, 낭비한다.

그리고 그 밖의 온갖 바보 같은 짓을 다 하는데, 그것이 전횡적이고 개인적인 행복이 되어 그녀 자신에게 위안이 된다. 남편한테서 무시당하고 있는 동안 아내는 남편을 파산시키고 만족해하는 것이다.'

이 이론을 질노르망 씨는 자기 자신에게 적용하여 그것이 그의 경력이 되어 있었다. 그의 두 번째 아내가 재산을 현명하게 관리한 결과 어느 날 아내가 죽고 보니 질노르망 씨에게 남겨진 것은 먹고 살 수 있는 만큼의 것, 즉 남은 재산 전부를 종신 연금에 맡기면 연수입 1만 5천 프랑은 되었다. 하지만 그것은 대부분 그와 함께 사라져 없어지게 되어 있었다.

그는 별로 놀라지도 않았다. 유산을 남기는 따위의 생각은 그다지 염두에 두지 않았으니까. 게다가 상속 재산 같은 것은 위태로운 것이어서, 이를테면 국유재산이 되는 수도 있다는 것을 그는 보아왔던 것이다. 그는 정리 공채의 변화도 목격해 왔으며 그러니만큼 공채 원부(公債原簿) 같은 것은 거의 신용하지 않았다.

"그런 것은 전부 깽깡쁘와 은행 말고는 통용되지 않아!"라고 그는 말하는 것이었다.

피유 데깔베르의 집은, 앞서도 말한 바와 같이 그의 소유였다.

그에게는 '수놈과 암놈'인 두 하인이 있었다. 새 하인이 들어오면 질노르망 씨는 으레 그에게 새로운 세례명을 붙여 주는 것이었다. 남자한테는 그의 출신지 이름을 붙여서 니므와, 꽁뜨와, 쁘와뜨뱅, 삐까르 등으로 불렀다. 그의 마지막 하인은 늙고 뚱뚱한 50살 가량의 위인으로 몹시 숨이 차서 스무 걸음도 채 달리지 못하였다. 그런데 그가 바이욘느 태생이라 해서 질노르망 씨는 그를 바스끄(바이욘느가 있는 피레네 지방의 주민)라고 부르고 있었다.

한편 하녀는 모두 니꼴레뜨라고 불렀다(뒤에 나오는 마뇽이라는 여자도 역시 그렇게 불렀다). 어느 날 문지기처럼 키가 껑충한 요리 잘하고 새침하며 매력적인 하녀 하나가 나타났다.

"월급은 얼마나 받고 싶나?" 하고 질노르망 씨는 물었다.

"30프랑요."

"이름은 뭐라고 하지?"

"올랭삐라고 해요."

"좋아, 50프랑 주겠어. 그 대신 이제부턴 니꼴레뜨라고 해라."

마뇽과 그녀의 두 아이

질노르망 씨의 경우 마음의 고통은 분노로 나타났다. 그는 절망하면 광포해졌다. 그는 갖가지 편견을 가지고 있었고 뭐든지 제멋대로 했다. 그의 외적인 특징이 되는 동시에 내심으로도 만족할 수 있었던 것 중의 하나는 앞서도 지적한 바와 같이, 나이는 먹었어도 혈기 왕성하다는 점이었고 또한 남들에게도 한사코 그렇게 보이려고 했다.

그는 이것을 '당당한 명성'을 얻는 일이라고 말했다. 그는 이 당당한 명성 때문에 때로는 뜻밖의 소득을 얻게 될 때도 있었다. 어느 날 태어난 지 얼마 안 되는 통통한 사내아이가 포대기에 따뜻하게 싸인 채 빽빽 울면서, 굴껍질 같은 바구니 속에 담겨서 그의 집으로 들어왔다. 6개월 전에 쫓겨난 한 하녀가, 그 애는 그의 아들이라고 주장했다. 질노르망 씨는 그 당시 만 84살이었다. 마을사람들은 노발대발하여 크게 떠들어댔다. 저 뻔뻔스러운 매춘부가 누구에게 덤터기를 씌우려는 거지? 정말 뻔뻔스럽기도 해라! 그런 터무니없는 중상을 하다니! 그런데 질노르망 씨는 조금도 화내지 않았다. 그런 중상을 받고 오히려 기분이 좋아진 노인은 흐뭇한 미소를 띠고 그 아기를 바라보며 남의 얘기처럼 말했다.

"아니, 뭐 그걸 가지고. 그게 어때서? 그게 뭐 어떻다는 말이지? 쓸데없이 놀라기는. 정말 아무것도 모르는 놈들이야. 샤를르 9세 폐하의 서자이신 앙굴렘므 공은 85살 때 15살 난 철부지 아가씨와 결혼하셨어. 보르도의 대주교인 쑤르디 추기경의 아우이신 알뢰즈 후작 비르지날 각하도 83살에 자깽 의장 부인의 시녀에게서 아들을 얻었고, 그 아이는 실로 사랑의 결정으로서 뒤에 말따 기사단의 기사가 되어 군사 참의관이 되기도 한 사람이야. 근대 위인의 한 분이신 따바로 수도원장은 87살 난 남자에게서 태어난 아들이야. 이런 것은 극히 당연한 일이란 말이다. 성서를 잘 보라구(구약 성서에는 고령자가 자식을 낳는 이야기가 많이 있다. 이를테면 '못기'의 보아스)! 그건 그렇고, 이 아기는 내 자식이 아니라는 것을 분명히 선언해 둔다. 하지만 돌봐 주도록 해. 이 아

태어난 지 얼마 안 되는 통통한 사내아이가 포대기에 따뜻하게 싸인 채······

이의 죄는 아니니까 말이지.”

그것은 너무도 선량한 행동이었다. 그 여자, 마뇽이라는 그 여자는 다음해 또 한 아이를 그에게 보내왔다. 역시 사내아이였다. 이번만은 질노르망 씨도 두 손을 바짝 들었다. 그는 두 아이를 그 어미에게 돌려보내고 그 어미가 두 번 다시 이런 짓을 하지 않겠다는 조건 아래 아이의 양육비로 한 달에 80프랑을 주겠다고 약속했다. 그는 덧붙여 말했다.

“어머니는 두 아들을 소중히 길러야해. 가끔 내가 보러 갈 테니까.” 그리고 그는 실제로 그렇게 했다.

그에게는 사제로, 33년간이나 프와띠에학회 회장을 지내다가 79살로 죽은 등생이 하나 있었다.

“그앤 젊은 나이에 죽었어”라고 질노르망 씨는 말하는 것이었다. 그는 이 동생에 대한 추억을 별로 갖고 있지 않았으나 이 동생은 얌전한 대신 욕심이 많은 사나이여서, 자기는 사제니까 가난한 사람들을 만나면 가진 것을 베풀어야 한다고 생각은 하면서도 실제로는 잔돈이나 가치가 없어진 동전밖에는 준 적이 없었다. 그리하여 천국에 가는 길을 통하여 지옥으로 가는 방법을 발견하고 있었던 것이다.

한편 형인 질노르망 씨로 말할 것 같으면, 자선이라면 아끼지 않고 기꺼이 듬뿍 베풀고 있었다. 그는 친절하고 성급하고 동정심이 많았으므로 만약 돈이 많았다면 그의 처신은 굉장한 것이었으리라. 그는 자기에게 관계되는 일이라면 무엇이든지, 심지어 그것이 나쁜 짓이라 할지라도 당당히 해주기를 바랐다. 어느 날, 그는 상속 문제로 한 대리인에게 야비하고도 시시한 방법으로 사기를 당했을 때에도 다음과 같이 위엄 있게 고함을 질렀다.

“쳇! 정말 더러운 짓거리야! 이런 치사한 짓은 정말 수치라고 생각해. 요즘 세상은 모든 것이, 악당까지도 타락해버렸어. 나쁜 놈들! 나 같은 사람한테서 훔치는 데 겨우 이런 방법을 쓰다니.

숲속에서 강도를 만난 거나 다름없어(피할 길 없는 방법으로 도둑맞았다는 뜻임). 정말 고약한 도둑질이야. 정말 '숲이여 집정관의 이름을 더럽히지 마라(베르길리우스의 《전원시》에서 인용한 시구임))' 이거야!"

그는 앞에서도 말한 바와 같이 두 번 아내를 얻었다. 첫번째 아내에게서는 딸이 하나 있었는데 미혼으로 있었다. 두 번째 아내에게서도 딸이 하나 있었으나, 이 딸은 30살도 채 되기 전에 죽었다. 그런데 죽기 전에 사랑해서였는지 우연에서였는지, 아니면 다른 무슨 이유에서인지, 사병으로부터 출세한 한 군인과 결혼을 했다. 이 군인은 공화국 시대와 제정시대에 군대에 몸을 담고 있었는데 아우스테를리츠 전투에서는 훈장을 받았고, 워털루 싸움에서는 대령으로 승진해 있었다.

"그건 우리 집안의 수치야"라고 이 늙은 부르주아는 말하는 것이었다.

질노르망 씨는 무척 담배를 좋아했다. 그리고 특히 그는 한쪽 손끝으로 간단하게 자기의 레이스 넥타이에 주름잡기를 잘했다. 신앙심은 별로 없었다.

저녁 아니면 손님의 방문을 받지 않는 규칙

뤼끄 에스프리 질노르망 씨는 이상과 같은 인물이었다. 그는 머리칼 하나 빠지지 않았으며, 백발이라기보다 오히려 잿빛이라는 편이 더 어울릴 머리를 항상 개의 귀 모양으로 손질하고 있었다. 요컨대 그는 여러 가지 문제점은 지니고 있었으나, 존경할 만한 인물이었다. 그는 18세기적인 인물로 경박하면서도 위대했다.

왕정복고 초기에는, 아직 '젊었던' 질노르망 씨――그는 1814년에 겨우 74살밖에 되지 않았다――는 쌩 제르맹 외곽 시르방도니 거리의 쌩 쒭삐스 성당 근처에 살고 있었다. 그가 마레 지구로 들어온 것은 80살이 지나 사회에서 은퇴할 무렵이었다.

그런데 사회에서 은퇴함과 동시에 그는 오직 자기 습관에만 파묻혀 버렸다. 그가 가장 중하게 여기며 절대로 바꾸려하지 않은 것은, 낮에는 무슨 일이 있어도 문을 닫아 걸고 상대가 누구건, 용건이 무엇이건 저녁이 아니면 절대로 손님을 받아들이지 않는다는 점이었다. 질노르당 씨는 5시에 저녁 식사를 하고, 그런 뒤에 문을 열었다. 이것은 그가 살던 세기의 습관으로서, 그는 그것을 전혀 바꾸려고 하지 않았다.

"낮은 천박스러워서"라고 질노르망 씨는 말하는 것이었다. "덧문을 닫아 놓을 도리밖에 없어. 훌륭한 신사는 하늘에 별이 반짝이기 시작할 무렵에 자기 정신에 불을 켜는 거야."

그리하여 질노르망 씨는 어떠한 사람에 대해서도, 설령 상대가 국왕일지라도 높이 방벽을 쳐놓고 있었다. 그것은 실로 그가 살아 온 지난 시대의 고풍스럽고 우아한 마음가짐이었다.

둘이 있다고 해서 반드시 한 쌍이 되지는 않는다

질노르망 씨의 두 딸에 관해서는 앞에서 조금 말해 두었다. 그녀들은 10년 간격을 두고 태어났다. 젊었을 때 그녀들은 전혀 닮은 데가 없었으며, 성격상으로나 얼굴 생김새로나 서로 자매라는 것이 의심스러울 정도였다. 동생 쪽은 아름다운 영혼의 소유자로, 무엇이든 밝은 쪽으로 마음을 향하고, 꽃이나 시나 음악에 열중하고, 영광의 세계를 동경하고, 열정적이고, 고결하며, 어릴 적부터 마음속으로 어떤 어렴풋한 영웅적인 환상에 자기 몸을 바치고 있었다.

언니 역시 자기 나름의 환상을 가지고 있었다. 그녀가 푸른 하늘 속에서 마음에 그리고 있던 것은 어용 상인, 돈많고 맵시 좋은 양곡 수송계, 마음씨 좋은 남편, 어떤 백만장자, 아니 그보다도 주지사였다. 관청의 환영회며, 목에 목걸이를 늘어뜨린 응접실의 접대원이며, 공식적인 무도회며, 시장의 축사, 자기가 '지사 부인'이라는 사실, 그런 것들이 그녀의 상상 속에서 소용돌이치고 있었다. 두 자매는 어린 시절 그런 식으로 저마다 자기 꿈속을 방황하고 있었다. 두 사람 다 날개를 가지고 있었다. 하나는 천사처럼, 또 하나는 거위처럼.

어떠한 야심도, 적어도 이 세상에서는 충분히 실현되지 않는다. 어떠한 낙원도, 요즘 같은 시대에는 지상의 것이 되지 않는다. 동생은 자기가 꿈꾸고 있던 남자와 결혼하긴 했으나 얼마 안 있어 죽고 말았다. 언니 쪽은 결혼을 하지 않았다.

지금 말하고 있는 이 이야기 속에 등장할 무렵의 언니는, 낡은 순결과 정열로 마음을 불태우는 일 따윈 있을 것 같지도 않은 정숙함과, 흔히 볼 수 없을 만큼 뾰족한 코와 둔한 센스의 소유자였다. 자질구레한 특징의 하나는 이 몇 명 안 되는 가족 외에는 아무도 그녀의 이름을 아는 사람이 없다는 사실이다. 사람들은 그녀를 질노르망 큰아가씨라고 부르고 있었다.

정결한 체하는 행동에서는 질노르망 큰아가씨는 영국의 미혼 여성보다도 훨씬 교묘했다고 할 수 있으리라. 그것은 도가 지나쳐 실로 내숭스러운 정숙이었다. 그녀는 일생 동안에 한 가지 끔찍스러운 추억을 가지고 있었는데, 그것은 어느 날 한 남자에게 자기의 양말 대님을 보였다는 사실이었다.

그 지나친 정절은 나이를 먹어 감에 따라 더욱 심해져 갔다. 그녀의 얼굴을 가린 베일은 한 번도 투명하게 비쳐 보인 적이 없었으며 한 번도 높이 들춰진 적이 없었다. 아무도 들여다볼 생각도 하지 않는 곳까지 그녀는 많은 호크와 안전핀을 사용했다. 정숙한 체하는 버릇의 본질은 요새에 적이 쳐들어올 염려가 없어지면 없어질수록 점점 더 많은 감시병을 배치하는 데 있는 것이다.

그런데, 그렇게 케케묵은 결백의 비밀을 폭로하는 것이 되겠지만, 그녀는 자기 조카인 떼오뒬르라는 한 창기병 장교에게는, 불쾌한 기색도 없이 키스를 허락하고 있었다.

이렇게 귀여워하는 창기병이 하나 있었다고는 하나, 우리가 그녀에게 붙인 '사이비 정숙녀(貞淑女)'라는 레테르는 실로 그녀에게 꼭 어울리는 것이었다. 말하자면, 질노르망 큰아가씨는 스러져가는 영혼의 소유자였다. 정숙한 체하는 버릇은, 반은 미덕이요 반은 악덕이었다.

질노르망 큰아가씨는 정숙한 체하는 것 외에, 그것과 잘 어울리는 편협한 신앙심을 가지고 있었다. 그녀는 비에르즈회의 회원으로 있어서 어떤 축일 모임에서는 흰 베일을 쓰고 특별 기도문을 중얼거리고, '성혈'을 숭배하고, '성심'을 공경하고, 일반 신도들은 들어갈 수 없는 성당 안 로꼬꼬 제주이뜨 양식의 제단 앞에서 몇 시간이고 조용히 묵상에 잠기고, 거기 있는 수많은 대리석상과 금박칠한 커다란 서까래들 사이로 자기 영혼을 날아가게 하는 것이었다.

성당에는 그녀의 여자 친구가 하나 있었다. 그녀 역시 노처녀였는데 보브와 양이라고 불리는 미련스러워 보이는 여자였다. 그러므로 그 곁에서 질노르망 양은 자기가 마치 민첩한 독수리나 된 듯한 으쓱함을 느끼는 것이었다. '아뉴스 데이'나 '아베 마리아'의 기도문 외에 보브와 양은 갖가지 과자를 만드는 법을 알고 있었을 뿐, 아무런 교양도 갖고 있지 않았다. 보브와 양은 지성의 얼룩이라고는 한점도 없는, 완전무결하게 우매한 백지였다.

한 가지 덧붙이고 싶은 것은 나이를 먹어감에 따라 질노르망 양의 성질이 나빠졌다기보다 좋아져 갔다는 사실이다. 이것은 소극적인 성격의 사람에게는 흔히 있는 일이다. 이때까지 그녀는 심술궂어 본 적은 한 번도 없었다. 그것은 비교적 그녀가 선량했다는 것을 의미한다. 그리고 세월이 흐름에 따라 모진 데가 없어지고, 시간이 흐름에 따라 온화해졌다.

질노르망 양은 자신도 정체를 알 수 없는 막연한 애수에 사로잡혀 있었다. 그녀의 모습 전체에서 느낄 수 있는 것은 시작해보지도 못하고 끝나 버린 일생이 가지는 망연자실함이었다.

그녀는 아버지 집 살림을 돌보고 있었다. 마치 비앵브뉘 각하가 자기 곁에서 누이동생을 떼놓지 않았던 것처럼, 질노르망 씨도 자기 곁에서 딸을 놓아 주지 않았던 것이다. 이러한 노인과 노처녀의 가정은 결코 보기 드문 것이 아니며, 약한 사람끼리 서로 의지하고 있는 광경은 언제나 사람의 마음을 감동시키는 것이다.

이 집에는 이 노처녀와 노인 외에도 아이가 하나 있었다. 작은 사내아이로, 질노르망 씨 앞에서는 언제나 떨면서 잠자코 있었다. 질노르망 씨는 이 소년에게는 엄한 목소리로 말했고, 때로는 지팡이를 들어올리기도 했다.

"자, 이리 오너라! 장난꾸러기 개망나니야. 좀더 이리로 오란 말이다!"

"왜 대답이 없니? 고약한 놈! 얼굴이나 좀 보자. 바보 같은 놈 같으니!" 등등.

그러면서도 노인은 이 소년을 진심으로 사랑하고 있었다.

이 소년은 노인의 손자였다. 이 소년에 대해서는 나중에 차차 얘기하기로 하자.

제3편 할아버지와 손자

옛날의 객실

세르방도니 거리에 살고 있던 무렵의 질노르망 씨는 매우 훌륭한 상류의 몇몇 살롱에 출입하고 있었다. 질노르망 씨는 귀족은 아니었으나, 출입을 허락받고 있었다. 아니, 오히려 그는 이중의 재치를 가지고 있었으므로, 즉 하나는 실제로 가지고 있었고 또 하나는 가지고 있다고 사람들이 생각했던 것으로 그는 인기가 좋고 대접도 받았다. 그는 자기가 기를 펼 수 있는 경우가 아니고는 아무 데도 가지 않았다.

세상에는 무슨 짓을 해서라도, 사람들의 눈을 끌고 환대를 받고 싶어하는 자들이 있는 법이어서, 자기가 절대적인 권위자가 될 수 없는 자리에서는 익살꾼이 되어 버린다. 그러나 질노르망 씨는 그런 부류의 사람은 아니었다. 자기가 출입하는 왕당파의 살롱에서 행세하는 것은 추호도 그의 자존심을 상하게 하지 않았다. 그는 어딜 가나 절대적인 권위자였던 것이다. 그는 보날 씨(^{혁명 때의 망명 귀족, 군주제와 가톨릭주의의 절대적인 옹호자})나방지 쀠이발레 씨(혁명 때의 망명 귀족.
철저한 정통 왕당파.)와도 인기를 겨루게까지 되어 있었다.

　1817년 무렵에는 그는 빠뜨리지 않고 1주일에 두 번씩 근처에 있는 페루 거리의 T남작 부인 집에서 오후를 보내고 있었다. 이 부인은 존경할 만한 위엄 있는 인물로 남편은 루이 14세 시대에 베를린 주재 프랑스 대사를 지낸 적이 있었다. 이 T남작은 생전에 최면술에 의한 망아의 경지니 환상이니 하는 연구에 열중하고 있었는데,

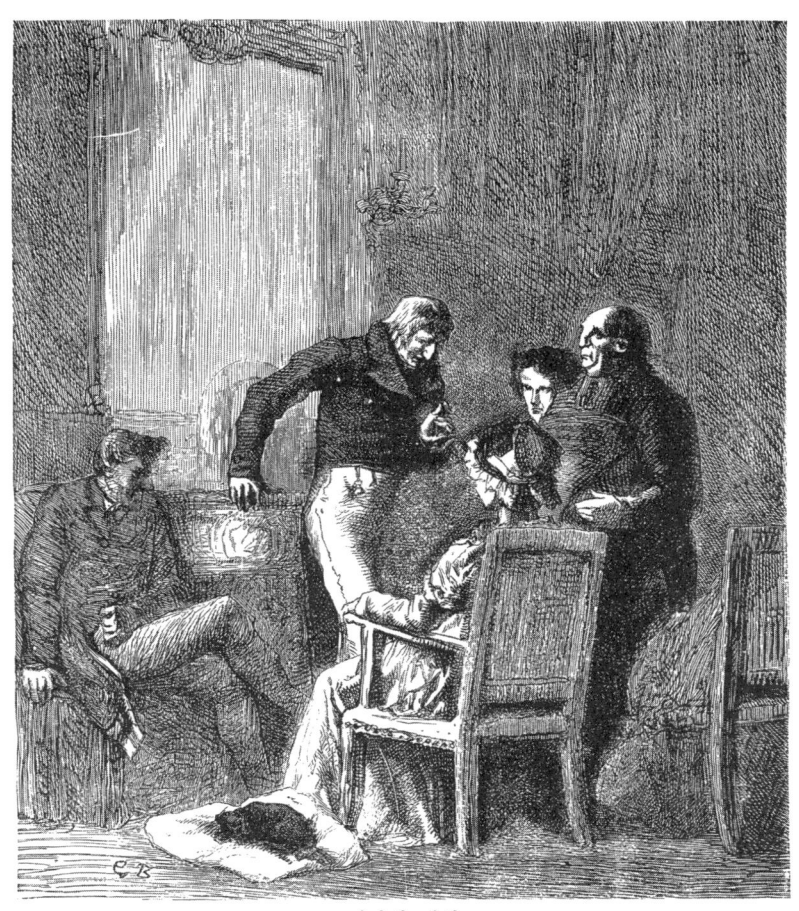

옛날의 객실

혁명 당시의 망명으로 인해 몰락하여 죽은 뒤에 남겨 놓은 재산이라 곤 다만 메스메르(독일의 의사이자 최면술사. 1778년에 빠리에 나타/나 동물자기선을 장치한 통을 써서 병자를 고쳤음)와 그의 통에 관한 기괴한 기록뿐으로 그것은 빨간 모로코 가죽의 표지에다 책 도련에 금박을 한 10권의 수기였다. T부인은 품위를 유지하기 위해 그 기록을 출판하지 않고, 어떻게 해서 남았는지 아무도 모르는 약간의 수입으로 생계를 이어 가고 있었다. T부인은 스스로 '몹시 혼란한 사교계'라고 부르고 있던 궁정에서 떠나, 고결하고 기품있게 가난과 고독 속에서 살고 있었다. 몇몇 친구들이 1주일에 두 번 이 미망인의 난로가에 모이게 되어 있어서, 거기에 순수한 왕당파의 살롱이 형성되고 있었다. 거기서는 모두들 마시면서, 시국 이야기며 헌법이며 부오나빠르뜨 파(보나빠르뜨를/비꼰 호칭)들이며, 시민에 대한 청색 대훈장의 남발이며 루이 18세의 자꼬뱅주의며 하는 것에 관해 그때그때의 분위기가 슬프고 애달프냐, 분하고 원통하냐에 따라 한숨을 쉬기도 하고 증오의 고함을 지르기도 하는 것이었다. 그리고 샤를르 10세에 이르러 비로소 왕제에 의하여 주어지는 일루의 희망(샤를르 10세는 루이 18세의 동생이며 샤를르 10세에는 황태자 앙굴렘 공작과 그 동생 베리 공작/이 있었음)에 대하여 소곤거리기도 했다.

이 살롱에서는 나뽈레옹이 '니꼴라'라는 이름으로 불리는 속요를 무척 환영하였다. 가장 세련되고 가장 아름다운 사교계의 공작부인들이, 이를테면 '의용병들'(나뽈레옹의 재기에 임하여/1815년에 모집된 의용병)을 향한 다음과 같은 노래 구절에 열중했던 것이다.

나와 있는 셔츠 자락을
바지 속으로 집어넣어라.
애국의 용사들은
백기(왕실의/깃발)를 올렸다는 말을 듣지 말아라.

이 사람들은 통렬하다고 생각되는 재담을 즐기고, 비꼬았다고 여

기는 말재주를 재미있어 하고, 4행시나 2행련구를 읊어 가며 즐겼
다. 그래서 드까즈 씨나 드쎄르 씨가 참가하고 있던 연약한 데쏠르
내각(^{1818년}_{12월 성립})에 대해서는 다음과 같은 구절이 있었다.

흔들리는 왕좌를 바로잡기 위해서는 갈아 치워라.
땅(^{쏠르——데쏠르의}_{이름과 발음이 같음})과 온실(^{쎄르——드쎄르의}_{이름과 발음이 같음})과 집(^{까즈——드까즈의}_{이름과 발음이 같음})을.

그런가 하면 '고약한 자꼬뱅 의원'인 상원의 명부를 작성하여 그
중에서, 이를테면 다음과 같은 구절이 되게끔 이름을 꿰맞추었다.
"다마스, 사브랑, 구비용, 쎙 시르(^{다마스가 구비용, 쎙 시르를 군도로 뺀다는 뜻이 된다.}_{그리고 다마스, 구비용, 쎙 시르는 모두 육군장관})"
하고는 몹시 유쾌해했다.
이들의 사교계에서는 또한 혁명을 풍자하는 노래가 만들어졌다.
무엇이든 분노를 반대 방향으로 몰고가려는 속셈이 있었던 것이다.
혁명가 '사 이라'의 가사를 바꾸어서 이런 식으로 노래하고 있었다.

아아! 좋겠지! 좋겠지! 좋겠지!
부오나빠르뜨 파의 목을 잘라라!

노래는 단두대와 같은 것이다. 닥치는 대로 오늘은 이쪽 목을 자
르고 내일은 저쪽 목을 자른다. 그것은 하나의 변화에 지나지 않는
다.
1816년 무렵의 사건이었던 퓌알데스 사건(^{로데즈에서 행정관 퓌알데스가 암살당한 왕}_{정복고기의 가장 유명한 형사 사건. 실제는}
^{1817년}_{3월 2일}) 때는 그들은 범인인 바스띠드와 조시옹의 편을 들었다. 퓌알
데스가 '부오나빠르뜨 파'였기 때문이다. 또한 그들은 자유주의자들
을 '형제이자 친구'라고 부르고 있었는데 그것은 다시 없는 욕이었
다. 성당 종탑에 흔히 풍향을 알리는 닭이 붙어 있듯이 T남작 부인
의 살롱에도 두 마리 용감한 수탉이 있었다. 하나는 질노르망 씨이

고 또 한 사람은 라모뜨 발르와 백작이었는데, 이 백작에 대해서는 사람들이 일종의 경의를 섞어서 서로 소곤거렸다.

"아십니까? 저분이 목걸이 사건^(1780년대에 궁정에서 일어난 유명한 목걸이 ㅅ·건. 라모뜨 백작 부인은 이 사건의 중심 인물의 하나로 처형되었음)의 라모뜨 씨예요."

같은 패거리 사이에서는 그런 기묘한 아량도 있었던 것이다.

여기에 한 마디 말을 덧붙여 두겠다. 부르주아 계급에서는 명예 있는 지위의 사람들이 너무 경솔한 교제를 하면 자기 명예를 손상시키는 것이 되어 누구에게 출입을 허락하느냐 하는 문제는 신중하게 다루었다. 차가운 것이 접근하면 열을 빼앗기듯이 멸시당하고 있는 사람을 가까이하면 타인에게서 받는 존경의 도수가 감소되기 때문이다.

그러나 옛 상류사회는 다른 모든 법칙과 마찬가지로 이 법칙마저도 개의치 않았다. 뽕빠두르 부인의 오빠인 마리니는 수비즈 대공^(장군이며 궁정인. 7년 전쟁에 관해서 뽕빠두르 부인과 감정 대립이 있었음) 댁에 출입했다. 뽕빠두르 부인의 오빠가 어떻게? 아니 오빠이기 때문이다. 보베르니에 부인^(기욤므 뒤 바리의 사생아로 뒤 바리로 불리게 허락되고 뒤에 루이 15세의 애첩이 됨)의 대부인 뒤 바리는 리슐리외 원수^(루이 13세의 재상이었던 리슐리외의 조카) 댁에서 매우 환대를 받았다. 이러한 사교계야말로 올림포스 산이다. 머큐리 신도 게메네 공도 거기 산다. 도둑일지라도 그것이 신이기만 하면 거기 들어갈 것을 허락받는다.

라모뜨 백작은 1815년에 75살 된 노인으로 묵묵하고 거만한 태도와, 각이 진 쌀쌀한 얼굴 생김과, 더할 나위 없이 예의 바른 태도와, 목 있는 데까지 단추를 채운 옷과, 언제나 포개고 있는 긴 다리를 감싼 길고 헐렁헐렁한 고동색 바지 외에는 사람의 눈을 끌 만한 것이 없었다. 그 얼굴도 바지와 같은 색깔이었다.

그런 라모뜨 씨가 이 살롱에서 인기가 높은 것은 그가 '명사'였기 때문이며, 또한 입에 올리기도 우스운 얘기지만 거짓말도 아닌 것은 그의 이름이 발르와^(라모뜨 발르와. 발르와는 프랑스 왕가의 이름) 때문이기도 했다.

한편, 질노르망 씨에 대한 경의는 순전히 그의 좋은 본성 때문이었다. 그는 위에 서야 할 사람이기 때문에 위에 섰던 것이다. 그는 매우 소박하고 쾌활한 가운데에도, 부르주아로서의 거만하고 위압적이고 당당하며 솔직한 예절을 갖추고 있었다. 그의 고령도 거기다 무게를 더하고 있었다. 1세기 가까이나 아무런 사고도 일으키지 않고 살아 간다는 것은 그리 쉬운 일이 아니다. 오랜 세월의 풍상을 견딘 노인의 듬성듬성한 머리카락은 사람들의 존경심을 불러 일으킨다.

더욱이 그는 그야말로 옛 기질의 번뜩임이라고도 할 경구들을 쓸 줄 알았다. 루이 18세에게 왕위를 되찾아 준 프러시아 왕이 그 뒤 뤼빵 백작이라는 이름으로 이 왕을 방문해 왔는데 루이 14세의 후예인 루이 18세는 상대방을 브란데부르크 후작으로서 매우 예의에 어긋나는 태도로 맞이한 적이 있었다. 질노르망 씨는 이런 대우를 환영하며 이렇게 말했다.

"프랑스 왕이 아닌 왕은, 모두 한 지방의 왕일 뿐이다."

또 하루는 그 앞에서 이런 문답이 오고 갔다.

"〈꾸리에 프랑쎄〉지^(왕정복고 시대의
자유주의자의 신문)의 주필은 도대체 어떤 형에 처해졌나요?"

"폐사형(閉社刑), 발행정지형입니다."

그러자 질노르망 씨가 참견을 하였다.

"'폐' 자는 떼어 버리지."^(폐사형에서 폐자를
떼면 사형이 됨)

이러한 종류의 말은 하나의 지위를 확고하게 만들어 주는 법이다.

부르봉 집안 복귀 기념일의 '감사 식전'에 딸레랑^(변절과 재치로
유명한 정치가)이 지나가는 것을 보자 그는 말했다. "저기 마왕 각하 납신다!"

질노르망 씨는, 당시 40세를 넘었는데 50살이나 된 것처럼 보이는 저 올드미스 딸과 하얀 얼굴에 장밋빛이 돌고 자신에 찬 행복한 눈을 가진 7살 난 미소년을 항상 데리고 다녔다. 이 소년이 살롱에 나타나기만 하면 반드시 온갖 소리가 그의 주위에서 시끄럽게 일어나는 것이었다. "어쩜 예쁘기도 해라!" "아깝군! 가엾은 애야!" 이 아이는 앞서 잠깐 말해 둔 그 소년이다. 그가 그처럼 불쌍한 아이로 불리는 것은 그의 아버지가 '르와르 강의 불한당'(나뿔래옹 실각 후 르와르 강 너머로 달아난 패잔병을 멸시하는 말)이었기 때문이다.

이 르와르 강의 불한당이란 앞서 말한 질노르망 씨의 딸의 남편으로 질노르망 씨가 '집안의 수치'라고 불렀던 인물이다.

빨강 유령(나뿔래옹군의 생존자)의 한 사람

그 무렵 베르농이라는 자그마한 도시로 들어가서 얼마 안 있어 추악한 철골 다리로 바꾸어지기 전의 그 아름다운 기념 다리를 거닐어 본 사람이라면, 다리 난간 너머로 무심코 아래를 내려다보았을 때 50살 가량의 한 사나이에게 주의가 끌렸을지도 모른다.

그 사나이는 챙이 달린 가죽 모자를 쓰고, 잿빛의 거친 모직 바지에 신사복 윗도리를 입고 있었다. 그 윗도리에 꿰매 붙인 빨간 리본은 낡아서 누르스름해졌는데, 나막신을 신고, 볕에 그을려 얼굴은 시커멓고, 머리칼은 거의 하얗고, 이마에서 볼에 걸쳐 커다란 흉터가 있고, 등도 허리도 구부러져, 그럴 나이도 아닌데 겉늙어 보였다. 그 사나이는 손에는 삽인지 낫인지를 들고, 거의 하루 종일 다리와 잇닿아 있는 담으로 둘러친 지면의 한 곳을 어슬렁거렸다. 그 곳은 다리께에서 세느 강의 왼편 둑을 따라 테라스처럼 늘어서 있어 꽃이 만발한 그 아름다운 울안은 좀 더 넓었으면 정원이라고 할 수 있고 좀 더 좁았으면 꽃밭이라고 할 수 있었다. 그러한 울안은 한쪽 끝은 강에 이어지고 또 한쪽 끝은 인가와 닿아 있었다.

방금 말한 그 신사복을 입고 나막신을 신은 남자는 1817년께 이 근처에서 가장 좁은 울안을 가진 가장 초라한 집에 살고 있었다. 그는 그런 집에서 홀로 가난하고 쓸쓸하고 조용하게 살고 있었다. 그리고 젊지도 늙지도 않고, 아름답지도 못나지도 않고, 시골뜨기도 도시 사람도 아닌 한 여자가 그의 치다꺼리를 하고 있었다. 그가 정원이라고 부르는 그 네모난 땅은 그가 키운 아름다운 꽃들로 해서 그 도시에서 소문이 자자했다. 꽃을 가꾸는 것이 그의 일이었다.

노동과 인내와 정성과 물통의 힘으로 그는 조물주 다음으로 훌륭하게 꽃을 피울 수 있었으며, 자연으로부터 잊혀지고 있는 듯한 어떤 종류의 튤립이나 달리아를 만들어냈다. 그의 솜씨는 무척 신기하고 묘했다. 미국산이나 중국산의 희귀하고 값비싼 정원수를 재배하기 위해 에리까의 부식토를 만드는 데 슐랑즈 보댕(당시의 저명한 원예가, 빠리원예협회를 창립함)보다도 솜씨가 좋았다.

여름이면 새벽부터 정원의 오솔길에 나가서 모종을 심고 가지를 치고 잡초를 뽑고 물을 주고 선량함과 쓸쓸함과 다정함이 깃든 태도로 꽃들 사이를 돌아다녔다. 때로는 몇 시간씩이나 꿈꾸듯이 가만히 멈춰서서 나뭇가지에서 지저귀는 새들의 노랫소리와 어느 집에선가 들려 오는 아이들의 말소리에 귀를 기울이거나, 그렇지 않으면 풀잎 끝에 달린 이슬방울이 태양빛에 루비처럼 빛나고 있는 것을 들여다 보거나 했다.

그의 식탁은 지극히 소박했고 포도주보다도 우유를 많이 마셨다. 그는 아이에게도 한 발 양보했으며 자기 하녀한테서도 잔소리를 들었다. 사람과 사귀기 힘든 동물처럼 소심하여 좀처럼 밖에도 나가지 않고 그의 집 유리창을 두드리는 거지들이나 그의 주임 신부인 사람 좋은 노인 마뵈프 신부말고는 얼굴을 마주치는 사람도 없었다. 하긴 시내 사람들이나 타관 사람들이 그의 튤립이나 장미에 흥미를 가지고 그 작은 집을 방문할 경우에는 그는 기분좋게 미소지으며 문을 열어 주었다. 이 사람이 저 르와르 강의 불한당이었다.

역시 같은 무렵 전쟁 기록이니 전기니 〈모니뙤르〉지니 나뽈레옹 군의 보고서 따위를 읽어 본 사람이면 거기에 조르주 뽕메르씨라는 이름이 곧잘 나왔던 것을 기억할 것이다. 젊었을 때 이 조르주 뽕메르씨는 쌩뚱즈 연대의 한 병사였다.

그런데 갑자기 혁명이 일어났다. 생뚱즈 연대는 라인군의 일부가 되었다. 왕정 당시의 옛 연대는 왕정이 쓰러지고 나서도 아직 그 지방의 이름을 간직하고 있다가 1794년에 이르러서야 겨우 여단으로 편성되었던 것이다. 그리하여 뽕메르씨는 각지를 전전하며 스피레스, 우오름스, 노이스탓트, 튜루크하임, 알제, 마이앙스 등지에서 싸웠으며 마이앙스 전투에서는 우샤르의 후위군 200명 중의 하나였다.

그는 12번째에 있으면서 안데르나흐의 옛 방벽을 방패삼아 헤쎄 대공의 전군에 저항하여 적의 대포가 방벽 바로 위에서 꼭대기의 경사에 걸쳐 돌파구를 열기까지는 주력 부대 쪽으로 퇴각하지 않았다. 마르쉬엔느에서도 몽 빨리쎌의 싸움에서도 끌레베르의 휘하에 있었는데 그는 몽 빨리쎌의 전투에서 총탄에 팔이 꿰뚫렸다.

그 다음 그는 이탈리아 국경으로 이동했다. 그리하여 주베르와 함께 텐다의 협로를 수비한 30명의 결사대 중의 한 사람으로 들어 있었다. 이 때의 공훈으로 주베르는 고급 부관으로 임명되고 뽕메르씨는 소위로 승진되었다. 보나빠르뜨가 '베르띠에는 포병이자 기병이자 척탄병이었다'라고 말했던 저 로디의 싸움에서 뽕메르씨는 빗발치듯 날아오는 포탄 속에 베르띠에 바로 곁에서 활약했다.

또한 노티에서는 자기의 옛 사령관이었던 주베르가 칼을 쳐들고 "전진!" 하고 외친 순간에 쓰러지는 것을 보았다. 작전상 필요에서 자기 부하들을 이끌고 제노아에서 그 연안의 어느 작은 항구로 가는 순항선에 올라탔으나 7, 8척의 영국 범선의 포위에 갇힌 적이 있었다. 제노아인인 선장은 대포를 바다에 버리고 병사들을 중갑판에 숨기고 상선처럼 가장하여 어둠 속으로 달아나려고 했다.

그러나 뽕메르씨는 신호기를 올리는 마스트의 밧줄에 3색기를 잡

노동과 인내와 정성과 물통의 힘으로……

아매게 하고 영국 경비 함대의 포화 밑을 자랑스럽게 통과했다. 그리고 또 20허리쯤 가서는 그는 더욱더 대담해져 그 순항선으로 영국의 대수송선을 공격하여, 뱃전까지 가득 찰 만큼 많은 병사와 말을 싣고 시칠리아로 군대를 운반하려고 하던 그 배를 포획했다.

1805년에는 페르디난드 대공작으로부터 군츠부르크를 탈취한 말뢰르 사단에 속해 있었다. 베팅겐에서는 제9용기병대의 선두에 서 있던 모팔레 대령이 치명상을 입고 쓰러지는 것을 우박처럼 쏟아지는 탄환 속에서 양팔로 받아 안았다.

아우스테를리츠에서는 적의 포화 밑에 감행된 경탄할 만한 사다리꼴형 전진 속에서 그는 한층 뛰어난 활약을 했다. 러시아 근위기병대가 보병 제4연대의 한 대대를 분쇄했을 때, 뽕메르씨는 그 근위기병대를 교란시켜서 복수한 사람 가운데 한 사람이었다. 황제 나뽈레옹은 그에게 십자 훈장을 주었다.

뽕메르씨는 계속 부름저를 사로잡은 만투아의 전투, 멜라스를 사로잡은 알렉산드리아의 전투, 맥크를 사로잡은 울름의 전투에 참가했다. 모르띠에가 지휘하여 함부르크를 점령한 나뽈레옹군 제8군단에도 참가했다. 이어 이전에는 프랑드르 연대였던 보병 제55연대로 옮겼다. 에일라우의 전투에서는 이 책 작자의 삼촌뻘이 되는 용감한 루이 위고 대위가 홀로 83명의 부하를 이끌고 두 시간에 걸쳐 적군의 총공격을 막았던 그 묘지에 그도 끼었다(위고는 《여러세기전설시집》의 제1편으로 《에일라우의 묘지》를 지었음). 뽕메르씨는 살아서 이 무덤을 나올 수 있었던 세 사람 가운데의 하나였다. 그는 또 프리들란드의 싸움에도 참가했다.

그 후 그는 모스크바를 보고, 베레지나를 보고, 그리고 루첸, 바우첸, 드레스덴, 박샤우, 라이프찌히를 보았으며, 게렌하우젠의 샛길을 보고, 몽메레이유, 샤또 띠에리, 크라우, 마른느 강변, 엔느 강변, 그리고 저 끔찍한 라옹의 진지를 보았다. 아르네 르뒤끄에서 대위가 되어 있던 그는 10명의 카자흐 병사를 칼로 베어 버려, 장군의 생명은 아니지만 부하인 하사의 생명을 구했다. 이때 그는 온몸에 부상을 입고 왼팔에서만도 총알의 파편을 27조각이나 빼냈다.

빠리 함락 1주일 전에 그는 한 동료와 지위를 교환해서 기병대에 들어갔다. 그는 옛 제도 시절에 '두 손 몫'으로 불리고 있던 능력, 즉 병사로서는 칼과 총을, 장교로서는 보병대와 기병대를 똑같이 다룰 수 있는 그런 능력을 가지고 있었다. 이런 능력이 군대 교육으로 완성되어서 특수한 군대, 이를테면 전원이 기병이자 보병이기도 한 용기병이 탄생하는 것이다.

그는 나뽈레옹을 따라 엘바 섬에 갔다. 워털루에서는 뒤브와 여단에 속하는 흉갑기병중대의 대장이었다. 림부르크 대대의 군기를 빼앗은 것은 바로 그였다. 그는 그 군기를 가지고 와서 황제의 발 아래 던졌다. 그는 피투성이였다. 군기를 빼앗을 때 칼로 얼굴을 베였던 것이다. 만족한 황제는 그를 향해 외쳤다.

"그대를 대령에 임명하며 그대에게 남작의 작위를 내리노라. 그대에게 레지옹 도뇌르 4등 훈장을 주겠다!"

뽕메르씨는 대답했다.

"폐하, 제가 죽은 뒤의 아내를 대신하여 감사드립니다."

한 시간 뒤에 그는 오앵의 골짜기에 빠졌다. 그런데 이 조르주 뽕메르씨란 누구였을까? 역시 저 르와르 강의 불한당이었다.

이제 그의 경력에 대해 약간은 알았으리라고 생각한다. 워털루의 전투 이후 뽕메르씨는 조금 전에 말한 오앵의 깊은 고랑길에서 구출되어 다행히 자기편 군대를 만나 야전 병원에서 야전 병원으로 끌려다니다가 마침내 르와르 강 숙영지에 이르렀던 것이다. 왕정복고로 말미암아 그는 봉급이 반으로 깎이고 정해진 거주지로 이송되었다. 즉 베르농에서 감시를 받게 되었다. 국왕 루이 18세는 나뽈레옹의 '100일 천하' 중에 일어난 일은 전부 무효로 간주하고 있었으므로 레지옹 도뇌르 4등 훈장의 자격도 대령의 계급도 남작의 칭호도 그에게는 인정되지 않았다. 그러나 그는 어떤 경우에도 반드시 '육군 대령 남작 뽕메르씨'라고 서명하는 것을 잊지 않았다. 그는 낡아빠진 푸른 예복을 한 벌밖에 가지고 있지 않았으나 외출할 때는 항상 그 옷에 레지옹 도뇌르 4등 훈장의 약장을 달았다.

'그 훈장의 부당 착용'을 이유로 검찰청이 그를 기소할지도 모른다고 검사가 그에게 경고했다. 그 통고가 정식 수속을 거쳐서 그에게 전달되었을 때, 그는 씁쓰레한 미소를 띠고 편지를 썼다. '내가 프랑스 어를 모르게 되었는지 아니면 당신이 프랑스 어를 잘못 쓰게 되었는지 어느 쪽인지는 모르나 어쨌든 내겐 도무지 무슨 말인지 모르겠소.' 그리고 그날부터 1주일 동안 매일 그 붉은 약장을 달고 외출했다. 아무도 새삼스레 그에게 잔소리를 하는 사람은 없었다. 육군 장관과 그 관구의 사령관이 두서너 번 그에게 겉봉에 '뽕메르씨 대령 귀하' 라고 쓴 편지를 보내왔다. 그는 그러한 편지를 뜯어 보지도 않고 돌려보냈다. 마침 그 무렵 세인트 헬레나 섬에 있었던 나뽈레옹도 '보나빠르뜨 장군 귀하' 라고 쓴 허드슨 로우 경의 서신을 역시 같은 식으로 돌려보냈던 것이다. 이런 말투가 허용된다면 뽕메르씨는 결국 입속에 황제와 같은 침을 갖게 되었던 것이다.

이와 같은 예로서 옛날 로마에서 사로잡힌 카르타고의 병사들은 플라미니우스^(로마의 집정관, 뒤에 한니발에게 패하여 죽었음)에게 경례하는 것을 거부하여 다소나마 한니발과 같은 넋을 지켰던 것이다.

어느 날 아침 뽕메르씨는 베르농 거리에서 검사를 만나자 뚜벅뚜벅 걸어가서 말했다.

"검사님, 내 얼굴의 흉터는 그대로 달고 다녀도 괜찮겠소이까 ? "

그에게는 기병중대장 봉급의 반액에 해당되는 빈약한 수입 외에는 아무런 재산도 없었다. 베르농에서는 될 수 있는 한 작은 집을 빌렸다. 거기서 혼자 살고 있었는데 어떻게 살고 있나는 아까 본 대로이다. 제정 시대 때, 두 전쟁 사이에 그는 질노르망 양과 결혼할 만한 틈은 있었다. 늙은 부르주아인 질노르망 씨는 내심 불만이었으나 한숨을 쉬고 다음과 같이 말하면서 그 결혼에 동의하지 않을 수 없었다. "가장 고귀한 가문이라도 피할 수 없는 일이다."(나뽈레옹의 결혼을 가리킴) 뽕메르씨 부인은 어느 모로 보나 훌륭하고 교양도 높고 보기드문 여성으로 그 남편에 어울리는 부인이었으나 아이 하나를 남기고 1815년에 세상을 떠났다. 이 아이는 고독한 생활을 보내게 된 대령에게 낙이 될 수도 있었을 것이다. 그러나 조부는 막무가내로 손자를 내놓으라고 하며 만약 내놓지 않으면 손자에게 상속권을 주지 않겠다고 선언했다. 아버지는 아들의 장래를 위하여 양보했다. 그리하여 아이를 기를 수도 없게 되었으므로 꽃을 사랑하기 시작했다.

그 밖의 것에서도 그는 모든 것을 단념하고 아무런 활동도 하지 않고 계획도 세우지 않았다. 생각하는 것이라곤 지금 자기가 하고 있는 악의 없는 일들과 과거에 했던 위대한 일뿐이었다. 카네이션을 키우고 싶다고 생각하기도 하고 아우스테를리츠의 전투를 회상하거나 하면서 시간을 보내고 있었다.

질노르망 씨는 이 사위와 전혀 가까이 하지 않았다. 그의 눈으로 본다면 대령은 '불한당'이었고 대령이 볼 때 그는 '괴짜'였다. 질노르망 씨는 가끔 그 '남작 각하'에 대해서 멸시하는 듯이 빈정대는 외에는 대령의 이야기는 전혀 입에 올리지 않았다. 뽕메르씨가 자기 아들이 상속권을 빼앗기고 쫓겨오지나 않을까 염려하여 아이를 만나거나 말을 건네거나 하지 않을 거라는 것은 분명했다. 질노르망 집안에서 본다면 뽕메르씨는 페스트 환자나 다름없었다. 질노르망 집안에서는 아이를 자기네들끼리 원하는 대로 키울 작정이었다. 그런 조건을 받아들인 것은 아마 대령의 잘못이었을지도 모르지만 그는 거기에 만족하고 그리 나쁘게 생각하지도 않으며 자기만 희생하면 된다고 생각했다. 질노르망 씨의 유산은 별것 아니었으나 큰딸인 질노르망 양의 유산은 상당한 것이었다. 미혼으로 있는 이 이모는 물질적으로는 매우 부유했다. 그리고 그 동생의 아들은 당연히 그 상속인이었던 것이다.

마리우스라는 이름의 그 소년은 자기에게 아버지가 있다는 것은 알고 있었으나 그 이상은 아무것도 몰랐다. 아버지 이야기를 해주는 사람이 없었다. 그러나 할아버지를 따라서 가게 되는 사교장에서 사람들의 귓속말이나 흘리는 말이나, 눈짓 같은 것에서 어린 소견으로도 어느덧 눈치를 채게 되어 마침내 어느 정도 사정을 알 수 있게 되었다. 그리하여 말하자면 그의 호흡권 내인 그 사교계의 사상이나 의견을, 물이 천천히 떨어져서 스며들듯이 자연히 몸에 익히게 된 그는 자기 아버지를 생각하면 수치심으로 가슴이 죄어드는 듯한 고통을 느끼게 되었다.

소년이 이렇게 성장하고 있는 동안 대령은 두세 달에 한 번 집을 빠져나와 마치 명령을 어기고 추방된 땅으로 돌아가는 죄인처럼 남몰래 빠리로 와서는 이모 질노르망이 마리우스를 미사에 데리고 오는 시간에 쌩 쒵삐스 성당에 가서 기다리고 있는 것이었다. 그런 때 그는 이모가 뒤돌아보지나 않을까 두려워하여 기둥 뒤에 몸을 숨기고 꼼짝하지 않고 숨 죽인 채 자기 아들을 바라보는 것이었다. 얼굴에 흉터가 있는 이 사나이도 그 노처녀가 그토록 무서웠던 것이다.

그가 베르농의 주임 신부인 마뵈프 신부와 알게 된 것도 마침 이 성당이 인연이 되었던 것이다. 이 훌륭한 신부는 쌩 쒵삐스의 교구 재산관리위원의 한 사람과 형제였다. 이 교구 위원은 이 남자가 그 아이를 가만히 바라보고 있는 광경과 그 남자의 볼에 있는 흉터와 눈에 글썽이며 괴어 있는 눈물을 몇 번이나 보았다. 남자답게 생긴 이 사나이가 여자처럼 울고 있는 것이 교구 위원의 마음을 움직였다. 그 얼굴 모습이 마음에 남았다.

어느 날 그는 형을 만나러 베르농에 가다가 다리 위에서 뽕메르씨를 만났고, 이 사람이 쌩 쒵삐스 성당에서 자주 만나는 사나이라는 것을 깨달았다. 교구 위원은 주임 신부에게 그 이야기를 했고 무슨 구실을 붙여서 함께 대령을 찾아갔다. 이것이 계기가 되어 몇 번이나 찾아가게 되었다. 마음을 단단히 닫고 있던 대령도 마침내 서로 사귀게 되어 주임 신부와 교구 위원에게 그의 모든 과거와, 아이의 장래를 위해 자신의 행복을 희생한 경위를 털어놓게 되었다.

이리하여 주임 신부는 대령에게 경의와 동정을 느끼게 되고 대령 쪽에서도 주임 신부에게 호의를 가지게 되었다. 그런데 만약 서로가 지극히 성실하고 선량한 사람들일 경우, 세상에서 이 노신부와 노병사만큼 서로를 쉽게 이해하고 쉽게 융합할 수 있는 사람들도 없을 것이다. 근본적으로 그들은 같은 부류의 인간인 것이다. 한편은 지상의 조국을 위해 몸을 바치고 또 한편은 천상의 조국을 위해 몸을 바치고 있는 것뿐, 그 외의 다른 차이라곤 하나도 없었다.

1년에 두 번 정월 초하루와 쌩 조르주 축일 ^(4월 23일, 쌩 조르주는 병사의 수호자) 에 마리우스는 아버지에게 의무로 편지를 썼으나 이 편지는 이모가 불러 주는 대로 받아 써서 마치 서간문집에서 베껴 쓴 것 같은 느낌이었다. 질노르망 씨가 허용한 것은 그것뿐이었다. 아버지는 매우 정에 넘치는 답장을 보내왔으나 할아버지는 그것을 읽지도 않고 주머니에 쑤셔 넣고 마는 것이었다.

'고이 잠드소서'

T부인의 살롱, 그것이 마리우스 뽕메르씨가 알고 있는 세상의 전부였다. 그가 인생을 바라볼 수 있는 창구멍은 그것뿐이었다. 그 창문은 어두컴컴하고 지붕창이라고 할 만한 것이어서 들어오는 것은 온기보다도 냉기였고, 햇빛보다는 암흑이었다. 이 기이한 사회에 끌려나왔을 때 기쁨과 광명뿐이었던 이 소년은 얼마 안 가서 쓸쓸하게 되고 또 어린아이답지 않게 침울해졌다. 거만하고 특이한 사람들에게 둘러싸인 마리우스는 진정한 놀라움으로 자기 주위를 가만히 둘

러보았다. 모든 것이 그의 마음에 강한 놀라움을 더해 주고 그를 멈칫 서게 할 뿐이었다.

T부인의 살롱에는 많은 존경을 모으는 늙은 귀족 부인들이 있었다. 마또, 노에, 그리고 모두 레비라고 발음하는 레비스, 깡비스라고 발음하는 깡비 같은 노부인들이었다. 그러한 부인들의 고풍스러운 생김새와 성서에 나오는 이름은 소년이 머릿속에 암기하고 있는 구약성서와 뒤섞였다. 이 노부인들이 모두 꺼져 가는 난롯불 주위에 둘러앉아서 푸른 갓을 씌운 램프불을 희미하게 받으며 엄격한 옆얼굴, 회색이나 흰 머리카락에, 칙칙한 색밖에 모르는, 시대에 뒤떨어진 긴 드레스를 입고 이따금 답답하고 엄격한 말을 띄엄띄엄 중얼거릴 때, 소년 마리우스는 겁에 질린 듯한 눈으로 노부인들을 바라보며 어쩐지 여자라기보다는 고대의 장로나 도사를 보는 듯하기도 하고 현실의 인간이라기보다는 망령을 보는 듯한 그런 기분에 사로잡혔다.

그러한 망령들 속에 섞여 있는 것은 이 묵은 살롱의 단골인 많은 신부와 귀족들이었다. 베리 공작 부인의 제1 비서역인 사쓰네 후작. '샤를르 장뜨와느'라는 익명으로 서정 단시집을 낸 발로리 자작. 목둘레를 깊이 파고 금빛 술을 단 새빨간 비로드 옷으로 이 암흑계를 위협하고 있는, 아름답고 재기발랄한 아내를 두고, 아직 젊은데도 머리칼이 잿빛으로 변한 보프르몽 대공. '적절한 예의'를 제일 잘 알고 있기 때문에 프랑스 남자 중의 남자라고 불리는 꼬리올리 데스삐누즈 후작. 애교 있는 턱을 가진 호인 아망드르 백작. 국왕의 서재로 불리는 루브르 도서관의 기둥, 뽀르 드 기 기사. 이 뽀르 드 기씨는 늙은이라기보다는 낡았다는 느낌이 드는 대머리였는데 곧잘 사람들에게 얘기하는 바에 의하면 1793년 16살 때 기피자로 감옥에 끌려가서 역시 같은 기피자인 80살의 노인 미르쁘와의 주교와 같은 사슬에 묶였다고 한다. 그는 징병 기피자였고, 주교는 사제로서 선서 기피자였다.

그곳은 뚤롱 형무소였다. 그들의 임무는 밤이 되면 낮에 단두대에 올랐던 사람의 몸뚱이와 머리를 주워오는 것이었다. 그들은 피가 뚝뚝 듣는 시체를 등에 짊어졌다. 그래서 두 사람이 입고 있는 죄수복인 소매 없는 붉은 외투는 아침에는 말랐다가 밤에는 다시 젖어서 목덜미에 피가 말라붙어 두터운 껍질이 되었다. 그러한 처참한 이야기는 T부인의 살롱에 얼마든지 있었다.

거기서는 마라를 저주한 나머지 트레스따이용 (백색 테러를 일으킨 혁명 시대의 과격 왕당파 수령의 한 사람) 을 극구 칭찬했다. 떼보르 뒤 샬라르 씨, 르마리오 드 고미꾸르 씨, 야유 잘하기로 유명한 우익의 꼬르네 댕꾸르 씨 등등, 요즘 세상엔 보기 드문 몇몇 의원들이 와서 휘스트놀이를 하고 있었다. 대법관 페레뜨는 그 빼빼 마른 다리에다 짧은 반바지를 입고 딸레랑네에 가는 도중 가끔 이 살롱에 얼굴을 내밀었다. 그는 이전에 아르또와 백작과는 친구 사이였다. 그는 미녀 깡빠스쁘 앞에 무릎을 꿇은 아리스토텔레스와 반대로 여배우 기마르를 엎드려 기게 하여, 그것으로 대법관이 철학자의 복수를 해주었다는 것을 세상 사람들에게 보여주었다.

신부로서는 첫째 알마 신부가 있다. 그는 〈라 푸드르〉지의 동료 집필자였던 라로즈 씨에게서 "뭐! 50살도 안 되었다고? 그런 건 보나마나 입에서 젖내나는 치들이야"라는 말을 들은 바로 그 사람이다. 그리고 국왕의 설교사인 르뚜르뇌르 신부. 아직 그때는 백작도 주교도 대신도 귀족원 의원도 아니고 단추 떨어진 낡은 성직자복을 입고 있던 프레씨누 신부. 쌩 제르맹 데 프레 성당의 주임 신부 크라브낭 신부. 또한 교황의 특파 대사. 이는 당시 니지비스의 대주교 마키 각하로서 뒤에 추기경이 된 사람인데 명상적인 그 긴 코로 유명했다. 또 한 사람 이탈리아의 고위 성직자가 있었다. 그 직함은 빨미에리 신부. 교황청 주교, 7명의 교황청 서기장 가운데 한 사람,

리베리아 대성당 명예 휘호를 가진 참사회원, 열성(列聖) 조사 심문 변호자, 즉 '포스투라토레 디 상티', 이 신분은 열성의 사무에 관계되는 것이며 거의 천국구의 심문 위원장을 의미한다.

마지막으로 두 추기경 라 뤼제렌느 씨와 끌레르몽 또네르 씨가 있다. 라 뤼제렌느 추기경은 작가이기도 하여, 수년 후에 〈꽁쎄르바뙤르〉지의 게재 논문에 샤또브리앙의 이름과 나란히 자기 이름을 서명하는 명예를 가졌다. 끌레르몽 또네르 씨는 뚤루즈의 대주교로 곧잘 빠리로 휴가를 즐기러 와서는 조카인 또네르 후작——얼마 전에 육해군 대신을 지냈다——의 집에 머물렀다. 끌레르몽 또네르 추기경은 키가 작고 쾌활한 노인으로 걷어올린 성직자복 아래로 빨간 긴 양말을 드러내 보이고 있었다. 이 노인의 특징은 '백과전서'를 미워하는 일과 당구에 열중하는 것이었다.

그 무렵 끌레르몽 또네르의 저택이 있던 마담 거리를 여름 저녁 나절에 지나가는 사람들은, 멈춰 서서 당구공이 부딪치는 소리와 교황 선거 회의에 나갈 때 그를 수행하는 까르스뜨의 '명의' 꼬트레 주교에게 "여보게, 점수를 세어 주게, 자 그럼 치겠네" 하고 외치는 추기경의 날카로운 목소리를 들었다. 끌레르몽 또네르 추기경은 그의 친구이자 쌍리스의 원주교이며 40인의 회원(아카데미 프랑세즈 회원)의 한 사람인 로끌로르 씨에 의해 T부인의 살롱에 안내되었다. 로끌로르 씨는 큰 키와 아카데미에 정근한 것으로 유명했다. 당시 아카데미 프랑세즈의 회의가 열리던 도서관 옆 큰 홀의 유리창 너머를 호기심으로 들여다본 사람들은 목요일마다 반드시 쌍리스의 원주교를 구경할 수 있었다. 그는 산뜻하게 향수를 뿌리고 자줏빛 양말을 신고 늘 등을 문 쪽으로 돌리고 서 있었다. 그것은 분명히 그 작은 깃을 잘 보이게 하기 위해서였겠지만.

이 성직자들은 대부분 성당 사람인 동시에 궁정인이어서 T부인의 살롱의 근엄한 분위기를 더욱 짙게 하고 있었다. 살롱에는 또 5명의 귀족원 의원이 있었는데 비브레 후작, 딸라류 후작, 에르부밀 후작, 당브레 자작, 발랑띠느와 공작 같은 사람들은 살롱의 귀족 분위기를 북돋아 주었다. 이 발랑띠느와 공작은 모나코의 대공, 즉 외국의 군주였으나 프랑스와 프랑스의 귀족원을 높이 평가하고 있어서 이 두 가지를 기준삼아 모든 것을 보았다. "추기경은 로마의 프랑스 귀족원 의원이고 로드는 영국의 프랑스 귀족원 의원이다"고 늘 말한 것은 바로 그였다. 하지만——왜냐하면 금세기에는 혁명이 곳곳에 있을 것이니까——이 봉건적인 살롱도 앞서 말한 바와 같이 한 사람의 부르주아가 지배하고 있었다. 질노르망 씨가 거의 군림하고 있었던 것이다.

이 살롱이야말로 빠리 왕당파의 본질이자 진수였다. 여기서는 명성이 높은 사람들은 설령 왕당파라 할지라도 한 패에서 제외되고 있었다. 명성에는 반드시 무정부주의 같은 냄새가 풍기기 마련이다. 만약에 샤또브리앙이 여기 들어왔다면 르 빼르 디센느(<small>1790년에 이 이름으로 과격한 혁명 사상을 고취하는 신문을 낸 에베르의 이야기이지만 이 가명은 빠리 인민 공화파 인민의 대명사가 되고 꼬뮌의 난 때에도 이런 이름의 신문이 부활했음</small>)가 들어온 것 같은 충격을 주었을 것이다. 그러나 공화파에 가담한 왕당파의 몇몇 사람은 이 정통 사교계에 특별히 출입이 허락되었다. 뵈뇨 백작도 조건부로 받아들여졌다.

오늘날의 '귀족' 살롱은 이미 이러한 살롱과 조금도 비슷하지 않다. 현재의 포부르 쌩 제르맹은 이단 냄새가 풍긴다. 헐뜯어서 말하는 건 아니지만 지금의 왕당파는 일종의 선동 정치가이다.

T부인의 살롱에서는 모두 상류 계급의 사람들이었으므로 취미도 화려한 예절을 따라 우아하면서도 거만한 것이었다. 습관은 무의식적인 모든 섬세함을 포함하고 있었다. 그러한 섬세함은 몇 번이나 매장되었으면서도 아직까지 살아 있는 옛 제도 바로 그것이었다. 그러한 습관 중 어떤 것은, 특히 언어 속에 남아 있는 게 그렇지만 실로 이상스럽게 느껴졌다. 단지 표면만을 보는 관찰자들은 얼핏 보기

에 케케묵은 것으로밖에는 보이지 않는 그와 같은 것을 시골풍이라고 오인했을지도 모른다. 이를테면 어느 아주머니를 부르는데 '장군 부인'이니 하였다. '연대장 부인'이라는 호칭도 완전히 사라지진 않았다. 아름다운 레옹 부인은 아마 롱그빌르 공작 부인이나 슈브뢰즈 공작 부인 등의 기억 때문인지 대공 부인으로 불리기보다 그러한 호칭으로 불리기를 좋아하고 있었다. 크레끼 후작 부인 역시 '연대장 부인'으로 불리고 있었다.

떨르리 궁전에서 국왕에게 친근하게 말을 걸 때는 언제나 제3인칭으로 '국왕'이라 하고 절대로 '폐하'라고 하지 않는 그런 미묘한 습관을 만든 것도 역시 이 상류의 소사회였다. '폐하'라는 칭호는 '찬탈자 나뽈레옹에 의해 더럽혀졌기' 때문이다. 또 살롱에서 사람들은 사건이나 인물을 비평했다. 사람들은 언제나 시대를 냉소하고 있어, 덕택에 시대가 어떻게 움직이고 있는지를 이해하지 않아도 됐다. 사람들은 서로 모여서 놀라움을 나누고 서로의 지식을 넓혔다. 메뛰잘렘은 에피메니드에게 가르쳤다(둘 다 태고의 현자. 전자는 오래 산 / 유태인, 후자는 오래 산 크레타인). 귀머거리는 장님이 모르는 것을 설명했다. 그들은 코블렌츠(대혁명 시대에 귀족 망명자 / 가 모여든 프러시아의 땅) 이래 흐른 시간을 없었던 것으로 했다. 루이 18세의 즉위(1814 / 년)가 신의 가호에 의해 그 치세의 제25년(1789년의 바스띠유 / 파괴 때부터 헤아림)을 맞이하였으므로 국외로 나간 망명 귀족들도 당연히 그 청년기인 제25년을 맞이하였던 것이다.

모든 것이 조화를 이루고 있었다. 무엇 하나 과격한 것은 없었다. 사람의 말은 하나의 희미한 숨소리에 지나지 않았다. 신문도 살롱과 맞장구를 쳐서 고대의 파피루스와 같게 생각되었다. 하기야 젊은 사람들도 있었다. 그러나 그들은 어쩐지 죽은 것처럼 생기가 없었다. 응접실의 제복 입은 하인들도 늙은이들이었다. 그야말로 시대에 뒤떨어지는 이 하인들에게 역시 같은 종류의 하인들이 시중을 들고 있었다. 그러한 모든 것은 이미 먼 옛날에 생명을 마쳤으면서도 무덤에 끌려가기를 끝끝내 거부하고 있는 것 같았다. 보수(保守), 보수하다, 보수파, 그것이 이곳 사전의 내용의 전부였다. '향기롭다(세상의 평·판이 좋다)'는 것이 문제였다. 사실 이 훌륭한 사람들의 의견 속에는 향료가 있었다. 그들의 사상에서는 베띠베르(방부·방충·제의 향료) 냄새가 났다. 바로 미라의 세계 그것이었다. 주인들은 향료로 채워지고 하인들은 박제로 만들어졌다. 국외로 망명했다가 몰락해 버린 어느 훌륭한 노후작 부인은 이미 하녀가 한 사람밖에 남지 않았지만 여전히 '우리집 하녀들'이라고 말하고 있었다.

T부인의 살롱에서 사람들은 무엇을 하고 있었는가? 그들은 과격한 왕당파였다. 과격파라는 이 말이 표현하는 것은, 아마 아직까지도 다 소멸해 버리지는 않았으나, 이 말은 오늘날 이미 무의미한 것이 되었다. 그 이유를 설명하겠다.

과격파라는 것은 한계를 넘는다는 것이다. 왕위를 명목으로 삼아 왕의 홀(笏)을 공격하고, 제단을 명목으로 하여 주교의 관(冠)을 공격하는 것이다. 그것은 자기가 이끌고 있는 것에게 지독한 꼴을 당하게 하는 것이었다. 수레를 끌고 가는 말이 뒷다리로 마부를 차버리는 것이었다. 이단자를 태워 죽이는 고통도 부족하다 하여 화형에다 어려운 주문을 덧붙이는 것이다. 숭배받지 못한다 하여 우상을 비난하는 것이다. 존경이 지나쳐서 모욕하는 것이다. 교황에게서 만족할 만한 교황권을 발견하지 못하고, 왕에게서 만족할 만한 왕권을 발견하지 못하고, 밤에 너무 많은 빛을 발견하려 함이다. 백색을 명목삼아 석고나 눈, 백조나 백합꽃에 불만을 품는 것이다. 어떤 당파에 너무 깊이 개입해서 그것의 적이 되는 것이다. 찬성하는 나머지 반대하는 일이다. 과격한 정신은 특히 왕정복고 제1면의 모습을 특징짓는다.

역사상의 어떠한 시기도 1814년에 시작되어 우익의 실천가 빌렐르 씨가 출세한 1820년 경에 끝나는 이 짧막한 시기를 닮은 것은 없다. 이 6년은 실로 이상한 시기로 시끄러운 동시에 적막하고 즐거운 데 비례하여 침울했다. 새벽빛이 비치는 것처럼 보이면서 지평선에는 아직도 암흑이 가시지 않아 천천히 과거 속으로 가라앉아 가는 대파국(프랑스^{혁명})의 어둠으로 온통 뒤덮여 있었다. 이 빛과 그림자 속에 새롭고도 낡았고, 우스꽝스러우면서도 슬프고, 앳되면서도 늙은 하나의 세계가 있어 졸리는 눈을 비비고 있었다. 귀환과 잠에서 깨는 것만큼 닮은 것은 없다. 그 패들은 화난 듯 프랑스를 바라보고 반대로 프랑스는 그 패들을 짓궂은 눈으로 바라보고 있었다.

이사 갔던 곳에서 와자하게 도시로 달려온 늙은 부엉이 같은, 사람 좋은 후작들. 이 세상에서 돌아오고 저 세상에서 돌아온 사람들 (귀국자
와 유령). 모든 변화에 어리둥절하는 '낙오자(옛
귀족)'들. 프랑스에 있을 수 있게 된 것을 기뻐하여 눈물을 흘리고, 또 조국을 다시 보고 기뻐하다가는 이전의 왕정이 사라져 버린 데에 절망하는 선량한 귀족들. 군국 귀족인 제정의 귀족을 매도하는 십자군 귀족. 역사의 의의를 잃은 역사적인 종족. 나뽈레옹의 군대를 멸시하는 샤를르마뉴 군대의 후예들.

앞서도 말한 바와 같이 검과 검은 서로 모욕을 가했다. 퐁뜨느와 전투의 장검은 가소롭기 짝이 없어 굵은 병이나 다름없다고 하면, 마렝고 전투의 장검은 추악하고 가느다란 칼에 지나지 않는다고 대꾸한다. '옛날'은 '어제'를 비방했다. 이들은 이미 위대한 것에 감동하는 마음도, 우스운 것을 웃을 여유도 없었다. 그 중에는 나뽈레옹을 스카뺑 (몰리에르의 작중 인물.
간사한 하인의 전형.)이라고 하는 사람도 있었다.

그러나 그러한 세계는 없다. 되풀이 말해서, 지금은 그러한 세계의 그 아무것도 남아 있지 않다. 어쩌다 거기서 어떠한 형상을 끌어내어 머릿속에서 다시 한번 살아 있는 모습으로 바꿔 보려고 해도 마치 노아의 홍수 이전 세계처럼 생소한 것으로 보인다. 왜냐하면 그 세계 또한 홍수에 휩쓸려 가 버렸기 때문이다. 두 개의 혁명에

휘말려서 자취를 감추고 만 것이다. 사상이란 그 얼마나 거대한 파도인가! 그 얼마나 재빨리 모든 것을 덮고 파괴하고 매장할 사명을 갖는 것일까! 그 얼마나 신속하게 무서운 심연을 만드는가!

이것이 멀리 가 버린 결백한 옛 시대의 살롱의 모습이었다. 거기선 마르땡빌르 씨가 볼떼르보다 더 재치를 부리고 있었다.

그런 살롱은 그 자신만의 문학과 정치를 가지고 있었다. 거기서는 피에베가 신용을 얻고 있었다. 아지에 씨의 발언이 법령과 같은 권위를 가지고 있었다. 말라께 강변의 고서적 출판자인 꼴네 씨가 몹시 비평받고 있었다. 거기서 나뽈레옹은 무조건 '코르시카의 식인귀'였다. 뒷날 국왕의 육군 중장 부오나빠르떼 후작의 이름이 역사 속에 기록된 것은 시대 정신에 대한 양보였다.

그러한 살롱도 언제까지고 순수할 수는 없었다. 벌써 1818년부터 몇 명의 이론가들이 고개를 쳐들기 시작하며 불안한 그림자를 드리우고 있었다. 그들의 수법은 왕당파이면서도 왕당파인 것을 변명하는 것이었다. 과격파가 극히 오만하게 구는 데에 이론파는 수치를 느끼고 있었다. 이론파는 영리했다. 그들은 떠들어 대지 않았다. 그들의 정치적 신조에는 거만함이라는 풀기가 적당히 먹여 있었다. 그들의 성공은 당연했다. 그들은 언제나 흰 넥타이를 매고, 윗도리의 단추를 얌전하게 채우고 있었는데, 그것은 물론 효과가 있었다. 이론파의 과오 또는 불행은 늙은이 같은 청년들을 만들어 버린 일이다. 이론파들은 현자와 같은 태도를 취하고 있었다. 그들은 절대적이고 과격한 주의에 온화한 권력을 접목하려 했다. 보수적 자유주의를 파괴적 자유주의에다 대립시키고 있었고 그것이 또한 매우 교묘했다. 사람들은 그들이 이런 말을 하는 것을 흔히 들었다.

"왕권주의에 감사하라! 왕권주의가 늘 적지 않은 역할을 했다. 그것은 전통과 교양과 종교와 존경을 다시 가져오지 않았는가. 그것은 충실하고, 정직하고, 성실하며, 자비롭고, 헌신적이다. 설령 스스로 선택한 것은 아니었지만 국민의 새로운 위대함에 왕국 고래의 위대함을 섞었다. 그것의 과오는 혁명, 제국, 영광, 자유, 젊은 사상, 젊은 세대, 젊은 세기를 이해하지 않은 일이다. 그러나 왕권즈의가 우리에게 범한 이런 과오를 우리도 역시 왕권주의에 범하지 않았을까?

우리가 물려받은 혁명은 모든 것에 대해 편협하지 않은 이해력을 갖는 것이어야 한다. 왕권주의를 공격하는 것은 자유주의의 모순이다. 이 얼마나 큰 잘못이며 맹목이란 말인가! 혁명의 프랑스는 역사의 프랑스에, 다시 말해서 자기 어머니에게, 곧 자기 자신에게 경의를 잃고 있다. 1816년 9월 5일 이후 왕국의 귀족이 받고 있는 대우는 1814년 7월 8일 이후 제국의 귀족이 받은 대우와 비슷하다. 그들은 독수리(^{나뽈레옹}_{의 문장})에게 부당하게 했으나 우리는 이제 백합꽃(^{프랑스 왕}_{조의 문장})에 대해 부당하게 했다.

이처럼 인간이란 늘 가혹하게 대할 무언가를 찾고 있다. 루이 14세 왕관의 금을 깎아내고 앙리 4세의 문장을 벗겼다고 해서 무슨 소용이 있는 것인가? 이예나 다리에서 N자(^{나뽈레옹의}_{머리글자})를 지운 보블랑 씨를 우리는 조소한다. 그가 도대체 무엇을 했단 말인가? 우리가 현재 하고 있는 것도 그와 같은 것이다. 부빈느의 승리(_{1214년 필립 오귀스뜨 왕이 독일}
_{황제 오톤 4세를 무찌른 곳임})는 마렝고의 승리와 마찬가지로 우리의 것이다. 백합꽃은 N자와 마찬가지로 우리들의 것이다. 그것은 우리가 계승해야 할 유산이다. 그것을 삭제하는 것이 무슨 소용이란 말인가? 지금의 조국이나 과거의 조국이나 똑같이 부인해서는 안 된다. 어째서 역사의 전부를 원해서는 안 된단 말인가? 어째서 프랑스의 모든 것을 사랑해서는 안 된다는 말인가?"

이처럼 이론파는 비판받기를 싫어하고 변호받는 것을 분개하고 있던 왕권주의를 비판하고 또 변호했다. 과격파는 왕권주의의 제1기를 특징지웠다. 융합은 그 제2기의 성격이 되었다. 열광을 교묘함으로 바꾼 것이다. 이쯤에서 서술을 그치기로 하자.

이 이야기를 하는 동안에 이 책의 작자는 근대사의 이 이상한 시기를 만났다. 그래서 지나는 길에 잠깐 눈길을 멈추어 오늘날에 와서는 이미 아는 사람도 없는 이러한 사회의 기괴한 상태를 더듬어 보지 않을 수 없었다. 그러나 빠르게, 또 아무런 씁쓸하고 냉소적인 생각도 없이 거기에 대해 언급한다. 추억은, 어머니인 조국에 관한 것이므로 친애와 존경을 불러일으켜, 작자로 하여금 이 과거의 한 시기에 애착을 느끼게 한다. 게다가 이 작은 세계도 그런대로 일종의 위대함을 지니고 있었다고 말해두고 싶다. 이렇게 말하면 사람들은 웃을지도 모르지만 멸시하거나 미워할 수는 없을 것이다. 그것은 지난날의 프랑스였기 때문이다.

어쨌든 마리우스 뽕메르씨는 여느 아이들처럼 평범하게 공부했다. 이모 질노르망 양의 손에서 떠났을 때 할아버지는 마리우스를 순수한 고전에 통달한 훌륭한 교사에게 맡겼다. 피어나려 하고 있던 이 젊은 영혼은 사이비 정숙녀에게서 부패한 학자의 손으로 넘어갔다. 마리우스는 수년 동안 공립 중학교를 다닌 후 법률 학교에 입학했다. 그는 왕권주의에 광신적이며 근엄했다. 그는 할아버지의 쾌활하고 냉소하는 태도에 불쾌감을 느껴서 할아버지를 그다지 좋아하지 않았다. 또한 아버지를 생각하면 우울해졌다.

그러나 그는 고상하고 너그럽고 자신만만하며, 종교적이고 열렬한 데다 냉정한 열정까지 갖춘 소년이었다. 준엄할 정도로 품위가 있고 거칠 정도로 순결했다.

불한당의 최후

마리우스가 고전 공부를 마친 것과 질노르망 씨가 사교계에서 은퇴한 것은 거의 같은 때였다. 노인은 포부르 쌩 제르맹과 T부인의 살롱에 작별을 고하고 레 마레의 레 피유 데 깔베르 거리 자택에 와서 살았다. 그 집 하인은 문지기 외에 마뇽 다음에 들어온 니꼴레뜨라는 하녀와, 앞서 말한, 천식증으로 헐떡거리는 바스끄가 있었다.

1827년 마리우스는 17살이 되었다. 어느 날 밤 집에 돌아오자 할아버지는 한 통의 편지를 손에 들고 있었다.

"마리우스, 내일 베르농에 가거라" 하고 질노르망 씨가 말했다.

"왜요?" 하고 마리우스가 물었다.

"아버지를 만나 봐라."

마리우스는 멈칫했다. 그는 무엇이고 다 생각해 보았으나 다만 이 것만은, 언젠가는 아버지와 만나게 될 일이 있을지도 모른다는 것만은 전혀 생각해 보지 않았다. 마리우스로서는 이렇게 뜻밖이고 이렇게 놀라운 일은, 그리고 또 굳이 말하자면 불쾌한 일은 없었다. 그것은 멀어지려고 하는데 억지로 붙여놓는 것이나 다름없는 일이었다. 고통일 뿐만 아니라 고역이었다.

마리우스는 정치적 반감 외에도, 질노르망 씨가 기분이 좋을 때면 저돌적인 무사라고 부르는 아버지가 자기를 사랑하고 있지 않다고 생각했다. 이처럼 자기를 버리고 남의 손에 맡겨 놓은 것으로 보아 그것은 분명한 일이었다. 조금도 사랑을 못 받는다고 생각한 마리우스도 아버지를 사랑하지 않았다. 그는 이처럼 당연한 것은 없다고 마음속으로 생각하고 있었다.

어이가 없어진 그는 질노르망 씨에게 까닭을 물어볼 수도 없었다. 할아버지는 말을 이었다.

"병이 난 모양이다. 널 찾고 있어." 그리고는 잠시 후 덧붙였다. "내일 아침에 출발해라. 6시에 출발해서 저녁때 거기 도착하는 마차가 꾸르 데 퐁펜느(현재의 바르로와 광장)에 있을 게다. 그것을 타거라. 매우 급하다는 기별이야."

그리고 그는 편지를 구겨서 주머니에 넣었다. 그럴 마음만 있었다면 마리우스는 그날 밤에 출발해서 다음날 아침 아버지 곁에 있었을 것이다. 르 불르와 거리 역마차가 당시 밤중에 루앙에 다니고 있어서 그것이 베르농을 지나가게 되어 있었다. 질노르망 씨도 마리우스도 그런 것은 알아볼 생각도 하지 않았다.

다음날 해질녘 마리우스는 베르농에 도착했다. 집들의 불이 켜질 시각이었다. 마리우스는 지나가는 사람을 붙잡고 '뽕메르씨 씨의 집'을 물었다. 왜 그렇게 불렸는가 하면 그도 왕정복고 정부와 같은 의견을 가지고 있어 아버지의 남작이니 대령이니 하는 신분을 인정하지 않았기 때문이다.

그 집은 곧 찾을 수 있었다. 초인종을 누르자 여자가 나와 문을 열었다. 손에 작은 램프를 들고 있었다.

"뽕메르씨 씨 계십니까?" 하고 마리우스가 물었다.

여자가 말없이 서 있기만 했다.

"이 집 맞습니까?"

여자가 고개를 끄덕였다.

"지금 뵐 수 있을까요?"

여자는 고개를 가로저었다.

"난 그분 아들인데요" 하고 마리우스가 말했다. "나를 기다리고 계실 겁니다."

"이제는 당신을 기다리지 않아요" 하고 여자가 말했다.

그때 마리우스는 여자가 울고 있는 것을 알았다.

그 여자는 입구 가까이 있는 방문을 손가락으로 가리켰다. 마리우스는 들어갔다.

난로 위에 놓인 한 자루의 수지 양초가 그 방을 밝히고 있었고 방에는 세 남자가 있었다. 한 사람은 서 있고, 한 사람은 무릎을 꿇고 있고, 한 사람은 셔츠 바람으로 방바닥에 길게 누워 있었다. 그 누워 있는 사람이 대령이었다.

다른 두 사람은 의사와 신부였는데 신부는 기도하고 있었다.

대령은 사흘 전부터 뇌막염에 걸려 있었다. 병이 나던 시초부터 이상한 예감이 든 그는 아들을 보내 달라고 질노르망 씨에게 편지를 써보냈다. 역시 병은 더 심해졌다. 마리우스가 베르농에 도착한 바로 그날 저녁 대령은 갑자기 착란 상태에 빠졌다. 하녀가 말리는 것도 듣지 않고 일어나서 외쳤다.

"아들은 오지 않아! 내가 가야겠어!" 그러고는 방을 뛰쳐 나가다가 응접실 바닥에 쓰러지고 말았다. 그리고 그는 숨을 거두었다.

의사와 신부가 불려왔다. 그러나 의사도 신부도 이미 늦었다. 아들 역시 너무 늦게 왔다.

어두컴컴한 촛불을 통해서 누워 있는 대령의 창백한 볼 위에 이미 생명이 없는 눈에서 흘러나온 굵은 눈물 방울이 보였다. 눈의 광채는 사라지고 없었으나 눈물은 아직 마르지 않았다. 그 눈물, 그것은 기다리던 아들이 늦게 왔기 때문이다.

마리우스는 처음이자 마지막으로 만난 그 남자를 가만히 바라보았다. 고귀하고 남자다운 얼굴, 뜨고 있지만 이미 아무것도 볼 수 없는 눈, 하얀 머리, 여기저기 칼에 베인 거무스름한 흉터와 총알구멍인 빨간 얼룩이 보이는 억센 팔다리. 마리우스는 신이 선의를 새긴 그 얼굴 위에 용감한 분전의 자취를 남기고 있는 커다란 흉터를 바라보았다. 마리우스는 그 남자가 자기 아버지이며 이미 죽어 있다는 것을 생각하고 전율하며 서 있었다.

마리우스가 느낀 비애는 누군가가 죽어 쓰러져 있는 것을 보았을 때 느끼는 그런 비애였다.

그 방안에는 비통함이, 사람의 마음을 찌르는 비통함이 있었다. 하녀는 한쪽 구석에서 눈물을 흘리고 있었고, 신부는 기도하면서 흐느끼고, 의사는 눈을 훔치고 있었다. 시체도 울고 있었다.

의사와 신부와 하녀는 말없이 고통스러운 눈길로 마리우스를 바라보고 있었다. 그 자리에서 그는 한 사람의 이방인이었다. 마리우스

그는 하녀가 말리는 것도 듣지 않고 일어나서 외쳤다.

는 거의 마음이 움직이지 않았고 그런 자신의 태도가 거북하게 느껴져서 당황하고 있었다. 그는 손에 들고 있던 모자를 일부러 떨어뜨렸다. 너무 슬퍼서 손에 힘이 빠진 것처럼 보이기 위해. 동시에 그는 후회 같은 것을 느끼고 그런 행동을 한 자신을 경멸했다. 하지만 그런 자기가 나쁜 것일까? 어쨌든 아버지에게는 애정을 느끼지 않으니까 어쩔 수 없지 않은가?

대령은 아무런 유산도 남기지 않았다. 가구를 죄다 팔아도 겨우 장례식 비용이 될까말까했다. 하녀는 종이쪽지를 한 장 발견해서 그것을 마리우스에게 주었다. 거기에는 대령의 자필로 이렇게 씌어 있었다.

'나의 아들에게──황제는 워털루의 싸움터에서 나를 남작에 봉하셨다. 왕정복고 정부는 피로써 지불한 이 칭호를 부인하지만 내

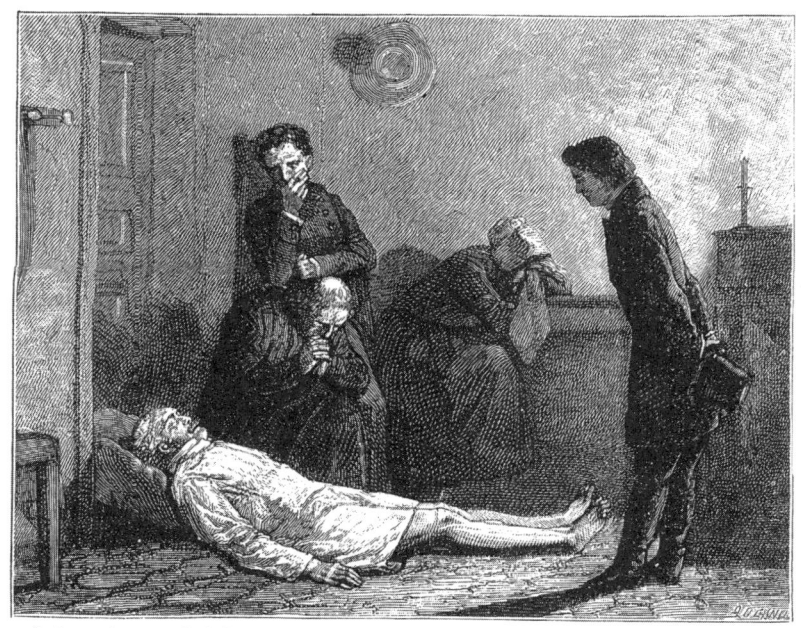

하녀는 한쪽 구석에서 눈물을 흘리고 있었고 신부는 기도하면서 흐느끼고, 의사는 눈을 감고 있었다. 시체도 울고 있었다.

아들만이라도 이 칭호를 인정하고 이것을 패용하도록 하라. 물론 내 아들에게는 그러한 가치가 있을 것이다.'

그 뒤에 대령은 또 이렇게 덧붙여 놓았다.

'이 워털루 전투에서 한 상사가 나의 생명을 구해 주었다. 그의 이름은 떼나르디에라고 한다. 최근 빠리 근교의 셀 또는 몽페르메이유에서 작은 여관을 경영하고 있을 것이다. 만일 내 아들이 떼나르디에를 만나게 되면 최대한의 호의를 베풀도록 하라.'

아버지에 대한 경건한 마음에서가 아니라 언제나 죽음이 사람의 마음에 강요하는 그 막연한 경의로 인해서 마리우스는 이 종이쪽지를 간직했다.

대령의 물건이라고는 무엇 하나 남지 않았다. 질노르망 씨는 대령의 장검과 군복을 고물상에다 팔게 했다. 이웃 사람은 정원을 파헤쳐서 진귀한 꽃을 뽑아갔다. 남은 식물은 가시덤불이 되거나 죽어버렸다.

마리우스는 베르농에 48시간밖에 머무르지 않았다. 장례식을 마치자 빠리로 돌아가서 다시 법률 공부를 시작하고, 아버지에 대해서는 마치 이 세상에 없었던 사람처럼 생각조차 하지 않았다.

이틀 만에 대령은 땅에 묻히고 사흘 만에 잊혀졌다.

마리우스는 모자에 상장을 달았다. 단지 그뿐이었다.

미사에 가면 혁명파가 된다

마리우스는 어린 시절부터 종교상의 습관을 지키고 있었다. 어느 일요일날 어렸을 적에 언제나 이모를 따라 갔던 쌩 쒤삐스 성당의, 성 마리아 회당에서 미사를 드리고 있었다. 여느 때와 달리 멍하게 생각에 잠겨 있던 그는 무심코 어느 기둥 뒤에 자리를 잡고 '교구위원 마뵈프 씨'라고 뒤에 적혀 있는 위트레히트 비로드 의자 위에 웅크리고 앉아 있었다. 미사가 시작된 직후 한 노인이 와서 마리우스에게 말했다.

"여보시오, 여긴 내 자리입니다."

마리우스는 얼른 물러서고 노인이 그 의자에 앉았다.

미사가 끝난 뒤에도 마리우스는 몇 걸음 떨어져서 생각에 잠겨 우두커니 있었다. 노인은 다시 그 곁으로 다가와서 말을 걸었다.

"아까는 방해를 해서 미안했습니다. 또 지금도 방해해서 미안합니다. 성가신 사람이라고 생각하시겠지만 그 이유를 설명해 드리겠습니다."

"괜찮습니다" 하고 마리우스는 말했다. "그러실 필요 없습니다."

"아니오!" 하고 노인은 말했다. "나를 나쁘게 생각하면 곤란하니까요. 실은 이 장소가 마음에 들어서 말입니다. 미사를 이 자리에서 드리면 한층 더 고마운 것 같아서요. 왜냐고 생각하시겠죠? 지금 말하죠. 나는 이 자리에서 몇 년 동안이나 계속 두서너 달 만에 한 번 반드시 한 사람의 기특하고 가엾은 아버지가 이 미사에 참례하는 것을 보아 왔습니다. 그 사람은 자기 아들을 보는 데 이밖에는 기회도 방법도 없었던 것입니다. 왜냐하면 사정상 아이를 만날 수 없었기 때문입니다.

그래서 그 사람은 아들이 미사에 오는 시간을 골라 찾아왔습니다. 아들은 자기 아버지가 여기 와 있는 줄은 꿈에도 몰랐습니다. 아마 아버지가 있다는 것조차 몰랐을 겁니다, 순진한 그 아들은 말입니다. 아버지는 이 기둥 그늘에 들키지 않으려고 숨어 있었습니다. 그리고 아들을 바라보며 눈물을 흘리곤 했습니다. 그 어린애를 깊이 사랑하고 있었던 겁니다. 불쌍한 사람이었죠!

나는 그 광경을 여기서 보았던 거요. 그 때부터 이 장소는 내게 신성한 장소가 되었습니다. 그래서 여기 와서 미사를 드리는 게 습관이 되었어요. 나는 교구 위원으로서 당연히 앉을 수 있는 자리보다 이 자리가 더 좋습니다.

"여보시오, 여긴 내 자리입니다."

나는 또 불행한 그분의 내력도 약간은 알게 되었죠. 장인과 돈많은 처형과 잘은 모르지만 친척도 있었던 모양인데, 그들은 아버지가 아이를 만나던 아이에게서 상속권을 박탈하겠다고 위협했던 겁니다. 그래서 그분은 뒷날 아들이 부자가 되어 행복하게 되도록 자기를 희생하고 있었습니다.

정치적인 의견이 서로 달라서 배척당한 겁니다. 나는 물론 정치적인 의견은 여러 가지 있어도 좋다고 생각합니다. 그러나 세상에는 단순히 의견만으로는 참을 수 없는 사람도 있습니다. 글쎄 워털루 전투에 참가했다고 해서 악마가 되는 것도 아닌 데 말입니다. 그렇다고 해서 아들을 아버지에게서 떼어놓을 수는 없는 거죠. 그 사람은 보나빠르뜨의 대령이었지요. 지금은 죽었을 겁니다. 주임 신부를 하고 있는 내 형님과 같은 베르농에 살고 있었습니다. 이름이 뭐라더라 뽕마리라든가 몽뻬르시라든가! 칼에 베인 커다란 흉터가 있었지요."

"뽕메르씨 씨가 아닙니까?"

마리우스는 창백해지면서 말했다.

"맞았어요. 뽕메르씨 씨입니다. 당신도 알고 계십니까?"

"네, 그분은 저의 아버지였습니다" 하고 마리우스는 말했다.

늙은 교구 위원은 두 손을 마주 잡고 외쳤다.

"아니! 당신이 그 아들이오? 아, 그렇지. 이젠 벌써 다 컸을 테지. 어떻게 이런 일이! 당신에게는, 당신에게 깊은 사랑을 기울인 아버지가 계셨던 겁니다!"

마리우스는 노인을 부축하며 그의 집까지 바래다 주었다. 그 이튿날 마리우스는 질노르망 씨에게 말했다.

"친구들과 사냥 갈 약속을 했어요. 한 사흘 갔다 와도 될까요?"

"나흘이라도 좋다!" 하고 할아버지가 대답했다. "잘 놀다 오너라."

그리고 자기 딸에게 눈짓을 하고는 나직한 목소리로 말했다.
"연애라도 하는 모양이야!"

교구 위원을 만난 결과
마리우스가 어디 갔었는지는 조금 후에 알게 될 것이다.

마리우스는 사흘 동안 집을 비웠다가 빠리로 돌아오자 곧장 법률 학교 도서관에 가서 〈모니뙤르〉지 묶음을 빌려 왔다.

마리우스는 〈모니뙤르〉지를 읽고, 공화국과 제정시대의 모든 역사, 《세인트 헬레나 회상기 ^(라스 까즈 지음 나뽈)》며 온갖 회상록, 신문, 보고서, 선고 같은 것을 닥치는 대로 읽었다. 대육군의 보고서 속에서 처음으로 아버지의 이름을 발견했을 때는 꼬박 1주일 동안 열에 들떠 있었다.

마리우스는 또 조르주 뽕메르씨의 상관이었던 장군들, 특히 H백작을 만나러 갔다. 마뵈프 교구 위원은 다시 찾아간 마리우스에게 베르농의 생활, 즉 대령의 은퇴와 재배하고 있던 꽃과 그의 고독에 대해 여러 가지 이야기를 들려 주었다. 얼마 안 가서 마리우스는 숭고하고 마음씨 착한, 세상에서 보기 드문 이 대령에 대해, 새끼양 같은 사자라고도 할 수 있는 자기 아버지에 대해 모든 것을 알게 되었다.

이렇게 하여 마리우스는 자기의 모든 시간과 생각을 아버지에 관한 연구에 바쳐서 질노르망네 식구들과 얼굴을 대하는 일이 거의 없어졌다. 식사 시간에는 나왔으나 식사 뒤에 찾으면 어느새 없어졌다. 이모는 투덜거렸다. 질노르망 씨는 미소를 띠었다.

"그럼, 그럼! 계집애 꽁무니를 쫓아다닐 나이지!"

때로 노인은 덧붙였다. "그 녀석! 한때 벌이는 장난인가 했더니 아무래도 진짜 정열을 불태우고 있는 모양이군."

사실 진짜 정열이었다. 마리우스는 아버지를 숭배하기 시작했다.

동시에 이상한 변화가 그의 사상 속에 일어나고 있었다. 그 변화는 다양했고 또 차례차례 다른 곳으로 옮겨갔다. 이 책은 우리 시대의 다양한 정신의 역사를 이야기하려는 것이므로 그러한 변화의 과정을 한 걸음 한 걸음 더듬어 그 모든 것을 지적하는 것은 무익하지 않다고 생각한다. 지금 마리우스가 살펴본 역사는 그를 놀라게 했다. 그 첫 번째 결과는 현혹이었다.

그때까지 공화국이니 제국이니 하는 말이 그에게는 단지 괴물처럼 무서운 것에 지나지 않았다. 공화국이란 황혼 속에 서 있는 단두대였고, 제국이란 어두운 밤에 철걱거리는 칼이었다. 그는 지금 그 안을 들여다본 것이다. 그리하여 혼돈의 암흑밖에 없다고 생각하고 있던 곳에서 두려움과 기쁨이 섞인, 말할 수 없는 놀라움으로 찬연히 빛나는 별을 바라보았던 것이다. 미라보, 베르뇨, 쌩 쥐스뜨, 로베스삐에르, 까미유 데물랭, 당똥을. 그리고 솟아 오르는 태양 나뽈레옹을. 그는 자기가 어디 있는지 알 수 없었다. 너무 눈이 부셔서 뒷걸음질쳤다. 이윽고 조금씩 놀라움이 가시고 그 빛에 익숙해져서 현기증을 일으키지 않고도 그러한 광휘를 바라보고 공포심 없이 그러한 인물들을 주시했다.

혁명과 제국이란 그의 꿈꾸는 듯한 눈동자 앞에 광휘를 발하는 먼 풍경이 되었다. 온갖 사건과 인물을 포함하는 이 두 집단이 다시 두 개의 위대한 업적 속에 요약되는 것을 그는 보았다. 그 사실이란 민중에게 반환된 공민권이 지배하는 공화국과, 전유럽의 과제가 된 프랑스 사상이 지배하는 제국이었다. 대혁명 속에서 민중의 위대한 모습이 나타나고, 제국 속에서 프랑스의 위대한 모습이 나타나는 것을 그는 보았다. 참으로 훌륭한 일들이었다고 그는 마음속으로 외쳤다.

현혹된 나머지 종합해서 보기만 한 이 최초의 평가에서 마리우스가 소홀히 했던 사실을 여기서 지적할 필요는 없으리라. 여기서 애기되는 것은 다만 전진하는 한 정신의 상태이다. 어떠한 진보도 한

꺼번에 이룩되는 것은 아니다. 그 사실을 이 기회에 말해둔 다음 이야기를 계속하자.

마리우스가 이때 비로소 깨달은 것은 자신이 아버지를 이해하지 못했던 것과 마찬가지로 여태까지 조국을 이해하지 못했다는 것이었다. 그는 이 두 가지 모두 깊이 알지 못했다. 그는 일부러 암흑의 베일 같은 것으로 자기 눈을 덮고 있었던 것이다. 이제 그는 눈을 뜨고 바라보았고 한편으로 찬탄하고 한편으로 숭배했다.

마리우스는 후회와 부끄러워하는 마음으로 가득 찼다. 그는 마음에 품고 있는 모든 것을 이제 무덤(아버지의 무덤)에서만 말할 수 있다고 생각하고 절망에 사로잡혔다. 아아, 만약에 아버지가 살아 계셨다면, 만약에 아직 아버지가 계셨다면, 만약에 하느님이 동정과 선의에서 아버지를 아직 살아 계시게 했다면, 그 곁에 달려가 힘껏 몸을 던지면서 큰소리로 외쳤을텐데!

"아버지, 제가 왔어요! 저예요, 저도 아버지와 같은 마음입니다. 전 아버지의 아들입니다!"

그리고 힘차게 아버지의 흰 머리를 안으며 그 머리칼을 눈물로 적시고, 그 상처를 바라보고, 그 손을 잡고, 그 옷을 우러러보고, 그 발에 입을 맞췄을텐데! 아아, 어째서 아버지는 이렇게 빨리, 아직 그럴 나이도 아닌데 정의의 심판도 기다리지 않고, 아들의 사랑도 기다리지 않고 돌아가셨단 말인가!

마리우스는 마음속으로 줄곧 흐느껴 울며 끊임없이 "아아!" 하고 탄식했다.

동시에 그는 더욱더 진지해지고, 더욱 신중을 기하고, 자기의 신념과 사상을 더욱 확고하게 다졌다. 진실이 갖는 광명이 쉴새없이 비쳐들어 그의 이성의 부족한 점을 채워 주었다. 그의 내면에서는 일종의 내적 발육이 일어나기 시작했다. 아버지와 조국. 그에게는 새로운 이 두 가지가 가져다주는 자연스러운 성장을 느끼는 것이었다.

열쇠를 손에 쥔 것처럼 모든 것이 열렸다. 그는 이때까지 싫어하고 있던 것을 이해하고, 이때까지 미워하고 있던 것을 다시 보았다. 그는 이때부터 비방하게끔 배운 위업과 배척하도록 배운 위인들에 관해, 거기에 신의 뜻이 있음을, 신성하고 인간적인 의의가 있음을 분명히 보았던 것이다. 어제이면서도 이미 먼 옛 일처럼 생각되는 이전의 자기 의견을 생각하면 마리우스는 자신에게 화가 나서 조소를 금치 못했다.

아버지에 대한 생각을 바꿈과 동시에 그는 자연히 나뽈레옹에 대한 생각도 바꿨다. 그러나 나뽈레옹에 대해서는 역시 노력 없이 되지는 않았다고 해야 할 것이다.

어릴 적부터 마리우스의 머리는 나뽈레옹에 대한 1814년의 왕당파의 의견으로 가득 차 있었다. 어쨌든 왕정복고에 대한 편견과 이해관계와 본능은 모조리 나뽈레옹을 왜곡하는 방향으로 기울어지고 있었다. 복고 정부는 로베스삐에르보다도 한층 더 나뽈레옹을 증오하고 있었다. 그리고 국민의 피로와 어머니들의 증오심을 상당히 교묘하게 이용했다. 보나빠르뜨는 어느새 전설에 가까운 일종의 괴물이 되고 말았다. 앞서도 지적한 바와 같이 아이들의 상상과 비슷한 민중의 상상력에 호소하기 위해 1814년의 당사자들은 온갖 무서운 가면을 차례차례로 그려내고, 장대할 정도의 무서움에서 기괴망측한 무서움에 이르기까지, 티베리우스 (잔인한 로마의 황제) 에서 괴물에 이르기까지 온갖 무서운 얼굴을 총동원시켰다. 그렇게 하여 보나빠르뜨를 얘기할 때 마음속에 증오심만 있다면 흐느껴 울건 웃어젖히건 자우였다. 마리우스도 이른바 '그 남자'에 대해 그 외의 생각을 가진 적은 없었다. 그러한 생각은 마리우스의 성질 속에 있는 집요함과 결합되어 버렸다. 마리우스의 마음에는 나뽈레옹을 미워하는 완고한 소년이 자리잡고 있었던 것이다.

역사를 읽고 특히 온갖 기록과 자료를 놓고 역사를 연구해 가는 동안 나뽈레옹의 진실을 숨기고 있던 베일이 차차 마리우스의 눈에서 벗겨졌다. 그는 어떤 거대한 것을 엿보았다. 그리고 다른 모든 경우와 마찬가지로 보나빠르뜨에 대해서도 '이제껏 오해하고 있던 것이 아닐까' 하고 생각하게 되었다. 날을 거듭함에 따라 더욱더 분명히 보였다. 처음에는 마지못해 했으나 이윽고 열중하게 되었다. 마치 불가항력에 이끌리듯 서서히 한 걸음, 한 걸음, 처음에는 어두운 계단을, 다음에는 어렴풋이 비쳐진 계단을, 마지막에는 감격의 빛으로 찬연하게 빛나는 계단을 마리우스는 기어올라가기 시작했다.

어느 날 밤 마리우스는 지붕 밑에 있는 작은 다락방에 혼자 있었다. 촛불이 켜져 있었다. 그는 책상에 팔꿈치를 괴고 열어 놓은 창가에서 책을 읽고 있었다. 온갖 종류의 몽상이 떠올라와 그의 사념 속으로 뛰어들어왔다. 밤은 얼마나 위대한 광경인가! 어디선지도 모를 희미한 소리가 들린다. 지구보다 2백 배나 큰 화성이 횃불처럼 새빨갛게 반짝이는 것이 보인다. 하늘은 까맣고 별은 일제히 깜박인다. 실로 놀라운 광경이다.

마리우스는 '대육군'의 전황 보고서를 읽고 있었다. 싸움터에서 쓴 저 호메로스적인 문장이다. 거기서 아버지의 이름을 보았다. 황제의 이름은 항상 나왔다. 대제국의 전모가 드러났다. 무언가 조수 같은 것이 마음속에 부풀어 올라 들끓는 것을 느꼈다. 때로는 아버지가 바람결처럼 그의 곁을 지나면서 귓가에 속삭이는 것 같았다. 마리우스는 차차 이상한 기분에 사로잡혔다. 북, 대포, 나팔, 보조를 맞춘 보병대의 행진, 멀고 희미한 기병대의 질주, 그 모든 소리가 들리는 것 같았다. 이따금 그의 눈은 높이 하늘을 향하곤 끝도 없는 깊이 속에서 거대한 성좌가 빛나는 것을 바라보다가, 다시 책 위에 떨어져서 거기서 또 다른 거대한 것이 소리를 내며 움직이는 것을 보았다. 가슴이 죄는 것을 느꼈다. 흥분하여 몸을 떨고 숨가쁘게 허덕였다. 갑자기 마음속에 무엇이 끓어올라 자기가 무엇을 따르고 있는지도 모르는 채 일어서서 양팔을 창 밖으로 내밀고 어둠 속을, 정적을, 무한한 암흑과 영원한 광막을 응시하며 외쳤다.

"황제 폐하 만세!"

이 순간부터 모든 것이 결정되었다. '코르시카의 식인귀', 찬탈자, 폭군, 자신의 누이에게 애착한 괴물, 딸마(나뽈래옹이 좋아 하던 비극 배우)에게 가르침을 받은 익살광대, 성지 자파(팔레스타인의 항구, 1799년 보나빠르뜨에게 점령되었음)의 침략자, 호랑이 부오나

갑자기 마음속에 무엇이 끓어올라…… 자신도 모르게 일어서서……

"황제 폐하 만세!"

빠르뜨——이러한 모든 것은 사라지고 그 대신 머리 속에 어렴풋이 밝은 광명이 나타나고 멀리 손이 닿지 않는 높이에 시저의 대리석상의 창백한 환영이 빛나고 있었다. 마리우스의 아버지에게 황제는, 사람들이 칭찬하고 헌신하고 친애하는 대장에 지나지 않았다.

그러나 마리우스에게는 그 이상의 무엇이었다. 황제는 로마의 군단에서 세계 통일의 대업을 이어받은 프랑스 군단을 건설한다는 사명을 띠고 나타난 위인이었다. 파괴에서 나온 놀라운 건설자이며 샤를르마뉴, 루이 1세, 앙리 4세, 리슐리외, 루이 14세, 공안위원회(^{1793년 4월 국민}
의회가 만든 위원회)의 후계자였다. 황제는 물론 오점도 결점도 있고 죄악마저도 저질렀을 것이다. 역시 인간이었으니까. 그러나 그 결점도 엄숙한 것이며 그 오점도 빛나고 그 죄악도 힘찬 것이었다. 세계의 모든 국민에게 프랑스인을 '대국민'으로 부르게 할 그런 사명을 띠고 나타난 인간이었다. 아니 그 이상이었다. 칼을 들고 유럽을 정복하고 그가 내뿜는 빛으로 세계를 정복한 프랑스 자신의 화신이었다.

마리우스는 보나빠르뜨 속에서 항상 변경에 버티고 서서 미래를 지켜 주는 혁혁한 거인의 모습을 발견했다. 전제군주이지만 집정관이며 공화국에서 태어나서 혁명을 완수한 전제군주였다. 예수가 '신인(神人, l' homme-Dieu)'인 것과 같이 나뽈레옹은 마리우스에게 '민중인(民衆人, l' homme-peuple)'이었다.

새로 종교에 입문한 사람들이 모두 그렇듯 마리우스는 자기 전향에 완전히 도취되고 말았다. 그는 거침없이 그 속에 뛰어들어 집착하고 너무 깊이 빠져들었다. 그의 성질로 보아 당연한 것이었다. 일단 기울어지면 도중에서 멈추기란 거의 불가능했다. 칼에 열광하는 정열이 마리우스를 사로잡고, 그 정열은 사상에 대한 심취와 함께 머리 속에서 서로 뒤엉켰다. 스스로 그것을 깨닫지 못한 채 힘을 천재와 결부시키거나 아니면 천재와 혼동시키면서 찬미하고 있었다. 다시 말해서 스스로 깨닫지 못한 채 우상숭배의 두 방에 몸을 둔 것이다. 한쪽은 신성(神性)의 방이고 다른 쪽은 야수의 방이었다. 많은 점에서 마리우스는 그 밖에도 그릇된 방향으로 나아가고 있었다. 그는 모든 것을 받아들였다. 사람은 진리로 향해 나아가면서도 도중에서 오류를 범하는 일이 흔히 있다. 마리우스는 진지한 열의를 가지고 모든 것을 하나로 뭉쳐서 삼켜버렸다. 그는 새로운 길로 들어섰을 때, 나뽈레옹의 영광을 측량하듯 옛 제도의 오류를 심판하고 참작해야 할 사정을 전부 등한히 하고 있었다.

어쨌든 놀라운 한걸음이 시작되었다. 전에 왕정의 실추를 보았던 그곳에서 마리우스는 지금 새로운 프랑스의 도래를 보는 것이었다. 그가 지향하는 방향은 바뀌었다. 전에 서쪽이었던 것이 지금은 동쪽이 되었다.

그러한 모든 마음의 혁명은 가족에게 들키지 않고 마리우스의 내부에서 일어나고 있었다.

마리우스가 그런 은밀한 생활을 하면서 부르봉 파이자 과격파였던 낡은 외피를 완전히 벗어버렸을 때, 귀족주의, 근왕당, 왕당파의 옷을 벗었을 때, 완전히 혁명파가 되고 깊은 신념을 가진 민주파가 되고 거의 공화파로까지 되었을 때, 마리우스는 오르페브르 강가의 어느 인쇄소에 가서 '남작 마리우스 뽕메르씨'라는 이름의 명함을 100장 주문했다.

그것은 그의 속에 일어난 변화, 아버지를 중심으로 해서 움직인 변화의, 극히 당연한 결과에 불과했다. 다만 마리우스는 아무도 아는 사람이 없어서 어느 문지기에게도 이 명함을 뿌리고 다닐 수가 없었기 때문에 호주머니에 넣어 두었다.

다른 또 한 가지 자연스런 결과는 아버지와 가까워짐에 따라, 아버지에 대한 기억에 가까워짐에 따라, 또한 대령이 25년 동안 분투해온 일들에 접근함에 따라 할아버지에게서 멀어졌다는 점이다. 이미 말한 바와 같이 오래 전부터 마리우스는 질노르망 씨의 기질을 좋아하지 않았다. 이미 두 사람 사이에는 경박한 노인에 대해 진지한 젊은이가 불러일으키는 온갖 부조화가 일어나고 있었다. 제롱뜨 (고전 희극의 완고한 노인)의 쾌활함은 베르테르의 우수를 들쑤시고 상처를 낸다. 같은 정치 의견과 같은 사상이 두 사람에게 통했던 동안은 마리우스와 질노르망 씨는 그것을 다리삼아 얼굴을 마주하고 있었다. 그러나 일단 이 다리가 무너지자, 두 사람 사이에는 심연이 생겼다. 게다가 또 어리석기 짝이 없는 이유로 무자비하게 그를 대령에게서 떼어내고 그렇게 해서 아버지에게서 자식을, 자식에게서 아버지를 빼앗은 것이 질노르망 씨였다는 것을 생각하면, 마리우스는 말할 수 없는 반항심이 일어나는 것을 느꼈다.

아버지에 대한 경애 때문에 마리우스는 할아버지를 거의 혐오하게까지 되었다.

그렇다고는 하지만 앞서도 말한 바와 같이 조금도 밖으로 나타내지는 않았다. 다만 마리우스는 더욱더 냉담해져서 식사도 간단하게 하고 집에 있는 일도 드물게 되었다. 그 일로 해서 이모가 잔소리를 해도 무척 온순한 태도로 공부니, 학교의 강의니, 시험이니, 강연회니 하는 구실을 댔다. 할아버지는 절대로 틀림없다고 믿고 있는 자신의 진단을 전혀 바꾸지 않았다.

"여자한테 반한 거야! 나도 경험이 있어."

마리우스는 종종 집을 비웠다.

"도대체 어딜 저렇게 다니는 걸까?" 하고 이모는 물었다.

마리우스가 집을 비우고 떠나 있는 기간은 언제나 극히 짧았다. 그런데 한 번은 아버지가 남긴 분부에 따라 몽페르메이유에 가서 옛날 워털루 전투에서 중사였던 여관 주인 떼나르디에를 찾아간 적이 있었다. 그러나 떼나르디에는 이미 파산하여 여관문을 닫았고, 그 후 어떻게 되었는지 아는 사람이 없었다. 이 때문에 마리우스는 나흘 동안이나 집에 있지 않았다.

"분명히 여자한테 미쳤어, 녀석" 하고 할아버지가 말했다.

그러고 보니 집안 사람들은 그가 셔츠 밑 가슴 위에, 검은 끈에 달린 무엇인가를 걸고 있는 것을 본 것 같기도 했다.

어떤 염문

앞에서 어느 창기병에 대해 잠깐 말한 적이 있다.

질노르망 씨의 조카뻘이 되는 사람의 아들로서 집을 나와 어떤 친척에게서도 멀리 떠나 혼자 병영 생활을 하고 있었다. 이 떼오뒬르 질노르망 중위는 미남 장교로 불리기에 딱 알맞은 모든 조건을 갖추고 있었다. '여자 같은 몸매'로 득의양양하게 군도를 차고 카이젤 수염을 기르고 있었다. 어쩌다가 빠리에 나오는 수도 있었으나 극히 드문 일이었으므로 마리우스는 아직 만난 적이 없었다. 이 두 종형제는 서로 이름밖에 몰랐다. 떼오뒬르는 전에도 말했다고 기억되지만 질노르망 고모의 사랑을 받고 있었다. 그러나 그것은 단지 두 사람이 자주 만나지 않았기 때문이었다. 자주 만나지 않으면 상대방에게서 온갖 장점을 상상하는 법이다.

어느 날 아침 질노르망 이모가 본래의 침착성을 잃지는 않았으나 매우 흥분하여 자기 방으로 돌아왔다. 마리우스가 또 할아버지에게 잠깐 여행을 하고 싶으니 허락해 달라고 막 청을 하고 있는 참이었다. 그날 밤 곧 출발할 작정이라고 덧붙였으므로 이모의 흥분은 한층 더했다. "다녀오너라!" 하고 할아버지는 대답했다.

질노르망 씨는 이마 위까지 양쪽 눈썹을 치켜올리면서 중얼거렸다. "이 녀석 또 외박이겠군. 너무 자주야."

질노르망 이모는 씨근거리면서 자기 방으로 올라가다가 계단 있는 데서 "너무 심하군!" 하고 소리를 지르고 "그런데 도대체 어딜 그렇게 간담?" 하고 중얼거렸다.

그 여자의 눈앞에는 무언가 떳떳지 못한 정사, 어스름 속의 여자,

밀회, 비밀, 그러한 것들을 그려 보고 그 방면으로 약간 관심을 돌려 보는 것도 나쁘지 않을 거라고 생각했다. 비밀을 찾아내어 보는 것은 나쁜 일을 처음으로 파헤치는 것과 같은 취미로, 성녀도 그건 싫어하지 않는 법이다. 열렬한 신앙심 한 구석에는 추문에 대한 호기심도 있는 것이다.

그래서 질노르망 이모는 사정을 알고 싶은 막연한 욕망에 사로잡혔다.

여느 때의 차분함에도 불구하고 조금은 불안한 그 호기심을 감추기 위해 자기 재능에 정신을 쏟으려고 수를 놓기 시작했다. 그것은 이륜 마차의 많은 수레바퀴가 있는 제정시대와 왕정복고시대의 자수의 하나로 무명 헝겊 위에 무명실로 수놓는 것이었다. 지루하기 짝이 없는 일에 완고한 바느질쟁이. 그런 모양으로 그녀가 몇 시간이나 의자에 앉아 있을 때 문이 열렸다.

질노르망 양은 고개를 들었다. 떼오뒬르 중위가 앞에 서서 거수 경례를 하고 있었다. 그녀는 너무도 기뻐서 고함을 질렀다. 나이를 먹고 정숙하며 신앙심 깊은 고모라 해도 자기 방에 창기병이 들어오는 것을 보면 역시 기쁜 것이다.

"난 또 누구라구, 떼오뒬르였구나!" 그녀는 외쳤다.

"지나가다 들렀어요, 고모님."

"자아, 키스해 다오."

"네!" 하고 떼오뒬르는 말했다.

그러면서 떼오뒬르는 고모를 끌어안고 키스했다. 질노르망 고모는 책상께로 가서 서랍을 열었다.

"한 1주일 정도는 머무르겠지?"

"고모님, 오늘 밤에 돌아갑니다."

"그럴 수가 있니!"

"도리가 없습니다."

"난 또 누구라구, 떼오뒬르였구나!" 그녀는 외쳤다.

"자고 가거라, 떼오뒬르야."

"마음으로는 그러고 싶습니다만 명령이 그러지 못하게 하는군요. 사정은 간단합니다. 주둔지가 바뀌어서 이때까지 블롱에 있다가 가이용으로 가게 되었습니다. 옛 주둔지에서 새 주둔지로 가려면 빠리를 지나가야 됩니다. 그래서 잠깐 고모님 얼굴을 뵙고 오겠다고 말하고 온 겁니다."

"이건 일부러 와준 값이다."

고모는 루이 금화 10개를 그의 손에 쥐어 주었다.

"사실은 고모님을 뵙는 저의 기쁨을 위해서 주시는 거겠죠, 고모님?"

떼오뒬르는 다시 한 번 고모를 껴안고 키스했다. 그 때 군복의 금몰 때문에 그녀의 목덜미가 약간 긁혔으나 그녀는 도리어 기쁘게 여겼다.

"넌 연대하고 같이 말을 타고 가는 거냐?" 하고 그녀가 물었다.

"아뇨, 고모님. 전 고모님을 만나고 싶어서 특별 허가를 받았습니다. 졸병이 제 말을 끌고 가 저는 승합 마차로 갑니다. 그런데 잠깐 여쭈어 볼 말씀이 있는데요."

"무언데?"

"사촌 동생 마리우스 뽕메르씨도 여행 중인가요?"

"어떻게 알고 있니?"

고모는 갑자기 강한 호기심이 일어나서 말했다.

"여기 도착했을 때 앞 칸막이가 된 자리를 예약해 놓으려고 승합 마차 사무실에 갔었죠."

"그래서?"

"한 손님이 벌써 지붕 윗자리를 예약해 두었더군요."

"이름이 뭐든?"

"마리우스 뽕메르씨."

"저런 몹쓸 놈 같으니! 아, 네 사촌 동생은 너처럼 품행이 좋은 애가 아니란다. 역마차 속에서 밤을 새우려 하다니!"

고모는 외쳤다.

"저도 그런걸요."

"아니야, 네 경우는 그게 의무니까 하는 수 없지만 그앤 자기 멋대로인 거야."

"무슨 그런 말씀을!" 하고 떼오뒬르는 말했다.

이때 질노르망 고모의 마음에 한 사건이 일어났다. 어떤 생각이 떠오른 것이다. 만약 그녀가 남자였다면 이마를 탁 쳤을 것이다. 그녀는 떼오뒬르에게 묻기 시작했다.

"네 사촌 동생은 아마 너를 모르지?"

"모릅니다. 저는 그를 본 적이 있지만 그는 한 번도 저를 본 적이 없어요."

"그런데 너희들은 함께 여행을 하게 됐구나, 그런 식으로 말이다."

"동생은 지붕 윗자리이고 전 앞 칸막이자리인걸요."

"그 역마차는 어디로 가지?"

"레 장들리 행입니다."

"그럼 마리우스도 거기로 가는구나?"

"저처럼 도중에서 내리지 않는다면 그렇겠죠. 전 가이용 행으로 바꿔 타기 위해 베르농에서 내립니다. 전 마리우스의 행선지에 대해서는 아무것도 모릅니다."

"마리우스! 정말 듣기 싫은 이름이야! 어떻게 그 따위 이름을 붙였는지 몰라! 거기다 대면 네 이름은 역시 좋구나, 떼오뒬르라!" (마리우스는 로마 장군의 이름. 떼오뒬르는 그리스 어로 신을 섬긴다는 뜻이 있음)

"전 차라리 알프레드였으면 좋겠어요" 하고 장교는 말했다.

"좀 들어봐라, 떼오뒬르."

"듣고 있어요, 고모님."

"단단히 들어야 해."

"단단히 듣고 있습니다."

"알았니?"

"네."

"실은 말이다, 마리우스가 곧잘 집을 비운단다."

"네에?"

"여행을 하는 거야."

"그래서요?"

"외박을 하고 온단 말이다."

"호오!"

"그래서 어찌된 영문인지 알고 싶은데 말이야."

떼오뒬르는 청동으로 만든 사람처럼 침착하게 말했다.

"여자 궁둥이를 쫓아다니나 보죠."

그러고는 틀림없다는 듯 엷은 웃음을 띠며 덧붙였다.

"풋내기 계집애를 말예요."

"틀림없이 그런가 봐" 하고 고모는 외쳤다. 그녀는 질노르망 씨가 지껄이고 있는 것을 듣는 듯한 기분이었다. 그리고 종조부와 그 조카의 아들이 거의 같은 방법으로 강조한 '계집애'라는 말로써, 자기가 믿고 있었던 생각이 이제 절대로 확실한 것이 된 듯한 기분이 들었다. 고모는 말을 이었다.

"청이 하나 있다. 마리우스 뒤를 좀 밟아 보렴. 마리우스는 너를 모른다. 그러니까 문제 없을 거야. 계집애가 있다면 그 계집애를 잘 봐 두도록 해. 그리고 자초지종을 편지로 써 보내다오. 할아버지도 기뻐하실 거다."

그러나 떼오뒬르는 그런 탐정 일에는 별로 흥미가 없었다. 그래도 루이 금화 10개에 무척 마음이 움직여서 잘하면 또 한번 얻을 수 있을지도 모른다는 생각이 들었다. 그래서 그 부탁을 승낙하고 말았다.

"해보겠습니다, 고모님."

그리고 그는 혼잣말로 덧붙였다.

"감시역이로군, 난."

질노르망 양은 그를 힘껏 안고 입을 맞추었다.

"떼오뒬르! 넌 그런 분별 없는 짓은 안하겠지? 넌 규율에 따르고 명령에 복종하고 빈틈없이 의무를 지키는 사람이야. 그러니까 가족을 버리고 여자 따위를 만나러 가진 않겠지."

창기병은 까르뚜슈(18세기 초에 처형된 대도적)가 정직하다고 칭찬받은 것처럼 만족스러운 표정을 지었다.

마리우스는 그런 대화가 있던 날 저녁때, 미행당하고 있는 줄도 모르고 승합 마차를 탔다. 그런데 감시인이란 자는 만사를 젖혀 놓고 우선 잠을 잤다. 까짓거 잠이나 실컷 자자는 기분이 되어 버렸다. 이 아르고스(백 개의 눈을 가지고 그 눈의 반은 잠을 자면서 경계를 게을리하지 않는 괴물)는 정신없이 하룻밤 내내 코를 골았다.

새벽녘에 승합 마차의 마부가 외쳤다.

"베르농! 베르농 역! 베르농에서 내리실 손님!"

떼오뒬르 중위는 눈을 떴다.

"됐어" 하고 그는 반쯤 졸면서 중얼거렸다. "여기서 내려야지."

그리고 잠이 깸에 따라 그의 기억은 점점 뚜렷해졌다. 고모의 부탁과 루이 금화 10닢과 마리우스의 동정을 알리겠다고 약속한 것이 생각났다. 그러자 웃음이 나왔다.

'이미 마차 안에는 없을 것이다' 하고 그는 군복 윗도리 단추를 채우면서 생각했다. '프와씨에서 내렸는지도 모르지. 아니면 트리엘에서 내렸을지도 몰라. 블렝에서 내리지 않았다면 망뜨일까? 아니면 롤르브와즈에서 내렸을까? 어쩌면 빠씨까지 왔을지도 몰라. 그리고 왼쪽으로 꺾어 에스트뢰 방면으로 갔거나 오른쪽으로 돌아 라 로슈 기용으로 갔거나……. 고모님, 손수 뒤쫓아 보세요. 그런데 도대체 뭐라고 써야 한담, 저 착한 고모한테 말이야?'

그 때 지붕 윗자리에서 내려오는 검은 바지가 앞 칸을 막은 유리 창에 보였다.

"마리우스인가?" 하고 중위는 중얼거렸다.

마리우스였다.

마차 아래에는 말과 마부들 속에 섞여서 한 시골 처녀가 손님들에 게 꽃을 팔고 있었다.

"부인에게 꽃을 선물하세요" 하고 시골 처녀는 외쳤다.

마리우스는 처녀에게 다가가서 꽃바구니 속에서 가장 아름다운 꽃을 샀다.

"이건 정말" 하고 앞 칸막이 자리에서 뛰어내리면서 떼오뒬르는 말했다. "재미있는데! 도대체 누구한테 저런 아름다운 꽃을 가지 고 가는 걸까? 저렇게 아름다운 꽃을 가지고 가는 걸 보니 무척 미 인임이 분명해. 좀 보고 싶군."

이번에는 이미 부탁받은 의무 때문이 아니라 자기 자신의 호기심 때문에 즐겨 짐승 뒤를 쫓는 개처럼 마리우스의 뒤를 밟기 시작했 다. 마리우스는 떼오뒬르에게 조금도 주의를 기울이지 않았다. 멋진 여자들이 승합 마차에서 내려왔으나 마리우스는 그것을 거들떠보지 도 않았다. 그는 자기 주위를 하나도 보지 않는 것 같았다.

'사랑에 정신이 빠졌군!' 하고 떼오뒬르는 생각했다.

마리우스는 성당 쪽으로 걸어갔다.

'그럴 듯한데!' 하고 떼오뒬르는 혼자 말했다. '성당으로? 알겠 어. 미사로 약간 양념을 한 밀회라니 근사하겠군! 하느님 어깨 너 머로 보내는 추파만큼 즐거운 것은 없을 거야.'

성당에 이르자 마리우스는 안으로 들어가지 않고 뒤켠으로 돌았다. 그리고 맨 뒤쪽의 버팀목 모퉁이로 자취를 감추었다.

"밀회 장소는 밖이로군. 어디 계집애를 좀 보기로 하자."

창기병은 발끝으로 살금살금 마리우스가 돌아간 모퉁이 쪽으로 갔다.

거기까지 가서 그는 놀라 멈춰섰다.

마리우스는 이마를 두 손 안에 파묻고 어느 묘소의 풀밭 속에 꿇어앉아 있었다. 그가 산 꽃다발은 그 무덤 위에 놓여 있었다. 무덤 한쪽에는 머리 부분임을 알리는 흙더미 위에 검은 나무 십자가가 서 있고 흰 글씨로 이름이 씌어 있었다.

'육군 대령 남작 뽕메르씨'

마리우스가 흐느끼는 소리가 들렸다.

'계집애'란 하나의 무덤이었다.

화강암과 대리석

마리우스가 처음 빠리를 떠나 찾아온 곳은 바로 여기였다. 질노르망 씨가 "그녀석 또 다른 데서 잔다"고 할 때마다 마리우스가 찾아온 곳은 이곳이었다.

떼오뒬르 중위는 뜻밖에 묘지에 부딪치자 그만 당황하고 말았다. 묘소에 대한 경의와 대령에 대한 존경 섞인, 스스로도 뭐라고 헤아릴 수 없는 이상야릇한 불안감을 느꼈다. 그는 마리우스를 혼자 묘지에 남기고 물러났으나 그 퇴각에는 규율이 있었다. 망인은 커다란 견장을 달고 떼오뒬르 중위 앞에 나타났고, 그는 그것에 놀라 거수경례를 했다. 고모에게는 뭐라고 쓸지 몰라 결국 아무것도 쓰지 않기로 했다. 마리우스의 연애에 관해 떼오뒬르가 발견한 것에서는 아마 아무런 결과도 일어나지 않았을 테지만, 우연 속에서 흔히 볼 수 있는 저 신비로운 조화로 말미암아 베르농의 그 사건이 알려지지도 않았는데 빠리에서는 한 사건이 일어났다.

사흘째 되는 이른 아침에 마리우스는 베르농에서 돌아와서 할아버지 집에 도착했다. 그리고 승합 마차 안에서 이틀 밤을 지내느라고 지친 그는 한 시간 가량 수영장에 가서 수면 부족을 회복하고 싶었다. 급히 자기 방으로 뛰어올라가서 여행용 프록코트를 벗고 목에 걸고 있던 검은 끈을 끄르자마자 곧 수영장으로 달려갔다. 건강한 노인이면 누구나 다 그렇듯이 질노르망 씨는 아침 일찍부터 깨어 있다가 마리우스가 돌아오는 소리를 들었다. 늙은 발걸음으로 최대한 빨리 마리우스의 다락방으로 올라가 마리우스를 얼싸안고 입을 맞추고 이것저것 물어 보고 그동안 어딜 갔다 왔는지 알아보려 했다.

그러나 80 노인이 올라가는 것보다 청년이 내려가는 편이 더 빨랐다. 질노르망 노인이 지붕밑 방에 들어갔을 때는 이미 마리우스는 거기에 없었다.

침대는 잠자리 그대로였고, 그 침대 위에는 프록코트와 검은 끈이 아무렇게나 던져져 있었다.

"이게 도리어 낫지" 하고 질노르망 씨는 말했다.

그 길로 곧장 그는 응접실로 들어갔다. 거기에는 벌써 큰딸 질노르망 양이 앉아서 수레바퀴 수를 놓고 있었다.

질노르망 씨는 의기양양했다.

그는 한 손에 프록코트를 들고 다른 손에는 목 리본 끈을 들고 있었다. 질노르망 씨는 외쳤다.

"됐어! 이제 비밀을 밝힐 수 있어! 속속들이 알 수가 있게 됐다. 저 엉큼한 난봉꾼의 비밀을, 소설 줄거리를 직접 보게 되었어. 상대방의 초상도 볼 수 있고!"

과연 메달 비슷한 울퉁불퉁한 검은 가죽의 작은 갑이 끈 끝에 달려 있었다. 노인은 그 작은 갑을 손에 든 채로 한동안 들여다보고 있었다. 마치 굶주린 거지가 자기를 위해 차린 것이 아닌 훌륭한 만찬이 코 밑으로 운반되어가는 것을 바라보듯이 욕망과 황홀감과 분

마리우스의 흐느끼는 소리가 들렸다.

노가 섞인 표정이었다.

"이 속에 초상이 들어 있는 게 분명해. 나도 기억이 있어. 가슴에 정답게 품고 다닌다구. 바보 같은 녀석! 틀림없이 등골이 오싹해질 만큼 더러운 화냥년일 거야! 요즘의 젊은 놈들은 정말로 취미가 이상하단 말야!"

"어디 봐요, 아버지" 하고 노처녀는 말했다.

단추를 누르자 작은 갑이 열렸다. 그 안에는 고이 접은 한 장의 종이밖에 들어 있지 않았다.

"'역시 그녀로부터 당신에게'라……" 하고 질노르망 씨는 웃어대면서 말했다. "흔해빠진 연애 편지야!"

"어머, 어디 한번 읽어 보죠!" 하고 노처녀가 말했다.

그녀는 안경을 썼다. 두 사람은 종이를 펴서 다음과 같은 글을 읽었다.

내 아들에게——

황제는 워털루 싸움터에서 나를 남작으로 봉하셨다. 왕정복고 정부는 피로써 지불한 이 칭호를 부인하지만 우리 아들만이라도 이 칭호를 인정하여 이것을 패용하기 바란다. 물론 내 아들은 그럴 자격이 있을 것이다.

아버지와 딸이 받은 충격은 도저히 말로 표현할 수 없었다. 그들은 해골이 뿜는 요기라도 쐰 것처럼 온 몸이 오싹 얼어붙는 것을 느꼈다. 서로 말 한 마디 하지 못했다. 겨우 질노르망 씨는 자신에게 말하듯 나직한 목소리로 중얼거렸다.

"이건 저 어리석은 놈의 필적이야."

이모는 그 종이를 이리저리 살펴보다가 작은 갑 속에 집어넣었다.

이와 동시에 푸른 종이에 싼 장방형의 물건이 프록코트의 호주머니에서 떨어졌다. 질노르망 양은 그것을 주워 파란 종이를 펴보았다. 그것은 마리우스의 100장이나 되는 명함이었다. 명함 한 장을 딸에게서 받은 질노르망 씨는 명함에서 다음과 같은 것을 읽었다.

'남작 마리우스 뽕메르씨'

노인은 초인종을 눌렀다.

니꼴레뜨가 나타났다. 질노르망 씨는 끈과 작은 갑과 프록코트를 움켜쥐자 그것들을 모두 응접실 마룻바닥 한복판에 동댕이치면서 말했다.

"가져가라, 이 넝마 조각을 !"

더없이 깊은 침묵 속에 꼬박 한 시간이 지났다. 노인과 늙은 딸은 서로 등을 맞대고 앉아서 같은 것을 제 나름대로 생각하고 있는 듯했다. 이렇게 하여 한 시간이나 지났을 때 질노르망 이모가 말했다.

"꼴 좋군그래 !"

한참 후에 마리우스가 나타났다. 막 돌아오는 길이었다. 응접실의 문턱을 넘기 전에 그는 할아버지가 손에 자기 명함을 한 장 들고 있는 것을 보았다. 할아버지는 그를 보자 무언가 엄격한 부르주아의 냉소적이고 고압적인 목소리로 외쳤다.

"요놈, 요놈, 요놈 ! 넌 이제 남작이라며 ? 잘됐구나. 하지만 어떻게 된 일이지 ?"

마리우스는 얼굴을 약간 붉히며 대답했다.

"그건 제가 제 아버지의 아들이라는 뜻입니다."

질노르망 씨는 비웃음을 멈추고 엄하게 말했다.

"네 아비는 나야."

"제 아버지는," 하고 마리우스는 눈을 내리깔고 엄숙한 태도로 대답했다.

"겸허하고 용감한 분이었습니다. 공화국과 프랑스를 위해 훌륭히 활약을 했습니다. 지금까지 인간이 만든 가장 위대한 역사 속의 위인이었습니다. 25년간을 야영에서 사셨습니다. 낮에는 산탄과 포탄 아래, 밤에는 눈에 묻히고 흙투성이가 되어 비를 맞으며 사셨습니다. 군기를 두 개나 빼앗았습니다. 스무 군데나 상처를 입었습니다. 그런데 잊혀지고 버림받은 채 돌아가셨던 겁니다. 잘못이 있다면 두 배신자를 너무 사랑했다는 것입니다. 조국과 저를 말예요！"

그것은 이미 질노르망 씨가 잠자코 듣고 있을 한도를 넘어서고 있었다. '공화국'이라는 말을 듣고 그는 일어섰다. 아니 벌떡 일어섰다. 마리우스가 한 말 하나하나에 늙은 왕당파의 얼굴은 새빨갛게 핀 대장간의 불을 풀무질하는 것처럼 변해갔다. 가라앉았던 얼굴빛이 붉어지더니, 진홍색이 되고 다음에는 불꽃으로 탔다.

"마리우스！" 하고 그는 외쳤다.

"고약한 놈！ 네 아비가 어떤 인간이었는지 나는 모른다！ 알고 싶지도 않다！ 그 자식에 대해서는 아무것도 모른다！ 얼굴도 몰라！ 하지만 내가 알고 있는 것은 그런 인간들 속에는 옳은 인간이 없었다는 사실이야！ 모두가 부랑자, 살인자, 혁명당원, 도둑놈이다！ 알겠니？ 전부가 그렇단 말이다！ 그런 놈들을 난 하나도 모른다！ 알겠니？ 마리우스！ 글쎄 네가 남작이라니 돼먹지 않은 어거지야！ 로베스삐에르를 위해 일한 놈들은 전부 악한들이었어. 부오나빠르뜨를 위해 일한 놈들은 전부가 강도야！ 국왕을, 정통 국왕을 배신한 놈들은 모두 반역자야！ 그 비겁한 놈들은 전부 워털루에서 프러시아인과 영국인들 앞에서 달아났어！ 내가 알고 있는 건 그뿐이다. 네 아비도 그런지 어떤지 난 몰라！ 유감스럽기 짝이 없고 미안한 이야기지만 말야！"

이번에는 마리우스가 대장간의 불이 되고 질노르망 씨가 풀무가 되었다. 마리우스는 온몸이 분노로 떨렸다. 자기가 어떻게 된 건지 모르는 채 머리가 확확 달아올랐다. 마치 성체가 바람에 날려가버린 것을 본 신부나 불상 위에다 침을 뱉고 가는 사람을 보는 승려와 같았다. 그러한 말을 자기 눈앞에서 거리낌없이 할 수 있다는 것은 용서할 수 없는 일로 생각되었다. 그러나 어떻게 하면 좋은가? 아버지는 지금 자기 앞에서 짓밟히고 모욕을 당한 것이다. 그것도 누구한테서? 할아버지한테서가 아닌가! 어떻게 하면 한쪽을 능욕하지 않고 다른 한쪽을 복수할 수 있겠는가? 그가 할아버지를 모욕할 수는 없었다. 그러나 아버지의 복수를 하지 않을 수도 없었다. 한편에는 신성한 무덤이 있고, 한편에는 백발이 있다. 그는 한동안 취한 듯 비틀거렸다. 머릿속에서는 회오리바람이 쳤다. 이윽고 그는 눈을 들고 지긋이 할아버지를 바라보며 우레 같은 소리로 외쳤다.

"부르봉 왕가 타도, 돼지 같은 루이 18세 타도!"

루이 18세는 이미 4년 전에 죽고 없었다.

그러나 마리우스에게는 그런 것은 아무래도 좋았다. 새빨개져 있던 노인의 얼굴이 갑자기 그 머리칼보다도 하얘졌다. 노인은 난로 위에 있는 베리 공작(앞서 나온 루이 18세의 차남. 1820년에 암살당함)의 흉상을 향해 특별히 장중한 태도로 공손하게 절을 했다.

그리고 천천히 입을 다문 채 난로에서 창으로, 창에서 난로로 두 번 응접실을 왔다갔다 가로지르며 마치 석상이 걷고 있는 것처럼 마룻바닥을 삐걱삐걱 울렸다. 두 번 가로 지를 때, 질노르망 씨는, 늙은 양처럼 망연하게 이 충돌 광경을 바라보고 있던 딸 쪽으로 몸을 기울였다. 그리고 싸늘한 웃음을 띠며 말했다.

"이분 같은 남작님과 나 같은 부르주아가 한지붕 밑에서 함께 살수는 없다."

노인은 갑자기 몸을 똑바로 세우더니 창백해져서 덜덜 떠는 무서운 모습으로, 분노로 번쩍이는 이마를 치켜올리며 마리우스 쪽을 향해 외쳤다.

"이집에서 나가!"

마리우스는 집을 나왔다.

그 이튿날 질노르망 씨는 딸에게 말했다.

"저 흡혈귀에게는 6개월마다 60 삐스톨(¹삐스톨은 금)씩 부쳐 줘. 그리 화 100프랑
고 앞으로는 절대로 그놈 이야기를 내 앞에서 해서는 안 돼."

그래도 분노가 풀리지 않아 그 화풀이를 어떻게 해야 좋을지 모르
는 질노르망 씨는 3개월 이상이나 자기 딸에게 '남남과 같은 쌀쌀한
말투'를 썼다.

한편 마리우스도 격분하여 집을 뛰쳐나갔다. 마리우스의 분노를
더욱 격렬하게 한 사정을 말해야겠다. 이런 가정의 비극을 더욱 뒤
엉키게 하는 자질구레한 일들은 언제나 있는 법이어서 결국 그 때문
에 부정이 더 늘어나지는 않더라도 손실은 커지게 마련이다.

니꼴레뜨는 할아버지 명령으로 황급히 마리우스의 '넝마조각'을
그의 방으로 가져가다가 저도 모르는 사이 다락방에 이어진 어두컴
컴한 층계에서 대령이 쓴 종이쪽지가 들어 있는 검은 가죽 갑을 떨
어뜨렸던 것이다. 그 때부터 그 종이쪽지도, 그 갑도 다시는 보이지
않았다. 마리우스는 '질노르망 씨'가──이날 이후 그는 할아버지를
그렇게밖에 부르지 않았다──'아버지의 유언'을 불 속에 던져 버렸
다고 믿었다. 마리우스는 대령이 쓴 몇 줄의 문장을 암기하고 있어
서 결국은 아무런 손실도 없는 셈이었다. 그러나 그 종이쪽지, 필
적, 그 신성한 유품, 그러한 것들은 모두 바로 마리우스의 마음 그
자체였다. 그것들이 모두 어떻게 되었단 말인가.

마리우스는 집을 나갔다. 마리우스는 어디로 간다고 말하지도 않
고, 어디로 가는지 자신도 모르는 채 30프랑, 시계, 그리고 몇 가지
옷을 여행가방에 넣어 가지고 집을 나갔다. 시간제의 이륜 마차를
빌려 타고 목적도 없이 라땡 쪽으로 향했다.

마리우스는 앞으로 어떻게 될 것인가?

"이집에서 나가!"

제4편 'ABC의 벗'

역사에 남을 뻔한 한 무리

이 시대는 겉으로는 정치에 냉담한 것처럼 보였지만 밑바닥에는 혁명의 전율이 희미하게 달리고 있었다. 1789년과 1792년의 심연에서 다시금 일어난 숨결이 주위에 감돌고 있었다. 청년들은 변성기──이런 말이 허용된다면──에 있었다. 자기 자신은 거의 깨닫지 못하고 때의 움직임에 영향을 받아 변해 가고 있었다. 문자판 위를 도는 시계바늘은 또한 사람들의 마음속에도 돌고 있는 것이다. 사람들은 당연히 걸어야만 할 전진의 그 첫발을 내딛고 있었다. 왕당파는 자유주의자가 되고 자유주의자는 민주주의자가 되어 가고 있었다.

그것은 무수한 썰물에 뒤섞인 밀물과 같았다. 썰물의 특색은 서로 섞여 돌아가는 것이다. 거기서 참으로 기묘한 사상의 결합이 생겨났다. 사람들은 나뽈레옹을 숭배함과 동시에 자유를 숭배하고 있었다. 우리는 지금 여기서 역사상의 사건을 이야기하고 있다. 이 이야기는 이런 시대가 남긴 모습인 것이다. 정치적 의견이란 다양한 과정을 거쳐가는 법이다. 볼떼르적 왕당주의도 매우 색다른 정치적 입장이었지만, 이와 좋은 쌍을 이루는 보나빠르뜨적 자유주의 또한 기이한 정치적 입장을 지닌 것이다.

그밖에 사상 단체로서는 좀더 진지한 것이 몇 개 있었다. 그런 단체에서는 원칙을 탐구하고 무엇보다도 권리를 추구했다. 절대적인 것에 일념하여 정열을 불태우고 그 무한한 실현을 아득히 먼 곳에서 엿보고 있었다. 절대적인 것은 그것이 요구하는 엄격성 때문에 사람들의 정신을 푸른 하늘 저 멀리로 돌려 무한 속에 떠 있게 한다. 그런데 독단적인 사상만큼 몽상을 낳게 하기에 적합한 것은 없다. 더욱이 몽상만큼 미래를 만들어내기에 적합한 것은 없는 것이다. 오늘날의 유토피아는, 내일이면 살과 뼈를 가진 현실이 될 것이다.

그러한 급진적인 정치 사상에는 이중의 바탕이 있었다. 정체를 파악할 수는 없지만 무언가 불온하고 음험한 움직임이 시작되고 있어서 '세워진 질서'(황정복고)를 위협하고 있었다. 그것은 확실히 혁명의 징후이다. 권력자의 속마음이란 바닥을 깨뜨려 보면 뜻밖에도 민중들의 속마음과 통하고 있는 법이다. 다시 말해 민중들 사이에서 부화하려던 폭동, 그것은 군대의 일부에서 계획하고 있던 쿠데타와 호응하고 있었던 것이다.

당시 프랑스에는 독일의 투겐트 분트(19세기 초 독일 학생이 만든 애국 결사)나 이탈리아의 카르보나리(같은 무렵에 생겨난 이탈리아 통일을 위한 비밀 결사) 같은 광대한 지하 조직은 아직 없었다. 그러나 여기저기 숨어있는 어두운 비밀지하도가 파지고 그것은 작은 가지처럼 퍼지고 있었다. 액스에서 꾸그르드라는 비밀 결사를 만들고 있었다. 빠리에도 그런 비밀 결사가 많았지만 그 중에서도 특히 'ABC의 벗'이라는 결사가 있었다.

'ABC의 벗'이란 무엇이었던가? 겉으로는 아이들의 교육을 목적으로 하고 실제로는 어른들의 재교육이 목적이었다.

그들은 스스로 'ABC의 벗'이라고 선언하였다. ABC(아베쎄)란 'Abaissé'(아베쎄라고 발음하면 비천하다는 뜻)로서 민중을 뜻하고 있었다. 그들은 민중을 향상시킬 것을 목적으로 삼고 있었다. 하찮은 말장난일지도 모르지만 웃는 건 잘못이다. 말장난에도 때로는 정치에 중대한 연관성을 갖는 일이 있다. 그 증거로서 이를테면 '까스트라투스는 까스트라로'('고자는 전쟁터의 진영으로'라는 뜻)는 나르세스(콘스탄틴노플의 환관)를 실제로 장군으로 만들었다. 이를테면 '바르바리와 바르베리니'(야만과 바르베리니'라는 뜻, 바르베리니 추기경은 교황이 되어 '도시인'이라는 뜻의 위르뱅 8세라는 이름을 가짐)가 있고, '푸에로스와 푸에고스'(헌법과 아궁지. 스페인의 푸에로는 스페인의 오랜 헌법인데 도시나 지방이나 집의 특권을 지켰다. 이 법을 믿고 민중들은 국왕에게 저항했다), '뚜 에스 뻬투루스 에드 스뻬르 항끄 뻬트람'(너는 베드로라, 내가 이 반석 위에 내 교회를 세우리니 하신 그리스도의 말씀. 베드로 '뻬트로스'와 바퀴 '뻬트람'의 말장난 〈마태복음〉제16장 제18절) 등등이다.

'ABC의 벗'의 수는 그다지 많지 않았다. 그것은 지금 싹트고 있는 비밀 결사였다. 그러나 당파라는 것이 용감한 투사를 낳는 법이라면 이 결사도 거의 당파라고 해도 좋을 법하다. 그들은 언제나 빠리의 두 곳에서 모였다. 하나는 중앙 시장 가까이에 있는 '꼬랭뜨'라고 불리는 선술집이고——이것은 뒤에 다시 문제가 되는 장소다——또 하나는 빵떼옹 근처 쌩 미셸 광장에 있는, 오늘날에는 허물어져 버린 '무쟁'이라는 조그마한 까페였다. 이 두 집회소 중 첫 번째 장소는 노동자들이 드나드는 곳이고, 둘째 장소는 학생들이 드나드는 곳이었다.

'ABC의 벗'의 비밀 회합은 대개 까페 뮈쟁의 깊숙한 뒷방에서 열렸다. 그 방은 손님들이 오는 홀에서 상당히 떨어져 있고, 매우 긴 복도로 통하고 있으며, 창문이 둘에, 좁은 그레 거리(지금의 큐자스 거리)를 향하는 비밀 계단이 붙은 출구가 있었다. 동료들은 거기서 담배를 피우고, 술을 마시고, 카드놀이를 하고, 우스개 꽃을 피웠다. 그들은 여기에 오면 온갖 이야기를 큰 소리로 주고받았지만 어떤 일에 한해서는 낮은 소리로 이야기했다. 벽에는 그것만으로도 경관의 콧구멍을 벌름거리게 하기에 충분한 공화국 시대의 낡은 프랑스 지도가 못에

'ABC의 벗'

걸려 있었다.

'ABC의 벗' 대부분은, 몇몇 노동자들과 마음속으로 서로 이해하고 있는 학생들이었다. 중요한 인물의 이름을 들면 다음과 같다. 그들은 이제 어느 정도 역사의 인물이 되어 있는 앙졸라, 꽁브페르, 장 프루베르, 푀이, 꾸르페락, 바오렐, 레글르(Laigle) 또는 레글르(Lesgle), 졸리, 그랑떼르 등이다. 이들 젊은이들은 강한 우정으로 가족 같은 분위기를 만들고 있었다. 게다가 레글르를 빼놓고는 모두 남부 출신이었다.

이것은 주목할 만한 집단이었다. 그러나 현재는 우리들 뒤에 있는 보이지 않는 심연 속으로 사라져 버렸다. 우리의 이야기가 이쯤 왔을 때 이 젊은이들이 비장한 폭거의 그림자 속에 묻혀버리는 것을 보기 전에 여기서 그들의 머리 위에 한 줄기 빛을 비추어 보는 것도 무익하지 않으리라.

우선 앙졸라인데, 왜 맨 처음에 그의 이름을 들었는지 그 까닭을 곧 알게 될 것이다. 그는 외아들이고 부자였다.

앙졸라는 매력 있는 젊은이로 무서운 일을 해낼 만한 청년이었다. 그는 천사처럼 아름다웠다. 야만스러운 안티노우스(로마 황제 아드리앙의 사랑받는 신하였던 매우 미남인 노예)였다. 왜냐하면 그 눈에서 명상의 반짝임이 튀어나오는 것을 보면, 이미 이전 생활에서 혁명의 묵시록을 거쳐왔는가 싶었기 때문이다. 마치 직접 목격한 사람처럼 혁명의 전설을 자세히 알고 있었다. 큰 사건에 관한 매우 사소한 일까지 모조리 알고 있었다. 청년으로서는 드물게 사제와 군인의 성질을 아울러 지니고 있었다. 사제인 동시에 투사였다. 시국과 직접 연결되는 정치적 견지에서 보면 민주주의의 병사이며, 당시의 움직임에서 떨어져서 높은 곳에서 내려다보면 이상을 받드는 사제였다.

깊은 눈동자와 발그스레한 눈까풀, 당장에라도 남을 경멸할 것 같은 두꺼운 아랫입술과 넓은 이마를 가지고 있었다. 얼굴의 많은 자리를 차지한 넓은 이마, 그것은 지평선에 훤히 트인 하늘을 보는 듯하다. 금세기 초와 전세기 말 일찍부터 유명했던 어떤 청년들과 마찬가지로 그는 넘쳐흐르는 싱싱한 젊음을 지니고 있었다. 때로 창백하게 흐리는 일은 있어도 젊은 처녀들처럼 신선했다.

앙졸라는 이미 어른이었지만 얼핏 보기에 아직 소년인 것 같았다. 나이가 스물 두 살임에도 열 일곱 정도로밖에 보이지 않았다. 실로 진지하여 이 세상에 여자라는 존재가 있는 것조차 모르는 것 같았다. 유일한 그의 정열은 권리에 대한 정열이며, 그의 유일한 사상은 방해물을 뒤엎는 일이었다. 아벤티노 산(고대 로마의 산)에 올라가면 그는 그라쿠스(이 산에 올라가 귀족에게 반항한 형제의 이름)가 되고, 대혁명 당시 국민 의회에 들어가면 쌩 쥐스뜨(27세에 로베스삐에르와 함께 단두대의 이슬로 사라진 국민의회 의원)가 되었을 것이다.

앙졸라는 장미꽃을 들여다본 적이 거의 없고, 봄을 알지 못하고, 새의 노래를 들은 일이 없었다. 에바드네(그리스의 비극 에우리피데스의 〈애원하는 여자들〉의 등장인물)의 드러낸 젖가슴도 아리스토기톤을 움직이지 못했던 것과 마찬가지로 그의 마음을 움직이지는 않았을 것이고, 꽃도 그에게는 하르모디우스(아리스토기톤과 함께 음모했던 아테네 사람)에게서와 마찬가지로 다만 검을 갖추기 위해서밖에 소용되지 않았다.

앙졸라는 기쁨 속에 있으면서도 엄격했다. 공화국 이외의 모든 것 앞에서 앙졸라는 결벽하게 눈을 내리떴다. 앙졸라는 '자유'라는 대리석 여신을 사랑했다. 그의 말은 강한 영감을 받았고 찬가같은 전율이 흐르고 있었다. 그는 느닷없이 날개를 펴고 날아올라서 사람들을 놀라게 했다. 섣불리 그에게 다가서는 사랑의 처녀야말로 불행하다! 이따금 깡브레 광장이나 쌩 장 드 보베 거리의 가게에서 일하는 바람기 있는 젊은 여공들이 갓 중학교에서 빠져나온 듯한 이 얼굴, 옛날 귀인의 시중을 들던 꼬마둥이 같은 목덜미, 금빛의 긴 속눈썹, 파란 두 눈, 바람에 흐트러진 머리, 장밋빛 뺨, 생기 발랄한 입술, 쪽 고른 치아를 보고 활짝 피기 시작한 이 인생의 아름다운 모습에 욕망을 느껴서 자신의 매력이 어떤 효과를 주는지 앙졸라에게 시험해 보려 하면 돌연 생각지 못했던 매서운 시선이 그 여자에게 돌아갔을 것이다. 그리고 보마르셰의 여자에게 아양을 떠는 세라핌과 《에제키엘》의 무서운 천사를 혼동해서는 안된다고 그 여자에게 가르쳤을 것이다.

앙졸라가 혁명의 논리를 대표하고 있었다고 하면, 꽁브페르는 혁명의 철학을 대표하고 있었다. 혁명의 논리와 혁명의 철학 사이에는 다음과 같은 차이가 있었다. 즉 혁명의 논리는 전쟁에 찬성하는 결론을 내릴 수 있지만 철학은 결국 평화에 이를 수 있을 뿐이다.

꽁브페르는 앙졸라의 사상에서 결점을 보충하고 그것을 완전한 것으로 만들어 갔다. 꽁브페르는 앙졸라보다 관점이 높지는 않았으나 시야의 폭은 넓었다. 꽁브페르가 소망한 것은 보편된 관념에 입각한 폭넓은 원칙을 사람들의 정신에 주입시키는 일이었다. 꽁브페르는 언제나 말했다. "혁명이다, 그러나 우선 문명이다." 그리고 우뚝 솟은 산 주위에 넓고 푸른 지평선을 펼쳐 놓았다. 그러므로 꽁브페르의 견해에는 누구든지 접근할 수 있고 실행할 수 있는 것이 있었다.

꽁브페르의 혁명은 앙졸라의 혁명보다 한결 더 너그럽고 한가하게 숨쉬고 있었다. 앙졸라는 혁명의 신성한 권리를 표현하고, 꽁브페르는 그 자연스러운 권리를 표현하고 있었다. 전자는 생각하는 방법에서 로베스삐에르와 결부되고 후자는 꽁도르쎄의 사상에 가까웠다. 꽁브페르는 앙졸라보다 세상 일반의 생활을 더 잘 알고 있었다. 이 두 젊은이가 역사의 인물이 되었더라면 한쪽은 의인이라 하고, 또 한쪽은 현인이라고 했을 것이다. 앙졸라는 더 남성다웠고 꽁브페르는 더 인간적이었다. '호모'(인간)와 '비르'(남성), 확실히 이것이야말로 두 사람의 미묘한 차이였다.

앙졸라의 엄격함은 꽁브페르의 부드러움과 같았지만 그것은 모두 두 사람의 순결한 천성을 나타냈다. 꽁브페르는 시뜨와이양(혁명 용어. 공민이라는 뜻으로 상대를 부를 때 쓴다)이라는 말을 사랑했는데 그 이상으로 인간이라는 말에 애착을 느꼈다. 스페인 사람들이 말하는 '옴브레'(인간이라는 뜻인데 시뜨와 이양처럼 호칭으로 쓴다) 라는 말을 기꺼이 썼을 것이다. 그는 뭐든지 닥치는 대로 읽고, 연극을 보러 가고, 대학의 공개강좌를 들으러 다니고, 아라고(천문학자이 며 물리학자)에게 광선의 편광 작용을 배우고, 조프르와 쌩띨레르(생물 학자이며 발생학의 창시자)가 안면으로 가는 외경동맥과 뇌수로 가는 내경동맥의 이중 작용에 대해서 하는 강의에 열중했다.

꽁브페르는 시대 풍조에 정통하고, 학문을 한 걸음 한 걸음 깊이 연구해 가고, 쌩시몽과 푸리에의 학설을 비교해 보고(모두 당시의 공 상적 사회주의자), 상형 문자를 해독하고, 조약돌을 주워다가 그것을 깨뜨려서 지질학을 연구하고, 기억을 더듬어 누에의 나방을 그리고 《아카데미 사전》에서 프랑스 어의 오류를 지적하고, 쀠이제귀르(프랑스의 원수 이며 전술가) 와 들뢰즈(박물 학자. 특히 동물 의 磁氣를 연구하였다)를 연구하고, 그리고 아무것도, 기적조차도 긍정하지 않고, 그런 반면 무엇이든, 유령조차도 부정하지 않고, 〈모니뙤르〉 기관지를 철해 놓은 것을 뒤적거리며 몽상에 잠기곤 했다.

미래는 학교 교사의 손에 달려 있다고 해서 교육문제에도 관심을 나타냈다. 지적 수준과 도덕 수준의 향상, 과학의 발달, 사상의 보급, 청년기 정신의 육성, 그러한 문제를 위해 사회가 끊임없이 노력할 것을 바랐다. 한편 현재의 연구 방법이 조잡하고 고전이라고 불리는 저 2, 3세기 동안밖에 통용되지 않는 빈약한 문학적 견해가 지배적이어서 관학적인 현학자의 독단이 세력을 펴고, 스콜라 학파의 편견이나 낡아빠진 관습이 남아 있어 머잖아 우리 나라의 공립중학교가 굴(멍텅구리라 는 뜻이 있다) 양식장처럼 되어 버리지는 않을까 걱정하고 있었다.

박식하고 결벽가이고, 하는 일이 정확하고, 다재다능하고 노력가이고, 또 동시에 친구들의 말을 빌리면 '공상적일 정도로' 사색가였다. 꽁브페르는 자신의 모든 꿈을 믿고 있었다. 다시 말해서 철도,

외과 수술에 따르는 고통의 제거, 암실 속에서 사진을 현상하는 방법, 전신, 경기구(輕氣球)의 조종법 등등. 게다가 미신이나 전제정치나 편견과 같은 인류의 적이 도처에 만들어 놓은 요새를 거의 대수롭잖게 여겼다. 꽁브페르는 과학이 언젠가는 그런 상태를 일변시킬 것이라고 생각하는 사람 가운데 하나였다.

앙졸라는 결사의 우두머리였고 꽁브페르는 그 지도자였다. 함께 싸울 만한 사람은 전자요, 함께 전진할 만한 사람은 후자였다. 그렇다고 해서 꽁브페르에게 싸울 힘이 없다는 것은 아니다. 그도 장애물에 몸째 부딪치고 힘과 폭발로 공격하는 것을 결코 두려워하지 않았다. 그러나 자명한 이치를 사람에게 설명하고 실증 법칙을 세상에 알려 인류를 조금씩 그 운명과 일치시켜 가는 일이야말로 더욱 바람직한 일이라고 꽁브페르는 생각했다.

빛에 두 가지 종류가 있다고 한다면, 꽁브페르의 성질은 타오르는 빛보다도 밝게 비치는 빛 쪽을 향하고 있었다. 하긴 화재도 새벽처럼 밝다. 그러나 왜 해돋이를 기다려선 안되는 것인가? 화산은 주위를 밝게 비춘다. 그러나 여명은 더욱 널리 비춘다. 아마도 꽁브페르는 불꽃의 숭고함보다도 아름다움의 순백을 좋아했을 것이다. 연기로 흐려진 광명이나, 폭력으로 사들인 진보는 이 부드럽고 성실한 정신을 가진 사람에게는 불만스럽게 생각됐다.

1793년 때처럼 민중이 진리 속에 거꾸로 뛰어드는 것은 그의 마음을 오싹하게 만드는 것이었다. 그러나 꽁브페르는 그 이상으로 정체(停滯)라는 것을 혐오했다. 그는 거기서 부패와 죽음의 냄새를 맡았다. 요컨대 독기보다는 수면에 뜨는 흰 거품을 사랑하고, 시궁창보다는 급류를 좋아하고, 몽포쏭 호수보다는 나이아가라 폭포를 좋아했다. 결국 멈춰 서 있는 것도 서둘러 가는 것도 바라지 않았던 것이다.

혈기 왕성한 친구들이 씩씩한 마음에서 절대에 속하는 것에 정신을 빼앗겨 눈부신 혁명의 모험을 동경하고 있을 때 꽁브페르는 역사가 자연히 진보해 가는 것을 유심히 지켜보기를 바랐다. 꽁브페르가 말하는 좋은 진보란 싸늘할지는 모르지만 순수한 진보, 도식적일지는 몰라도 나무랄 데 없는 진보, 조용하지만 흔들리지 않는 진보였다. 미래가 전혀 손때 묻지 않고 찾아온다면, 그리고 민중의 덕의의 끝없는 진화가 아무것에도 방해되지 않고 실현된다면 꽁브페르는 무릎을 꿇고 합장하고 기도라도 했을 것이다.

'선은 결백해야 한다'고 꽁브페르는 언제나 입버릇처럼 말했다. 혁명이 실로 위대한 것은 눈부신 이상을 응시하며 무서운 우레 속을 뚫고 피의 바다며 불의 바다를 넘어 그 이상을 향하여 한결같이 날아가기 때문일 것이다. 그러나 진보가 아름다운 것은 거기에 오점이 없기 때문이다. 워싱턴을 한쪽의 대표, 당똥을 다른 쪽의 화신으로 본다면 둘 사이에는 백조의 날개를 가진 천사와 독수리의 날개를 가진 천사만큼 차이가 있는 것이다.

장 프루베르는 꽁브페르 이상으로 온화한 인물이었다. 그는 자기 이름을 즈앙(중세때 장의 호칭)이라 불렀는데, 중세를 연구하는 매우 중요한 동기가 된 강렬하고 의미심장한 정신운동에 영향을 받아 한때 변덕을 조금 부려 그렇게 부른 것이다. 장 프루베르는 여자를 사랑하고, 화분에 화초를 기르고, 피리를 불고, 시를 짓고, 민중을 사랑하고, 여성의 운명에 동정하고, 아이들의 불행에 눈물을 흘리고, 미래와 신을 똑같이 믿고, 그리고 대혁명이, 존경하는 한 인간의 목을, 다시 말해서 앙드레 셰니에의 목을 자른 것을 비난했다. 그의 목소리는 평소에는 가냘프나 돌연 남자답게 울릴 때가 있었다.

박식하다고 할 정도로 학문에 능통하고, 또한 동양 어학에도 거의 학자 수준이었다. 무엇보다 그는 선량했다. 선량함이 얼마나 위대함에 가까운 것인지 아는 사람에게는 명백한 일이지만 시에 관해서 그는 특히 웅대한 것을 사랑했다. 그는 이탈리아 어, 라틴 어, 그리스

어, 헤브라이 어를 알고 있었는데, 그것을 실제로 활용해서 읽는 것이라고는 단떼, 주베날, 에스킬로스, 이사야라는 네 시인뿐이었다. 프랑스 어로 된 작품으로는 라신느보다 꼬르네이유를, 꼬르네이유보다는 아그리빠 도비네를 좋아했다.

장 프루베르는 귀리나 범의귀가 무성한 들판을 산책하기 좋아하고, 세상일에 관심을 기울이는 것 못지않게 구름에 관심이 있었다. 그의 정신은 두 가지 태도를 하고 있어 하나는 사람을 향하고, 다른 하나는 신을 향하고 있었다. 그래서 세상 움직임을 연구하든가 아니면 신에 관한 명상에 잠겼다. 장 프루베르는 하루종일 사회문제를 탐구하곤 했다. 이를테면 임금, 자본, 신용, 결혼, 종교, 사상의 자유, 연애의 자유, 교육, 형법, 빈곤, 조합, 재산, 생산, 분배와, 이와 같은 인류를 어두운 그림자로 뒤덮고 있는 현세의 수수께끼를 탐구했다.

그리고 밤이 되면 저 거대한 하늘에 가득한 별을 올려다보았다. 앙졸라와 마찬가지로 그도 부잣집 외아들이었다. 남과 이야기할 때는 온화하게 말하고 머리를 갸우뚱하고 눈을 내리뜨고, 어색한 웃음을 지었다. 옷차림에 신경을 쓰지 않고 어쩐지 어색해보였고 아무것도 아닌 일에 얼굴을 붉히며 매우 겁장이었다. 그러나 사실은 대담한 사나이였다.

풰이는 부채 만드는 집 직공으로 아버지도 어머니도 없는 고아였다. 그는 온종일 일하여 고작 3프랑의 수입을 올리고 있었다. 그러면서도 세상을 해방할 것만 생각하고 있었다. 아니 또 하나 마음에 품고 있는 것은 공부하는 것인데, 그는 이것을 자기가 해방되는 방법이라고 했다. 풰이는 혼자서 읽고 쓰기를 배웠다. 그의 모든 지식은 자기 혼자서 얻은 것이었다.

풰이는 마음이 너그러웠다. 그 포용력은 무한했다. 이 고아는 민중을 자기 육친으로 삼았다. 어머니가 없었기 때문에 조국에 마음을 기울이고 있었다. 푀이는 조국 없는 사람이 이 지상에 한 사람도 없기를 바랐다. 민중의 자식인 그는 오늘날 우리가 '국민정신'이라고 부르는 사상을 일찍부터 깊이 통찰하여 마음속에 품고 있었다. 특히 역사 공부에 힘을 기울였는데 정부가 하는 짓에 분개하려면 우선 그 근원을 샅샅이 알아야 한다고 생각했기 때문이었다. 이런 젊은 이상가들의 모임은 주로 프랑스에 관심을 두고 있었는데 푀이는 그 가운데서도 프랑스가 아닌 다른 나라에 제일인자였다. 특히 그리스, 폴란드, 헝가리, 루마니아, 이탈리아에 대해 전문가였다. 푀이는 입버릇처럼 이들 나라 이름을 들고, 마치 자기의 권리인 양 끊임없이 어떤 화제라도 아랑곳하지 않고 그 나라들을 들고 나왔다. 크레타 섬과 테살리아에 침입한 터키, 바르샤바에 침입한 러시아, 베니스에 침입한 오스트리아의 폭력 행위에 그는 격렬한 분노를 느꼈다.

특히 1772년의 대폭동(폴란드의 분할)에는 너무 통분을 느껴 부들부들 떨었다. 진실을 품은 분노만큼 최고의 웅변은 없는데 그는 그런 웅변가였다. 1772년이라는 모욕에 찬 그해에 대해서, 배반 때문에 멸망한 숭고하고 용감한 국민에 대해서, 세 나라의 저 범죄 행위, 저 잔악한 기습에 대해서——그 뒤 몇몇 존경할 국민에게 덤벼들어 이른바 출생증명서를 지워 버린 끔찍한 국가 말살의 전형이 되고 표본이 된 그 기습——그는 그칠 새 없이 웅변을 토했다. 현대의 모든 국제사회의 침범 행위의 근원은 폴란드 분할에서 비롯한다. 폴란드의 분할은 현대의 온갖 정치적 죄악을 귀결하는 수학의 정리와 같은 것이 되고 말았다.

최근 100년 이래의 모든 전제군주와 모든 반역자 가운데서 폴란드의 분할을 '변경할 수 없다'고 인정하고, 인준하고, 서명하고, 도장을 찍지 않은 사람은 하나도 없다. 근대 국가의 배신 기록을 살펴보면 이 배신이 맨 처음에 눈에 띈다. 비엔나 회의의 열강국들은 그들의 범죄를 수행하기에 앞서 우선 이 범죄를 참고로 했던 것이다.

1772년은 사냥할 짐승을 몰아댔다는 뿔피리 신호 소리이고, 1815년에는 그 사냥감들을 분배했던 것이다. 그런 것이 쾨이가 언제나 외치는 주제였다. 이 가련한 노동자는 정의의 옹호자가 되고 정의는 그를 위대하게 해줌으로써 보답했다. 왜냐하면 올바른 권리의 주장 속에는 영원한 것이 실제로 있기 때문이다. 오늘날 바르샤바를 타타르가 되게 할 수 없는 것은 현재의 베니스를 게르만이 되게 할 수 없는 것과 마찬가지다. 어느 국왕이라도 그런 짓을 하면 헛수고일 뿐 아니라 명예까지 잃게 된다.

일단 침몰된 조국도 언젠가는 수면에 떠올라 다시 그 모습을 나타내게 마련이다. 그리스는 다시금 그리스가 되고, 이탈리아는 다시 이탈리아가 된다. 정당한 권리로 기성 사실을 뒤엎으려는 항의의 소리는 영원토록 지워지지 않는다. 한 국민을 도둑질한 죄는 시효가 필요치 않다. 그런 심한 사기죄는 장래에도 결코 사라지지 않는다. 한 국민이란, 손수건처럼 이름의 머릿글자를 떼 버리면 누구의 것인지 모르게 되는 그런 것은 아니다.

꾸르페락은 드 꾸르페락 씨(M. de Courfeyrac)라는 아버지가 있었다. 왕정복고 시대의 시민계급은 귀족을 나타내는 'de'라는 말을 무언가 소중한 것으로 생각하고 있었다. 그것은 그들이 귀족 제도라든가 귀족계급에 대해서 품고 있던 그릇된 생각의 하나였다. 이 'de'가 아무런 의미도 없다는 것을 오늘날에는 누구나 다 알고 있다. 그러나 〈미네르브〉지(왕정 복고 초기 왕당파 신문) 시대 소시민들은 이 처량한 'de'를 너무나도 높이 평가하고 있었으므로 어떤 사람들은 그것을 폐지하지 않으면 안된다고까지 생각했다. 그 결과 드 쇼블랭 씨는 쇼블랭 씨, 드 꼬마르땡 씨는 꼬마르땡 씨, 드 꽁스땅 드 르베끄 씨는 뱅자맹 꽁스땅 씨, 드 라파이예뜨 씨는 라파이예뜨 씨라고 저마다 자기를 부르게 했다. 꾸르페락도 뒤질세라 간단하게 꾸르페락이라고 스스로 불렀다.

꾸르페락에 관해서는 이 정도로 해두자. 이 이상으로 꾸르페락을 알고 싶다면 똘로미에스(쾅띤느의 연인, 꼬제뜨의 아버지)를 상기하라는 말로 그치겠다.

꾸르페락은 실로 갓 피기 시작한 재치의 꽃이라 부르기에 어울릴 만큼 젊은 활기에 넘쳐 있었다. 다만 그런 자질은 새끼고양이의 귀여움과 마찬가지여서 머지않아 사라져버리고 그 멋진 아름다움도 두 다리로 서면 부르주아가 되고, 네 다리로 서면 밉살스런 수코양이가 되어 버리는 것이다.

이런 종류의 재치는 학교에 들어가서는 차례차례로 나가는 학생들——뒤에서 자꾸자꾸 자라나는 청춘의 싹——이 차례차례로 전달해 가는, '마치 릴레이 선수처럼' 손에서 손으로 건네지는 것이어서 거의 어느 시대에도 같은 유형의 정신을 볼 수 있다. 그러니까 앞서도 지적했듯이 1828년에 꾸르페락이 한 말은 누가 듣더라도 1817년에 똘로미에스가 하는 말을 듣는 것 같았을 것이다. 다만 꾸르페락은 호인이었다. 얼핏 보기에 외면적인 정신은 비슷했지만 잘 살펴보면 똘로미에스와 꾸르페락 사이에는 커다란 차이가 있었다. 그들 내부에 숨겨진 인간성은 전자와 후자가 전혀 달랐다. 똘로미에스 속에는 한 검사가 있는데 비해 꾸르페락 속에는 의협가가 있었다.

앙졸라는 결사의 수령이며 꽁브페르는 지도자, 꾸르페락은 그 중심이었다. 다른 두 사람이 동료들에게 빛을 주었다면 꾸르페락은 열을 주었다. 사실 꾸르페락은 결사의 중심이 되는 데 필요한 자질을 모두 갖추고 있었다. 원만함과 명랑한 성격을 갖고 있었던 것이다.

바오렐은 이미 1822년 6월의 유혈소동 때에 살해된 젊은 랄르망의 장례식에도 참가했다.

바오렐은 언제나 명랑한 사나이며 성장 과정은 나빴지만 교활하지 않고, 한없이 돈을 물쓰듯해서 그 낭비는 도무지 아까운 것을 모르는 듯했고, 말은 웅변이라 할 만큼 유창했고, 그 대담함은 무모하

달 정도였다. 참으로 더없이 좋은 사람이었다. 대담한 빛깔의 조끼를 걸치고 시뻘건 기염을 올렸다. 천성이 떠들기를 좋아해서 그것이 폭동이 아니라면 싸움처럼 좋아하는 것이 없고, 혁명이 아니라면 폭동처럼 좋은 것은 없다는 사나이였다. 일단 일이 일어나기만 하면 언제라도 유리창을 부수고, 보도의 포석을 벗겨내고, 정부를 뒤엎으려들기만 했다. 그 결과가 어떻게 되는가를 보고 싶은 것이다. 대학에는 이미 11년 동안 다니고 있었다. 법률학의 냄새를 맡고는 있었지만 공부하지는 않았다.

"절대로 변호사는 되지 않아." 하는 것이 그의 좌우명이었으며, 처박아 놓은 각모(변호사가 쓰는 모자)가 조금 내다보이는 나이트테이블이 그의 문장(紋章)이었다. 때로 법률학교 앞에 나타날 때는 언제나 프록코트에 단추를 정연히 채우고——빨도(짧은 외투) 같은 것은 아직 만들어내지 않았던 무렵이니까——이상한 데에 와서 감기에 걸리지 않도록 위생상의 주의를 하고 있었다.

학교 정문을 보고는 "어지간히 늙어 빠졌군!" 했고, 학장 드뱅꾸르 씨를 보고는 "굉장한 기념비로군!" 했다. 강의 속에서 샹송의 소재를 찾아내기도 하고, 교수들의 용모 속에서 만화거리를 찾기도 했다. 그는 꽤 많은 학자금을, 1년에 자그만치 3천 프랑이라는 돈을 하찮은 일에 써버리고 있었다. 그는 시골에 있는 부모가 자기를 존경하게 하도록 잘해 놓았던 것이다.

그는 부모에 대해서 이렇게 말했다.

"그들은 시골 농민이지 소시민이 아니야. 그들이 사리분별을 조금 할 줄 아는 것은 그 때문이지."

변덕쟁이 바오렐은 마음내키는 대로 여러 까페에 드나들었다. 다른 사람들은 저마다 단골집이 있었지만 그에겐 그런 것이 없었다. 그는 마구 돌아다니기를 좋아했다. 방황이 인간적이라 한다면 할일 없이 배회하는 것은 파리 사람다운 것이다. 그러나 사실은 그는 통찰력이 있고 겉보기와 달리 생각이 깊었다.

그는 'ABC의 벗'과 다른 그룹의——아직 분명하게 형태를 이루지는 않았지만 머지않아 조직될 다른 단체——연결 역할을 하고 있었다.

이 젊은이들의 집회소에는 대머리 회원이 하나 있었다.

루이 18세가 국외로 망명하려던 날, 이 국왕이 길에서 손님을 기다리는 이륜 마차에 타는 것을 도와줘서 공작 칭호를 받은 아바레 후작은 곧잘 이런 말을 하곤 했다. 1814년 국왕이 프랑스로 돌아와서 깔레에 상륙했을 때 한 남자가 국왕에게 청원서를 내놓았다.

"무슨 청인가?" 하고 국왕이 물었다.

"폐하, 부디 우체국을."

"이름은 무엇인가?"

"레글르라고 합니다."

국왕은 이마를 찌푸리고 청원서의 서명을 보고 레글르(Lesgle)라고 쓴 이름을 보았다. 그다지 보나빠르뜨적이 아닌 이 철자에 감동하여 국왕은 빙그레 웃었다.

"폐하," 하고 청원서를 내놓은 남자가 말을 이었다. "제 선조의 한 사람은 개 담당이었는데 레귈르(Lesgueules)(집승의 입 또는 터이란 뜻)라는 별명이 있었습니다. 그 별명이 제 이름이 된 겁니다. 저는 제대로 레귈르라고 합니다만, 그것을 줄여서 레글르(Lesgle) 또는 좀 다르게 레글르(L'Aigle)라고 하는 사람도 있습니다."

이 말에 국왕은 드디어 웃었다. 뒤에 국왕은 이 남자에게 모의 우체국을 주었는데, 특별한 생각에서였는지 무심코 그랬는지 그것은 알 수 없었다.

이 그룹의 대머리 회원이란 바로 이 레글르(Lesgle) 또는 레글르(Legle)의 아들인데 레글르(드 모)라고 서명하고 있었다. 동료들은 간단하게 그를 보쒜에라고 불렀다.

보쒸에는 쾌활한 청년이었지만 어쩐지 불행의 그림자를 지니고 있었다. 그의 특기는 무엇을 해도 성공하지 못하는 것이었다. 그래서 그는 모든 것을 웃어 넘기고 지냈다. 아직 스물 다섯 살인데 머리가 벗겨져 있었다. 그의 아버지는 집 한 채와 밭 한 뙈기밖에 가진 게 없었다.

그러나 아들인 보쒸에는 섣불리 투기에 손을 댔다가 실패하여 집과 전답을 순식간에 잃고 말았다. 보쒸에에게는 이제 아무것도 남아 있지 않았다. 학식도 있고 재치도 있었으나 무얼 하건 모두 실패했다. 모든 것이 틀어지고 만사가 그의 기대를 배신했다. 간신히 발판을 만들어 놓아도 그것이 곧 머리 위로 허물어져 내렸다. 나무를 패면 손가락을 다쳤다. 애인이 생겼는가 하면 오래지 않아 딴 남자가 있는 것을 알게 된다. 끊임없이 어떤 불운이 그에게 덮쳐왔다. 그러나 그런만큼 그는 쾌활하게 행동했다.

그는 곧잘 말하곤 했다.

"난 기왓장이 떨어지는 지붕 밑에 살고 있어."

보쒸에는 절대로 놀라는 일이 없었다. 왜냐하면 어떤 사건이라도 모두 미리 짐작하고 있는터라 설사 운이 나빴다 해도 결코 침착성을 잃지 않았다. 마치 농담을 듣고 흘려 버리듯 운명의 심술궂은 처사를 웃으며 받아들였다. 가난했지만 그의 호주머니에는 언제나 끊임없는 유머가 담겨 있었다. 돈은 마지막 1수까지 이내 써버리지만 타고난 너털웃음이 떨어지는 일은 절대로 없었다. 역경이 찾아와도 그는 그것을 옛 친구처럼 정답게 맞아들였다. 파국이 닥쳐오면 다정하게 그 어깨를 두드려 주었다. '숙명'과도 친하게 지내고 이제는 그것을 애칭으로 부르게까지 되었다.

"안녕하시오, 기뇽 씨."^(기뇽은 불운이란 뜻) 하고 그는 숙명을 부르는 것이었다.

그런 운명의 박해가 보쒸에를 어느 틈에 발명가로 만들었다. 그의 머릿속은 갖가지 아이디어로 가득했다. 돈은 한푼 없어도 그럴 마음만 있으면 '돈을 물쓰듯' 써보일 만한 수단을 생각해 냈다. 어느 날 밤 그는 어떤 말괄량이 여자와 함께 저녁식사를 했는데 '100프랑'어치나 먹어 버렸다. 그 큰 잔치 도중 그는 다음과 같은 비상한 말이 생각났다. "쌩 루이 아가씨, 내 장화를 벗겨 주구려 (cinq louis는 5루이, 곧 100프랑이라는 말인 동시에 Saint Louis를 가리킴, 여자여, 어떻게든지 이 100프랑을 지불해 달라는 뜻)."

보쒸에는 변호사직을 향하여 서두르지 않고 걸어가고 있었다. 즉 그가 법률 공부를 하는 방법은 바오렐 식이었다. 보쒸에는 주소라는 걸 가지고 있지 않다 해도 과언이 아니었다. 때로는 전혀 숙소가 없었다. 그런 때에는 동료 중 아무에게나 재워달라고 했으나 대개의 경우 졸리에게로 갔다. 졸리는 의학도였다. 그는 보쒸에보다 두 살 아래였다.

졸리는 젊은 노이로제 환자였다. 그가 의학공부를 한 결과는 의사 수업을 쌓는 것보다 환자가 되어 버린 일이 더 많았다. 아직 스물세 살밖에 안됐는데 자기를 환자라고 생각하고 거울 속에 혓바닥을 비춰보며 날을 보내고 있었다. 또한 그는 인간도 자침처럼 자기를 느낀다고 확신하고 있었으므로 밤이면 혈액 순환이 지구의 커다란 자기의 흐름에 거슬리지 않도록 머리는 남으로 발은 북으로 향하도록 침대를 놓았다. 천둥이 치며 비바람이 부는 동안은 자기 맥을 짚어 보았다. 그러면서도 동료들 가운데에서는 가장 쾌활했다. 젊고, 괴팍스럽고, 허약하고, 쾌활한, 부조리한 이 성질들이 그의 속에서는 모두 사이좋게 지내고 있어서 전체로 보아 좀 색다르지만 기분 좋은 인간이 만들어져 있었다. 동료들은 날개가 돋친 듯이 가벼운 자음을 그의 이름에 많이 붙여서 졸르르리(jolllly)라고 불렀다.

"자넨 네 개의 L(4리외에 비 유한 것임)을 단숨에 날 수 있는 사나이야." 장 프루베르는 늘 이렇게 그에게 말했다.

졸리는 단장 끝으로 곧잘 코를 문지르는 버릇이 있었는데 이것은 기민한 정신을 지닌 사람이 곧잘 하는 짓이다.

이들은 참으로 각인각색이었지만 어느 누구도 한결같이 진지하게 다루지 않으면 안될 젊은이들뿐이었다. 그런 그들은 '진보'라는 하나의 똑같은 신앙을 가지고 있었다.

그들은 모두 프랑스 혁명에서 태어난 직계 아들들이었다. 아무리 경박한 자라도 1789년이라는 연호를 입에 담을 때에는 엄숙했다. 그들 육신의 아버지는 푀이유땅(대혁명 초기의 온화파)이거나, 왕당파거나, 정통 이론파이거나 했고 또한 현재도 그러했다. 그러나 그것은 아무래도 상관없었다. 태어나기 전에 일어난 시대의 혼란 따위는 젊은 그들에게는 조금도 관계없었다. 주의(主義)라는 순수한 피가 그들 혈관에 흐르고 있었다. 그들은 모두 변함없는 권리와 절대의 의무를 획득하기 위해서 단결한 것이었고, 그 사이에 중간 색채란 없었다.

이 결사에 참가하여 그 동료가 되어 있는 이상 그들은 가슴속에 이상을 그리고 있었다. 이러한 정열과 신념을 가진 그들 속에 단 한 사람, 회의주의자가 있었다. 어떻게 회의주의자가 이들 속에 섞여 들어왔을까? 우연한 일이었다. 그 회의주의자는 그랑떼르라는 이름이었는데 언제나 R자로 서명하고 있었다. 그랑떼르는 무엇이건 믿으려 들지 않는 사나이였다. 물론 그는 빠리에서 공부하는 동안 가장 많은 것을 배운 학생 가운데 하나였다.

이를테면 가장 좋은 커피를 마실 수 있는 까페는 랑블리에이고, 가장 좋은 당구장은 까페 볼떼르이며, 멘느 거리의 에르미따즈에는 맛있는 과자와 예쁜 여자가 있고, 싸게 부인의 집에는 뼈를 발라낸 훌륭한 닭구이가, 뀌네뜨 성문께에선 훌륭한 생선 스튜를 먹을 수 있고, 꽁바 성문께에선 꽤 좋은 백포도주를 마실 수 있다는 것 따위를 알고 있었다. 온갖 좋은 것이 있는 곳을 알고 있었다. 게다가 그는 싸바뜨(프랑스의 주로 발로 먹쓰는 운동)나 쇼쏭(프랑스의 집어차기 운동)도 할 수 있고, 댄스도 몇 종류는 알고 있었고, 특히 곤봉술에 능했다. 또 그는 굉장한 술꾼이었다.

그랑떼르는 정말로 못생긴 사나이였다. 그 무렵의 제화 여직공 중 가장 잘생긴 이르마 브와씨는 그가 너무 못생긴 데에 어이가 없어서 "그랑떼르에겐 도저히 못 견디겠어" 하는 판결을 내렸다. 그러나 그랑떼르의 자만심은 그런 정도로 걸리거나 하지 않았다. 그는 여자를 보면 다정한 눈길을 보내 그것이 어떤 여자라도 "내가 그럴 생각만 있다면!" 하는 듯한 표정을 지었으며, 동료들에게는 자기가 인기를 얻고 있는 것처럼 믿게 하려고 애를 썼다.

민중의 권리, 인권, 사회 계약, 프랑스 혁명, 공화제, 민주주의, 인간성, 문명, 종교, 진보 같은 말은 모두 그랑떼르에게 아무런 의미도 없었다. 그는 그러한 말을 들으면 엷은 웃음을 띠었다. 회의주의라는, 이 지성에게 들러붙은 이 메마른 카리에스는, 그의 정신의 완전한 관념을 하나도 남기지 않고 먹어버렸다. 그는 다만 야유와 더불어 살고 있었다.

그의 명백한 진리란 이러했다.

"확실한 것은 단 하나밖에 없다. 그것은 현재 내 술잔에 가득 찬 술이다."

그는 어떠한 헌신도 냉소하고 있었다.

그것이 누구의 누구에 대한 어떤 헌신이건, 형제이건, 아버지이건, 로베스삐에르의 아우이건, 르와즈롤르이건, 어떤 헌신이건 다 냉소했다.

"남을 위해서 죽었다니, 대단한 진보야" 하고 그는 외치는 것이었다.

그리스도 수난상에 대해서는 이렇게 말했다.

"이건 정말 훌륭하게 성공한 교수형인걸."

방랑자에 노름꾼이고, 여자를 볼줄 모르고 늘 취해 있는 그는 끊임없이 이런 콧노래를 불러 젊은 몽상가들에게 불쾌감을 주었다.

'귀여워해 주리라, 처녀여. 귀여워해 주리라, 술이여.'

이것을 앙리 4세 만세의 가락에 맞춰 불렀다.

그런데 이 회의주의자는 어떤 대상에 열광하고 있었다. 그 대상은 사상도 아니고, 교의도 아니며, 예술도 아니고, 학문도 아니었다. 그건 한 인간, 다시 말해서 앙졸라였다. 그랑떼르는 앙졸라를 찬미하고 사랑하고 숭배하고 있었다. 이 무정부주의적인 회의주의자는 절대적인 정신을 지닌 사람만이 모인 이 단체 속에서 누구에게 결부된 것일까? 가장 절대적인 정신을 지닌 사람이었다. 앙졸라는 어떻게 그를 진심으로 복종케 했을까? 사상의 힘으로였는가? 아니다, 성격의 힘으로였다. 이것은 종종 볼 수 있는 현상이다. 회의하는 사람이 신념을 지닌 사람에게 결부되는 것은 그림에서 보색의 법칙처럼 당연한 일이다.

우리에게 부족한 것이 우리를 끌어당긴다. 장님만큼 햇빛을 사랑하는 사람은 없다. 난쟁이만큼 연대의 고수장을 동경하는 사람은 없다. 두꺼비의 눈은 언제나 하늘을 우러러보고 있다. 왜? 새가 나는 것을 보기 위해서다.

마음속에 회의가 기어다니는 그랑떼르는 앙졸라에게서 신념이 날개치는 것을 보는 것이 좋았다. 그에게는 앙졸라가 필요했다. 자기 자신이 분명하게 의식하지 않았고 그 이유를 생각해 보려고도 하지 않았지만 그는 앙졸라의 순결하고, 건전하고, 확고하고, 정직하고, 엄하고, 솔직한 성질에 매혹당하고 있었다. 그는 본능적으로 자기와 대조되는 사람을 찬미하고 있었던 것이다. 그의 부드럽고 희미하고 산만하고 병적으로 기형적인 사상은 등뼈에 달라붙듯 앙졸라에게 달라붙어 있었다. 그랑떼르의 정신의 척추는 앙졸라의 확고부동한 척추에 기대고 있었다.

앙졸라 가까이에 있으면 그랑페르도 어엿한 사람이 되는 것이었다. 무엇보다도 그 자신 외관상 모순된 것 같은 두 가지 요소로 구성되어 있었다. 빈정거리면서도 진지했다. 그는 냉담을 가장하면서도 실은 애정을 품고 있었다. 그의 정신은 신념 없이도 지낼 수 있으나 그의 마음은 우정 없이는 견디지 못했다. 이것은 심한 모순이다. 애정은 신념이기 때문이다. 그의 성질은 그런 것이었다.

세상에는 옷의 안감처럼 남의 이면이 되기 위해 태어난 것 같은 사람이 있다. 이를테면 뽈륙스, 빠트로클, 니쥬스, 유다미다스, 에페스티온, 페크메자가 그런 사람이다. 그들은 누구든 다른 사람에게 기대는 조건 아래서밖에 살 수 없다. 그들의 이름은 언제나 남의 이름 다음에 놓이고 '와'라는 접속격 조사 뒤에밖에 쓰이지 못한다. 그들의 큰 존재는 그들 자신의 것이 아니다. 그것은 자신의 것이 아닌 다른 사람의 운명의 이면인 것이다. 그랑떼르는 그런 사람 가운데 하나였다. 그는 앙졸라의 등이었다.

그러한 친화력은 당초 알파벳의 글자에서 비롯되었다고 해도 좋으리라. 알파벳의 순서로 보면 O와 P는 떼어놓을 수 없는 관계에 있다. 독자들은 이것을 그대로 O와 P 또는 오레스트와 삘라드라고 발음해도 좋을 것이다.

그랑떼르는 앙졸라의 참다운 위성으로서 이 젊은이들의 그룹 속에 살고 있었다. 그랑떼르의 삶은 거기에 있었다. 그는 그곳에 있지 않으면 마음이 즐겁지 않았다. 그는 친구들이 가는 곳이라면 어디든 따라갔다. 그랑떼르의 기쁨은 술기운이 돈 눈으로 동료들의 모습이 왔다갔다하는 것을 보는 것이었다. 동료들은 그랑떼르가 기분 좋으면 그것으로 그를 너그럽게 보아주는 것이었다.

신념가 앙졸라는 이 회의주의자를 경멸했고, 또 절제가로서도 이 주정뱅이를 멸시했다. 물론 조금은 불쌍하게 여기기도 했지만 그것도 경멸하는 듯한 동정이었다. 그랑떼르는 자기의 우정이 조금도 받아들여지지 않는 삘라드 (삘라드는 그리스 신화에서 오레스트에게 충고해주는 벗이다. 그리스 비극은 삘라드를 충실한 벗의 전형으로 삼았다) 였다. 그는 항상 앙졸라에게 심한 구박을 받고, 냉혹하게 배척되고, 거절당하면서도 여전히 되돌아와서 앙졸라에 대해서 이렇게 말하는 것이었다.

"얼마나 아름다운 대리석 같은 놈이냐!"

보쒸에의 블롱도 추도 연설

곧 알겠지만 이미 이야기한 사건과 서로 부합되는 것인데, 어느 날 오후 레글르 드 모는 까페 뮈쟁의 입구 문틀에 매우 기분좋은 듯이 기대어 서 있었다. 마치 사람 모양을 한 기둥이 잠시 쉬고 있는 듯한 모습이었다. 그에겐 몽상 외에는 아무것도 없다. 그는 쌩 미셀 광장을 바라보고 있었다. 무언가에 기대고 있는 것은 선 채 잠자는 방법이나 다름없어, 몽상가에게는 물론 마음에 들지 않을 수가 없었다. 레글르 드 모는 전전날 법학부에서 하찮은 실수를 저지른 것을 생각하고 있었다. 그것은 꽤 막연한 계획이라고는 하나 레글르 드 모 개인의 장래 계획을 변경해 버릴 만한 실수였다. 그러나 그것을 생각하면서도 그는 별로 우울해지지 않았다.

몽상하고 있어도 마차는 지나가고, 몽상가라 해도 마차를 보지 못할 리가 없다. 레글르 드 모는 한가하게 빈둥거리듯 눈을 여기저기로 굴리며 몽상하다가 이륜 마차 한 대가 광장으로 들어오는 것을 보았다. 그 마차는 보통 걸음으로 걸어왔는데 어쩐지 갈길을 방황하고 있는 것처럼 보였다.

저 마차는 누구를 찾는 것일까? 어째서 천천히 가는 것일까? 레글르는 유심히 바라보았다. 마차 속에는 마부와 나란히 청년이 하나 타고 있고 그 청년 앞에는 상당히 큰 여행 가방이 놓여 있었다. 그 가방에는 지나가는 사람에게도 보일 만큼 크고 까만 글씨로 '마리우스 뽕메르씨'라는 이름을 쓴 종이를 가방천에 붙여 놓았다.

그 이름을 보자 레글르는 자세를 바꾸었다. 그는 벌떡 몸을 일으켜서 마차 속의 청년에게 외쳤다.

"마리우스 뽕메르씨!"

부르는 소리를 듣고 그 마차가 섰다.

레글르 드 모

청년 또한 깊은 생각에 잠겨 있었던 듯 했으나 문득 눈을 들었다.

"네?" 하고 청년이 대답했다.

"당신이 마리우스 뽕메르씨요?"

"그렇소."

"당신을 찾고 있는 참이었소" 하고 레글르 드 모가 말했다.

"왜 나를 찾죠?" 마리우스가 물었다.

무리도 아니다. 마리우스는 할아버지의 집을 지금 막 뛰쳐나온 길이었고 눈앞에 있는 사나이는 난생 처음 보는 얼굴이었던 것이다.

"난 당신을 모르겠는데?"

"나도 당신을 알지 못하오" 하고 레글르는 대답했다.

마리우스는 틀림없이 장난꾸러기가 길 한복판에서 사람을 놀릴 작정이구나 하고 생각했다. 마리우스는 지금 명랑한 기분이 아니었다. 그는 눈살을 찌푸렸다.

그러나 레글르 드 모는 태연하게 말을 이었다.

"당신, 그저께 학교에 나오지 않았지요?"

"그랬던가요?"

"분명히 안 나왔소."

"당신도 학생이오?" 하고 마리우스가 물었다.

"그렇소. 당신과 마찬가지로. 그저께 난 학교에 나가보았지요, 우연히 말이오. 왜 때로는 그런 생각이 들지 않소? 마침 교수가 출석을 부르던 참이었지요. 그런데 이런 때 그자는 참으로 어리석은 짓을 하거든요. 세 번 이름을 불러도 대답이 없으면 그 이름을 지워 버리고, 그렇게 되면 수업료 60프랑이 날아가 버린단 말이지오."

마리우스는 귀를 기울여 듣기 시작했다. 레글르는 말을 이었다.

"출석을 부른 것은 블롱도였죠. 알겠죠, 블롱도를? 유난히 뾰죽한 심술궂은 코를 가진 작자 말요. 그자는 결석자를 끄집어내면 무척 좋아하죠. 그저께는 일부러 P서부터 시작하더란 말이오. 나는 듣지 않았소. P는 내게 아무 관계도 없었으니까요. 호명은 잘 진행되어 갔소. 결석자는 없었지요. 전원 출석이었으니까요. 블롱도는 따분한 표정을 하더군요. 난 입속으로 중얼거려 주었죠. '귀여운 블롱도 씨. 오늘은 아무도 처분할 수 없군 그래'라고 말이오.

그러자 블롱도란 작자가 갑자기 '마리우스 뽕메르씨' 하고 불렀는데 아무도 대답하지 않았소. 블롱도는 희망으로 가슴이 부풀어 한층 더 큰 소리로 '마리우스 뽕메르씨' 하고 되풀이하더군요. 그러고는 펜을 들었어요. 보세요, 내게도 인정이란 게 있지요. 그래서 얼른 이렇게 생각했어요.

지금 여기서 선량한 한 녀석의 이름이 지워지려 하고 있다. 잠깐 기다려. 그는 틀림없이 태평스런 놈이지만 재미있는 놈일 거야. 학생으로서는 훌륭하지 못하군. 품행도 방정한 편은 아니고, 점수를 따려고 애쓰는 놈도 아니고, 과학이니 문학이니 신학이니 철학이니 무턱대고 쓸어넣어서 그것을 자랑하는 박식한 풋내기도 아니고, 지나치게 엄하게 뽐내기만 하는 바보 재주꾼도 아니다. 대학 따위를 고마워하는 남자는 아니다. 틀림없이 존경할 만한 게으름뱅이고, 거리를 빈둥거리든가 교외에 나가 틀어박혔거나, 가게에 근무하는 계집애에게 반해 있거나, 미인의 뒤꽁무니를 쫓고 있거나 어쩌면 지금쯤 내 여자 집에 숨어들어가 있는지도 모르지. 좋아, 그를 도와주자. 블롱도 선생은 골려 줘야지!

이때 블롱도는 바로 말살(抹殺)의 검은 펜에 잉크를 찍어 가지고 교활한 짐승 같은 눈으로 일동을 둘러보며 세 번째로 되풀이했지요. '마리우스 뽕메르씨!' 나는 대답했죠. '네!' 그래서 당신 이름이 지워지지 않은 거요."

"이봐요……!" 하고 마리우스는 말을 하려 했다.

"그리고 내가 대신 지워졌지요" 하고 레글르 드 모는 덧붙였다.

"그건 또 왜요?" 하고 마리우스가 말했다.

레글르는 말을 이었다.

"왜고 뭐고가 어딨소. 나는 대답하기 위해서 교단 가까이 있다가 다시 도랑가기 위해서 문 곁으로 갔었단 말요. 교수는 어쩐 일인지 나를 뚫어지게 보더란 말요. 그러나 느닷없이 블롱도 선생, 브왈로가 말한 대로 정말 어쩔 수 없는 놈이더군. L자로 달려들더란 말요. L은 내 머리글자지요. 나는 모 지방 사람으로 레글르라고 해요."

"레글르?" 하고 마리우스가 말을 끊었다. "참 좋은 이름이군요!" ^(마리우스는 레글르를 독
수리란 뜻으로 알았다)

"그 블롱도 선생이 바로 그 좋은 이름에 달려들어 외치더란 말요. '레글르!' 난 대답했소, '네!' 그러자 블롱도 선생은 손톱을 감춘 호랑이 같은 부드러운 눈길로 나를 지켜보고 빙긋 웃더니 이러더란 말요. '자네가 뽕메르씨라면 레글르는 아닐 테지.' 이건 당신에겐 반갑잖은 말이겠지만 내게는 그야말로 치명적이었소. 그는 그렇게 하고 내 이름을 지워 버렸소."

마리우스는 놀라서 외쳤다.

"이거 정말 폐를 끼쳤군요……."

"나는 우선 첫째로" 하고 레글르는 상대의 말을 가로막았다. "어떤 재치 있는 찬사를 보내면서 블롱도를 매장하고 싶어요. 그자가 죽은 것으로 가정합시다. 죽었댔자 그자는 말라빠지고, 창백하고, 쌀쌀하고, 딱딱하고, 고약한 냄새를 풍기는지라 별로 달라질 것도 없지만 말요. 나는 이렇게 말할거요. '그대 대지를 재판하는 자여, 기억하라.' 블롱도, 여기에 잠들다. 코의 블롱도, 블롱도 나지까 ^(코배기 블
롱도), 규율의 황소 '보스디씨쁠리네', 훈령의 개, 점호의 천사, 그는 꼿꼿하고, 네모 반듯하고, 정확 엄격하고, 정직하고, 혹독하고, 박정했다. 그가 내 이름을 지웠듯이 신은 그의 이름을 지웠노라.”

마리우스는 말을 이었다.

“정말 뭐라고…….”

“젊은이여” 하고 레글르 드 모는 말했다. “이것이 당신의 교훈이 되었다면 다행이오. 앞으론 어김없이 출석하도록.”

“정말 미안합니다.”

“앞으로 더 이상 이웃 사람의 이름을 지워 버리지 않도록 해주오.”

“뭐라 할 말도…….”

레글르는 웃음을 터뜨렸다.

“아니, 난 무척 기뻐요. 아무튼 변호사가 될 비탈길에 굴러들어갈 판이었는데 제명되었으니 오히려 살았소. 덕분에 변호사의 영관은 끊긴 셈이니까. 이제 미망인의 변호도, 고아의 반대변론도 하지 않아도 되게 되었소. 이젠 법복에 아무 볼일도 없소. 실습기간도 소용 없소. 이렇게 제명은 이루어진 셈이오. 이것도 당신 덕분이오, 뽕메르씨. 언제 한번 정식으로 사례하는 의미에서 방문할 작정이오. 그런데 당신 주소는?”

“이 마차 속이오” 하고 마리우스는 말했다.

“유복하다는 증거군요” 하고 레글르는 태연한 표정으로 대답했다. “축하하오. 거기서 사신다면 집세는 1년에 9천 프랑쯤 되겠군 그래.”

이때 꾸르페락이 까페에서 나왔다.

마리우스는 침울한 얼굴에 미소를 띠었다.

“난 두 시간 전부터 이 마차 셋집에 있는데 인제 그만 나가고 싶어 견딜 수가 없어요. 그런데 조금 무슨 까닭이 있어서 어디로 가야 할지 난처합니다.”

"여보게" 하고 꾸르페락이 말했다. "나 있는 데로 오게나."

"내가 우선권이 있지만" 하고 레글르가 말참견을 했다. "난 집이 없는 형편이니까."

"자넨 잠자코 있어, 보쒸에" 하고 꾸르페락이 말을 이었다.

"보쒸에라니?" 하고 마리우스가 말했다. "당신은 분명히 레글르였다고 생각하는데?"

"거기다 드 모를 덧붙이는 걸세" 하고 레글르가 대답했다. "별명이 보쒸에지."

꾸르페락은 마차에 올라탔다.

"마부 양반" 하고 그는 말했다. "뽀르뜨 쌩 자끄 여관으로."

이렇게 해서 마리우스는 그날 밤부터 쌩자끄 여관의 꾸르페락 방에 자리를 잡게 되었다.

마리우스의 놀라움

며칠 사이에 마리우스는 꾸르페락의 친구가 되었다. 젊은 시절엔 대번에 친밀해지고 마음의 상처도 쉽게 아문다. 마리우스도 꾸르페락 옆에 있게 되고 나서는 자유로이 숨을 쉴 수 있게 되었다. 이런 일은 그에게 일찍이 없었다. 꾸르페락은 아무것도 묻지 않았다. 물으려고도 하지 않았다. 이 또래에서는 얼굴이 모든 것을 한꺼번에 말해버린다. 그러니까 말을 주고받을 필요도 없다. 얼굴 표정이 모든 것을 말한다고 해도 될 젊은이가 있는 법이다. 얼굴을 서로 바라보는 것만으로 마음을 서로 알 수가 있는 것이다.

어느 날 아침 꾸르페락이 별안간 마리우스에게 이런 질문을 했다.

"그런데 자넨 어떤 정치 의견을 갖고 있나?"

"그야!" 하고 마리우스는 약간 기분이 상한 듯 대답했다.

"무슨 파인가?"

"민주적 보나빠르뜨 파지."

"안전한 회색 분자군" 하고 꾸르페락은 말했다.

다음날 꾸르페락은 마리우스를 까페 뮈쟁으로 데리고 갔다. 까페에서 꾸르페락은 빙긋빙긋 웃으면서 마리우스 귀에 대고 소곤거렸다.

"혁명 속으로 뛰어들 기회를 자네에게 만들어 줘야겠어."

그렇게 말하고나서 꾸르페락은 마리우스를 'ABC의 벗'의 방으로 데리고 갔다. 그는 마리우스를 다른 동료들에게 소개하고 나서 낮은 목소리로 마리우스에게 무슨 말인지 모를 말을 짤막하게 했다. "학생이야."

마리우스는 온갖 정신이 무리지어 있는 벌집 속에 떨어진 듯한 답답함을 느꼈다. 그러나 그는 신중하고 진실하지만 정신의 날개돋침도 갖고 있지 못한 그런 사나이는 결코 아니었다.

이제까지 고독하게 지내 온 마리우스는 습관과 취미로 말미암아 혼자 자문 자답하는 버릇이 있었기 때문에, 지금 자기 주위를 날고 있는 젊은이들의 무리에서 약간 눌리는 듯했다. 그곳의 다종다양한 독창가들은 한꺼번에 그를 부추기고 사방으로 끌어당겼다. 자유롭게 활동하는 정신의 활발한 교류 속에서 그의 사상은 선풍처럼 소용돌이쳤다. 때로는 너무 혼란해진 나머지 자기의 사상이 멀리 어딘가로 사라져버려, 그것을 다시 되돌리는 데 고통을 느끼는 때도 있었다.

철학이니 문학이니 미술이니 역사니 종교니 하는 이야기가, 이제껏 들어 본 적도 없는 이상한 모양으로 귀에 들어왔다. 예전엔 알지 못했던 사상의 여러 가지를 들여다보는 듯한 느낌이었다. 그리고 그 사상을 넓은 전망 속에 놓고 볼 수 없기 때문에 무언가 무질서한 것을 보는 것만 같아 믿을 수가 없었다.

마리우스는 정치에 관해서 할아버지의 의견을 버리고 아버지의 뜻을 따랐을 때, 이제 자신의 입장은 정해졌다고 믿었다. 그런데 지금 아직도 자신의 입장이 분명하지 않았나 싶은 의혹이 머리를 들어 마음이 가라앉지 않았으나 그렇다고 자인할 용기도 나지 않았다. 여태까지 거기 서서 온갖 것을 보아온 자기의 각도가 다시 흔들리기 시작했던 것이다. 어디서부터인지 동요가 일어나서 그의 두뇌의 전 영역을 흔들었다. 마음속은 이상야릇한 대혼란에 빠져들었다. 견딜 수 없을 정도의 혼란이었다.

그들 청년들에게는 '범할 수 없는 것'이 아무것도 없는 것 같았다. 마리우스는 온갖 것에 대해서 처음 듣는 말을 서로 주고받는 것을 들었다. 그러한 말은 아직도 조금 어리둥절해 있는 그의 정신에 충격을 주었다.

어느 날 거리에 한 장의 연극 광고가 붙어 있었다. 낡은 상연물로 이른바 고전물인 비극의 제목을 인쇄한 것이었다.

"치워 버려, 소시민들이 좋아하는 비극이야!" 하고 바오렐이 외쳤다.

그러자 꽁브페르가 그 말에 대꾸해서 이렇게 말하는 것을 마리우스는 들었다.

"넌 잘 모르고 있어, 바오렐. 시민계급은 비극을 좋아해. 그 점에서는 너그럽게 보아 줄 필요가 있어. 가면을 뒤집어쓰고 하는 비극에도 존재 이유는 있다네. 나는 에스킬로스 따위를 들고 나와서 그 존재의 권리를 이러쿵저러쿵 말하는 사람들의 의견에는 찬성하지 않아. 자연 속에도 아직 소묘인 채로 있는 게 얼마든지 있네. 그러나 인간의 창작 속에 모방이 있어도 무방할 걸세. 부리가 아닌 부리, 날개가 아닌 날개, 물갈퀴가 아닌 물갈퀴, 발이 아닌 발, 웃지 않을 수 없게 하는 고통스러운 외침, 이것이 자연이 만들어낸 집오리야. 그런데 이런 가금도 새에 섞여서 살고 있는 이상 고전주의 비극이 고대 그리스 비극과 나란히 있으면 왜 안되는지 나는 모르겠네."

또 어떤 때 마리우스는 앙졸라와 꾸르페락 사이에 끼어서 우연히 장 자끄 루소 거리를 지나가고 있었다.

꾸르페락이 마리우스의 팔을 움켜잡았다.

"알겠어 ? 여긴 정말은 뻘뤼트리에르 거리지만 지금은 장 자끄 루소 거리라고 부르고 있어. 60년쯤 전에 한 괴상한 부부가 여기 살고 있었기 때문이지. 장 자끄하고 떼레즈였네. 이따금 여기서 갓난아이가 태어났네. 떼레즈는 아이를 낳고, 루소는 차례차례로 아이를 버렸다네."

그러자 앙졸라는 꾸르페락에게 소리를 질렀다.

"말 조심해, 장 자끄에 대해선 ! 그 사람은 내 찬미의 표적일세. 그야 자기 아이를 버린 것은 사실일세. 하지만 대신 민중을 아이처럼 사랑했어 !"

그들 청년들은 아무 말도 하지 않았다. 다만 장 프루베르만이 황제라는 말을 이따금 나뽈레옹이라고 했다. 다른 사람들은 모두 보나빠르뜨라고 했다. 앙졸라는 '부오나빠르뜨'라고 발음했다.

마리우스는 정체를 알 수 없는 놀라움을 느끼고 있었다. '지혜의 시초'인 것이다.

까페 뮈쟁의 깊숙한 방

이 청년들의 회합에 마리우스도 참석해서 때로는 이야기에 끼어들기도 했는데, 어떤 때는 그의 정신을 밑바닥부터 흔들어 놓았다.

까페 뮈쟁의 깊숙한 뒷방에서 일어난 일이었다. 그날 저녁에는 'ABC의 벗'의 거의 전원이 모여 있었다. 껭께 램프불도 어마어마하게 켜 있었다. 전원이 별로 열을 올리거나 하지 않았지만 떠들썩하게 이런저런 말을 주고받고 있었다. 앙졸라와 마리우스는 잠자코 있었으나 다른 사람들은 제각기 멋대로 문제를 꺼내 토론하고 있었다. 동료끼리 하는 잡담이란 때로는 평화로운 소란을 빚기도 한다. 확실히 진지한 이야기도 들을 수 있지만 농담처럼 되거나 혼란에 떨어지는 일도 있었다. 모두 말을 주고받고 말꼬리를 붙잡고 늘어지거나 했다. 방안 여기저기에서 이야기가 오고갔다.

여자는 아무도 이 방에 들어오지 못하도록 되어 있었다. 다만 루이종이라는, 이 까페에 고용되어 있는 접시닦는 여자만은 예외여서 이따금 그릇 씻는 데에서 '실험실'(학생들의 은
어로 요리장)로 가기 위해 방을 지나가는 때가 있었다.

그랑떼르는 완전히 술에 취해서 혼자 한구석을 점령하고는 고함치고 있었다. 그는 알아들을 수 없는 말을 목청껏 늘어놓으면서 고래고래 소리치고 있었다.

"목이 말라 견딜 수가 없어. 여러분, 나는 꿈을 꾸고 있네. 하이델베르크의 술통이 갑자기 쓰러지는 꿈을 말일세. 거기에 거머리를 열두 마리 가량 붙이는데 내가 그 거머리가 되는 꿈일세. 아아, 술을 마시고 싶다. 인생을 잊고 싶어. 인생 따위를 누가 생각해 냈는지 모르지만 정말 끔찍한 발명물이야. 오래 가지도 않고 가치가 있는 것도 아냐. 살아 있으니까 어처구니없는 짓을 저지르는 거야. 인생은 써먹을 길 없는 장식품이야. 행복이란 사람에게 보이는 쪽만을 색칠한 낡아빠진 창틀이야. 틀림없이 〈전도서〉에 써 있어. 모든 것은 공허하다고 말일세. 아마 실재 인물은 아니었을 테지만 내 생각도 마찬가지야. 영(靈)은 발가벗고 다니기 싫으니까 공허라는 옷을 입는 걸세. 오오, 공허! 과장된 말로 모든 것을 휩싸버리는 공허! 요리장을 실험실로, 댄서를 무용 교수로, 곡예사를 체육 교사로, 주먹대장을 권투 선수로, 약장수를 화학자로, 이발사를 예술가로, 미장이를 건축 기사로, 경마 기사를 운동가로, 쥐며느리를 익족류(翼族類)라 부르네.

공(空)에는 표리가 있네. 겉은 호인이야, 유리 구슬 달고 기뻐하는 검둥이지. 속은 바보일세. 누더기를 걸치고 분발하는 철학자야. 나는 겉을 위해서는 눈물을 흘리지만 속을 보면 웃어 버리지.

명예와 품위 그 자체도 대부분은 가짜 금이야. 국왕은 인간의 자존심을 상대로 장난을 하네. 칼리굴라는 말을 명예 집정관으로 삼았네. 찰스 2세는 아로와이요를 기사로 삼았네. 자, 여러분들, 집정관 인시타투스와 준남작 로스트비프 사이에 끼어서 뽐내어 보게나.

인간의 본질 가치에 대해서 말하자면 그것은 모두 존경할 가치가 없네. 이웃 사람끼리 어떤 말로 칭찬을 하는지 한번 들어보게. 순백한 것이 순백에 대해서 하는 말은 무서운 걸세. 만약 백합꽃이 입을 연다면 비둘기를 얼마나 욕하겠나! 신들린 여자가 믿음이 강한 여자를 욕한다면 살무사나 독사보다도 더 독살스러운 말이 튀어나오네. 나는 무식한 게 유감일세. 좀 여러 가지 알고 있다면 많은 예를 들려줄 텐데, 난 아무것도 몰라. 그래도 나는 언제나 기지만은 있네. 나는 그로한테서 그림 공부를 하던 때에는 그림 나부랭이를 끄적거리는 대신 시간을 보내기 위해 사과를 훔쳐 먹곤 했지. 라뺑(서투른 그림쟁이)은 라삔의 남성형인 셈이지. 내게 관해선 우선 이런 정도일세.

자네들도 나와 비슷하겠지. 자네들이 아무리 완전하고 뛰어나고 유능하다 해도 그런 건 내겐 상관 없어. 모든 장점은 단점과 통하네. 검약가는 인색한 사람과 가깝고 관대한 사람은 낭비하는 사람과 별 차이 없고, 용기는 허세와 같은 그릇이지. 매우 믿음 깊게 말을 하는 자도 조금은 위선이 있는 법일세. 디오게네스의 외투에 구멍이 있듯이 미덕 속에도 악덕은 있어.

자네들은 피살된 자와 죽인 자, 시저와 브루투스 어느 쪽을 찬미하나? 대개는 살인자의 편을 드네. 브루투스 만세지! 그는 죽였네. 미덕이란 그런 거지. 미덕, 좋겠지. 그러나 그렇다면 광기 또한 좋은 것일세. 그들 위인들에게는 기묘한 얼룩이 있지. 시저를 죽인 브루투스는 소년의 조상(彫像)을 사랑했어. 그 조상은 그리스의 조각가 스트롱질리옹이 만든 것인데 그는 이밖에도 아름다운 다리라고 부른 아마종 유크네모스의 모습을 조각했네. 그것은 네로가 여행 떠날 때 함께 가져가 버렸네. 결국 스트롱질리옹은 두 개의 조각밖에 후세에 남기지 않았지. 그 두 조상(彫像)은 브루투스와 네로를 일치시킨 셈이네. 다시 말해서 브루투스는 그 중의 하나를, 네로는 다른 또 하나를 사랑했지.

역사란 언제까지라도 변하지 않는 쓸데없는 긴 이야기에 지나지 않네. 어느 시대도 과거 시대의 모방일세. 마렝고의 싸움은 삐드나 싸움을 그대로 옮겨 놓은 것이고, 클로비스 왕의 똘비악 전투와 나뽈레옹의 아우스테를리츠의 전투는 두 방울의 피가 닮은 것처럼 흡사해.

나는 전승을 높이 평가하지 않네. 싸움에 이기는 것만큼 바보 같은 건 없어. 참다운 영광이란 싸우지 않고 상대를 설득하는 일일세. 어쨌든 뭐든지 한번 증명해 보게나. 잘 증명할 수 있다면 자네들은 만족할 테지만 그것도 얼마나 하찮은 만족인가! 사람을 정복한다, 이 얼마나 비참한 만족인가! 아아, 이 무슨 일인가. 곳곳에 공허와 비열만이 가득 차 있네. 모든 것은 성공에 굴복하네. 심지어 문법까지도. '습관이 그것을 원한다면' 하고 호라티우스는 말했네. 그러므로 나는 인류를 경멸하네.

이번에는 전체에서 부분으로 내려가기로 할까? 자네들은 내가 여러 민족을 찬미하기를 바라나? 그렇다면 묻겠는데 대체 어떤 민족을 칭찬하라는 말인가? 그리스 민족인가? 옛날의 빠리 사람이라는 아테네 사람들은, 마치 빠리 사람들이 꼴리니를 죽였듯이 포씨옹을 죽이고 폭군들에게 아첨하여 아나쎄포루스에 이르러서는 피지스트라투스를 보고 '그의 오줌에는 꿀벌이 모여든다'고 말했지. 그리스에서 50년 동안에 나온 가장 저명한 인물은 문법학자 필레타스였네. 그는 몸이 너무나 작고 여위었기 때문에 바람에 날리지 않도록 신에 납을 달고 다녀야 했다네. 코린트 제일의 대 광장에 실라니옹이 조각한 것이 있는데 프리느의 목록에 실려 있네. 그것은 에피스타투스의 상이었지. 그런데 에피스타투스는 도대체 무엇을 했는가? 그는 다리를 걸어 넘어뜨리는 기술을 발명했을 뿐이야. 그리스와 그 영광은 이런 것으로 요약되네.

그럼 다른 민족으로 옮기세. 나는 영국을 찬양해야 할까? 프랑스를 찬양해야 하나? 프랑스를 왜? 빠리가 있기 때문에? 그러나 옛날의 빠리인 아테네에 대한 내 의견은 이미 말했네. 그럼 영국은? 왜, 런던이 있기 때문인가? 나는 그런 카르타고 같은 도시는 싫네. 게다가 런던은 영화의 도시이지만 동시에 빈곤의 수도이기도 하네. 채링크로스 교구만도 1년에 100명씩 굶어 죽지 않는가? 이것이 알비온일세. 게다가 나는 평소에 점잖은 체하는 어떤 영국 여자가 장미 화관에 푸른 안경을 쓰고 춤추는 것을 본 적이 있네. '영국은 저리 가라'일세! 그럼 영국인 존불을 찬양하지 않는다면 그 동생인 미국인 조나단을 칭찬해야겠나? 나는 이 노예를 잔뜩 거느린 동생을 좋아하지 않네.

'시간은 금이다'는 금언을 빼버리면 영국에 무엇이 남나? '목화는 왕이다'는 표어를 빼버리면 미국에 무엇이 남지? 그리고 독일, 이놈은 꼭 임파액이요, 이탈리아는 담즙이지. 그럼 우리는 러시아에 도취해야겠나? 볼떼르는 러시아를 찬미했네. 그는 또한 중국도 찬미했지. 나도 러시아가 미를, 그 중에서도 특히 강력한 전제정치라는 미를 갖추고 있다는 것에는 동의하네.

허나 전제군주란 불쌍해. 그들의 생명은 위태롭지. 알렉시는 목을 잘리고, 피터는 찔려 죽고, 뽈은 교살당하고, 또 다른 뽈은 구두 뒤꿈치로 짓밟혀 죽고, 몇몇 이반은 교수당하고, 숱한 니꼴라이나 바질이란 자는 독살당했네. 이러한 예는 분명 러시아 황제의 궁전이 비위생적인 상태에 있다는 것을 나타내고 있어.

문명 민족들은 사상가에게 찬사를 들으려고 전쟁을 추켜들고 나온단 말일세. 그런데 전쟁, 개화된 전쟁이라 해도 약사 산 협곡의 트라브칼 산적의 노략질에서 빠스 두뙤즈의 꼬망슈 족 토인의 약탈에 이르기까지 온갖 산적 행위의 형태를 다 모아 놓은 것에 지나지 않네. 뭐라고! 하고 자네들은 내게 말하겠지. 유럽은 그래도 아시아보다 낫지 않느냐고. 나도 아시아가 우스꽝스럽다는 건 인정하네. 그러나 자네들이 어째서 그렇게 달라이 라마를 웃음거리로 삼는지 모르겠어. 자네들 서구 민족은 이사벨라 여왕의 더러워진 속옷부터 프랑스 황태자의 침실용 변기에 이르기까지 온갖 오물을 여성들의 유행품이나 남성들의 사치품으로 그럴 듯하게 받아들이지 않았는가? 나는 인류에게 말하겠네. 우리는 이젠 틀렸다고.

브뤼셀에서는 맥주를 가장 많이 마시고 스톡홀름에서는 가장 많은 브랜디를, 마드리드에서는 초콜렛을, 암스테르담에서는 진을, 런던에서는 포도주를, 콘스탄티노플에서는 커피를, 빠리에서는 압쌩뜨 술을 가장 많이 소비하고 있네. 이것이야말로 유익한 지식일세. 요컨대 빠리가 가장 으뜸일세. 빠리에서는 넝마주이까지도 놀기 좋아하니 말일세. 디오게네스도 피레우스에서 철학자 생활을 하기보다는 빠리에 태어나 모베르 광장에서 넝마주이를 하고 싶었을 걸세.

그리고 또 이런 것도 알아두게나. 넝마주이가 모이는 술집을 한 잔 마시는 집이라고 하네. 그 가운데에서도 유명한 술집은 '까스롤'과 '아바뜨와르'지. 그런데 오오, 술집이여, 주막집이여, 대폿집이여, 목로 술집이여, 싸구려 집이여, 카바레여, 넝마주이의 술집이여, 대상(隊商)들의 술집이여.

나야말로 육욕에 불타는 사나이일세. 나는 리샤르의 가게에서 한 사람 앞에 40수짜리 식사를 하네. 나는 발가벗은 클레오파트라를 굴릴 페르시아의 양탄자가 갖고 싶어! 클레오파트라는 어디 있느냐? 아아! 누구라고, 루이종이구나. 잘 있었나.”

까페 뮈쟁의 깊숙한 뒷방 구석에서 곤드레가 되도록 취한 그랑떼르는 접시 닦는 여자가 지나가는 것을 붙잡고 그렇게 말하고는 더욱 떠들어 댔다.

보쒸에는 그에게 팔을 뻗쳐 억지로라도 입을 다물게 하려 했다. 그러자 그랑떼르는 더욱더 열을 내어 떠들어 댔다.

“에글르 드 모, 손을 대지 마라(여기서 손이란 말은 동물의 다리, 발을 뜻하는 낱말로 썼다). 히포크라테스가 아르타크세르크세스의 헌옷을 소용 없다고 거절하는 체 해봤자 아무런 효과도 없네. 나를 조용하게 하려고 하지만 그런 걱정은 하지 않는 게 좋아. 첫째 나는 슬픈 걸세. 뭐라고 하면 자네 마음에 들겠나? 인간은 악해. 인간은 추한 존재지. 나비는 잘 만들었지만 인간은 실패작이야. 신은 이 동물을 잘못 만들었어. 인간이 모인 곳을 보게나. 못생긴 물건의 품평회 같네. 어느 놈이고 모두 형편 없는 것들일세. 여자(femme)는 불결(infâme)이란 말과 운이 맞네. 그렇지, 난 우울증에 사로잡히고, 멜랑콜리에 걸리고, 노스탈지아에 시름하고, 게다가 히포콘드리어일세. 초조하고, 화가 치밀고, 하품을 하고, 지루하고, 실망하고, 지긋지긋하단 말일세. 신 따윈, 쓸데없는 존재야!”

“글쎄 조용히 하란 말야. 대문자 R(그랑떼르)!” 하고 보쒸에가 말했다. 그는 몇몇 친구들과 법률 문제에 관한 토론을 하느라고 재판상의 용어를 계속 토하고 있었다. 그 결말은 이러했다.

“……로 말하자면 법률가 부류에 속한다 해도 기껏 아마추어 검사 정도일세만, 나는 이렇게 주장해. 즉 노르망디의 관습법 조항에 의하면, 쌩 미셸에서는 매년 재산 소유자와 유산 상속자 전원과 그리고 각 개인에 의해서 어떤 종류의 ‘대가’가 귀족들을 위해서 ——다른 사람들에 대한 세금은 별도로 하고——지불되게 되어 있네. 그리고 이것은 모든 장기 소작지, 임대차지, 자유지에 대하여, 그리고 소유지와 국유지에 관한 계약, 저당물과 저당권에 관한 계약에 대하여……."

"한탄하는 님프, 에코여!" 하고 그랑떼르가 콧노래를 불렀다.

그랑떼르 바로 옆 테이블에는 거의 이야기 소리가 들리지 않았으나, 두 개의 작은 컵 사이에 한 장의 종이와 잉크병과 펜이 있는 것을 보니 보드빌의 윤곽이 잡혀 가는 모양이었다. 그 대사업은 소곤소곤 의논되고 있어서 그 일을 하고 있는 두 사람은 열심히 서로 머리를 맞대고 있었다.

"우선 인물의 이름을 정하세. 이름이 정해지면 주제도 금방 생각나거든."

"좋아, 말해 봐. 내가 쓰지."

"도리몽 씨 어떤가?"

"연금 소유자인가?"

"그렇다고 할 수 있지."

"그의 딸은 셀레스띤느."

"……띤느. 그리고?"

"쌩발 대령."

"쌩발은 너무 판에 박혀 있어. 난 발쌩이 좋다고 생각해."

이 보드빌 작가를 지망하는 두 사람 옆에는 다른 한 쌍이 있었는데 그들은 주위가 시끄러운 것을 틈타 나직한 소리로 결투에 관해서 의논하고 있었다. 서른 살 전후의 나이든 사람이 열여덟 살 가량의 젊은이를 보고, 상대자가 어느 정도의 솜씨인지 선배나 되는 듯한 얼굴로 조언하고 있었다.

"큰일날 소리! 조심해! 놈은 칼솜씨가 대단해. 솜씨가 정확해. 공격력이 있고, 동작에 무리가 없고, 팔목을 노리지. 싹 물러났다가 한 칼에 찔러 오네. 몸을 똑바로 젖히고 정확하게 다시 쳐오지. 제기랄! 게다가 놈은 왼손잡이야."

그랑떼르의 맞은편 구석에는 졸리와 바오렐이 도미노놀이를 하면서 연애 이야기를 하고 있었다.

"자네 행복하군그래" 하고 졸리가 말했다. "자네 애인은 언제나 웃고 있지 않나?"

"아냐, 그게 그녀의 결점이야" 하고 바오렐이 대답했다.

"애인이 웃고 있는 건 좋은 게 아냐. 웃고 있는 여자는 남자에게 속여 보라고 꼬드기는 것 같으니 말야. 남자는 여자가 쾌활한 걸 보면 후회하는 마음이 나지 않지만 슬퍼하는 걸 보면 양심의 아픔을 느끼거든."

"배부른 녀석! 여자가 웃는 건 참 좋은 거야! 게다가 자네들은 한 번도 싸우지 않았잖아!"

"그건 그렇게 조약을 맺었기 때문일세. 우린 조그마한 신성 동맹을 맺어 서로 국경선을 정하고 절대로 넘지 않기로 했다네. 찬 바람이 부는 쪽은 보의 영역이고, 부드러운 바람이 부는 쪽은 젝스의 영역인 셈이지. 그러니까 우리들 사이는 평화롭지."

"평화가 결국 행복의 소화(消火)로군."

"자넨 어떤가, 졸르르리? 자네와 아가씨의 말다툼은 어찌 되었나? 아가씨라면 알 테지."

"그녀는 여전히 화를 내고 잔뜩 부어 있네."

"자넨 정말 그 사랑 때문에 불쌍할 만큼 말라 버렸어."

"아아!"

"나 같으면 그런 여자는 차버리겠네."

"말하긴 쉽지."

"행동하기도 쉬운 거야. 이름은 뮈지셰따였던가?"

"응! 하지만 그렇게 안되는걸. 바오렐, 그녀는 기막힌 여자야. 문학을 좋아하고, 조그만 발에 조그만 손, 좋은 옷맵시에 흰 살결, 거기다 오동통하거든. 눈은 카드 점장이 같은 눈을 하고 말일세. 나는 그만 홀딱 반해버렸어."

"그렇다면 그녀 환심을 사도록 좀더 멋을 부리고 자주 다녀야겠어. 스톱 상점에 가서 고급 양가죽 바지라도 사게나. 효과가 대번에 나타날 걸세."

"얼마쯤 할까?" 하고 그랑떼르가 외쳤다.

셋째 번 구석에 자리잡은 패들은 시를 토론하느라고 열을 올리고 있었다. 이고도의 신화와 그리스도교 신화의 실랑이었다.

논제는 올림포스에 관해서였는데 장 프루베르는 낭만주의 입장에서 변호를 하고 있었다. 장 프루베르가 얌전한 것은 감정이 평온할 때뿐이다. 일단 흥분했다 하면 갑자기 폭발한 것처럼 되고, 들뜬 기분은 그 흥분을 더 북돋아 유쾌해지는 동시에 서정적이 되었다.

"그리스의 신들을 그만 욕하게나" 하고 장 프루베르가 말했다.

"신들은 아직 죽지 않았을 걸세. 주피터가 죽었다고는 생각지 않네. 신들은 공상의 산물이라고 자네들은 말하지. 오늘날 자연계는 그 공상이 사라져 버린 흔적인지는 몰라도 아직 온갖 위대한 이교 신화를 느끼게 해. 이를테면 성채 모양을 하고 있는 비뉴말 산(^{피레네}_{산맥})은 지금도 내 눈에는 땅의 여신인 퀴벨레의 모자처럼 보이네. 그리고 밤마다 판(^{숲·목축}_{수렵의 신}) 신이 찾아와서 버드나무 줄기의 조그마한 구멍에 손가락을 대며 피리를 부는 것 같아. 또 이오는 삐쓰바슈의 폭포와 어떤 관계가 있다고 나는 줄곧 믿고 있지."

또 하나 남은 구석에서는 정치 이야기가 오고갔다. 흠정헌법을 헐뜯고 있었다. 꽁브페르는 온화하게 그것을 지지하는 말투였지만, 꾸르페락은 격렬한 기세로 그것을 공격하고 있었다. 공교롭게도 탁자 위에는 유명한 뚜께의 헌법 조문이 들어 있는 담배갑이 하나 놓여 있었다. 꾸르페락은 그것을 움켜쥐고 휘둘러 버석거리는 종이 소리를 내면서 이론을 펴고 있었다.

졸리와 바오렐이 도미노놀이를 하면서 연애 이야기를 하고 있었다.

"첫째, 나는 국왕은 필요 없어. 경제적 견지에서 보더라도 결코 바람직하지 못해. 국왕이란 식객일 뿐이야. 국왕을 떠받들고 있으면 그냥은 지내지 못해. 자, 들어 봐. 국왕이 얼마나 값비싼 것인지. 프랑스와 1세가 죽었을 때 (1547) 프랑스의 공채는 1년에 3만 리브르였네. 루이 14세가 죽었을 때 (1715) 그것은 1마르크에 28리브르로 환산해서 26억 리브르가 되어 있었네. 그런데 데마레의 말에 의하면 1760년의 돈으로는 45억에 해당되고, 오늘날의 돈으로는 120억에 상당한다네.

둘째, 꽁브페르에겐 안됐지만 흠정헌법은 문명의 해로운 방편일세. 과도기를 혼란에서 구하느니, 시대의 변천을 원활하게 한다느니, 동요를 가라앉히느니, 가상의 헌법 실시로 국가를 서서히 군주제에서 민주제로 옮긴다느니, 그런 이론은 모두 억지로 붙인 가증한 이론이야! 안돼, 천만에! 허위의 광명으로 민중을 인도할 수는 절대로 없네. 그런 헌법의 지하실 속에서 주의(主義)는 시들고 색은 바래지기 마련일세. 퇴화는 안되네. 타협은 사양하겠어. 국왕이 국민에게 헌법을 주다니 말도 안되네.

그런 흠정헌법에는 모두 14조문이 있네. 자비를 베푸는 손 옆에 권력을 다시 움켜쥐려는 손톱이 있네. 나는 자네가 말하는 헌법을 단호히 거절하네. 헌법이라지만 가면에 지나지 않아. 허위가 뒤에 숨어 있어. 헌법을 받아들이는 건 국민이 양보하는 것일세. 권리는 완전해야만 비로소 권리라고 할 수 있지. 딱 질색이야. 헌법 같은 건 정말 필요 없어!"

겨울이었다. 난로 속에서는 장작 두 개비가 탁탁 소리를 내며 타고 있었다. 그 소리는 매우 유혹적이어서 꾸르페락은 문득 그쪽으로 마음이 끌렸다. 그는 불쌍한 뚜께의 헌법 담배갑을 구깃구깃하게 움켜쥐더니, 그것을 불에 던졌다. 종이는 순식간에 타올랐다. 꽁브페르는 루이 18세의 걸작이 타버리는 것을 조용히 지켜보며 이렇게 말할 뿐 가만히 있었다.

"불꽃으로 변신한 헌법이군."

이렇게 야유며, 기지며, 조롱이며, 쾌활하다고 불리는 프랑스 기질이며, 유머라고 불리는 영국 기질이며, 저 좋은 취미와 나쁜 취미며, 옳은 이론이며, 궤변이며, 대화의 미친 듯한 불꽃의 가지가지가 방안 여기저기에서 일시에 솟아오르고 엉켜서, 마치 사람들 머리 위에 쾌활한 포격전이 벌어진 것 같았다.

퍼져가는 지평선

젊은이들끼리 일으키는 정신의 충돌에서는 어떤 불꽃이 튀고, 어떤 빛이 번쩍일지 전혀 예측할 수 없어 신기하다. 금방 무엇이 튀어나올지 아무도 모른다. 조용하구나 싶으면 느닷없이 폭소가 일어난다. 익살스럽게 장난을 치다가도 문득 진지해진다. 누군가 아무렇게나 내뱉은 말 한 마디로 그 방안의 공기가 다르게 움직인다. 저마다 하는 생각이 모두를 지배한다. 말 없이 어떤 몸짓을 하기만 해도 뜻하지 않은 장면이 전개된다. 그런 이야기에는 급한 모퉁이가 여러 개 있어 그때마다 이야기의 전망은 대번에 바뀌어 버린다. 결국 우연이 그런 대화를 조종해 가는 것이다.

대수롭지 않은 이야기가 맞부딪치면서 하나의 묘하고 엄숙한 사상이 튀어나와 그랑떼르, 바오렐, 프루베르, 보쒜에, 꽁브페르, 꾸르페락들이 뒤섞여서 주고받는 말들 속을 갑자기 괴도(怪刀)처럼 날카롭게 스쳐갔다.

대화 속에서 어떻게 하여 한 문구가 문득 튀어나오는 걸까? 왜 그 문구가 별로 주의해서 들으려 하지 않는 사람들의 관심을 갑자기 끄는가? 앞서도 말했듯이 그 이유는 아무도 모른다. 그렇게 왁자지껄하는 판에 보쒜에가 꽁브페르에게 무언가 말하려다가 이런 날짜를 내뱉고는 입을 다물었다.

"1815년 6월 18일 워털루."

이 워털루라는 지명을 듣자 물컵이 옆에 있는 탁자에 팔꿈치를 짚고 있던 마리우스가 손등에서 턱을 떼고는 얼굴을 들어 유심히 모두를 지켜보기 시작했다.

"그렇지" 하고 꾸르페락이 외쳤다. "이 18이라는 숫자는 이상한 숫자야. 나는 놀라고 있어. 보나빠르뜨에겐 숙명의 숫자거든. 18 앞에 루이라는 글자를 놓아 봐. 그리고 18 뒤에 무월(霧月)이라는 글자를 놓아 보게(나뽈레옹이 쿠데타에 성공한 공화력 8년 무월 18일. 원어로는 18은 무월이라는 말 뒤에 온다). 저 사나이 운명의 모든 것이 역력히 보이잖는가. 그의 운명에는 결말이 일의 발단에 뒤이어 오는 의미 깊은 특성이 있네."

그때까지 잠자코 있던 앙졸라가 침묵을 깨고 꾸르페락에게 이런 말을 했다.

"자네는 죄악을 말하는데 속죄에 대한 말을 하고 싶은 모양이군."

마리우스는 워털루가 갑자기 튀어나왔을 때 몹시 흥분했으나 이 '죄악'이라는 말을 듣자 더이상 참을 수가 없었다.

마리우스는 벌떡 일어서서 벽에 걸려 있는 프랑스 지도 쪽으로 천천히 다가갔다. 지도 아래 쪽에는 따로 칸막이가 있어서 거기에 조그마한 섬이 그려져 있었다. 그는 그 칸막이 위에 손가락을 대고 말했다.

"코르시카 섬. 이 조그마한 섬이 프랑스를 위대하게 만들었다."

그것은 언 기류를 휘몰아치는 바람이었다. 바야흐로 무슨 일이 일어날 것 같았다.

그때 바오렐은 보쒸에게 무슨 말인가를 대답하면서 곧잘 해 보이는 토르소 같은 포즈를 취하려다가 그만두고 귀를 기울였다.

그 푸른 눈을 아무에게도 돌리지 않고 허공을 지켜보는 것 같던 앙졸라는 마리우스 쪽은 돌아보지도 않고 대답했다.

"프랑스가 위대해지는 데 코르시카 섬 따위는 필요치 않아. 프랑스는 프랑스이기 때문에 위대한 걸세. '사자라는 이름이 있기 때문에'란 말일세."

마리우스는 조금도 물러서려 하지 않았다. 마리우스는 앙졸라에게로 돌아섰다. 그의 목소리는 뱃속으로부터 튀어나와 떨리면서 터졌다.

"맹세코 말하겠네. 나는 프랑스를 경멸하는 게 아닐세! 나뿔레옹과 프랑스를 하나로 간주하는 것은 결코 프랑스를 경멸하는 게 아닐세. 그렇지. 이 점을 좀 이야기하겠네. 나는 자네들 가운데선 신참일세. 그러나 사실을 말하면 자네들에게는 놀라움을 금치 못하네. 우리들의 현재 입장은 무엇인가? 우리는 어떤 사람인가? 자네들은 어떤 사람이고 나는 또 뭔가?

우선 황제에 대해서 말하자. 내가 듣는 바로는 자네들은 마치 왕당파 같아. '우'에 힘을 주어 부오나빠르뜨라고 하더군. 그러나 나의 조부는 더 멋지게 발음한다는 걸 알려두겠네. 조부는 부오나빠르떼라고 한다네. 나는 자네들을 청년이라고 생각했네. 그런데 자네들은 도대체 어디에 정열을 쏟고 있는가? 그 정열을 어떻게 하려고 하는가? 황제를 찬미하지 않는다면 도대체 누구를 찬미한단 말인가? 그 이상의 무엇이 필요하다는 건가? 자네들은 저 위대함을 바라지 않는다지만, 그럼 어떤 위인을 바란단 말인가?

황제에게는 모든 것이 다 갖추어져 있었네. 그는 완전 무결했어. 그의 두뇌에는 인간 능력의 전부가 담겨 있었네. 그는 유스티니아누스처럼 법전을 만들고, 시저처럼 명령했고, 빠스깔의 번개와 타시투스의 우레를 섞은 듯한 대화를 했고, 역사를 만들고, 역사를 썼네. 그가 쓴 보고서는 《일리어드》 같네.

그는 뉴턴의 숫자와 마호멧의 비유를 결부시켜서 피라미드처럼 위대한 말을 근동(近東)에 남겨 놓았네. 틸지트에서는 황제에게 위엄을 가르치고, 과학 아카데미에서는 라쁠라쓰의 의문에 대답하고, 참사원에서는 메를랭에게 대항했네. 전자의 기하학, 후자의 소송에 함께 영혼을 주고, 검사들을 대하면 법률가이고, 천문 학자를 대하면 항성학자였네. 크롬웰이 두 자루의 촛불 가운데 한 자루를 절약해서 꺼버렸듯이 그는 땅뺄에 가서 커튼의 술 하나에도 흥정을 했네.

황제는 모든 것을 보고, 모든 것을 알고 있었네. 그러면서도 자기 어린이의 요람으로 다가가면 부드러운 아버지의 웃음을 띠는 인간이었네. 이윽고 유럽은 갑자기 겁을 먹고 귀를 기울이기 시작했지. 그의 군대가 행진을 시작한 걸세. 포차의 대군은 움직이고, 배다리는 강 위에 잇닿았고, 구름 같은 기병대는 선풍 속을 달리고, 함성, 나팔 소리, 도처의 왕좌가 흔들리고, 여러 왕국의 경계선이 지도 위에서 동요되는 가운데 칼집에서 뺀 초인 같은 칼의 소리가 들렸네.

사람들의 눈은 황제를 보았네. 그의 모습을. 손에 불꽃을 잡고 눈을 반짝거리면서 한쪽 날개에는 대육군을, 다른 날개에는 노련한 근위대를, 우레 소리 요란한 속에 활짝 펴고 지평선 위에 벌떡 일어서는 그의 모습을 말일세. 황제는 바로 전쟁의 우두머리 천사였네!"

모두들 조용했다. 앙졸라는 고개를 수그리고 있었다. 침묵은 항상 동의든가 아니면 굴복의 표시이다. 마리우스는 거의 숨도 쉬지 않고 더욱 열을 띠고 말을 이었다.

"여러분, 올바른 생각을 갖도록 하세! 그러한 황제의 제국에서 산다는 건 한 국민으로서 얼마나 빛나는 운명인가. 더욱이 그 민중들이야말로 프랑스이고, 그 민중이 자기의 자질을 저 위대한 자질에 더함에 있어서랴!

나타나자 군림하고, 진군하자 승전하고, 모든 나라의 수도를 통과하고, 자신의 척탄병 중에서 뽑은 부하를 제후에 앉히고, 여러 왕조의 몰락을 선포하고, 유럽을 단숨에 변모케 하고, 황제를 따라 공격하는 군대는 마치 신의 칼자루를 쥐고 있는 듯 적이 두려워하게 하고, 그 혼자서 한니발과 시저와 샤를르마뉴를 계승하고, 하룻밤이 샐 적마다 빛나는 전승을 포고했던 그.

그와 같은 큰 인물을 따르는 민족으로서 앵발리드 광장의 포성을 잠을 깨우는 시계 소리로 삼고, 마렝고, 아르꼴라, 아우스테를리츠, 이예나, 와그람! 이들 영원히 빛나는 놀라운 승리의 이름을 광명의 심연 속에 던져넣고, 몇 세기에 걸쳐 하늘 꼭대기에 끊임없이 승리의 성좌를 꽃피게 하고, 프랑스 제국을 로마 제국과 대등하게 만들고, 대국민이 되고 대육군을 낳아서 높은 산이 사방에 독수리를 날려보내듯 지상 구석구석에 대군을 날려보내고, 정복하고 격파하여 승리의 영광이 거듭된 나머지 유럽 유일의 금빛 찬란한 민족이 되고, 역사를 통해서 거인처럼 나팔을 불어 대고, 정복과 후세 사람들의 찬탄으로 세계를 이중으로 정복했네. 정말 숭고한 일이 아니겠는가. 이보다 더 위대한 것이 또 뭐가 있겠나?"

"있지. 자유를 얻는 일이다." 하고 꽁브페르가 말했다.

이번에는 마리우스가 고개를 수그렸다. 간단하지만 냉랭한 이 한 마디는 그의 서사시같은 말의 흐름을 날카롭게 가로막아 그 흐름의 근원까지 마음속에서 사라져가는 것을 느꼈다. 마리우스가 눈을 들었을 때 꽁브페르의 모습은 보이지 않았다. 아마 마리우스의 열렬한 장광설에 한 마디로 응수해 준 데 대해 만족하고 나가버린 모양이었다. 모두 꽁브페르의 뒤를 따라 나가 버리고 앙졸라만이 남았다. 방안은 텅 비었다.

마리우스와 단둘이 남게 된 앙졸라는 엄숙한 눈초리로 마리우스를 지켜보고 있었다. 그러나 마리우스는 자기의 관념을 더듬어보고 자기는 결코 진 것이 아니라고 생각했다. 마리우스의 가슴에는 아직도 흥분의 열기가 남아 있었다. 그러나 그가 앙졸라를 상대로 3단 논법을 펴려 했을 때, 누군가 계단을 내려가면서 부르는 노래 소리가 들렸다. 꽁브페르의 목소리였다. 그는 이런 노래를 부르고 있었다.

시저가 설령 나에게
영광과 전쟁을 주리라 해도
그 대신 놓고 가라
사랑하는 어머니를.
위대한 시저에게 대답하리라.
왕홀과 전차도 돌려 주겠소.
내게는 어머니가 역시 좋더라.
말해 무얼 하나, 그야 어머니가 좋지.

꽁브페르가 노래하는, 부드럽고, 거친 음조의 이 노래에는 무언가 이상한 위대함이 곁들여 있었다. 마리우스는 생각에 잠겨 눈을 천장으로 돌린 채 거의 의식 없이 되풀이했다.
"어머니?……"
그때 마리우스는 자기의 어깨에 앙졸라의 손이 와 닿는 것을 느꼈다.
"여보게, 어머니란 공화국을 이르는 말이야" 하고 앙졸라가 말했다.

곤궁
그날 저녁의 일은 마리우스를 깊이 잡아 흔들었고, 그의 마음에 슬프고 어두운 그림자를 새겨 놓았다. 그가 체험한 것은 만약 대지가 의식을 가지고 있다면, 밀 종자를 뿌리려고 괭이로 파엎을 때 땅이 맛보는 듯한 체험이었다. 대지는 그때 상처의 아픔밖에 느끼지 않는다. 싹이 틀 때 생기는 설렘과 결실의 기쁨은 훨씬 나중에야 찾아오는 것이다.

마리우스는 우울해졌다. 그는 간신히 하나의 신념을 굳히던 참이었다. 그런데 이제 그 신념을 버려야 한단 말인가? '아니, 그럴 수는 없다.' 그는 마음에 타일렀다. 의혹에 빠지고 싶지 않다고 그는 분명히 마음에 맹세했다. 그러나 의혹은 시작되었다. 아직 빠져나오지 못한 한 신앙과 또 그 속으로 들어갈 결심도 아직 되어 있지 않은 신앙. 이 두 신앙 사이에 끼어 있는 것은 견딜 수 없었다. 그런 어렴풋한 상태를 기뻐하는 것은 박쥐 같은 영혼뿐일 것이다.

마리우스는 사물을 솔직하게 보는 눈을 지녔으므로 참다운 빛이 있어야만 했다. 의혹의 희미한 빛은 그를 괴롭혔다. 현재 있는 지점에 머물러 있고 싶고 아무리 매달려 있고 싶어도 이겨낼 수 없는 힘에 끌려서 계속 걸어가고, 나아가고, 길을 살펴보고, 방향을 생각하고, 앞으로 더 나가지 않고는 배기지 못했다.

그 힘은 지금 마리우스를 어디로 이끌어가려고 하는 것일까? 그토록 아버지에게 가까이 다가간 지금 다시 아버지에게서 멀어져 가는 것은 무서운 일이었다. 마리우스의 불안은 이것저것 반성해 볼수록 더욱 커져 갔다. 그의 주위 여기저기에 절벽이 솟아 있는 듯 느껴졌다. 조부의 의견에도, 친구들 의견에도 동의할 수 없었다. 그는 조부의 눈으로 보면 무모하기 짝이 없었고, 친구들의 눈으로 보면 뒤떨어져 있었다. 자신이 노인과 젊은이에게서 동시에 고립되어 있다는 것을 깨달았다. 그는 까페 뮈쟁에 나가지 않았다.

의식의 혼란 속에서 마리우스는 생활의 중대한 면을 그다지 생각하고 있지 않았다. 그 생활의 현실은 그렇게 쉽게 잊고 있을 수 있는 것은 아니었다.

현실은 느닷없이 그를 팔꿈치로 찌르러 찾아왔다.

어느 날 아침 여관 주인이 마리우스의 방에 들어와서 말했다.

"꾸르페락 씨가 당신의 보증인이었지요?"

"그렇습니다."

"방값을 주셨으면 합니다만."

"꾸르페락에게 할 이야기가 있으니 좀 와달라고 해주십시오." 하고 마리우스가 말했다.

꾸르페락이 오자 주인은 나갔다. 마리우스는 여태까지 그에게 털어놓으려 하지 않았던 것, 다시 말해서 자신은 의지할 데 없고 친척도 하나 없는 사람이라는 것을 말했다.

"자넨 뭐가 될 작정인가?" 하고 꾸르페락이 물었다.

"모르겠어" 하고 마리우스가 대답했다.

"뭘 할 작정인가?"

"그것도 몰라."

"돈은 있나?"

"15프랑 있네."

"그래서 나더러 빌려 달라는 건가?"

"천만에."

"옷은 있나?"

"이것뿐일세."

"값나가는 물건은?"

"시계가 하나 있어."

"은인가?"

"금이야. 이거야."

"내가 헌옷 파는 집을 알고 있어. 자네 프록코트와 바지를 사줄걸세."

"그것 잘됐군."

"그럼 바지와, 조끼와, 모자 그리고 윗도리 각각 한 벌밖에 없게 되네."

"그리고 구두하고."

"뭐야? 맨발로는 못 걷나? 사치스런 소리를 다 하는군!"

"그것만 있으면 충분해."

"난 시계포도 한 집 알아. 자네 시계를 사줄 걸세."

"좋아."

"아니, 좋아가 아냐. 앞으로 어떻게 살아가려나?"

"뭐든지 하겠어. 적어도 나쁜 일만 아니라면."

"영어 할 줄 아나?"

"몰라."

"독일어는?"

"몰라."

"하는 수 없군."

"왜?"

"내 친구 하나가 출판을 하고 있네. 백과 사전 같은 것을 만들고 있지. 자네가 독일어나 영어라도 번역할 수 있다면 좋겠다고 생각했어. 보수는 싸지만 그래도 이럭저럭 살아갈 수는 있을 테니까."

"그럼 영어와 독일어를 공부하겠네."

"그럼 그때까지는?"

"그때까지는 옷이나 시계를 팔아서 먹지."

그들은 헌옷 장수를 불렀다. 옷장수는 헌옷을 20프랑에 사갔다. 두 사람은 시계포로 갔다. 시계포 주인은 시계를 45프랑에 샀다.

"이만하면…… 나쁘지 않은데" 하고 마리우스가 하숙으로 돌아오면서 꾸르페락에게 말했다. "지금 15프랑 있으니까 합치면 80프랑일세."

"그러나 하숙 계산은?" 하고 꾸르페락이 주의했다.

"아참, 잊었군" 하고 마리우스는 말했다.

하숙집 주인은 계산서를 가지고 와서 곧 지불해 달라고 했다. 70 프랑이었다.

"10프랑이 남는군" 하고 마리우스가 말했다.

"야단났네" 하고 꾸르페락이 말했다. "영어를 공부하는 동안 5프랑으로 살고 독일어를 공부하는 동안 5프랑으로 먹고 살아야겠어. 어학을 재빠르게 터득하거나 100수짜리 지폐로 가늘고 길게 연명하든가 해야겠군."

이럭저럭하는 동안에 질노르망 이모는 원래 남의 불행한 사정을 보면 타고난 성질을 나타내는만큼 애를 써서 마침내 마리우스의 숙소를 찾아냈다. 어느 날 오전 마리우스가 학교에서 돌아오자 이모의 편지와 봉인된 상자가 하나 와 있었다. 상자 속에는 '60삐스톨', 즉 금화로 6백 프랑이 들어 있었다.

마리우스는 이미 생활 수단도 마련되어 앞으로는 충분히 혼자 생활해 갈 수 있다는 뜻의 편지를 곁들여서 그 서른 닢의 투이 금화를 이모에게 다시 돌려보냈다. 이때 그에게는 3프랑밖에 남아 있지 않았다.

이모는 마리우스가 거절해 보낸 소식을 마리우스의 할아버지에게는 알리지 않았다. 할아버지를 화나게 할 것이 두려웠기 때문이다. 게다가 할아버지는 "그 흡혈귀 이야기는 앞으로 절대 내게 하지 말아라" 하지 않았는가.

마리우스는 뽀르뜨 쌩 자끄 여관을 나와 버렸다. 더 이상 거기서 빚을 지고 싶지 않았기 때문이다.

제5편 불행의 뛰어남

무일푼의 마리우스

마리우스의 생활은 궁해졌다. 옷가지나 시계를 먹어 버리는 것은 너무도 쉬웠다. 그는 이른바 '공수병에 걸린 쇠고기'란 것을 먹었다 (몹시 가난 하다는 뜻). 너무나 비참했다. 빵 없는 나날, 잠 못 이루는 매일 밤, 촛불이 없는 밤, 불 없는 난로, 일 없는 나날, 희망 없는 미래, 팔꿈치가 해진 윗도리, 계집아이의 놀림을 받는 낡은 모자, 방세를 치르지 못해서 저녁때면 잠겨 있는 문, 문지기나 싸구려 음식점의 주인 영감이 퍼붓는 모욕, 이웃 사람들의 냉소, 숱한 모멸, 짓밟힌 인격, 좋든 싫든 해야 할 일, 염증, 무료함, 실의의 구렁텅이였다.

마리우스는 깊이 깨달았다. 사람들이 그러한 것들을 얼마나 탐하는지, 아니 그러한 것밖에는 아무것도 탐할 수 없는 경우가 얼마나 많은가를. 청춘 시절에는 여성의 사랑이 필요한 까닭에 자존심도 가져야 하는데, 그는 옷차림이 초라하다고 조롱을 받고, 가난하다고 업신여김을 받았다. 제왕과 같은 청춘을 자랑하며 가슴을 부풀리고 있어야 할 시절에 그는 구멍 뚫린 자기 구두에 몇 번이고 눈을 주고, 빈궁의 부당한 치욕을 느끼고, 비통한 수치로 얼굴을 붉혔다.

마음이 약한 자를 비굴하게 만드는 무서운 시련, 그것은 또 마음이 강한 자를 탁월한 인간으로 만드는 바람직한 시련이다. 그것은 비열한 인간이나 신과 같은 인간을 만들려고 할 때면 반드시 운명이 인간을 던지는 도가니이다.

왜냐하면 하찮고 작은 싸움 속에서야말로 많은 위대한 행위가 이뤄지기 때문이다. 빈궁과 치욕이 여지없이 달려드는 생활에 대해서 어떤 사람들은 끈덕지고 강한 남다른 용기를 떨쳐 한 걸음 또 한 걸음 저항해 마지않는다. 이윽고 그 누구의 눈도 미치지 않고, 어떤 명성도 없으며, 어떤 갈채의 나팔도 불지 않는 곳에서 숭고하고 신비로운 승리를 획득한다.

인생, 불행, 고독, 빈곤이라고 불리는 것들 모두가 싸움터이며 거기에는 영웅이 있다. 그리고 이름도 없는 이 영웅들은 세상에 이름을 날리고 있는 영웅들보다도 더 위대할 수도 있다.

꿋꿋하고도 고귀한 성격은 이렇게 하여 만들어진다. 빈곤은 거의 모든 인간에게 살뜰치 못한 계모이지만 어떤 사람에게는 참다운 어머니이다. 궁핍은 억센 영혼과 정신을 낳아 준다. 궁핍은 유모가 되어 자랑스러운 마음을 키워낸다. 불행은 마음이 숭고한 사람들에게는 양분이 풍부한 젖이다.

한때 마리우스의 생활에는, 방으로 통하는 층계를 청소하고, 치즈 가게에서 브리이 산 치즈를 1수어치밖에 못 사고, 어두워지기를 기다려 빵과 방금 산 한 조각의 치즈를 훔치기라도 한 듯이 살그머니 자기 다락방으로 가지고 올라가는 때도 있었다. 때때로 거리의 사람들은 옆구리에 책을 낀 한 청년이 음식점 여자들 틈바구니에 섞여서 욕을 먹고 떠밀리면서 울상이 되어 길모퉁이 푸줏간으로 도망치듯 들어가는 것을 보았다. 겁을 집어먹고 아직도 마음이 가라앉지 않은 모양인 그 청년은, 가게 안으로 들어가자마자 땀이 맺힌 이마에서 모자를 벗어 들고 놀라서 쳐다보는 푸줏간 안주인에게 공손히 고개를 숙이고, 한번 더 꼬마에게도 고개를 숙인다. 그런 다음, 살이 붙은 양의 갈비뼈를 한 조각 달라 하여 6, 7수를 치르고, 종이에 싼 그 고기를 옆구리에 낀 두 권의 책 사이에 찔러 가지고 가게에서 나오는 것이었다. 마리우스였다.

마리우스는 그 갈비를 직접 끓여 사흘 동안 먹었다. 첫날에는 고기를 먹고, 이튿날은 기름을 먹고, 사흘째는 뼈를 갉아먹었다.

질노르망 이모는 되풀이하여 몇 번이고 60삐스톨을 보내 왔다. 그러나 그때마다 마리우스는 절대로 곤란하지 않다고 돌려보냈다.

앞서 말한 사상의 혁명이 그의 마음속에 일어났을 때, 그는 아직도 아버지의 복(服)을 입고 있었다. 그 뒤로 마리우스는 검은 옷을 벗지 않기로 하였다. 그런데 그 옷이 그 곁에서 떠나갔다. 어느 날 드디어 윗도리가 없어졌다. 지금은 바지도 가 버리려 하고 있었다. 어떻게 해야 할까?

꾸르페락이 이전에 마리우스에게서 진 신세의 답례라고 하면서 낡은 윗도리를 하나 주었다. 마리우스는 어느 집 문지기에게 부탁하여 30수에 그것을 뒤집어꾸며 새 옷처럼 만들었다. 그러나 그 윗도리는 녹색이었다. 그래서 마리우스는 해가 진 뒤가 아니면 밖으로 나가지 않았다. 날이 어두워지면 그 윗도리는 검게 보였다. 언제나 상복을 입고 싶다고 생각한 그는 이렇게 해서 어둠을 입게 되었다.

그런 생활을 하면서도 마리우스는 변호사 시험에 합격했다. 마리우스는 표면적으로 꾸르페락의 방에서 함께 지내는 것으로 되어 있었다. 그 방은 깨끗하게 정돈된 방으로 거기에는 소설의 결본을 섞어 빈 칸을 메우고 있기는 했으나, 법률에 관한 헌 책 몇 권이 꽂혀 있어 변호사가 갖추어야 할 서가의 체재를 갖추고 있었다. 사람들에게서 오는 편지도 모두 꾸르페락의 주소로 오도록 했다.

변호사가 되자 마리우스는 할아버지에게 부드럽지는 않으나 복종과 경의를 깃들여 그 사실을 알렸다. 질노르망 씨는 부들부들 떨면서 그 편지를 받아들고 다 읽고 나자 짝짝 찢어 쓰레기통에 던져 넣었다. 2, 3일 뒤에 질노르망 양은 방안에서 아버지가 혼자 커다란 소리로 뇌까리는 소리를 들었다.

그것은 노인이 몹시 흥분하면 반드시 하는 짓이었다. 질노르망 양은 귀를 기울였다. 노인은 이렇게 말하고 있었다.

"네가 바보가 아니라면 알 거다. 남작하고 변호사를 겸할 수는 없다는 걸."

가난한 마리우스

빈곤도 결국은 다른 일과 마찬가지다. 어떻게든 되어 가는 것이다. 빈곤도 결국에는 어떤 형체를 취하고 정리된다. 사람은 살아 가게 마련이다. 바꿔 말해서 비참하더라도 살아 가기에 충분한 어떤 방식으로 생활을 펼쳐 나가게 마련이다. 마리우스 뽕메르씨의 생활이 어떤 모양으로 마무리되었는지는 다음과 같다.

그는 가장 험난한 고개를 이미 넘어섰다. 길은 여전히 험했으나 전보다는 얼마간 눈앞이 틔었다. 고생을 견디고 용기를 내어 끈기있게 의지를 관철한 보람이 있어서 마침내 1년에 700프랑 가량을 일해서 벌 정도가 되었다. 그는 독일어와 영어를 배웠다. 꾸르페락이 친구의 출판사에 소개해 준 덕택에 마리우스는 문학부에서 약간의 '역할'을 하게 되었다. 내용 견본을 만들고, 외국 신문을 번역하고, 출판물에 주를 달고, 전기를 엮는 것이 그의 일이었다. 수입은 좋을 때도 있고 나쁠 때도 있었으나 최저 700프랑은 되었다. 마리우스는 그 돈으로 생활해 나갔다. 그다지 형편없지는 않았다.

어떤 모양으로 꾸려갔는가? 그것은 이러했다. 마리우스는 고르보 집의 난로도 없는 초라한 방을 1년에 30프랑으로 빌렸으나 가구는

EXCELLENCE
DU
MALHEUR

무일푼의 마리우스

꼭 없어서는 안 될 것만 들여놓았다. 그 가구들은 자기 것이었다.

　마리우스는 문지기 할머니에게 다달이 3프랑을 주고 방청소를 하게 했고 아침마다 더운 물 조금하고 날계란과 1수짜리 빵을 가져오게 했다. 그 빵과 계란이 그의 점심이었다. 점심값은 계란이 싸고 비쌈에 따라 2수에서 4수 사이를 오르내렸다. 저녁 여섯 시가 되면 쌩 자끄 거리로 나와 레마뛰랭 거리 모퉁이에 있는 판화상 바쎄의 맞은 편 루소라는 음식점으로 저녁을 먹으러 갔다. 수프는 먹지 않았다. 그는 6수짜리 고기 한 접시, 3수짜리 작은 야채 반 접시와 3수짜리 디저트를 먹었다. 그리고 3수를 내면 빵은 마음대로 먹을 수 있었다. 포도주 대신에 물을 마셨다. 그 무렵에도 여전히 뚱뚱하기는 하나 아직도 얼굴에 윤기 있는 루소의 주인 아주머니가 버티고 앉아 있는 계산대에서 계산을 마치고 보이에게 1수를 주면 루소의 아주머니는 생긋 웃음을 보냈다. 그것을 본 다음 마리우스는 밖으로 나왔다. 이처럼 16수에 생긋 웃음과 저녁을 얻었다.

　이 루소라는 음식점은 술을 마시기보다 맹물 마시는 사람이 오히려 많아 음식점(강장제라는 의미가 있음)이라기보다 휴게실(진정제라는 의미가 있음)이었다. 오늘날에는 남아 있지 않다. 주인은 '물장수 루소'라는 재미있는 별명을 가지고 있었다.

　이렇게 점심은 4수, 저녁은 16수로 하루 식사값은 20수면 되었다. 1년에 365프랑이 들었다. 거기에다 방세 30프랑, 할머니에게 30프랑, 그밖에 약간의 잡비가 들었다. 결국 450프랑으로 마리우스는 식사하고, 방을 얻고, 일을 시키고 했다. 또 셔츠 50프랑, 세탁비 50프랑으로 100프랑이 들었다. 어쨌든 650프랑은 절대로 넘기지 않았다. 그리하여 손에 50프랑이 남았다. 이전에 비하면 부자였다. 그는 경우에 따라 10프랑쯤 친구에게 꿔주게도 되었다. 꾸르페락은 한 번 60프랑을 빌려갔다. 방에 벽난로가 없었으므로 마리우스는 간단하게 몸을 따뜻하게 하는 연구를 했다.

마리우스는 16수에 생긋 웃음과 저녁을 얻었다.

마리우스는 언제나 두 벌의 옷을 가지고 있었다. 낡은 것은 '집에서 입는 옷'으로, 새것은 외출용으로 쓰고 있었다. 빛깔은 모두 검은 색이었다. 셔츠는 모두 3장이 있었다. 하나는 입고 하나는 장에 넣어두고, 나머지 하나는 세탁소에 가 있었다. 그래서 낡아서 못 입게 되는 대로 하나씩 새로 마련했다. 그렇다고는 해도 거의가 낡았으므로 윗옷 단추를 턱밑까지 채우고 있어야만 했다.

마리우스가 이렇게 훌륭한 살림을 하게 되기까지는 몇 년이라는 세월이 걸렸다. 힘든 나날이었다. 처음에는 뚫고 나가느라고 애쓰고 나중엔 기어오르느라고 애썼다. 그렇지만 마리우스는 단 하루도 용기가 꺾여 본 적이 없었다. 어떤 빈궁도 참고 견디며 빚만은 지지 않도록 별짓을 다했다. 그는 이제까지 누구에게서도 1수조차 빌린 적이 없다고 자신을 가지고 말했다. 그로서는 빚이란 남에게 예속당하는 시작이었다. 아니 채권자란 노예의 주인보다 더 악질이라고 생각하고 있었다. 왜냐하면 노예의 주인은 다만 노예의 몸뚱이만을 소유할 뿐이나, 채권자는 채무자의 품위를 지배하고 모욕할 수 있기 때문이다. 마리우스는 돈을 꿀 정도면 차라리 먹지 않았다. 그래서 실제 며칠씩 굶은 적도 있었다.

무슨 일이거나 극단에 이르면 서로 통하는 것을 그는 느끼고, 조심하지 않으면 물질적 타락이 정신의 비굴을 초래할 것이라고 단정하여 자존심을 잃지 않도록 명심했다. 다른 입장에 있었다면 오히려 당연한 예절이라고 보아도 좋을 말씨나 태도도 지금의 그로서는 비굴한 것으로 생각되어 애써 꿋꿋한 태도를 취했다. 그러나 너무 지나쳐서 오만으로 보이는 것은 싫었으므로 과도한 언동은 결코 하지 않았다. 얼굴은 강한 마음을 나타내어 언제나 불그레했다. 마리우스는 자신에게 무자비할 정도로 조심스러웠다.

어떤 시련을 당할지라도 그는 마음속의 어떤 막연한 힘의 도움을 받는다는 것을, 때로는 그것으로 지탱된다는 걸 느꼈다. 영혼은 육체에 힘을 빌려 주고 때로는 육체를 떨치고 일어서게 한다. 새장을 지탱하는 것은 그 안의 새뿐이다.

마리우스는 마음속에 아버지의 이름과 나란히 또 하나의 이름을 새겨 두고 있었다. 떼나르디에라는 이름이었다. 감격하기 쉽고 무엇이거나 골똘히 생각하는 성질인 마리우스는 그 사나이를 아버지의 생명의 은인으로 생각하고 그 모습을 무슨 후광 같은 이상의 빛으로 싸고 있었다. 그 대담무쌍한 중사는 워털루 싸움터의 포탄 속에서 아버지인 대령을 구했던 것이다. 마리우스는 그 사나이에 대한 기억을 아버지의 기억에서 결코 분리시키지 않고 두 사람을 한데 묶어 숭배하고 있었다. 그것은 대령에게 바치는 큰 제단과 떼나르디에를 위해서 바치는 작은 제단, 말하자면 이단(二段)식 숭배였다. 떼나르디에가 역경에 빠지고 불운의 포로가 되었다는 것을 생각하면 감사하는 그의 마음의 감동은 더욱 커졌다.

그 불행한 여관집 주인이 몰락하고 파산해 버렸다는 것을 마리우스는 이미 몽페르메이유에 가서 알았던 것이다. 그 뒤로 비상한 노력을 기울여 떼나르디에의 발자취를 더듬고, 그가 모습을 감춘 빈곤의 나라 속에서 그의 행방을 찾아내려고 했다. 마리우스는 여러 고장을 찾아 헤맸다. 셀, 봉디에, 구르네, 노장, 라니에도 가보았다. 3년 동안 그는 약간의 저축마저 없애가며 그 사람을 찾는 일에 열중했다. 그러나 아무도 떼나르디에의 소식을 전해 주는 사람은 없었다. 외국으로 건너갔으리라는 생각도 들었다. 채권자들도 마리우스처럼 애정을 가진 것은 아니었어도 그와 같은 정도로 열심히 떼나르디에를 찾았지만 역시 아직 만나지는 못했다. 마리우스는 찾지 못하는 것을 꺼림칙하게 생각하고 자신을 탓하고 원망했다.

그것은 아버지인 대령이 그에게 남긴 단 하나의 부채로서, 그것을 갚느냐 못 갚느냐는 자신의 명예에 관한 일이라고 생각했기 때문이다. '어떻게 해야 하나! 아버지가 전장에서 쓰러져 죽어 가고 있을 때 그 사람은 초연과 산탄의 비를 무릅쓰고 아버지를 찾아내어 어깨에 메고 무사히 구출해 주었다. 더욱이 그는 아버지에게 아무런 은혜도 받지 않고 있었던 때이다. 그랬는데 나는 그렇게 큰 은혜를 떼나르디에에게 입고 있으면서 지금 암흑 속에서 죽음의 고통을 받고 있을 그를 찾아 내어 죽음에서 삶으로 끌어낼 수가 없다니! 아니 아니! 반드시 찾고 말 테다!'

사실 떼나르디에를 찾아낼 수만 있다면 마리우스는 기꺼이 한쪽 팔이라도 희생했을 것이고, 떼나르디에를 빈곤에서 구출할 수가 있다면 온 몸의 피도 마다 않고 흘렸을 것이다. 떼나르디에를 만나는 것, 떼나르디에를 위해서 무엇인가 한다는 것, '당신은 나를 모르십니다. 그러나 나는 당신을 알고 있습니다! 이제 내가 여기 왔습니다! 어서 두엇이든 분부해 주십시오!'라고 떼나르디에에게 말하는 것. 그것이 마리우스에게는 더할 나위 없이 감미롭고 더없이 큰 꿈이었다.

성장한 마리우스

그 무렵 마리우스는 스무 살. 할아버지의 집을 나온 지 3년이 되었다. 두 사람 모두 여전히 서로 다가가려고 하지 않고 얼굴을 마주 대하려고도 하지 않았다. 하기야 만나본들 무슨 소용이 있다는 말인가? 결과는 충돌뿐이리라. 대체 어느 쪽이 상대방을 이길 수 있을까? 마리우스를 청동 항아리라고 하면 질노르망 노인은 무쇠 동이였다.

분명히 밝혀 두거니와 마리우스는 할아버지의 마음을 오해하고 있었던 것이다. 그는 질노르망 씨가 전혀 자기를 사랑하지 않았다고 믿고 있었다. 저 무뚝뚝하고, 완고하고, 그러면서도 명랑하고 사람 좋은 노인, 그함을 지르고, 호통을 치고, 화를 내고, 지팡이를 휘두르곤 하는 노인이 자기에게는 고작해야 희극 중의 제롱뜨 같은 경박하고도 꾀까다로운 애정밖에 품지 않았다고 믿고 있었다. 그것은 오해였다. 자기 아들을 사랑하지 않는 아버지는 있어도 자기 손자를 열애하지 않는 할아버지는 없다. 이미 말한 바와 같이 질노르망 씨는 마음속으로는 마리우스를 열렬히 사랑하고 있었다. 다만 그가 사랑하는 방식에는 그야말로 그다운 질책과 주먹질이 따랐던 것이다.

그런데 그 아이가 없어져 버리자 질노르망 씨는 마음속에 어둡고 허전한 구멍이 생긴 것을 느꼈다. 다시는 그 아이 이야기는 하지 말라고 명령했으면서도 그 명령이 너무나 잘 지켜져 속으로는 섭섭했다. 그 부오나빠르떼 파가, 그 자꼬뱅 당원이, 그 테러리스트가, 그 과격혁명당원이 머지않아 돌아올 것이라는 희망을 처음에는 가지고 있었다. 그런데 몇 주일이 지나고, 몇 달이 지나고, 몇 년이 지나도 그 흡혈귀가 두 번 다시 모습을 나타내지 않자 질노르망 씨는 몹시 낙담했다. "하지만 나는 그놈을 쫓아낼 수밖에 도리가 없었다." 하고 뇌까리면서도 할아버지는 다시금 자문하는 것이었다.

"만약에 다시 또 되풀이한다면 또 같은 짓을 할 것인가?" 그의 자존심은 당장에 "그렇다."고 대답했으나, 그 늙은 머리는 조용히 가로저으면서 "아니야"라고 슬픈 듯이 대답했다.

질노르망 씨는 멍하니 있는 때가 많아졌다. 마리우스가 없는 것이 아무래도 쓸쓸했다. 노인에게는 햇빛이 필요하듯이 애정이 필요하다. 애정은 열이다. 격렬한 성품이었지만 마리우스가 곁에서 떠난 이후 그의 마음속에는 어떤 변화가 일어났다. 할아버지는 비록 무슨 일이 일어나더라도 그 '몹쓸 놈'에게 한 걸음도 다가가려고 하지 않았지만 역시 괴로워하고 있었다. 한번도 마리우스에 대해 묻지는 않았으나 마음속으로는 늘 생각했다. 그 할아버지는 여전히 르 마레에 살고 있었으나 생활은 점점 우울하게 되어 갔다. 지금도 전과 마찬가지로 괄괄하긴 하지만 그 패기는 마치 고통과 노여움을 머금은 것처럼 경련하면서 거칠게 휘몰아치다가도 금방 어깨를 축 늘어뜨리고 침울한 기분이 되고 만다.

그는 가끔 이렇게 말했다.

"아아! 이놈 돌아오면 실컷 두들겨 줘야지!"

이모로 말할 것 같으면, 마리우스를 그다지 사랑하고 있지 않았으므로 별로 안쓰러울 것도 없었다. 마리우스는 이모에게 흐릿한 그림자에 불과했다. 그리고 마침내는——그녀가 고양이나 앵무새를 길러도 제대로 보살펴 주지 않았던 것처럼, 아니 그 이상으로——마리우스를 염두에 두지 않게 되었다.

질노르망 노인의 은근한 고통이 차차로 늘어간 까닭은 노인이 그것을 모조리 자기 가슴에 접어 넣고 남이 알아차리지 않도록 하고 있었기 때문이다. 할아버지의 비애는 연기마저 다 태워 버린다는, 새로 발명된 큰 아궁이와 같았다. 때때로 참견하기 좋아하는 작자들이 생각없이 마리우스의 일을 화제삼아 노인에게 묻는 일이 있었다.

"손자님은 뭘 하고 있습니까? 어떻게 지낸답니까?"

그러면 노인은 슬픔을 이기지 못할 때는 한숨을 지으면서, 또 아무렇지도 않게 보이고 싶을 때는 옷소매를 손톱으로 퉁기면서 대답하였다.

"뽕메르씨 남작님은 어딘가 변두리에서 엉터리 변호사질을 하고 있다오." 이런 모양으로 노인이 서글퍼하고 있을 때 마리우스는 더할 나위 없이 명랑했다. 씩씩한 마음의 소유자가 모두 그렇듯이 불행이 오히려 그의 아린 추억을 가시게 하였다. 지금은 질노르망 씨의 일도 정다운 마음으로 떠올랐다. 이제까지는 '아버지에 대해서 심술궂었던' 그 인간에게서 아무것도 받지 않으리라고 완강하게 생각해 왔다. 그러나 현재는 그러한 생각도 처음 느꼈던 분노에 비하면 꽤 누그러졌다. 게다가 또 자기가 이제까지 고통을 받아온 일, 그리고 지금도 괴로워하고 있다는 것이 그로서는 차라리 즐거웠다. 그것은 아버지를 위한 고통이었다. 생활이 어렵다는 사실이 그를 만족시키고 그를 기쁘게 했다. 마리우스는 그 어떤 기쁨을 가지고 '이런 일은 아무것도 아니다'라고 마음속으로 생각했다. 이런 하찮은 일은 일종의 죄갚음이다. 이렇게라도 속죄하지 않으면 아버지에 대해서, 그렇게도 훌륭했던 아버지에 대해서, 불효하고 무심했다는 벌을 무슨 형태로든 받을 것이다. 아버지가 모진 고통을 겪었는데 자기는 조금도 괴로움을 받지 않는 것은 옳지 않다. 더욱이 현재 자기가 겪는 고통이나 빈곤도 대령의 영웅다운 생애에 비교하면 대체 뭐란 말인가? 요컨대 아버지에게 접근하고 아버지를 닮기 위한 방법은 오직 하나, 아버지가 적과 싸워 용감했던 것처럼 자기도 빈곤과 씩씩하게 싸우는 일이다. 이것이야말로 아버지인 대령이 '내 아들은 그럴 만한 가치가 있다'고 했던 유서의 마지막 말에 깃든 자기에 대한 기대인 것이다.

마리우스는 대령의 유언장을 잃어버렸으므로 가슴에 품고 있지는 않았다. 그러나 그 말을 언제나 마음 속에 품고 있었다. 그리고 할아버지의 집을 쫓겨났을 때는 어린아이에 지나지 않았으나 지금은 어른이 되었다. 그것을 그는 느끼고 있었다. 거듭 강조하지만 빈곤은 그에게 좋은 결과를 가져다준 것이다. 젊어서 가난은 잘만 하면 그 사람의 온 의지를 노력으로 향하게 하고, 영혼을 희망으로 차게 해주는 훌륭한 이점을 가지고 있다. 가난은 물질 생활의 허식을 여지없이 벗겨내고 그 보기 흉한 정체를 드러나게 하여 그 결과 이상에 가까운 생활로 인간을 비약하게 한다. 돈 많은 청년에겐 경마, 사냥, 개, 담배, 노름, 미식(美食) 따위의 화려하기는 하나 야비하기 그지없는 숱한 기분전환 거리가 있다. 그것들은 영혼의 저속한 면이 놀아나는 것이기 때문에 영혼의 고상하고 섬세한 면은 등한시된다.

그런데 가난한 청년은 애써 빵을 벌고 그것을 먹고 나면 이제 몽상하는 일밖에는 아무것도 할 것이 없다. 그는 신이 보여주는 무료

연극을 구경간다. 그는 하늘을, 공간을, 별을, 꽃을, 어린아이를 보고, 자기도 그 속에서 같이 고민하고 있는 인류를, 자기도 그 일부로 빛나고 있는 천지 만물을 바라본다. 인류를 응시하고 거기서 영혼을 발견한다. 마리우스는 몽상하고 자기가 위대하다는 것을 느낀다. 그는 더욱 몽상하고 자기 마음이 사랑에 가득 차 있음을 느낀다. 고민하는 인간의 이기주의를 떠나 관조하는 인간으로서 모든 것에 동정을 안긴다. 그 마음속에서 눈부신 감정이 꽃을 피운다. 그것은 자기 망각과 만인에 대한 연민의 감정이다. 닫힌 영혼에게는 주지 않지만 열려 있는 착한 영혼에게는 아낌없이 주는 그 무수한 즐거움과 친해서 이제 예지의 백만장자가 된 마리우스는 금전의 백만장자를 애처롭게 여기게 된다. 맑디맑은 빛이 그의 정신 안에 비쳐 들어옴에 따라 모든 미움은 가슴속에서 사라져 간다. 그래도 마리우스가 불행하다는 말인가? 아니 불행하지 않다. 생활의 빈궁도 젊은이에게는 결코 비참한 게 아니다. 아무리 가난해도 젊은이라는 것은 건강하고, 힘이 있고, 활발한 걸음걸이와 뜨거운 피를 소용돌이치게 하며, 검은 머리, 싱싱한 뺨, 장미처럼 붉은 입술, 흰 이빨, 맑은 숨결은 어느 때나 늙은 제왕이 부러워할 것이리라.

그리고 또 날마다 마리우스는 밥벌이에 종사한다. 그의 손이 빵을 벌고 있는 동안에 그의 등뼈는 긍지를 얻고, 그의 두뇌는 사상을 얻는다. 일을 마치면 마리우스는 말할 수 없는 황홀경에 관조와 환희로 돌아간다. 그의 발은 고뇌 속에, 장애 속에, 돌바닥 위에, 가시덤불 속에, 또 때로는 진창 속에 있어도 머리는 빛을 받아 살아가는 것이다. 건강하고, 명랑하고, 온화하고, 평화롭고, 주의깊고, 진지하고, 약간의 것으로 만족하고, 남에게 친절하다. 그리고 많은 부자들이 가지고 있지 않은 두 가지 재산 곧, 자신을 자유롭게 하는 노동과 품위를 안겨 주는 사상을 자기에게 베푸신 신께 감사드린다.

마리우스의 마음속에서 바로 그런 일이 일어나고 있었다. 한 마디로 말해서 조금 지나치게 관조에 기울어졌다.

대강 착실히 살아갈 만하게 되자 그 상태에 만족하고 가난에도 좋은 점이 있다고 생각하며, 일을 알맞게 하고, 사색하는 시간을 넉넉히 가졌다. 그래서 때에 따라서는 며칠씩 몽상을 계속하고, 투시가처럼 무아와 내면의 광휘와 침묵의 황홀경에 잠기는 일도 있었다.

마리우스는 생활 방식을 다음과 같이 결정지었다. 되도록 정신적일을 하기 위해서 되도록이면 물질적 일을 줄일 것. 바꿔 말해서 현실 생활에는 몇 시간만 할애하고 나머지 시간 모두를 무한한 것 속에 던질 것. 마리우스는 자기는 아무것도 부족하지 않다고 생각했기 때문에, 이런 의미의 관조란 결국은 게으름의 한 형태에 지나지 않는다는 것에는 생각이 미치지 못했다. 생활에 우선 필요한 것을 얻은 것으로 만족하여, 너무나 빨리 휴식을 취했다는 것을 깨닫지 못했다.

물론 마리우스 같은 정력적이고 용감한 성질에서, 그런 상태는 아주 일시적인 것일 수밖에 없다는 것, 운명의 불가피하고 복잡한 갈등에 부딪치면 그는 금방 잠을 깨리라는 것은 분명하다.

마리우스는 변호사가 되었으면서도 변론대에 서지 않고, 또 질노르망 노인이 생각하고 있는 것과 달리 엉터리 변호사질도 하지 않았다. 몽상이 그를 변호사라는 직업에서 벗어나게 했다. 소송 대리인과 교섭하고, 재판소에 드나들고, 소송 사건을 찾아다니고 하는 일이 그는 진절머리가 났다. 왜 그런 일을 하지 않으면 안 되는가? 마리우스는 생활의 방편을 바꿔야 할 이유도 없었다. 예의 출판사 일은 그다지 눈에 띄지는 않았으나 지금은 마리우스에게 건실하고 또 과히 힘들지 않는 일이 되어 있었다. 이미 설명한 바와 같이 그것으로 충분히 생활해 갈 수 있었다.

마리우스가 거래하는 출판사는 분명히 마지멜 씨가 경영하는 것이었다고 기억되는데, 그 마지멜 씨가 그에게 훌륭한 숙소와 일정한 일을 맡기면서 1년에 1천 500프랑의 급료를 내겠다고 제의를 해왔다. 훌륭한 숙소와 1천 500프랑! 과연 나쁘지는 않다.

그러나 그것은 자유를 버리는 일이다. 월급쟁이가 되는 일이다. 일종의 고용 문인이 되는 것이다! 마리우스의 생각으로는 그것에 응하면 자기의 지위는 향상과 동시에 하락하는 것이었다. 생활은 좋아지나 품위는 떨어진다. 그리고 더없이 아름다웠던 불행이 더럽고 어처구니 없는 부자유로 변해 버린다. 마치 장님이 애꾸가 되는 것과 같다. 그는 그 제의를 거절했다.

마리우스는 고독한 생활을 하고 있었다. 그는 무슨 일이거나 국외(局外)에 머무르는 것을 좋아했으며, 또 전에 너무 겁을 먹었던 일도 있어 앙졸라가 주관하는 그룹에도 결정적으로 참가하고 있지는 않았다. 지금도 사이좋게 사귀고 있으며 경우에 따라서는 서로 힘껏 도울 마음이기는 했으나 그 이상 깊이 들어가지는 않았다.

지금 마리우스에게는 친구가 둘 있었다. 하나는 청년 꾸르페락이고 다른 하나는 늙은 마뵈프 씨였다. 마리우스의 마음은 그들 중 노인에게로 기울어지고 있었다. 마리우스가 마음의 혁명을 이룩한 것은 이 노인 덕분이었고, 또 아버지를 알고 아버지를 사랑하게 된 것도 이 노인 덕분이었다.

"그분은 내 눈의 흑내장을 고쳐주었다."고 마리우스는 말하였다.

과연 그 교구 위원은 결정적인 역할을 했다.

그러나 마뵈프 씨로서는 그때, 섭리의 조용하고 공정한 대행자 노릇을 했던 것에 지나지 않는다. 마뵈프 씨는 때마침 누군가가 가져온 촛불과 같이, 우연히 자기도 모르게 마리우스의 앞길을 비춰 주었던 것이다. 마뵈프 씨는 그 촛불이었지 그것을 가져온 누구는 아니었다.

마리우스가 품고 있는 정치적 의견의 혁명에 대해, 마뵈프 씨로서는 그것을 이해하고, 원하고, 지도할 힘이 전혀 없었다.

마뵈프 씨가 뒤에 다시 나올 것이므로 여기에 그에 대해서 몇 마디 해두는 것도 보람 없는 일은 아닐 것이다.

마뵈프 씨

마뵈프 씨는 마리우스에게 "물론 정치상의 의견은 여러 가지 있어도 좋다고 생각한다"고 말했을 때 자기 본심을 털어놓았던 것이다. 정치상의 의견 같은 것은 마뵈프 씨에게는 아무래도 좋았다. 자기를 건드리지 않는 거라면 어떤 의견이거나 가리지 않고 받아들였다. 마치 그리스 인이 프리아에를 '미의 여신, 선의 여신, 매혹의 여신'이라든가 '에우메니데스'라 불렀던 것처럼, 마뵈프 씨의 정치적 의견이란 말하자면 골똘하게 식물을, 특히 책을 사랑하는 일이었다. 당시는 누구나 'iste(주의자)'라는 끝말이 붙는 호칭을 갖지 않으면 살아가지 못하던 때였으므로, 그도 다른 사람들과 마찬가지로 그러한 호칭이 하나 있었다.

그러나 그는 왕당주의자도 아니고, 보나빠르뜨주의자도 아니고, 입헌왕정주의자도 아니고, 오를레앙 왕당주의자도 아니고, 무정부주의자도 아니고, 다만 애서(愛書)주의자였다.

이 세상에는 숱한 종류의 이끼와 풀과 나무가 있어 그것을 관찰할 수가 있고 2절판이나 32절판 같은 책이 산더미만큼 있어 그것을 읽을 수도 있는데, 사람들은 왜 헌법이다, 민주주의다, 정통 왕위 계승권이다, 왕정이다, 공화제다, 하고 턱없는 일로 정신없이 서로 미워하는지 마뵈프 씨는 이해할 수 없었다.

그는 쓸데없는 인간이 되어 버리는 것을 크게 걱정하여 책을 쌓아두기만 하는 것이 아니라 탐독하고, 식물학자일 뿐 아니라 원예가이기도 했다. 마뵈프 씨가 뽕메르씨와 알게 되었을 때 두 사람 사이에는, 대령은 꽃에 관해서 하고 있는 일을 마뵈프 씨는 과실에 관해서 하고 있다는 공감을 가졌었다. 마뵈프 씨는 쌩 제르맹의 배에 못지 않는 맛좋은 배를 묘목에서 만들어내는 일에 성공했다.

또 요즈음 이름이 알려져 있는 여름자두 못지않게 향기로운 시월자두도 그의 연구로 생산된 것 같았다. 그가 미사에 참례하는 것도 신앙 때문이라기보다는 차라리 온화한 성격 탓이라고 하겠으며, 또 그는 사람의 얼굴을 대하는 것은 좋아하지만 그 시끄러운 목소리는 싫어했으므로, 사람이 많이 모이면서도 말이 없고 조용한 오직 하나의 장소인 교회를 사랑했다. 자기도 국가의 일원으로 다소 도움이 되는 일을 해야겠다고 생각하고, 교구 위원직을 맡았던 것이다. 하기야 그는 튤립의 구근을 사랑하는 것만큼 여자를 사랑한 적이 없고, 또 엘제비르판^(네덜란드의
인쇄업자)을 좋아하는 만큼 남자를 좋아한 일도 없었다. 어느 날 예순 고개를 훨씬 넘은 그에게 누가 물었다.

"당신은 결혼했던 적이 없습니까?"

"글쎄, 잊어버렸는데"라고 마뵈프 씨는 말했다. 가끔 "아아! 돈이 있었으면!" 한 적도 있었다. 하기야 이 말은 누구나 하는 말이 아닐까? 다만 마뵈프 씨의 경우는 질노르망 노인처럼 아리따운 아가씨를 곁눈으로 보면서 그렇게 말하는 것이 아니라 고서를 들여다보면서 하는 말이었다. 마뵈프 씨는 늙은 하녀 하나와 고독한 생활을 하고 있었다. 손가락 통풍기가 약간 있어 관절이 말을 듣지 않게 된 그의 늙은 손가락은 시트 주름 속에서 구부정하게 휜 채 있었다. 마뵈프 씨는 《꼬트레 근방의 식물지》라는 채색판의 책을 출판하여 상당한 평가를 얻었으며, 그 동판을 소유하고 자신이 직접 책을 팔았다. 그 때문에 메지에르 거리에 있는 그의 집에는 하루에 두어 번 사람이 찾아들었다.

마뵈프 씨는 1년에 3천 프랑은 넉넉히 벌었다. 그것이 그의 전재산인 셈이었다. 그는 가난했으나 끈기와 금욕과 시간을 들여 온갖 종류의 귀중한 진본을 수집해 놓았다. 외출할 때는 반드시 책을 한 권 옆구리에 끼고 나가는데, 돌아올 때는 두 권이 되는 일이 흔히

마뵈프 씨

있었다. 그의 집은 단층 건물로 방이 네 개 있고 조그만 뜰이 있었다. 방안의 장식이라고는 액자에 넣은 식물 표본과 옛 거장들의 판화뿐이었다. 그는 사벨이나 소총만 보아도 소름이 끼쳤다. 평생을 대포에 접근하기는커녕 앵발리드에 들어간 일도 없었다. 그의 위장은 상당히 튼튼하고, 그의 형님 하나는 주임사제이고, 그의 머리카락은 새하얗고, 입속에도 마음속에도 이가 없고, 온몸이 부들부들 떨고, 삐까르디 사투리에 어린아이같이 웃고, 겁이 많고, 마치 늙은 염소와 똑같은 모양을 하고 있었다. 그리고 쌩 자끄 문에 있는 출판사 주인 르와이욜이라는 노인 외에 살아 있는 인간으로서는 친구도 아무것도 없었다. 그의 꿈은 쪽을 프랑스에 이식하여 재배하는 일이었다.

마뵈프 씨의 하녀 또한 주인과 마찬가지로 어딘가 빠진 데가 있는 천진한 늙은이였다. 이 착한 노파는 가엾게시리 평생 숫처녀로 늙었다. 씨스티나 성당에서 알레그리의 '미세레레'라도 야옹야옹 불렀음직한 쉴땅(살르)이란 수코양이가 노파의 마음을 독차지하고 있어, 그녀가 간직한 꺼져 가는 정열에 어울리는 상대가 되고 있었다.

이 하녀의 꿈은 인간에게 미친 적이 없었다. 자기 고양이를 버리고 다른 것에 마음을 옮기다니 생각도 못할 일이었다. 노파는 고양이처럼 수염이 나 있었다. 노파의 자랑은 언제나 흰 자기의 모자였다. 일요일에는 미사에서 돌아오면 가방에 넣어 두었던 속옷을 꺼내어 세고, 언제나 사기만 할 뿐 만들지 않는 옷감을 침대 위에 늘어놓고 시간을 보냈다. 이 늙은 하녀는 글을 읽을 줄 알았다. 마뵈프 씨는 그녀에게 '라메르 플루타크'라는 별명을 붙였다.

마뵈프 씨는 마리우스가 마음에 들었다. 왜냐하면 마리우스는 젊고도 온화한 성격이었으므로 소심한 그의 마음을 건드리는 일 없이 늙은 마음을 위로해 주었기 때문이다. 온화한 젊은이는 노인에게는 바람 없는 날의 햇볕과 같았다. 마리우스는 아버지가 무훈을 세우고, 화약에 뒤범벅이 되고, 행군하고, 전진하고, 또 칼을 휘둘러 적을 찌르고 찔리고 했던 그 눈부신 싸움의 온갖 장면을 상상하는 일에 싫증이 나면 마뵈프 씨를 찾아갔다. 그러면 마뵈프 씨는 화초가 꾸기라는 면에서 그 영웅 이야기를 해 주는 것이었다.

1830년경에 형인 주임사제가 죽고 얼마 지나지 않아 마뵈프 씨의 앞길은 마치 밤이 온 것처럼 캄캄해졌다. 공증인의 파산은 마뵈프 씨가 형과 공동 명의로 가지고 있던 전재산 1만 프랑을 앗아가 버렸다. 거기에 7월 혁명으로 서적상의 위기가 닥쳐왔다. 난세에 가장 팔리지 않는 책은 아마 《식물지》 같은 것이리라. 《꼬트레 근방의 식물지》는 전연 팔리지 않게 되었다. 한 사람도 사러 오지 않은 채 몇 주일이 흘러갔다. 가끔 마뵈프 씨는 입구에서 벨이 울리는 소리를 듣고 기쁨에 몸을 떨었다.

그러자 "선생님," 하고 플루타크 할멈은 서글픈 표정을 지으며 알리러 왔다. "물장수가 왔어요."

결국 어느 날, 마뵈프 씨는 메지에르 거리의 집을 팔고, 교구 위원을 사임하고, 쌩 쉴삐스 성당과 인연을 끊고, 장서는 팔지 않았으나 판화의 일부를——되도록 애착이 덜한 것을 골라서——팔고, 몽빠르나쓰 거리의 자그마한 집으로 옮겼다. 그러나 거기서 석 달밖에 살지 않았다.

거기에는 두 가지 까닭이 있었다. 첫째로, 마당이 딸린 단층집으로 집세가 3백 프랑이나 되었는데, 그는 2백 프랑 이상 낼 마음은 없었기 때문이다. 또 둘째로, 그 집은 빠뚜 사격장 근처였기 때문에 하루 종일 사격 소리가 들려와 그로서는 견디기 어려웠던 것이다.

그는 자기의 《식물지》와 동판과 식물 표본과 지갑과 장서를 가지고 라 살뻬트리에르 구호원 근처의 오스떼를리쯔 마을의 촌가로 옮겨 앉았다. 그것은 방 셋에 생나무 울타리를 둘러친 우물과 뜰이 딸린 집이었는데 집세는 1년에 50에뀌(250프랑) 였다.

마뵈프 씨는 이 기회에 가구를 거의 팔아 버렸다. 이사해 오던 날, 그는 무척 기뻐하여 손수 못을 쳐서 판화와 식물 표본을 걸고 나머지 시간은 뜰의 흙을 팠다. 저녁이 되어 어두운 얼굴로 시름에 잠겨 있는 플루타크 할멈을 보자 웃음 띤 얼굴로 그 어깨를 툭툭 치며 말했다.

"뭘 그래? 쪽을 재배할 거야!"

그 오스떼를리쯔의 촌가를 찾아 마뵈프 씨를 만나는 일이 허락되는 사람은 오직 쌩 자끄의 출판사 주인과 마리우스 두 사람뿐이었다. 하기는 전쟁터 비슷한 이 마을의 이름은 마뵈프 씨로서는 역시 퍽 귀에 거슬리는 이름이었다.

그런데 앞에서도 지적한 바와 같이 예지나 기묘한 도락에, 또는 흔히 예가 있는 일이지만 두 가지 면에 깊이 빠져들어간 사람들의 두뇌는 실생활 면에는 지극히 더디게밖에 익숙해지지 않는다. 그런 사람에게는 자신의 운명조차도 아득한 것으로 느껴진다. 그러한 정신의 집중에서는 무슨 철학 같아 보이는 어떤 수동적 생활 방식이 생겨난다. 생활이 쇠퇴하고, 떨어지고, 밀리고, 심지어 무너져도 자기는 그걸 깨닫지 못하는 것이다.

물론 결국에 가서는 눈을 뜨고야 말지만 그때는 이미 늦다. 그때까지는 행복과 불행이 서로 싸우는 인생의 노름 속에서 그 어느 쪽에도 손을 내밀지 않고 도사리고 있다. 아니 자신이 그 내기의 대상인데도 무심한 표정으로 승부를 구경하고 있다.

그리하여 마뵈프 씨는 자기의 희망이 하나 하나, 끝내는 전부 사라져 버리고 주위가 어둠에 잠겨 감에도 아랑곳없이 다소 어리광스럽게 태연한 마음으로 있었다. 그의 정신에는 시계추 운동 비슷한 습성이 있었다. 한번 무슨 공상에 의해 태엽이 감겨지면 그 공상이 사라진 뒤까지도 오래 움직이는 것이었다. 시계는 태엽 감는 것을 잃었다 해서 바로 그 순간에 멎는 것은 아니다.

시름에 잠겨 있는 플루타크 할멈을 보자, 웃음띤 얼굴로 그 어깨를 툭툭치며 말했다. "뭘 그래! 쪽을 재배할 거야!"

마뵈프 씨에게 소박한 즐거움이 몇 개 있었다. 그 모두가 전혀 돈이 들지 않는, 그리고 사람들이 예상조차 못할 즐거움이었다. 아주 사소한 우연이 안겨 주는 것이었다. 어느 날 플루타크 할멈이 방구석에서 소설을 커다란 소리를 내어 읽고 있었다. 그러는 편이 머리에 잘 들어온다고 생각했던 것이다. 큰 소리로 무엇을 읽는 것은 자기가 지금 읽고 있는 것을 납득시켜 주는 것이다. 소리를 질러 읽으면서 아마도 자기가 지금 독서하고 있다고 자신에게 증명이라도 하는 모양이다.

플루타크 할멈은 그런 모양으로 힘을 주어 손에 든 소설책을 읽고 있었다. 마뵈프 씨는 무심하게 귀를 기울이고 있었다.

읽어 가는 도중에 플루타크 할멈은 다음과 같은 한 구절에 이르렀다. 용기병 장교와 미녀의 이야기였다.

"미녀는 토라진 체했다. 그러자 용기병은……."

여기서 할머니는 안경을 닦기 위해 잠깐 읽기를 그쳤다.

"부처님과 용." 하고 마뵈프 씨는 조그만 소리로 받아 뇌었다.

"옳아, 정말이야. 옛날에 굴 속에 용 한 마리가 살고 있었는데 입으로 불을 뿜어 하늘을 태웠대. 이미 몇 갠가의 별에 불을 끼었은 그 괴물은 게다가 호랑이 같은 발톱을 갖고 있었어. 그런데 부처님이 불타는 굴 속으로 들어가 보기좋게 용을 개심시켰다는 이야기야. 플루타크 할멈, 할멈이 지금 읽고 있는 책은 좋은 책이야. 세상에 그 이상으로 아름다운 전설은 없을걸."

그렇게 말하고 마뵈프 씨는 즐거운 몽상 속에 잠겼다.

가난은 비참의 이웃

마리우스는 이 천진한 노인, 자기가 차차로 무일푼이 되어 가는 것을 알아차리고 이제야 놀라면서도 여전히 슬퍼하거나 하지 않는 이 노인이 좋았다. 마리우스는 꾸르페락을 만나는 한편 애써 마뵈프

씨를 찾도록 하고 있었다. 그러나 그것도 아주 드물게, 한 달에 한
두 번이 고작이었다.

마리우스의 즐거움은 교외의 가로수 길이나 연병장이나 뤽상부르
공원의 인적 드문 오솔길을 혼자서 오래 산책하는 일이었다. 때로는
야채 재배인의 정원이며, 샐러드용 채소밭이며, 우리에 들어 있는
닭이며, 양수기 물레바퀴를 돌리고 있는 말을 바라보면서 한나절을
보내는 일도 있었다. 지나가는 사람들은 놀란 눈으로 마리우스를 바
라보고 그 중에는 그의 차림새를 수상쩍게 생각하고 얼굴 생김새를
미심쩍다는 듯이 흘끔거리며 지나갔다. 그러나 마리우스는 한낱 지
향없이 몽상에 빠져 있는 가난한 젊은이에 지나지 않았다.

마리우스는 이렇게 산책길에 나갔다가 문득 고르보네 집을 발견
하고, 부근에 집도 많지 않고 한적하며 방세가 싼 점에 마음이 끌려
거기 살기로 했다. 거기 사람들은 그를 그저 마리우스 씨라고 알고
있을 뿐이었다.

지난날 아버지의 상관이나 동료 중 몇몇은 마리우스의 형편을 알
고 찾아오도록 권유하는 사람도 있었다. 마리우스는 거절하지 않았
다. 아버지에 관해서 이야기할 수 있는 좋은 기회였기 때문이다. 그
래서 가끔 빠졸 백작이나, 벨라벤느 장군이나, 프레리옹 장군의 저
택을 방문하기도 하고, 또 앵발리드를 찾아가거나 했다. 그들의 저
택에서는 음악이나 무도의 모임이 있었다. 그런 날 저녁에는 마리우
스는 새 옷을 입고 갔다. 그러나 길바닥에 깐 돌도 갈라져 나갈 만
큼 추운 날이 아니면 그와 같은 파티나 무도회에는 가지 않았다. 왜
냐하면 마차를 타고 갈 돈이 없는 터에 구두에 조금이라도 흙이 묻
은 채로 그 집에 도착하기가 싫었기 때문이다.

마리우스는 때때로 이런 말을 했는데 그것은 결코 빈정거림이 아
니었다.

"살롱이라는 데는 구두를 빼놓고는 온 몸뚱이가 흙투성이라고 해

도 아무 상관 없는 곳이다. 거기서 환영받으려고 하면 오직 하나만 완전 두절하게 하면 된다. 양심이냐고? 아니, 구두다."

정열은, 사랑의 정열을 제외하고는 모두 몽상 속에 사라져 버린다. 마리우스의 정치열도 이윽고 몽상 속으로 자취를 감춰 버리고 말았다. 그것은 1830년의 혁명이 마리우스를 만족시키고 그의 마음을 진정시켰다는 사정도 있었다. 그렇다고는 해도 다만 정치적인 일로 분개하지 않게 되었다는 것뿐 그 밖에는 모두 전과 같았다. 그는 전과 같은 의견을 가진 것이며 다만 그것이 완화된 것뿐이다. 적절히 말하자면 지금의 그는 정치적 의견을 갖지 않고 오직 정치적 공감을 가질 뿐이었다. 지금은 어떤 당파에 속해 있는가 하면 인류의 당파에 속해 있었다.

마리우스는 인류에서도 프랑스를 택하였다. 프랑스라는 국가에서도 민중을 택하였다. 민중에서는 여성을 택하였다. 특별히 그는 여성에게 연민을 가졌다. 현재의 그는 사실보다도 사상을 좋아하고, 영웅보다도 시인을 좋아하고, 마렝고 전투 같은 사건보다는 '욥기' 같은 책을 찬양하고 있었다. 그리고 또 하루를 명상 속에 보낸 뒤, 저녁때 가로수 길을 걸어 돌아오면서 나뭇가지 사이 너머로 펼쳐진 가없는 하늘을, 형언할 수 없는 황혼의 빛을, 심연을, 그림자를, 신비를 바라볼 때, 오직 인간에게 관련되는 일들은 모두가 자질구레하게만 느껴졌다.

그는 이제야말로 인생의 진리와 인간 철학의 진리에 도달했다고 믿었다. 아닌게아니라 올바른 확신이었다. 그리고 그는 하늘만을, 진리를 깨달은 인간이 우물 밑바닥에 있으면서도 쳐다볼 수 있는 유일한 하늘만을, 지켜보게끔 되었다.

그렇다고 해서 장래의 계획이나 설계나 준비나 고안을 중단한 것은 아니다. 그런 몽상 상태에 잠긴 마리우스의 내면을 만약 누가 들여다봤다면, 아마도 그 영혼의 순수함에 눈이 부셨으리라. 사실 남의 속마음을 육안으로 들여다볼 수가 있다면, 인간은 그가 하는 사색보다 몽상으로 그를 더욱 확실히 비판할 것이다. 사상에는 의지가 깃들어 있지만 몽상에는 없다. 몽상은 아주 자연스럽게 일어나는 것이므로 거대한 것이나 관념적인 것을 지향하는 몽상에서도 인간 정신의 형태를 잃지 않고 간직하고 있다. 아니 운명의 광채에 대한 인간의 무분별하고 비정상적인 동경처럼 영혼의 밑바닥으로부터 직접, 그리고 거짓없이 솟아나오는 것은 없다. 그러한 동경 속에서야말로 조직적이고 추리적이며 정돈된 사상 속에서, 훨씬 더 쉽게 각자의 진정한 성격을 알아볼 수가 있다. 몽상이야말로 그 사람을 가장 잘 닮는다. 사람은 저마다 성질에 따라 미지의 것과 불가능한 것을 꿈꾸는 것이다.

1831년 중반 무렵에 마리우스의 시중을 드는 노파가 이웃에 사는 가엾은 종드레뜨 가족이 쫓겨나게 되었다는 말을 마리우스에게 전했다. 마리우스는 거의 날마다 밖에서 지내고 있으므로 옆방에 사람이 들어 있다는 것도 똑똑히 모르고 있었다.

"왜 쫓겨나는 겁니까?" 마리우스가 물었다.

"방세를 내지 않았기 때문이죠. 두 차례나 밀렸다우."

"얼마나 되는데요?"

"20프랑예요."

마리우스는 서랍 속에 30프랑을 모아둔 것이 있었다.

"자," 하고 마리우스는 노파에게 말했다. "여기 25프랑 있습니다. 그 가엾은 분들의 방세를 치르십시오. 나머지 5프랑은 그들에게 주시고요. 내가 주었다고는 말하지 말고요."

대역

때마침 떼오뒬르 중위가 소속한 연대가 빠리에 주둔하게 되었다. 그것이 질노르망 이모에게 제2의 수단을 줄 기회가 되었다. 그녀는 처음에 떼오뒬르에게 마리우스를 감시하도록 시키려고 했으나 이번에는 떼오뒬르가 마리우스의 뒤를 잇게 하려고 마음먹었다.

그것은 위험한 기도였으나, 청년이라고 하는 새벽녘의 빛은 때로 노인이라는 폐허에는 쾌적한 것이고, 아닌게아니라 할아버지는 젊은 이의 모습을 집 안에서 보기를 은근히 바라는 모양이므로 다른 또 하나의 마리우스를 보여 주는 것도 한 방책이었다. '상관 없어' 하고 이모는 생각했다. '책에서 보는 사소한 오식 같은 거야. 마리우스가 아니라 떼오뒬르라고 읽으면 돼.' 조카의 아들이라고 하면 손자뻘이다. 변호사가 없으므로 창기병을 불러들이는 거다.

어느 날 아침, 질노르망 씨가 〈라 꼬띠디엔느〉지인가 뭔가를 읽고 있는데 딸이 들어와 아주 부드러운 목소리로 말했다. 자기가 총애하는 인간에 관한 말을 할 참이니까.

"아버지, 떼오뒬르가 오늘 아침에 문안드리러 오겠다는군요."

"누구야, 떼오뒬르라니?"

"아버지 조카님의 아들 아네요?"

"아아, 그래?" 하고 아버지는 말했다.

할아버지는 다시 신문을 읽기 시작하고 떼오뒬르인가 뭔가 하는 조카의 아들 아이의 일은 더 생각지도 않다가 얼마 뒤에는 공연히 기분이 언짢아졌다. 그는 무엇이든 읽게 되면 거의 언제나 기분이 언짢아지는 것이었다. 질노르망 씨가 지금 손에 들고 있는 '신문'은 물론 왕당계 신문으로, 그 신문은 신랄한 논조로 내일도 또 일어날 것이 예상되는 조그만 사건 하나를 보도하고 있었다. 당시의 빠리에서 일상 다반사처럼 되어 있는 사건 하나를——법학부와 의학부 학생이 정오를 기해서 빵떼옹 광장에 집합하기로 되어 있다——토의하기 위해서다. 의제는 시국에 관한 문제로 국민군의 포병에 관한 문제였다. 루브르 안뜰에 비치한 대포를 에워싼 육군 대신과 '시민군'의 의견 충돌에 관해서이다. 학생들은 그에 대해서 '토의'하게 되어 있다. 그것만 읽어도 벌써 질노르망 씨는 화가 치밀지 않을 수 없었다. 질노르망 씨는 마리우스를 생각했다. 그놈도 학생이니까 아마도 다른 애들과 같이 '정오에 빵떼옹 광장으로 토의'하러 가겠지.

질노르망 씨가 그 일을 언짢게 생각하고 있을 때, 평상복의 떼오뒬르 중위가 질노르망 양의 안내를 받으면서 조심스럽게 방으로 들어왔다. 평복을 입은 데는 자기 나름대로 속셈이 있었다.

창기병은 이렇게 판단했던 것이다.

"저 완고덩어리 영감도 있는 돈을 몽땅 종신 연금에 집어 넣지는 않았을 테지. 유산을 얻을 수만 있다면 종종 평복을 입는 것도 헛일은 아닐 거야."

질노르망 양이 큰 소리로 아버지에게 말했다.

"떼오뒬르가 왔어요, 아버지!"

그리고 작은 소리로 중위에게 말했다.

"무슨 말씀을 하시더라도 옳다고 그래."

그렇게 말하고 그녀는 물러갔다.

중위는 이런 까다로운 회견에는 별반 익숙하지 않았으므로 주저주저하면서 "안녕하셨습니까, 할아버님?"이라는 인사말을 입속으로 웅얼거리고, 무심코 군대식 경례를 붙일 뻔하다가 얼른 보통식대로 고개를 숙여, 결국 이것도 저것도 아닌 인사가 되어 버렸다.

"오, 너냐. 잘 왔다. 게 앉거라" 하고 질노르망 씨는 말했다.

그렇게 한 마디 하고서 그는 바로 창기병의 일을 잊어버렸다.

떼오뒬르가 걸터앉자 질노르망 씨는 일어났다.

질노르망 씨는 두 손을 주머니에 찌르고 방안을 이리저리 서성거리면서 양쪽 주머니에 하나씩 들어 있는 시계를 떨리는 늙은 손가락으로 주물럭거리며 큰 소리로 지껄이기 시작했다.

"그 몹쓸 코흘리개들이 빵떼옹 광장에 집합한다고! 나 원 기가 차서! 젖비린내 나는 놈들이! 코를 누르면 젖이 나올 것들이.

그 주제에 내일 정오에 토의한다고! 도대체 어떻게 된다는 거야? 어떻게? 나락에 떨어질 게 뻔히 보이는군! 혁명 공화당 놈들이 세상을 이렇게 만들었다고! 시민 포병이라고? 시민 포병에 관해서 토의한다고! 국민군이 쏘는 대포소리에 대해 대낮에 대로상에서 거리낌없이 떠든다고! 아니, 어떤 놈들이 끼어 있는 거야? 어디 좀 두고 보자, 자꼬뱅주의가 어디로 끌고 가는가. 나는 뭣이고 걸겠다. 장담한다. 1백만 프랑이라도 걸고 단언하지만 전과자나 방면된 죄수 따위밖에 놈들 패에 끼지 않을걸. 공화주의자하고 전과자, 잘 어울릴 테지. 까르노는 말했지. '날더러 어디로 가라는 거냐, 이 배신자야.' 푸셰(나뽈레옹을 배반하고 왕정복고에 협력함)는 대답했지! '어디나 좋을 대로 가란 말이다, 천치 같으니!' 이것이 공화주의자들이 하는 수작이야."

"그렇습니다, 바로." 하고 떼오뒬르가 말했다. 질노르망 씨는 잠깐 고개를 돌려 떼오뒬르를 보더니 다시 말을 이었다.

"그 몹쓸 망나니가 비밀결사에 들어가다니. 엉뚱하게시리! 넌 왜 내 집을 나갔지? 공화주의자가 되기 위해서냐. 허지만 국민은 네가 말하는 공화제 같은 건 원하지도 않아. 그렇고말고. 국민은 양식을 가지고 있으니까. 옛날부터 국왕이 계시고 앞으로도 국왕이 계시리라는 걸 모두 알고 있으니까. 국민은 결국 국민에 지나지 않는다는 걸 터득하고 있으니까, 국민은 공화제 같은 건 문제도 삼지 않아, 공화제 같은 건 말이다.

알았냐, 천치 같은 녀석! 몹쓸 놈 같으니! 엉뚱한 짓이나 하고 돌아다니고서! 르 뻬르 뒤셴느에 정신을 빼앗기고, 단두대에 추파를 던지고, 1793년이라는 계집을 위해 발코니 아래서 연가를 부르고 기타를 치는 정말 그런 젊은 놈들에게는 침을 뱉어 주고 싶다. 그토록 쓸개빠진 놈들만 모였으니! 어느 놈이고 하나 예외는 없어. 거리에 나가 흐르고 있는 공기를 마시기만 하면 금방 제

정신을 잃어버린단 말야. 19세기는 독을 품고 있어. 조그만 녀석도 염소 같은 수염이라도 나면 상당한 뭐가 되기나 한 것처럼 늙은 부모를 내버린단 말야. 그게 공화주의자고 낭만주의자라고 떠들어 대면서. 도대체 낭만주의자란 뭐야? 도대체 어떤 건지 좀 들려 주렴. 모두 미친 짓이다. 1년 전에 그 미친 소동은 너희를 《에르나니》로 몰고 갔다. 한데 좀 묻겠다. 도대체 뭐냐, 《에르나니》란? 대구(對句)의 집합체가 아닌가 말이다. 프랑스 어로 썼다고조차 할 수 없는 글이 아니냐? 그런 축들이 이번에는 루브르 궁 안뜰에 대포를 끌어들인다니. 그런 짓만 하는 게 요즘의 불한당들이야."

"지당하신 말씀입니다. 할아버님" 하고 떼오뒬르가 말했다.

질노르망 씨는 다시 말을 이었다.

"박물관 안뜰에 대포를 끌어들인다고! 무엇 때문에? 대포로 무엇을 쏘려는 거냐? 벤베데레의 아폴론상에 산탄이라도 퍼부을 작정인가? 탄약통이 어째서 메디치의 비너스하고 상관있다는 거냐? 정말, 요즘 젊은 놈들은 전부 무뢰한이다! 놈들의 뱅자맹 꽁스땅(작주)은 얼마나 보잘것없는 인간인가. 게다가 악당이 아니면 모두 백치니. 놈들은 추한 것은 뭐든지 해치우고, 궁상맞은 꼴을 하고, 여자라면 설설 기면서 그런 주제에 침을 흘리면서 뒤를 쫓다가는 하녀들의 비웃음을 산다. 정녕 놈들은 당당하게 고백하지 않는 사랑의 동냥아치다. 못생긴데다 멍텅구리야. 띠에르쓸랭이나 뽀띠 같은 대사를 되풀이하고 자루 같은 옷에 마부의 조끼, 거친 무명 셔츠에 두꺼운 모직 바지, 게다가 초라하고 두꺼운 가죽신을 신고 어중이 떠중이 몰려들어 되지도 않는 소리를 지껄이고 있다. 그 품위 없는 은어를 주워 모으면 뚫어진 구두창도 넉넉히 고치고 남을 거야. 그런 쓸개빠진 조무래기들이 저마다 정치적 의견이랍시고 휘두른단 말야.

정치적 의견을 갖는 일은 엄금하지 않으면 안 돼. 이론을 날조하고, 사회를 변형시키고, 왕정을 파괴하고, 법률을 땅에 떨어뜨리고, 지하실과 다락방을 거꾸로 하고, 문지기와 국왕을 뒤바꾸고, 유럽을 혼란시키고, 세계를 재건한다는 놈들이 세탁부들이 짐수레에 올라탈 때, 종아리를 살그머니 들여다보고 좋아한다! 아아, 마리우스! 이 몹쓸 녀석아! 광장에 지껄이러 가려는 거냐! 협의하고 토론하고 대책을 강구한다고? 놈들은 그것을 대책이라고 하렸다. 한심한 일이로다! 소동은 소동이라도 요즘은 싸구려가 되고 어처구니없는 것이 돼버렸어.

나는 옛날에 대혁명이라는 혼돈을 보았는데 오늘날에는 진창을 볼 뿐이다. 학생이 국민군에 관해서 토의한다니, 오즈브와나 까도다슈 족(^{미개}^{야만족})에도 없는 일일 것이다! 홀랑 벗은 알몸뚱이에 깃이 달린 공 같은 것을 이마에 붙이고 몽둥이를 휘두르고 다니는 야만인도 저 바슐리에들만큼 교양이 없지는 않아. 가증스런 풋내기들, 귓구멍은 뚫렸답시고 으스대고선! 그런 놈들이 토의하고 궤변을 논한다. 세상도 끝이다. 의심할 나위 없이 이 가련한 지구 덩어리도 끝장이다. 마지막에 딸꾹질이 필요하다니까 프랑스가 지금 그것을 하고 있다. 어디 토의해 보라고, 몹쓸 녀석들아! 놈들이 오데옹 극장 복도 같은 데서 신문을 읽으니까 이런 일이 일어나는 거야. 단돈 1수를 내고 신문을 읽고서는 그것만으로 양식이다, 지식이다, 마음이다, 영혼이다, 정신이다, 하고 아는 체한다. 거기서 못된 것만 배워가지고 부모 형제의 곁을 뛰쳐 나간다.

신문이란 모두 페스트처럼 위험해! 〈드라쁘 블랑〉지 조차도 위험하다. 사실 마르땡빌르라는 기자는 자꼬뱅 당원이었지 않았나. 아아! 이게 무슨 일이냐! 너는 이 할아비를 절망시키고 그래도 아무렇지 않으냐, 너는!"

"분명히 그렇습니다" 하고 떼오뒬르가 말했다.

"그렇고말고요. 정말 지당하신 의견입니다." 하고 중위가 외쳤다.

그리고 질노르망 씨가 한숨 돌리고 있는 틈에 창기병은 사뭇 의젓한 얼굴로 덧붙였다.

"정말 신문은 〈모니뙤르〉지만 있으면 되고, 책은 《군사연감》만 있으면 됩니다."

질노르망 씨는 다시 말을 이어 갔다.

"놈들은 씨에에스 같은 자들이야. 국왕을 죽인 반역자가 원로원 의원이 되다니! 놈들은 모두 결국엔 그렇게 들어앉을 테니까. 처음에 시민 제군 어쩌고 하면서, 장차 백작님이라고 불리고 싶기 때문이야. 정말 뻔뻔스러운 백작님이지. 9월의 학살자! 철학자 씨에에스야. 하지만 나는 정신이 바로 박힌 인간이니까 그따위 철학자들의 철학 같은 건 띠볼리 어릿광대의 코안경만큼도 문제 삼고 있지 않아. 언제였던가? 말라께 강변에서 본 원로원 의원들은 꿀벌무늬(나뽈레옹의 무늬)로 수놓은 자주빛 비로드 망토를 두르고 앙리 4세풍의 모자를 쓰고 있었는데 꼴불견이었지. 마치 호랑이에게 문안 드리는 원숭이 같았어.

시민 제군, 나는 단언하지만 그대들이 말하는 진보란 미친 짓이요, 그대들이 말하는 인류는 환영에 지나지 않고, 그대들이 저지른 혁명은 죄악이며, 그대들 공화국은 괴물이다. 그대들이 자랑하는 순결하고 젊은 프랑스는 매음굴에서 태어났다. 나는 그대들 앞에서 주장한다. 설령 그대들이 무슨 신분이든, 신문기자이거나 경제학자이거나 법률학자이거나, 또 그대들이 자유, 평등, 박애를 단두대의 칼날이 알고 있는 이상으로 잘 알고 있다고 할지라도 말이다! 나는 단언한다, 친애하는 제군!"

"그렇고말고요. 정말 지당하신 의견입니다" 하고 중위가 외쳤다.

질노르망 씨는 몸짓을 하려다 말고 고개를 돌려 창기병 떼오딜르의 얼굴을 물끄러미 쏘아보더니 말했다.

"멍텅구리구나, 넌."

제6편 두 별의 마주침

별명——새 이름의 유래

마리우스는 그 무렵 중키의 미남 청년이 되어 있었다. 검고 숱이 많은 머리, 훤칠한 이지적인 이마, 정열가답게 퍼진 콧방울, 진지하고 조용한 태도, 그리고 얼굴 전체에 어딘지 기품 있고 사려 깊고 티없는 느낌이 있었다. 옆얼굴 선은 둥그스름하면서도 꿋꿋해서 알자스—로렌 지방을 통해서 프랑스인의 용모 속에 전해져 온 저 게르만 족 같은 부드러움이 풍기고, 또한 로마인 가운데의 고대 게르만인의 특징처럼 레옹 족을 아키리아 족과 구별하는 저 완만함을 보이고 있었다.

마리우스는 지금 사색하는 인간의 정신이, 깊이와 솔직함이 거의 같은 균형으로 성립되는 그 나이에 이르고 있었다. 중대사에 부딪칠 경우 멍청해 보일 것 같기도 하나 돌연히 뛰어나게 우수한 인간으로 보일 때도 있었다. 태도는 신중하고 냉철하고 예의가 발라 버릇없는 데가 없어 보였다. 불그레한 입술과 하얗고 쪽고른 이 또한 매우 매력적이어서 그의 미소는 얼굴 전체의 엄격한 느낌을 부드럽게 해주었다. 때로는 맑은 이마와 육감적인 그 미소가 묘하게 대조적으로 보일 때도 있었다. 그의 눈은 작았으나 눈동자는 컸다.

빈곤의 밑바닥을 헤맬 무렵 마리우스는 자기가 지나가면 젊은 처녀들이 돌아다보는 것을 알아채고 죽을 만큼 괴로운 마음으로 그곳에서 도망치거나 숨어 버리거나 했다. 자기의 낡아빠진 옷을 보고 웃는 것이라고 생각했던 것이다. 실제로는 처녀들은 그의 점잖은 맵시를 보고 멍청해져 있었던 것이다.

그렇게 지나가는 아름다운 처녀들의 기분을 멋대로 오해하고 있는 동안에 마리우스는 붙임성 없는 사람이 되어 버렸다. 어쨌든 여자라면 내빼곤 하여 그의 마음에 드는 여자는 한 사람도 없었다. 그런 이유로 그의 생활은 무미한 것이 되었다. 꾸르페락의 말을 빌리면 바보 같은 생활이었다.

꾸르페락은 마리우스에게 이렇게 말했다.

"그렇게 점잔만 빼지 마(그들은 서로 너나들이하는 사이였다. 자연히 너나들이하는 사이가 되는 것은 젊은이들끼리의 우정의 특질이다). 한 마디 충고하겠는데 그렇게 책만 노려보고 있지 말고 조금쯤은 여자도 좀 봐. 계집애란 좋은 거야, 마리우스! 그렇게 도망가거나 빨개져 있기만 하면 정말 바보가 되고 말걸."

꾸르페락은 또 언젠가 길에서 만났을 때 이렇게 말했다.

"안녕하시오, 사제님."

꾸르페락에게서 이런 말을 들은 뒤 1주일 가량 마리우스는 전보다도 더 여자란 여자는 젊건 늙건 멀리하고 더욱이 꾸르페락마저 피했다.

그러나 이 넓은 세상에서 마리우스가 도망가지도 않고 그 반대로 아무런 관심도 갖지 않는 여자가 둘 있었다. 물론 그들도 여성이라고 불린다면 그는 깜짝 놀랐을 것이다. 한 사람은 그의 방을 청소해 주는 수염이 난 노파였다.

꾸르페락은 노파에게 이런 말을 했다.

"할멈이 수염 난 걸 보고 마리우스란 놈은 수염을 안 기른단 말야."

또 한 사람은 그가 종종 보는 어느 집 소녀였는데 한 번도 마음을 써본 일이 없었다.

벌써 일 년 전부터 마리우스는 뤽상부르 공원의 인적 드문 오솔길에서, 묘목원의 울타리를 따라 나 있는 오솔길에서 한 남자와 어린 처녀의 모습을 종종 보게 되었다. 그 두 사람은 그 오솔길에서도 가장 호젓한 웨스트 거리 쪽 끝에 언제나 같은 벤치에 나란히 앉아 있었다. 자기의 마음 속만을 들여다보는 사람이 그렇듯 산책을 하면 마리우스도 아무런 생각 없이 그 오솔길로 가곤 했는데 그때마다 거의 매일 그 두 사람이 와 있었다.

남자는 60살 가량의 어딘지 우수가 깃든 근엄한 모습이었다. 보아하니 퇴역 군인들에게서나 흔히 볼 수 있는 단단하지만 피로한 기색이 온몸에 엿보이고 있었다. 거기다 훈장이라도 달고 있었다면 마리우스는 '퇴역 장교구나' 했을 것이다. 호인다워 보였지만 어쩐지 접근하기 어려운 데가 있어서 결코 남과 눈길을 마주치려고 하지 않았다. 푸른 바지에 푸른 프록코트, 그리고 머리에는 테가 넓은 모자를 썼는데 언제 보아도 새로운 것인 듯 보였다. 검은 넥타이에 새하얗지만 거친, 마치 퀘이커 교도가 입는 듯한 셔츠를 입고 있었다.

어느 날 옆을 지나가던 상점에서 일하는 말괄량이가 "깔끔한 홀아비군" 했다. 머리는 새하얬다.

소녀가 처음 그를 따라와서, 둘이서 앉기로 정한 그 벤치에 앉았을 때, 소녀는 아직 13, 4살밖에 되어 보이지 않았고, 보기 흉할 정도로 여위고 겁먹은 듯했고, 이렇다 할 특징도 없었으나 눈만은 상당히 아름다워질 것처럼 보였다. 다만 그 눈은 약간 마음에 걸릴 정도로 줄곧 치켜뜨곤 했다. 차림새는 바탕이 두꺼운 검은 메리노 천의 서투른 바느질 솜씨의 옷을, 다시 말해서 수도원의 기숙생이 입을 듯한, 늙은이 같으면서도 어린애 같은 옷을 입고 있었다. 그들은 아버지와 딸처럼 보였다.

아직 노인이라고 할 수 없는 나이든 남자와 아직 다 컸다고 할 수 없는 그 소녀에게 마리우스는 처음 2, 3일 동안은 눈길이 끌렸으나 그 다음부터는 마음에 두지 않았다. 그들 쪽에서도 마리우스를 보려고 하지 않는 것 같았다. 조용한, 그리고 태연한 듯한 모양으로 서로 이야기하고 있었다. 계집애는 즐거운 듯 끊임없이 재잘거리고 있었다. 늙은이는 그다지 말이 없었으나 이따금 형용할 수 없는 애정이 넘친 눈길로 딸을 바라보고 있었다.

어느 틈엔지 마리우스는 무의식적으로 그 오솔길로 산책하는 습관이 들어 버렸다. 그리고 언제나 그들의 모습을 보았다. 그것은 이렇게 해서였다.

마리우스는 거의 언제고 두 사람이 앉아 있는 벤치 반대되는 끝에서부터 그 오솔길로 들어갔다. 오솔길을 쭉 걸어서 그들 앞으로 지나갔다가 다시 되돌아와서 처음부터 끝까지 다시 같은 걸음을 되풀이했다. 그는 산책을 할 때마다 그곳을 대여섯 번 왔다갔다하고 그 산책을 1주일에도 대여섯 번 했으나 그들과 아직 눈인사 한번 주고받지 않았다. 그 남자와 소녀는 어쩐지 남의 눈을 피하고 있는 것 같았다.

그런데 남의 눈을 피하는 그런 모양이 오히려 묘목원 옆길을 산책하는 대여섯 명의 학생들의 주의를 끌게 되었다. 그들 가운데는 학교에서 돌아오는 착실한 학생도 있었지만, 당구를 치다가 돌아오는 학생들도 있었다. 당구를 치다가 돌아오는 꾸르페락도 한동안 두 사람을 관찰했으나 소녀가 못생긴 것을 알고 곧 조심스럽게 물러났다. 그는 달아나면서 빠르트 인처럼 두 사람에게 별명의 화살을 쏘았다.

소녀의 옷과 노인의 머리칼이 강하게 눈길을 끌었으므로 소녀를 '마드무아젤 라느와르(검은 옷양)', 아버지를 '무슈 르블랑(백발 씨)'이라고 이름을 붙였다. 정말 잘 어울리는 별명이고 아무도 그들과 말을 한 적이 없어서 전혀 이름도 알지 못했기 때문에 모두가 이 별명을 쓰게 되었다.

학생들은 "아, 르블랑 씨가 여전히 벤치에 와 있군!" 했다. 마리우스는 그편이 훨씬 편했기 때문에 다른 친구와 마찬가지로 그 알지 못하는 사람을 르블랑 씨라고 불렀다. 우리도 편의상 그들처럼 그를 르블랑 씨라고 부르자.

마리우스는 그렇게 해서 처음 1년 동안 거의 매일 같은 시각에 그 두 사람을 보았다. 노인은 그의 마음에 들었지만 소녀에겐 아무런 느낌도 일어나지 않았다.

'빛이 있었느니라'

2년째가 되자, 즉 이야기가 조금 앞서 중단됐던 그때로 돌아가면, 마리우스의 뤽상부르 공원 산책 버릇은 그 자신도 이유를 잘 알지 못한 채 끊겨 6개월 가까이 그 오솔길에 발을 들여놓지 않았다.

어느 날 마리우스는 다시 그곳에 가보았다. 상쾌한 여름날 아침이었다. 날씨가 좋은 날이면 누구나 그러하듯 마리우스도 마음이 들떠 있었다. 들려 오는 온갖 새소리며 나뭇잎 틈 사이로 올려다보이는 푸른 하늘 한 조각 한 조각이 마음 속에 스며들어 오는 것 같았다.

마리우스는 곧장 '자기의 오솔길'을 향했다. 그리고 길 끝에 이르자 역시 그 낯익은 두 사람이 여전히 그 벤치에 앉아 있는 것이 보였다. 그러나 가까이 다가가 보니 노인은 전과 변함없었으나 소녀는 다른 사람처럼 보였다.

지금 눈앞에 보이는 소녀는 키도 크고 아름다운 여자로서, 아직 어린아이 시절의 순진하고 귀여운 사랑스러움을 그대로 담고 있는 한창 나이의, 더없이 매혹적인 모습을 나무랄 데 없이 갖추고 있었다. 그것은 15살이라는 짧은 말만이 표현할 수 있는 잠깐 사이의 순결한 나이였다. 금빛 어린 멋진 갈색 머리, 대리석 같은 이마, 장미 꽃잎을 연상케 하는 뺨, 감동에 파리해지는 눈, 눈부시게 하얀 살결, 빛과 같은 미소가 흐르고 음악처럼 말소리가 흘러나오는 아름다운 입매, 라파엘이 성모 마리아라고 그렸음직한 머리가 장 구종이 조각한 듯한 비너스의 목 위에서 쉬고 있었다.

그리고 사람의 넋을 잃게 하는 그 얼굴을 더욱 나무랄 데 없는 것으로 보이게 하는 것은 아름답기보다 귀여운 그 코였다. 곧지도 않고 굽지도 않았다. 이탈리아 형도 아니고 그리스 형도 아닌 빠리 인의 코였다. 다시 말하면 어딘지 영리해 보이고 섬세하고 다듬어져 있지는 않지만 순수하게 느껴지는, 화가를 절망케 하고 시인을 매혹케 할 그런 코였다.

소녀는 언제나 눈을 내리깔고 있었기 때문에 마리우스는 바로 곁을 지날 때 그 눈을 볼 수 없었다. 다만 짙은 그늘과 부끄러움이 깃든 긴 밤색 속눈썹이 보였을 뿐이었다.

그러면서도 그 아름다운 소녀는 자기에게 이야기하고 있는 백발 노인의 목소리에 귀를 기울이면서 끊임없이 미소짓고 있었다. 그 순진한 미소는 눈을 내리깔고 있는 만큼 더없이 매혹적이었다.

마리우스는 얼핏 보았을 때 소녀는 이 사나이의 다른 딸이겠지, 틀림없이 먼젓번 소녀의 언니겠지 하고 생각했다. 그러나 언제나 하듯이 산책길을 따라 두 번째로 그 벤치에 가까이 가서 유심히 살펴보고 나서야 전에 보았던 소녀라는 것을 알았다.

반년 동안에 그 소녀는 처녀가 되어 있었던 것이다. 다만 그것뿐이었다. 이런 일은 당연한 현상이다. 여자라는 건 어느 시기가 되면 순식간에 봉오리가 터져서 눈깜짝할 사이에 꽃이 되어 버리는 것이다. 어제까지만 해도 어린아이라고 생각하여 별로 주의도 하지 않았던 것이 오늘은 이미 그대로 보고 지나칠 수 없게 되는 것이다.

그 처녀는 크게 자라났을 뿐만 아니라 이상적인 여자가 되어 있었다. 4월이 되면 사흘 동안에 활짝 꽃이 피어 버리는 나무가 있듯이 반년 동안에 아름답게 활짝 피어난 것이다. 처녀의 4월이 돌아온 것이다.

가난해서 검소하게 살던 사람이 하루 아침에 무일푼에서 큰 부자로 변하여 홍수처럼 돈을 쓰고, 갑자기 눈부신 생활을 시작하고, 너그럽고 화려한 사람이 되는 예를 이따금 본다. 그것은 연금이 굴러 들어왔기 때문이다. 어제로 지불 기한이 만기가 되었기 때문이다. 그 아가씨도 반년치의 연금을 받았던 것이다.

그리고 또 지금은, 비로드 모자에 메리노 옷을 입고 학생 구두에 빨갛게 드러낸 손이었던, 기숙생 같은 꼴을 한 옷차림이 아니었다. 아름다워짐과 동시에 취미도 갖추어졌던 것이다. 산뜻하게 차려입은 그 모습은 수수하고, 우아함을 넉넉하게 풍기고 있었고, 일부러 꾸민 티도 없었다. 검은 비단옷에 같은 천의 케이프를 두르고, 모자는 흰 크레이프였다. 흰 장갑을 통하여 매우 화사해 보이는 그 손은 중국 상아로 만들어진 파라솔 자루를 만지작거리고 있고, 비단 구두는 그 자그마한 발 모양을 그대로 그려내고 있었다. 옆을 지나칠 때 온몸의 옷치장에서 젊디젊은, 스미는 듯한 향기가 풍겨 왔다.

노인은 여전한 모습이었다.

마리우스가 두 번째 가까이 갔을 때, 처녀는 문득 눈을 들었다. 그 눈은 짙은 하늘의 푸른 빛을 띠고 있었다. 그러나 가려진 하늘 속에 감돌고 있는 것은 아직 어린애 같은 눈길이었다. 처녀는 무심코 마리우스를 바라보았다. 마치 단풍나무 그늘을 뛰어다니는 새끼 원숭이를 바라다보듯이, 벤치 위에 그림자를 드리우고 있는 대리석 수반을 바라보듯이. 마리우스도 역시 딴 생각을 하면서 산책을 계속했다.

마리우스는 네댓 번 처녀가 있는 벤치 곁을 지나갔지만 처녀 쪽으로는 눈길을 돌리지도 않았다.

그날부터 마리우스는 또 예전대로 날마다 뤽상부르 공원을 찾아갔다. 그리고 예전대로 거기에 있는 '아버지와 딸'을 보았으나 이제는 그들에게 주의를 기울이지 않았다. 예전과 마찬가지로 지금 아름다워진 처녀를 바라보긴 하지만 별로 마음에는 두지 않았다. 마리우스가 여전히 처녀가 있는 벤치 바로 옆을 지나다니는 것은 다만 습관에 지나지 않았다.

봄의 탓

어느 따뜻한 봄날, 뤽상부르 공원은 그늘과 햇살에 넘치고, 하늘은 마치 아침에 천사들이 씻은 듯싶게 맑게 개어서 우거진 마로니에 숲 속에서는 참새들이 귀여운 목소리로 지저귀고 있었다. 마리우스는 마음을, 자연을 향하여 활짝 열어젖히고 아무 생각 없이 다만 살아 있다는 느낌에 깊게 숨을 들이쉬면서 벤치 옆을 지나갔다. 어린 처녀가 그에게로 눈길을 들었다. 두 사람의 시선이 마주쳤다.

그때 어린 처녀의 눈길에 무엇이 깃들어 있었던가? 그것은 마리우스로서도 뭐라 말할 수 없는 것이었다. 거기에는 아무것도 담겨져 있지 않았다. 그리고 모든 것이 담겨 있기도 했다. 이상한 빛이 번쩍인 것이다.

처녀는 고개를 숙이고 마리우스는 산책을 계속했다.

마리우스가 방금 본 것은 어린아이의 순진하고 단순한 눈길이 아니었다. 그것은 빙긋이 열리려다가 다시 곧 닫혀 버린 신비로운 심연이었다. 소녀들은 누구나 때로 그런 눈길로 바라보는 날이 있다. 거기에 부딪힌 사람이야말로 재난이다!

아직 자기를 잘 알지 못하는 영혼의 그런 첫 눈길은 여명의 하늘과 같은 것이다. 알지 못하는 그 어떤 찬란한 것의 눈뜸이다. 장엄

한 어둠을 어렴풋이 비추는 뜻하지 않은 번쩍임, 현재의 때묻지 않은 모든 것과 미래의 모든 정열로 이루어진 그 번쩍임의 위험한 매력은 어떤 말로도 표현할 수 없으리라. 그것은 우연히 나타나서 기다리는 목적 없는 애정이다. 순수한 마음이 자기도 모르게 쳐놓은, 스스로 바라지도 않고 알지도 못하는 사이에 사람의 마음을 사로잡는 올가미인 것이다. 그것은 한 여자로서 남자를 바라보는 눈길인 것이다.

그런 눈길이 떨어진 곳에서 깊은 꿈이 생겨나지 않았던 일은 없다. 온갖 순수함과 정열이 한데 숨어 있는 그 천상적(天上的)이고 숙명적인 눈길의 빛은 요염한 여자들의 어떤 교묘한 추파보다도 남자의 마음 깊숙이 향기와 독에 가득 찬, 이른바 사랑이라고 불리는 아스름한 꽃을 갑자기 피게 하는 마력을 지니고 있다.

저녁때 다락방으로 돌아간 마리우스는 문득 자기 옷을 내려다보고 처음으로 자신의 초라하고 볼썽사나운 꼴을 깨닫고 '평소에 입는' 옷으로 뤽상부르 공원을 산책한다는 것이 얼마나 촌스러웠던가를 깨달았다. 그 평소에 입는 옷은 장식끈까지 해어진 모자와, 마차꾼이 신는 것 같은 허술한 구두와, 무릎이 닳아서 허옇게 된 검은 바지와, 양팔꿈치께가 얇아진 검은 윗도리였다.

큰 번민이 시작되다

다음날 여느 때와 같은 시각에 마리우스는 옷장에서 새 윗도리와 새 바지와 새 모자와 새 구두를 꺼냈다. 그렇게 옷 한 벌이 갖추어진 차림에 장갑까지 끼고, 그야말로 호화로운 옷차림으로 뤽상부르 공원으로 나갔다.

도중에서 꾸르페락을 만났으나 모르는 체하고 지나쳤다. 꾸르페락은 집에 돌아오자 친구들에게 말했다.

"지금 마리우스의 새 모자와 새 윗도리하고 만났다네. 녀석은 그 속에 들어 있더군. 아마 시험이라도 치러 가는 모양이야. 몹시 멍청한 얼굴이던걸. "

뤽상부르 공원에 이르자 마리우스는 우선 연못을 한 바퀴 돌며 백조를 바라본 뒤에, 머리가 이끼로 시커매지고 허리가 한쪽 떨어져나간 조각상 앞에 서서 오랫동안 그것을 바라보고 서 있었다. 연못가에는 40살 가량의 배가 불룩하게 나온 한 부르주아 남자가 5살 가량의 사내아이 손을 잡고 말하고 있었다.

"무슨 일이고 너무 지나쳐선 안 돼. 알겠니? 전제주의나 무정부주의는 똑같이 멀리해야 한다. "

마리우스는 그 부르주아가 하는 말에 귀를 기울였다. 그런 다음 다시 한번 연못을 뼁 돌았다. 그러고 나서야 겨우 '자기의 오솔길' 쪽으로 발을 돌렸는데, 느릿느릿하게 마치 그쪽으로 가는 것이 그다지 내키지 않는 것 같았다. 꼭 가지 않고는 배길 수 없는 동시에 가는 게 아무래도 망설여지는 그런 모양이었다. 그러나 자기 자신은 전혀 그것을 깨닫지 못하고 여느 때와 마찬가지로 산책하고 있다고만 여겼다.

오솔길에 이르자 저쪽 끝 '그들의 벤치'에 르블랑 씨와 어린 딸이 앉아 있는 것이 보였다. 마리우스는 윗도리의 단추를 제일 위까지 채우고, 주름이 잡히지 않도록 몸통께를 잡아당기고, 반들반들 윤나는 바지를 만족스럽게 둘러보고 나서 벤치를 향하여 전진을 시작했다. 그 걸음걸이는 마치 이제부터 무언가를 공격하려는 듯했다. 사실 정복해야겠다는 속셈은 분명히 있었다. 그러므로 나는 '한니발은 로마를 향하여 전진을 시작했다'고 하듯이 '그는 벤치를 향하여 전진을 시작했다'고 표현한 것이다.

그렇기는 하나 마리우스는 전혀 무의식적으로 몸을 움직이는 데 지나지 않아 그의 정신적 문제나 학구적 몰두가 일시 끊긴 것은 결코 아니었다. 그는 그때 이런 생각을 하고 있었다.

마리우스는 호화로운 옷차림으로 뤽상부르 공원으로 나갔다.

'〈대학 입학 자격 시험 참고서〉는 하찮은 책이다. 인간 정신의 걸작으로 라신의 비극을 세 가지로 들어서 해설했으나 몰리에르의 희극은 단 하나밖에 들지 않은 점을 보면 어지간한 바보들이 쓴 것에 틀림없다.'

그러나 귓속에는 무언지 날카로운 소리가 울리고 있었다. 점점 벤치 가까이로 다가가면서 그는 윗도리 주름을 펴고 눈을 어린 처녀에게서 떼지 않았다. 그녀가 거기에 있다는 사실만으로 오솔길 저편 끝은 파랗고 아련한 빛으로 가득 차 있는 것처럼 보였다.

가까이 다가감에 따라서 마리우스의 발걸음은 점점 더 느려졌다. 벤치를 향하여 어느 지점까지 오자 오솔길 끝까지는 아직도 상당한 거리가 있었으나 그는 거기서 걸음을 멈추고, 자기도 영문을 알지 못한 채 홱 돌아섰다. 길 끝까지 가지 않았다는 사실을 알아차리지도 못했다. 처녀가 멀리서 그를 알아보고 새 옷차림을 한 그의 훌륭한 맵시를 보았는지 어떤지 알 수 없었다. 그러나 그는 누군가가 뒤에서 보더라도 훌륭하게 보이도록 몸을 꼿꼿이 펴고 걸었다.

반대편 끝까지 가자 거기서 되돌아와서 이번에는 전보다도 조금 더 벤치 가까이로 다가갔다. 가로수 세 그루를 사이에 둔 지점까지 갔으나 거기서 왠지 더 앞으로 갈 수 없을 것 같아 잠깐 망설였다. 처녀의 얼굴이 이쪽을 향해서 갸우뚱하는 것을 본 듯했다. 그렇지만 마리우스는 남자답게 용기를 내어 망설여지는 마음을 억누르고 다시 앞으로 나가기 시작했다. 잠시 뒤에는 벤치 앞을, 몸을 꼿꼿이 펴고 귀밑까지 빨개지면서 오른쪽으로도 왼쪽으로도 한눈팔지 않고 정치가처럼 윗도리 주머니에 손을 집어넣고 지나갔다. 지나친 순간 ——마치 요새의 대포 밑 같았다——그는 심장이 무섭게 두근거리는 것을 느꼈다.

그녀는 전날과 같은 비단 옷에 크레이프 모자를 쓰고 있었다. 뭐라 형용할 수 없는 아름다운 목소리가 그의 귀에 들려 왔다. '그녀의 목소리'에 틀림없었다. 그녀는 조용히 이야기하고 있었다. 그녀는 참으로 아름다웠다. 마리우스는 그녀를 보려고도 하지 않았지만 아름답다는 것을 느꼈다. '그러나 그녀도,' 하고 그는 생각했다. '만약 프랑스와 드 뇌샤또 씨가 자기가 쓴 것인 양《지일블라스》의 간행본 첫머리에 실은 〈마르꼬스 오브레곤 데 라론다〉에 관한 논문이 사실은 내 작품이라는 것을 안다면 나를 인정하고 존경심을 갖지 않을 수 없겠지!'

마리우스는 벤치 앞을 지나서 바로 앞 오솔길 끝까지 가자 거기서 되돌아서 다시 아름다운 처녀 앞을 지났다. 이번에는 얼굴이 몹시 새파랗게 질렸다. 게다가 마음 속으로 심한 불쾌감을 느꼈다. 그는 벤치와 어린 처녀에게서 멀어졌다. 그리고 그녀에게 등을 돌리면서도 그녀가 이쪽을 보고 있는 것 같아 자기도 모르게 무언가에 발이 걸려 넘어질 뻔했다.

마리우스는 다시는 벤치 가까이 가려고 하지 않았다. 오솔길 가운데까지 오자 걸음을 멈추고 여느 때의 그라면 결코 하지 않는 일이지만, 두리번거리며 주위를 둘러보면서 거기에 있는 벤치에 앉아 몽롱한 마음으로 생각했다.

'요컨대 내가 저 사람들의 흰 모자나 검은 옷에 반해 있는 만큼 저 사람들도 이 윤나는 바지와 새 윗도리를 보고 아무것도 느끼진 않진 않으리라.'

마리우스는 15분 가량 앉아 있다가 마치 후광에 싸인 듯한 그 벤치를 향해서 다시 한번 전진하려는 듯이 일어섰다. 그러나 그는 그 자리에 우뚝 선 채 움직이지 않았다. 15개월이 지난 지금에야 그는 매일 처녀와 함께 와서 벤치에 앉아 있는 저 신사도 아마 자기를 알아차리고 이렇게 열심히 배회하는 것을 이상하게 여기리라는 것을 생각해 냈던 것이다.

그리고 또 지금에 와서야 마리우스는 아는 사이도 아닌 저 사람을 르블랑 씨라고 별명으로 부른다는 것은 입 밖에 내어 말은 하지 않더라도 다소 실례됨을 비로소 깨달았다.

이렇게 해서 마리우스는 몇 분 동안 고개를 숙이고 선 채 손에 든 지팡이 끝으로 모래 위에 그림을 끄적거리고 있었다. 그러다가 갑자기 벤치와는 반대 방향으로 르블랑 씨와 처녀에게 등을 돌리고 자기 집으로 와 버렸다.

그날 저녁 마리우스는 저녁 식사를 하러 가는 것을 잊어버렸다. 저녁 8시가 되어서야 그것을 깨달았다. 그러나 쌩 자끄 거리까지 가기에는 이미 너무 늦었었다. "쳇!" 하고 그는 빵 한 조각을 먹었다.

그는 옷에 솔질을 하고 차근차근 개어 놓은 뒤에야 겨우 잠자리에 들었다.

부공 할멈은 몇 번이나 놀라다

이튿날 부공 할멈은——이건 꾸르페락이 고르보 집의 현관지기이고, 셋집 주인이며, 가정부인 그 노파에게 붙인 이름으로 노파의 본명은 이미 말했듯 부르공 부인이라 했는데, 아무도 존경할 줄 모르는 꾸르페락이 그렇게 불렀던 것이다 (원어는 mame Bougon인데, 투덜거리는 아낙네라는 뜻)——마리우스가 또 새 옷을 입고 나가는 것을 보고 어안이 벙벙했다.

마리우스는 또다시 뤽상부르 공원으로 갔다. 이번에는 오솔길 가운데쯤에 있는 벤치에서 더 앞으로 나가지 않았다. 어제처럼 그는 거기에 앉아서 멀리서 흰 모자와 검은 옷이, 특히 그 파르스름한 빛이 분명히 보이는 것을 바라보고 있었다. 마리우스는 거기서 조금도 움직이지 않고 앉아 있다가 뤽상부르 공원이 문을 닫을 무렵이 되어서야 비로소 집으로 돌아갔다. 그는 르블랑 씨와 처녀가 공원을 떠나는 것을 보지 못했다. 그래서 마리우스는 그들이 웨스트 거리의 뒷문으로 나갔다는 결론을 얻었다. 그 뒤 몇 주일이 지나고 나서 그

때 일을 회상했을 때, 도대체 그날 저녁은 어디서 식사를 했는지 도무지 생각나지 않았다.

그 이튿날, 벌써 사흘째 되는 날, 부공 할멈은 또다시 놀랐다. 마리우스가 또 새 옷을 입고 나갔기 때문이다.

"사흘이나 계속해서!" 하고 할멈은 외쳤다.

부공 할멈은 뒤를 밟아 보리라 결심했다. 그러나 마리우스는 성큼성큼 큰 걸음으로 걷고 있었다. 노파의 걸음으로는 마치 하마가 영양의 뒤를 쫓아가는 꼴이었다. 이내 마리우스의 모습은 보이지 않게 되어 할멈은 헐떡거리면서 집으로 돌아왔다. 지병인 천식 때문에 거의 숨이 막혀서 잔뜩 화가 나 있었다.

"어떻게 된 거야" 하고 할멈은 투덜거렸다. "매일 새 옷을 입고 이렇게 사람을 뛰게 하다니!"

마리우스는 또 뤽상부르 공원에 와 있었다. 어린 처녀는 이미 르블랑 씨와 함께 와 있었다. 마리우스는 책에 정신이 팔려 있는 체하면서 될 수 있는 대로 가까이 다가갔으나 그래도 아직 그들과 꽤 멀리 떨어진 곳에서 걸음을 멈추고 다시 되돌아가서 자기의 벤치에 앉았다. 그리고 그대로 4시간쯤 참새가 마치 놀리기라도 하듯 마음내키는 대로 오솔길 위에 내려앉았다 날아갔다 하는 것을 바라보면서 시간을 보냈다.

그렇게 해서 보름쯤 지났다. 마리우스는 여전히 뤽상부르 공원에 다녔는데 그것은 산책이 아니라 자기도 모르게 그저 늘 같은 자리에 앉으러 간다는 것뿐이었다. 그 자리에 다다르면 한 발짝도 움직이지 않았다. 그는 남의 눈에 띄고 싶지 않았기 때문에 매일 아침에 새 옷을 입기로 했다. 그리고 다음날도 그 다음날도 똑같은 짓을 되풀이하는 것이었다.

어린 처녀는 분명 놀랄 만큼 아름다웠다. 굳이 한 가지 비평 비슷한 말을 한다면 슬픔을 띤 눈길과 해맑은 미소가 아무래도 어울리지 않아서, 그래서인지 얼굴이 착잡해 보이고 그 때문에 때로 부드러운 얼굴은 사랑스러우면서도 기묘하게 느껴질 때가 있었다.

사로잡힌 몸

두 번째 주일도 다 간 어느 날, 마리우스는 여느 때와 마찬가지로 자기 벤치에 앉아서 손에 책을 펴들고 있었으나 벌써 두 시간이 지나도록 한 페이지도 넘기지 못했다.

그때 문득 그는 소스라쳤다. 오솔길 저쪽 끝에서 큰일이 일어난 것이 아닌가. 르블랑 씨와 처녀가 벤치를 떠나고 있었다. 처녀는 아버지를 부축하고 나란히 서서 마리우스가 있는 오솔길 중간께로 천천히 걸어오고 있었다. 마리우스는 덮었던 책을 다시 펴서 열심히 읽으려고 했다. 몸이 떨렸다. 후광이 곧장 그에게로 오는 것 같았다.

'아아! 큰일났구나!' 하고 그는 생각했다. '자세를 고칠 겨를도 없구나.'

그러는 동안 백발의 남자와 어린 처녀는 가까이 다가오고 있었다. 마리우스에게는 그 사이가 한 세기나 되는 듯싶었고 일순간인 듯도 싶었다.

'도대체 왜 이리로 오는 걸까?' 하고 마리우스는 이상하게 여겼다. '어쩔 것인가! 그녀가 여기를 지나가는 것이다! 그녀가 걸어 간단 말이다. 이 모래 위를, 이 오솔길을, 내 바로 앞을 말이다!'

마리우스는 아찔했다. 자기가 미남자였으면 싶었다. 십자훈장이라도 달고 있었으면 했다. 두 사람의 조용하고 차분한 발소리가 점점 다가왔다. 르블랑 씨가 눈을 부릅뜨고 자기를 노려보겠지 하고 상상했다.

'저 신사는 내게 말을 걸까?' 하고 마리우스는 생각했다. 그가 고개를 숙였다 얼굴을 들어보니 그들은 바로 옆에 와 있었다. 어린 처녀는 지나쳤다. 지나치면서 처녀는 마리우스를 지그시 바라보았다. 생각에 잠긴 듯한 부드러운 눈길로 유심히 그를 보았다. 마리우스는 머리꼭대기부터 발끝까지 오싹해졌다. 처녀의 눈은 그가 여태까지 오랫동안 자기에게 가까이 오지 않은 걸 나무라고 있는 듯 여겨졌다. "그래서 제가 왔어요" 하는 것 같았다.

마리우스는 광명과 심연으로 가득 찬 눈길 앞에서 현기증이 날 지경이었다. 머릿속이 일시에 불붙는 것 같았다. 처녀가 자기에게 와 준 것이다. 얼마나 큰 기쁨이냐! 더욱이 말할 수 없는 기막힌 눈길로 나를 지그시 지켜보지 않았던가! 처녀는 여태까지보다 한층 더 아름답게 보였다. 여성다운 아름다움과 천사다운 아름다움이었다. 뻬뜨라르까가 시로 노래하고, 단떼가 그 앞에 무릎을 꿇은 완벽한 아름다움이었다.

마리우스는 푸른 하늘 높이 둥둥 떠 있는 기분이었다. 그와 동시에 구두가 먼지투성이여서 몹시 마음이 상했다.

처녀는 구두도 보았음에 틀림없다고 생각했다.

마리우스는 처녀의 뒷모습이 보이지 않게 될 때까지 바라보았다. 그리고 나서 미친 사람처럼 뤽상부르 공원 안을 걷기 시작했다. 아마 이따금 혼자서 웃기도 하고 커다란 소리로 지껄이기도 했으리라. 아이 보는 여자들이, 마리우스가 넋을 잃고 꿈꾸는 듯한 얼굴로 자기들 가까이 다가오기 때문에 저마다 자기에게 반한 줄로 착각할 정도였다.

마리우스는 또 거리에서 처녀의 모습을 볼 수 있기를 바라면서 뤽상부르 공원을 나왔다.

오데옹 극장 회랑 아래서 꾸르페락과 마주치자 마리우스는 말했다. "함께 저녁식사 하러 가세."

그들은 루소 식당에 가서 6프랑을 썼다. 마리우스는 아귀같이 먹어댔다. 그는 보이에게도 6수를 주었다. 디저트 먹을 차례가 되어서야 그는 꾸르페락에게 말했다.

"신문 읽었나? 오드리 드 쀠이라보가 기막힌 연설을 했더군!"

마리우스는 사랑에 빠져 있었다. 식사가 끝나자 다시 꾸르페락에게 말했다.

"연극 구경시켜 주겠네."

그들은 뽀르뜨 쌩 마리땡 극장으로 가서 《아드레의 여관》을 하고 있는 프레데릭의 연기를 보았다. 연극을 보면서 마리우스는 배를 움켜쥐고 웃어 댔다.

동시에 그는 매우 안절부절못했다. 극장을 나왔을 때 부인복 재봉사 같아 보이는 여자가 도랑물을 건너는 바람에 양말대님이 슬쩍 내다보였으나 마리우스는 그것을 보려고도 하지 않고, 꾸르페락이 "저 정도의 여자라면 기꺼이 내 수집에 넣겠는걸" 하는 말을 듣자 가슴이 울렁거리기까지 했다.

이튿날 꾸르페락이 까페 볼떼르에서 점심을 먹자고 했다. 마리우스는 그 초대에 응해서 전날 이상으로 마구 먹어 댔다. 그는 자꾸 생각에 잠기는 듯했으나 그러면서도 매우 쾌활했다. 기회만 있으면 큰소리로 웃고 싶어했다. 한 지방 사람을 소개받자 정답게 포옹하기도 했다. 마침 학생들이 테이블 주위를 에워싸고 국가가 돈을 들여서 소르본느 대학 강단에서 쓸데없는 강의를 잘라 팔고 있는 데 대해서 토론하고 있었다. 그 토론은 이윽고 끼슈라의 사전과 운율론의 결함 등에 관한 것으로 옮겨 갔다.

마리우스는 그 토론을 가로막고 큰소리로 외쳤다.

"그러나 훈장을 타는 것도 좋은 일이야!"

"이건 좀 어떻게 됐나 본데!" 하고 꾸르페락이 장 프루베르에게 나직이 소곤거렸다.

"아냐" 하고 장 프루베르는 대답했다. "저건 진정이야."

사실 그는 진정이었다. 마리우스는 커다란 정열이 소용돌이치는 저 격렬하고 흔쾌한 처음 시기에 부딪혀 있었던 것이다. 한 처녀의 눈길이 그를 그렇게 만든 것이다. 폭발갱에 화약이 이미 재어져 있는 이상, 발화의 준비가 되어 있는 이상, 거기에 불을 붙이는 것만큼 간단한 일은 없다. 흘끗 던진 하나의 눈길이 곧 도화선이었던 것이다.

이제는 어쩔 수 없었다. 마리우스는 한 여성을 사랑하고 있는 것이다. 그의 운명은 미지의 세계로 들어가고 있었다.

여자의 눈길은 겉으로는 아무렇지 않으나 실은 무시무시한 톱니바퀴와 같다. 사람은 매일 그 옆을 안심하고 별일 없이 지나가고 그 정체를 전혀 깨닫지 못한다. 때로는 그런 것이 있다는 것조차 잊고 있다. 사람들은 오가고, 몽상하고, 지껄이고, 웃는다.

그러다가 갑자기 무언가에 사로잡힘을 느낀다. 그때는 끝난 것이다. 톱니바퀴에 말려든 것이다. 눈길의 포로가 된 것이다. 어디서부터인지, 어떻게 해선지, 사상의 어느 부분에서인지, 또는 방심하고 있던 마음의 어느 틈 사이로부턴지는 모르지만 눈길의 포로가 된 것이다. 잡히기만 하면 이젠 마지막이다. 몸도 마음도 끌려들어가고 만다. 이상한 힘이 사람을 꽉 움켜쥐고 빼앗아 간다. 버둥거려도 소용없다. 이제는 사람의 힘으로는 구해낼 도리가 없다. 톱니바퀴에서 다른 톱니바퀴로, 고뇌에서 고뇌로, 번뇌에서 번뇌로 점점 깊은 곳으로 빠져 간다. 사람도, 그 정신도, 행복도, 미래도, 영혼도, 모조리. 그리고 악한 여자에게 잡히느냐 고결한 여자에게 지배되느냐에 따라서, 무서운 기계에서 풀려나올 때 치욕으로 말미암아 추악해지는가, 아니면 정열로 다시 태어난 듯한 모습이 되어 나오는가가 정해지는 것이다.

여러 가지로 읽히는 U자를 둘러싸고

고독, 일체 것에서의 초탈, 자부심, 독립, 자연에 대한 애착, 나날의 물질적 생활에 대한 활력의 결여, 자기 속에 틀어박힌 생활, 순결에 대한 남모르는 투쟁, 온갖 것에 대한 솔직한 도취, 그런 것이 마침내 마리우스를 정열이라고 불리는 것에 사로잡히게 만들어 버렸다. 아버지에 대한 숭배는 차차 일종의 신앙이 되어 신앙이 모두 그렇듯 영혼 깊숙이 가라앉고 말았다. 그래서 영혼의 전면을 채울 무엇인가가 필요했다. 거기에 사랑이 찾아온 것이다.

꼬박 한 달이 지났다. 그동안 마리우스는 날마다 뢱상부르 공원에 갔다. 그 시간이 오면 그는 가만히 있을 수가 없었다.

"저 친구 근무중이군" 하고 꾸르페락이 말했다.

마리우스는 황홀한 마음으로 매일을 보내고 있었다. 그 처녀도 마리우스를 유심히 보고 있음이 분명했다.

마리우스는 마침내 용기를 내어 그 벤치 가까이로 다가갔다. 그러나 타고난 약한 기질 때문에 또 사랑하는 남자의 조심스러운 본능에서 그는 그 앞을 지날 수가 없었다. 마리우스는 '아버지의 주의'를 끌지 않는 게 좋겠다고 판단했다. 그는 비상한 수를 써서 처녀에게는 될수록 잘 보이되 노신사에게는 잘 보이지 않도록 나무 숲이나 조각상의 받침돌 그늘에 자기의 위치를 정했다.

때로는 꼬박 반시간 동안이나 레오니다스 상이나 스파르타쿠스 상 뒤에 가만히 서서 손에 든 책 너머로 조용히 눈을 들어 아름다운 처녀의 모습을 찾는 일도 있었다. 그러면 처녀도 희미한 미소를 띠고 그 사랑스러운 옆얼굴을 그에게로 돌리는 것이었다. 처녀는 더없이 자연스러운 태도로 온화하게 백발의 노인과 이야기하면서도 그 소녀다운 정열적인 눈동자에 담은 온갖 꿈을 마리우스에게 보냈다. 그것은 세상이 시작되는 날, 이미 이브가 알고 있던 아득한 옛날부터의 교묘한 수법이어서 모든 여자는 그 인생이 처음 시작되는 날부터 그것을 알고 있는 것이다! 처녀의 입은 한 사람에게 대답하고, 눈길은 또 한 사람에게 대답하고 있었다.

그러나 르블랑 씨도 이윽고 무슨 눈치를 채기 시작했다고 해야 할 것이다. 그것은 마리우스가 거기에 가면 르블랑 씨는 곧잘 일어나서 걷기 시작했으므로 끝내 그는 그때까지의 장소를 버리고 오솔길의 다른 한편 끝으로 옮겨 '검투사'상 옆에 있는 벤치에 앉았는데, 그것은 마치 마리우스가 거기까지 자기들을 쫓아오는가 보려는 것 같았다. 마리우스는 그것을 깨닫지 못하고 거기까지 쫓아가는 실수를 저질렀다.

'아버지'는 습관을 깨뜨리기 시작하여 이제는 매일처럼 '딸'을 데려오지 않았다. 때로는 혼자 왔다. 그런 때에 마리우스는 뒤도 보지 않고 돌아가 버렸다. 또 하나의 실수였다.

마리우스는 그러한 조짐에 전혀 주의하지 않았다. 소심했던 시기에 피할 수 없는 자연적인 진전으로서, 맹목적 상태에 빠져 갔던 것이다. 사랑은 더해 갈 뿐이었다. 매일 밤 사랑하는 사람의 꿈을 꾸었다. 더욱이 뜻하지 않았던 행복이 찾아와서 그것이 불에 기름을 부은 결과가 되어 마리우스의 눈을 더욱 막아 버리고 말았다.

어느 날 저녁 해질 무렵 마리우스는 '르블랑 씨와 그 딸'이 막 떠나간 벤치 위에 손수건이 하나 떨어져 있는 것을 발견했다. 그것은 수수한 손수건이었으나 수도 놓여 있지 않은 새하얀 좋은 감에 형언할 수 없는 향기가 감돌고 있는 것 같았다.

그는 정신없이 그것을 주워들었다. 손수건에는 U.F.라는 글자가 적혀 있었다. 마리우스는 그 아름다운 소녀에 대해서는, 가족에 대해서도 이름도 주소도 아무것도 몰랐다. 이 두 글자야말로 그녀에 관해서 파악할 수 있는 실마리였다. 귀중한 머리 글자였다. 그는 당장에 그 위에 상상의 누각을 쌓기 시작했다. U는 세례명을 나타내고 있음에 틀림없다. '위르쉴르일까!' 하고 그는 생각했다. '참으로 아름다운 이름이구나!' 그는 손수건에 키스하고 그 향기를 맡고 낮에는 가슴에 대보고 밤에는 입술에 대고 잤다.

"그녀의 영혼의 향기가 느껴진다!"

마리우스는 소리 높여 말하는 것이었다.

사실 그 손수건은 노신사의 것으로 무심코 주머니에서 떨어뜨렸던 것이다. 그러나 그것을 주운 뒤부터 마리우스는 언제나 그것에 입을 맞추거나 가슴에 대고 뤽상부르 공원으로 나갔다. 그 아름다운 처녀는 무슨 영문인지 통 모르므로, 그것이 무슨 의미냐는 신호를 노인에게 눈치채이지 않도록 마리우스에게 보냈다.

"아아, 저 수줍음!" 하고 마리우스는 말했다.

늙은 상이군인도 행복해질 수 있다

나는 '수줍음'이라는 말을 썼고 게다가 아무것도 감출 생각은 없으므로, 황홀감에 젖어 있는 마리우스에게 '그의 위르쉴르'가 한번 매우 심각한 괴로움을 주었다는 것을 말해 둬야겠다.

그것은 여느 때와 마찬가지로 처녀가 르블랑 씨로 하여금 벤치에서 일어나 오솔길을 산책하게 하던 날의 일이었다. 늦은 봄바람이 세게 불어 플라타너스의 높은 나뭇가지를 흔들어 대고 있었다. 아버지와 딸은 서로 팔을 끼고 마침 마리우스의 벤치 앞을 지나가려던 참이었다. 마리우스는 그들이 지나간 뒤 얼른 일어나서 미칠 듯한 마음으로 그 뒷모습을 눈으로 쫓았다.

돌연 세찬 바람이——전에 없이 기분이 좋아서 아마도 봄 장난할 역할을 맡았음이리라——묘목원에서 휙 불어올라 오솔길 위에 불어 닥쳤다. 그리고 마치 베르길리우스가 노래한 님프나 테오크리투스의 목신들에게나 어울릴 귀여운 전율 속에 어린 처녀를 휩쌌는가 싶더니 그녀의 옷을, 이시스 여신의 긴 옷보다도 신성한 그 옷을 거의 양말대님 있는 데까지 걷어올려 아리따운 종아리가 보였다. 마리우스는 그것을 보았다. 견딜 수 없이 화가 났다.

처녀는 깜짝 놀란 여신의 몸짓처럼 아름답게 얼른 드레스 자락을 끌어내렸다. 그래도 마리우스의 마음은 가라앉지 않았다. 분명히 오솔길엔 자기뿐이다. 그러나 누가 보고 있었을지도 모른다. 만약 누가 있었다면! 그런 일을 용납할 수 있겠는가! 그녀에게 방금 일어난 일은 참으로 몸서리가 쳐질 만큼 언짢은 일이다!

하지만 그녀가 나쁜 것은 아니었다. 죄가 있다면 바람뿐이다. 그러나 마리우스의 마음에는 셰류뱅 속에 숨겨져 있는 바르똘로가 무럭무럭 고개를 들어 이제는 아무래도 불만스러워져 자기의 그림자에게까지도 질투하고 있었다. 실제로 이런 일 때문에 육체에 대해 심하고 이상한 질투심이 사람의 마음 속에서 눈을 뜨고 부당하게까지 멋대로 날뛰는 것이다. 게다가 이 질투심을 젖혀 놓고도 그 매혹적인 종아리는 그에게 아무런 쾌감도 주지 않았다. 차라리 지나가는 여자의 양말이라도 보는 편이 유쾌한 일이었을 것이다.

‘그의 위르쉴르’가 오솔길 끝까지 갔다가 르블랑 씨와 함께 되돌아와서 마리우스가 다시금 앉아 있는 벤치 앞을 지날 때 마리우스는 퉁명스런 눈으로 흘끔 처녀를 노려보았다. 어린 처녀는 눈을 치뜨면서 몸을 약간 뒤로 젖혔다. 그것은 “어머, 웬일이시죠?” 하는 뜻이었다.

그것은 그들의 ‘첫 말다툼’이었다.

마리우스가 처녀를 눈으로 나무란 것과 거의 동시에 누군가가 오솔길에 나타났다. 그는 허리가 꼬부라지고 머리가 새하얀 주름살투성이의 상이 군인으로 루이 15세식의 군복을 입고 가슴에는 병사의 쌩 루이 훈장(루이 14세가 제정한 기사 제도의 훈장. 대혁명으로 폐지되었으나 1815년부터 1830년까지 부활했음)인 십자로 엮은 군도가 달려 있는 붉은 나사의 조그마한 타원형 약장(略章)을 달고 있었다. 더욱이 윗저고리의 한쪽 소매는 팔이 없어 축 늘어졌고, 턱에는 은빛 수염이 자랐고, 한쪽 다리는 의족이었다.

마리우스는 그 남자가 매우 흐뭇해하는 듯이 보였다. 또 그 심술궂은 인간이 다리를 절름거리면서 자기 곁을 지날 때에는 매우 친근감이 깃들인, 유쾌한 듯한 눈짓을 받은 양 생각되기까지 했다. 우연의 덕분으로 마치 서로 의논이라도 한 듯 함께 좋은 구경을 하지 않았느냐고 하는 눈짓이었다.

이 마르스(싸움의 신)의 떨거지 같은 놈, 뭐가 그렇게 기쁘단 말인가? 그 의족과 처녀의 종아리와 도대체 어떤 관계가 있단 말인가? 마리우스는 질투의 절정에 달했다. '이 녀석도 그 자리에 있었던 게 틀림없어!' 하고 그는 생각했다. '이 녀석도 틀림없이 보았을 거야!' 그는 그 상이 군인을 때려죽이고 싶은 충동을 느꼈다.

시간이 지나가면 아무리 날카로운 칼 끝도 무뎌지게 마련이다. 마리우스의 '위르쉴르'에 대한 화도 제아무리 옳고 정당했다 해도 어느 틈에 그것은 엷어지고 말았다. 그는 드디어 처녀를 용서했다. 그러나 용서하기란 참으로 힘든 일이었다. 그는 사흘 동안이나 처녀를 원망하고 있었다.

그러나 이런 일이 일어났음에도, 아니 그런 일이 일어났기 때문에 마리우스의 정열은 더욱 더 불타오르고 열렬해져 갔다.

일식

'처녀'가 위르쉴르라는 이름이라는 것을 마리우스는 어떻게 해서 알아냈는지 또는 알아냈다고 믿었는지, 그것은 지금 독자들이 본 그대로다.

욕망은 사랑하는 동안에 생겨난다(식욕은 먹고 있는 동안에 일어난다는 비유). 처녀의 이름이 위르쉴르라는 걸 안 것만으로도 굉장한 일이었다. 그러나 동시에 대수롭지 않은 일이기도 했다. 마리우스는 3주일 동안에 그 행복을 다 맛보았다. 이제는 좀 더 다른 행복을 바라게 되었다. 처녀가 살고 있는 곳을 알고 싶었다.

마리우스는 이미 '검투사'상 옆의 벤치의 함정에 빠져 첫 실수를 저질렀다. 또 두 번째 실수도 저질렀다. 르블랑 씨가 혼자 오자 뤽

그는 허리가 꼬부라지고 머리가 새하얀 주름투성이의 상이군인으로……

상부르 공원에서 뒤도 돌아보지 않고 나가 버린 것이 바로 그것이다. 그리고 드디어 세 번째 실수를 저질렀다. 더욱 굉장한 실수를. 그는 '위르쉴르'의 뒤를 밟았던 것이다.

처녀는 웨스트 거리의 가장 왕래가 적은 곳에 있는 새로 지은 수수한 4층 건물에 살고 있었다.

마리우스는 뤽상부르 공원에서 처녀를 본다는 행복에 처녀가 살고 있는 집까지 따라간다는 행복을 덧붙였다. 마리우스의 갈망은 점점 커져 갈 뿐이었다. 그는 이미 처녀의 이름을, 적어도 세례명을, 그 사랑스러운 이름을, 참으로 여자다운 이름을 알고 있었다. 또 어디에 살고 있는지도 알고 있었다. 이번에는 처녀가 어떤 사람인가 알고 싶어졌다.

어느 날 저녁 마리우스는 두 사람의 뒤를 좇아 그 집에까지 갔다. 정문 안으로 들어간 두 사람의 모습이 보이지 않게 되자, 자기도 따라서 들어가 대담하게 문지기에게 물었다.

"지금 들어간 분은 2층에 사는 사람입니까?"

"아뇨" 하고 문지기가 대답했다. "4층에서 살지요."

이것으로 한 걸음 나아간 셈이다. 이 성공은 마리우스에게 용기를 불어넣어 주었다.

"앞으로 향한 방입니까?" 하고 마리우스는 물었다.

"물론입죠!" 하고 문지기가 말했다. "집이란 반드시 길 쪽을 향해서 짓는 법이니까요."

"그래 어떤 사람입니까?" 하고 마리우스는 질문을 바꾸었다.

"연금 생활자이죠. 무척 친절한 분이랍니다. 그렇게 부자도 아니지만 불행한 사람들을 아주 잘 돕는답니다."

"이름은 뭐라고 합니까?" 하고 마리우스는 다시 물었다.

문지기는 고개를 들고 말했다.

"당신은 탐정입니까?"

마리우스는 좀 겸연쩍었으나 무척 기뻐하면서 돌아왔다. 훨씬 진전된 것이다.

'됐어,' 하고 마리우스는 생각했다. '위르쉴르라는 이름도 알았고, 연금 생활자의 딸이라는 것도 알았고, 저 웨스트 거리의 4층에 산다는 것도 알았어.'

이튿날 르블랑 씨와 딸은 뤽상부르 공원에 잠깐 모습을 나타냈다. 그리고 아직 해가 높은데 돌아가 버렸다. 마리우스는 여느 때처럼 웨스트 거리까지 그 뒤를 따라갔다. 정문 앞까지 오자 르블랑 씨는 딸을 먼저 들어가게 하고 자기는 문에 들어가기 전에 걸음을 멈추고 획 돌아서서 마리우스를 유심히 지켜보았다.

다음날 그들은 뤽상부르 공원에 오지 않았다. 마리우스는 온종일 헛되이 기다렸다. 해가 지고 나서 웨스트 거리에 가보니 4층 창문에서 불빛이 새어 나오고 있었다. 그는 그 불빛이 꺼질 때까지 창문 밑을 왔다갔다했다.

다음날도 또한 아무도 뤽상부르 공원에 나타나지 않았다. 마리우스는 온종일 기다리다가 다시 창문 밑으로 가서 밤의 파수꾼 노릇을 했다. 파수를 서는 동안 어느 틈에 10시 반이 되었다. 마리우스는 저녁 식사를 아무거나 적당한 것으로 때우기로 했다. 열은 앓는 사람을 좀 먹고 사랑은 사랑하는 사람을 살찌게한다.

그렇게 해서 일 주일이 지났지만 르블랑 씨와 딸은 내내 뤽상부르 공원에 나타나지 않았다. 마리우스는 슬픈 억측을 했다. 그러나 차마 대낮부터 정문에서 파수를 볼 용기는 없었다. 해 저문 뒤에 나가서 유리창에 비치는 불그스름한 불빛을 올려다보는 것만으로 참았다. 창문에 이따금 사람의 그림자가 비치는 걸 보면 마리우스의 가슴은 두근거렸다. 8일째 되는 날 그가 창문 아래에 갔을 때 불빛이 보이지 않았다.

"저런! 아직도 불이 켜져 있지 않다니. 벌써 밤인데 외출했을까?" 하고 마리우스는 중얼거렸다.

그는 기다렸다. 10시, 12시, 밤 1시까지. 4층의 어느 창문에도 불빛은 하나도 비치지 않고, 또한 아무도 그 집에 들어오지 않았다. 그는 몹시 우울하게 되어 그 자리를 떠났다.

그 이튿날——마리우스는 다만 내일이라는 날만을 생각하며 살고 있었고, 그에게는 이미 오늘이라는 날은 없었던 것이다——이튿날도 역시 아버지도 딸도 뤽상부르에 나타나지 않았다. 마리우스가 두려워했던 대로였다. 날이 저물자 그는 그 집 앞으로 갔다. 창문에 불빛은 보이지 않았다. 덧문이 닫혀 있었다. 4층은 캄캄했다.

마리우스는 문을 두드리고 안으로 들어가 문지기에게 물었다.

"4층에 사는 분은 어떻게 되셨습니까?"

"이사하셨습니다" 하고 문지기는 대답했다.

마리우스는 비틀거리면서 힘없는 소리로 물었다.

"언제요?"

"어제입니다."

"이사 간 데는 어딥니까?"

"글쎄요, 모르겠는데요."

"그럼 새 집 주소도 알리지 않고 가 버렸습니까?"

"네."

그리고 나서 문지기는 얼굴을 들고 바라보더니 상대가 마리우스인 것을 알았다.

"아, 당신이었군요!" 하고 문지기는 말했다. "역시 당신은 경찰이었군요?"

제7편 빠트롱 미네뜨

갱도와 광부들

어떤 인간 사회에도 극장에서 말하는 이른바 '나락'이라고 하는 것이 있다. 사회의 땅에는 때로는 선을, 때로는 악을 파내기 위해서 가는 곳마다 갱도가 파져 있다. 그런 작업은 서로 겹쳐 행해진다. 상층에 갱도가 파져 있는가 하면 하층의 갱도도 있다. 어두컴컴한 지하갱은 때로는 문명의 밑에서 저절로 무너져 버리기도 하고, 무관심하고 태만한 우리들 발에 밟혀 버리는 수도 있는데, 그 지하갱 자체 내에도 상층과 하층이 있다. 지난 18세기의 백과전서(디드로, 달랑베르를 중심으로 18세기 철학자들이 공동집필한 백과전서. 구제도와 대결한 계몽주의의 집대성으로 평가됨)도 그런 갱도 중의 하나로 지상에까지 드러난 갱도였다. 원시 그리스도교를 비밀히 품고 있던 저 암흑은, 단지 하나의 기회를 기다리다 로마 황제 아래에서 폭발하여 인류를 그 광명으로 가득 채웠던 것이다. 신성한 암흑 속에는 언제나 광명이 깃들어 있게 마련이다. 화산이 품고 있는 암흑은 언제 불길을 내뿜을지 모른다. 용암의 시초는 모두 어둠 속에 싸여 있는 것이다. 최초의 미사를 올렸던 저 로마의 지하 묘지는 단순한 로마의 굴은 아니었다. 그것은 세계로 통하는 지하도였다.

사회 구조 아래는 이와 같은 무섭도록 복잡한 폐허가 있고 갖가지 종류의 동굴이 있다. 종교의 갱도가 있는가 하면 철학의 갱도가 있고, 정치의 갱도가 있는가 하면 경제의 갱도, 혁명의 갱도가 있다. 어떤 사람은 사상을, 어떤 사람은 수학을, 어떤 사람은 분노를 곡괭이로 파들어 간다. 이 동굴에서 저 동굴로 사람들은 서로 부르고 또 대답한다. 유토피아는 그들 갱도를 통하여 지하 속으로 들어간다. 거기서 유토피아는 사방에 가지를 뻗쳐 간다.

때로는 서로 만나 손을 잡기도 한다. 장 자끄(장자끄)는 디오게네스에게 자기 곡괭이를 빌려주고, 디오게네스는 장 자끄에게 자기 불을 빌려준다. 때로는 유토피아와 유토피아가 서로 땅 속에서 싸우는 때도 있다. 깔뱅은 쏘시니아스의 머리를 움켜잡는다. 그러나 그러한 모든 힘이 하나의 목적을 향해 전진하는 것을, 그 광대한 활동력이 어둠 속을 오가고 오르내리면서 상층에서 하층으로 외부에서 내부로 천천히 자리를 바꾸어 가는 것을, 아무도 막을 수는 없다. 그것은 사람이 알 수 없는 곳에 모여 꿈틀대는 하나의 거대한 힘이다.

그러나 사회는 자기도 모르는 사이 표면만을 보고 아무런 변화도 없다고 생각하고 있는 사이 그 발굴 작업으로 하여 그 안의 내장이 완전히 바뀌어 버리는 것이다. 지하층이 여러 층인 만큼 작업도 가지각색이요 발굴도 가지가지다. 그런데 이러한 깊은 발굴 작업에서 과연 무엇이 캐내어질 것인가? 그것은 미래다.

지하 깊숙이 내려가면 갈수록 그 속에 있는 노동자는 더욱더 알 수 없는 존재가 된다. 사회철학자가 인정할 수 있는 단계까지라면 그 작업은 옳다. 그러나 그 단계를 일단 한 걸음 넘어서면 일은 바로 종잡을 수 없는, 마구 뒤섞인 것이 돼버리고 만다. 거기서 깊이 내려가면 그때는 무섭고 두려운 것이 된다. 그리고 어느 깊이까지에 이르러서는 이미 문명정신을 갖고 끌어낼 수는 없다. 말하자면 인간이 숨쉴 수 있는 한계를 넘어 버린 것이다. 거기서 더 내려가면 어쩌면 괴물 같은 것이 출몰할는지도 모른다.

내려가기 위해 만들어진 충계는 매우 기이하다. 그 계단 하나하나는 철학이 근거로 할 수 있는 단계와 통해 있고 각 계단에는 그곳을 판 작업자가 한 사람씩 지키고 서 있다. 숭고한 자가 있는가 하면 매우 이상한 모양을 하고 있는 자도 있다. 요한 후스($\binom{\text{종교 개혁의 선구자}}{\text{의 한 사람인 체코인}}$) 밑에 루터가 있고, 루터 밑에 데까르뜨가 있고, 데까르트 밑에 볼떼르가 있고, 볼떼르 밑에 꽁도르쎄가 있고, 꽁도르쎄 밑에 로베스삐에르가 있고, 로베스삐에르 밑에 마라($\binom{\text{프랑스 혁명}}{\text{의 지도자}}$)가 있다. 또 마라 밑에는 바뵈프($\binom{\text{대혁명 시대 공산}}{\text{주의적 선동가}}$)가 있고, 그 밑에도 얼마든지 연이어져 있다.

더욱 아래로 어렴풋이 보이는 곳과 전연 보이지 않는 곳의 경계에는 앞에서의 인물들과는 전혀 다른 어두운 그림자들이 흐릿하게 보인다. 그것은 아마 아직 이 세상에 존재하지 않은 인물들의 그림자이리라. 어제의 사람들은 벌써 유령이지만 내일의 사람들은 아직 태아에 불과하다. 그러나 정신의 눈은 그것을 흐릿한 안개 속에서도 분명히 가려내는 것이다. 태 속에서 잠자고 있는 미래를 꿰뚫어보는 것은 철학자의 작업 가운데 하나이다.

태아 상태에 있는 혼돈으로 가득 찬 세계, 그것은 얼마나 이상한 환영인가 !

쌩 시몽이며 오웬($\binom{\text{로버트 오웬, 영국의 공업}}{\text{가로 사회 개량의 선구자}}$)이며 푸리에 같은 이들도 그 측면 갱내에 있다.

그러한 지하의 개척자들은 자기는 언제나 고립되어 있다고 믿고 있으나 사실은 그런 것이 아니라 어떤 눈에 보이지 않는 신성한 끈으로 자기도 모르게 서로서로 연결되어 있는 것이다. 그들의 일이 너무나 다종다양하기 때문에 그들이 그렇게 믿는 것은 무리가 아니다. 그리하여 때로는 어떤 사람이 켜드는 광명이 다른 사람이 켜든 불빛과 전혀 상반되는 경우도 있다. 천국을 보는 자가 있는가 하면 지상의 비극을 보는 자도 있다.

그러나 어떻게 대조적으로 보든 그러한 작업자들은 제일 윗계단에 있는 자로부터 제일 아랫 계단에 있는 자에 이르기까지, 또 가장 현명한 자에서부터 가장 어리석은 자에 이르기까지 모두 하나의 유사점을 가지고 있다. 그것은 자기를 버리는 것이다. 마라도 예수처럼 자기를 잊고 있다. 그들은 자기를 버리고 내던지고 자기를 조금도 돌보지 않는다. 그들은 자기 이외의 것만을 본다. 그들은 모두 공통적인 눈을 가지고 있는데, 그 눈은 절대만을 찾고 있다. 제일 위에 있는 사람의 눈은 멀리 하늘을 보고 있다. 또 제일 아래 있는 사람도, 설사 아무리 알려져 있지 않은 인간이라도 그 눈썹 밑에는 어렴풋이나마 무한한 것에 대한 빛이 어려 있다. 그 별과 같은 눈동자야말로 그들을 나타내는 표시로, 그것을 지니고 있는 사람이 어떤 일을 하고 있든 모두 존경받을 만한 가치가 있다.

어두운 눈동자는 이것과는 다른 표시이다.

그러한 눈동자에서 악이 비롯된다. 눈이 흐리멍덩하게 흐린 사람은 경계하고 두려워하지 않으면 안 된다. 사회 조직 속에는 암흑의 갱부도 끼어 있는 것이다.

어느 깊이까지 도달하면 인간은 이미 파들어가는 것이 아니라 묻혀 버리는 꼴이 되고 광명도 사라져 버리고 만다.

이상 말한 모든 갱도 밑에, 그러한 모든 통로 밑에, 진보와 유토피아의 그 광대한 지하조직 밑 땅속 아득한 곳에, 마라보다 밑에, 바뵈프보다 아래에, 그 밑에, 훨씬 밑에, 위에 있는 계단과는 아무런 연관도 없는 곳에, 가장 마지막 갱도가 있다. 그것은 매우 무서운 장소다. 우리가 처음 나락이라고 한 곳은 바로 그곳을 말한 것이다. 그곳은 어둠에 찬 무덤이요, 눈먼 장님들이 우글대는 굴이다. '밑바닥'인 것이다.

그곳은 바로 지옥으로 통하는 곳이다.

밑바닥

거기서는 나를 잊는 마음도 사라져 버린다. 악마가 어렴풋이 모습을 나타내기 시작한다. 사람들은 저마다 자기만을 위해 살아 있다. 맹목적인 자아가 성난 소리를 지르고 뭔가를 찾고 뭔가를 더듬고 뭔가를 갉아먹고 있다. 사회의 우골리노(단떼의 《신곡》에 나오는 13세기 이탈리아의 잔인무도한 왕. 아이들과 함께 탑에 갇혔는데 굶어 죽은 자기 아이의 머리를 씹어 먹었다 함)가 그 구렁텅이 속에 있다.

그런 무덤 속에서 꿈틀거리는 무시무시한 그림자들은 거의 짐승이나 유령과 모습이 같고, 세계의 진보에 마음을 쓰기는커녕 사상이나 언어도 전혀 모르고 오직 자기 혼자만의 욕망을 채우는 데만 온 정신을 쏟는다. 그들은 의식도 거의 없고 그들 마음을 차지하고 있는 거라고는 오직 일종의 무서운 허무뿐이다.

그들에게는 어머니가 둘이 있다. 둘 다 무정한 계모, 곧 무지와 빈곤이다. 또 동료 하나를 가지고 있다. 그건 결핍이다. 그들이 만족을 느끼는 방법은 오직 하나, 식욕을 채우는 것밖에 없다. 그들은 거의 동물적일 정도로 늘 먹고 마시는데 몰두한다. 다시 말해 광포할 정도이다. 그것도 폭군 같은 것이 아니라 호랑이처럼.

그러한 악귀들은 고통을 견디다 못해 끝내 죄악을 범하고 만다. 그것은 필연적인 귀결이요 무서운 인과관계요 암흑 세계의 논리다. 사회의 나락 속을 헤매고 다니는 소리, 그것은 결코 절대로 찾아 헤매는 소리가 아니라 채워지지 않는 물질에 대해 항의하는 소리다. 거기서는 인간은 드라공(날개와 발톱을 가지고 불을 토 해낸다는 전설에 나오는 용)으로 변하는 굶주림이 그 출발점이요 악마가 되는 것이 그 도달점이다. 그러한 굴 속에서 라스네르(당시 유명 한 살인범)가 생겨나는 것이다.

우리는 앞서 제4편에서 상층 광구의 하나인 정치 혁명 철학의 대 갱도를 보았다. 이미 말한 것처럼 그곳에서는 모든 것이 고상하고 순수하고 훌륭하고 성실하다. 물론 그곳에서도 인간은 과오를 저지를 수 있고 또 실제로 저지르고 있다. 그러나 과오도 영웅적인 요소를 품고 있는 한 존귀한 것이다. 거기서 행해지고 있는 일체의 작업은 모두 '진보'라는 이름을 가지고 있기 때문이다.

이번에는 좀 더 다른 심연, 보기에도 무서운 심연을 들여다볼 차례다.

분명히 말해 두지만 사회 밑바닥에는 크나큰 동굴이 가로 놓여 있는데, 그것은 무지가 일소될 때까지 영원히 존재할 것이다.

이 동굴은 동굴 중 가장 아래 있고 또 어느 동굴과도 적대 관계에 놓여 있다. 그것은 모든 것에 대한 '증오' 그 자체다. 이 동굴은 철학자를 모르고 그곳의 칼은 한 번도 펜으로 바뀌어 만들어진 적이 없다. 그곳의 어둠은 잉크병의 숭고한 검은 색과는 전혀 비슷하지도 않다. 그 숨막힐 것 같은 천장 밑에 도사리고 있는 손가락은 아직 한 번도 책을 펴 들어본 일이 없고 신문을 펼쳐 본 일도 없다. 큰 도둑 까르뚜슈에 비교하면 바뵈프도 개척자이고, 악한 신테르한네스에 비교하면 마라도 귀족 축에 든다. 이 동굴은 모든 것을 붕괴시키는 걸 목적으로 하고 있다.

모든 것, 그 모든 것이란 말 속에는 이 동굴이 증오하는 상층의 갱도도 포함되어 있음을 뜻한다. 이 동굴에 떼지어 있는 추악한 자들은 단지 현존하는 사회 질서에 구멍을 뚫어 나갈 뿐만 아니라 철학에도, 과학에도, 법률에도, 인류의 사상에도, 문명에도, 혁명에도, 진실에도 구멍을 뚫어 나간다. 이 동굴은 강도니 매음이니 살해니 암살이니 하는 명칭을 가지고 있다. 그것은 암흑이요, 혼돈만을 바란다. 이 동굴의 천장은 무지로 이루어져 있다.

다른 모든 동굴은, 즉 이 동굴 위에 있는 동굴들은 오직 하나의 목적만을 가지고 있다. 그것은 이 동굴을 도려내 버리는 것이다. 철학이 진보라든가 그 외 갖가지 기관을 활용하여 하려는 일은, 그리고 현실을 개선해 가는 동시에 절대를 바라보며 도달하려는 것은 다름 아닌 바로 이 목적인 것이다. '무지'라는 동굴을 파괴하는 것은 바로 '죄악'이라는 두더지를 퇴치하는 것이다.

이상을 한 마디로 요약한다면 다음과 같다. 즉 사회의 단 하나의 위험, 그것은 '암흑'이다.

인류는 동등하다. 모든 인간이 다 같은 흙으로 빚어졌다. 적어도 이 세상에는 하늘이 정해 준 운명에 있어서는 하등 차별이 없다. 전세에서는 다 같은 어두움, 현세에서는 다 같은 육체, 내세에서는 다 같은 한줌의 재. 그러나 인간을 만드는 원료에 무지라는 것이 섞이게 되면 그 원료는 시커멓게 변질한다. 그 지울 수 없는 검은 빛은 인간 내부 깊숙이 침투하여 거기서 악으로 변질되는 것이다.

바베 괼르메르 끌라끄수 몽빠르나스

끌라끄수와 괼르메르와 바베와 몽빠르나스, 네 불한당이 1830년부터 1835년까지 빠리의 밑바닥을 지배하고 있었다.

괼르메르는 신의 자리에서 쫓겨난 헤라클레스라는 소리를 듣는 남자였다. 그는 아르슈마리옹 거리의 지하수도로를 은신처로 삼고 있었다. 키가 6피트, 대리석 같은 가슴, 청동같이 단단한 팔의 근육, 동굴에서 밀려나오는 것 같은 숨소리, 거인 같은 체구, 새처럼 작은 머리, 그는 마치 파르네즈의 헤라클레스가 두꺼운 무명 바지에 무명 윗도리를 걸친 모습과 흡사했다. 괼르메르의 그런 조각 같은 체격으로 보아 그는 능히 괴물도 때려눕힐 수 있을 것 같았다.

그러나 괼르메르는 자신이 직접 괴물이 되는 편이 훨씬 낫다고 생각했다. 좁은 이마, 넓은 관자놀이, 마흔도 안 됐는데 벌써 주름진 눈꼬리, 뻣뻣하고 짧은 머리칼, 수염이 덮인 볼, 멧돼지 같은 턱수염, 이러한 것으로 그 생김새를 눈앞에 떠올릴 수 있을 것이다. 그의 근육은 노동을 바라고 있었으나 그의 어리석은 머리는 그걸 원하지 않았다. 그는 힘이 넘치는 게으름뱅이였다. 그는 살인도 눈 하나 깜짝하지 않고 해치웠다. 세상에선 그를 식민지 태생이라고 말했다. 1815년에는 아비뇽에서 인부 노릇을 했다니까 브륀느 원수 사건(네덜란드와 이탈리아의 전투에서 명성을 떨쳤던 장군. 1815년 아비뇽에서 암살됨)에도 틀림없이 조금은 관계했을 것이다. 필르메르는 그후 인부 노릇을 그만두고 악한이 된 것이다.

바베의 호리호리한 체격은 필르메르의 체격과는 아주 대조적이었다. 바베는 몸이 약하고 또 제법 박식했다. 몸이 작아 언뜻 경망해 보였으나 의외로 마음 속을 알아볼 수 없었다. 햇빛에 그 뼈까지 훤히 들여다보일 듯했으나 그 눈을 통해서는 아무것도 볼 수 없었다.

그는 자칭 화학자였다. 보베슈(나뽈레옹 시대와 왕정복고 시대의 유명한 어릿광대) 밑에 들어가서 어릿광대 노릇을 한 일도 있고 보비노(보베슈와 비슷한 무렵의 어릿광대) 패에 끼어서 재담꾼 노릇을 한 일도 있다. 쌩 미엘에서는 가극단의 배우 노릇을 한 일도 있다. 행티깨나 있는 남자로 말재주도 있고 뜻깊게 빙그레 웃기도 잘하고 유난스런 몸짓을 했다. 그의 직업은 거리에서 '국가원수'의 석고상이나 초상화를 파는 일이었다. 그 외에 이 빼는 일도 했다. 축제일 같은 때는 여러 가지 요술을 부렸다.

나팔과 노점을 가지고 있었는데 그곳 간판에는 이렇게 써 있었다. '치과 의사 바베, 아카데미 회원, 금속과 비금속에 관한 물리적 실험을 하여 이를 해 넣고 다른 치과 의사가 하지 못하는 치근까지 뽑음. 치료비는 이 하나에 1프랑 50쌍띰, 두 개엔 2프랑, 세 개엔 2프랑 50쌍띰, 이 절호의 기회를 이용하시라'(이 '절호의 기회를 이용하시라' 하는 말은 '될수록 이를 다 빼라'는 뜻이었다).

바베는 결혼하여 아이도 몇 낳았다. 그러나 자기 아내와 아이들이 지금 뭘 하고 있는지 그는 전혀 모른다. 사람이 손수건을 떨어뜨리듯이 그는 아내와 아이들을 어딘가에 떨어뜨리고 만 것이다. 이 암흑 세계에서는 대단히 의외의 일이었으나 그는 신문을 읽을 줄 알았다. 어느 날, 아직 가족과 함께 노점을 밀고 다니고 있을 때 〈메싸

PATRON MINETTE

바베와 괼르메르와 끌라끄수와 몽빠르나스

제)지에서 어떤 여자가 얼굴이 송아지 같은 아이를 낳았는데 그 아이는 충분히 자랄 것 같다는 기사를 읽은 그는 이렇게 외쳤다.

"거 굉장한 횡잰데……. 하지만 우리 마누라는 그런 애를 낳을 만큼 그렇게 재주가 없어."

그후 그는 모든 것을 집어던지고 '빠리에 손을 대기로' 결심했다. 이것은 그 자신이 한 말이다.

끌라끄수는 어떤 인물이었던가? 그건 그대로 캄캄한 밤이었다. 그는 하늘이 새카맣게 칠해질 때를 기다려 모습을 나타내는 것이다. 밤이 되면 굴 속에서 나왔다가 날이 새기 전에 들어간다. 그 굴이 어디에 있는지 아무도 모른다. 한 치 앞도 보이지 않는 캄캄한 어둠 속에서 동료와 얘기할 때도 그는 반드시 몸을 돌리고 얘기했다. 끌라끄수란 이름은 본명이 아니었다. 그는 스스로 "내 이름은 빠 뒤뚜(아무것도 아니라는 뜻) 다" 하고 말했다.

어쩌다 갑자기 촛불이라도 비치게 되면 그는 급히 가면을 썼다. 그는 입술을 움직이지 않고 말하는 복화술을 할 줄 알았다. 바베는 곧잘 이런 말을 했다. "끌라끄수는 두 가지 목소리를 내는 밤의 새다." 끌라끄수는 정체를 알 수 없는 무서운 부랑자였다. 정말 이름이 있는지 어떤지 그것조차도 불분명했다. 끌라끄수는 그의 별명이었다. 목소리를 낼 수 있는지 어떤지 그것도 알 수 없었다. 입으로 얘기하기보다 배로 얘기하는 때가 많았다. 또 얼굴이라는 게 있었는지도 의심스러웠다. 아무도 그 가면 아래 숨은 얼굴을 본 일이 없었다. 그는 연기처럼 사라졌다간 또 땅속에서 솟듯이 나타나곤 했다.

지극히 불쌍한 인간도 하나 있었다. 몽빠르나스라는 존재였다. 그는 채 스물도 안 된 귀여운 얼굴을 한 소년이었다. 붉은 열매 같은 입술, 아름다운 검은 머리, 봄날의 광채가 감도는 눈매, 그러한 그가 벌써 악덕을 몸에 익히고 갖가지 죄악에 물들어 있었다. 악이란 악은 모두 경험했기 때문에 이제는 최대의 악을 바라고 있었다. 부랑아였던 것이 불량 소년이 되고, 불량 소년이었던 것이 다시 강도 살인범이 되었다. 그는 얌전하고 여성적이고 다정하고 날씬하고 그리고 잔인했다. 모자는 늘 왼쪽으로 약간 올라가고 모자 밑으로 머리칼이 약간 나오게 썼다. 그건 1829년에 유행한 스타일이다. 그는 강도질을 해서 살고 있었다.

몽빠르나스의 프록코트는 일류 양복점에서 만든 것이었는데 상당히 닳아 있었다. 몽빠르나스, 그는 비참한 생활을 하면서도, 살인을 하면서도 유행을 따르는 남자였다. 이 청년이 저지르는 모든 범죄의 원인은 단순히 사치를 하고 싶다는 욕망에 있었다. 처음 어느 불량기 있는 여공으로부터 "당신 정말 잘생겼어" 하는 말을 들은 것이 그의 마음에 검은 자국을 남겨 그때까지 아벨이었던 그를 당장 카인으로 만들어 버렸다. 자기가 잘생겼다는 것을 안 그는 자꾸만 모양을 내고 싶었다.

그런데 첫째의 사치는 아무 일도 하지 않는 무위(無爲)였다. 그리고 가난한 자의 무위는 그대로 범죄와 통하는 것이다. 부랑자 중에서도 몽빠르나스만큼 세상이 두려워하는 존재는 없었다. 18살 때 이미 사람을 몇 명이나 죽인 경험이 있었다. 어두컴컴한 골목길을 지나가다 이 소년의 습격을 받고 얼굴이 피투성이가 되어 양팔을 쫙 벌린 채 넘어진 행인의 수도 한둘이 아니었다.

머리를 지지고 포마드를 흠뻑 바르고 몸에 꼭 붙는 옷을 입고 여자처럼 날씬한 허리에 프러시아 장군처럼 가슴을 확 펴고 큰길을 지나노라면 젊은 여자들의 감탄하는 속삭임, 멋지게 맨 넥타이, 짧은 쇠몽둥이를 호주머니에 감추고 단추 구멍에다 꽃 한 송이를 꽂은, 이것이 그 살인자의 멋부린 모습이었다.

한패의 구성

이 4인조 악당은 프로테우스(그리스 신화에 나오는 바다의 신으로 자유자재로 변신했다 함)처럼 마음대로 모습을 바꾸고 경찰의 눈을 피해다니며 '나무도 되고 불도 되고 물도 될 수 있을 만큼 갖가지 모양이 되어' 비독(악당이었으나 개심하여 경찰관이 됨. 발작 의 끈 질긴 추적을 피하고, 서로 이름을 빌려주고, 방법을 가르쳐 주고, 저마다 자기의 암흑 속에 숨고, 자기 은신처를 동료들끼리도 비밀로 하고, 몸의 특징을 마치 가면 무도회에서 가짜 코를 떼듯 떼어 버리고, 때로는 네 사람이 같은 인물이 아닌가 생각할 만큼 똑같이 차리고, 때로는 민완 경관으로 유명한 꼬꼬 라꾸르마저도 네 사람을 그냥 모인 사람들로 착각할 만큼 교묘하게 변장했다.

이 네 사나이는 사실은 네 사람이 아니었다. 빠리를 무대로 큰 일을 하고 있는 머리가 넷인 하나의 수수께끼 같은 도적이었다. 말하자면 사회의 굴 속에 서식하는 기괴한 악의 강장동물이었다.

많은 부하를 사방에 심어 놓고 지하 연락망을 한 손에 꽉 쥐고 있었기 때문에 바베, 뀔르메르, 끌라꾸수, 몽빠르나스 이 네 사람은 사실상 세느 지방의 모든 악의 우두머리나 같았다. 그들은 길을 지나가는 행인들을 습격하여 하층사회의 우상이 되었다. 이런 종류의 일을 하려고 하는 사람, 또는 착상이 떠오른 사람은 모두 그 실행 문제를 놓고 그들과 의논하러 왔다.

네 악당은 구상을 들으면 그 연출은 자기들이 맡았다. 그러면 모든 것이 각본대로 움직여 가는 것이다. 그들은 아무리 악한 일이라도 일단 도와주어야 한다고 생각하거나 돈이 충분히 될 것이라는 확신만 서면 언제든지 그일에 필요한 적당한 인원을 몇 명이고 빌려 주었다. 그들은 한패 중에 누가 범죄 계획을 세워 부하가 필요하다는 것을 알면 서슴없이 가세할 인원도 보충해 주었다. 그들은 암흑 속에 한떼의 배우들을 거느리고 있어 동굴 속에서 일어나는 온갖 범죄에 그들을 손발처럼 부리고 있었다.

그들은 해질 무렵에 일어나 대개 살뻬트리에르 구호원 근처 들판에 모였다. 그리고 거기서 회의를 시작했다. 그때부터 12시간 동안

이 그들의 시간이고 그 시간을 어떻게 쓸 것인가가 거기서 결정되는 것이다.

'빠트롱 미네뜨', 이것이 암흑 사회에서 그들에게 주어진 이름이었다. 오늘날엔 상당히 퇴색했지만 한때 꽤 유명했던 속담에 '개와 늑대 사이'라는 말이 저녁을 의미하는 것과 마찬가지로 '빠트롱 미네뜨'라는 말은 아침을 의미했다. 이 빠트롱 미네뜨라는 호칭은 그들이 일을 마치는 시간을 가리키는 모양이었다. 새벽은 유령이 사라지는 때이기도 했지만 강도들이 흩어지는 시간이기도 했다. 이 4인조 강도는 이 별명으로 세상에 알려졌다.

언젠가 중죄 재판소의 소장이 직접 라스네르라는 유명한 범죄자를 감옥으로 찾아가 그가 부인하고 있는 죄상에 대해 물어본 일이 있다.

"그럼 누가 했단 말야?" 하고 묻는 재판장의 말에 라스네르는 다음과 같이 대답했다. 그 말은 사법관인 그에게는 알아들을 수 없는 말이었으나 경찰에게는 모두 통하는 대답이었다.

"아마 빠트롱 미네뜨의 짓일 것이다."

때로는 등장 인물의 이름만 보고도 그 연극의 내용을 상상할 수 있는 경우가 있다. 그와 같이 강도의 이름만 보고도 그것이 어느 땐가를 짐작할 수도 있다. 여기 빠트롱 미네뜨의 심복들에게 붙여진 이름을 들어 보자. 어느 것이나 다 특수한 기록 속에 남아 있는 이름들이다.

빵쇼… 별명 프랭따니에, 또는 비그르나이유.

브뤼종… (브뤼종이라는 왕조가 있었는데 이에 대해서는 뒤에 언급할 생각이다).

블라트뤼엘… 앞에 잠깐 나온 일이 있는 도로 수리공.

라뵈브

피니스떼르

오메르 오귀… 흑인.

마르디 스와르

데뻬슈

뽕뜰르와… 별명 부끄띠에르.

글로리외… 전과자.

바르까로쓰… 별명 뒤뽕 씨.

레스쁠라나드 뒤 쒸드

뿌싸그리브

까르마뇰레

크류이드니에… 별명 비자로.

망제당뗄

레 삐에 장 네르

드미 리아르… 별명 되 밀리야르 등등.

대강 이쯤 해두고 별로 악질이 아닌 자의 이름은 생략하기로 하자. 여기 열거한 이름들은 저마다 뭔가를 상징하고 있다. 그것은 단순히 하나의 개인을 나타내고 있는 것이 아니라 그 종족 전체를 나타내고 있다. 이것들은 모두 문명의 제일 밑바닥에 돋아난 추한 버섯의 변종을 나타내는 이름이다.

이들은 보통 사람들에게는 얼굴이 알려져 있지 않고 거리에 오고 가는 보통 사람들과는 다른 생활을 하고 있었다. 낮엔 거친 밤일에 지쳐 대개 잠을 자러 갔다. 그들이 자는 곳은 석탄 난로 속이거나 몽마르트르나 몽루지의 폐쇄된 채석장이거나 또 때로는 하수도 속 같은 곳이다. 하여튼 그들은 땅속에 스며드는 것이다.

그런 인간은 지금 어떻게 되었는가! 그들은 지금도 여전히 존재하고 있다. 그들은 항상 존재하고 있는 것이다. 호라티우스도 그들에 대해 이렇게 말했다. '매음, 아편, 밀매, 구걸, 어릿광대'라고. 사회가 현재와 같은 현상을 유지하는 한 그들도 여전히 남아 있을 것이다. 그 어두운 동굴 천장 밑에서 그들은 영원히 사회의 밑을 흐르는 물방울에 의해 계속 생겨날 것이다. 다만 이름과 껍질만이 달라질 뿐이다.

개인은 사라지지만 종족은 존속한다.

그들은 모두 같은 능력을 지니고 있다. 건달에서 부랑자에 이르기까지 그 종족은 그들 나름대로 순수성을 유지하고 있다. 그들은 남의 주머니 속을 꿰뚫어볼 수 있고 안주머니에 시계가 들었는지 어떤지 민감하게 알아낸다. 금이나 은엔 그들의 후각을 자극하는 독특한 냄새가 있다. 사람들 중에는 쉽게 물건을 빼앗을 수 있을 것같이 보이는 단순한 인간들도 있다. 그들은 그러한 사람을 끈기있게 뒤쫓는다. 외국인이나 시골뜨기가 지나가면 그들은 거미처럼 몸을 부르르 떨며 좋아한다.

그런 종족을 한밤중 한적한 길에서 만나면, 아니 흘끗 모습만 비쳐도 무서워 떤다. 그들은 인간 같지가 않다. 살아 있는 안개라고나 할까, 언제나 어둠과 합쳐 모습을 구별할 수 없고 그림자 외에는 영혼이라는 것을 전혀 가지고 있지 않다. 어쩌다 순간적으로 어둠에서 나와 모습을 나타내는 적도 있으나 그것은 단지 그 짧은 순간에 그의 흉악한 생명을 소모하기 위해서만이다.

그러한 원한에 찬 영혼들을 일소하려면 어떻게 해야 하는가? 광명밖에 없다. 넘쳐흐를 정도의 광명이 필요하다. 박쥐는 새벽이 되면 맥을 못 쓴다. 사회 밑바닥에 광명을 밝게 비추어야 하는 것이다.

제8편 마음씨 나쁜 가난뱅이

마리우스는 모자 쓴 처녀를 찾다 챙 넓은 모자 쓴 남자를 만나다

여름은 지나갔다. 이어 가을도, 그리고 겨울이 왔다. 르블랑 씨도 그 젊은 처녀도 뤽상부르 공원에 나타나지 않았다. 마리우스는 오직 그 다정하고 사랑스러운 얼굴을 다시 한번 보고 싶은 생각밖에 없었다. 그는 끊임없이 찾아헤맸다. 사방을 돌아다녔다. 그러나 아무런 실마리도 없었다. 마리우스는 이미 열렬한 몽상가도 아니었고 과단성 있는 힘찬 남자도 아니었다. 운명에 대한 불굴의 도전자도 아니었고, 미래 위에 미래를 쌓아올리는 두뇌도 없었고, 계획과 설계와 자부심과 사상과 의지에 찬 젊은 정신도 아니었다.

마리우스는 말 그대로 헤매는 개였다. 그는 암담한 슬픔에 빠졌다. 모든 것이 끝장이었다. 일도 하기 싫고, 산책에도 싫증이 나고, 혼자 우두커니 앉아 있기에도 질렸다. 예전에는 그토록 여러 가지 형태와 빛과 소리와 충고와 전망과 지평선으로 가득 차 있는 것 같이 보이던 자연도 이제는 그의 앞에 텅 비어 있을 뿐이었다. 모든 것이 일시에 사라져 버린 것처럼 느껴졌다.

그래도 사색만은 여전히 계속하고 있었다. 왜냐하면 그 외에는 할 일이 없었으니까. 그러나 사색에서도 이미 즐거움을 맛볼 수 없었다. 사색이 끊임없이 낮은 소리로 속삭이는 제안에 그는 은근히 이렇게 대답하고 있었다. "그게 대체 무슨 소용이야?"

그는 몇 번이나 자기를 나무랐다. 왜 그 여자의 뒤를 쫓았던가? 그녀의 모습을 보는 것만으로도 나는 그토록 행복했는데! 그녀는 말끄러미 나를 바라보았다. 그것만으로도 훌륭한 일이 아니었던가? 그녀는 나를 사랑하고 있는 것 같았다. 그것으로 충분하지 않았던가? 그런데 나는 그 이상 무엇을 바랐던가? 그 이상 아무것도 없는데도, 나는 바보였다, 잘못 생각했다 하고. 그는 자기 성질대로 꾸르페락에게 아무 말도 하지 않았는데, 꾸르페락 역시 그의 성격대로 모든 것을 그냥 보아 넘겼다. 그리고 처음엔 마리우스가 연애에 빠진 것에 깜짝 놀랐으나 곧 그것을 축복해 주었다. 그러는 동안 마리우스가 침울하게 가라앉아 있는 것을 보고 그에게 말을 걸었다.

"자네, 무슨 일이 있는 모양이군. 자, 어디 쇼미에르(몽빠르나스 대로에서 열리던 공개 무대. 학생간에 인기가 있었다)에라도 가보세."

9월 어느 맑게 갠 날, 마리우스는 꾸르페락과 보쒜에와 그랑떼르에게 끌려서 쇼미에르의 무도회에 간 일이 있었다. 혹시 거기서 그녀를 찾을 수 있을지도 모른다고 생각했기 때문이다. 그러나 무슨 꿈같은 이야기였던가! 물론 그녀는 거기서 찾을 수 없었다. "잃어버린 여자는 대개 이런 데서 찾는 법인데." 그랑떼르는 혼잣말처럼 중얼거렸다.

마리우스는 친구들을 남겨둔 채 혼자 걸어 돌아왔다. 몸이 나른하고 열이 오르고 시야가 흐려져 눈앞이 캄캄했다. 연이어 그를 앞질러 가는 명랑한 마차 소리와 먼지에 정신이 얼떨떨해지고 맥이 탁 풀려, 길가 호두나무 가로수의 강한 향기에 머리를 식히며 그는 집으로 돌아왔다.

생활은 다시 고독의 빛을 짙게 띠기 시작했다. 마음이 산란하게 흩어진 그는 고뇌에 사로잡혀 덫에 걸린 이리처럼 고통 속을 헤매었고, 모습을 감춘 그녀를 찾아 여기저기 돌아다녔다. 마리우스는 사랑 때문에 얼이 빠져 있었다.

한 번 마리우스는 어떤 남자와 만나 이상한 인상을 받은 일이 있었다. 앵발리드 거리 근처의 좁은 길에서 서로 스쳐 지나갔는데, 노동자 같은 복장을 한 그 남자의 긴 챙이 달린 모자 밑으로는 새하얀 머리칼이 보였다. 마리우스는 그 흰 머리의 아름다움에 깜짝 놀라 그 남자를 유심히 보았다. 남자는 천천히, 뭔가 몹시 괴로운 생각에 잠긴 듯한 걸음걸이로 걸어왔다. 이상하게도 마리우스는 그 남자가 꼭 르블랑 씨처럼 생각되었다. 머리칼도, 모자 밑으로 보이는 옆얼굴도, 걸음걸이도 르블랑 씨 그대로였다. 다만 좀 쓸쓸해 보이는 것만이 다를 뿐이었다.

하지만, 그렇다면 저 노동자 옷은? 저건 어떻게 된 걸까? 르블랑 씨가 변장을 했다면 그건 무슨 뜻일까? 마리우스는 무척 놀랐다. 잠시 후에 제정신으로 돌아온 그는 우선 그 남자의 뒤를 쫓아가 보기로 했다. 그것이 그가 찾아 헤매는 단서를 잡는 동기가 되지 않으리라고 누가 장담할 것인가? 하여튼 다시 한번 그 남자를 자세히 보고 수수께끼를 풀 필요가 있었다.

그러나 그렇게 생각했을 때는 이미 때가 늦어 그 남자의 모습은 아무 데도 없었다. 그 옆 어느 좁은 골목으로라도 들어간 거겠지, 하고 생각했으나 마리우스는 그 남자를 찾을 수가 없었다. 그를 본 것이 그 후 며칠 동안 마음에 걸렸으나 마침내 그 인상도 사라져 버렸다. '결국' 그는 생각했다. '비슷한 다른 사람인지도 몰라.'

주운 것

마리우스는 여전히 고르보 저택에 살고 있었다. 그는 그 집의 누구에게도 주의를 기울이지 않았다.

물론 그 무렵 거기에 살고 있는 사람이라고는 그와, 그가 언젠가 집세를 치러 준 일이 있는 종드레뜨 집 식구뿐이었다. 게다가 그는 한 번도 종드레뜨 아버지와 어머니, 딸들과도 이야기를 나눈 일이 없었다. 다른 사람들은 모두 이사를 가거나 죽거나 집세를 치르지 않아 쫓겨나 버렸다.

그해 겨울 어느 날 오후 잠깐 햇살이 비쳤는데 그 초라한 햇살은, 그날이 마침 주님의 봉헌 축일인 2월 2일이었기 때문에 그때부터 시작되는 혹독한 추위의 전조처럼 생각되었다.

마떼 랑스베르그가 다음과 같은 두 행의 고전적 시구를 남기고 있는 것도 그러한 해에 시상을 얻어서였다.

해가 비치거나 반짝여도
곰은 돌아온다, 제 굴 속으로

마리우스는 막 그의 굴에서 나오는 길이었다. 해는 서서히 져 가고 있었다. 저녁식사를 하러 갈 시간이었다. 어찌 됐든 식사만은 하지 않으면 안되었다, 지극한 사랑을 품고 있는 인간도. 아아! 인간이란 얼마나 약한 것인가!

마리우스가 문을 열고 나왔을 때 마침 부공 할멈이 기억해 둘 만한 이런 혼잣말을 중얼대며 그곳을 쓸고 있었다.

"요새 세상에 싼 게 뭐가 있담, 뭐든지 다 비싸니. 그저 값싼 건 노동뿐이야. 이 세상에서 노동은 공짜로 얻을 수 있으니까!"

마리우스는 쌩 자끄 거리로 가기 위해 성문으로 뻗친 큰길을 천천히 걸어올라갔다. 무슨 생각에 골똘히 잠겨 머리를 푹 숙인 채 걸었다.

갑자기 어둠 속에서 마리우스는 누군가의 팔꿈치와 세게 부딪치는 것을 느꼈다. 고개를 돌리니까 누더기를 걸친 두 처녀였다. 하나는 키가 크고 야위었고 다른 하나는 그보다 약간 키가 작았다. 둘다 무엇에 쫓기는 듯 숨을 헐떡이며 도망치고 있었다. 처녀들은 마리우스의 앞에서 달려오고 있었으나 이쪽을 보지 않았기 때문에 스쳐가다가 그와 부딪쳤던 것이다.

어둠을 통해서 본 처녀들의 얼굴은 창백하고 머리는 흐트러지고 몹시 더러운 모자에 초라한 스커트를 입고, 발은 맨발이었다. 그네들은 달리면서 뭐라고 얘기를 주고받았다. 키큰 쪽이 소리를 죽여 이렇게 말했다.

"개가 왔잖아. 난 멍하니 있다가 하마터면 잡힐 뻔했어."

키 작은 쪽이 대답했다.

"나도 봤어. 그래서 막 정신없이 뛰었지 뭐야!"

마리우스는 그런 점잖치 못한 은어에서 이 두 처녀가 경찰이나 헌병을 피해 간신히 여기까지 도망쳐 왔다는 것을 알 수 있었다.

처녀들은 마리우스 뒤 가로수 그늘로 숨어 들어갔다. 그 모습은 어둠 속에 얼마 동안 희뿌옇게 떠 있다가 마침내 스러져 버렸다.

마리우스는 잠깐 발을 멈추고 서 있다가 다시 걸음을 옮겨 놓았을 때, 발밑에 뭔가 잿빛 나는 작은 꾸러미가 떨어져 있는 것을 보았다. 그는 허리를 굽혀 그것을 주워들었다. 그것은 봉투 모양이었는데 속에는 종이가 들어 있는 것 같았다.

"그래, 가엾은 처녀들이 떨어뜨리고 간 거로군!" 그는 말했다.

마리우스는 되돌아서 처녀들을 불렀으나 이미 보이지 않았다. 멀리 간 것이라고 생각하여 그는 그 꾸러미를 주머니에 넣고 식사를 하러 갔다.

도중에 무프따르 거리로 가는 샛길에서 그는 어린애의 장례식을

누더기를 걸친 두 여자아이는 달리면서 뭐라고 얘기를 주고받았다.

보았다. 관은 검은 베로 덮이고, 촛불 하나가 비치는 속에 다리가 셋인 의자 위에 놓여 있었다. 조금 전 어둠 속에서 만났던 두 처녀가 문득 생각났다.

'불쌍한 어머니들!' 마리우스는 생각했다. '자식이 죽는 것보다 더욱 슬픈 일이 있다. 그건 자식이 옳지 않은 길을 걷는 것을 보는 일이다.'

그러나 이윽고 보통 때와는 다른 슬픔을 불러일으킨 그런 어두운 그림자도 마음 속에서 사라지고 그는 다시 언제나의 상념에 사로잡혔다. 마음에 떠오른 것은 뢱상부르 공원의 아름다운 숲 속에서 맑은 공기와 햇빛에 젖으며 사랑과 행복을 맛본 그 6개월간의 추억이었다. '내 생활은 어쩌면 이렇게 침울해졌는가!' 그는 생각했다. '젊은 처녀들은 여전히 내 앞에 많이 있다. 그러나 예전엔 전부 천사 같이 보였는데 지금은 모두 시체를 파먹는 마녀처럼 보인다.'

'네 개의 얼굴을 가진 괴물'

이날 밤 자려고 옷을 벗던 마리우스는 문득 윗도리 주머니에 손이 가자 길에서 주운 그 꾸러미가 생각났다. 그는 까맣게 잊고 있었다. 꾸러미를 풀어 보는 것도 괜찮으리라 생각했다. 만일 정말 그 처녀들이 떨어뜨린 것이라면 속에 주소가 적혀 있을지도 모르고, 그렇지 않으면 떨어뜨린 주인에게 돌려줄 무슨 단서라도 발견될지 모른다.

그는 봉투를 살펴보았다. 봉투는 봉해져 있지 않고, 속에는 편지 네 통이 들어 있었다. 그것도 역시 봉해지지 않은 채였다. 편지에는 각각 수신인의 이름이 적혀 있었다. 네 통 다 지독한 담배 냄새를 풍기고 있었다.

제일 첫 편지에 적힌 이름은――'중의원 앞 광장, ○○번지 그뤼슈레 후작 부인'이었다.

내용에는 틀림없이 뭔가 단서가 될 것이 있을 것이고, 게다가 편지는 봉함이 되어 있지 않으니까 별로 실례되지는 않을 것이라고 마리우스는 생각했다.

　내용은 다음과 같았다.

　　후작부인께
　　인자와 경애의 덕은 사회를 한층 굳게 맺어 주는 미덕입니다. 충성 때문에, 또 정통 왕위 계승의 신성한 대의를 사랑하기 때문에 몸을 희생하고 그 대의를 지키기 위해 스스로 피를 흘리고 재산도 모조리 바쳐 지금은 더할 수 없이 곤궁한 처지에 빠져 있는 이 불행한 스페인 사람에게, 제발 당신의 그 기독교도적인 동정의 눈길을 보내주시기 바랍니다. 교육과 명예를 갖추고 있으면서도 온몸에 상처를 입은 이 군인이 지극한 곤란 속에서 생활을 이어나갈 수 있도록, 당신의 그 고귀한 신분은 틀림없이 도움을 베풀어 주시리라 굳게 믿어 의심치 않습니다. 당신께서 항상 제창하시는 인류애와 후작부인으로서 불행한 국민에게 기울여 주시는 관심에 간청하는 바입니다. 그들의 소원은 반드시 성취될 것이며 그들의 감사하는 마음은 내내 부인의 아름다운 추억에 남게 될 것입니다.
　　삼가 경의를 표하는 바입니다.
　　프랑스로 망명하여 조국으로 돌아가려 하나 여비가 없어 곤란을 받고 있는 스페인 왕당파 기병 대위
　　　　　　　　　　　　　　　　　　　　돈 알바레스

주소가 서명에 전혀 붙어 있지 않았다. 마리우스는 두 번째 편지를 읽으면 주소를 알 수 있을지도 모른다고 생각했다. 그 겉봉에는 이렇게 써 있었다.
　'까쎄뜨 거리 9번지 몽베르네 백작부인 귀하'
　마리우스가 읽은 건 다음과 같은 내용이었다.

백작부인께

저는 여섯 아이를 거느린 불행한 어머니입니다. 막내는 아직 여덟 달밖에 되지 않았습니다. 저는 그 아이를 낳은 후로 줄곧 시름시름 앓는데다, 다섯 달 전에는 또 남편한테서까지 버림을 받아한푼 없는 처지에 지독한 고생으로 허덕이고 있는 여자입니다.

백작부인의 동정을 바라며 깊은 경의를 바치는 바입니다.

발리자르의 아내 올림

마리우스는 세 번째 편지를 폈다. 그것도 앞의 두 통과 마찬가지로 애원하는 내용의 편지였다.

쌩 드니 거리의 페르 모퉁이, 잡화상, 선거인 빠부르조 귀하

저는 최근 프랑스 극장에 한 편의 희곡을 써보낸 문인의 한 사람입니다만, 귀하의 이해 있는 배려와 동정을 바라 이처럼 실례를 무릅쓰고 글을 올리는 바입니다. 저의 희곡은 역사에서 취재한 것으로 줄거리는 제정 시대 오베르뉴를 무대로 전개됩니다. 문체는 극히 자연스럽고 간결하여 다소의 가치는 있을 것으로 믿습니다. 대사도 네 군데나 노래로 불립니다. 희극성과 진실과 기발한 장면, 그 위에 인물의 성격들이 매우 다양하고 전편에 낭만적인 색조가 경쾌하게 넘치고 있습니다. 그 모든 것이 하나로 융합된 줄거리는 관객을 신비한 세계로 이끌고 수많은 감동과 곡절을 거쳐서 대단원을 내리게 됩니다.

제가 특히 마음을 쓴 것은, 현대인이 차차 강하게 바라는 욕구, 즉 바람이 부는 데 따라 방향을 바꾸는 '유행'이라고 하는 저 변덕스러운 바람개비를 만족시켜 주는 것입니다.

이러한 모든 장점을 갖추고 있는데도 불구하고 저의 희곡은 일

부 특권을 가진 작가들의 시기와 이기주의 때문에 상연을 거부당
할지도 모를 염려가 있습니다. 왜냐하면 신인은 항상 실망의 쓴
고배를 마셔야 한다는 것을 저는 잘 알고 있기 때문입니다.

　저는 귀하가 문인들에 대해 특히 관심을 가지신다는 소문을 듣
고 감히 이렇게 저의 딸을 보내어 이 추운 계절에 빵도, 땔감도
없는 저희 일가족의 사정을 호소하는 바입니다. 저는 이번에 쓴
희곡을, 그리고 앞으로 쓸 모든 희곡을 귀하에게 바치고 싶습니
다. 귀하는 제발 이 청을 받아들여 주시길 바랍니다. 이것은 오직
귀하의 보호 밑에 몸을 의탁하고 동시에 귀하의 고귀한 이름으로
저의 작품을 장식할 명예를 제가 얼마나 열망해 마지 않는가를 증
명해 보이고 싶기 때문입니다. 만일 귀하가 다소나마 도움의 손길
을 뻗쳐 주신다면 저는 곧 시 한 편을 귀하에 대한 감사의 표시로
지으렵니다. 그 시가 제 힘이 미치는 한 완전한 것으로 완성됐을
때는 희곡 첫머리에 넣어 무대에 올리기 전에 우선 귀하께 바칠
작정입니다.

　빠부르조 씨와 영부인에게 진심으로 경의를 표하며
문인 장플로

　붙임──설사 40수쯤이라도 상관없습니다.

　딸을 보내고 제가 직접 찾아뵙지 못하는 실례를 용서해 주시기
바랍니다. 슬프게도 저는 몸에 걸치는 입성 때문에 외출도 할 수
없는 형편입니다.

　마리우스는 마지막으로 네 번째 편지를 폈다. 수신인은 이렇게 되
어 있었다. ‘쌩 자끄 뒤 오 빠 성당의 인자하신 나리께’ 그 편지에는
다음과 같이 적혀 있었다.

　인자하신 나리께.

만일 나리께서 저의 딸과 동행해 주신다면 저의 가족의 비참한 상태를 아시게 될 것입니다. 그때 저의 신분 증명서도 보여 드릴 생각입니다.

이러한 편지를 읽으시면 고결한 마음을 가지신 나리께서는 틀림없이 따뜻한 동정을 베풀어 주시리라 믿습니다. 왜냐하면 진정한 철학자는 항상 감동을 느끼는 법이니까요.

동정심 많은 나리, 저의 가족은 더할 수 없이 비참한 가난을 견디지 않으면 안되는 처지입니다. 그렇다고 해서 얼마 안되는 구제를 받기 위해 당국으로부터 증명을 받아야 한다는 건 얼마나 비통한 일입니까. 그것은 마치 남이 나를 구원해주기를 기다리면서 주림에 시달리고 굶어 죽을 자유도 없이 꼼짝하지 않고 앉아 있어야만 하는 것과 같습니다. 운명은 어떤 사람에 대해서는 너무 가혹하고 어떤 사람에 대해서는 너무 관대하고 너무나 친절한 것 같습니다.

나리께서 직접 왕림해 주시거나 또는 쾌히 희사해 주시기를 기다리겠습니다. 이만 저의 충심으로부터의 경의를 받아 주시기를 바라며 펜을 놓습니다.

참으로 고결한 분에게

당신의 지극히 천한 종으로부터
배우 P. 파방뚜

이 네 통의 편지를 읽어도 마리우스는 사정을 다 알 수는 없었다. 첫째, 어느 편지의 서명에도 주소가 첨부되지 않았다. 또 그들 편지는 돈 알바레스, 발리자르의 아내, 시인 장플로와 배우 파방뚜, 네 사람이 쓴 것으로 되어 있으나 기묘하게도 그 필적은 모두 똑같았다. 한 사람이 쓴 것이라고밖에 달리 생각할 수 없었다.

게다가 그러한 추측을 한층 뒷받침하는 것이 있었다. 즉 네 통 다

변변찮은 누르스름한 종이에 쓴 데다 똑같이 담배 냄새를 풍기고 있고 분명히 문체를 바꾸려고 무척 애를 쓴 것 같았으나 틀린 맞춤법이 시인 장플로의 편지에서나 스페인 대위의 편지에서나 같은 곳에서 태연히 되풀이되어 있는 것이다.

그 조그마한 수수께끼를 풀려는 노력은 결국 헛되게 끝나고 말았다. 만일 그것이 길에서 주운 물건이 아니라면 단순한 장난이라고 보았을 것이다. 마리우스는 거리에서 우연히 주운 편지를 상대로 마음을 쓰기에는 너무나 슬픔에 잠겨 있었다. 마치 그 네 통의 편지 사이에 가려 그는 술래잡기라도 하는 듯한 느낌이었다.

그 편지에는 마리우스가 길에서 만난 그 처녀들의 것이라는 증거가 하나도 없었다. 그것은 아무런 가치도 없는 휴지 조각에 불과했다. 마리우스는 편지를 봉투 속에 넣자 그대로 방 한쪽 구석에 집어 던지고 자리에 누웠다.

이튿날 아침 7시경, 그가 일어나 아침식사를 마치고 막 일을 시작하려는데 누군가가 조용히 문을 두드렸다.

본래 그는 가진 거라곤 아무것도 없었으므로 이따금 그것도 아주 드물게, 뭔가 급한 일을 하는 경우를 제외하고는 문을 잠그는 일이 한 번도 없었다. 설사 방을 비우고 나갈 때도 대개는 열쇠를 그냥 문에 걸어 놓은 채 나가곤 했다.

"뭘 잃어버리면 어떻게 하려고 그러세요." 부공 할멈은 곧잘 주의를 주었다.

그럴 때마다 마리우스는 "잃어버릴 게 있나요" 하였다.

그런데 어느 날, 정말로 다 떨어진 구두 한 켤레를 잃어 부공 할멈으로부터 그것 보라는 듯한 눈총을 받은 일이 있었다.

다시 문 두드리는 소리가 조용히 났다.

"들어오세요." 마리우스는 대답했다.

문이 열렸다.

"왜 그러세요, 부공 할머니 ? " 마리우스는 책상 위 책이며 원고에서 눈을 떼지 않은 채 말했다.

부공 할멈과는 다른 누군가의 목소리가 대답했다.

"실례합니다, 저어……."

그것은 잘 알아듣기 어려운, 목이 콱 잠긴 듯한 쉰 목소리였다. 브랜디나 보드카로 목을 덴 노인과 같은 소리였다.

마리우스는 깜짝 놀라 뒤를 돌아보았다. 거기에 젊은 여인 한 사람이 서 있었다.

가난 속의 한 떨기 장미꽃

나이 어린 처녀가 반쯤 열린 문 안에 서 있었다. 천장으로 뚫린 창문이 바로 문 맞은쪽에 열려 있어 그녀의 얼굴에 엷은 빛을 던지고 있었다. 창백하고 바싹 말라 뼈만 앙상한 여자였다. 셔츠와 스커트 이외엔 아무것도 걸치지 않은, 맨몸과 같은 몸은 몹시 추운 듯 달달 떨고 있었다. 허리는 허리띠 대신 끈으로 졸라매고, 머리도 끈으로 묶었다. 뼈가 앙상한 어깨는 셔츠 밖으로 드러나고 핏기 없는 갈색 얼굴은 퍽 신경질적으로 보였다. 쇄골께는 흙빛이고, 두 손은 얼어서 빨갛고, 입은 무심하게 벌리고, 이는 몇 개가 빠져 있고, 멍하고 흐릿한 눈은 대담하고 천하게 보였다. 몸을 보면 발육이 부족한 처녀 같았으나 그 눈은 추한 노파였다. 말하자면 50살과 15살이 함께 섞여 있는 몰골이다. 연약하면서도 언짢게 보여 사람에게 동정의 눈물을 흘리게 하는가 하면 혐오감으로 등골을 오싹하게 하는 사람이 있는데, 바로 그런 느낌을 주는 처녀였다.

마리우스는 벌떡 일어나 마치 꿈속에서 나오는 망령과 같은 모습을 한 그 처녀를 멍하니 바라보았다.

특히 가슴 아픈 것은 그 처녀가 날 때부터 그렇게 추하지는 않았을 것 같다는 점이다. 어렸을 때는 상당히 사랑스러웠을 것임에 틀림없었다. 한창 물이 오른 처녀다운 아름다움이, 타락한 생활과 가난한 생활 때문에 생긴 겉늙음과 싸우고 있었다. 그 16살 처녀의 얼굴 위에 숨쉬고 있는 그러한 아름다움의 잔재는, 겨울날 새벽 살벌한 구름에 가려 사라져 버리는 그 엷은 태양을 생각케 했다.

그녀의 얼굴은 마리우스에게 아주 낯선 얼굴은 아니었다. 어디선가 본 기억이 나는 얼굴이었다.

"무슨 일로 오셨습니까?" 마리우스는 물었다.

젊은 처녀는 술 취한 죄수 같은 목소리로 대답했다.

"편지를 가지고 왔어요, 마리우스 씨."

처녀는 마리우스라고 그의 이름을 불렀다. 그녀가 마리우스에게 용건이 있어 온 것은 확실했다. 그렇다면 이 처녀는 누구일까? 어떻게 그의 이름을 알고 있는 것일까?

들어오라는 말을 하기도 전에 처녀는 방 안으로 들어왔다. 거리낌없이, 그리고 기분 나쁠 정도로 침착하게 방 안과 아직 치우지 않은 침대를 힐끔힐끔 보면서. 처녀는 맨발이었다. 그리고 스커트엔 커다란 구멍이 몇 개나 뚫려 있어 긴 다리와 여윈 무릎이 들여다보였다. 처녀는 추워서 벌벌 떨고 있었다.

처녀는 편지 한 통을 마리우스에게 내밀었다.

마리우스는 봉투를 뜯으면서 눌러붙인 풀이 아직 채 마르지 않은 것을 알았다. 편지는 그리 멀지 않은 곳에서 온 것이 분명했다. 그는 읽어 내려갔다.

친절한 이웃 청년에게

6개월 전, 저희들을 위해 방세를 대신 지불하여 주신 것을 잘 알고 있습니다. 젊은 분이여, 당신에게 신의 축복이 내리시기를. 큰딸이 사정 애기를 여쭐 테지만 저의 일가족 네 식구는 이틀 전부터 빵 한쪽 없이 지냈습니다. 게다가 아내는 병으로 누워 있습니다. 만일 제 생각이 틀리지 않았다면, 마음이 너그러우신 당신은 딸의 말에 동정을 베푸시고 저희들을 불쌍히 여기셔서 다소의 은혜를 내려 주시리라 기대합니다.

인류의 은인에게 최대의 경의를 표하며,

종드레뜨

붙임——친애하는 마리우스 씨, 딸은 당신의 분부를 기다리고 있습니다.

이상한 사건이 어젯밤부터 마리우스의 신경을 자극하고 있는 때에 이 편지가 뛰어든 것은 마치 동굴 속에 한 줄기 촛불이 비쳐든 것과 같았다. 갑자기 모든 것이 환히 드러났다. 그 편지도 앞서 네 통의 편지와 똑같은 곳에서 나온 것이었다. 필적도, 문체도, 맞춤법의 오자도, 종이도, 담배 냄새가 나는 것도 똑같았다.

다섯 통의 편지, 다섯 통의 사정 이야기, 다섯 개의 이름, 다섯 개의 서명, 그러나 그 모든 서명을 한 사람은 단 한 사람인 것이다. 스페인 대위 돈 알바레스도, 불쌍한 어머니 발리자르도, 극시인 장 플로도, 늙은 배우 파방뚜도 네 사람 다 사실은 종드레뜨라는 이름이었던 것이다. 물론 그 종드레뜨라는 사람 자신이 정말로 종드레뜨라는 이름인지 어떤지 의문이지만. 마리우스가 이 집에 살기 시작한 것은 꽤 오래 됐지만 앞서도 말한 대로 이웃 사람들과 만나기는커녕 서로 모습을 볼 기회조차 없었다.

마리우스의 마음은 늘 다른 곳을 향해 있었다. 마음이 향하는 곳에 눈도 향하는 법이다. 마리우스는 종드레뜨 가족과 몇 번이나 복도며 계단에서 만난 일이 있으나 그에겐 모든 것이 그림자에 불과했다. 마리우스는 그들에 대해 전혀 무관심했기 때문에 어젯밤 길에서 종드레뜨 집 처녀들과 부딪치고도 그들을 알아보지 못했던 것이다. 게다가 지금 자기 방에 들어온 처녀를 보고도 혐오와 연민이 혼합된

"편지를 가지고 왔어요, 마리우스 씨."

감정 속에서 막연하게 어디서 본 듯한 얼굴이라고만 겨우 생각해 냈던 것이다.

　그런데 그것이 이제는 완전히 분명해졌다. 마리우스는 모든 것을 알았다. 이웃 사람인 종드레뜨 씨는 살기가 어려워 친절한 사람의 선의를 이용하기 위해 많은 사람의 주소를 찾아 장사를 하고 있었던 것이다. 돈 많고 동정심 많은 사람을 지목해 놓고 가명으로 편지를 써서 그것을 딸들을 시켜 보낸다. 딸들에게는 퍽 위험한 일이나 아버지는 딸들을 그런 위험한 처지에 넣어서라도 감행하지 않으면 안 될 만큼 어려운 처지에 놓여 있는 것이다. 상대에게 운명을 걸고, 그 승부에 자기의 딸들을 거는 것이다.

　마리우스는 어제 이후의 비밀도 깨달았다. 그때, 처녀들이 숨을 헐떡이며 뭔가에 쫓겨 도망치던 것이며, 은어로 얘기를 주고받은 것으로 미루어 그 불쌍한 처녀들은 역시 뭔가 수상한 일을 하고 있었던 게 틀림없었다. 그래 이런 모든 점을 종합해 보건대, 결국 현재 인간 사회 한복판에 어린애도 아니고 처녀도 아니고 그렇다고 부인도 아닌 비참한 두 인간이――가난이 낳은 더러움이기는 하나 죄가 없는 인종의 괴물 같은 모습이――선명히 떠오르는 것이었다.

　이름도 나이도 성별도 없는 가엾은 사람들, 그들에게는 이미 선도 악도 없다. 유년 시절을 지나고 나면 그들에게는 이 세상에 아무것도 남지 않는다. 자유도, 덕도, 책임도 갖지 않는 것이다. 어제 핀 꽃이 오늘은 시들어 가는 영혼, 길에 떨어져 진흙투성이가 되어 마침내 수레바퀴 밑에 깔릴 꽃과 같은 영혼이 된다.

　그런데 마리우스가 놀람과 비통에 찬 눈으로 바라보고 있는 동안에도 젊은 처녀는 거리낌없이 유령처럼 방안을 이리저리 왔다갔다 하고 있었다. 살이 다 드러난 것도 상관없이 서성거렸다. 꾸깃한 낡은 셔츠가 이따금 허리께까지 미끄러져 내렸다. 처녀는 의자를 움직이기도 하고, 서랍장 위에 얹어놓은 화장 도구를 만지작거리기도 하고, 마리우스의 옷을 살짝 만져 보기도 하고, 방안 구석구석을 살펴보기도 했다.

"어머, 거울도 있군요." 처녀는 말했다.

그리고 마치 방안에는 자기 혼자만 있는 양 유행가 나부랭이며 후렴을 중얼대고 있었는데 목이 꽉 막힌 듯한 그 목소리는 오히려 가련한 느낌마저 주었다. 그 뻔뻔스러움 속에는 뭔가 어울리지 않는 서글픔과 비굴한 구석까지 엿보였다. 뻔뻔스러움은 수치인 것이다.

처녀가 방안을 돌아다니고, 마치 작은 새가 햇빛에 놀라거나 부러진 날개를 파닥거리는 것처럼 뛰어다니는 것을 보는 것만큼 가슴 아픈 일은 없었다. 지금과 다른 교육을 받고 다른 운명을 타고났다면 이 젊은 처녀의 명랑하고 자유 분방한 행동도 어느 정도는 사랑스럽고 귀엽게 보였을지도 모른다. 동물의 세계에서는 비둘기로 태어난 것이 물수리로 변하는 일은 절대로 없다. 그러한 변화는 인간 세계에서나 볼 수 있는 것이다.

마리우스가 생각에 잠겨 있는 동안 처녀는 멋대로 돌아다녔다. 이윽고 책상 옆으로 다가왔다.

"아, 책이군요." 그녀는 말했다.

처녀의 흐릿한 눈이 반짝하고 빛났다. 처녀는 다시금 외쳤다. 그 어조는 누구나 다 느낄 수 있는, 뭔가를 자랑할 때 넘쳐흐르는 행복감이 역력히 나타나 있었다.

"나도 읽을 줄 알아요."

처녀는 책상 위에 펼쳐 놓은 책을 번쩍 들어 꽤 유창하게 읽어 내려갔다.

"……보뒤앵 장군은 그의 여단 5개 대대를 이끌고 워털루 평야 한복판에 있는 우고몽 성을 공격하라는 명령을 받았다……."

그녀는 갑자기 읽기를 멈추었다.

"아아, 워털루, 저 알아요. 옛날의 전쟁이죠. 아버지도 간 일이 있어요. 아버진 군대에 계셨어요. 우리 식구는 모두 열렬한 보나빠르뜨 당이에요. 워털루에선 영국군과 싸웠죠?"

그녀는 책을 내려놓고 펜을 집어들며 큰소리로 말했다.

"저, 글도 쓸 줄 알아요."

처녀는 펜을 잉크에 적셔 가지고 마리우스 쪽으로 돌아섰다.

"보고 싶으세요? 잠깐 써보여 드릴까요?"

처녀는 미처 대답할 사이도 없이 책상 위에 있던 흰 종이에 이렇게 썼다. 'Les cognes sont là(개가
있다).'

그리고 펜을 던져 놓고 말했다.

"철자법도 하나 안 틀렸죠? 자, 잘 보세요. 저흰 모두 교육을 받았어요. 동생도 저도, 우리가 전부터 이런 건 아니에요. 절대로 이렇지는……"

여기서 그녀는 문득 말을 끊고, 투명하지 않은 눈동자로 마리우스를 똑바로 쏘아보며 갑자기 소리를 내어 웃기 시작하더니 모든 고통을 파렴치로 누른 듯한 어조로 말했다.

"흥, 바보처럼!"

그리고 명랑한 곡조로 노래를 부르기 시작했다.

배고파요, 아빠
어디 있니, 먹을 게
추워요, 엄마
어디 있니, 입을 게
떨어라,
로로뜨야!
울어라,
자꼬야!

1절을 마치자 처녀는 큰소리로 말했다.

"마리우스 씨, 당신 이따금 연극 보러 가세요? 전 가끔 가요. 제 동생이 배우하고 친해서 가끔 표를 갖다 주거든요. 하지만 관람석은 별로 좋아하지 않아요. 좁고 어쩐지 거북해요. 어떤 땐 아주 뚱뚱한 사람도 있고 이상한 냄새를 풍기는 사람도 있어요."

그리고 그녀는 마리우스를 말끄러미 바라보더니 약간 이상한 표정을 짓고 말했다.

"마리우스 씨. 아세요, 당신 아주 잘생긴 남자라는 거?"

두 사람에게 동시에 같은 생각이 스치고 지나갔기 때문에 처녀는 빙그레 웃고 마리우스는 얼굴을 붉혔다. 그녀는 옆으로 다가가 마리우스의 어깨에 한 팔을 얹었다.

"당신은 저를 주의해 보지 않았지만 전 당신을 잘 알고 있어요. 마리우스 씨, 이 집 계단에서 종종 만났고, 또 당신이 오스떼를리쯔 근처에 사는 마뵈프 양반 댁에 들어가는 것을 그 근처를 돌아다니다 몇 번 보았어요. 당신한테 정말 그 머리가 어울려요, 그 흐트러진 더벅머리가."

처녀는 목소리를 될수록 부드럽게 하려고 했으나 그럴수록 오히려 목소리는 더욱 낮아질 뿐이었다. 말소리의 일부분은 마치 잘 소리가 나지 않는 건반처럼 목에서 입술까지 나오는 사이에 사라져 버리는 것이었다.

마리우스는 자기도 모르게 한 걸음 뒤로 물러섰다.

"아가씨." 마리우스는 그의 그 독특한 냉정하고도 무게 있는 목소리로 입을 열었다. "저기 있는 저 꾸러미, 아마 당신 거 같은데 돌려드리겠소."

마리우스는 이렇게 말하고 편지 네 통이 든 꾸러미를 집어들어 처녀에게 내밀었다.

처녀는 손뼉을 치며 소리쳤다.

"어머, 이걸 찾아 얼마나 헤맸는지 몰라요."

그리고 봉투를 받아들고 열어 보았다.

"얼마나 찾아다녔는지……. 동생하고 같이! 그런데 당신이 주웠군요. 큰길에 떨어져 있었죠? 큰길이 틀림없어요. 그렇군요. 막 뛰어가다 동생이 잘못해서 떨어뜨렸어요. 글쎄 집에 돌아와 보니까 없잖아요. 우리는 매맞고 싶지 않아서——그래요, 정말 하나 소용없어요, 정말 소용없죠. 정말로——그래서 우린 이렇게 말했어요. 편지는 모두 보냈지만 어디서고 거절이었다고! 그런데 어쩌면 여기 있을 줄이야. 하지만 이 편지 어떻게 제 것이라는 걸 아셨죠? 아아, 그렇군요. 글씨가 같으니까. 그럼 어제 저녁 우리가 길에서 부딪친 분은 바로 당신이었군요. 저희는 잘 보지 못했어요. 제가 동생한테 묻긴 했어요. '지금 그 사람 남자였니?' 그러니까 동생이 이렇게 대답하잖아요. '응, 틀림없는 남자였어.'"

그렇게 말하며 그녀는 '쌩 자끄 뒤 오 빠 성당의 인자하신 나리님께' 보내는 편지를 펴들었다.

"어머, 이건 미사에 가는 할아버지한테 드릴 편지예요. 지금이 꼭 알맞은 시간이에요. 이제라도 전하러 가야지. 아침 값 정도는 틀림없이 줄 거야."

그녀는 다시 깔깔 웃으며 다음과 같이 덧붙였다.

"저희가 오늘 아침 식사를 하면 그게 어떻게 되는 건지 당신 아세요? 그저께 아침과 그저께 저녁과 어제 아침과 어제 저녁 식사를 오늘 아침 한꺼번에 먹는 게 돼요. 어차피 우린 들개와 같으니까요. 배가 차지 않으면 배가 터질 때까지 먹거든요."

이 말은 마리우스에게 그녀가 마리우스의 방에 무슨 일로 찾아왔는가 하는 것을 생각나게 했다. 그는 조끼 주머니를 뒤졌으나 아무것도 없었다. 젊은 처녀는 여전히 지껄여 댔다. 그건 마치 마리우스가 거기 있는 것을 전혀 의식하지 않고 지껄이고 있는 것 같았다.

"저녁때가 되면 전 곧잘 밖으로 나가요. 그리고 집으로 돌아오지 않는 때도 종종 있죠. 여기 오기 전 지난 겨울엔 우리는 다리 밑에서 살았어요. 얼어죽지 않으려고 서로 몸을 꼭 붙였지요. 동생은 곧잘 울곤 했죠. 물이란 참 우울한 것이더군요. 난 물에 빠져 죽고 싶을 때면 언제나 '안돼, 물이 너무 차' 하고 자신을 달래곤 했어요. 전 어디 가고 싶으면 늘 혼자 나가요. 그러다 어떤 땐 도랑 속에서도 자죠. 한밤중 길을 걷노라면 나무가 교수대처럼 보이기도 하고, 시커먼 집이 노트르담 탑처럼 보이기도 하고, 흰 벽을 강으로 착각하여서 '어머, 저기 물이 있네' 하고 생각하는 일도 있어요.

별은 마치 등불처럼 연기를 내기도 하고 바람에 불려 사라지는 것 같았어요. 또 어떤 때는 말이 제 귀에 콧김을 불어넣는 것 같아 깜짝 놀라는 때도 있어요. 밤인데 어디선가 아코디언 소리며 제사 공장의 기계 소리가 들려 와요. 이게 대체 무슨 소릴까? 누군가가 돈을 던지는 것 같아 전 정신없이 뛰기 시작해요. 그러면 뭐든지 빙글빙글 돌죠. 모든 것이 빙글빙글 돌아요. 밥을 못 먹으면 참 기분이 이상해요."

처녀는 어리둥절한 표정으로 마리우스를 쳐다보았다.

마리우스는 주머니 구석구석까지 뒤져 마침내 5프랑 16수의 돈을 꺼냈다. 그것은 지금 그가 가지고 있는 전부였다.

'하여튼 이거면 오늘 저녁 식사대는 되고,' 그는 생각했다. '내일은 또 어떻게 되겠지.'

마리우스는 16수만 남기고 5프랑을 그녀에게 주었다. 그녀는 그 돈을 얼른 받아쥐었다.

"됐어, 해가 떠올랐네." 처녀는 소리쳤다.

그리고 마치 그 아침해가 그녀의 머릿속에 쌓인 은어의 눈사태를 녹일 힘이라도 가진 듯 그녀는 마구 지껄여댔다.

"5프랑! 아, 반짝이는 은화야! 황제다! 이런 누추한 방에서! 정말 놀랐어! 당신 정말 대단하군요. 저 당신한테 홀딱 반했어요. 우리 집 식구가 이틀간 실컷 먹고 마시게 됐어요. 비프스테이크에 수프에 배 터지게 먹게 됐어요."

그녀는 슈미즈를 어깨 위로 끌어올리고 깍듯이 인사를 했다. 이어 다정스럽게 손짓을 하고는 문 쪽으로 걸어가며 말했다.

"안녕, 하여튼 아버지한테 가봐야겠어요."

나가려던 그녀는 서랍장 위에서 먼지가 하얗게 쌓이고 곰팡이가 슨 마른 빵껍질을 발견했다. 그녀는 그리 달려가 빵껍질을 집어 씹으며 중얼거렸다.

"아이, 맛있어라! 그런데 왜 이렇게 딱딱하죠? 이가 부러질 것 같아."

그러고는 나갔다.

하늘의 도움으로 엿본 구멍

마리우스는 5년 동안 가난과 빈궁과 고뇌 속에 살아 왔지만 자신은 아직 진정한 비극은 잘 모르고 있다는 것을 알았다. 진정한 비극, 그것을 방금 본 것이다. 눈앞을 스쳐 지나간 그 아귀 같은 여자가 바로 그것이다. 과연 남자의 비참함을 본 것만으로는 아직 아무것도 안 본 거나 다름없다. 여자가 비참한 경우에 빠진 것을 보지 않고서는 아무것도 말할 수 없다. 아니 여자의 비참함만을 보고서는 아직 아무것도 보았다고 말할 수 없다. 어린애의 비참한 경우를 보지 않으면 안된다.

남자란 최후의 궁지에 빠지면 마지막 수단에 손을 대게 마련이다. 그렇게 되면 재난을 입는 것은 그의 주위에 있는 힘없는 인간이다. 일, 임금, 빵, 땔감, 용기, 선의, 모든 것을 남자는 한꺼번에 잃고 만다. 밖의 햇빛이 사라지게 되면 안의 정신의 빛도 사라지게 마련이다. 그러한 어둠 속에서 남자는 여자와 아이의 연약함을 이용하여 그들을 억지로 굴욕적인 생활로 밀어넣는 것이다.

그렇게 되면 상상할 수 없는 여러 가지 무서운 사태가 벌어진다. 절망을 싸고 있는 벽은 무너지기 쉬워, 거기서부터 사방으로 악덕과 죄악의 길이 열리게 된다.

건강, 청춘, 명예, 순결하고 미숙하여 아직 환경에 적응하기 어려운 육체, 진정, 순결, 수치심, 이러한 모든 영혼의 표피는 어둠 속에 수단을 찾아 헤매는 손, 오욕에 부딪혀 거기에 순응하는 손, 그런 더러운 손에 멋대로 희롱을 당하고 마는 것이다. 아버지도, 어머니도, 어린애도, 형제도, 자매도, 남자도, 여자도, 딸도, 모두 한덩어리가 되어 성별이며, 혈연이며, 나이며, 더러운 것과 깨끗한 것이 뒤범벅이 된 저 안개와 같은 혼합 속에서 마치 광물이 생성되듯 뭉쳐 버리고 만다. 그들은 운명의 움집 속에서 서로 몸을 기대고 웅크리고 있다. 그리고 서로 슬픈 눈으로 바라보고 있다. 아아, 불쌍한 사람들! 그들은 어쩌면 그렇게 창백한가! 그리고 얼마나 싸늘한가! 마치 우리들과는 다른, 태양에서 훨씬 멀리 떨어진 유성에서 사는 것 같다.

그 처녀는 마리우스에게는, 말하자면 지옥에서 온 처녀였다. 그녀는 마리우스에게 밤의 추악한 일면을 드러내 보인 것이다.

마리우스는 지금까지 너무 꿈과 정열에 도취해 있느라고 옆사람들은 거들떠보지도 않은 것을 생각하고 거의 자책 비슷한 감정을 느꼈다. 그들의 방세를 치러 준 것만은 사실이지만 그것은 극히 기계적인 행위로 그런 경우에 처하면 누구나 할 수 있는 일이었다.

마리우스로서는 좀더 좋은 일을 했어야 했다. 얼마나 어이없는 일인가! 그 버림받은 사람들, 세상에서 소외되어 어둠 속을 더듬으며 살아가고 있는 사람들, 단 한 겹의 벽을 사이에 두고 무릎을 맞대다시피 하고 살아 오면서, 어떤 의미에선 그들의 손이 미칠 수 있는 인간 연결의 가장 마지막 고리라고도 할 수 있는 위치에 있으면서도 자기 옆에, 산다기보다 거의 죽음 직전에서 허덕이고 있는 소리를 들으면서도 자기는 아무런 주의도 하지 않았던 것이다. 머일 그들이 왔다갔다하고 이야기를 주고받는 소리가 끊임없이 벽을 통해 들려왔으나 귀도 기울이려고 하지 않았던 것이다. 게다가 그들의 말소리에는 늘 신음소리가 섞여 있었는데도 자기는 들으려고도 하지 않았던 것이다.

자기의 생각은 늘 다른 곳에 있었다. 꿈 속에, 있지 않은 환상에, 공중에 뜬 사랑에, 광기에 찬 곳에, 그런데 한편에서는 자기와 같은 인간이, 예수 그리스도에 있어서의 형제가, 민중으로서의 형제가 자기 옆에서 죽어 가고 있었던 것이다. 하릴없이 죽어 가고 있었던 것이다. 자기는 오히려 그들의 불행에 부담이 되고 그들의 불행을 한층 채찍질한 결과가 되었다. 만일 그들이 다른 사람을, 자기 같은 몽상가가 아니라 좀 더 주의깊은 사람을, 평범하고 동정심많은 이웃을 가지고 있었더라면 그 사람은 틀림없이 그들의 가난에 주의를 기울이고, 그들의 비참한 고난을 알고 훨씬 전부터 그들을 거두어 구원해 주었을지도 모른다. 하기야 그들은 물론 타락하고 부패하고 비천하고 비열했다.

그러나 생활이 어려워지고도 여전히 품위를 잃지 않는 인간이란 그리 흔치 않다. 게다가 어느 경지에까지 이르면 불운과 파렴치는 서로 혼합돼 구별할 수조차 없이 되고, 또 한 마디의 말, 즉 비참한 사람들, 레 미제라블이라는 숙명적인 말로 표현되는 것이다. 그것은 대체 누구의 죄인가? 그들이 구렁텅이에 깊이 빠지면 빠질수록 한층 커다란 자비의 손을 베풀어야 하지 않는가?

진실로 성실한 마음을 가진 사람이 대개 그렇듯, 마리우스도 이따금 자기 자신에 대해 선생이 되고 지나칠 정도로 자기를 질책하는 일이 있었다. 지금도 그는 그처럼 자기를 훈계하며 종드레뜨 씨네

방과의 사이에 놓인 벽을 지그시 쏘아보고 있었다. 마치 그 벽을 통해 동정에 찬 시선을 보내고 그 불행한 사람들을 따뜻하게 감싸려고 하는 것 같았다. 벽은 가름대와 널빤지 위에 엷게 회를 바른 것으로, 이미 말했듯이 저쪽 말소리가 낱낱이 손에 잡힐 듯 들려 왔다.

지금까지 그것을 깨닫지 못한 것은 그가 너무 꿈에만 빠져 있었기 때문이리라. 그 벽은 종드레뜨 씨 쪽이나 마리우스 쪽이나 다 벽지가 발라져 있지 않았다. 그래서 초라한 구조가 몽땅 그대로 드러나 보였다. 거의 무의식적으로 마리우스는 그 벽을 살펴보고 있었다. 때로는 몽상도 사고(思考)와 마찬가지로 사물을 살피고 관찰하고 깊이 파고드는 경우가 있다.

그는 갑자기 벌떡 일어났다. 벽 가장 높은 곳, 천장 부근에 판자 세 장이 이어진 틈 사이로 삼각형 구멍이 뚫린 것이 눈에 띄었다. 그 구멍은 전엔 회로 발라져 있었으나 지금은 그것이 떨어져 서랍장 위에 올라가면 그 틈으로 종드레뜨 씨네 집 안을 들여다볼 수 있게 되어 있었다. 동정 속에도 당연히 호기심은 섞여 있게 마련이다. 그 틈새는 몰래 엿볼 수 있는 구멍이 되어 있었다. 남의 불행을 구멍으로 몰래 훔쳐보는 것도 그들을 도와주기 위한 거라면 용서받을 수 있으리라.

'저 사람들이 어떤 사람들인가 좀 보자.' 마리우스는 생각했다. '어떤 처지에 있을까.'

그는 서랍장 위로 올라가 눈을 구멍에 바싹 대고 들여다보았다.

집에 웅크리고 있는 야수와 같은 인간

도시에도 숲 속과 마찬가지로 동굴이 있어서, 그 속에는 도시에 사는 가장 악질이고 무서운 것이 도사리고 있다. 다만 도시에 도사리고 있는 것은 난폭하고 더럽고 작고 추한 데 반해, 숲 속에 도사리고 있는 것은 난폭하고 야성적이고 크고 아름다운 것이 다를 뿐이다. 소굴을 비교해 보아도 야수의 소굴은 그래도 인간의 그것보다는 낫다. 바위굴은 움집보다는 나은 것이다.

마리우스의 눈에 비친 것은 하나의 움집이었다.

마리우스 자신도 가난하여 그의 방에 무엇 하나 없었으나 그의 가난은 기품이 있는 만큼 그의 지붕밑 방은 깨끗하고 산뜻했다. 그런데 이제 그가 들여다본 방은 무덥고, 더럽고, 코를 들이밀 수도 없을 만큼 냄새가 나고, 불결하고, 어두컴컴하고, 지저분했다. 가구라곤 오직 다리가 하나 달린 짚의자와 다 떨어진 책상과 깨진 병이며, 접시와 방 한구석을 차지하고 있는 뭐라 말할 수 없이 더러운 침대 둘뿐이었다. 그리고 빛이라곤 겨우 거미줄이 잔뜩 낀 천장에 뚫린 네 개의 유리창으로 들어오는 희미한 햇빛뿐이었다. 그 햇빛에 비친 사람들의 얼굴은 마치 유령의 얼굴 같았다. 벽은 마치 나병 환자의 피부처럼 갖가지 상처가 난 자리는 뭔가 무서운 병 때문에 흉하게 일그러진 사람의 얼굴 같았다. 습기가 마치 눈꼽처럼 벽에 배어 있었다. 난잡한 그림이 숯으로 여기저기 그려져 있는 것이 보였다.

마리우스가 들어 있는 방바닥은 더러 떨어지기는 했으나 어쨌든 벽돌이 깔려 있었다. 그런데 이 방은 바닥돌도 깔려 있지 않을 뿐 아니라 마루도 깔려 있지 않고, 일 년 내내 발에 밟혀 시커멓게 된 횟바닥 위를 그대로 걷게 되어 있었다. 그 울퉁불퉁한 바닥에는 때가 두껍게 끼어 아직 한 번도 청소한 일이 없는 것 같았다. 그리고 그 위에 낡은 덧신이며 뒤축이 찌그러진 구두며 다 떨어진 누더기 따위가 아무렇게나 널려 있었다. 그래도 그 방에는 난로가 하나 놓여 있었다. 방세가 일 년에 40프랑이나 되는 것은 그 때문이었다. 그 난로 속에는 별별 것이 다 쑤셔박혀 있었다. 곤로며 남비며 깨진 판자며 못에 걸린 누더기며 새장이며 재며, 그리고 불도 조금 있었다. 장작 두 개비가 시름없이 연기를 내뿜고 있었다.

그 지붕밑 방이 한층 살벌해 보이는 것은 그 방이 터무니없이 크

그는 서랍장 위로 올라가 눈을 구멍에 바싹 대고 들여다보았다.

기만 하기 때문이었다. 방 구석구석에 툭 튀어나온 부분이며, 모퉁이며, 어두운 구멍이 있고, 천장 서까래가 그대로 드러나 보이는가 하면 만(灣)도 있고 곶(串)도 있었다. 그것 때문에 밑모를 무서운 곳이 곳곳에 생겨서 거기에 손바닥만한 거미며, 발만큼 큰 쥐며느리며, 또 뭔가 정체를 알 수 없는 괴물 같은 인간까지가 숨어 있을 것 같았다.

더러운 침대가 하나 문 옆에, 그리고 또 하나가 창 옆에 놓여 있었다. 둘 다 한쪽이 난로에 꽉 붙어 있어서 마리우스가 있는 곳에서 정면으로 바라보였다.

마리우스가 들여다보고 있는 구멍 쪽 바로 옆 구석 벽에는 검은 나무 액자에 낀 색깔 있는 판화가 하나 걸려 있었는데, 그 아래에는 커다란 글씨로 '꿈'이라고 씌어 있었다. 잠자고 있는 여자와 어린애를 그린 그림이었다. 어린애는 여인의 무릎에서 자고 있고 그들의 머리 위 공중에서는 독수리 한 마리가 부리에 왕관을 물고 날고 있고, 여인은 잠든 채 그 왕관을 어린애 머리에 씌우지 못하도록 손으로 막고 있었다. 원경으로는 나뽈레옹이 영광에 싸여 황금빛 기둥머리가 있는 푸르고 굵은 둥근 기둥에 등을 기대고 있었는데 그 기둥에는 이런 글자가 새겨 있었다.

마렝고
아우스테를리츠
이예나
와그람
엘로트

이 액자 밑에는 기다란 판자 하나가 마루 위에 비스듬히 세워져 있었다. 그림을 뒤집어 놓은 것인지 낙서를 한 액자인지 아니면 거울을 벽에서 떼어놓은 채 잊고 걸지 않은 것인지, 아무튼 그런 것 중의 어느 하나인 듯했다.

탁자 위에는 펜과 잉크와 종이가 놓여 있고 그 옆에는 나이가 60세 가량 돼 보이는 남자가 한 사람 앉아 있었다. 몸이 작고, 여위고, 창백하고, 눈에 사나운 기색이 있고, 교활하고, 잔인하고 불안해 보이는 사나이였다. 보기에도 무서운 인간이었다.

만일 라바떼르가 그 얼굴을 관찰했다면 콘도르의 상과 검사의 상이 혼합된 얼굴이라고 판단했을 것이다. 시체를 파먹는 새와 재판하는 인간이 서로 흉하게 얽혀, 재판하는 인간은 시체를 파먹는 새를 비열하게 만들고, 시체를 파먹는 새는 재판하는 사람을 무섭게 만들고 있었다.

이 남자는 반백의 긴 수염을 기르고 있었다. 여자 셔츠를 입고 있기 때문에 털투성이의 가슴과 흰 털이 섞인 두 팔이 그대로 보였다. 그 셔츠 아래로는 때 낀 더러운 바지와 발가락이 내다보이는 긴 구두가 보였다. 파이프를 입에 물고 담배를 피우고 있었다. 그 방에는 빵은 한 조각도 없었으나 담배만은 있었던 것이다. 남자는 뭔가 쓰고 있었다. 보나마나 마리우스가 읽은 것 같은 편지를 쓰고 있을 것임에 틀림없었다.

탁자 한쪽에는 불그레한 낡은 책 한 권이 놓여 있었다. 도서 관람실 같은 데서 흔히 볼 수 있는 12절판인 것으로 보아 소설책인 것 같았다. 표지에는 굵은 대문자로 이런 제목이 박혀 있었다. 《신, 왕, 명예, 그리고 부인들, 뒤크레 뒤미닐 지음, 1814년》. 뭔가를 쓰면서 남자는 큰소리로 떠들고 있었다.

이런 말이 마리우스의 귀에 들려 왔다.

"평등한 건 하나도 없어, 죽은 다음에도 ! 뻬르 라쉐즈 묘지엘 가 봐 ! 지체 있는 부자놈들은 높은 곳에, 아카시아 가로수를 사이에 두고 길엔 자갈이 쫙 깔려 있지. 놈들은 묘지까지 마차를 타고 간단 말이야. 그런데 미천한 놈, 가난한 놈, 보잘것없는 놈들은 대체 뭐야. 놈들은 모두 제일 밑바닥에 묻히지. 무릎까지 빠지는 진창에, 웅덩이 속에, 질척질척한 곳에, 그런 곳에 묻혀 하루라도 빨리 썩으라고. 성묘를 가려고 해도 흙속에 빠지지 않고서는 갈 수가 없다니까!"

여기서 말을 끊더니 그는 갑자기 책상을 주먹으로 탕 치고는 이를 갈며 덧붙였다.

"아아, 세상을 와작와작 씹어 버리고 싶다!"

40살로 보이는가 하면 100살로도 보이는 뚱뚱한 여자가 맨발로 난로 옆에 쭈그리고 앉아 있었다. 그녀도 역시 몸에 걸치고 있는 거라곤 속옷 하나와 낡은 천을 조각조각 이은 메리야스 스커트뿐이었다. 초라한 앞치마가 스커트를 반쯤 가리고 있었다. 앞으로 허리를 굽히고 있었으나 키는 무척 커보였다. 남편에 비하면 대단히 큰 여자였다. 머리칼은 흰 머리가 희끗희끗한 붉은 빛 나는 갈색으로 그 머리칼을 손톱에 때가 낀 넓적한 손으로 이따금 긁고 있었다.

그녀 옆 마룻바닥에는 탁자 위에 있는 것과 모양이 같은 책이 펼쳐진 채 놓여 있었다. 아마 같은 소설의 연속편인 듯싶었다.

마리우스가 한 침대로 눈길을 돌리자 몸이 호리호리한 창백한 소녀가 걸터앉아 있었다. 역시 거의 벌거벗은 몸으로 두 발을 늘어뜨린 채 무슨 얘기를 듣고 있는 것도 보고 있는 것도 아닌, 마치 살아 있는 것 같지도 않았다. 마리우스의 방에 찾아왔던 처녀의 동생이 틀림없었다. 그 소녀는 12, 3살 가량 돼 보였다. 그러나 주의해 살펴보니 분명 15살은 돼 보였다. 어제 저녁 큰길에서 "그래서 정신 없이 도망쳐 왔어" 하고 말한 그 소녀였다.

처음엔 발육이 부진하다가 나중에 갑자기 키가 훌쩍 크는 그런 허약 체질의 소녀였다. 가난한 생활이 그런 이상야릇한 체질을 만드는 것이다. 그런 사람은 유년기도 소녀기도 없다. 15살이 되어도 12살로밖에 보이지 않고, 16살이 되면 이미 20살로 보인다. 오늘은 아직 소녀인데 내일은 이미 여자가 되는 것이다. 마치 인생을 큰 걸음

여기서 말을 끊더니 그는 갑자기 책상을 주먹으로 탕 치고는 이를 갈며……

으로 성큼성큼 걸어 빨리 끝을 맺으려는 것 같다. 아직은 그 소녀는 어린애로 보였다.

다시 주의해 살펴보니까 그 방에는 일하는 기색이 전혀 없었다. 옷감 짜는 기계고, 실 잣는 물레고, 바느질 도구도 일체 없었다. 구석에 다만 뭔가 수상쩍은 쇠붙이 조각이 뒹굴고 있을 뿐이었다. 이러한 게으름이야말로 절망과 죽음 직전 사이에 찾아오는 그 암울한 권태인 것이다.

마리우스는 오랫동안 그 음침한 방안을 들여다보았다. 그것은 무덤 속처럼 소름이 끼치는 곳이었다. 왜냐하면 그곳에는 꾸물대는 인간의 영혼, 또 우물우물 움직이고 있는 생명이 느껴졌기 때문이다.

지붕밑 방, 움 속, 가난한 사람이 우글대는 사회 구조의 최하층의 굴, 그것은 무덤이 아니라 무덤의 대합실이다. 그러나 부자가 자기 집 입구에 화려함의 극치를 늘어놓듯 가난한 자의 곁에 있는 죽음도 그 문앞에 비참의 극치를 늘어놓는 법이다.

남자는 어느 새 입을 다물고, 여자도 말이 없고, 소녀는 숨도 쉬지 않는 것 같았다. 다만 펜으로 종이를 긁는 소리만이 가늘게 들려왔다.

남자는 쓰던 손을 멈추지 않고 말했다.

"빌어먹을, 빌어먹을! 모두가 빌어먹을!"

솔로몬의 한탄(솔로몬의 한탄은 '허무하도다, 허무하도다! 모두가 허무하도다')을 흉내낸 듯한 그 말을 듣고 여자가 한숨을 쉬었다.

"여보, 그렇게 화내지 말아요." 여자가 말했다. "몸을 해치면 안되잖아요. 당신은 참 사람이 너무 좋아요. 그런 사람들한테 일일이 편지를 내고, 당신도 참!"

비참한 생활을 하고 있는 사람들은 추운 때처럼 서로 몸을 바싹 붙이고 있으나 마음은 제각각 흩어져 있다. 전에는 이 여자도 진실한 애정을 가지고 그 남자를 사랑했겠지만, 오랜 세월 가난한 생활을 하며 매일같이 서로 다투는 동안 그 사랑도 이미 사그라져 버렸으리라. 이제 그 여자의 남편에 대해 남은 것은 사랑의 타다 남은 재뿐일 것이다. 그러나 예전에 부르던 다정한 호칭만은 세상에 흔히 있듯이 여전히 남아 있다.

그녀는 지금도 남편을 향해 "여보, 당신" 하고 부르고 있었다. 그러나 그것은 이미 말뿐, 마음은 벌써 잠자고 있었다.

남자는 다시 쓰기 시작했다.

전략과 전술

마리우스는 가슴이 답답해지는 것을 느끼고 그 자리를 물러나려고 하다가 갑자기 무슨 소리를 듣고 그 자리에 머물렀다.

저쪽 방문이 홱 열린 것이다. 큰딸이 문에 나타났다. 진흙투성이가 된 커다란 남자 구두를 끌고 들어서는데 빨간 복사뼈까지 진흙이 튀어 있었다. 그녀는 다 떨어진 낡은 망토를 걸치고 있었다. 그 망토는 한 시간 전 마리우스를 찾아왔을 때는 입지 않았던 것으로 보아 될수록 가련하게 보이기 위해 문 뒤에 벗어놨다가 나중에 나가면서 다시 입었는지도 모른다.

큰딸은 방으로 들어오자 뒤로 문을 닫고 숨을 헐떡거렸다. 잠시서서 한숨을 돌리고 나더니 기쁜 표정으로 소리쳤다.

"와요!"

아버지는 그쪽으로 눈길을 돌리고 어머니도 고개를 돌렸으나 동생은 꼼짝도 하지 않았다.

"누가?" 아버지가 물었다.

"그분 말예요!"

"자선가 말이냐?"

"네."

"쌩 자끄 성당의?"

"네."

"그 늙은이가?"

"네."

"지금 곧 온다는 거냐?"

"제 바로 뒤에 와요."

"그게 정말이냐?"

"네, 정말이에요."

"그래, 정말 온단 말이지?"

"마차를 타고 와요."

"마차를 타고? 꼭 로스차일드 같구나."

아버지는 벌떡 일어났다.

"그런데 어떻게 된 거냐? 마차를 타고 온다는데 네가 먼저 왔으니. 대체 어떻게 된 거야? 그래, 주소는 잘 가르쳐 줬냐? 복도 맨 끝 오른쪽 문이라고 잘 말했냐? 틀리지 않으면 좋으련만! 그래 성당에서 만났냐? 내가 쓴 편지는 읽었냐? 네게 뭐라든?"

"아이, 아버지도," 딸은 말했다. "성미도 급하셔. 들어 보세요. 제가 성당으로 들어가니까 할아버지는 늘 앉는 자리에 앉아 있었어요. 편지를 드렸지요. 할아버지는 그걸 읽어 보시더니 '집은 어디지?' 하고 묻지 않겠어요. '제가 안내하겠어요' 하고 대답했죠. 그랬더니 '아니, 어딘가만 가르쳐줘요. 내 딸이 뭘 좀 사겠다고 하니까 마차를 빌려 타고 당신과 같은 시각에 도착하겠소.' 그래 주소를 가르쳐 드렸죠. 집을 가르쳐 주니까 뭔가 깜짝 놀라는 듯 잠시 망설이는 기색이더니 곧 '아, 좋소, 가겠소' 하고 말했어요. 미사가 끝나고 제가 지켜보고 있으려니까 할아버지는 딸을 데리고 성당에서 나와서 같이 마차에 탔어요. 복도 맨 끝 오른쪽 문이라는 걸 자세히 알려 드렸어요."

"하지만 그것만으로 어떻게 꼭 온다고 믿니?"

"조금 전에 마차가 르 쁘띠 방끼에 거리로 오는 걸 봤거든요. 그 래 막 뛰어왔어요."

"어떻게 그 마차라는 걸 알았니?"

"번호를 똑똑히 봐 뒀어요."

"몇 번이었니?"

"440번."

"그래 넌 참 영리한 계집애다."

딸은 뾰로통한 표정으로 아버지를 말끄러미 바라보다가 신고 있 는 구두를 쳐들어 보였다.

"그야 물론 영리하고말고요. 하지만 저 이제 이런 구두는 신지 않 겠어요. 지긋지긋해요. 첫째 몸에 해로워요. 그리고 더럽고, 밑바 닥이 젖어서 걸을 때마다 찍찍 소리가 나요. 차라리 맨발로 걷는 게 낫겠어요."

"그렇겠구나." 아버지는 딸의 거친 말과는 반대로 부드러운 어조 로 말했다. "그러나 맨발로는 성당 안엔 못 들어가는걸. 가난뱅이도 구두만은 신어야 해. 맨발로는 하느님 앞에 못 가니까." 그는 불쾌 한 듯 말했다.

그리고 다시 지금 마음을 사로잡고 있는 얘기로 돌아갔다.

"그래, 틀림없이 오겠지? 틀림없이?"

"온다니까요. 곧 뒤따라 올 거예요." 딸은 대답했다.

남자는 자리에서 벌떡 일어났다. 얼굴에 갑자기 확 빛이 비친 것 같았다.

"이봐, 들었지?" 그는 아내에게 말했다. "자선가가 온대. 어서 불을 꺼."

어머니는 어리둥절하여 꼼짝하지 않고 서 있었다. 아버지는 마술 사 같은 재빠른 솜씨로 난로 위에 있는 단지를 내려서 타고 있는 장 작 위에 물을 부었다. 그리고 딸들에게 말했다.

"넌 그 의자의 짚을 빼라."

딸은 그 말이 무슨 말인지 잘 알아듣지 못했다. 아버지는 자기가 직접 의자를 잡고 발뒤꿈치로 차 의자에서 짚을 뺐다. 한쪽 발이 의자 속으로 쑥 들어갔다. 그 발을 빼며 아버지는 딸에게 물었다.

"밖이 춥냐?"

"네, 무척 추워요. 눈이 내려요."

아버지는 창가 침대 위에 앉아 있는 작은딸을 돌아보며 벼락같이 고함을 질렀다.

"빨리 침대에서 내려와. 게으른 계집애 같으니! 아무것도 안하는 주제에! 넌 유리창을 깨!"

소녀는 몸을 부르르 떨고 침대에서 내려왔다.

"유리창을 깨!" 아버지가 다시 고함을 질렀다.

소녀는 어쩔 줄 몰라 쩔쩔맬 뿐이었다.

"그래도 못 알아 듣겠어?" 아버지는 되풀이했다. "유리창을 한 장 깨란 말야!"

작은딸은 그때야 발끝으로 올라가 주먹으로 유리창을 쳤다. 유리는 무서운 소리를 내며 아래로 떨어졌다.

"됐어." 아버지는 말했다.

아버지는 침착하면서도 성급했다. 방 구석구석을 재빨리 살펴보았다. 마치 전쟁이 시작되려는 때 마지막 준비를 하고 있는 장군과 같았다.

그때까지 한 마디도 입을 열지 않던 어머니도 천천히 일어나며 느릿느릿 말했다. 마치 입속에 얼어붙은 말을 밖으로 밀어내듯이.

"아니, 어쩌려고 이래요?"

"당신은 침대에 누워" 하고 남자는 대답했다.

생각할 겨를도 주지 않는 어조였다. 어머니는 하라는 대로 침대 위에 훌쩍 들어가 누웠다. 그러자 한쪽 구석에서 흐느껴 우는 소리가 들렸다.

"왜 그래?" 아버지가 소리쳤다.

어두운 구석에 서 있던 작은딸이 거기서 나오려고도 하지 않고 피투성이가 된 손을 내밀었다. 유리를 깰 때 다친 것이다. 그녀는 어머니가 누워 있는 침대 옆으로 가 훌쩍훌쩍 울었다.

그러자 어머니가 벌떡 일어나 소리쳤다.

"이것 봐요, 괜히 멍청한 짓을 시켜 가지고. 유리를 깨다가 손을 베었잖아요!"

"오히려 잘됐어." 남자는 말했다. "그렇게 되라고 시킨 거야."

"뭐라고요? 잘됐다고요?" 아내는 떠들었다.

"시끄러워!" 아버지는 벼락같이 소리쳤다. "이제부터 입만 떼면 용서 안한다!"

그리고 자기가 입고 있는 셔츠를 쭉 찢어 딸의 피투성이가 된 손을 재빨리 싸주었다.

그리고 그는 자기의 찢어진 셔츠를 만족스럽게 내려다보았다.

"됐다, 이편이 훨씬 나아." 그는 중얼거렸다.

차디찬 북풍이 창을 치고 방 안으로 불어 들어왔다. 밖의 안개도 흘러들어와 하얀 솜이 보이지 않는 누군가의 손으로 뿌려지듯 방안에 엷게 퍼졌다. 깨진 유리창으로 눈이 내리는 것이 보였다. 전날 봉헌 축일의 날씨로 보아 예상되었던 추위가 과연 찾아온 것이다.

아버지는 잊은 것이 없나 확인이나 하듯 주위를 한 번 둘러보았다. 그리고 헌 부삽으로 젖은 장작이 완전히 파묻힐 때까지 재를 휘저었다. 그러고는 일어나서 난로 옆으로 다가갔다.

"자, 이제 자선가를 맞을 준비는 다 되었다" 하고 말하였다.

움집에 비친 햇살

작은딸은 아버지 옆으로 다가가 아버지 손에 자기 손을 올려 놓았다.

"좀 만져 봐요. 이렇게 차요." 그녀는 말했다.

"뭘! 너보단 내 손이 훨씬 더 차다" 하고 아버지는 대답했다.

어머니가 대들 듯 큰소리로 외쳤다.

"당신은 언제나 남보다 나아요. 고통만 해도……."

"닥쳐!"

어머니는 험악하게 쏘는 눈초리에 아무 소리도 더 하지 못했다. 방안은 일순 조용해졌다. 큰딸은 모르는 척 망토에 묻은 흙을 털고, 작은딸은 여전히 느껴 울고 있었다. 어머니는 그런 작은딸의 얼굴을 감싸안고 키스를 퍼부으며 중얼거렸다.

"자, 이제 고만. 착한 애지. 또 아버지한테 혼나려고."

"혼내긴 누가 혼내?" 아버지는 큰소리로 말했다. "천만에. 울어, 울어. 그게 오히려 낫다."

그리고 큰딸을 쳐다보며 말했다.

"애, 어떻게 된 거냐? 안 오잖아! 만일 안 오는 날이던 괜히 불을 끄고, 의자를 부수고, 셔츠를 찢고, 유리창만 깬 게 되잖아!"

"게다가 아이 손만 다치고." 어머니가 중얼거렸다.

"자, 봐라." 아버지는 계속 지껄였다. "이 방구석에 바람이 몰아치는 걸. 만일 그 영감이 오지 않으면, 아아, 정말 못 참겠다. 일부러 기다리게 하느라고 이럴 거야. 영감탱인 이렇게 생각하고 있는 거야. '뭐 좀 기다리게 하면 어때, 어차피 그게 장사니까!' 참 지긋지긋한 놈들이야. 놈을 그냥 콱 죽여버렸으면 얼마나 후련할까! 그 부자놈들을, 그 부자놈들을 그냥 한 놈도 남기지 않고! 그놈을, 그 자선가놈을. 믿음이 깊은 척하고 미사에 가서 되지 못한 신부놈들한테 알랑대기나 하고, 되잖은 소릴 지껄이며 우리들한텐 꽤나 지체높은 척하는 그놈들. 우리에게 망신을 주고 겨우 4수어치도 안되는 옷을 갖다주고서 뽐내는 놈들. 빵이라고! 내가 바라는 건 그게 아니야. 돈이야, 돈. 아아, 돈이 갖고 싶다. 그런데 돈은 한푼도 안 낸

단 말이야. 돈을 주면 뭐 다 마셔버리니까 게으른 너희놈들에겐 안 된다나? 그럼, 놈들은 뭐야? 대체 어떤 인간이야? 본래 어땠는데? 도둑놈이었잖아. 도둑질 하지 않고 어떻게 부자가 돼. 아아, 세상을 그저 한꺼번에 싸들고 공중으로 홱 집어던졌으면 좋겠다. 그럼 모두 산산조각이 나겠지. 그렇게는 되지 않더라도 모두 한푼 없는 거지는 될 거야. 그렇게만 돼도 좋겠어! 그런데 대체 어떻게 된 거야? 자선가란 놈은! 그놈 혹시 번지를 잊어버린 게 아냐? 늙어 빠진 놈이…….”

그때 누군가 문을 가볍게 두드렸다. 남자는 뛰어가 문을 열고 정중하게 머리를 숙인 다음 사랑하는 사람에게 아양을 떨듯 미소를 지으며 소리쳤다.

“어서 오십시오, 나리! 안으로 들어오십시오. 동정심 많은 나리, 그리고 어여쁘신 아가씨도, 어서.”

나이가 지긋한 남자와 젊은 처녀가 방문에 나타났다. 마리우스는 여전히 그 자리에 서 있었다. 그때 마리우스가 느낀 것은 도저히 인간의 말로는 표현할 수 없는 것이었다.

‘그녀’였던 것이다.

사랑을 한 경험이 있는 사람은 이 ‘그녀’라는 말이 내포하고 있는 눈부신 의미를 너무도 잘 알 것이다.

틀림없는 ‘그녀’였다. 마리우스의 눈에는 순간 안개 같은 것이 확 끼어 그녀의 모습은 잘 보이지 않았다. 그러나 그녀는 모습을 감추고 사라져 버린 그 그리운 처녀, 여섯 달 동안 그에게 빛을 보내던 그 별에 틀림없었다. 그 눈동자, 그 이마, 그 입매, 어둠 속으로 사라져 버린 그 아름다운 얼굴에 틀림없었다. 한번 모습을 감춘 환영이 다시 나타난 것이다.

다시 나타난 것이다. 이런 어두컴컴한 곳에, 이런 지붕밑 방에, 이 숨막힐 듯한 움막에, 이 무서운 장소에! 마리우스는 미친 듯 몸을 부르르 떨었다. 아아, 그녀다. 그의 심장은 무섭게 뛰고 눈조차 보얗게 흐려졌다. 눈물이 왈칵 쏟아질 것 같았다. 아아, 그토록 찾 아헤맸는데, 이제 겨우 만났다! 마치 오랫동안 잃었던 자기의 영혼 을 다시 찾은 듯한 기분이 들었다.

그녀는 그전과 조금도 변한 데가 없었다. 다만 얼굴샛만이 약간 더 창백해진 것 같았다. 고상한 얼굴은 자줏빛 비로드 모자로 감싸 였고 몸엔 검은 공단 망토를 두르고 있었다. 긴 옷 아래로는 비단으 로 짠 구두를 신은 작은 발이 보였다.

그녀와 같이 온 사람은 르블랑 씨였다. 그녀는 두어 걸음 방 안으 로 들어와 커다란 보퉁이를 책상 위에 올려놓았다.

종드레뜨의 큰딸은 문 뒤에 비켜 서서 그 비로드 모자며 비단 망 토며 그 아름답고 행복해 보이는 얼굴을 우울한 눈초리로 바라보고 있었다.

우는 소리 하는 종드레뜨

더러운 그 방은 무척 어두웠기 때문에 밖에서 들어온 사람에게는 마치 굴 속에 들어온 것 같았다. 두 사람은 주위가 흐릿하니 보이지 않아 주저하며 걸어들어왔다. 그러나 방안의 사람들은 어둠엔 이미 익숙해 두 사람의 모습이 똑똑히 보였으므로 아주 샅샅이 살피고 있 었다.

르블랑 씨가 친절하면서도 우울한 눈초리로 다가와 종드레뜨에게 말했다.

"자, 여기 보퉁이에 새 옷과 양말과 담요가 들어 있소."

"아, 천사처럼 자비하신 나리께서 이렇게까지 해주시니" 하며 종 드레뜨는 머리가 마룻바닥에 닿을 정도로 허리를 굽혔다.

그리고 두 사람이 비참한 방안을 둘러보고 있는 동안 아버지는 큰 딸 위에 허리를 굽히고 이렇게 작은 소리로 재빠르게 속삭였다.

"어서오십시오, 나리! …… 어여쁘신 아가씨도, 어서."

"자, 봐라. 내 말이 맞지? 헌옷만이라잖아, 돈은 안 내놓고. 그저 이놈이나 저놈이나 다 같아. 그런데 참, 이 늙다리한텐 무슨 이름으로 편지를 냈더라?"

"파방뚜." 딸은 대답했다.

"배우였지, 그래."

딸한테 그 말을 물은 건 그로서 퍽 다행한 일이었다. 그때 마침, 르블랑 씨가 그에게 몸을 돌리고 이름을 생각해 내려고 애쓰며 이렇게 말했기 때문이다.

"정말 동정합니다. 그런데 이름은……."

"파방뚜라고 합니다." 그는 서슴지 않고 대답했다.

"파방뚜 씨. 그래 그래, 이제 생각나는군요."

"전에 배우였지요. 나리. 몇 번이나 대성공을 거두었었죠."

여기서 종드레뜨는 지금이야말로 '자선가'의 마음을 사로잡을 절호의 기회라고 생각했다. 그래서 시장판의 약장수 같은 과장된 어조와 길바닥의 거지 같은 비굴한 목소리를 한데 섞어 떠들어 댔다.

"전 딸마의 제자입니다. 나리, 전 딸마의 제자죠. 한땐 저도 상당히 날렸죠. 아아, 그런데 지금은 운이 아주 막혀 버려서. 이것 보십시오, 자비하신 나리. 이처럼 빵도 없고 불도 없는 형편입니다. 가엾게도 아이들은 불도 없이 떨고 있습니다. 하나밖에 없는 의자는 속이 다 빠져 버리고, 유리창도 깨져 버렸어요! 이렇게 추운 날씨에! 게다가 아내는 병이 나 누워 있고!"

"병에 걸렸다니 참 안됐군요." 르블랑 씨는 말했다.

"아이는 또 상처까지 입고……." 종드레뜨는 덧붙였다.

작은딸은 낯선 사람에 정신이 팔렸다. 소녀는 '아가씨'를 타라보느라고 울음을 그치고 있었다.

"울어! 엉엉 울란 말야!" 종드레뜨는 딸에게 속삭였다.

그러면서 그는 어린 딸의 다친 손을 꼬집었다. 그럴 때 아버지의 솜씨는 요술쟁이처럼 재빨랐다. 어린 딸은 큰소리로 비명을 질렀다.

마리우스가 마음 속으로 '나의 위르쇨르'라고 부르고 있던 아름다운 처녀가 급히 다가갔다.

"아이, 가엾어라." 그녀는 말했다.

"좀 보세요, 어여쁜 아가씨." 종드레뜨는 말했다. "피투성이 손목을! 하루에 6수 벌자고 기계 일을 하다 이렇게 된 거랍니다. 자칫했으면 손목이 아주 달아날 뻔했어요."

"정말입니까?" 노신사가 깜짝 놀라 물었다. 어린 소녀는 그 소리를 듣자 더욱 더 큰소리로 울었다.

"네, 슬프게도 사실입니다. 자비로운 나리!" 아버지는 대답했다.

종드레뜨는 아까부터 이상한 눈초리로 '자선가'를 흘긋흘긋 훔쳐보고 있었다. 지껄이면서도 쉴새없이 기억을 더듬는 듯 상대방의 모습을 주의깊게 살펴보았다. 그러다 갑자기 손님들이 소녀를 불쌍히 여겨 이것저것 묻고 있는 동안, 힘이 없는 듯 침대 위에 누워 있는 아내 옆으로 다가가 재빨리 말했다.

"저 남자를 잘 보아 둬!"

그리고 다시 르블랑 씨를 향해 돌아서서 이 말 저 말 한탄을 늘어놓았다.

"살펴 보십시오, 나리! 저는 옷이라곤 여편네가 입던 셔츠밖에 없습니다. 그것도 다 떨어진 겁니다. 이 추운 겨울에 윗옷이 없어 밖에 나갈 수도 없어요. 윗옷 한 벌만 있어도 마르스 양을 만나러 갈 텐데. 그 여배우는 저와 무척 친한 사이입니다. 그 여배우 아직 라 뚜르 데 담 거리에 살고 있습니까? 전 그 배우와 같이 지방 공연을 다닌 일도 있습니다. 둘이서 함께 성공을 거뒀었죠. 셀리멘느는 틀림없이 제게 행운의 손길을 뻗쳐줄 것입니다. 엘미르는 벨리제르에게 적선을 해줄 겁니다.

하지만 이런 꼴을 해가지곤 어쩔 수가 없어요. 그런데 집에는 한 푼도 없습니다. 아내가 병이 들었어도 한 푼도 없어요. 딸이 몹시 다쳤어도 돈 한 푼 없어요. 그런데 아내는 숨이 막힐 것 같다고 합니다. 나이가 나이인 데다 신경이 약한 탓이죠. 어떻게든 해줘야 할 텐데, 딸도. 하지만 병원비, 약값을 뭘로 치릅니까? 동전 한 푼 없으니! 이러니 10쌍띰 한 닢에도 무릎을 꿇어야 할 형편입니다. 나리, 이게 예술가의 말로인가요? 그렇습니까? 어여쁜 아가씨, 우리를 보호해 주시는 너그러우신 나리, 그게 옳은 겁니까? 덕성과 호의를 지니고 그 향기로 성당을 채우시는 두 분 나리, 저의 가련한 딸도 거기 기도하러 가서 매일 두 분의 모습을 지켜보고 있습니다……. 저는 딸들을 퍽 신앙심 깊게 키우고 있으니까요. 딸들은 배우로 만들고 싶지 않았습니다. 어쨌든 딸이란 건 저도 여러 번 보아 왔지만 잘못 실수하기가 쉬운 거니까요. 전 언제나 엄격하고 쓸데없는 말은 절대로 하지 않습니다. 다만 명예니, 도덕이니, 덕성이니 하는 말만 귀에 못이 박이도록 들려 주죠. 딸한테 물어봐도 압니다. 어쨌든 여자란 똑바로 바른 길을 걷지 않으면 안됩니다. 저희 딸에겐 저 같은 아버지가 있습니다. 집이 없어 끝내는 몸을 파는 그런 가엾은 애들과는 다릅니다. 교육을 시키지 않고, 맘대로 내버려두면 계집애란 타락하기 꼭 알맞죠. 저희 파방뚜 집안엔 그런 딸은 하나도 없습니다. 전 딸을 될수록 품행단정하게 키우려고 합니다. 온순하고 정직하게 하느님을 믿는 여자가 되도록 말입니다. 정말입니다.

그런데 나리, 훌륭하신 나리, 저희가 내일 어떻게 되는지 아십니까? 내일은 2월 4일, 집 주인에게 집세를 줘야 할 마지막 날입니다. 그야말로 마지막 운명의 날이죠. 오늘 밤 치르지 않으면 저희 네 식구, 큰딸과 저와 저 열에 뜬 아내와 다친 어린애가 여기서 밖으로 내쫓깁니다. 길바닥에, 길거리로 쫓겨나요. 의지할 곳도 없이 빗속으로 눈속으로, 방세를 못 내서, 4기분, 1년치를, 60

프랑이 없어서 말입니다."

종드레뜨는 거짓말을 했다. 4기분이라면 사실은 40프랑밖에 안되었고 마리우스가 2기분을 치러 주고 아직 6개월이 지나지 않았으니까 4기분이 밀려 있을 리가 없었다.

르블랑 씨는 주머니에서 5프랑을 꺼내 탁자 위에 놓았다.

종드레뜨는 그 틈을 타서 큰딸 귀에 속삭였다.

"망할 늙은이 같으니, 그따위 5프랑 가지고 뭘 어쩌란 말야. 의자하고 유리값도 안되잖아. 적어도 그만한 비용은 내야지."

그동안 르블랑 씨는 푸른 프록코트 위에 걸치고 있던 짙은 갈색 외투를 벗어 의자 등에 걸쳐 놓았다.

"파방뚜 씨." 그는 말했다. "지금 제가 지니고 있는 건 5프랑밖에 안되니 딸을 집에 데려다주고 저녁에 다시 오겠소. 오늘 밤 꼭 치러야 한다고 하셨죠?"

종드레뜨의 얼굴이 확 밝아지며 기묘한 표정이 되었다. 그는 급히 대답했다.

"네, 나리. 8시까지 꼭 집주인한테 줘야 합니다."

"그럼 6시에 오리다. 60프랑을 가지고."

"아아, 자비하신 나리!" 종드레뜨는 어쩔 줄 몰라 소리쳤다.

그리고 곧 목소리를 낮추어 아내에게 이렇게 덧붙였다.

"알았어? 저 사람 얼굴을 잘 봐 둬."

르블랑 씨는 아름다운 딸의 팔을 잡고 문쪽을 향해 돌아서며,

"그럼 이따 밤에 다시 오겠소. 안녕히 계십시오" 하고 말했다.

"6시라고 하셨죠?" 종드레뜨가 다시 한번 확인했다.

"6시 정각에."

그때 외투가 그냥 의자 등에 얹혀 있는 것을 보고 큰딸이 말했다.

"나리, 옷을 잊으셨어요."

종드레뜨는 험악한 눈으로 딸을 보며 어깨를 들먹거렸다.

르블랑 씨는 돌아보고 빙그레 웃으며 대답했다.

"잊은 게 아니라 놓고 가는 거요."

"아이구, 저희를 지켜 주시는 나리." 종드레뜨는 말했다. "너무 감격해 전 눈물이 나옵니다. 제발 마차까지만이라도 배웅을 하도록 허락해 주십시오."

"밖에 나오려거든," 르블랑 씨는 말했다. "그 외투를 입고 나오시오. 날씨가 몹시 추우니."

종드레뜨는 더 기다릴 것 없이 재빨리 그 갈색 외투를 걸쳤다. 종드레뜨가 앞장서고 세 사람은 나갔다.

국영 마차 삯 1시간당 2프랑

마리우스는 그러한 광경을 하나도 놓치지 않고 보고 있었으나 사실은 하나도 보고 있지 않았다. 그의 눈은 그녀 위에 못박혀 떨어지지 않았고, 그의 마음은 그녀가 그 방에 한 발 들여놓는 순간부터 그녀를 송두리째 잡고 놓지 않았다. 그녀가 거기 있는 동안은 그는 육체적인 모든 지각력이 끊어지고 영혼이 단 한곳에 집중하는 황홀한 상태에 있었다. 그는 그녀를 보고 있었다기보다 비단 맛토를 입고 비로드 모자를 쓴 하나의 빛을 보고 있었다. 설사 시리우스 별이 방안에 들어왔대도 그처럼 눈앞이 황홀하지는 않았을 것이다.

처녀가 보퉁이를 풀고 옷이며 담요를 꺼내놓고, 병든 어머니를 위로하기도 하고, 다친 소녀에게 친절히 물어보기도 하는 동안, 그는 그녀의 일거일동을 주의해서 살피고 그 말소리를 들으려 열심히 귀를 기울였다. 마리우스는 그녀의 눈이며, 이마며, 아름다운 얼굴이며, 몸매며, 걷는 모습은 너무나 잘 알고 있었으나 그 목소리는 아직 들어 본 일이 없었다. 꼭 한 번 뤽상부르 공원에서 두세 마디 들은 적이 있기는 하나 그것도 확실하지 않았다. 그래서 그녀의 음성을 듣기 위해서라면, 그 음악을 조금이라도 마음에 담아두기 위해서라면, 그는 나머지 생명의 10년이라도 기꺼이 바칠 것 같았다. 그러나 그 소리는 종드레뜨의 줄곧 지껄여 대는 우는 소리와 나팔 같은 큰소리에 모조리 묻혀 버리고 말았다. 그 때문에 마리우스는 한껏 황홀한 기분 속에서도 화가 치밀었다. 마리우스는 그녀를 눈으로 잡고 있었다. 이 무서운 움막에, 이런 추악한 인간들 속에 모습을 나타낸 것이 그 신성한 여성이라고는 도저히 믿어지지 않았다. 마치 두꺼비 떼 속에서 벌새를 발견한 듯한 느낌이었다.

그녀가 방에서 나갔을 때, 마리우스는 한 가지 생각밖에 없었다. 그것은 그녀를 쫓아가서, 그녀의 뒤를 따라가서 어디 사는가 확인할 때까지는 그녀에게서 떨어지지 말자. 이렇게 기적적으로 만난 이상 다시는 그녀를 놓치지 말자! 마리우스는 서랍장에서 뛰어내려 모자를 집어들었다. 그리고 문고리를 비틀고 방에서 나가려다 문득 무슨 생각이 들어 걸음을 멈췄다. 복도는 길고 계단은 가파른 데다 종드레뜨는 떠들어 대고 있을 테니 아직 그들은 마차에 오르지 않았을 것이다. 만일 마리우스가 복도나 계단이나 입구에서 그들과 부딪쳐 그가 여기 사는 것을 아는 날엔 또 그를 경계하여 다시 모습을 감출지도 모른다. 그렇게 되면 이번에도 끝장이다. 그럼 어떻게 할까? 잠시 더 기다릴까? 하지만 기다리는 동안 마차가 가 버릴는지도 모른다. 마리우스는 어쩔 줄을 몰랐다. 그러나 결국 될 대로 되라는 심정으로 방문을 열고 나왔다.

복도에는 이미 사람의 그림자가 없었다. 마리우스는 계단을 뛰어내려갔다. 계단에도 인기척이 없었다. 급히 계단을 내려 길로 나가 보니 그때 마차는 마침 쁘띠 방끼에 거리 모퉁이를 돌아 빠리 시내를 향해 들어가고 있는 참이었다.

마리우스는 그쪽을 향해 뛰어갔다. 큰길 모퉁이까지 가자 마차가 빠른 속도로 무프따르 거리로 내려가는 것이 보였다. 마차는 벌써 상당히 멀어져 도저히 따라갈 것 같지 않았다. 어떻게 하나? 뛰어

따라갈까? 그러나 그것은 도저히 불가능했다. 게다가 어쩌면 마차 속에 있는 사람이, 누군가 전속력으로 달려오는 것을 보고 다름아닌 자기라는 것을 알게 될지도 모른다. 그때 마침 뜻밖에도 국영 마차 한 대가 큰길을 달려오는 것이 보였다. 이제 오직 한 가지 수단은 그 마차를 타고 그들을 따라가는 수밖에 없었다. 그것은 가장 확실한, 그러면서도 위험하지 않은 수단이었다.

마리우스는 마부에게 세우라고 손짓을 하고 큰소리로 외쳤다.

"시간제로!"

마리우스는 단추가 떨어진 낡은 작업복에 넥타이도 매지 않고 한쪽이 찢어진 셔츠를 입고 있었다.

마부는 말을 세우더니 눈을 껌벅거리면서 왼손을 내밀고는 마리우스 앞에서 엄지손가락과 집게 손가락을 마주 문질러 보였다.

"뭐요?" 마리우스는 물었다.

"선불이요." 마부가 대답했다.

마리우스는 16수밖에 가지고 있지 않은 것을 생각해 냈다.

"얼마요?" 그가 물었다.

"40수입니다."

"돌아와서 치르죠."

마부는 대답 대신 휘파람으로 '라 빨리쓰'를 불며 말에 채찍질을 하고 가 버렸다. 마리우스는 마차가 멀어지는 것을 멍하니 타라보았다. 24수가 없어서 기쁨을, 행복을, 사랑을 잃는가! 또다시 어둠 속으로 멀어져야 하는가! 겨우 눈앞이 밝아졌는가 했더니 다시 장님이 되어버리다니! 그는 오늘 아침 가엾은 처녀에게 준 5프랑을 생각하고 후회가 막심했다. 그 5프랑만 그대로 가지고 있었으면 그는 구원을 받고 소생하여 지옥과 어둠 속에서 벗어날 수가 있었는데! 고독과 우울과 외로움에서 헤어날 수가 있었을 텐데! 자기의 어두운 운명의 끈을 그 아름다운 금빛 끈에 맬 수가 있었는데! 그러나 그 금빛 끈은 그의 눈앞에 나타났는가 하자 또 다시 뚝 끊기고 말았다. 그는 절망에 잠겨 움막으로 돌아왔다.

사실 그는 그 순간 르블랑 씨가 밤에 다시 오겠다고 약속했으니까 그때 다시 교묘히 뒤쫓으면 된다는 생각을 할 수도 있었으리라. 그러나 그는 훔쳐보는 데 너무 열중한 나머지 거의 아무 소리도 듣지 못했던 것이다. 계단을 올라가던 마리우스가 문득 큰길 저쪽 바리에르 데 고블랭 거리 인적이 없는 담벼락께를 보았을 때, '자선가'의 외투를 둘러쓴 종드레뜨가 누군가와 이야기하는 것이 보였다. 그와 이야기하는 상대는 거리에서 '불량배'라고 소문이 난 인상이 고약한 남자 중 하나였다. 그런 놈들은 늘 수상쩍은 얼굴을 하고 이상한 소리로 혼자 지껄이며, 항상 뭔가 나쁜 일을 꾸미고 있는 것 같았다. 그리고 낮엔 대개 자는 것을 보면 일은 밤중에 하는 모양이었다.

두 남자는 소용돌이치며 내리는 눈발 속에 꼼짝하지 않고 선 채로 이야기를 나누고 있었다. 그런 모양을 만일 경찰이 보았다면 분명 수상쩍게 생각했을 테지만 마리우스는 거의 관심도 두지 않았다. 그러나 마리우스는 슬픔에 마음을 빼앗기고 있으면서도 그 불량배가 아무래도 빵쇼와 비슷하다고 생각했다. 별명을 프랭따니에라고도 하고 비그르나이유라고도 한다고 언젠가 꾸르페락이 귀띔해 준 일이 있는 그는, 이 근방에선 상당히 위험한 인물로 알려져 있었다. 독자는 아마 이 이름을 벌써 앞에서 읽었을 것이다.

이 빵쇼라고도 하고, 비그르나이유라고도 하고, 프랭따니에라고도 하는 남자는 후에 수많은 형사 재판에 걸려 악당으로 이름을 떨쳤으나, 당시는 아직 소문으로만 악당으로 알려져 있었다. 오늘날 그의 이름은 강도나 살인자 사이에서 전설적인 존재로 남아 있다. 그는 왕정 말기에 벌써 한 파를 형성하고 있었다.

저녁때 해질 무렵 죄수들이 여기저기 모여 수군거릴 때, 포르스 감옥 사자굴에서 화제가 되는 것은 언제나 그였다. 그뿐만이 아니었다. 그 감옥 변소에서 나오는 지하 하수로는 1843년 30명의 죄수가 백주에 탈옥하는데 이용됐는데, 바로 그 지하 하수로가 순시도로와 마주치는 변소 바닥돌 위 벽을 보면 '빵쇼'라는 그의 이름이 발견된다. 그것은 그가 몇 번이나 탈옥을 꾀하면서 대담하게도 새겨놓은 것이다. 경찰은 벌써 1832년경부터 그에게 주의를 기울이고 있었으나 그는 아직 본격적으로 일을 시작하지는 않고 있었다.

가난한 자가 슬퍼하는 자에게 주는 도움

마리우스는 집 층계를 천천히 올라갔다. 그리고 자기 방으로 들어가려는 순간, 종드레뜨의 큰딸이 따라와 복도에 서 있는 것을 알아챘다. 그는 그 처녀가 보기도 싫었다. 자기의 돈 5프랑을 가지고 있는 것은 그녀였으나 이제 와서 달라고 해봤자 이미 소용이 없었다. 국영 마차는 이미 가버렸고 마차도 아득히 사라져 버린 지 오래다. 첫째 돌려달라고 해도 주지 않을 것이다. 그리고 앞서 찾아왔던 사람들의 주소를 물어봐도 소용이 없을 것이다.

그녀들이 그것을 모를 것은 뻔했다. 왜냐하면 파방뚜라고 서명한 편지의 겉봉에는 '쌩 자끄 뒤 오 빠 성당의 인자하신 나리'라고만 되어 있었으니까.

마리우스는 방으로 들어가 뒤로 문을 닫았다. 그런데 문이 닫히지 않았다. 돌아보니 손 하나가 열린 문을 꽉 잡고 있었다.

"뭐요?" 그는 물었다. "누구요?"

종드레뜨의 딸이었다.

"난 또 누구라고!" 마리우스는 약간 거친 어조로 말했다. "무슨 일로 또 왔소?"

그녀는 생각에 잠긴 듯 대답하지 않았다. 아침결의 그 뻔뻔스러움은 말끔히 가시고 없었다. 방에 들어오려고도 하지 않고 복도의 어둠 속에 서 있었기 때문에 마리우스에게는 반쯤 열린 문으로 간신히

두 남자는 눈발 속에 꼼짝하지 않고 선 채로 이야기를 나누고 있었다.

그 모습이 보였다.

"말해요, 무슨 일이오?" 마리우스는 재촉했다.

그녀는 흐릿하게 빛나는 우울한 눈을 들어 그를 보며 말했다.

"마리우스 씨, 우울하신 것 같은데 무슨 일이 있나요?"

"내가?" 마리우스가 되물었다.

"네."

"아무 일도 없소."

"아니에요, 있어요."

"별일 없대두요."

"아니 분명히 있어요."

"나를 내버려두시오."

마리우스는 다시 문을 닫으려 했으나 그녀는 여전히 문을 잡고 놓지 않았다.

"그러지 마세요, 마리우스 씨." 그녀는 말했다. "당신은 부자도 아니면서 오늘 아침 저에게 무척 친절하게 해주셨죠? 그러니까 지금도 친절하게 해주셔야 할 게 아녜요. 오늘 아침은 먹을 것을 주셨으니까 이번엔 생각하고 계신 것을 말씀해 주세요. 당신께 슬픈 일이 있으신 거예요. 얼굴에 다 나타나 있어요. 저는 당신이 슬퍼하시면 싫어요. 어떻게 하면 기분 좋아질 수 있을까요? 제가 도와 드릴수는 없나요? 저를 시켜 주세요. 당신의 비밀은 묻지 않겠어요. 저도 어쩌면 당신의 도움이 될지도 모르잖아요. 아버지 심부름을 하고있으니까 당신의 심부름도 잘 할 수 있어요. 편지를 가지고 간다든가, 누구의 집을 찾아간다든가, 이집 저집 찾아다닌다든가, 주소를 찾는다든가, 누구의 뒤를 따라간다든가 하는 일이라면 저만큼 잘하는 사람은 없을 거예요. 말씀해 주세요, 네? 마음 속에 생각하고 계신 걸. 그럼 제가 누구에게든 가서 말을 전해 드릴게요. 남에게 사정을 얘기하면 일이 해결되는 수도 있어요. 저를 시켜 주세요."

종드레뜨의 딸이었다.

그때 한 가지 생각이 마리우스의 머리를 스치고 지나갔다. 물에 빠진 사람은 지푸라기에라도 매달린다고 하지 않는가? 마리우스는 종드레뜨의 딸에게 다가갔다.

"그럼 들어 봐……." 그는 입을 열었다.

그녀는 눈에 가득 기쁜 빛을 띠고 말했다.

"네, 그렇게 반말로 말씀해 주세요. 전 그게 훨씬 좋아요."

"방금 노인 한 분을 모시고 왔었지? 그 따님하고……."

"네."

"그분들 주소를 모르나?"

"몰라요."

"그걸 알아다 줘."

처녀의 우울하던 눈이 겨우 밝아지는가 싶더니 다시 어두워졌다.

"그 일인가요, 제가 해드릴 일이란?"

"그래."

"그분들 알고 계세요?"

"몰라."

"그럼 이런 거군요." 그녀는 급히 말했다. "지금은 그 처녀를 몰라도 앞으로 알고 싶다는 얘기군요."

'그분'이라는 말이 '그 처녀'로 바뀐 이면에는 뭔가 뜻깊은 괴로운 감정이 깃들어 있었다.

"하여튼 할 수 있어, 없어?" 마리우스는 물었다.

"그 예쁜 처녀의 주소를 알아 오는 거요?"

'그 예쁜 처녀'란 말에도 또 어떤 감정이 비치고 있어 그것이 마리우스를 역겹게 했다. 그는 말을 이었다.

"어쨌든 그 노인과 처녀의 주소 말이야. 그분들의 주소를 알아 올 수 있어?"

그녀는 그를 똑바로 쏘아보았다.

"뭘 주시겠어요?"

"뭐든지 원하는 걸."

"뭐든지 원하는 거라고요?"

"응."

"그럼 알아다 드릴게요."

그녀는 고개를 숙이고 문을 확 잡아당겼다. 문은 닫혔다.

마리우스는 마침내 혼자가 되었다. 그는 힘없이 의자에 주저앉아 침대에 얼굴을 파묻고 종잡을 수 없는 생각에 잠겨 오랫동안 멍하니 엎드려 있었다. 아침부터 여러가지 일이 일어났다. 천사가 나타났다 사라진 일이며 종드레뜨의 큰딸이 지금 한 말, 끝없는 절망 속에서 한 줄기 빛이 비치기 시작했던 일, 그러한 모든 일이 뒤범벅이 되어 그의 머리에 꽉 찼다. 갑자기 마리우스는 꿈에서 깨어 일어났다. 종드레뜨가 귀에 거슬리는 커다란 소리로 이렇게 말하는 것이 들려 왔다. 그 말은 몹시 그의 관심을 끌었다.

"아니 틀림없어. 어디선가 꼭 본 녀석이야."

종드레뜨는 누구를 두고 하는 말일까? 누구를 보았다는 걸까? 르블랑 씨? '나의 위르쉴르'의 아버지를 말하는 걸까? 그렇다면? 종드레뜨는 그 사람을 알고 있는 걸까? 나의 삶을, 어둠 속에서 건 져내줄 모든 귀중한 사실을 뜻밖에도 이제 갑자기 알게 되는 걸까? 나의 사랑하는 사람이 누군가를 결국 알게 되는 걸까? 그 젊은 처 녀가 누구인가를? 그 아버지가 누구인가를? 그 두 사람을 싸고 있 는 짙은 어둠이 마침내 환하게 밝혀질 때가 온 걸까? 베일이 찢기 는 때가 온 걸까? 아아, 하늘이여!

그는 서랍장 위로 올라갔다. 올라갔다기보다 거의 뛰어올라갔다. 그리고 벽 틈으로 난 작은 구멍 옆에 자리잡았다. 그는 다시 종드레 뜨의 누추한 방안을 들여다보기 시작했다.

르블랑 씨가 준 5프랑의 용도

방안 광경은 별로 달라진 데가 없었다. 아내와 딸들은 보통이에 든 것을 꺼내 모직의 팔달린 조끼며 긴 양말을 신고 있었다. 새 담요 두 장도 침대 위에 놓여 있었다.

종드레뜨는 방금 돌아온 모양이었다. 밖에서 돌아온 사람답게 숨을 헐떡이고 있었다. 큰딸은 난로 옆 바닥에 앉아 동생의 손에 붕대를 감아 주고 있었다. 아내는 놀란 표정으로 난로 옆 침대에 누워 있었다. 종드레뜨는 방안을 성큼성큼 왔다갔다했다. 그의 눈초리는 이상하게 빛났다.

아내는 남편 앞에서 기가 죽은 듯 웅크린 채로 잠시 당설이다가 결심한 듯 입을 열었다.

"정말이에요? 확실해요?"

"틀림없다니까. 벌써 8년이나 지났지만 확실히 기억해. 낯익은 얼굴이야. 보자마자 금방 알았어. 그런데 당신은 보고도 몰랐단 말야?"

"몰랐어요."

"그러니까 내가 뭐랬어. 주의해서 보라고 했잖나. 몸이고 얼굴이고 하나도 안 늙었어. 어찌된 까닭인지 세상에는 언제고 늙지 않는 놈들이 있지. 그리고 그 목소리도. 달라진 건 옷뿐이야. 흥, 사기꾼 늙은이 같으니라고, 이제 꼼짝없이 붙잡은 거나 같아."

그는 걸음을 멈추고 딸들에게 말했다.

"너희들은 나가 있어. 흥, 보고도 몰라보다니 거 이상한데?"

딸들은 자리에서 일어났다. 어머니는 중얼거렸다.

"손을 다쳤는데도요?"

"바깥 공기가 오히려 나아." 종드레뜨가 말했다. "어서 나가!"

이 남자가 누구에게나 두 말 못하게 할 인간이라는 것은 보나마나 뻔했다. 두 딸은 밖으로 나갔다. 그녀들이 문을 열고 나가려고 하자

아버지는 큰딸의 팔을 잡고 보통 때와 다른 어조로 말했다.

"5시 정각에 돌아와야 해, 둘 다. 알았냐? 할 일이 있어."

마리우스는 한층 주의를 기울였다.

아내와 단둘이 되자 종드레뜨는 다시 방안을 말없이 두서너 바퀴 돌았다. 그리고 한참 동안 입고 있던 여자 셔츠 자락을 바지 허리띠 밑으로 밀어넣었다. 갑자기 그는 몸을 아내한테 돌린 다음 팔짱을 끼며 큰소리로 말했다.

"한 가지 좋은 걸 알려 줄까? 그 처녀는 말이야……."

"뭐예요?" 아내는 물었다. "그 처녀가 어쨌단 말예요?"

마리우스는 의심할 여지가 없었다. 그녀에 대해 말하는 것이 틀림없었다. 무서운 불안에 쫓기면서도 마리우스는 귀를 기울였다. 전생명이 모두 귀에 집중된 것 같았다.

그런데 종드레뜨는 허리를 굽히고 낮은 소리로 아내에게 속삭였다. 그리고 몸을 일으키더니 마지막 말만 커다란 소리로 말했다.

"바로 그 처녀야."

"그게?" 아내가 말했다.

"응, 바로 그게!"

남편은 대답했다.

아내가 말한 '그게'라는 말에 포함된 의미는 어떠한 말로도 표현할 수 없는 것이었다. 놀람과 격정, 그리고 증오와 분노가 한데 섞인 무서운 어조였다. 주인이 그녀 귀에 속삭인 말은 불과 두세 마디, 아니 어쩌면 이름뿐인 것 같았으나 그것을 듣는 순간 그때까지 잠자는 듯 멍해 있던 아내는 갑자기 커다랗게 눈을 뜨고 흐리멍덩한 표정에서 무서운 얼굴로 변했다.

"설마, 그럴 리가." 아내는 소리쳤다. "우리 계집애들은 맨발에 옷 한 벌 없는 신세인데 설마 그럴 리가. 비단 망토에 비로드 모자에 구두, 없는 것이 없던데! 몸에 지니고 있는 것만 해도 넉넉히

200프랑은 되겠더라. 아무리 보아도 귀부인이던데. 아니 그럴 리가 없어요. 당신이 사람을 잘못 본 거예요. 그놈은 얼굴이 아주 흉측했는데 이 사람은 그렇지 않잖아요. 정말 그렇게까지 못생긴 얼굴은 아니에요. 그놈일 리가 없어요."

"아니 틀림없어, 그놈이야. 이제 곧 알게 돼."

자신 있는 말을 듣자 종드레뜨의 아내는 시뻘겋고 커다란 얼굴을 잔뜩 일그러뜨리며 천장을 쳐다보았다. 그러자 마리우스에게는 아내가 주인보다도 더 무섭게 생각되었다. 마치 암호랑이 눈을 한 암돼지 같았다.

"세상에!" 그녀는 중얼거렸다. "우리 딸들을 가엾은 눈으로 바라보던 그 예쁜 계집애가 그 거지 계집애라니! 아아, 그년의 배때기를 발로 힘껏 차줬으면 좋겠다."

아내는 침대에서 벌떡 일어났다. 머리를 풀어헤치고 코를 벌름거리며 입을 헤벌리고 두 손을 뒤로 쥔 채 가만히 서 있었다. 그리고 다시 침대 위에 벌렁 드러누웠다. 남편은 아내를 본 척도 하지 않고 여전히 방안을 천천히 거닐었다. 잠시 후에 그는 아내 옆으로 다가가 아까처럼 팔짱을 끼고 그 앞에 떡 버티고 섰다.

"또 하나 좋은 걸 가르쳐 줄까?"

"뭔데요?" 그녀는 물었다.

그는 낮은 소리로 불쑥 대답했다.

"나도 이제 한밑천 잡았어."

종드레뜨의 아내는 '이이가 돈 거 아냐?' 하는 눈초리로 똑바로 영감을 쏘아보았다. 종드레뜨는 계속해 말했다.

"제기랄! 나도 꽤 오래 동안, 불이 있을 땐 굶어죽고 빵이 있을 땐 얼어죽는 그런 신세를 면치 못했지. 이제 가난은 지긋지긋해! 내 고생이고 남의 고생이고. 농담이 아니야. 웃을 일이 아니란 말야, 이 바보야. 나도 이제 좀 배를 채워야겠어. 실컷 먹고 마셔야

겠단 말야. 만날 잠이나 자고 빈둥빈둥 놀기나 하고. 나도 이제 슬슬 재미좀 봐야겠어. 나도 이제 죽기 전에 부자 행세를 좀 해봐 야겠단 말이야."

그는 방안을 한 바퀴 돌고 나서 다시 덧붙였다.

"다른 놈들처럼."

"대체 그게 무슨 말이에요?" 아내가 물었다.

종드레뜨는 고개를 흔들고 눈을 껌벅이며 무슨 실연을 하는 거리의 장사꾼처럼 소리를 높였다.

"무슨 소리냐고? 들어 봐, 이런 거야."

"쉿!" 아내가 주의를 주었다. "소리가 너무 커요. 남이 들으면 어떻게 해요."

"흥, 듣긴 누가 들어. 옆방 사람 말인가? 아까 나가는 걸 봤는데 뭘. 또 설령 있어도 들을 게 뭐야. 그따위 얼치기 녀석이. 그리고 아까 나가는 걸 내 눈으로 똑똑히 봤으니까."

그렇게 말하면서도 종드레뜨는 본능적으로 소리를 낮췄으나 마리 우스에게는 하나 남김없이 다 들렸다. 다행히 눈이 내려 거리의 마 차 소리가 무디게 들렸기 때문에 마리우스는 두 사람의 얘기를 빠짐 없이 들을 수 있었다.

마리우스가 들은 것은 다음과 같은 이야기였다.

"잘 들어. 크로이소스(리디아 왕국의 왕. 대부호의 대명사.)를 사로잡는 거야. 아니 이미 사 로잡은 거나 마찬가지야. 벌써 계획은 다 섰어. 도울 사람도 다 생각해 놨고. 놈은 오늘 밤 6시에 온다. 60프랑을 가지고 말야. 제기랄, 임자도 들었지? 조금 전에 내가 한 말, 60프랑이니, 집 주인이니, 2월 4일이니 하는 말 말야. 사실은 1기분밖에 밀린 게 없어. 바보 같은 녀석! 아무튼 녀석은 저녁 6시에 이리 올 거야. 그때면 옆방 녀석도 저녁 먹으러 갈 거고, 부공 할멈도 시내로 접 시를 닦으러 가니까 이 집안엔 아무도 없어. 옆방 녀석은 11시까지는 돌아오지 않을 거고. 딸년들은 지키라고 내보내야지. 당신도 좀 도와줘야 할 거야. 그렇게 되면 그놈은 이쪽 마음대로 할 수 있어.”

“만일 뜻대로 안되면 어떡하죠?” 아내가 물었다. 종드레뜨는 약간 두려운 몸짓을 하고 말했다.

“말을 듣게 해야지” 하며 그는 소리내어 웃었다.

그가 웃는 것을 마리우스는 처음 보았다. 그것은 차디차고, 끈적끈적하고, 으스스 떨리게 하는 웃음이었다.

종드레뜨는 난로 옆에 놓인 옷장 문을 열고 안에서 낡은 모자를 꺼내 옷 소매로 턴 다음 머리에 썼다.

“자, 그럼.” 그는 말했다. “난 이제부터 나가 보겠어. 여러 놈 더 만나 봐야 해. 두고봐, 단번에 해치울 테니까. 될 수 있는 대로 빨리 돌아올게. 이것 참 재미있는 노름인데, 집이나 잘 봐.”

그리고 주머니에 손을 찌르고 잠시 생각하더니 소리 높여 말했다.

“그놈이 날 못 알아본 건 참 운이었어. 만일 알았더라면 다시는 오지 않을 건데. 그리고 아마 곧장 내뺐을 거야. 이 수염이 나를 구해 준 거나 마찬가지지. 이 로맨틱한 수염! 이 멋있고 귀여운 로맨틱한 수염이 말이야.”

종드레뜨는 다시 웃었다. 그는 창 옆으로 다가갔다. 눈은 여전히 펄펄 내려 잿빛 하늘을 가리고 있었다.

“에잇, 지긋지긋한 날씨.”

그는 중얼거렸다.

그리고 외투 앞자락을 여몄다.

“이거 왜 이렇게 커. 하긴 뭐 아무럼 어때.” 그는 덧붙여 말했다. “그래도 그 늙다리가 이걸 놓고 가서 참 다행이야. 제기랄, 만일 이것도 없었더라면 꼼짝도 못할 뻔했는걸. 세상이란 다 이럭저럭 살게 마련이야.”

종드레뜨는 모자를 깊숙이 눌러쓰고 밖으로 나갔다.

밖으로 나가서 몇 발짝 걸어갔을까 했을 때, 문이 다시 열리고 그 틈으로 검붉은 야수 같은 그의 옆얼굴이 나타났다.

"참, 잊었어." 그는 말했다. "난로에 숯불을 좀 피워 놔."

그러더니 '자선가'한테서 받은 5프랑짜리 화폐를 아내 앞치마에 던졌다.

"난로에 불을 피우라고요?" 아내가 되물었다.

"응."

"얼마나?"

"두 삽 가득."

"그럼 30수 들겠군요. 나머지론 먹을 걸 장만하죠."

"바보 같으니, 그럼 안돼."

"왜요?"

"5프랑을 한꺼번에 다 쓰면 어떻게 해."

"왜, 안될 게 뭐예요?"

"나도 뭐 좀 살 게 있어."

"뭘 사려고요?"

"좋은 거 살 게 있어."

"얼마나 들어요?"

"여기 어디 철물점 있었지?"

"무프따르 거리에 있어요."

"아, 그래. 길 모퉁이에 있었지."

"그런데 얼마나 있으면 돼요?"

"50수, 아니 3프랑은 있어야 해."

"그럼 뭐 먹을 걸 장만할 돈은 없군요."

"오늘은 먹는 건 그렇게 중요하지 않아. 더 중대한 일이 있어."

"알았어요. 당신 말대로 할게요."

아내가 이렇게 말하자 종드레뜨는 문을 닫았다. 그리고 복도를 지나 계단을 쿵쾅거리며 내려가는 소리가 마리우스의 귀에 들렸다.

때마침 1시를 알리는 종소리가 쎙 메다르 성당에서 울려 왔다.

조용한 곳에서 그들 두 사람은 주님의 기도를 생각하지 않았다

마리우스는 몽상가임엔 틀림이 없었으나 앞서도 말한 대로 용기가 있고 견실한 성격의 소유자였다. 혼자 조용히 생각하는 습관은 그에게 침착성과 동정심을 키워 쓸데없는 일에 화를 내는 힘은 덜어 주었으나, 부정한 것을 보았을 때 분개하는 힘을 약화시키지는 않았다. 마리우스는 바라문 교도의 친절과 재판관의 날카로움을 아울러 가지고 있었다. 두꺼비 같은 인간을 동정하는 한편 뱀 같은 인간을 밟아 죽일 만한 용기도 가지고 있었다. 마리우스가 지금 들여다본 것은 어김없는 뱀굴이었고 그가 눈앞에 본 것은 틀림없는 괴물의 소굴이었다.

"이런 악독한 놈들은 짓밟아 줄 필요가 있다." 그는 중얼거렸다.

마리우스는 안개에 싸인 흐릿한 수수께끼가 풀리길 바랐으나 하나도 해결된 것은 없었다. 오히려 수수께끼는 한층 더 엉킨 것 같았다. 뤽상부르 공원에서 만난 아름다운 처녀와 자기가 르블랑 씨라고 부르는 남자에 대해서는, 종드레뜨가 그들을 알고 있다는 사실 외에 무엇 하나 더 안 것이 없었다. 그리고 조금 전의 수상한 말로 미루어 그들 사이에 뭔가 계획이 진행되고 있는 것만은 확실했다. 잘 알 수는 없었으나 무서운 계획에 틀림없었다. 그들 두 사람에게 무서운 위험이 다가오고 있는 것이다.

처녀가 저녁에 오지 않으면 혹시 위험을 모면할지 모르나 처녀의 아버지는 결단코 피할 수 없으리라. 그렇다면 그 사람들을 구하지 않으면 안된다. 종드레뜨 가족의 무서운 계획을 좌절시키고 그 거미집을 부숴 버리지 않으면 안된다. 그는 오랫동안 종드레뜨의 아내가 하는 행동을 지켜보았다. 그녀는 방 한구석에서 낡은 풍로를 꺼내자 이번엔 쇳조각을 뒤져 뭔가를 찾기 시작했다.

그는 될 수 있는 대로 소리가 나지 않도록 조용히 서랍장에서 내려왔다. 이제부터 일어나려는 일에 무서운 공포를 느끼고 종드레뜨 가족에게 깊은 증오를 느끼면서도, 한편 사랑하는 사람을 위해 뭔가 할 수 있는 기회가 온 것을 기쁘게 생각했다.

그런데 어떻게 하면 좋을 것인가? 두 사람에게 알려 줘야 할까? 하지만 그들이 어디에 있는지 모르지 않는가? 마리우스는 그들의 주소를 모른다. 두 사람은 잠시 그의 눈앞에 나타났는가 싶다가 다시 밑모를 깊은 빠리의 심연 속으로 빠져 버리고 말았다. 그럼 저녁 6시, 르블랑 씨가 올 시간에 문에서 기다리다가 올가미가 쳐 있다는 것을 알려 줄까?

그러나 그렇게 하면 종드레뜨와 그의 패들에게 자기가 기다리고 있는 것을 들킬 것이다. 그렇게 되면 사람들이 별로 다니지도 않는 데다가 또 그들이 더 강하므로 이쪽을 사로잡든가 아니면 멀리 쫓아 버릴 것이다. 그러면 마리우스가 구하려던 사람의 운명은 마지막이다. 지금 1시를 쳤다. 잠복은 6시에 실행될 모양이었다. 마리우스에게 남은 시간은 앞으로 5시간이었다.

할 수 있는 일은 한 가지밖에 없었다.

마리우스는 비교적 좋은 옷을 입고 목도리를 두르고 모자를 쓰자 마치 이끼 위를 걷듯 소리없이 살짝 방에서 나갔다.

한편 종드레뜨의 아내는 여전히 쇳조각을 뒤적이고 있었다.

집에서 나오자 마리우스는 쁘띠 방끼에 거리를 향해 발길을 돌렸다. 그는 그 거리 중간쯤에 있는 어느 울타리 옆으로 갔다. 그것은 넘어 다닐 수 있는 낮은 울타리로 그 너머는 빈터였다.

마리우스는 생각에 잠겨 천천히 걸어갔다. 눈 위여서 발자국 소리는 거의 나지 않았다. 그때 문득 가까운 곳에서 사람들의 말소리가 들렸다. 그는 고개를 홱 돌렸다. 한낮인데도 괴괴한 길엔 인기척 하나 없었다. 그런데도 사람의 말소리는 분명히 들렸다.

마리우스는 문득 울타리 너머를 넘겨다볼 생각이 났다. 과연 그곳에는 남자 둘이 돌담에 기댄 채 눈 속에 앉아 소곤소곤 이야기를 하고 있었다. 두 사람 다 본 적이 없는 얼굴이었다. 한 사람은 작업복을 입은 수염이 많은 남자고, 다른 한 사람은 누더기에 더벅머리의 사나이였다. 수염이 많은 남자는 둥근 그리스식 모자를 쓰고 있었고 또 한 남자는 모자를 쓰고 있지 않아 머리에 눈이 쌓여 있었다.

그들 위로 고개를 내밀자 그들의 말소리를 들을 수가 있었다. 더벅머리의 남자가 상대를 무릎으로 쿡 찌르며 말했다.

"빠트롱 미네뜨가 끼면 실수를 안할 텐데."

"그럴까?" 털보가 대답했다. 더벅머리가 말을 이었다.

"한 사람 앞에 5백 프랑씩 주면 되겠지. 그러나 일이 틀어지는 날엔 5, 6년, 넉넉잡아 10년이면 되겠지."

상대는 주저하는 듯 그리스식 모자 밑을 긁적거리며 대답했다.

"그건 현실 문제야. 그렇게는 되지 말아야지."

"그러니까 이 일은 틀림이 없단 말야." 더벅머리가 말했다. "아저씨의 마차에도 말을 매어놓을 테니."

이어 그들은 어제 게떼 극장에서 본 연극 이야기를 시작했다. 마리우스는 돌아서서 다시 길을 걷기 시작했다.

어쩐지 그 수상쩍은 두 사람의 대화는 종드레뜨의 무서운 계획과 관계가 없지 않은 것처럼 생각되었다. 확실히 '그 일'에 틀림없었다.

그는 마르소 성밖 쪽으로 걸어가다 문득 눈에 띈 어느 가게에 들어가서 경찰서가 어디냐고 물었다. 상점 주인은 뽕뜨와즈 거리 14번지라고 가르쳐 주었다.

마리우스는 그쪽을 향해 발길을 돌렸다.

빵집 앞을 지날 때, 그는 2수로 빵 하나를 사먹었다. 아무래도 저

남자 둘이 돌담에 기댄 채 눈 속에 앉아 소곤소곤 이야기를 하고 있었다.

녁은 못 먹게 될 듯싶었기 때문이다. 걸으면서 그는 신에게 감사했다. 만일 아침에 종드레뜨의 딸에게 5프랑을 주지 않아 르블랑 씨를 마차로 따라갔더라면 그는 이런 사실을 하나도 알지 못했을 것이다. 그리고 종드레뜨 가족의 계획을 막을 수도 없었을 것이고, 르블랑 씨도 또 그의 딸도 함정에 빠졌을 것이다.

경관이 변호사에게 '주먹' 두 개를 주다

뽕뜨와즈 거리 14번지에 가자 그는 2층으로 올라가 경찰서장에게 면회를 신청했다.

"서장님은 만나실 수 없습니다." 급사 같은 젊은이가 대답했다. "하지만 대리인 경위님은 계십니다. 만나보시겠습니까? 급한 일이신가요?"

"그렇소." 마리우스는 대답했다.

급사는 그를 서장실로 안내했다. 키큰 남자 하나가 격자무늬 칸막이 저쪽에 놓인 난로에 기대듯 서서 커다란 외투 소매를 두 손으로 걷어올리고 있었다. 모난 얼굴, 입술이 얇아 의지가 약해 보이는 입, 뻣뻣하고 숱이 많은 반백의 수염, 사람의 주머니 속까지 들여다보는 것 같은 눈, 그러나 그 눈은 꿰뚫어보는 눈초리라기보다 뒤져보는 듯한 날카로운 눈초리였다. 그 남자는 종드레뜨 못지않게 잔인하고 무서워 보였다. 개를 만나는 것이 이리를 만나는 것만큼이나 사람을 불안하게 만드는 수도 있는 것이다.

"무슨 일입니까?" 그는 무뚝뚝한 어조로 물었다.

"서장님은?"

"지금 안 계십니다. 내가 그 대리요."

"극비의 일로 왔는데요."

"말씀하시오."

"아주 급한 일입니다."

"그러니까 어서 말씀하시오."

그 남자는 침착하면서도 성급했기 때문에 상대를 두렵게 하는 동시에 안심시키는 데가 있었다. 다시 말해 상대방에게 공포와 신뢰를 함께 느끼게 했다. 마리우스는 자초지종을 얘기했다.

어떤 사람이, 자기는 얼굴밖에 모르는 사람이지만 그 사람이 오늘 밤 봉변을 당하게 되었다. 자기, 즉 변호사 마리우스 뽕메르씨는 그 악당의 바로 옆방에 사는 사람인데, 벽 너머로 그들의 계획을 엿들었다. 계략을 꾸며낸 장본인은 종드레뜨라는 남자다. 성문 근처에 사는 불량배들과 공모한 모양인데 그 중 특히 빵쇼, 별명을 프랭따니에, 또는 비그르나이유라고 하는 남자가 의심스럽다. 종드레뜨의 딸들이 망을 보기로 되어 있다. 봉변을 당할 사람에게 알려 주려고 해도 그의 주소와 이름을 모르기 때문에 도저히 어쩔 수 없다. 요컨대 오늘 저녁 6시, 로삐딸 거리에서는 가장 사람의 왕래가 한산한 50-52번지 집에서 일을 치르기로 되어 있다.

이 번지를 듣자 경위는 얼굴을 들고 냉정하게 말했다.

"그럼 그 복도 맨 끝방이오?"

"네, 그렇습니다." 마리우스는 대답하며 다시 덧붙였다. "그 집을 잘 아십니까?"

경위는 잠시 묵묵히 서서 구두 뒤꿈치를 불에 쬐다가 대답했다.

"네, 본 일이 있죠."

그리고 마리우스에게보다 자기 넥타이를 상대로 얘기하듯 눈을 내리뜨고 입속으로 중얼거렸다.

"빠트롱 미네뜨가 한몫 낀 게 틀림없어."

이 말을 듣자 마리우스는 깜짝 놀랐다.

"빠트롱 미네뜨요?" 마리우스는 물었다. "저도 확실히 그런 이름을 들었습니다."

그리고 쁘띠 방끼에 거리 울타리 뒤 눈 속에서 더벅머리의 남자와 털보가 하던 얘기도 경위에게 전했다.

경위는 중얼거렸다.

"더벅머리 남자는 뷔르공일 거요. 털보는 드미 리야르가 틀림없고, 별명으로 되 밀리야르라고 하는 자지."

그는 다시금 눈을 내리깔고 생각에 잠긴 채 말했다.

"그 아저씨라는 자도 대개 짐작이 가오. 이런, 또 외투를 태웠군. 아무 소리 안하면 꼭 이렇게 불을 피워 놓는단 말이야. 음 50-52번 지라고? 전에 고르보 저택 자리군."

경위는 마리우스를 바라보았다.

"당신은 더벅머리와 털보밖에 못 봤소?"

"빵쇼도 본 일이 있습니다."

"조그만 멋쟁이 남자가 하나 어슬렁거리는 건 본 일이 없소?"

"없습니다."

"식물원(동물원을
비꼰 말)의 코끼리같이 뚱뚱한 남자는?"

"못 보았습니다."

"옛날 마술사 같이 생긴 남자는?"

"못 보았어요."

"네 번째로…… 하긴 이 사나이는 누구한테도 자기 모습을 보이지 않지. 밑에 부리는 부하놈들도 본 일이 없으니까. 당신이 보지 못했대도 조금도 이상할 게 없소."

"못 보았는데 대체 어떤 사람들입니까?" 마리우스가 되물었다.

그 말에는 대답하지 않고 경위는 말했다.

"물론 아직 그놈들이 나올 때가 아니니까."

다시 침묵이 흐른 다음 경위는 계속해 말했다.

"흠, 50-52번지라, 그 집은 나도 잘 알고 있소. 그놈들한테 들키지 않고 안에 들어가기란 어려울 거요. 놈들은 우리가 온 걸 알면 연극은 하지 않을 테지. 대단히 부끄럼을 타는 녀석들이라 구경꾼

이 있으면 싫어하죠. 안되지, 그렇게 해선 안되고. 놈들 스스로
노래하고 춤추게 만들고 싶어, 나는."

그는 혼잣말을 하고 나서 마리우스를 뚫어지게 바라보며 다시 입
을 열었다.

"당신 무섭소?"

"뭐가요?"

마리우스가 되물었다.

"그놈들 말이오."

"당신이 느끼는 것과 비슷한 정도겠죠!" 경위가 아직 자기에 대
한 말투를 고치지 않는 것을 알고 마리우스는 다소 퉁명스럽게 대꾸
했다. 경위는 더욱더 마리우스를 똑바로 쏘아보며 무척 거만한 태도
로 말했다.

"그렇게 말하는 걸 보니까 당신은 상당히 용감하고 솔직한 사람
같소. 용기는 죄악을 두려워하지 않고 정직은 관헌을 무서워하지
않는 거니까."

마리우스는 그 말을 가로막았다.

"그런데 대체 어떻게 하실 작정입니까?"

경위는 다만 이렇게 대답했다.

"그 집 세든 사람들은 밤중에 돌아와서 문을 열 때 쓰는 열쇠를
모두 하나씩 가지고 있는데 당신도 가지고 있겠죠?"

"네, 가지고 있습니다." 마리우스는 대답했다.

"지금 가지고 있소?"

"네."

"그럼 내게 주시오." 경위는 말했다.

마리우스는 조끼에서 열쇠를 꺼내어 경위에게 건네며 말했다.

"충분한 준비를 해 가지고 와야 할 거라고 생각하는데요."

경위는 시골 출신 아카데미 회원이 각운(脚韻) 교육을 하는 것을

듣는 볼떼르 같은 눈으로 잠깐 마리우스를 노려보았다. 그리고 두 손을 커다란 외투 주머니에 푹 찌르더니 두 자루의 작은 강철 권총을 꺼냈다. 바로 주먹이라고 불리는 권총이었다. 경위는 그것을 마리우스에게 내밀면서 재빠른 어조로 힘있게 말했다.

"이걸 가지고 집으로 돌아가서 방에 가만히 숨어 있으시오. 빈 방이라고 생각이 들도록. 둘 다 두 발씩 장전이 되어 있소. 그리고 놈들을 잘 살피시오. 벽에 구멍이 있다고 했죠? 놈들이 와도 한동안은 손을 쓰지 말고 가만히 계시오. 그리고 좋은 때라고 생각하는 순간 그들을 꼼짝 못하게 한 발 쏘시오. 너무 일러서는 안되오. 그 뒤는 내가 알아서 다 처리할 테니까, 알겠소? 한 발이오. 허공이고 천장이고 아무 데나 쏘아도 좋소. 다만 너무 빠르지만 않도록 조심하시오. 놈들이 일을 시작하는 걸 기다려야 하오. 당신은 변호사니까 내 말을 잘 알아듣겠죠?"

마리우스는 두 자루의 권총을 받아 웃옷 주머니에 넣었다.

"거기 넣으면 불룩해 보입니다." 경위가 말했다. "바지 주머니에 넣으시오."

마리우스는 권총을 바지 주머니에 각각 넣었다.

"자아," 경위가 말했다. "이젠 잠시도 지체할 시간이 없소. 지금 몇 시죠? 2시 반. 7시라고 했죠?"

"6십니다." 마리우스가 대답했다.

"아직 시간은 있지만," 경위가 말했다. "그래도 우물쭈물해선 안되오. 내가 한 말을 잊지 않도록, '빵' 하고 한 발이오."

"네, 염려 마십시오." 마리우스는 대답했다.

마리우스가 문을 열고 나가려고 하자 경위는 그에게 소리쳤다.

"그리고 만일 그 안에 무슨 일이 생기면 내게 누굴 보내시오. 자베르를 찾으면 되니까."

종드레뜨가 물건을 사다

그로부터 조금 지나 3시쯤, 꾸르페락은 보쒸에와 같이 무프따르 거리를 지나가고 있었다. 눈은 점점 더 심하게 쏟아져 천지를 분별하기가 어려웠다. 보쒸에가 꾸르페락에게 이렇게 말했다. "이렇게 줄곧 눈이 쏟아지는 걸 보니 하늘에는 흰 나비의 유행병이라도 돌고 있는 모양이야." 그 순간, 보쒸에는 마리우스가 이상한 차림을 하고 성문 쪽으로 올라가는 것을 발견했다.

"저거," 보쒸에는 소리쳤다. "마리우스 아냐?"

"그래 맞아. 틀림없이 마리우스인데." 꾸르페락이 말했다.

"하지만 말은 걸지 마."

"왜?"

"마리우스는 지금 정신이 없어."

"뭣 때문에?"

"저 얼굴 안 보여?"

"얼굴이 어떻단 말야?"

"누구 뒤를 쫓는 것 같지 않아?"

"글쎄, 그러고 보니까." 보쒸에가 말했다.

"저 눈을 봐." 꾸르페락이 말했다.

"대체 누구 뒤를 쫓는 걸까?"

"뭐 보나마다 멋쟁이 아가씨겠지. 목하 연애중이시니까."

"하지만 여긴 귀여운 아가씨도 멋쟁이 아가씨도 없잖아. 여자는 한 명도 없어."

꾸르페락은 주위를 둘러보며 소리쳤다.

"그럼 남자 뒤를 쫓는 거야."

과연 한 남자가, 뒷모습이라서 얼굴은 보이지 않으나 희끗희끗한 머리가 눈에 잘 띄는 한 남자가 마리우스 바로 스무 걸음쯤 앞에서 걸어가고 있었다. 그 남자는 헐렁헐렁한 새 외투와 몹시 낡아빠진 바지를 입고 있었다.

"저게 누구야?"

"저 사람?" 꾸르페락이 받았다. "시인이야, 시인. 시인은 곧잘 토끼가죽 장수 같은 바지를 입고 귀족 같은 외투를 입으니까."

"마리우스가 대체 어디를 가나 볼까?" 보쒸에가 말했다. "그리고 저 이상한 남자도 어디 가는지 보고. 두 사람 뒤를 쫓아가 보지 않겠어?"

"보쒸에!" 꾸르페락이 소리쳤다. "에글르 드 모, 너 참 싱거운 녀석이구나. 남자를 쫓는 자를 쫓아가다니!"

그래서 둘은 온 길을 다시 돌아갔다.

사실 마리우스는 종드레뜨가 무프따르 거리를 지나가는 것을 발견하고 조심해서 뒤를 쫓아가는 것이었다.

종드레뜨는 벌써부터 자기를 지켜보는 눈이 있는 줄은 꿈에도 모르는 채로 마리우스 앞을 걸어가고 있었다. 그는 무프따르 거리를 벗어났다. 마리우스는 종드레뜨가 그라시외즈 거리에 있는 가장 더러운 어느 집으로 들어가는 것을 보았다.

종드레뜨는 약 15분 정도 그 안에 있더니 이윽고 나와 다시 무프따르 거리로 돌아왔다. 그리고 이번엔 다시 삐에르 롱바르 거리 한 모퉁이에 있는 철물점으로 들어갔다. 잠시 후 그 상점에서 나올 때 그가 흰 자루가 달린 얼음처럼 매끄러운 커다란 끌을 외투 속에 감추며 나오는 것을 마리우스는 놓치지 않고 보았다. 종드레뜨는 쁘띠 장띠 거리를 올라가 왼쪽으로 빠져 쁘띠 방끼에 거리로 총총히 사라졌다. 해도 점점 저물어가고 그쳤던 눈이 다시 내리기 시작했다.

마리우스는 종드레뜨가 들어간 쁘띠 방끼에 거리 모퉁이에 몸을 숨기고 동정을 살폈다. 거리에는 사람의 그림자 하나 없었기 때문에 그 이상은 따라가지 않았다. 따라가지 않은 것은 그로서는 다행이었다. 종드레뜨는 조금 전 마리우스가 더벅머리 남자와 털보가 이야기를 주고받는 것을 본 울타리까지 가자, 고개를 돌려 아무도 보는 사람이 없나 살핀 다음 울타리를 넘어 모습을 감추었기 때문이다. 그 울타리에 둘러싸인 빈터는 전에 전세 마차의 마부 노릇을 하던 남자의 집 뒤뜰과 이어져 있었다. 그 남자는 소문이 나쁜 마부로 이미 옛날에 파산했으나 헛간에는 아직 낡은 마차 몇 대가 남아 있었다.

마리우스는 종드레뜨가 돌아오기 전에 집으로 가는 것이 현명하다고 생각했다. 게다가 시간도 거의 돼 가고 있었다. 부공 할멈은 매일 밤 시내로 접시를 닦으러 갈 때마다 바깥문을 잠그고 가기 때문에 저녁 무렵이 되면 으레 문은 잠겨 있었다. 마리우스는 자기 열쇠를 경위에게 주어 버렸다. 따라서 그는 빨리 집으로 돌아가지 않으면 안되었다. 벌써 땅거미가 지고 있었다. 어둠의 장막이 거의 다 내려온 듯싶었다. 지평선 위에도 하늘에도 태양빛을 받고 있는 건 오직 하나, 달뿐이었다. 달은 살뻬트리에르 구호원의 나지막한 지붕 저쪽에 빨갛게 걸려 있었다.

마리우스는 급히 50-52번지로 돌아왔다. 문은 아직 열려 있었다. 그는 발끝으로 살금살금 계단을 올라가 복도 벽에 몸을 바싹 붙이고 자기 방으로 미끄러지듯 들어갔다. 독자도 기억하고 있다시피 그 복도는 양쪽에 지붕밑 방이 죽 늘어서 있고 모두 세를 주게 되어 있었다. 그러나 지금은 모두 비어 있었다. 부공 할멈은 늘 그 방문들을 열어젖혀 놓고 지냈다. 그 중의 한 방문 앞을 지날 때, 마리우스는 아무도 살지 않는 방에 사람의 얼굴 넷이, 천장으로 스며들어오는 저녁 빛에 흐릿하게 비치는 것을 흘긋 본 듯한 느낌이 들었다.

그러나 눈치채이고 싶지 않았기 때문에 마리우스는 그것을 확인하려고는 하지 않았다. 마리우스는 마침내 아무한테도 들키지 않고 소리 하나 없이 자기 방으로 들어갈 수 있었다. 참으로 알맞게 돌아왔다. 뒤따라 부공 할멈이 나가며 문을 잠그는 소리가 들렸다.

1832년에 유행한 영국식 가요가 다시 들려오다

마리우스는 침대 위에 걸터앉았다.

벌써 5시 반은 됐을 것이다. 이제 30분만 있으면 사건이 일어나려고 하고 있다. 어둠 속에서 시계 초침이 돌아가는 소리를 듣는 양 마리우스는 자기 심장이 뛰는 소리를 듣고 있었다. 지금 어둠 속에서 진행되고 있는 두 가지 사건, 즉 한편에서 다가오는 죄악과 다른 한편에서 다가오는 정의에 대해 그는 깊이 생각했다. 두렵진 않았으나 이제부터 일어나려는 일을 생각하자 온몸이 떨려오는 것을 느끼지 않을 수 없었다. 뜻밖의 일에 부딪히면 누구나 그렇듯, 그는 오늘 하루가 마치 꿈처럼 생각되었다. 그래서 악몽에 사로잡힌 기분을 떨쳐 버리기 위해 이따금 바지 주머니에 손을 넣고 차디찬 강철 권총에 손을 대보지 않으면 안되었다.

눈은 이제 내리지 않았다. 달은 안개 속에서 점점 밝게 떠오르고, 그 달빛은 하얗게 쌓인 눈을 비춰 방안은 꼭 해질녘 같았다.

종드레뜨 방에는 불이 켜져 있었다. 마리우스는 벽에 난 구멍이 피처럼 빨갛게 빛나고 있는 것을 보았다.

사실 그것은 촛불이라고는 생각되지 않았다. 게다가 종드레뜨의 방에서는 인기척이 전혀 없었다. 사람이 움직이거나 이야기하는 기색이 전혀 없고 숨소리조차 들리지 않았으므로, 얼음 같은 깊은 침묵이 흐르고 있는 그 방에서 만약 빛이 새어나오지 않았더라면 옆방은 바로 무덤이라고 생각했을지 모른다.

마리우스는 구두를 살짝 벗어서 침대 밑에 넣었다.

몇 분이 흘렀다. 마리우스는 계단 아래층 문이 삐걱거리며 열리는 소리를 들었다. 그리고 묵직한 발소리가 재빨리 계단을 올라와 복도를 지나갔다. 옆방 문고리가 찰카닥하고 열렸다. 종드레뜨가 돌아온 것이다. 갑자기 여러 사람의 떠들썩한 소리가 들렸다. 식구들은 모두 방안에 있었던 것이다. 다만 주인이 없기 때문에 어미늑대가 나

마리우스는 급히 50-52번지로 돌아왔다.

가고 없는 새끼늑대들처럼 말없이 틀어박혀 있었던 것이다.

"나다." 종드레뜨가 말했다.

"어서 오세요, 아버지!" 딸들이 소리쳤다.

"어떻게 됐어요?" 어머니가 물었다.

"다 잘돼 가." 종드레뜨가 대답했다. "어어, 발이 꽤 시려운데. 응, 잘했어. 그렇게 입어야지. 그래야 놈이 안심하거든."

"아무 때고 밖에 나갈 수 있게 했어요."

"내가 한 말 잊지 않았겠지?"

"염려 마세요."

"그런데……." 종드레뜨는 말을 하려다 입을 다물었다.

마리우스는 그가 뭔가 무거운 것을 탁자 위에 놓는 소리를 들었다. 사 온 끌을 내려놓는 모양이었다.

"그래 그래." 종드레뜨는 다시 말했다. "저녁은 다 먹었나?"

"네." 어머니가 대답했다. "큰 감자 세 개에 소금을 쳐서 먹었어요. 불이 있길래 구웠지요."

"잘했어." 종드레뜨는 말했다. "내일은 외식하러 데리고 나가지. 오리랑 갖가지 요리가 나오는 데로. 샤를르 10세의 만찬처럼 말야. 만사형통이거든!"

그러고는 소리를 낮춰 덧붙였다.

"쥐덫은 쳐 있고 고양이들도 다 와 있어."

종드레뜨는 더욱 소리를 낮춰 말했다.

"그걸 불에 넣어 둬."

마리우스는 부젓가락인가 뭔가 쇠붙이로 숯을 뒤적거리는 소리를 들었다. 종드레뜨는 계속해 말했다.

"문에 기름을 발라 소리가 나지 않도록 해두었나?"

"네." 어머니가 대답했다.

"지금 몇 시야?"

"곧 6시가 돼요. 조금 전에 쌩 메다르에서 반을 쳤으니까."

"그래." 종드레뜨는 말했다. "너희는 망을 봐야겠다. 이리와. 그리고 내가 하는 말을 잘 들어."

무언지 속삭이는 소리가 들렸다. 잠시 후 종드레뜨의 목소리가 다시 커졌다.

"부공 할멈은 나갔나?"

"네." 어머니가 대답했다.

"옆방은 분명히 비었구?"

"네, 하루 종일 안 돌아왔어요. 그리고 지금은 저녁 식사를 하러 갈 시간 아녜요?"

"확실하지?"

"네, 확실해요."

"그래도," 종드레뜨는 말을 이었다. "정말 비었는지 어떤지 다시 한 번 봐도 해롭지 않아. 야, 너 촛불을 가지고 한 번 가봐."

마리우스는 납작 엎드려 소리가 나지 않도록 침대 밑으로 기어들어갔다. 그가 숨자마자 문틈으로 불빛이 새어들어왔다.

"아버지!" 하고 외치는 소리가 들렸다. "나갔어요." 큰딸의 목소리였다.

"안에 들어가 봤니?" 아버지가 물었다.

"아뇨." 딸은 대답했다. "하지만 문이 잠겨 있으니까 나간 게 아녜요?"

아버지가 외쳤다.

"그래도 안에 들어가 봐."

문이 열리고 마리우스는 종드레뜨의 큰딸이 촛불을 들고 들어오는 것을 보았다. 그녀는 아침과 똑같은 모습이었다. 다만 촛불에 비쳐 훨씬 무섭게 보였다. 큰딸은 곧장 침대 쪽으로 다가왔다. 마리우스는 순간 말할 수 없는 공포를 느꼈다. 그러나 그녀는 침대 옆에 있는 거울 앞으로 다가왔던 것이다. 그녀는 발꿈치를 들고 거울을 들여다보았다. 옆방에서는 쇠붙이를 움직거리는 소리가 들렸다. 큰딸은 손바닥으로 머리를 쓰다듬고 거울 속에서 웃어 보이며 음산하고 쉰 목소리로 노래를 부르기 시작했다.

우리의 사랑은 1주일 사랑
아, 행복은 어찌도 그리 짧은가!
1주일 사랑하는 것도 괴로웠거늘
사랑은 영원해야 하는 것
영원, 영원해야 하는 것.

그동안 마리우스는 떨고 있었다. 아무래도 그의 숨소리를 그녀가 들은 것만 같았다. 큰딸은 창문 쪽으로 다가가 밖을 내다보며 반 미친 사람처럼 큰 소리로 말했다.

"빠리가 만일 하얀 셔츠를 입는다면 얼마나 보기 싫을까."

그리고 다시 거울로 돌아와 얼굴을 앞에서 옆에서 홀린 듯이 비추어보며 갖가지 표정을 지어 보였다.

"야!" 아버지가 저쪽에서 소리쳤다. "뭘하고 있는 거야?"

"침대 밑이랑 가구 아랠 들여다보고 있어요." 그녀는 더리를 만지던 손을 멈추지 않고 대답했다. "아무도 없어요."

"바보 같으니!" 아버지가 또 소리쳤다. "그럼 빨리 돌아와야 할 거 아냐. 꼼지락거릴 때가 아냐!"

"네, 갈게요. 지금 가요!" 그녀는 대답했다. "정말 눈코 뜰 새가 없어."

그녀는 다시 흥얼흥얼 노래하기 시작했다.

당신은 나를 버리고 영광을 찾아갔네

그녀는 손바닥으로 머리칼을 쓰다듬고…….

그러나 내 슬픈 마음은 그대 뒤를 쫓아
어디까지나.

　그녀는 거울을 마지막으로 한 번 들여다보고 나서 뒤로 문을 닫고
나갔다. 잠시 후 마리우스는 두 처녀가 맨발로 복도를 지 나가는 소
리와 종드레뜨가 그들에게 외치는 목소리를 들었다.
　"잘 지켜. 하나는 성문 쪽이고 하나는 쁘띠 방끼에 거리 쪽이야.
잠시도 문간에서 눈을 떼지 마. 그리고 뭐가 조금이라도 얼씬거리
기만 하면 곧 이리 달려와. 알았어 ? 빨리 와야 해. 열쇠를 가지
고 있지 ? "
　큰딸이 투덜거렸다.
　"눈 속에서 어떻게 맨발로 지킨담. "
　"내일 번쩍번쩍 윤이 나는 빨간 구두를 사주지. "
　아버지가 대답했다.
　딸들은 계단을 내려갔다. 잠시 후에 바깥문이 닫히는 소리로 봐서
그녀들이 밖으로 나간 것을 알 수 있었다. 집에는 이제 마리우스와
종드레뜨와 그 아내 세 사람밖에 없었다. 하긴 마리우스가 조금 전
에 열린 방문 안 어둠 속에서 흘끗 본 수상한 사람들이 또 있는지는
몰라도.